P9-ARO-695

los iluminados

MARCOS AGUINIS

los iluminados

EDITORIAL ATLANTIDA
BUENOS AIRES • MEXICO

Diseño de tapa: Peter Tjebbes
Fotografía de solapa: Rafael Wollmann

Primera edición publicada por
EDITORIAL ATLÁNTIDA S.A., Azopardo 579, Buenos Aires, Argentina.
Hecho el depósito que marca la Ley 11.723.
Libro de edición argentina.
Impreso en España. Printed in Spain. Esta edición se terminó de imprimir
en el mes de marzo del 2000 en los talleres gráficos
Rivadeneyra S.A., Madrid, España.

I.S.B.N. 950-08-2313-6

El que puede decir cómo arde
sólo sufre un fuego pequeño.

Francesco Petrarca, siglo XIV

El siglo XX será feliz. No habrá que temer, como hoy, una conquista, una invasión, una usurpación, una rivalidad de naciones a mano armada, una interrupción de la civilización por un casamiento de reyes; no habrá que temer un reparto de pueblos acordado en congresos, un desmembramiento por quiebre de dinastía, un combate de dos religiones al encontrarse frente a frente; no habrá ya que temer el hambre, la explotación, la prostitución por miseria, la miseria por falta de trabajo, el cadalso, la cuchilla, las batallas y todos estos latrocinios... Casi pudiera decirse que no habrá ya acontecimientos. Reinará la dicha.

Victor Hugo
Los miserables, 1862

PRÓLOGO

No imaginaba que me involucraría hasta el tuétano. Es claro que jugó un papel decisivo la aparición de Mónica. Si apelase al lugar común, diría que irrumpió en el lugar y el momento exactos, como si lo hubiese planificado un duende travieso.

Cuando la vi por primera vez entre los estudiantes de la clase a mi cargo —en la Facultad de Ciencias Sociales de la Universidad Nacional de Buenos Aires—, la electricidad de su mirada turbó mi mente. Eran ojos de un verde nuevo, primaveral. Atribulado, procuré concentrarme en otros ojos menos cautivantes —los negros, los pocos azules y grises—, pero Mónica ya me había absorbido. La miré otra vez, como un animal derrotado a su cazador, casi implorándole. Interrumpí mis palabras y me brotaron en la frente unas gotitas. Ella, sin embargo, me contemplaba tranquila porque el poder de su mirada era natural y ni se le habría ocurrido que en ese preciso instante torcía el rumbo de mi vida. Su personalidad avasalladora iba a llevarme del rencor al amor, me haría saltar del pantano a las nubes. Pero también me haría atravesar un desfiladero tan agitado como el de las Termópilas.

Por esa época yo me dedicaba a reunir materiales para una investigación de aliento que, indirectamente, me acercara a los asesinos que destruyeron mi familia cuando yo tenía siete años de edad. Mi olfato insistía en que las bestias continuaban merodeando los miasmas de los grandes delitos allí cerca y, con un poco de suerte, los podría atrapar. Era un sueño insistente, pero en el que no creía demasiado. Algo así como un impulso de borroso perfil.

Lo cierto era que en mi alma había prendido el fuego por averiguar. Mi etapa de los *porqués* no sólo ensordeció a mi fatigado entorno, sino que desbordó la adolescencia y la juventud. Quería saber por qué les tocó a mis padres y no a otros, por qué yo quedé huérfano y no mi vecino. Quería saber con un ansia que a un extraño le parecería grotesca. Las respuestas me sonaban —y eran— incompletas, provisorias; navegaban entre la metafísica y la maldición. Para mí el saber ciertas cosas se volvió sagrado, una razón cardinal de la existencia. Durante esa clase, en que los ojos de Mónica se habían apoderado de mi cerebro y mi corazón, no sospechaba que empezaba el tramo final. Que me estaba acercando a la solución de varios enigmas.

No me resignaba a que el crimen cometido contra mi familia y contra las familias de tanta gente quedase impune. No era posible que por la falta de una brújula universal el tiempo cubriera de otoño a los canallas que siguen regando dolor como si empuñasen mangueras. No se trataba de un resentimiento enfermizo, como alguien podría asegurar con ligereza, sino sed de justicia. Los delincuentes de hace poco o sus discípulos de ahora nos empujan con risas en el comienzo del nuevo milenio, como si el planeta fuese un carnaval de perversiones. Están imponiendo la convicción de que todo es banal, especialmente el derecho y la vida. Son iluminados que prometen el paraíso e instalan el infierno.

Entre ellos abundan los canallas y los estúpidos, así como los fanáticos e irresponsables. Pero forman legión y a veces marcan el rumbo. Eso es lo terrible. Columnas interminables los siguen como una patética armada de Brancaleone. Usan las herrumbradas bisuterías de nuestras tatarabuelas sin sonrojo ni temblor. Apelan a la religión, el nacionalismo, las etnias, el idioma, incluso las anémicas ideologías. Cualquier recurso sirve; los anacrónicos, más. Mientras tanto, hablan del amor —a Dios, a su pueblo, a su cultura, a su país, a sus tradiciones—, pero segregan odio. Litros de odio.

"¿Y yo quiero detenerlos?", —pregunté.

Entonces me dije: "Damián, ojo, que ya te contagiaron".

Froté mis mejillas para cerciorarme de que estaba despierto. Miré la luz de mi lámpara y pensé: "Ellos no son fáciles. Se consideran infalibles. Debo preservarme del egocéntrico mal que los domina, para no terminar haciendo una contribución al desastre. Nadie me ha encargado salvar el mundo y tampoco meter tras las rejas a los locos que lo amenazan. Pero puedo identificar a ciertos individuos. Es mi tarea, casi mi obligación".

Se ocultan tras máscaras en las que ellos mismos creen o terminan por creer. Aprovechan la endeblez emocional y predican rumbos de los cuales son los primeros en enamorarse. Pisan cabezas. Suelen parecer benefactores. En muchos casos lucen razonables y flexibles.

Y están por doquier. Engañan, trafican, medran, compran conciencias. Forman redes de lealtad precaria, pero útiles a sus objetivos (de ahí que una pista lleve a otra). Y son también humanos, muy humanos. Por eso desorientan.

Cuando menos lo esperé —gracias a Mónica—, ante mí se desplegaron en toda su magnificencia unas personalidades que me dejaron sin aliento. Entre ellos formaban una insólita conexión. Combinaban delirio y codicia. Llegué a su vera cuando estaban por culminar sus planes con una destrucción que llamarían victoria.

Ahora conozco los detalles y anhelo compartirlos. El nuevo milenio debería tenerlos mejor identificados.

EL MILAGROSO ASCENSO DE BILL

PUEBLO, COLORADO, ESTADOS UNIDOS, 1950

El más estremecedor recuerdo de infancia que Evelyn suele evocar es la sensación que le producía la mano tibia de Bill Hughes apoyada sobre la suya, guiándola con pericia sobre una hoja de papel con el propósito de dibujar gatos. (Nada hacía pensar entonces que en pocos años el joven Bill se convertiría en un personaje de leyenda, poderoso y temible.) Con entusiasmo pedagógico empujaba los deditos de Evelyn a fin de trazar una temblorosa circunferencia y luego otra arriba, más pequeña. Le prometía que en unos segundos aparecería un animal que sería su amigo. Dentro de la circunferencia superior instalaba tres puntos —ojos y hocico— y a continuación los promontorios de las orejas. Marcaba los bigotes con risueñas rayas que se disparaban hacia cada lado. Pero faltaba el toque final: le hacía levantar el lápiz para reinstalarlo en la base, desde donde partía la cola, que parecía una rúbrica. El resultado era maravilloso. El gato ahora lucía perfecto y dominaba el centro del papel. Evelyn y Bill aplaudían la magia.

Dorothy, hermana de Bill y amiga de Evelyn, también quería aprender ese dibujo, pero su hermano, diez años mayor, la satisfacía a regañadientes y no ocultaba que su vecinita lo divertía más porque era traviesa y festejaba sus bromas con risa de cascabeles.

Esos inocentes juegos se grabaron con fuerza en la memoria de Evelyn. Lamentablemente, tuvieron un fin abrupto por el rayo que tumbó a Bill y produjo fantásticas consecuencias.

En efecto, Bill había cumplido quince años y una tarde, al volver de pescar en el río Arkansas lo convulsionó una salva de estornudos. Esa noche ardió de fiebre. La fiebre le hizo ver animales salvajes que lo corrían para morderle la nuca: lloraba, gritaba y se cayó de la cama. El padre de Bill voló a la casa del doctor Sinclair y se metió en su dormitorio, de donde lo llevó en piyama. Mientras tanto, la excitada madre le había hecho ingerir aspirinas, aplicado paños fríos en la cabeza y forzado a beber jugo de naranjas. A Bill le castañeteaban los dientes.

El médico se rascó las sienes, desorientado, y agregó un supositorio. Al alba el paciente se tranquilizó algo, pero la fiebre volvió a trepar junto con el sol. Su madre estalló en sollozos porque se había sumado otra desgracia: Bill no se despertaba ni con sacudones ni con gritos ni con agua fría en los ojos. El padre, encogido de miedo, se negó a reconocer lo que sospechaba y despidió a los parientes. Evelyn y Dorothy permanecieron en el patio de las glicinas, tomadas de la mano, seguras de que iba a ocurrir algo espantoso.

El doctor Sinclair retornaba cada cinco horas y en cada visita se mostraba más cauto que en la anterior. El letargo de Bill se había profundizado. A las veinticuatro horas ya ni abría la boca ante el estímulo de la cucharita llena de líquido. La temperatura se tornó indoblegable. En su octava visita el médico se rascó la cabeza con tanta ira que se le cayeron briznas de pelo.

—¿Qué sucede, doctor?

Se mordió los labios y dejó escapar una frase enigmática:

—Lamento decirles que está en coma.

Desplegó su talón de recetarios y prescribió análisis de sangre y orina, incluida una punción lumbar. Horas después murmuró el reticente diagnóstico. La familia quedó muda. Evelyn apretó tan fuerte la mano de Dorothy que su amiga la rechazó con un quejido. Nadie había oído algo igual, pero todos reconocían que era horrible.

Entonces el médico explicó y volvió a explicar lo que nadie deseaba entender. Por último solicitó la ayuda de Dios.

Le introdujo una sonda por la nariz para que una enfermera

lo alimentara durante el tiempo que durase la encefalitis; también por sonda le suministraría los medicamentos. Sinclair no se opuso a la contribución de las tradiciones populares que atribuían una acción milagrosa al testículo de toro, el excremento hervido de perra en celo, el cerebro de ovejas, el hígado de ganso, el agua de víbora cocida en hojas de laurel y otras ocurrencias. "En casos extremos todo vale", decía, impotente. A diario, con la sopa que le inyectaban, iban al estómago raciones de los órganos que el carnicero se ocupaba de elegir con solidaridad de buen vecino y los adicionales que proveía una bruja recientemente llegada de México.

Pasó la primera semana con una fiebre tan tenaz como al principio. Esporádicas sacudidas en la mitad derecha del cuerpo insinuaban convulsiones poco definidas. Hubo que cambiarlo de posición cada tanto para que no se formasen escaras en la espalda y en los hombros, higienizarlo con frecuencia y entalcarle las partes de apoyo. Bill parecía un muerto.

Al término de la segunda semana las expectativas de curación se volvieron remotas. Dorothy ya no se atrevía a entrar en el dormitorio de su hermano y desalentaba a Evelyn, más valiente. Se miraban en silencio y jugaban con sus muñecas, que habían sido derribadas por la misma enfermedad. Alternativamente una era la madre y la otra el médico. Las limpiaban con ternura, las alimentaban por sonda y las enfriaban con paños en la frente. Evelyn revelaba más firmeza a la hora de clavar la aguja con vitaminas o cambiar la posición de los cuerpos en las cunas. La que hacía de médico terminaba la visita asegurándole a la otra que pronto cada muñeca se curaría por completo y volvería a dibujar gatitos.

En la casa de los Hughes se instaló el luto. Los vecinos se empecinaban en acompañar a la desolada familia y aventuraban consejos tan ridículos como ineficaces. Todo el día, y hasta avanzada la noche, circulaba gente a la que el padre ya no ahuyentaba.

La habitación de Bill estaba iluminada siempre: de día en forma natural y de noche con una lámpara. Hojas de eucalipto hervían en una olla mientras numerosas pastillas de alcanfor importadas de la India emitían su fragancia desde el alféizar. En el lecho yacía un cuerpo de cera que por momentos descargaba sacudidas y por momentos parecía disgregarse en el vaho de los eucaliptos. De sus párpados brotaba una perezosa secreción amarilla, y de la boca entreabierta, un hilo blanco que la enfermera limpiaba con palabras tiernas.

El doctor Sinclair empezó a espaciar sus visitas. No tenía mucho que hacer, excepto insistir en el inútil ritual de tomarle el pulso, la tensión arterial, examinar las conjuntivas, el color de las uñas, buscar la respuesta de apagados reflejos y preguntar lo de siempre: cómo eran los emuntorios y si cumplían con los cambios de posición. Antes de retirarse volvía a rascarse la cabeza y esparcía migajas de consuelo. Eran variaciones de un tema agotado. Pero la familia necesitaba aliviarse con sus frases, que aún sonaban eruditas y poderosas porque remitían al trono de la ciencia. Agradecidos, lo acompañaban hasta la puerta y se despedían con recíproca lástima.

El sufrimiento de la familia Hughes se extendió hasta los bordes de la ciudad. Pueblo era un antiguo asentamiento del sur de Colorado donde convivían descendientes de indios con españoles, irlandeses, italianos y estadounidenses provenientes de casi todo el país. La enfermedad del muchacho generaba angustia, no fuera a desencadenar una epidemia. Los memoriosos recordaban las de décadas o siglos atrás.

A los diez días Bill se estancó en una suerte de meseta que los optimistas interpretaron como anuncio de su recuperación y los pesimistas como presagio del deceso. La enfermera continuaba asistiéndolo, pero sin esperanza. Bill seguía en coma profundo, aunque la fiebre se había alejado. "Esto no puede seguir así, algo tiene que pasar", aseguró el carnicero.

Los padres de Evelyn accedieron a levantar la prohibición de volver a la casa de su amiga, porque ya no había peligro de contagio. Lo primero que le propuso a Dorothy fue ingresar en el dormitorio saturado de alcanfor y burbujeantes eucaliptos para desear al paciente que se curara pronto. Dorothy entró primero. El corazón de Evelyn estallaba de emoción y temía ser sorprendida por algo. La golpeó el olor de los medicamentos, mezclado con las nubes que brotaban de la olla. Se quedó tiesa en el umbral. Vio la cama y la figura inerte. Las grandes manos que habían guiado la suya para dibujar gatitos reposaban junto a la cadera. Se tapó los ojos llenos de lágrimas y regresó al patio.

Se cruzaron con el doctor Sinclair. Dorothy le preguntó si su hermano dormía. Era una pregunta necia, dictada por la desesperación.

—Sí.

—¿Sueña?

El hombre la miró fijo. Su desconcierto se transformó en tristeza. Acarició los bucles de la niña y susurró:

—No lo sabemos. Quizá. —Estuvo a punto de explicarle que en ese estado no existen pensamientos ni se registran imágenes como si no tuviera cerebro.

Pero no era así.

No.

La mente de Bill flotaba en un paisaje apacible que cambiaba lentamente. Estímulos amortiguados le llegaban desde sitios distantes. Los volúmenes se licuaban. Navegaba por espacios blandos y proteiformes. Los colores rodaban hacia aquí y hacia allá, como montañas de algodón. Las formas se unían, separaban, deshilachaban, volvían a unirse y configuraban geometrías absurdas. Predominaban los matices malva y canela.

Entre las nubes se insinuó una figura que parecía buscar algo. Bill comenzó a prestarle atención, como si se desperezara después de una borrachera. Por momentos la figura se agrandaba y por momentos se reducía. Era un capricho de luz. El vaivén prometía mantenerse igual para siempre. Tampoco existía apuro. Gigantescos globos que emergían del abismo fueron, sin embargo, cubriendo las montañas y arroparon a la extraña figura. A Bill no le gustó que desapareciera; era el primer malestar que sentía en esa eternidad. Deseó verla resurgir.

De súbito un estilete de plata perforó las nubes y otras formas hicieron reverencias. Nuevamente la figura blanca atrajo su atención; ahora caminaba hacia él. Era un hombre calvo, parecido a su abuelo Eric, de cuyos hombros descendía la túnica del profeta Elíseo. Seguro que se trataba de Elíseo, el hombre milagroso de cuyas hazañas le habían contado en la clase dominical de la iglesia. Elíseo amaba a la gente débil, y Bill empezaba a darse cuenta de que estaba muy débil. El profeta acudía en su ayuda por entre los esponjosos lóbulos. Se apoyaba en su báculo de olivo para atravesar las montañas. A Bill lo estremecía la gratitud. Nada menos que el poderoso Elíseo tocaría su frente. Sabía que iba a ocurrir, porque estaba muerto. Casi tan muerto como el hijo de la mujer de Sunam, contada en el Libro de los Reyes. Según la Biblia, el profeta depositó su milagroso bastón en la cara del niño recientemente fallecido y luego le atravesó la nariz y el cuello para hacerlo resucitar. Bill sentía que algo ya atravesaba su nariz e identificó la sonda con el bastón de olivo. La vieja historia se repetía en él.

Elíseo seguía aproximándose como un astro enviado por Dios. Descollaba entre los colores aunque su rostro permanecía secreto por la sombra de los acantilados. Ya no era sólo un astro, sino una carabela de gran velamen que adelantaba el bauprés. Bill intuía la textura de las pieles de cordero con las que se cubría el profeta. Estaba muy cerca ya, a punto de tocarlo. Por fin lo hizo. Sintió un chisporroteo. No se trataba del báculo atravesándole la nariz y el cuello, sino de la apergaminada piel del anciano en contacto real. El huesudo cuerpo del profeta se tendió sobre Bill, como había hecho miles de años antes sobre el hijo de la sunamita. Puso su boca sobre la boca del muchacho, sus ojos sobre sus ojos, las palmas sobre sus palmas.

Bill sentía el calor y el olor del hombre santo; su respiración honda con fragancia a bosque le penetraba hasta el abdomen. Le transfundía un poder sobrenatural. Lo convertía en un nuevo hombre. Hacía tiempo que no le picaba la nariz. Las cosquillas se tornaron insoportables y estornudó siete veces. "Algo tiene que pasar", había asegurado el carnicero.

La enfermera escapó del cuarto dando gritos. Fue la primera en enterarse de esa novedad y la primera en desparramarla como brasas.

—¡Bill ha despertado! ¡Bill ha despertado!

Su madre derribó la silla de la cocina y una taza de café se hizo añicos sobre las baldosas al volar como una ráfaga hacia el dormitorio impregnado de eucalipto. Hasta las alondras del nogal que sombreaba el cuarto del abuelo Eric echaron a volar espantadas.

Por primera vez en tres semanas los ojos grises de Bill se habían entreabierto y trataban de entender. Brotaba del coma, pero estaba convertido en ruina.

El médico acudió agitado y lo examinó de la cabeza a los pies haciéndole preguntas para estimularlo a hablar. Sólo consiguió arrancarle algunas sílabas pedregosas. De todos modos, el pronóstico acababa de dar un vuelco. Sinclair comprobó que había recuperado la sensibilidad y los reflejos; que podía mover, aunque con esfuerzo, todas las extremidades. Estaba tan contento que no pudo resistir la tentación de confesar a los parientes que se amontonaron en el umbral del dormitorio cuán pocas habían sido sus expectativas hasta minutos antes. Y mientras lo decía se le humedecieron los ojos. La alegría le quitó las ganas de rascarse la cabeza.

La enfermera lo liberó de la sonda, pero Bill, con un pie en otra dimensión, seguía creyendo que era el báculo de Elíseo y dio manotazos incoherentes para retenerla. Entre movimientos inconexos e ideas fracturadas, su mente se ordenaba de tal forma que jamás volvería a ser el mismo. Los recuerdos y experiencias adquirieron nueva significación. Las neuronas inflamadas le generaban estremecimientos. Elíseo lo había devuelto a la vida —fue lo que después contó— para que cumpliese una misión sagrada. Excepto su abuelo Eric, nadie prestó atención al anuncio.

Por las polvorientas calles de Pueblo galopó la noticia sobre el giro de su salud: ingería líquidos, movía las manos y las piernas, pronunciaba sílabas. Aunque el médico se empeñaba en restringir las visitas, la casa era un corredor por donde circulaban parientes, amigos y vecinos que no podían frenar el espíritu solidario o la curiosidad. Bill era Lázaro resucitado, y el doctor Sinclair, un instrumento de la Divina Providencia.

La rehabilitación que se puso en marcha confirmó cuán grave había sido su encefalitis. A duras penas le hacían levantar los brazos, no podía caminar y tampoco llevarse la cuchara a la boca. Sus manos eran un manojo deforme. Con respecto a su voz, tampoco era reconocible.

—Está saliendo de una bruma —explicó el médico—. Su cerebro sigue inflamado. Menos que antes, pero inflamado.

Bill oyó "bruma" y asoció esa palabra con las nubes entre las que había vivido sin ruido ni dolor. Oyó "cerebro" y asoció con la luminosa calva de Elíseo. Por horas permanecía arrellanado entre los desfiladeros algodonosos y por minutos se conectaba a la Tierra.

Un mes y medio después ya mostraba tanta mejoría que tuvieron la desafortunada idea de llevarlo a la iglesia en silla de ruedas. Los feligreses lo saludaron con júbilo porque era un testimonio vivo de la misericordia celestial. Jack Trade, el calavérico pastor metodista, dedicó su sermón a darle la bienvenida. Recordó que Cristo derrama milagros cuando impera la fe. Hablaba dirigiendo sus ojos alternadamente al muchacho y a la audiencia, a la audiencia y al muchacho. Bill sólo captaba fragmentos del servicio ya que su atención era muy inestable. Por momentos oía algunas frases, por momentos recordaba los ejercicios que le exigía su fisioterapeuta. Lo emocionaron las palabras "milagro" y "fe", porque tenía grabado en el alma que Elíseo era el profeta de los milagros y sólo beneficiaba a quienes demostraban fe. El pastor le resultaba aburrido y su cara le recordaba la bandera de los filibusteros. El servicio no acababa nunca. Los salmos que entonaba la feligresía le trepanaban el cráneo.

Empezó a gritar sin importarle cuán solemne era el momento.

Al principio cundió la perplejidad; luego, el disgusto. Las miradas exigieron a los acompañantes de Bill que detuviesen la ofensa al servicio. No obstante, el convaleciente siguió lanzando aullidos que rebotaban en los muros de piedra. Algunos feligreses se movieron con susto; otros, con rabia, y hubo quienes se pusieron de pie para intervenir. El aire se tensó. La disciplina que solía imperar en los adustos bancos quedó trizada cuando cinco hombres y seis mujeres caminaron presurosos hacia Bill para taparle la boca. El pastor imploraba serenidad en nombre del Altísimo.

A los primeros hombres y mujeres siguieron decenas. En un santiamén se produjo tal anarquía en el recinto que Jack Trade temió que se desatara una catástrofe.

Las venas del cuello de Bill se hincharon como víboras; su piel se tornó negra, y su aullido, más ronco. Saltaba sobre la silla como si le quemaran el trasero. Parecía un muñeco sometido a descargas eléctricas. Una mujer unió las manos en oración y pronunció la evidencia:

—Está poseído...

Otra mujer añadió el dato que faltaba:

—Por el diablo.

El pastor bajó del púlpito y casi se desplomó de narices. Pegó la Biblia a su pecho y con la mano libre intentó separar los cuerpos en lucha. El alboroto hacía inaudible su voz. Pudo advertir que entre varios aprisionaban a Bill para evacuarlo. Dudó si pedir clemencia por el enfermo o respeto por el lugar; mejor los dejaba hacer porque, cualquiera fuese el camino que eligiera, sería criticado por impiadoso. Hilos de sudor rodaron por su cara de hueso.

En ese instante se abrió paso un hombre de cabeza redonda y pelo de carbón que mantenía junto a su ojo una cámara fotográfica. Lo llamaban Cáscara de Queso.

—¡No, Lucas! Ahora no —le imploraron.

El fotógrafo no escuchaba razones cuando se ponía en juego su deber. Los flashes sucesivos registraron mandíbulas retorcidas y dedos anhelantes. Cada foto no sólo contenía formas, sino tembladeral y angustia. Su trabajo consistía en obtener la mayor cantidad de tomas; los periodistas de la redacción determinaban qué ángulos publicar. Su esfuerzo tenía a veces el premio de la primera página y a veces el castigo de la indiferencia. De todas formas, se reía tanto cuando le iba bien como cuando le iba mal.

Bill fue metido a los empujones en un coche, luego aplastado por varios cuerpos y llevado velozmente a su casa. La tarea de estos voluntarios acabó en frustración, porque apenas arrancaron el enfermo dejó de resistirse. De bestia salvaje pasó a sumisa oveja. Los guardianes aflojaron sus brazos y Bill les sonrió. Antes de llegar suspiró hondo y dijo con voz melodiosa y clara:

—El milagro fue de Elíseo.

Lo miraron espantados.

Su familia decidió no llevarlo más a la iglesia, por lo menos hasta que se registrase un equilibrio duradero. El doctor Sinclair insistía en que eran las secuelas de la inflamación cerebral y había que seguir teniendo paciencia. Pero no lograba componer variaciones sobre un mismo tema, como en los días del coma, así que procuró enfrentar el desaliento de los familiares con su grueso libro de enfermedades infecciosas. Abrió en el capítulo dedicado a la patología del sistema nervioso central y les leyó la verdad que proveía la ciencia: la encefalitis es un cuadro gravísimo que suele terminar con la muerte o deja secuelas.

—Pero usted aseguró que el pronóstico era bueno.

—Lo dije y lo reitero: bueno en cuanto a su vida. Pero no me referí a su calidad de vida.

—¿Qué quiere decir "secuelas"? —preguntó Dorothy.

—Los indeseables efectos a largo plazo, los restos del incendio. Pueden mejorar.

—¿En cuánto tiempo? —lo apuró el abuelo Eric.

Sinclair encogió los hombros y el anciano lo despidió con un gesto de disgusto.

La pequeña Evelyn rezaba por él. Lo amaba con el corazón de una niña que aún no había llegado a la pubertad. Bill le producía sensaciones indefinibles pero intensas. Seguía sus pasos y aprovechaba clandestinos observatorios para mirarlo comer, leer y dormir. Lo encontraba luminoso como un príncipe. No imaginaba otra figura más apuesta que la suya. En su fantasía lo arropaba con terciopelos rojos, deslumbrante espada y túnica de armiño. Lo veía cabalgar un corcel blanco provisto de alas.

Bill cumplió dieciséis años. Recuperó la salud y su bello timbre de voz. Era alto, de mandíbula fuerte, cabello rubio y penetrantes ojos claros. Pero no dejaban de sucederse hechos inquietantes: noche por medio se levantaba dormido y recorría los pasillos de la casa conversando con fantasmas. Al principio consideraron transitorio su sonambulismo, pero daba miedo cuando salía a la intemperie. Su padre lo seguía en silencio, descalzo; actuaba con prudencia porque le habían advertido que despertarlo de golpe podía causarle un desequilibrio más grave del que ya tenía. Una noche dio la vuelta completa a la casa, en otra intentó subir a un árbol y en la tercera buscó una montura para ensillar un caballo inexistente.

Pese a los sustos, Bill también recuperó encantos. Siempre había sido inteligente y astuto, al extremo de haber corrido el rumor de que en clase no lograban vencerlo en un debate debido a su argumentación inagotable. También decían que los malos amigos lo buscaban para beneficiarse de su talento para inventar justificativos de cualquier índole. Tenía incluso habilidad para las trampas. Pero junto con las virtudes se incrementaron ciertas rarezas como, por ejemplo, su obsesión por el profeta Elíseo. Insistía en que ese personaje lo había resucitado desde su ermita en las nubes y lo había ungido para una maravillosa misión. Esto hubiera resultado menos perturbador que su agobiante insistencia en los detalles nimios del profeta. No quedaba un habitante de Pueblo que a partir de esos meses no hubiera oído referencias a Elíseo.

Sinclair lo interpretó como una pequeña irritación en un punto de su corteza cerebral. El pastor, en cambio, prefería rendirse ante la evidencia de que el muchacho había sido agraciado por la inspiración del Cielo; nunca, en sus setenta y tres años de edad, había visto un caso semejante. En la clase dominical sólo había hecho referencias superficiales a Elíseo, que no alcanzaban para generar una obsesión semejante. Lo que Bill contaba reiteradamente debía de ser verdad, así como debían de tener sentido sus preguntas. En calidad de pastor, no tenía derecho a ignorar el portento de que alguien apenas versado en las Escrituras emergiera de un coma grave provisto de visiones tan duraderas. Estaba conmovido. El Señor había derramado su benevolencia sobre Bill. Entonces decidió visitarlo para hablarle con detenimiento sobre el personaje que lo había devuelto a la vida.

Pero cuando el ministro se fue, Bill volvió a preguntar sobre anécdotas de Elíseo, como si nada hubiese escuchado.

—El pastor acaba de contarte todo, versículo por versículo. —Su abuelo Eric lo miró al fondo de las órbitas. —¿Qué más quieres saber?

Bill acarició la rugosa mano de Eric y repitió la exigencia. El anciano le dio unas palmadas y prefirió alejarse. Un rato después Bill volvió a lo mismo, esta vez en presencia de su madre. Ella pidió a Jack Trade que regresara.

El ministro alzó de nuevo su Biblia y, con la esperanza de una revelación, fue a reencontrarse con el joven, que, al verlo, descerrajó la misma pregunta como si fuese la primera vez.

—¿No te acuerdas de lo que hablamos? —Trade le oprimió con afecto el brazo—. Fui minucioso y me escuchaste atento; al menos así me pareció. ¿No te acuerdas? Describí la amistad entre Elíseo y Elías, su enérgico maestro. Luego te narré sus milagros, sus advertencias, sus andanzas por el monte Carmelo, por Samaria y Judea y las muchas veces que cruzó el río Jordán. Juntos repasamos todo cuanto narra la Biblia sobre sus milagros. ¿Qué te inquieta ahora? ¿Qué mensaje hierve en tu interior y puja por salir?

Bill movió la mano como si espantara una mosca.

—Quiero saber qué ropa usaba.

El pastor levantó una ceja.

—Se cubría con sencillas túnicas, supongo. O con piel de cordero. Encima debía de ponerse un manto.

—El manto... —repitió Bill con fascinación.

—Así es —concedió el pastor mientras su rostro de calavera dibujaba una sonrisa—. Elíseo recogió el manto que Elías dejó caer cuando fue llevado a las alturas por un carro de fuego. Y lo usó hasta el fin de su existencia terrena.

—¿De qué color era?

—No sé, la Biblia no lo dice. Tal vez rojo.

—¡No! Rojo seguro que no. Así era el manto de Cristo.

—¿Qué importancia tiene? ¿Qué mensaje hay tras estos detalles?

—Rojo no.

—¿Quieres que te lea nuevamente la historia de Elíseo? —Nunca el rostro de Jack Trade había expresado tanta curiosidad. —Fijarás los datos que más te interesen, y quizás haya indicios sobre el color de su túnica y el mensaje que el Señor nos está enviando por tu intermedio, hijo.

—Sí, léame.

—Podrías hacerlo tú mismo.

—Prefiero escuchar. —Cerró los párpados.

Jack Trade se arrellanó en el sofá, acarició la fina piel de sus mejillas y abrió en el Libro de los Reyes. Bill permaneció concentrado unos minutos y se durmió.

Al despertar, el religioso había partido y su madre le acercó un vaso de agua. Bill, muy tenso, murmuró:

—¿De qué color era la túnica de Elíseo?

Antes de terminar la pregunta se le cayó el vaso sobre las baldosas y salpicó agua y astillas hasta la cara de su desconsolada madre.

Al cabo de dos semanas ella encontró sobre la cómoda de su dormitorio una lacónica esquela.

Seguiré los pasos de mi salvador, el profeta Elíseo.
Sospecho que su túnica era blanca.
No me busquen.
Los quiere,

Bill

Cargó su bolso y marchó hacia el río Arkansas en medio de la noche. Pocos faroles alumbraban las calles. Las aguas ferruginosas reverberaban soñolientas a la luz de la luna. Bill pensó en el bíblico Jordán que a menudo habían cruzado los profetas, seguro de que era más bello y estimulante que ese torrente profano. Le arrojó una piedra como signo de despedida. Le pareció pobre el sonido y le resultaron débiles los círculos que se formaron en la superficie. En este sitio había contraído el mal que lo hundió en coma. Fue una enfermedad decidida por la Providencia para unirlo al profeta de los milagros.

Enfiló hacia la ruta 25 y marchó varias millas. El fresco de la noche energizaba sus músculos. Cuando en el este empezaron a sonrojarse las nubes, Pueblo ya había desaparecido a sus espaldas. Sangriento nacía el sol, como de una herida abierta en las nubes. Pronto ardieron las cúpulas de los árboles y chispearon sus hojas más elevadas. A un costado se levantó una bandada de golondrinas excitadas por el amanecer. Bill oía el ritmo de sus zapatillas sobre el asfalto y miraba las gotas de rocío sobre los matorrales chatos. Era importante mantener el ritmo de la marcha, porque los vehículos que pasaban no atendían a su pulgar. Peregrinaba hacia su destino y no debía impacientarse. En el momento que estaba por ascender una colina, frenó lentamente un camión de ruedas altas. Se lo había mandado Elíseo.

—Voy a Phoenix —informó el conductor a través de la ventanilla.

Phoenix significaba el oeste, el desierto. El desierto era el lugar donde se inspiraban los profetas.

—Está bien —respondió Bill—. Subo.

Trepó a una cabina con olor a tabaco y coñac. El conductor tenía una cabeza idéntica a la de Abraham Lincoln, con una barba corta que le rodeaba la mandíbula. Metió una ruidosa primera y prosiguió la marcha a mediana velocidad. Por la ventanilla abierta ingresaba el viento de la mañana con fuerte olor a campo. Bill apoyó la cabeza contra el respaldo de cuero mientras el viento le tironeaba del pelo. A los pocos minutos el camionero extrajo un puñado de tabaco, lo extendió sobre su palma y lo revisó con un dedo para quitarle las impurezas. Después se lo llevó a la boca y con la lengua chupó las hojitas residuales. Lo masticó con deleite, aunque de vez en cuando lo atacaba una tos de lobo. En uno de los golpes de tos la bola de tabaco voló hacia el parabrisas; la recogió con destreza y la devolvió a sus dientes amarillos.

Si era tan parecido a Lincoln —pensó Bill—, debía de conocer a Elíseo. Y le descerrajó la pregunta:

—¿De qué color era la túnica de Elíseo?

El hombre parpadeó, detuvo la masticación y con lentitud giró los ojos hacia el exótico pasajero.

—¿Elíseo? ¿Quién mierda es Elíseo?

—Cuidado con blasfemar —advirtió Bill—. Es un profeta.

El conductor dio una palmada sobre el volante.

—¿Qué? ¿Acaso eres seminarista?

—No.

—¿Hijo de algún maldito pastor?

—Tampoco.

—Entonces, ¿a qué viene esto de la ropa que usó un puto profeta?

—Tenga cuidado.

Lanzó una carcajada y la bola de tabaco volvió a dispararse; esta vez no la pudo atrapar y acabó perdida bajo sus pies.

—¡Mierda!... —protestó.

Bill no podía ordenar la fragmentación de la realidad: Lincoln jamás se hubiera expresado de esa manera.

—¿Adónde vas? —preguntó el camionero un rato más tarde.

Bill se encogió de hombros.

—Supongo que no te interesa llegar al Pacífico —agregó el hombre ante el silencio de su invitado—. Yo voy hasta Phoenix y pego la vuelta.

Tampoco logró respuesta.

—¿Te enojaste? Mira, si te interesa llegar a Australia, deberás buscarte otro medio.

—La túnica de Elíseo era blanca —aseguró Bill.

El camionero se frotó la nuca.

—Me parece que estás loco.

—Era blanca —insistió Bill, con el rostro fruncido por las ráfagas de la ventanilla abierta.

Pasado el mediodía, "Lincoln" giró hacia la derecha y avanzó por el desfiladero que dejaban otros camiones prolijamente estacionados. Ubicó el suyo al término de la fila.

—Es hora de comer. —Se restregó las manos ásperas.

—Espero aquí —dijo Bill.

—¿Tienes comida?

—En mi bolsa.

El camionero miró con sorna el tamaño de la bolsa, se mesó la corta barba y le obsequió un guiño:

—Joven ministro de alguna estúpida iglesia: guárdate tu insignificante comida para otra oportunidad. Te invito con un sandwich. ¡Vamos!

Bill dudó un instante, pero acabó tras los pasos del camionero. En el alborotado restaurante la gente hablaba nerviosa. La radio sonaba a un volumen ensordecedor para que la gente escuchara el noticiario.

—Es la guerra —comentó Lincoln, que despachó sin respirar una jarra de cerveza hasta el último copo de espuma.

A Bill no le pareció una novedad: Elíseo había sido testigo de guerras importantes que la Biblia relataba con crudeza. La del noticiario debía de estar descripta en el Libro de los Reyes.

—¿Es la guerra contra Edom? —preguntó mientras daba un mordisco a su sandwich.

—¿Edom? —Un eructo atropellado acompañó su sorpresa.

—Sí, la guerra de Judea contra Edom.

—¡De qué mierda me hablas!

Bill también bebió algo de cerveza. El camionero no estaba en condiciones de entenderlo. Para Bill los enfrentamientos de la época de Elíseo proseguían como si tal cosa. Antes eran conocidos por la letra de la Biblia; ahora los difundía la radio.

—¡Es la guerra de Corea, pedazo de asno! ¡Es la guerra de Corea contra los malditos comunistas!

—Edomitas.

—¡Comunistas! ¡Qué sodomitas ni sorete en jugo! ¿Estás borracho?

"Lincoln" arrastró a su antojadizo pasajero hasta el mostrador, desde donde se oían mejor las noticias. La radio era una gigantesca caja de madera oscura que dominaba el salón desde una repisa. Exhibía un tablero iluminado sobre el que se ajustaba el dial según las indicaciones de un ojo verde, llamado mágico. Cuando el ojo se encendía a pleno la voz era nítida, pero cuando se fragmentaba, los chirridos obligaban a taparse las orejas. Informaba sobre el frente bélico: Corea del Norte y Corea del Sur, la amenaza de China, el incesante reclutamiento de soldados estadounidenses en todos los rincones de la Unión, el apoyo de los países democráticos y la protesta de los que estaban encadenados a la hoz y el martillo. El camionero pidió otro sándwich y tragó la segunda jarra de cerveza. El noticiario era seguido por un animado reportaje a los soldados que se alistaban para embarcar. El periodista insistía en que su ejemplo impregnaba de orgullo al país. Los jóvenes se sentían felices de navegar hacia el frente porque el entrenamiento les había aumentado la fuerza y el coraje. En poco tiempo aplastarían a los enemigos de la libertad.

"Lincoln" aplaudió. Bill no se unió a la demostración de apoyo ni siquiera cuando se transformó en una aclamación generalizada que hizo brincar vasos y botellas; no estaba claro si esos soldados defendían la causa justa o la equivocada; los periodistas evitaban referirse a Edom, Moab, Filistea o Madián.

Se limpiaron los dedos con servilletas de papel, fueron a orinar y retornaron al vehículo. El camionero empezó a mirarlo de costado, más detalladamente, no fuera a tratarse de un loco escapado del famoso manicomio de Pueblo. El pasajero tenía algo más levantado el hombro derecho e inclinaba la cabeza hacia allí, como si intentara unirlos. Tal vez imitaba las imágenes de los santos; en Pueblo había muchos católicos. Era evidente que algo funcionaba mal en su cerebro. Quizá lo andaban buscando. Quizá la ropa del puto profeta al que necesitaba identificar era la de su enfermero, del que había escapado mientras dormía. Pensó que había hecho mal en levantarlo, pero la madrugada era fría... Se contaban anécdotas sobre los tipos que hacían dedo; ya tenía una historia bárbara. ¿Cómo se llamaba el profeta ese? Elíseo... ¡Vaya nombre rebuscado! Debía de ser el nombre del enfermero.

—Dime, aprendiz de pastor, ¿adónde vas realmente? No creo que a Australia.

Bill tragó saliva. No soportaba que se riesen a su costa.

—Hacia el oeste.

—¡Bravo por la noticia!... ¿Me tomas por idiota?

—No.

—Te preguntaré de forma precisa, y no te andes por las ramas: ¿a qué ciudad vas?

—Al monte Carmelo.

—¡Ahá! Monte Carmelo. ¿Y dónde mierda queda?

—En Israel.

Escupió su nueva bola de tabaco apenas masticada. Tuvo un acceso de tos y empezó a darle manotazos al volante.

—¡Me estás tomando el pelo, hijo de perra!

—No, claro que no. —Los ojos de Bill se habían agrandado mientras su cuerpo se acurrucaba junto a la puerta del camión. —Sigo los pasos de...

—¡De quién!

—De Elíseo... Por eso voy al monte Carmelo.

—Pero dices que queda en Israel. ¿Cómo diablos piensas llegar a Israel montado en mi camión? No sé geografía, pero estoy seguro de que no queda en el oeste norteamericano, ¿ah?

—Aparecerá en mi camino. Elíseo también viajó hacia el oeste del Jordán.

—¿Qué Jordán?

—El río.

—No conozco el río Jordán. ¿Puedes hablarme en sencillo?

—Esta mañana, antes de caminar hacia la ruta, me despedí del Jordán... Bueno, un equivalente del Jordán.

El camionero suspiró hondo y se metió otro puñado de tabaco en la boca; después se lamió la mano hasta absorber los últimos residuos. Ahora masticaba con rabia; sus mandíbulas parecían las de un león devorando un ciervo. Ese muchacho era un caso de escopeta. Podría darse por satisfecho si no lo detenían por esconder a un loco.

Las montañas sugerían una acuarela que pronto cambiaría de color. Por el momento contrastaban las lejanas, de un gris azulado, con las próximas, verdes y hasta negras. A medida que avanzaban hacia la región desértica, se imponía el ocre. Atravesaron Walsenburg, Ludlow y Raton.

—¿Estuviste en el manicomio de Pueblo? —gruñó el camionero, impaciente.

Bill negó con la cabeza. "Se parece a Lincoln, pero es su contrario", pensó.

Al atardecer, "Lincoln" se detuvo. Había que cenar y tomarse el debido descanso. Tras mandarse varias cervezas Lincoln se acomodó sobre la parte superior de la cabina, donde había un colchón, sábanas y frazadas. Bill lo hizo sobre el asiento, tapado con las mantas sobrantes. En Nuevo México las noches se tornaban más frías que en Colorado y había que tomar precauciones para no despertar enfermo.

Bill soñó el milagro a orillas del Jordán que tanto lo había impresionado. El bueno de Jack Trade se lo había contado con muchos detalles. Acompañaban al profeta unos hombres que deseaban construirse una cabaña de troncos. Provistos de pequeñas hachas, cortaban los árboles más altos y rectos y los derribaban uno tras otro con silbidos semejantes a los que el viento produce en las montañas. De pronto uno de los hombres, parado junto al borde del río, tuvo la desgracia de que su herramienta volase al agua. Empezó a gemir desconsolado: "¡Ay de mí! Era un hacha prestada". Elíseo se arrimó afectuoso y pidió que le señalara el lugar exacto donde se había hundido. Lo miró con sus ojos ardientes, levantó un palo seco y lo arrojó al punto preciso. Se formó un torbellino cada vez más fuerte hasta que el hacha sumergida se elevó a la superficie. "Ve a recogerla", ordenó el profeta. Bill se esforzaba por mirarle la cara, pero la túnica lo envolvía de la cabeza a los pies. Los hombres se arrojaron vestidos al sagrado Jordán rumbo al hacha flotante, pero cuando llegaron junto a ella se hundieron clamando ayuda. De la túnica brotó una risita macabra y Bill despertó transpirado. Sus dedos apretaban la gastada palanca de cambios.

Al día siguiente pasaron por las ciudades de Santa Fe y Albuquerque. En ésta el camión se detuvo unos segundos frente al río Grande.

—Su caudal crecerá mucho y se convertirá en nuestra frontera con México —explicó "Lincoln"—. Pero aquí es todavía un río mediano. Lo interesante de Albuquerque es su nuevo deporte; ¿te interesa? —Asomó el tabaco entre sus dientes de maíz. —Se trata de los globos. Mientras ahora el mundo prefiere los aviones, la gente de este lugar se dedica a los globos. Está bien, son conservadores. Arman una fiesta llena de color, que atrae a muchos turistas. Yo estuve en la fiesta. Se desprenden cientos de globos amarillos, rojos, azules, que juegan a recorrer el país mientras, abajo, los amigos y los idiotas sacan fotos. Como te das cuenta, no eres el único tarado del planeta.

—¡Hemos estado viajando hacia el sur! —se alarmó Bill al controlar por primera vez el mapa.

—Es la ruta más conveniente para llegar a Phoenix. De Pueblo bajamos al sur, en efecto. Entramos en Nuevo México y, siempre hacia el sur, llegamos hasta aquí. Ahora giramos francamente hacia el oeste, hacia Phoenix. ¿Qué te aflige?

—Yo quiero ir hacia el oeste, como Elíseo.

El camionero dio una furiosa palmada al volante.

—¡Siempre lo mismo!

Al cabo de una hora le explicó que no era Lincoln, como Bill lo había llamado en un par de ocasiones, sino Abraham Smith.

—Abraham, como Lincoln —insistió Bill.

—Abraham Smith. Smith. Pero puedes llamarme Aby.

Bill le contó entonces que se llamaba William Hughes, pero podía decirle Bill. Todos lo conocían por Bill.

Aby provenía de Kansas, donde vivía con su mujer, Rita, y tres hijos pequeños, el mayor de los cuales se parecía a Bill: iba a ser alto y también tenía ojos grises y pelo rubio.

—Ahora me contarás tu verdadera historia, Bill. Le sacudió amistosamente el brazo.

El muchacho meneó la cabeza.

—Es que mi historia recién comienza. Mejor dicho, está por comenzar.

—En el monte Carmelo... —se mofó Aby.

—Sí, en el monte Carmelo. Exactamente.

El hombre comenzó a pensar que su acompañante estaba poseído por una rara certeza. Aunque loco, algo potente lo guiaba. Introdujo la mano en el bolsillo de la puerta y sacó varios mapas.

—Bien. Fíjate y averigua dónde queda tu famoso monte Carmelo.

Bill recorrió con el índice el camino que venían haciendo y luego lo deslizó hacia el oeste. Llegó con rapidez a la costa de California. Leyó localidad tras localidad, desde San Diego hacia el norte. Se detuvo en un punto y apretó con la uña donde decía Carmel.

—¿Ahí? —Aby espió de costado.

—Dice Carmelo.

—Carmel a secas. Pero tú buscas el "monte" Carmelo. No es lo mismo, supongo.

—No.

—Entonces viajas sin rumbo.

Bill sonrió.

—De ninguna manera. Dios guía mis pasos.

—¿Ah, sí? Debería guiar mi volante —resopló Aby.

—Ya llegaré —porfió Bill.

—Ojalá, porque en Phoenix termina mi trayecto.

Dobló el mapa y lo devolvió al bolsillo de la puerta. La ruta se extendía como una boa azul por el desierto dorado. A lo lejos se elevaban promontorios de tierra dura que semejaban castillos en ruinas.

Ingresaron en una población de extraño nombre: Elephant City. El camino penetraba en su interior como si fuese la columna vertebral. A los lados emergían pequeños restaurantes, viejas estaciones de servicio y viviendas de una o dos plantas. Algunas construcciones se esmeraban en evocar la arquitectura de los indios con paredes de adobe amarillento y tirantes de madera oscura que sobresalían de los muros. Dejaron atrás un ancho cartel de Coca-Cola. De pronto Bill aferró la mano del conductor con tanta fuerza que le hizo girar el volante.

—¡Maldición! ¿Qué haces?

Bill tendía el índice hacia la izquierda, por delante de la cara de Aby.

—¡Es ahí! —La voz le salió disfónica, trabada por el júbilo.

—¿Qué puta cosa es ahí?

—Israel, el monte Carmelo.

Aminoró la marcha. Había una gran tienda azul de circo, delante de cuya entrada, orlado con banderitas, un cartel señalaba en irregulares letras de tamaño descomunal: "CRISTIANOS DE ISRAEL".

El camionero se asombró por el sudor que brotaba en el rostro de Bill. Era la primera vez que lo veía tan exaltado.

—Se trata de una simple congregación religiosa. Nada más que eso.

—Israel... —balbuceó—. Dice Israel, monte Carmelo.

—¡Estás borracho! No es Israel. Tampoco dice "monte Carmelo". A ver, ¿dónde mierda lees la palabra Carmelo?

—Yo me bajo aquí. —Recogió decididamente su bolso.

Aby adelantó la quijada, de repente tocado por la pérdida de un compañero con el que había empezado a encariñarse.

—Como quieras. ¡Pero qué ridículo! Esto es Nuevo México, no Israel.

—¡Me guía Dios! Hace un rato usted creía que yo me había perdido. —En su cara brillante de transpiración flameaba el triunfo.

—¿Has viajado dos largos días para meterte en esa carpa de vaya a saber qué cosa? ¿Perteneces a estos... cómo se llaman... —releyó las grandes letras— "cristianos de Israel"?

—Voy a Israel, al monte Carmelo. ¡Mi misión acaba de comenzar! Gracias por traerme.

Saltó a tierra.

Aby meneó la cabeza, accionó el guiño y se reintrodujo con

lentitud en la ruta. Pero se detuvo enseguida, unos cien metros más adelante. Prendió las balizas y descendió. Tenía la camisa adherida a la espalda y los dientes mordían furiosos el tabaco. Bill lo esperó quieto y regocijado.

—Lamento que no me acompañes hasta Phoenix. Es una linda ciudad, mucho mejor que este pueblo de mierda. Hasta debe de haber mejores carpas.

—Tengo que quedarme aquí. —Se puso una mano sobre el corazón. —No se imagina todo lo que haré.

Aby pensó: "Pobre muchacho, qué loco está", pero dijo:

—Cuídate.

Dio media vuelta y trepó a la cabina. Se quedó mirándolo por el espejo retrovisor. Bill se había parado frente al cartel y lo estudiaba como si fuese una catedral gótica. Las enormes letras parecían transmitir algo distinto de lo evidente. Luego avanzó por un sendero de lajas hacia una casa rodante sobre cuya negra superficie relucían cruces. Ahí debía de vivir el gurú, supuso Aby mientras introducía la chirriante primera.

Evelyn seguía recordando la mano de Bill guiando la suya, la tibieza que irradiaba su cuerpo, el roce de su cabello lacio. Evocaba sus camisas, pantalones y zapatos para que no se le esfumaran los detalles. Una imagen sucedía a otra, como en un álbum de fotos.

Dorothy se prestó a acompañarla en esa obstinada memoria. Inventaron un código para seguir refiriéndose a él, incluso cuando no podían hablar. De vez en cuando se deslizaban a su dormitorio, que la madre había decidido conservar en el mismo estado en que se hallaba la noche previa a su fuga: la Biblia abierta en el Libro de los Reyes, una remera colgada de la silla, el gorro sobre la mesa de luz, un zapato fuera de la caja. Evelyn solía acariciar la remera como si su textura equivaliese al cuerpo de Bill. Descubrió un lapicero de madera tallada y propuso a Dorothy que cada una se llevara un lápiz para seguir dibujando gatitos de dos circunferencias y bigotes risueños.

Bill había enamorado a Evelyn a la edad en que las niñas aún piensan en muñecas. Su brusca desaparición facilitó que lo idealizara. Lo extrañaba de manera tan confusa que, si hubiera tenido que describir su amor, lo habría asociado al que tenía por su padre, su madre, su hermano y su perrito faldero, todos juntos. Lo evocaba con un estremecimiento de fabulosa química, imposible de poner en claro a esa edad. Tenía la certeza de que era un príncipe con quien se casaría, que había debido ausentarse transitoriamente para arreglar asuntos de su reino. Tal vez le habían encargado conducir una batalla o vencer a un ejército de malhechores. Tal vez debía liberar a la princesa de un país vecino. Esas historias cursaban diferentes rutas y encendían sus mejillas.

El abuelo Eric, también convencido de que su nieto llevaría adelante una portentosa tarea, impidió que la familia radicara una denuncia para obligarlo a volver. Era seguro que la policía podría localizarlo en una o dos jornadas, pero ¿y después? Se negaría a someterse, gritaría, lucharía. En vez de llevarlo a su casa lo meterían en una cárcel. Todo eso, ¿para qué? Bill estaba sano y lúcido, quizá más lúcido de lo que captaban los hombres comunes. Había dejado una carta seca pero amable; era posible que pronto llegaran noticias alentadoras.

De la misma opinión era el reverendo Trade, quien releía encantado la breve nota de despedida porque hacía referencia a Elíseo y su túnica. El detalle no podía ser considerado menor. A su juicio, el joven respondía a un mandato de la Divina Providencia; sus pensamientos estaban enlazados con las Sagradas Escrituras. No era sensato resistirse a la Providencia.

El doctor Sinclair, en cambio, sostenía que estaba perturbado por secuelas de la encefalitis y aún podía cometer disparates. Todavía no había recuperado el equilibrio.

—¿Quién tiene pleno equilibrio en este mundo? —se enfadó Eric—. ¿Usted?

La familia Hughes quedó bloqueada entre los consejos del reverendo y el diagnóstico de Sinclair. Para algunos de sus amigos no padecía secuela alguna ni tampoco estaba la Providencia detrás de su conducta: era una simple rebelión de adolescente. Bill siempre había sido revoltoso y provocador. Por otra parte, a su edad miles de jóvenes se marchan a la universidad o a trabajos alejados; ¿qué sentido tenía preocuparse?

Sus padres repitieron para tranquilizarse: ¿qué sentido tenía preocuparse?

Se preocupaban, claro que sí. Pero nada hicieron para acelerar una solución, sino esperar y llorar en secreto, como dicen que hacían los indios cuando los paralizaba la tragedia.

Cuando Bill terminó de demostrar todo cuanto sabía sobre la vida y los milagros de Elíseo, el pastor Asher Pratt y su esposa, Lea, intercambiaron una mirada cómplice. No necesitaban referencias adicionales para contratarlo. Su tarea incluiría todos los servicios. Lea abrió sus bellas manos y prometió, enigmáticamente, hacerle conocer el monte Carmelo.

Bill quiso saber qué significaba "todos los servicios".

Ella cambió de tema.

—Ese monte está próximo, ya verás.

A Bill le impresionó la mirada de Lea, fuerte como un relámpago.

La carpa era el templo de la congregación fundada por Asher y su mujer. Tenía la forma de un circo ambulante, con dos mástiles centrales y tres docenas de soportes en torno de la circunferencia. El piso era de tierra apisonada, con una alfombra roja en el pasillo central. A sus lados se alineaban sillas plegadizas. Tras el púlpito colgaba una cruz de latón iluminada por una lámpara de aceite. Junto al estrado, protegida con una verja, relucía una caja dorada cubierta por grandes plumas de pavo real.

—Sigo el modelo de Moisés en el desierto —explicó Asher.

La analogía resultaba incomprensible.

—Durante la travesía del desierto —agregó el pastor— los israelitas transportaron el Arca de la Alianza construida por el artista Bezalel. Ahí la tienes. —Señaló la caja cubierta de plumas. —Su tinte dorado indica que su contenido es más valioso que el oro. Las plumas evocan a los arcángeles que en el templo de Salomón hacían guardia permanente.

—¿Qué hay adentro? No me va a decir que están las tablas de la Ley.

Asher frunció el entrecejo ante la insolencia.

—En tiempos de Moisés el Arca de la Alianza guardaba las tablas de la Ley, en efecto, pero ahora contiene algo más sagrado aún. Por eso nadie, nadie, ni siquiera yo, debe abrirla.

Bill aplicó su mirada al sagrado objeto y se acercó.

—¡Tampoco tocarla! —Asher levantó una mano como advertencia; luego se frotó las yemas. —¿No sientes algo extraño, una suerte de presión subterránea que corre bajo la piel?

Bill cerró los ojos para concentrarse.

—Intenso y sutil —añadió Asher.

Bill también se frotó las yemas de los dedos y notó que lo recorría un suave capullo de algodón.

—¿Quieres saber qué contiene el Arca?

Abrió los ojos.

—Por supuesto.

—Nada material. No están los Diez Mandamientos esculpidos en piedra, sino algo tan sublime como un fragmento del espíritu del Todopoderoso. Su energía se expande a toda la carpa y a los feligreses que oran.

—El espíritu del Señor acompañaba a los profetas.

—Así es.

—Y les permitía realizar milagros.

—Tal cual. Los milagros son siempre obra del Señor; nosotros, apenas sus humildes instrumentos. No lo olvides.

Bill tendió la mano hacia el Arca.

—¡No la toques!

—No iba a hacer eso: la pongo por testigo.

—¿De qué?

—De que pronto también yo realizaré milagros.

Asher comprimió la mandíbula. Ese joven, ¿era un fabulador o un inspirado?

—¿Qué quiere decir "pronto"? —Habló en tono exigente. —¿Una semana, un mes, un año?

—Cuando recoja el manto de Elíseo.

—¿Dónde, si se puede saber?

—No es un secreto.

—Dímelo, entonces.
—En el monte Carmelo.
—Ah...

Desde que Asher y la coqueta Lea contrataron a Bill para todo servicio, le fijaron deberes y derechos. Eso contribuiría a mantener acotada su impaciencia.

La casa rodante pintada con llamativas cruces blancas sobre fondo negro había sido acondicionada para albergar el dormitorio, la cocina y una biblioteca. No había lugar para Bill, así que éste armó su cuarto en un rincón de la carpa con unos metros de lona y cinco estacas. Compartía las comidas de la pareja sentado a la mesa de fórmica adosada a la pared del vehículo. Asher pronunciaba la oración de gracias antes de levantar el primer bocado. Las cenas eran livianas, compuestas por verduras, pescado o pollo. El desayuno, en cambio, más abundante: café, pan, huevos revueltos, tocino, jugo de naranjas y una tabla de quesos. Pero así como los tres se reunían puntualmente para cenar, a veces el pastor tardaba en llegar al desayuno: amanecía dormido, con los párpados hinchados y la lengua torpe, como si lo hubieran apaleado las pesadillas. Entonces Lea le zarandeaba el hombro, le tiraba dulcemente del cabello y le recordaba que debía rezar y comer. Asher obedecía como un autómata, balbuceaba la oración y masticaba con mandíbula floja.

Bill barría la carpa, ordenaba las sillas y hacía compras en el almacén según una lista que le entregaba Lea. También limpiaba la cucha de los dos perros doberman que montaban guardia junto a la casa rodante. Nada le parecía pesado o indigno, porque se acercaba la apoteosis. Elíseo, calvo como su abuelo Eric, se le aparecía en algunos sueños para asegurarle que marchaba por la buena senda.

Las actividades físicas se complementaban con el premio de las excitantes acciones espirituales de visitar a los feligreses en compañía del pastor. Lea les recordaba a quiénes debían ver en base a su extraordinaria intuición y memoria; insistía en que no era cosa de perder el tiempo, sino de generar el júbilo de los feligreses que los estaban esperando con la misma ansiedad que los leprosos a Cristo. Asher llevaba en su bolsillo un cuaderno doblado en el que anotaba las impresiones que causaba en cada uno de sus seguidores y las tareas que podría implementar más adelante para aumentarles el fervor.

A poca distancia de la carpa corrían las vías del tren. En determinados horarios —una de la tarde y tres de la madrugada— pasaba raudo como una centella, pitando y echando humo ardiente. Hacía temblar los alrededores. Sólo a las siete de la tarde se detenía en Elephant City por tacaños minutos. Barreras rojinegras bajaban a tiempo para que ni peatones ni vehículos fuesen atropellados por las ruedas de acero. En esa pequeña ciudad nunca olvidaban los dos accidentes que habían costado cinco vidas. Su estrépito era parte del ritmo cotidiano: quienes estaban cerca miraban arrobados las ventanillas fugaces, y quienes se encontraban lejos oían el pito y ponían en hora el reloj.

Las actividades de la iglesia Cristianos de Israel tenían lugar dos veces por semana en forma modesta. Pero el domingo estallaba la exaltación. Acudían familias enteras, con hijos, abuelos, tíos, sobrinos, perros, loros y gatos. A Bill se le instruyó que acompañara a Lea en la entrada; ambos daban la mano en nombre del Señor a cada concurrente, acariciaban la cabeza de los niños y deseaban buena salud a los ancianos. También la seguía durante y al final de los servicios con bandejas donde los fieles depositaban sus ofrendas. Casi siempre se producía un lleno completo y a menudo quedaba gente de pie junto a los bordes de la carpa.

Asher aparecía solemne, imponía silencio y hablaba con elocuencia. Sus manos se agrandaban y parecían estirarse hasta el feligrés más alejado. Por lo general mantenía los tonos dulces, pero de súbito explotaba en gritos de advertencia. Y el contraste erizaba los pelos.

Bill advirtió que Asher siempre empezaba con alguna anécdota de la vida cotidiana en Elephant City. Describía el suceso espolvoreándolo de incógnitas y enseguida formulaba preguntas que nadie, por supuesto, se atrevía a contestar. A continuación relacionaba esa breve historia con el plan de Dios, para entender si lo favorecía o contrariaba.

El pastor insistía en que sólo su congregación caminaba por el recto sendero de la verdad. Como prueba de ello estaba delante de todos la magnífica Arca de la Alianza con un fragmento del espíritu divino en su interior. En ninguna otra iglesia habían logrado una réplica tan perfecta del Tabernáculo, ni siquiera los católicos, ni siquiera los mormones.

—Siéntanse orgullosos de pertenecer a esta Casa del Señor —proclamaba—. Somos los auténticos cristianos de Israel, la más pura expresión del pueblo elegido. A pocas personas les es dado entender el privilegio que nos ha conferido la Providencia. Formamos parte del Israel de la Biblia. ¡Pero no somos judíos, Dios nos salve! Somos cristianos, los verdaderos, los descendientes de patriarcas, profetas y apóstoles.

Bill absorbía su mensaje con embeleso. Las interpretaciones que daba a las Sagradas Escrituras sonaban excitantes. Según Asher, los genuinos israelitas eran solamente los descendientes del antiguo reino de Israel, porque sólo en ese reino, y no en el de Judá, se concentraron casi todas las tribus que Moisés liberó de Egipto. Relataba que unos setecientos años antes de Cristo se produjo la invasión de los crueles asirios en el norte de Canaán, donde estaba el purísimo reino de Israel. Los asirios destruyeron las ciudades y forzaron el exilio de sus habitantes. Por medios violentos los empujaron hacia las montañas del Cáucaso, donde había sido encadenado el pagano Prometeo. Levantaron puestos de vigilancia a cargo de guerreros sanguinarios para impedir su retorno a Canaán. Millares de israelitas fallecieron como consecuencia del frío y el hambre, pero otros tantos consiguieron desplazarse hacia el oeste, hacia Europa. Eran blancos y rubios; eran bellísimos en comparación con los brutales asirios.

—Blancos, rubios y bellísimos como nosotros. ¡De ellos descendemos!

Muy diferente fue el destino del reino de Judá, en el sur —continuaba—, que fue destruido un siglo y medio después por el babilonio Nabucodonosor. Sus habitantes ya se habían mezclado con vecinos repelentes como los moabitas, amalecitas e idumeos. Los prístinos rasgos del pueblo elegido se habían borrado bajo el maremoto de las mezclas raciales: conformaron lo que ahora conocemos y despreciamos bajo el nombre de judíos.

Nabucodonosor los deportó a orillas del Éufrates y allí se mezclaron peor, con las sucias y lascivas mujeres de Babilonia y de Persia. Se transformaron en una comunidad de infieles y perversos. Se mutaron en la esencia del Mal; por eso se ocuparon más adelante de perseguir, torturar y crucificar a Cristo.

—Los judíos no son Israel —afirmaba—, no descienden de las diez tribus perdidas, no cuentan con la bendición del cielo. ¡Israel somos nosotros!

En Pueblo jamás Bill había oído algo semejante. Allí se había constituido una numerosa comunidad de origen hispano y católico. El resto eran asiáticos, irlandeses, judíos, negros y estadounidenses del este o el oeste. La pluralidad estaba garantizada, aunque no faltaron quienes pretendieron sembrar el odio. Aún se recordaba lo ocurrido en las minas de carbón pertenecientes a Rockefeller que culminaron en la llamada "masacre de Ludlow". Después se establecieron fundiciones de acero cuyas chimeneas se mantienen como obeliscos que rememoran otras luchas desafortunadas. Las turbulencias eran la oportunidad que los fanáticos habían aprovechado para exaltar el prejuicio.

Las familias de Evelyn y de Bill estuvieron al margen de semejante flagelo; hasta incluían hispanos entre los parientes. El padre de Evelyn era periodista y trabajaba en *The Pueblo Chieftain*; su madre enseñaba español en la universidad. Sus vecinos y amigos —algunos católicos, otros metodistas— también eran amigos de los Hughes.

Bill escuchó desde pequeño al pastor Jack Trade, que predicaba el amor entre los seres de buena voluntad con una voz tan dulce que no parecía concordar con su cara huesuda. Pero los fragmentos de esas prédicas entraron en colisión con los cañonazos del reverendo Asher Pratt, crudamente deflagradores. Al principio le sonaron como una explosión inverosímil; después, como algo que debía de ser cierto; pronto, como la única versión que merecía crédito y prédica. El viejo Jack Trade se redujo a un ingenuo dato de infancia. En cambio, le producían creciente fascinación las palabras de Asher. Tenían gusto a pan caliente, a transgresión. A menudo abandonaban la coherencia, pero ¡qué importancia tenía la coherencia, si exaltaban el corazón! ¡Para qué la fidelidad a ciertos versículos, si la nueva historia trompeteaba fuego!

Por consejo de Lea, Bill mejoró su pequeño hábitat. Lavó y emparejó metros de arpilleras para tenderlas como alfombra; sobre ellas puso un blando colchón de lana. Lea le proveyó más sábanas limpias, almohada y frazadas. En el depósito descubrió una mesita que instaló junto a su lecho y sobre ella ubicó una jofaina de porcelana y su cepillo de dientes. También encontró en el depósito un bate de béisbol, revistas viejas y un velador, que incluyó en su mobiliario. En comparación con la austeridad que distinguía a los profetas, su cubículo era un palacio.

La mujer volvió a decirle, con un relumbrón de los ojos, que no había olvidado la promesa de llevarlo al monte Carmelo, donde podría recoger el manto del profeta. Bill advirtió que había empezado a peinarse con coquetería y cargaba mucho *rouge* en sus sensuales labios.

Se dormía imaginando el momento en que treparía el monte y lo rodearían luces y sensaciones, aunque a menudo los hechos muy deseados finalmente se cumplen de una manera distinta. El Carmelo no podía ser como los demás montes, pensaba. Tanto Elíseo como su maestro Elías lo habían elegido por sus características excepcionales. Se trataba de un sitio elevado, sin duda, pero turgente de misterio. Entre su vegetación debían abrirse delicados senderos donde el polvo aún vibraba bajo las huellas que dejaron las sandalias de los iluminados. Las rocas debían ser altares, porque sobre ellas los sanguinarios sacerdotes de Baal carneaban niños hasta que Elías los derrotó y expulsó con una tormenta purificadora.

¿Podía ser el Carmelo como las escarpadas montañas que había visto desde la ventanilla del camión de Aby? Algunas parecían monstruos, otras parecían castillos. No, debía de ser mucho más. En cuanto a la lechosa túnica (Lea lo había acostumbrado a decir "lechosa" en vez de "blanca"), trataba de adivinar su textura, su olor, su temperatura. Debía de producir un encantamiento parecido al rojo manto de Jesús.

Día tras día y noche tras noche aguardaba su viaje. Ya rondaba por las cercanías, según la grávida voz de Lea. Mientras, se dedicaba a incorporar las pasmosas verdades de Asher.

Lo dejó frío escuchar su teoría sobre el primer hombre. Supuso que se limitaría, como el pastor Jack Trade, a narrar la conocida historia de Adán y Eva. Pero Asher apoyó la Biblia sobre su cabeza como si fuese un solideo que le derramaba poder y gritó que Adán fue el primer hombre "blanco", no el primer hombre a secas. Fue la corona gloriosa de la Creación, no el padre de todos los seres que equivocadamente llamamos humanos. Porque antes de Adán, antes de que el Señor lo crease de la arcilla con su divino soplo, ya existían seres parecidos pero no idénticos a él. Eran borradores horribles, bípedos preadámicos que tenían que haber desaparecido hacía rato.

—¡Son los que desencadenan las desgracias del mundo y obligan a que el Señor castigue con terremotos, diluvios y epidemias! Habían llenado el universo de abominaciones y el Señor produjo el gran Diluvio. Pero el Diluvio no consiguió ahogarlos a todos, desgraciadamente: algunos se refugiaron en las cimas del Himalaya y dieron origen a los mogoles y mongoloides; otros, en las montañas de África, y produjeron la abyecta raza de los negros; un tercer grupo sobrevivió en las altas cuevas de la cordillera de los Andes y fue la semilla de los indios y los hispanos. Todos son inferiores, apenas despreciables proyectos de hombres, no hombres cabales. No integran la humanidad verdadera. No descienden del blanco y perfecto Adán creado por el Señor en el día sexto. Por eso en nuestra congregación, que se denomina Iglesia de los Cristianos de Israel, no aceptamos negros ni hispanos ni chinos ni indios ni judíos. Conforman la hez. Envidian nuestra superioridad. Y su más intenso deseo es corrompernos mediante las cruzas raciales.

Un fino temblor recorría los músculos de Bill mientras absorbía esos conceptos. Era indudable —reflexionó exaltado— que su misión sagrada tendría mucho que ver con limpiar el mundo de la carroña preádámica. Se avecinaba su riesgo y su aventura de profeta.

. . .

Ruidos en sordina penetraron en su sueño. Esforzadamente despegó un ojo. Alguien caminaba junto al exterior de la carpa y se dirigía a la casa rodante. De inmediato abrió los párpados como un resorte y se dispuso a levantarse. Podía ser un ladrón. Los doberman comenzarían a ladrar. Los oyó gruñir, pero al minuto callaron. Aguzó el oído y pudo relacionar lo que llegaba a percibir —que era muy tenue— con la cuidadosa apertura de una puerta y su más cuidadoso cierre. Luego se reinstaló el silencio. Dio unas vueltas entre las sábanas y, bajo el manto del restablecido silencio, se durmió de nuevo.

Tres noches después su corazón empezó a latir fuerte y se despertó. Estaba más alerta. Oyó entonces los mismos ruidos apagados, la breve inquietud de los perros, la puerta que se abría y cerraba. Ya no se durmió.

¿Recibían visitas secretas el pastor y su mujer? Su imaginación pretendió descifrar el interrogante con antojadizas alternativas. Su sueño se tornó superficial, porque ya no podía dejar de mantenerse alerta. Desde el sueño empezaba a ser recorrido por hormigas que lo impulsaban a abrir los ojos en el preciso momento en que los lentos pasos recorrían el costado de la carpa. Decidió investigar mejor. Se arrastró sigiloso hasta el borde y abrió un poco la lona. Era evidente que los perros reconocían y aceptaban al visitante. Bill, impaciente, asomó la cabeza y examinó los bultos de la noche. Las cruces pintadas sobre la casa rodante brillaban extrañas bajo la luz de la luna.

Entonces pudo verlo: era un hombre de mediana estatura, con sobretodo oscuro y sombrero de alas anchas. Incluso pudo ver su barba y anteojos de grueso carey. Caminaba vacilante. Tanteó el pasamanos de la casa rodante, trepó dos escalones y giró el pomo de la cerradura. Abrió, entró y cerró despacio.

Bill hundió la cabeza en la almohada para resolver el enigma. Era de suponer que el pastor sostenía conversaciones con alguien que quizá fuera su maestro: un sabio clandestino o un anacoreta. Seguro que su conversación duraba horas y por eso a veces llegaba soñoliento al desayuno. En esas noches recibía un alimento espiritual extraordinario que luego volcaba en sus prédicas. Bien valía quedarse despierto mientras la humanidad dormía. Bill llegó a la conclusión de que las audaces teorías de Asher no debían de provenir de revelaciones celestiales directas ni de su inteligente interpretación personal, sino que eran el producto de las enseñanzas que le regalaba ese misterioso visitante. Dio una vuelta sobre el colchón y se quedó mirando el techo de lona: aquel descubrimiento le resultaba perfecto, porque Asher estaba empezando a resultarle desagradable. No era un genio ni un profeta, sino el simple vocero de otro hombre superior a él.

Pero le faltaba averiguar quién era ese hombre. Debía de tratarse de una personalidad erudita y generosa. Poca gente aceptaría brindar conocimientos nocturnos en forma anónima. Quizás era un espíritu. Pero desechó la idea: no asociaba con el espíritu a alguien vestido de sobretodo, sombrero, anteojos y que caminaba con la torpeza de un borracho.

Después de una de esas noches en las que el sigiloso hombre visitaba la casa rodante, el desayuno tuvo las características previsibles: Asher bostezaba, con los ojos cerrados, y Lea recurría a zarandearle el hombro. Aquella mañana agregó un rabioso tirón de pelo. El pastor alzaba con esfuerzo las cejas y los párpados, se frotaba las mejillas pálidas, decía: "Está bien" y pronunciaba la oración. Después bebía la taza de café cargado como si fuera una vaca que arrean al matadero.

Bill lo contempló ambivalente: era un sujeto que tenía méritos y vicios; de veras que lucía miserable. Decidió intervenir.

—Anoche se lo pasó hablando —le dijo a Lea, con una mirada cómplice que añadía: "Vamos, todos sabemos por qué no logra despertarse".

Ella depositó los cubiertos sobre el plato.

—¿Qué dices?

Bill abrió las palmas ante lo obvio.

—Tuvo la visita, ¿no?

Los interrogantes ojos de Lea se agrandaron.

—Hace semanas que lo oigo llegar —agregó Bill, confidencial.

Ella retorció sus dedos elegantes; las uñas pintadas parecieron deseosas de arañar el mantel.

—Debe de ser un maestro muy querido —Bill consideraba absurdo el encubrimiento y quería poner las cosas en claro de una santa vez.

Ante la ausencia de respuesta, vació su último cartucho.

—¿Por qué no son francos conmigo? ¿Es un eremita? ¿Un pastor? ¿Acaso un representante de Elíseo?

Ella se acarició el sonrosado cuello mientras hacía fuerza para tragar las maldiciones que afluían a su boca. Giró hacia la cafetera y sirvió otra taza al adormilado Asher.

—No tiene sentido mantener un secreto que ya no lo es —insistió Bill.

Lea suspiró un recalcitrante: "¡Dios mío!", miró el techo perla del vehículo y fue cambiando su semblante duro por otro tierno. En su cabeza se acomodaban cajas llenas de dinamita. Luego se dirigió con benevolencia a Bill; alargó el brazo hasta tocarle la cabellera rubia. Era un gesto maternal. Muy dulce. Contrastaba con la ira que había manifestado contra su marido un momento antes.

—Me conmueves, joven profeta. Pero no es como supones.

Bill percibió que Lea no quería seguir hablando delante de Asher, de modo que recogió su vajilla, la lavó y fue a recoger los artículos de limpieza para ordenar la carpa. Mientras barría la alfombra central, casi rozó la verja que protegía el Arca. Se detuvo a contemplarla con arrobamiento; las plumas de pavo real que simbolizaban a los arcángeles formaban figuras de colores cambiantes; protegían algo que debía mantenerse a cubierto de la voracidad humana. En su interior, como repetía Asher, moraba el Espíritu. Allí residía la máxima santidad de toda la congregación. Levantó una mano y la puso frente al Arca, como si fuese una estufa cuyo calor brindaba salud y bienestar. Sintió que a su piel llegaba una corriente suave, algodonosa, que le evocaba las nubes por entre las cuales se había asomado la luz de Elíseo.

Hacia el mediodía el pastor amontonó algunas prendas en su valija, besó a Lea en la mejilla y estrechó la mano de Bill. Partía a Santa Fe por tres jornadas con el objeto de resolver asuntos administrativos. Realizaba ese viaje una vez por año. En la capital de Nuevo México lo esperaba su asesor de impuestos.

Por primera vez Bill comió a solas con Lea. Mientras masticaba el último bocado, ella volvió a decirle que cumpliría su promesa de conducirlo al monte santo y hacerle tocar la lechosa túnica. Ocurriría esa misma noche. Bill fue recorrido por un fino estremecimiento; estaba seguro de que decía la verdad. Después del postre abrió la alacena, extrajo una botella de whisky y vertió un buen chorro en dos vasos de vidrio grueso. Del fondo de un cajón extrajo un pastillero de plata y arrojó tres unidades en el vaso de Bill. Lo invitó a sentarse en el único sillón del estrecho living. En ese sitio Asher se concentraba en sus lecturas y elaboraba las prédicas. Seguro que allí memorizaba las enseñanzas que le transmitía el misterioso anciano. Bill se resistió a medias: ardía de ganas por usurparle el trono. Lea rió con la boca cerrada y lo empujó. Ambos hicieron fuerza para entrar en el angosto sofá como dos pies en un zapato.

—¡Cabemos!

Estiró el brazo y apagó las luces, menos la de un velador.

De pronto la atmósfera se tornó mágica. Sombras altas se proyectaban en las paredes mientras piezas del mobiliario que solían pasar inadvertidas adquirían un volumen desacostumbrado. De algún sitio llegaba una fragancia a jazmín. Bill tragó un sorbo de whisky y la cinta líquida le arañó la garganta.

Lea le preguntó cómo imaginaba la lechosa túnica del profeta.

Él se peinó el cabello con la mano y manifestó incertidumbre. Había escuchado, leído y releído cuanto narraba el Libro de los Reyes, comparándolo con imágenes que provenían de su sueño y su duermevela. Desde que Elíseo emergió de los esponjosos desfiladeros no había jornada en que no pensara en él y en sus prodigios. Con respecto al monte Carmelo, sólo sabía que estaba al norte de Israel. Pero no cómo aparecería a su tacto, a sus ojos y a su nariz. Imaginaba senderos imantados por las huellas fosforescentes de los profetas, zarzas como la que habló a Moisés en el Sinaí, cascadas que evocaban el sagrado Jordán. Suponía que el aire cargaba olor a mirra y laurel. Las nubes debían de formar sólo imágenes de querubines. El rocío se coagulaba en joyas. En fin.

—No te has equivocado —dijo Lea, soltándose la cabellera—. Tu imaginación ha creado cientos de posibilidades; poéticamente rondan la verdad.

—Cuando lo escale, tendré la verdad. Como pasó con Elíseo.

—Elíseo vivió hace miles de años. Su cuerpo, su manto lechoso y hasta el monte que habitó ya no son idénticos. Cristo mismo se transfiguró en el Tabor para que sus discípulos accedieran a lo que habitualmente no veían. Elíseo y el Carmelo tienen una dimensión espiritual muy potente, pero espiritual, ¿de acuerdo?

—¿Cómo escalaré un monte espiritual?

Lea le acarició la mejilla. Su mano estaba caliente.

Bill se angustió y bebió otro sorbo.

—¿Quieres decir que no tocaremos el monte? ¿No existe sino en espíritu?

—¡Claro que lo tocaremos! Existe en la realidad concreta. Pero es distinto de lo que supones. ¿Algo tan importante se reduciría a una elevación de tierra? ¡Por Dios! Tendrás el monte y tocarás el lechoso manto.

—¡Cuándo!

—Antes de que amanezca.

Bill dejó de parpadear.

—Empieza por convencerte —Lea sonreía y su boca sensual emitía un aliento de selva.

—¡Te agradezco tanto!

—Termina esa copa. Para llegar a ciertos lugares hay que prepararse. Algunos necesitan cuarenta vasos de whisky, como los años que los israelitas deambularon por el desierto. Contigo me parece que bastará éste; le agregué una pastilla de poder mágico.

—Nunca he bebido. —Apuró el resto.

—Mejor.

Media hora después Bill no sabía qué pasaba alrededor de él. Una grata liviandad le hacía recordar chistes estúpidos. El juego que proponía Lea no tenía sentido, pero causaba gracia. Decía que para internarse en el Carmelo había que presentarse con la original pureza del nacimiento. Desnudo se nace y desnudo se retorna al Señor. Era fantástico mantenerse de pie, apoyado contra la ventana, y dejar que le quitasen la ropa. Cuando chico y cuando enfermo lo habían desnudado, como ahora lo hacía Lea. Pero nunca sintió tanto placer. No sabía a qué atribuirlo; su cabeza había dejado de razonar. Cuando le desabotonó la camisa sintió que los brazos de la mujer penetraban como tentáculos hacia su espalda, sus axilas, su pecho. Lo envolvían y acariciaban con suavidad. Lo recorrió un escalofrío que casi lo arrojó al piso. Lea lo abrazó, pidió con voz anhelante que siguiese tranquilo y gozara.

Bill tuvo una inconsistente sacudida de rechazo, pero hizo una mueca y eructó alegre.

Lea le desabrochó el cinto. Cuando se le cayeron los pantalones, dijo que debía ser más agradecido y desvestirla también.

Las llamaradas de una hoguera trepaban desde el bajo vientre de Bill. A lo lejos silbaba el tren nocturno. Debía de ser muy tarde; ya no tenía noción del tiempo.

Cuando se tendieron en la cama, ella le tomó las manos y lo obligó a explorarla lenta y suavemente, desde la nuca a los pies. Mientras las yemas de Bill acariciaban divertidas e irrefrenables, Lea le susurraba en la oreja la geografía de la Biblia. Su blanco cuello era la torre de David en Jerusalén; un pecho, el monte Tabor, y el otro, el de las Beatitudes. Su cabellera con fragancia de jazmín era la fronda de los cedros del Líbano. Las plantas de sus pies, un trozo del áspero desierto.

—Pronto llegarás al monte santo —gemía—. Su vegetación es suave... suave...

La confusa mente de Bill registró el vello y se sobresaltó.

—Ya estás llegando... —Le soplaba a la oreja. —Acaricia con cuidado sus alrededores sensibles... fosforescentes... Se abren caminos, los caminos de los iluminados... Caminos secretos, maravillosos... Hacia los lados... Ahora hacia abajo... Sólo un poquito... Ahora hacia arriba... Abajo... Las rocas se licuan... Aparece una miniatura del Jordán, tu anhelado río.

Bill no entendía cómo se extraviaba en las miniaturas que también eran el Carmelo. La hoguera lo quemaba. Trepó a las colinas santas y penetró en sus profundidades como un suicida que busca el fondo inalcanzable del abismo. El aturdimiento lo hizo saltar como un loco.

De súbito ella le apretó las caderas y lo arrancó de su interior. Bill, que jadeaba desesperado, eyaculó sobre el vientre de la mujer.

Lea le aferró una mano y lo obligó a embadurnarse con su propio semen.

—Aquí tienes el lechoso manto del profeta —balbuceó agitada.

Antes de que Bill pudiese articular su asombro, agregó:

—Estaba dentro de ti.

Bill se desplomó y se durmió. Pero una hora después, con la mitad de su mente en el sueño y el paladar pegajoso de whisky y droga, percibió la excitante sedosidad de la piel que respiraba al lado. Sus dedos reptaron otra vez hacia el monte Tabor y el monte de las Beatitudes. Luego, cautelosamente, descendieron hacia el imantado Carmelo, cuya fronda era minúscula y blanda, prometedora de renovados deleites. Jugueteó con la delicada maleza y descendió por la cascada donde se licuan las rocas. Lea despertó amable y lo abrazó. Más confiados, volvieron a hacer el amor. Y más tarde de nuevo. Y otra vez. Cuatro veces en total.

Tomaron un desayuno tardío. Los unía la complicidad de una noche fantástica. Los ojos de Lea titilaban llenos de luciérnagas. Bill se sentía fuerte y animoso, capaz de predicar a multitudes, de hacer milagros.

Las otras dos noches en que el pastor permaneció ausente fueron otras tantas de descubrimiento y frenesí. Pero el regreso de Asher no implicó el fin de sus excursiones. Bill estaba listo para volver ante la mínima oportunidad que le proporcionara Lea. Servía cualquier instante del día o de la noche en que el pastor no estuviese cerca. Entonces se abrazaban y desnudaban con ardor, mientras ella le susurraba en la oreja la geografía de Canaán. Juntos se perdían en la tormenta de valles y obeliscos bíblicos.

Una noche, después del segundo orgasmo, Bill oyó ruidos. Pensó que debía de ser el maestro que venía en busca de Asher. Pero Asher había salido. Se desprendió de Lea y pegó un salto hasta la puerta. Tropezó con otro cuerpo que vestía sobretodo. Ella encendió el velador. El forastero, que trastabillaba, rodó junto a la mesa de fórmica.

—¿Elíseo? —murmuró Bill, desnudo, mientras le tendía las manos para ayudarlo a incorporarse.

El visitante se levantó despacio.

—Idiota... —farfulló Lea.

El presunto eremita dobló sus anteojos, que guardó en un estuche, colgó el sombrero de alas anchas en el perchero, se quitó el sobretodo negro y después, con suavidad, despegó su amplia barba. Era Asher.

Bill retrocedió aturdido.

—¡Imbécil! —A Lea le salían rayos.

Bill se cubrió los genitales con una camisa. Le martillaban las sienes. Giró en busca de un apoyo y se dejó caer sobre el sillón donde Asher elaboraba sus prédicas.

Lea se sentó en la cama con los pechos al aire y el pelo levantado. Su cara había enrojecido. De sus dientes salieron reproches de ametralladora. Bill no lograba entender, porque lo que sucedía era absurdo. Sufría una pesadilla de la que no lograba librarse. En la pesadilla veía a sus benefactores como enemigos, hechos unos monstruos enfrentados a muerte. El hombre parecía resignado; la mujer, insaciable. Ella quería hacerlo pedazos. Sus insultos parecían una lluvia ácida, como la que destruyó Sodoma.

Poco a poco, no obstante, en Bill se fue desgarrando la bruma. Empezaba a comprender algo complejo y terrible. Arduamente, como si se abriese un tajo en el cielo encapotado, se filtraba una mínima luz. En la tempestad de palabras Lea dijo una y otra vez que su marido la espiaba. Dijo que era un perverso eternamente insatisfecho. Un impotente.

Bill se pellizcó los brazos. Quería despertar. Sentía dolor. Debía reconocer que no soñaba una pesadilla, sino que la estaba viviendo. Asher parecía habituado a semejante filípica y, sin responder a su esposa, procedió a lavarse las manos, la cara y la nuca. Abrió la heladera y eligió una botella de cerveza. Buscó el destapador en el cajón de los cubiertos y llenó dos vasos, uno de los cuales tendió a Bill, como si nada especial estuviese ocurriendo. Bill se secó el sudor que le chorreaba de la cabeza; ansiaba ponerse los pantalones para huir de ese atolladero. Aceptó el vaso que le tendía Asher, pero no se lo acercó a los labios. Lea acababa de develar el enigma. Hizo añicos la caja de Pandora y los espectros saltaron en bandada. La casa rodante se había convertido en un muladar.

Asher hacía girar entre sus dedos el vaso helado y bebía tranquilo, de a pequeños sorbos. Tenía la certeza de que tras el tifón las cosas retornarían a la normalidad.

Lea, sin embargo, no dejaba piedra sobre piedra. La presencia de Bill significaba tener a alguien que la escuchaba con el debido asombro. Contó, siempre a los gritos, que su repugnante marido violaba sus propias prédicas porque cada tres o cuatro noches se iba disfrazado de viejo a las casas de putas instaladas en el borde de la ciudad, al otro lado de las vías del tren, donde se entregaba a orgías asquerosas. Que le gustaba mirar los coitos ajenos y ahora se había puesto a mirar el suyo con Bill.

Tal como Asher barruntaba, al día siguiente la rutina continuó como si nada hubiera sucedido. Lea preparó tostadas, huevos, tocino, jugo de naranjas y café mientras Asher bostezaba con la misma intensidad que solía hacerlo otras veces, sólo que ahora Bill sabía que su sueño atrasado no se debía al esfuerzo de mantener conversaciones metafísicas con un sabio. Luego Bill limpió su cubículo y ordenó la carpa. Asher recibió la lista de feligreses a los que debía visitar y más tarde, junto con Bill, cumplió debidamente su misión pastoral. El domingo hubo, como siempre, saludos a la entrada y abundante recolección de ofrendas. Asher pronunció un encendido sermón basado en los castigos de fuego y azufre que el Señor había lanzado contra los pervertidos habitantes de Sodoma.

Antes de dormirse Bill leía sistemáticamente algunos capítulos de la Biblia, yendo hacia delante y atrás del Libro de los Reyes, donde se contaba la vida y los milagros del profeta Elíseo; a esa parte la consideraba el ombligo de las Sagradas Escrituras. También anotaba en un cuaderno las ideas que Asher desarrollaba en sus prédicas, en especial su teoría sobre los verdaderos israelitas y las abominables razas preadámicas. Cuando veía a un negro, un hispano o un asiático, entendía que ya no correspondía tratarlos como a hermanos y ni siquiera como parte de la auténtica humanidad. Nunca se había sentido tan respaldado en su desprecio.

Algo decisivo, no obstante, había cambiado en la rutina de la iglesia. Cada tres noches, cuando Asher salía con su hirsuta máscara a satisfacer la compulsión de mirar coitos ajenos, Lea llamaba a Bill sin ocultar su alegría por el desquite. Durante esas horas no sólo se extraviaban en la excitante geografía de Canaán y gozaban de las zambullidas en sus abismos, sino que se reían a carcajadas del pastor ausente.

El domingo de Pentecostés se produjo otra fractura.

Asher amaneció con una angina que no le dejaba pronunciar palabra. Era un inconveniente serio, porque en esa fecha Dios había hablado desde el monte Horeb al pueblo elegido y, siglos después en el mismo día, iluminó el alma de los apóstoles. Era en Pentecostés cuando la sublime iglesia de los Cristianos de Israel también accedía a las verdades más excelsas mediante una prédica de fondo. Lea, por lo tanto, no se resignaba a que una afección de garganta frustrase el acontecimiento: preparó para su marido té con miel y lo obligó a beberlo; después lo obligó a tomar varias aspirinas. Como la afonía no daba muestras de ceder, ordenó que se metiera en cama, y a Bill, que se sentase en el sillón del living.

—¿Sabes quién ocupará el púlpito de nuestra iglesia? —preguntó.

Bill sostuvo su mirada desacostumbradamente firme. Sospechaba la respuesta y se le aceleró el pulso.

—Ya estás en condiciones —agregó ella.

Asher, mortificado, agitó ambas manos desde su lecho.

—No te esfuerces en hablar, querido. Es inútil.

Bill disimuló su sonrisa de triunfo. Después cerró los ojos y se puso a organizar las ideas. Era su debut.

Ella se ocupó de recibir a los feligreses en la puerta de la carpa, como de costumbre, pero redoblaba las muestras de afecto. Una mano estrechaba diestras y acariciaba cabelleras infantiles mientras la otra sostenía una bandeja donde aterrizaban los billetes del diezmo.

Cuando todas las sillas quedaron ocupadas, Bill apareció en el estrado envuelto por una amplia túnica blanca. Era de algodón liviano y formaba muchos pliegues sobre sus hombros. Parecía el manto de un rey. Contrastaba con el sobrio hábito de Asher, idéntico al de cualquier pastor evangelista. Bill, en cambio, pese a su juventud, irradiaba solemnidad. Sostenía una Biblia con el índice introducido en la página que iba a citar. Se desplazó con aplomo ante centenares de personas que lo escrutaban expectantes. Subió los escalones del púlpito por el costado derecho de la tarima y contempló a la concurrencia con mirada desafiante.

Le brotó una voz honda y segura cuando ordenó cantar el salmo veintitrés. Los feligreses obedecieron. A continuación dio la bienvenida y explicó que la voluntad del Cielo había decidido que en ese Pentecostés el reverendo Asher Pratt sufriese una afonía para que su devoto ayudante Bill Hughes pudiera reemplazarlo.

—Hubo un tiempo en que el bienquerido profeta Elías tuvo que delegar su tarea en otra persona —agregó como ejemplo.

Narró entonces algo que formaba parte de su identidad: el prolongado vínculo de Elías con Eliseo y cómo este último no sólo tuvo el privilegio de presenciar el instante en que su maestro fue arrebatado hacia las alturas por un carro en llamas, sino que recogió el manto que le dejó caer desde las nubes. Envuelto por la túnica portentosa, el discípulo no fue menos que el maestro.

Mientras hablaba se acomodaba los pliegues del manto a fin de que hasta el más estúpido pudiera asociarlo con aquel personaje. No dudó en contar su fantástica historia. Una terrible enfermedad lo había hundido en coma y arrastraba hacia el sepulcro. Entonces apareció Elíseo para salvarlo. Le atravesó la cabeza con su báculo de olivo y se tendió sobre su cuerpo: palma contra palma, pecho contra pecho, nariz contra nariz, boca contra boca. Le infundió su aliento, su latido y su energía. Le revivió la sangre y la sensibilidad. Le produjo siete golpes de sísmicos estornudos. Y lo devolvió al planeta de los vivos. Ahora él, Bill Hughes, era Elíseo. El profeta moraba en sus venas, en sus pulmones y en su cerebro. Lo decía frontalmente, sin rodeos mentirosos, en presencia del espíritu del Señor que habitaba la sagrada Arca protegida por las plumas de los arcángeles. El profeta que lo habitaba aconsejó que dejase su familia, se despidiera de las oscuras aguas del río Arkansas y caminara hacia la ruta donde la Providencia le mandó un camión guiado por un buen hombre idéntico a Abraham Lincoln. Recorrió cientos de millas sin otra guía que su intuición. Anduvo y anduvo como un peregrino hasta que vio a un costado de la ruta el mismo cartel que cada uno de los presentes conocía. Había llegado a Israel. Y no se había equivocado, porque en esa iglesia se reunían los auténticos israelitas.

Bill calló durante un minuto para que los rostros de hombres, embobadas mujeres y niños inquietos metabolizaran sus frases. Ya los tenía en el puño.

En esa prédica de Pentecostés correspondía insistir sobre las "bestias del campo" que amenazaban a los israelitas verdaderos. Las horribles criaturas preadámicas perturbaban al pueblo de Dios con la negrura de su piel y los bajos instintos de sus hormonas. A esas "bestias" acompañaban otros monstruos igualmente dañinos por su semejanza con los descendientes de Adán: eran los hispanos y los indios cuyos cabellos y ojos oscuros evocaban las tinieblas del Mal. No menos abominables eran los asiáticos, porque su tinte amarillento era un dato de enfermedades crónicas, y sus ojos oblicuos, una herencia de las serpientes.

Dejó para el tramo final a los judíos. El plato fuerte. Quería iluminar aquel Pentecostés con un secreto sobre lo ocurrido en el paraíso terrenal a espaldas del primer hombre blanco. Inspiró hondo y las voluptuosas escenas compartidas con Lea se convirtieron en el excitante soplo de las musas. Sacudió la Biblia como si fuese una pandereta y gritó:

—¡Aquí está dicho! —No estaba dicho, ¡pero qué importaba!

Apretó los labios, descendió del púlpito y caminó por la amplia tarima haciendo sonar los tacos agresivos. Sus ojos claros se convirtieron en reflectores. Los feligreses pellizcaban el borde de las sillas.

—¡Aquí está dicho! —repitió.

Entonces agregó a media voz, haciendo pantalla con la mano:

—Está dicho que Eva, la primera mujer, la mujer de Adán, no fue leal a su esposo.

Se expandió una onda de sorpresa.

—Ninguna mujer leal lo hubiese inducido al pecado. Pero ocurría que ella ya era una pecadora tenaz.

Creció el murmullo. Lea sacó su pañuelito de la manga y se secó la frente: no era el tema que le había propuesto.

—Está dicho en las Sagradas Escrituras que la vil serpiente tenía miembros para caminar y que su aspecto no era repugnante como ahora, tras el castigo que le aplicó el Señor. Pero, ¿ese castigo extremo sólo se refería a la tentación que provocó en Eva para que comiese el fruto prohibido? Piensen un poco...

Silencio.

—¿No les parece raro? ¿Cuántas veces cada uno de ustedes —recorrió la sala con el índice extendido— ha tentado al prójimo con un chiste, una insinuación, un ejemplo, un plato exótico? ¿Merecerían la condena de perder brazos y pies y arrastrarse por el polvo para siempre?

Cuando el silencio ahogaba, Bill gritó:

—¡No!

Otra vez silencio. El orador sacudió la Biblia como si tratara de hacerle desprender los objetos contenidos entre sus páginas.

—La serpiente sedujo a Eva mucho antes, y con algo infinitamente peor. La serpiente, mis queridos hermanos —puso una mano en el pecho para contener su dolor— mantenía relaciones sexuales con la inescrupulosa Eva. Ése fue el verdadero pecado de Eva y la serpiente vil. ¿Acaso el Señor los iba a castigar tan severamente sólo por haber mordido una fruta? ¡No! ¡Mil veces no!... Los castigó por lo que venían haciendo desde antes.

Aguardó que la noticia fuese incorporada y se dispuso a lanzar el próximo disparo.

—La serpiente era Satán, no un ser humano. Y las relaciones entre Satán y una mujer no equivalen a las de una mujer y un hombre. No tienen las mismas consecuencias.

Picó la curiosidad.

—¿Quieren saber en qué forma copulaban?

Lea se abrazó a un mástil para no perder el equilibrio. Algunas madres envolvieron con sus chales la cabeza de sus niños para evitar que oyeran.

—Todos deben saberlo, también los niños. —Miró con reproche a la audiencia atónita. —Para que nunca, nunca, vuelva el Maligno a probar suerte.

Los ojos intimidados de la gente se adhirieron a la alta figura cuyo manto se abría como las alas de un ave.

—La serpiente tenía brazos fuertes y piernas hermosas con las que acariciaba y abrazaba. Pero en lugar de llegar a la culminación del acto mediante una unión genital, introducía su cabeza negra de ojos oblicuos, mongoloides, hasta las profundidades femeninas. Eva gozaba pecaminosamente y la sucia boca de Satán derramaba en su interior las gotas fertilizantes que provenían de sus abyectas entrañas. De esa manera la preñó de su primer hijo, Caín.

Se produjo una exclamación.

—Caín y Abel fueron sólo medio hermanos: por la madre, no por el padre. ¿Dudan de mis palabras? Pues lean el libro de Dios. Caín mató a Abel porque advertía que sus ofrendas no eran gratas al Cielo. ¿Cómo lo iban a ser, si descendía del Maligno? El Señor no lo amaba. Era el fruto de un pecado asqueroso.

En el fondo de la carpa azul cruzaba los brazos sobre el pecho un hombre recién llegado, que miraba la escena con estupor. Era Aby Smith. Una nerviosa bola de tabaco le abultaba la mejilla.

Bill apretó un pliegue de su manto para recuperar la concentración y formuló una pregunta que ya no parecía tan sencilla:

—Saben de quiénes descendemos, ¿verdad?

El público creía saberlo: Adán y Eva, Caín y Abel, las diez tribus del antiguo Israel. Pero ahora les temblaba el edificio de sus conocimientos como una gelatina. Eva era una mujer aberrante, y su primer hijo, el producto de una repulsiva infidelidad.

—No descendemos de Abel —explicó Bill—, porque fue asesinado antes de tener hijos. Tampoco de Caín, porque era producto del Demonio. Por orden del Todopoderoso, Adán y Eva engendraron otra criatura, llamada Set, de quien provenimos los hombres blancos no contaminados con las malditas razas preadámicas. Pero esto no es suficiente. Deben saber qué pasó con Caín. Caín fue marcado en la frente y huyó al este del paraíso, como narra el Génesis. Se acostó con las mujeres preadámicas que ya llenaban la Tierra y tuvo su propia y execrable descendencia. ¿Saben cómo se llaman los descendientes de Caín y las atroces mujeres preadámicas?

Algunos lo sospechaban, aunque tímidamente.

—¡Díganlo!

—Los judíos... —aventuraron unas aisladas voces.

Bill saltó sobre el estrado y revoleó su enorme túnica.

—¡Claro que sí! ¡Muy bien! ¡Acertaron!

Por último Bill explicó rápidamente el milagro de Pentecostés, bendijo a su excitada audiencia, prometió visitar muchas familias durante la semana y se retiró. Mientras la gente abandonaba la carpa en forma ordenada, Lea completó la recaudación de ofrendas con una bandeja en cada mano. Bill retornó cuando ya no quedaba feligrés alguno para apagar las luces y vio a "Lincoln" derrumbado sobre una silla, la cabeza echada hacia atrás, la eterna bola de tabaco abultando su cara.

—¿Duermes, amigo?

Aby levantó los párpados y sonrió apenas. Estaba notoriamente envejecido, con menos pelo, flaquísimo, y cuadriculado por arrugas profundas.

—¡Cómo has progresado! —Simuló bienestar mientras escupía la triturada bola.

—Es cierto.

—¿Ya eres el patrón de este circo?

—Casi.

—Pues me alegro.

—Hace mucho que no nos veíamos —evaluó Bill.

—Desde que te dejé. Hace...

—Casi tres años.

—Sí. Casi tres... Tres años terribles. —Le brotaron lágrimas.

Bill percibió su infortunio y lo ayudó a ponerse de pie.

—Me voy. —El camionero dio vuelta la cara, avergonzado. —Solo quería saludarte... Pasaba por aquí, me acordé, vi la multitud. ¡Reconocí tu voz!

—¿Vas a Phoenix?

—De allí vengo. Es mi primer viaje en muchos meses.

—No entiendo.

Puso una mano sobre el hombro del joven pastor.

—Me ha demolido una tragedia que... —Se le cortó la frase.

—Cuéntame.

El hombre caminó hacia la salida de la carpa meneando la cabeza. Bill lo siguió. Llegaron hasta el camión, que enseguida despertó recuerdos. Aby abrió la puerta del vehículo. Bill lo miró a los ojos:

—Quédate a comer conmigo.

—Ya es tarde.

—Quédate.

El camionero tragó saliva y bajó la cabeza. El loco de antaño había adquirido una voz de mando que doblegaba. Al cabo de unos segundos Aby encogió los hombros y aceptó. Poco después Bill lo presentó a Lea, que estaba preparando la cena, y a Asher, que intentaba bajar su fiebre con una bolsa de hielo sobre la cabeza. Bill ubicó al enteco huésped junto a la mesa de fórmica.

Recién al final de la comida pudo Aby Smith sacar de su pecho la pena que lo roía. Intentó contener el llanto, pero al término de las primeras palabras se quebró. Bebió whisky y, en párrafos entrecortados, dijo que ocho meses atrás, durante su ausencia, en su casa se produjo durante la noche un escape de gas que terminó en explosión e incendio. Murieron Rita y sus tres pequeños hijos. La noticia le llegó pocos kilómetros antes de arribar a Phoenix. Perdió el habla cuando los policías le transmitieron el horror. No pudo conducir y un colega ofreció llevarlo de vuelta. Fue un regreso espantoso; tenía ganas de arrojarse del camión y matarse. Cuando llegó a su vivienda fue peor: sólo quedaban escombros. Y de su familia, una hilera de tumbas que repetían patéticamente el apellido Smith. Se hundió en una depresión tan endemoniada que compró veneno para ratas; sólo quería morir. Un vecino lo descubrió y fue internado en un hospital. Pasó meses sin comer por sus propios medios; no aceptaba bañarse ni cambiarse de ropa. Hasta que un buen día volvió a conectarse con el mundo; fue como un lento amanecer. Un amanecer sombrío. Salió del hospital, pero acababa siempre en las tabernas. Unos amigos lo convencieron de reanudar el trabajo. Y allí estaba, recorriendo los miles de kilómetros de van de Kansas City a Phoenix y viceversa, como si lo ocurrido hubiera sido una pesadilla vulgar y hasta ajena. Se acusaba de haber pasado a una especie de indiferencia.

—¿Indiferencia? —protestó Lea—. Su dolor es tan grande que ha estremecido hasta la vajilla.

Aby sentía culpa por no haberse matado.

—Al regresar de Phoenix vi el cartel que tanto impresionó a Bill: "CRISTIANOS DE ISRAEL". Se notaba que había un servicio religioso y... frené. Supuse que escuchar una prédica aliviaría mi corazón. ¡Reconocí la voz de Bill!

—Actuó la Providencia. El joven le dio una palmada.

—Me sorprendió verte en el púlpito... —Reapareció algo de luz burlona en sus pupilas.

—¡Me reemplazaba! —se quejó la distorsionada voz de Asher.

—¡Se desempeñó de maravillas! —terció Lea.

Al rato Bill propuso tender otro colchón en su cubículo. Aby rehusó.

—Gracias, no es necesario. Tengo mi propio dormitorio en la cabina del camión. Durante mis viajes nunca duermo en otra cama.

Se despidió de sus anfitriones, deseó pronta cura a Asher y prometió reiterar su visita en el próximo viaje.

DIARIO DE DOROTHY HUGHES

Desde hace unos años mi casa ha cambiado y tengo miedo. Todo se puso mal con la enfermedad de Bill. Papi dice una cosa y enseguida otra; mamá se ofende por nada. Yo voy de aquí para allá como una perra triste. La única persona que me acompaña y escucha es mi amiga Evelyn, que vive a la vuelta, en la misma manzana. Un poco, también, mi abuelo Eric.

Tenemos un gran patio central, con la buena sombra que produce una enramada de glicinas. En el fondo, tras un árbol, está el cuarto de mi abuelo, al que invitamos a vivir con nosotros cuando quedó solo. Es muy creyente y se pasa horas conversando con su ángel de la guarda. Me ha dicho que yo también conversaré con mi propio ángel cuando sea más grande. Es el único de nuestra familia que sigue teniendo confianza en Bill y dice que volverá. Mamá, en cambio, opina que su confianza es la de un viejo tonto.

Cuando Bill despertó de su largo sueño, hace años ya, fue como una tormenta. No le gustaba el masajista, porque era duro, ni el doctor Sinclair, porque era blando. En realidad, no le gustaba nadie. Pero fue distinto con la enfermera, a la que bautizó con un nombre rarísimo: "Sunamita". El lío que provocó en la iglesia nos obligó a dejar de concurrir durante meses, excepto mi abuelo, para quien ese lío era una adivinanza mandada por Dios.

Mi amiga Evelyn piensa parecido a mi abuelo. Dice que Bill es un genio. No sé de dónde sacó esa idea. Yo no le veía nada de genio, sino de alguien que se había vuelto muy caprichoso y malo.

Cuando se marchó sin dejar otra explicación que una nota de cuatro renglones, a mamá le vino una jaqueca con vómitos y papi fue a buscar consuelo en lo del reverendo Trade. Yo me encerré con Evelyn y, tomadas de la mano, lloramos no sé cuánto tiempo.

Ahora pregunto: ¿Volverá? ¿Piensa en nosotros?

Durante un fin de semana mis padres me llevaron a Denver para visitar, entre otras cosas, uno de los museos de la ciudad. Me aburrió mucho y pedí cambiar el programa. Ahora sé qué es un museo y sé que no me gusta.

El viaje sirvió para que me diera cuenta de que mamá se ha emperrado en hacer un museo dentro de nuestra propia casa. Sí, tal cual. No lo dice con estas palabras, pero cualquiera adivinaría su intención. Ha convertido el cuarto de mi hermano en algo tan quieto como las feas salas de Denver. En tamaño más chico, claro. ¿Por qué? Porque decidió que nada, absolutamente nada, se modificase en su interior. Supongo que lo hace para que mi hermano se entere de que cuida sus cosas como si estuviera cuidándolo a él mismo. ¿Pero de qué forma se va a enterar, si no nos escribe ni nos dice dónde vive? ¿Quién se lo podría contar?

Me emociona ver cómo ventila y tiende su cama, con el cobertor liso y las almohadas redondeadas, listas para recibir el cuerpo de Bill. Ojalá hiciera ese trabajo con mi cama, pero no: la mía debo arreglarla solita. Repasa con una franela sus pocos libros y las viejas revistas. Mantiene en su lugar once copas deportivas que mi hermano ganó en la escuela y el club, así como dos gastados pósters. Su ropa está ordenada en el vestidor y su gastada Biblia sigue abierta en el Libro de los Reyes, tal como la dejó mi hermano al desaparecer. Sobre una silla también sigue su remera, un gorro sobre la mesa de luz y un zapato fuera de la caja. Mamá lo hace para que tengamos la sensación de que Bill recién anduvo por ahí. Continúan en su sitio las fotos de mi hermano con cada uno de los miembros de la familia, y no falta la más grande de todas, con el abuelo Eric.

Nuestro vecino Lucas Zapata avisó que se puso a revisar sus archivos y los del diario donde trabaja para recuperar las tomas que le hizo a Bill cuando era pequeño. Lucas es un hombre que ríe siempre, y tal vez por eso tiene una cara tan ancha. Pero Evelyn se dio cuenta de que ahora deja de reír cuando habla de Bill: seguro que está arrepentido por haberlo fotografiado durante el lío en la iglesia.

Evelyn me acaba de confesar que le gustaría convertirse en católica, como los Zapata. No sabe mucho de religión (yo tampoco), pero los católicos creen en los santos y ella considera que Bill es un santo. Había visto en un libro la imagen de San Jorge, y ambos son idénticos. Le pregunté, encantada, si estaba segura y contestó que sí. También me dijo que habló del tema con su mamá, pero no se animaba a soltar una palabra más si antes no le juraba callarme sobre lo que me iba a contar. Juré cruzando los dedos sobre mi boca, y Evelyn me habló al oído.

Dijo que su mamá primero abrió grandes los ojos y después los entrecerró, enojada. No le parecía bien que cambiase de religión; le recordó que su familia era bautista y que entre Bill y San Jorge había tanto parecido como entre un gato y un repollo. Agregó que los buenos cristianos sólo adoran a Dios y no precisan de los santos. En cuanto a Bill, opinaba que no era santo ni genio, sino "un chico raro". O que la enfermedad lo había dejado raro, nada más. Que se sacara de la cabeza estas locuras.

Nos quedamos pensativas porque la palabra "raro" sonaba misteriosa.

Entonces Evelyn dijo que los santos son raros, claro que sí; de lo contrario no serían santos. No podían parecerse a la gente común. Y eso me sonó lógico.

Días después, mirando una foto, ella repasó con el dedo el contorno de la cabeza de Bill y me aseguró que tenía una aureola, como los santos. Yo sólo veía el brillo del cabello. Pero insistió y pude verla también.

¡Alegría! ¡Hoy nos ha llegado una breve carta de Bill! Cuenta que se radicó en el oeste y trabaja en una congregación religiosa. Dice que nos ama y promete hacernos una visita más adelante, cuando sus obligaciones lo permitan. Mamá se ha enojado porque el sobre no tiene remitente, pero el matasellos indica que fue despachado en Nuevo México. El abuelo Eric abrió los brazos y exclamó feliz: "¿Se dan cuenta ahora de que no había razón para preocuparse? Está encaminando su misión".

Mientras jugábamos en el patio, Evelyn preguntó a qué se debía que mi abuelo estuviera tan contento. No supe qué contestarle, tal vez porque la carta confirmaba sus opiniones. Todos lo veíamos quedarse horas bajo el nogal y conversar con alguien invisible. Decidimos preguntarle. Nos devolvió una mirada dulce y nos acarició la cabeza: "Mi ángel informa que Bill hará prodigios".

Evelyn preguntó qué prodigios.

Mi abuelo le tiró suave de la oreja y contestó que ya nos enteraríamos, que todos nos enteraríamos.

Y pidió que lo dejáramos tranquilo con su ángel.

Evelyn me llevó a un rincón y aseguró que el abuelo tenía noticias que no llegaban a los demás. Su idea me entusiasmó; era una buena idea. Entonces le propuse algo de lo que pronto me arrepentiría: espiar al abuelo, seguirlo. Como en las películas. Tal vez se reunía con Bill en persona en algún lugar oculto.

Discutimos un plan y probamos. Nadie debía enterarse, especialmente mamá, que seguía con un humor de perros, ni papá, que parecía bola sin manija. Cuando el abuelo se disponía a salir, cada una elegía una muñeca para sacarla a pasear, como hacen las madres. Evitábamos que el abuelo se percatase de nosotras. Su calva y su bastón facilitaban que no lo perdiésemos de vista. Las primeras veces resultaron decepcionantes, y quise renunciar a esta aventura porque me parecía que le faltábamos el respeto. Yo tuve la idea y yo te-

nía derecho a darla por terminada. Pero Evelyn estaba segura de que mi idea era fantástica y pronto descubriríamos una pista.

La recompensa llegó dos semanas después, una tarde.

El abuelo empujó con su bastón la puerta de la oficina de correos y entró. Evelyn quiso seguirlo, pero yo la frené; no me animaba a tanto. Esperamos en la esquina y, cuando apareció, tenía la cara cruzada por una sonrisa. Mientras su mano derecha se apoyaba en su bastón, en la izquierda llevaba una carta.

Evelyn dijo: "¿Ves? Seguro que se la mandó un ángel al servicio de Bill".

Mientras cenábamos pedí disculpas para ir al baño y corrí a su pieza, tras el nogal. Abrí el cajón de su mesa de luz y descubrí cuatro cartas, una de ellas fechada dos días antes. No las firmaba un mensajero, sino el mismo Bill. No me animé a leerlas en ese momento porque en el comedor se iban a dar cuenta. Las volví a ensobrar y guardar. Al día siguiente, cuando el abuelo salió a dar su caminata, regresé al cuarto, me oculté en un rincón y las leí con el corazón en la boca. Después le conté a Evelyn, que también quiso leerlas y tocarlas.

El hombre de sombrero y sobretodo ingresó de puntillas en la carpa y caminó hacia la tarima. Pero en lugar de treparse se dirigió al Arca, cuyas plumas resplandecían bajo la lámpara de aceite.

Avanzaba sigiloso. Su cabeza cubierta giraba hacia atrás, como si temiera ser perseguido. Antes de llegar a la verja aguzó la vista en dirección al cubículo donde dormía el ayudante. Bill sólo había abierto un ojo y se preguntaba por qué Asher había vuelto a ponerse el disfraz. La respuesta era obvia: se dirigía a la casa de las putas y quería evitar que lo reconocieran. Pero no entendía sus movimientos junto al Arca. Presentía que estaba por ocurrir algo extraordinario.

En efecto, el hombre de la barba introdujo una mano en el bolsillo y sacó una llave, abrió la verja y se pegó al Arca. Luego separó las coloridas plumas de la cara lateral hasta encontrar un punto que era, evidentemente, la cerradura. Allí encajó otra llave con un ruido apagado. Bill no pudo evitar sentarse sobre el colchón y contemplar la increíble escena. Si era cierto que en el Arca moraba un fragmento del espíritu divino, desde las alturas caería un rayo que convertiría en cenizas al profanador. Pero el rayo tardaba en llegar. En cambio, Bill oyó el chirriar de los resortes que giraban. El hombre maniobró con unas palancas y levantó la tapa emplumada. Tendría que ocurrir una catástrofe. Acababa de cometer un delito que no purgaría ni con mil años de infierno. Bill se llevó las manos a las orejas para no ser ensordecido por el trueno inminente. Pero Asher, en lugar de detener su crimen, sacó del fondo un pequeño fajo de billetes, del que eligió tres y guardó el resto. Bajó la tapa, hizo girar la llave y movió las plumas para que ocultasen el sitio de la cerradura. También echó llave a la verja. Miró en ambas direcciones y hundió los billetes y las llaves en el bolsillo de su pantalón. Luego se abotonó el sobretodo.

En ese segundo las vísceras de Bill gruñeron. El hombre se sobresaltó y fue hacia el cubículo para verificar si su ayudante estaba dormido. No le conformaba oír la respiración aparentemente tranquila. Levantó la cortina que hacía de puerta y lo vio tendido, con los ojos abiertos.

Asher murmuró iracundo:

—¿Me espiabas, bastardo?

Bill apretó los puños.

El pastor dejó caer la cortina y se alejó. Pero antes de caminar diez metros cayó sobre su cabeza el rayo divino. Tenía un poder fulminante, tal como describían las Escrituras. No era posible profanar el Arca de manera gratuita. Asher emitió un tenue "¡ay!" mientras oscilaba como un equilibrista sobre la cuerda; se dobló hacia delante y se desplomó con lentitud. Cayó de nariz, pesadamente. Junto a él se erguía el ángel de la venganza. Había satisfecho la voluntad del Señor. De su mano colgaba el bate de béisbol.

Bill, que no estaba seguro de si lo había matado, aguardó que se recuperara. Por lo menos se le formaría un hematoma en el cráneo.

Pero Asher Pratt no despertó. Ni siquiera movía parte alguna del cuerpo. Quizá navegaba entre nubes de color. Quizás el coma le durara varios días o una semana, lo cual sería una enorme complicación. Al fin de cuentas, ese hombre ya no era necesario en la tierra: le había enseñado lo esencial. Hasta acababa de demostrarle cómo abrir el Arca. Mejor sería que un vehículo llameante lo transportara hacia espacios sin retorno. De esa forma él, Bill, se haría cargo de la misión. A este pensamiento añadió otro más convincente aún: el profeta Elíseo había sido en la antigüedad el único testigo de cómo bajaba del cielo un carruaje en llamas para llevar hacia Dios a su maestro Elías, y él, Bill, sería el único testigo de cómo un carro en llamas se llevaba a su pésimo maestro hacia las calderas del Diablo. Era una equivalencia en espejo, realmente impresionante. Empezó a golpearle el corazón. Tenía ganas de aullar a las estrellas, sacudir los mástiles de la carpa, levantar en sus brazos la casa rodante. Una energía de galaxias se concentraba en su cuerpo.

Buscó una carretilla y cargó al pastor inerte sin quitarle el sombrero ni la barba. Pero tuvo la precaución de sacarle las llaves del bolsillo y guardarlas en el suyo. Lo envolvió con una lona y se preocupó de que los miembros colgantes quedaran perfectamente disimulados. Salió por la puerta lateral de la carpa y se dirigió hacia las vías del tren. En la negra calle sólo vio a un peatón borracho. La Providencia limpiaba los obstáculos.

Pronto debía pasar el convoy nocturno, siempre raudo como una exhalación. Empujó la carretilla hasta un paraje donde las vías se ocultaban de la luna bajo la fronda de unos árboles. Miró en torno y, seguro de que no había testigos, quitó la lona y tiró con fuerza del pelo del pastor para verificar si estaba muerto. Lo arrastró por los rieles. Un zapato se trabó en uno de los durmientes de madera que sostenían las vías; parecía una indirecta resistencia del reverendo. Bill le levantó la pierna, destrabó el zapato y arrastró el cuerpo un par de metros más. Cuando estuvo en el punto exacto lo acomodó en forma transversal, de modo que la garganta y los muslos fueran cortados por las ruedas de acero. Entonces volvió a la carretilla, dobló la lona y se sentó a esperar.

El silbato del tren perforó la noche y el aire se estremeció como si una legión de ángeles iracundos se precipitara sobre la tierra. Una tenue claridad se insinuó a lo lejos. Pronto se transformó en el ojo de un cíclope que venía a la carrera. Era el vehículo de fuego arrastrado por corceles invisibles que se llevaría a ese Elías inútil. Bill se puso tenso. El estrépito crecía. Un alud se derramaba desde las alturas. La masa de hierros, humo y chispas se abalanzaba con velocidad creciente. Las barreras que detenían el tránsito de la ruta habían descendido, pero tanto Asher como Bill estaban a varios metros de distancia, y tampoco había autos ni peatones a esa hora de la noche. La luz se venía encima. Era de veras el carro de fuego que describía el Libro de los Reyes. El calor de sus engranajes podía desencadenar un incendio. Las ruedas arrancaban perdigones a las vías. En un segundo alzarían el cuerpo del pastor y lo lanzarían a la estratósfera.

Asher Pratt despegó los ojos para ver el final de su existencia. Bill se dio cuenta de que al pastor lo recorrían sacudidas y pensó que era lo mejor que podía pasarle, así disfrutaba la visión del grandioso carro en llamas. Confundido aún, Asher intentó apartarse, pero sólo consiguió correrse unos centímetros: su pierna y el tórax fueron atrapados. El resto se convirtió en una molienda. Los hierros candentes transformaron su cuerpo en una explosión roja que salpicó el vientre de los sucesivos vagones. Algunos fragmentos de carne y huesos volaron hacia los costados.

Bill retornó a su cubículo. Decidió que la desaparición de Asher no perturbaría la marcha de la iglesia. Lea y él podían regentearla sin problemas. Ella creería que su marido regresaba de sus sesiones en la casa de putas y no había visto la locomotora. A los feligreses les contaría que había fallecido en un inexplicable accidente, llamado por Dios. Todo pintaba simple y verosímil.

1958

Aby Smith cayó en otro pozo depresivo, fue internado de nuevo y demoró cuatro años en reanudar sus viajes a Phoenix. Ahora, mientras recorría el tramo de la ruta que unía Colorado y Nuevo México, recordó al Bill Hughes de años atrás, cuando hacía dedo en una fría mañana de otoño siete kilómetros al sur de Pueblo. Parecía un fugado del manicomio; más aún cuando bajó intempestivamente en una extraña ciudad próxima al estado de

Arizona, fascinado por las palabras de un cartel. Lo volvió a ver —y oír— después de la tragedia que barrió con su familia. Entonces prometió visitarlo cada vez que pasara por Elephant City. Convenía hacerlo porque su jefe, el reverendo Asher Pratt, tenía fama de lograr curaciones milagrosas. A Aby le dijeron que necesitaba algo más efectivo que tranquilizantes y buenos consejos. Su tristeza era compacta, persistente; se diluía por unas semanas para caerle luego con la fuerza de un alud. En dos oportunidades había vuelto a comprar veneno de ratas y hasta consiguió ingerir una importante dosis, pero lo descubrieron enseguida y le aplicaron un lavaje de estómago que lo dejó extenuado.

En Elephant City frenó junto al anuncio de grandes letras irregulares que identificaban a los Cristianos de Israel. Advirtió que le habían añadido un par de reflectores para mantenerlo iluminado durante la noche. La carpa había sido mejorada con un corredor a la entrada, como los que poseen los hoteles de lujo, con alfombra central y maceteros llenos de flores. A un costado vio la misma casa rodante pintada de cruces.

Encontró a Lea. Se enteró de que Bill se hallaba visitando a las familias de la congregación y de que su esposo había fallecido en un accidente estúpido. Aby estaba tan sensible que se echó a llorar. Lea le sirvió una sopa y el mejor vino que guardaba en un rincón de la cocina. Aceptó la sopa y declinó el vino. La mujer aseguró que Bill lo ayudaría a superar su tristeza. Y le contó que tras el fallecimiento de su marido la iglesia había sufrido una merma de fieles.

—Era lógico. La gente sólo confiaba en Asher.

Pero su marido había enseñado muchos conocimientos sagrados y secretos a Bill, con generosidad ejemplar. Bill había aprendido rápido. Tenía genio. La actividad de la iglesia prosiguió sin interrupciones. La tenaz asistencia de Bill a decenas de familias le devolvió su antiguo esplendor. Las ofrendas ahora marchaban bien, y hasta pudieron darse el gusto de embellecer la carpa por dentro y por fuera.

—¿Quién oficia de pastor?

La pregunta sonó ridícula.

—Bill, por supuesto.

—Preguntaba... —se disculpó Aby—. Es tan joven...

—Ya no. Tiene veintitrés años. Sabe la Biblia de memoria y habla como los ángeles.

El camionero asintió.

—Lo escuché, ¿recuerda? Me asombró, la verdad que me asombró.

—Es maravilloso, claro que sí —confirmó la mujer.

—Me di cuenta cuando lo conocí. Hablaba de profetas, buscaba un monte... el monte no me acuerdo cuánto.

—Bill ha sido bendecido por poderes sobrenaturales.

Aby levantó sus abultadas cejas.

—Sobrenaturales —subrayó la mujer mientras le servía otro cucharón de sopa—. No sólo hace tiritar las piedras cuando habla, sino que realiza curaciones milagrosas. Ya verá: él le quitará la hiel del alma.

El camionero se acarició la barbita; se sentía confundido. Quien efectuaba las curaciones milagrosas era el pastor fallecido. ¿Semejante poder puede heredarse?

—¿Usted cree...? —murmuró.

—Absolutamente. Bill no es un hombre común.

Aby Smith lo confirmó cuando al rato se abrió la puerta y entró el nuevo reverendo con su túnica de algodón sobre los hombros. En la mano izquierda llevaba la Biblia, con el índice metido entre las páginas. Parecía más alto y robusto; tenía el cabello recortado y un fino bigote que le aumentaba la edad. No restaban huellas del adolescente al que Aby había recogido en la ruta. Su mirada se había tornado fría y dominante, casi amenazadora. Bill no se turbó por la visita y le tendió su mano. Se la retuvo lo suficiente para hacerle entender que estaba ante alguien superior.

El camionero se retrajo levemente y, como signo de respeto, escupió en la mano su masticada bola de tabaco. No supo dónde arrojarla; Lea indicó el balde de residuos. Luego ella sirvió whisky para todos.

Aby no tenía necesidad de preguntar lo evidente: Bill ocupaba los espacios del finado Asher, desde el título de pastor hasta su lecho. ¿No se dice que los genios son locos, o los locos, genios? Bill había parecido loco y ahora demostraba ser genio. En aquella lejana ocasión preguntaba en forma monocorde sobre la túnica de un profeta. ¿Cómo podía sospechar que la ridícula pregunta encerraba tanta verdad? Bill consiguió la túnica y era tratado como un profeta. Daba un poco de miedo.

Al término de la comida el camionero, de nuevo atacado por las lágrimas, contó por segunda vez su tragedia, su depresión y sus fallidos intentos suicidas. Lea le acarició con gesto maternal las pocas hebras de cabello.

—Bill lo curará. ¿Verdad, Bill?

Aby elevó sus ojos arrasados por la angustia. El majestuoso ministro lo estudió desde lejos y se reservó la respuesta. Pero, desde su enigmático recato, ya había empezado a operar.

Cuando se despidieron no le dijo: "Buenas noches", sino: "Te espero aquí a las siete para compartir el desayuno". Era una frase vulgar en apariencia, pero pronunciada con un timbre de voz que llegaba al alma y no admitía réplica. Equivalía al "*¡Sígueme!*" de Jesús. Aby se sintió agradecido y fue al dormitorio de su camión. Se cubrió con la gruesa frazada que lo acompañaba en sus itinerarios y se durmió profundamente. Hacía mucho que no se relajaba tanto.

El desayuno, como siempre, fue abundante: huevos, tocino, tostadas, miel, manteca, jugo de naranja y café. Bill anunció con desconcertante naturalidad que irían en el camión de Aby a fundar una sucursal de la iglesia en Three Points. Una miga asaltó la tráquea del hombre, obligándolo a toser. Se secó las lágrimas con la servilleta y, cuando al final pudo recuperar el habla, explicó que no era posible, que no podía desviarse de su camino ni de sus horarios. Bill siguió untando su tostada, sin responderle. El silencio era más elocuente que un discurso. Aby no entendía por qué su oposición se derrumbaba. Ante los rasgos glaciales de Bill a esa temprana hora, se dijo que estaba frente a un ser que disponía de una misteriosa fuerza espiritual. ¿Entonces era cierto que ese genio loco le curaría la depresión?

Media hora más tarde aparecieron cuatro hombres robustos que cargaron mástiles, rollos de lona, sillas plegadizas, alfombras, sogas, banderines, tarros de pintura, cornetas, pinceles, bandejas, un equipo amplificador, flores artificiales y una enorme caja de madera que tenía escrita la palabra "FRÁGIL" sobre tres de sus lados.

Aby Smith, como un Lincoln súbitamente rejuvenecido, se sentó al volante; Bill, a su lado. Los estibadores se enjugaron el sudor con una toalla gris y se acomodaron sobre los rollos de lona. Enfilaron hacia el sudoeste de Elephant City, donde el aire adquiría un dominante tono amarillo. El sol de Nuevo México trepaba por el cielo limpio de nubes. El paisaje se tornaba seco y polvoriento a medida que avanzaban. Algunos matorrales aislados, retorcidos, eran el testimonio de la obstinación que hasta en el desierto evidencia el agónico verde.

Bill Hughes no era la persona de antes. Apenas abría la boca y, cuando lo hacía, se limitaba a frases escuetas. Sólo comentó que ya había visitado Three Points en dos ocasiones, una en auto y otra en sueños. La última fue más útil porque le proveyó los detalles que un ojo en vigilia no descubre. Aby se metió en la boca otra ración de tabaco; era lo único que lo mantenía atado a la realidad.

En dos ocasiones estuvo a punto de plantearle al joven pastor que abandonar su plan de ruta era un delito. Pero no pudo: una pinza invisible le paralizaba la lengua cada vez que intentaba hablar. Al tercer esfuerzo, tan inútil como los anteriores, llegó a la conclusión de que en el fondo quería evitarle un disgusto a Bill. En su torbellino de pensamientos había empezado a fijarse la esperanza en una cura milagrosa.

Llegaron a Three Points, que parecía algo más poblado que Elephant City. Cuando atravesaron el paso a nivel con la barrera levantada (por allí pasaba la misma locomotora que cruzaba Elephant City), Bill ordenó frenar.

—Es aquí.

Sólo había un baldío junto a la ruta. El barrio era pobre y disperso. Algunos carteles señalaban una ferretería, un almacén, una tienda de ropa para niños, un restaurante dormido. Era ideal para avanzar otro capítulo de su misión.

Descargaron la parafernalia y, por último, la caja preciosa bajo la atenta supervisión de Bill. Luego se pusieron a construir la iglesia. Los hombres tenían oficio o habían sido adecuadamente entrenados. Apenas comenzaron a cavar pozos para fijar los mástiles, el reverendo, con su amplia túnica sobre los hombros, se dirigió hacia el centro de la ciudad. En una hora y media regresó al frente de quince nuevos trabajadores.

Las sogas fueron enlazadas a las robustas roldanas y de pronto, como inflada desde abajo, se alzó una enorme carpa azul igual a la de Elephant City. Su grandiosa cúpula se extendió por el baldío como un hongo antediluviano. Por encima de sus nervaduras, y hasta el extremo de los mástiles, flameaban banderas de mil colores. En el interior desenrollaron alfombras rojas y se instalaron centenares de sillas plegadizas. En torno de la carpa empezaron a circular los curiosos.

Antes de que se apagase la tarde el trabajo llegó a su fin. La última tarea, a cargo exclusivo del pastor, consistió en abrir la caja de madera en cuyos lados estaba escrita la palabra "FRÁGIL". Cuando cayeron los tabiques reverberó la maravillosa Arca de la Alianza cubierta con las plumas de sus guardianes.

—¡Nadie la puede tocar, porque será destruido por el Cielo! —advirtió con firmeza.

Pronunció una oración y abrazó el sagrado cubo con ambas manos, como si fuera una jaula dentro de la cual moraba un animal valioso. La levantó con impresionante facilidad, como si la estuviesen izando desde las nubes. La trasladó hacia un pedestal situado delante del estrado. Volvió a pronunciar la oración y se desprendió con suavidad, para no arrastrar fragmentos de plumas. Retrocedió cuatro pasos e hizo una reverencia. Después los obreros instalaron la verja, a cuya cerradura echó llave.

—Dios ha prohibido tocar su Tabernáculo. Sólo puedo hacerlo yo, su pastor, cubierto con el manto de Elíseo.

A continuación fueron prendidos los reflectores que daban sobre el cartel de letras descomunales: "CRISTIANOS DE ISRAEL". Aby Smith lo contempló arrobado y tomó conciencia de que una fascinación parecida había conmovido a Bill cuando lo vio por primera vez en Elephant City. En sus venas ya circulaba la tendencia a permanecer junto a Bill. Lejos de ese hombre joven y poderoso caería en el precipicio. No entendía qué le estaba ocurriendo. Tampoco importaba.

Bill mandó pegar decenas de afiches en lugares de alta visibilidad, incluidas las paredes donde estaba prohibido fijarlos. A los musculosos hombres que trabajaron en la erección de su carpa añadió jóvenes de ambos sexos que repartieron volantes casa por casa, tienda por tienda y bar por bar, contra el pago adelantado de cinco dólares por cabeza. Esta actividad fue apoyada por el recorrido del camión de Aby, que había dejado de ser un transporte de carga para convertirse en un circense vehículo negro cubierto de cruces plateadas que emitía trompetazos por un amplificador.

El reverendo Bill Hughes era presentado como el hermano Bill, el Mensajero de Cristo, el guía de los Cristianos de Israel y la encarnación del profeta Elíseo. En la tienda del Todopoderoso curaría enfermos de la piel, los oídos, la boca, los ojos, los brazos y las piernas. "¡No más ciegos ni paralíticos en Three Points!", repetía el parlante desde la madrugada hasta la noche.

El día del debut se formó delante de la carpa una cola que superaba las especulaciones más optimistas. La policía movilizó sus equipos montados y ordenó el alerta de todo su personal ante la perspectiva de disturbios.

Aby Smith se duchó, vistió camisa, pantalones y zapatos blancos y se encargó de recoger las ofrendas a la entrada, en hondas bandejas sobre las que aterrizaban billetes de diverso valor. Según instrucciones de Bill, cada tanto los acomodaba para que sólo se viesen las donaciones generosas.

—La gente imita, imita siempre; tanto lo bueno como lo malo. No lo olvides.

Mientras Aby observaba la afluencia de dinero, se convencía de que había tomado una correcta decisión al quedarse: ese loco de Bill era más genio que loco y estaba seguramente inspirado por Dios. Debía de ser cierto que encarnaba a un profeta; era distinto de los otros hombres. Cuando se llenó la bandeja, vació el contenido en un bolso de cuero también blanco, que ató a su cintura.

El servicio comenzó puntualmente.

Todas las sillas estaban ocupadas y medio centenar de personas se comprimían en torno de la circunferencia de lona. Al frente, intensamente iluminado, el pastor impresionaba con su apostura reforzada por la túnica que descendía de sus hombros. En su cabeza alzada los ojos relampagueaban. La Biblia contra el pecho y un báculo de apóstol completaban su atuendo. Delante del estrado resplandecía el Arca de la Alianza.

El guía de los Cristianos de Israel se desplazó en silencio de un extremo al otro sin dejar de mirar a la gente. La estudiaba desde varios ángulos y, poco a poco, fue controlándola como un titiritero a sus muñecos. Encendió el micrófono y, con una voz que ascendía desde el centro de la Tierra, afirmó ser el Mensajero del Señor. Los que tenían fe serían bendecidos con generosidad. En esa misma jornada, en breve, sus palabras y sus manos los librarían de males. Los invitó a cantar el salmo veintitrés. De inmediato, una disonante melodía comprometió centenares de voces, sobre las cuales planeó la de Bill.

—¡Loado sea el Señor! —gritó a su término—. ¡Loado sea quien cura nuestras enfermedades! ¡Aleluya!

—¡Aleluya! —respondieron desafinadamente hombres, mujeres y niños.

—¡Él es nuestro remedio! ¡Aleluya!

—¡Aleluya!

—¡Sólo Él cura las llagas, la ceguera, la parálisis! ¡Aleluya!

—¡Aleluya!

—Pero —alargó su índice acusador— tengamos en cuenta que sólo brinda su misericordia a quienes tiemblan de fe.

Alzó la Biblia, inspiró hondo y soltó un aullido que hizo saltar a la gente.

—¡¿Tienen fe?!... ¿Tienen fe suficiente como para animarse a implorar la misericordia del Señor? ¡Contesten a esta pregunta o serán fulminados!

—¡Síííííííí!

—¡Aleluya! ¡Aleluya! ¡Escúchalos, Señor: tienen fe! ¡Tienen fe en tu misericordia! ¡Aleluya!

—¡Aleluya!

—¡Deja caer sobre ellos los pétalos de tus bendiciones! ¡Cúralos de sus males! Son gente de fe, son buenos cristianos. Son cristianos de Israel, tu pueblo elegido. ¡Aleluya!

—¡Aleluya!

—¡El Señor todo lo puede! ¡Creó el universo en seis días! ¡Y mandó a Su Hijo bienamado para redimirnos! ¡El Señor es pura bondad! ¡El Señor es nuestra única esperanza! Repitan conmigo.

—¡El Señor es nuestra esperanza! —retumbó la carpa.

—¡Aleluya!

—¡Aleluya!

—Vino a pedirme auxilio la hija del gobernador de Texas. Estaba ciega. Llegó a mi congregación de Elephant City con su bastón blanco y dos acompañantes. Había perdido la vista por una explosión de gas.

Aby Smith fue recorrido por una descarga. Se le doblaron las rodillas y se abrazó a un mástil para no caer.

—¿Qué le dije entonces a la pobre niña? —continuó Bill—. Le dije que el Señor da y quita, quita y da. Si tienes fe, la vista que has perdido retornará ¿Tienes fe?... —Tendió de nuevo su dedo acusador hacia la primera fila. —¿Tienes fe?, pregunté con la misma convicción que pregunto ahora.

—¡S...í! —contestaron los rostros asustados.

El pastor retrocedió hasta la parte posterior de la tarima y aguardó unos segundos. Luego volvió al frente en dos zancadas, como si quisiera arrojarse sobre la multitud.

—¡Mentira! —bramó furioso—. Ella dijo que sí como ustedes ahora, pero sin convicción sincera. ¡Para curarse hace falta mucha fe! ¿Me escuchan?... ¡Mucha! ¡Muchísima fe! Sólo quienes tienen muchísima fe serán bendecidos! ¡Sólo ellos! ¡Aleluya!

—¡Aleluya!

—Esa pobre muchacha, hija del gobernador, lloró e imploró. ¿Qué consiguió? Nada. Y se fue como había venido. Pero... y aquí reside el secreto... en su soledad reflexionó, rezó, elevó su espíritu. Consiguió aumentar la fe en el Señor. Y... cuando regresó a mí, su alma había cambiado. ¡Ya era un incendio de fe! ¡Aleluya!

—¡Aleluya!

—Puse mis dedos sobre sus ojos. Estos mismos dedos. ¡Contémplenlos! Son mis dedos, pero también los del profeta de los milagros. Los puse sobre sus ojos y dije: "¡Concéntrate en el Señor!". Y ella se concentró. En mi sangre corrió fuerte la sangre del profeta Elíseo que me habita. Su poder se convirtió en mi poder. ¡Por mis músculos y mi piel se desplazaba la energía del infinito! En la cabeza de la niña se produjo una turbulencia, se le erizaron los cabellos, sus mejillas cambiaron de color porque era traspasada por los metales del Cielo. De pronto, en sus órbitas hirvieron las lágrimas. ¡Hirvieron como agua sobre fuego! ¡Se estaba produciendo el milagro! —Bill corría por la tarima y centenares de cabezas giraban a la derecha, luego a la izquierda, de nuevo a la derecha. —¡Levanté mis agradecidas manos! ¡Estas mismas manos! ¡Las manos que apretaron sus ojos! ¡Levanté mis manos para agradecer al Señor con toda la fuerza de mi alma porque la hija del gobernador de Texas, la pobre niña ciega que había conseguido aumentar su fe, acababa de recuperar la visión! De su garganta conmovida brotó el más alegre de los estallidos: "¡Veeeeoooo!".

—¡Aleluya! —La multitud se puso de pie.

—¡Se produjo el milagro!

—¡Aleluya! ¡Aleluya! —repetían cientos de voces. Caían sillas, algunos niños eran sentados sobre los hombros de sus padres, las mujeres estrujaban pañuelos chorreantes.

Aby se metió en la boca tres puñados seguidos de tabaco y se sentó en el piso, convulsionado.

—¡El Señor hace ver a los ciegos y caminar a los paralíticos! —agregó el pastor con la Biblia abierta en el Libro de los Reyes—. Ahora cantemos el salmo número cuatro. Porque hoy mismo, en esta santa asamblea, ustedes presenciarán varias curaciones. ¡Aleluya!

Cuando te invoco, Tú me atiendes,
Oh Dios de la justicia.
De la angustia me alivias.
Ten piedad, escucha mi oración.

Bill Hughes acomodó los pliegues de su manto y dio otra vuelta de tuerca a la expectativa de la multitud.

—Enterados de ese milagro, vinieron a mi iglesia los familiares del presidente de México. ¡Del presidente! Su hermano había quedado paralítico cuando la epidemia de polio. Me imploraron ayuda. Entonces, ¿qué pregunta les hice?

—Si tenían fe —chillaron varias mujeres.

—¡Exacto! Y... ¿qué contestaron?

—¡Que sí!

—¿Era verdad?

—¡No!

—¡No era verdad! Igual que en el caso de la niña ciega, ¡les dije que se marchasen, que eran indignos del Señor!

—¡Muy bien! ¡Aleluya!

—Pero el Señor es misericordioso. Llegó al alma de ese hombre enfermo. De repente fue iluminado. ¡Empezó a creer! ¡Con fuerza! ¡Con sinceridad! Y me lo trajeron de nuevo a Elephant City. Ahora confiaba en el Todopoderoso. Presenció la curación de una mujer con espantosas llagas. Presenció la curación de otros cristianos, tres sordos y un paralítico. Percibió la energía que el Todopoderoso envía a mis dedos para hacer huir la enfermedad como huye la bruma al desplegarse los rayos del sol.

—¡Aleluya!

—Entonces el discapacitado hermano del presidente empezó a gritar aleluya como ustedes aquí. ¡Aleluya! ¡Aleluya!

—¡Aleluya!

—¡Y corrió por el estrado! ¿Oyeron bien? ¡Corrió por el estrado!... Primero con torpeza, ¡luego con equilibrio! ¡Corrió! ¡Corrió! ¡Había desaparecido su parálisis!

—¡Aleluya! —La multitud tronaba.

—¡También aquí correrán los paralíticos! ¡Verán los ciegos! ¡Oirán los sordos! ¡Desaparecerán las hemorroides y las várices! ¡Cerrarán las úlceras!... Cantemos el salmo treinta y uno mientras nuestro hermano Aby recoge en su bandeja nuevas ofrendas de los que tienen fe.

A Ti, oh Iahvé, me acojo.
Tiende hacia mí tu oído,
Date prisa y líbrame.
Sé para mí una roca de refugio,
El muro que me salve.
Pues Tú eres mi roca y mi fortaleza.

Aby se sacudió la ropa y acercó su bandeja a las compactas filas. Era asombroso cómo esa superficie pulida atraía billetes.

Dos hombres condujeron a un ciego vacilante por el pasillo central rumbo a Bill Hughes, que lo observaba desde las alturas. Era de edad mediana, vestía un traje raído y el nudo de su corbata se había corrido del centro. Empuñaba un bastón blanco y calzaba anteojos negros. El murmullo creció como vapor de caldera.

Trepó con ayuda los peldaños esquivos. El pastor fue a su encuentro y lo abrazó. El hombre se dejó conducir, quebradizo como un fideo crudo.

—¿Cuánto hace que perdiste la vista?

—Cinco... co... años —tartamudeó.

—¿La perdiste de golpe o progresivamente?

—De golpe, por... por una explosión.

—¡Como la hijita del gobernador de Texas, entonces! ¡Aleluya! ¡Dios sea loado! ¡Esta coincidencia me llena de esperanzas!

—¡Aleluya!

—¿Confías en el Señor?

—Sí, mucho.

—¿Muchísimo?

—Mu... mu... chísimo.

—¡Aleluya! ¡La misericordia del Altísimo bajará sobre ti como bajó el maná sobre los hijos de Israel! Cientos de hermanos te acompañan ahora con su oración. Todos hacen fuerza para que el Todopoderoso se apiade de ti. De la tierra brota un clamor fabuloso. Escucha, hermano. ¡Recemos todos! Padre nuestro que estás en los cielos...

La plegaria se expandió con bravura. Labios y hombros se estremecían ante la inminencia del milagro.

—Quítate los anteojos que ocultan tu desgracia. Pronto la desgracia será bendición.

El hombre dirigió su mano encallecida hacia la cabeza, se sacó los anteojos y plegó las patillas. Con mala puntería tanteó el bolsillo superior de su chaqueta.

—Bien —prosiguió Bill—. Ahora impongo mis manos sobre tus órbitas desnudas. —Los reflectores habían duplicado la intensidad. —¡La sangre del profeta Elíseo corre por mis venas! ¡Una energía arrolladora desciende desde las alturas! ¡Recen en voz más alta, hermanos míos! ¡Que las voces unidas lleguen al cielo! ¡Que las gargantas resuenen como las trompetas de Jericó! ¡Energía sobrenatural penetrará mis huesos! ¡Desde mis huesos se dirigirá a mis manos! ¡Mis manos tocan los ojos de este buen hombre que confía en el Señor! ¡En sus ojos ya hierven las lágrimas que diluirán la ceguera! ¡Su fe opera este milagro! ¡El milagro del Señor! ¡Aleluya!

—¡Aleluya!

—En su cerebro ya renace la vista. En sus músculos trabajan hormonas. ¡Tenemos fe en la curación de este hermano! ¡Tenemos fe!

—¡Tenemos fe!

La carpa trepidaba en toda su extensión, oscilaban los mástiles y se alzaban las banderitas. La muchedumbre se había puesto de pie; las mujeres lloraban, y también varios hombres. Los niños, atravesados por el miedo, se abrazaban a pantalones y faldas. El rezo ya era un maremoto.

—¡Somos testigos de un milagro impresionante! ¡Retiraré mis manos de las órbitas enfermas y sus ojos recuperarán la transparencia! ¡Loado sea el Señor!

—¡Loado sea el Señor! —El eco equivalía a un alud.

—¿Tienes fe en el Señor?

—¡Sí, sí!

—¡Más fuerte! ¡Que te oigan hasta en el lejano mar!

—¡Sííííí! —Se desgañitó como un lobo de las estepas.

—¡Aleluya!

Bill Hughes abrió teatralmente los brazos y, un tenso segundo después, empezó a aplaudir con vehemencia.

—¡Estás curado! ¡Estás curado! —Aplaudía y saltaba.

—¡Aleluya! —vociferaron mil gargantas enloquecidas.

El pobre hombre giraba la cabeza, solo en medio de la tarima, protagonista de un hecho abrumador. Sus manos tanteaban el aire mientras los reflectores lo bañaban con una catarata de luz.

—¡Aleluya! ¡Aleluya! —El pastor seguía estimulando la fiebre.

El hombre se agarraba la cabeza. No sabía qué estaba ocurriendo. Le aseguraban que veía y le parecía que era cierto, que veía. En su rostro se dibujó una sonrisa mientras parpadeaba confuso y sus rodillas temblaban.

Bill lo abrazó.

—¡Ve a reunirte con tus hermanos y cuéntales sobre la misericordia de Dios! ¡El Todopoderoso te ha bendecido por medio de este humilde pastor en el que se ha encarnado el profeta Elíseo! ¡Gritemos aleluya, loado sea el Señor!

Un fragor colosal, como el de los terremotos, agitaba el interior de la carpa.

El atribulado hombre no tuvo que caminar siquiera hasta el borde del estrado, porque fue levantado en andas como un héroe y paseado por sobre las cabezas. Ya no sabía qué diferencia había entre ver y no ver. Mientras, Bill exigía cantar el salmo cuarenta y nueve para restablecer el orden.

DIARIO DE DOROTHY

Las cartas secretas entre mi hermano y mi abuelo Eric hicieron más soportable su ausencia. La verdad, hace rato que esas cartas dejaron de ser secretas. Papá, más tranquilo, dice que lo mismo pasa con los emigrantes, porque durante años deben permanecer dolorosamente separados de sus familias. Mamá, menos resignada, contesta que ni ellos ni Bill son emigrantes para merecer semejante destino, pero acepta continuar esperando... a regañadientes.

Bill contó que su maestro, el pastor Asher Pratt, había terminado siendo un avaro y un pervertido que enseñaba verdades pero practicaba cosas feas. El Señor decidió sacarlo del mundo en un carro de fuego como hizo con el profeta Elías, pero, en lugar de llevarlo al paraíso, lo hundió en el infierno. Para el abuelo estas expresiones son misteriosas y no hacen sino demostrar que su nieto vuela a gran altura. El doctor Sinclair tuerce la boca y murmura: "Bill también pudo haber tenido envidia a su maestro...".

La resistencia de mi hermano a mantener otros contactos con familiares y amigos ha empezado a cambiar. Sus primeras cartas a mis padres fueron cortas y sin remitente. Ahora podemos comunicarnos con él en forma directa y decir a los vecinos que lo hemos recuperado.

El abuelo Eric fue el intermediario más constante. Se ocupó de mantenerlo al día sobre cada miembro de la familia, los amigos y los chismes. También le contó sobre su frágil salud, puesto que el asma ya le causa problemas en el corazón.

Ahora, cada dos semanas recibimos algo de Elephant City con el encabezamiento: "Queridos abuelo, mamá, papá y Dorothy". Hoy nos acaba de llegar una. También manda postales de Navidad a una docena de familias, pero nunca a los Zapata.

Este año, 1960, empieza mal. ¡Qué desgracia! Internaron al abuelo Eric, con un triste pronóstico. Bill contestó enseguida el telegrama que le despaché. Su respuesta produjo tanto revuelo como la internación: prometió llegar mañana. Es increíble: se fue por años y regresará en minutos.

El arribo de Bill tras nueve años de ausencia produjo un vendaval. En casa se desencadenó una tormenta de plumeros, baldes y estropajos. Mamá se ocupó de que el cuarto-museo reluciera. También arreglamos el cuarto del abuelo, podamos las glicinas y regamos el nogal. Papá convocó al doctor Sinclair y el reverendo Jack Trade para que le dieran una bienvenida especial en el salón de visitas. Evelyn apareció con fuego en las mejillas y con un vestido de fiesta muy inadecuado.

Parece que desde cuadras antes Bill fue reconocido y muchas personas dejaron sus tiendas, cafés o lugares de trabajo para caminar tras el largo automóvil, con patente de Nuevo México, conducido por un chofer. Más que hijo pródigo, Bill era un prodigio.

El automóvil negro con adornos plateados estacionó junto a la puerta de casa. Los vidrios de la ventanilla estaban bajos y vi los ojos grises de Bill refulgiendo en la penumbra. Papá, mamá y yo nos abrimos paso entre los curiosos. Contra mi espalda se comprimió Evelyn. Mi hermano esperó que su chofer detuviera el motor, bajara y rodeara el vehículo para abrirle la puerta. Sacó una larga pierna y luego el resto de su humanidad. Se enderezó entre la gente como si fuera un obelisco. Su cara ya no era la del atolondrado que escapó una noche, sino la de un rey, con bigote fino y nariz orgullosa. Sobre sus hombros se apoyaba un manto. Evelyn me susurró al oído: "¿Oyes las trompetas?".

Mamá se arrojó a sus brazos; luego lo hizo papá, y por último yo. Todos lloramos. Los vecinos aplaudieron para aflojar el nudo de exaltación que producía el recién llegado. Evelyn, pegada a mi cuerpo, temblaba.

Mamá charlaba como agua hirviendo y no dejó que papá lo llevase al salón de visitas para escuchar discursos, sino que lo empujó directamente a su cuarto. Rompía el plan acordado momentos antes porque estaba impaciente por demostrarle cuánto lo había extrañado. Mientras lo empujaba hacia el interior, le apretaba un brazo y le informaba sobre la familia.

Papá se limitó entonces a despedir a la gente, agradecer las expresiones de cariño y cerrar la puerta de calle. Hizo pasar al chofer, Aby, y luego fue a pedir disculpas al médico y al pastor. Les rogó que tuviesen otro poco de paciencia.

Yo tomé la húmeda mano de mi amiga y la arrastré conmigo. Ella susurró su agradecimiento. Le tuve mucha pena, porque Bill ni siquiera la había rozado con una mirada.

Papá se unió a nosotros. Dijo que tenía buenas noticias, porque el abuelo se estaba recuperando; iban a sacarlo de terapia intensiva y tal vez lo dejaran regresar en un par de días. Casi milagroso. Le preguntó a Bill si quería visitarlo enseguida, aunque debían prevenirlo para que no lo afectara la sorpresa. Agregó que sería bueno consultar al respecto con el doctor Sinclair, quien lo esperaba con Jack Trade en el salón de visitas.

"El doctor te ha curado, ¿recuerdas?", agregó mamá.

Para qué.

Bill reaccionó enojado. "No fue Sinclair, porque ninguna fuerza humana habría sido capaz de curarme de aquella encefalitis. Fue el Señor", dijo.

Mamá se encogió y aceptó que debían agradecer únicamente al Señor.

Evelyn estaba desolada. Me di cuenta de que sufría la indiferencia de mi hermano, porque parecía invisible a sus ojos. De repente Bill se fijó en mis dedos, que entrelazaban los de ella. Nos estremecimos al unísono y casi me desprendí, pero Evelyn me agarró con doble fuerza. Los ojos de Bill pasaron de mis dedos a los de Evelyn y subieron a su muñeca, lentos. De su muñeca llegaron al antebrazo, el codo, el hombro, el cuello y por fin la cabeza. Evelyn se apretó las sienes, como si fuesen a estallar. Cuando los ojos de mi hermano tocaron los suyos, parecía una paloma herida.

Entonces él pronunció su nombre: "Evelyn...". Y agregó: "Qué cambiada estás".

Lucas Zapata llegó más tarde. Del hombro le bajaba la correa que sostenía su cámara, responsable de las fotos que publica el diario The Pueblo Chieftain. Lo anunció su inconfundible risa, porque Lucas ríe con carcajadas de diferente largo por motivos que no siempre se pueden entender. A menudo le causa gracia algo tan estúpido como un saludo o la ubicación de un adorno. Su dedo apunta: "ese saludo..." o "ese adorno..." o "esa historia" y ríe, ríe. Su risa molesta a quienes no conocen su fibra, que es muy tierna.

Cuando estuvo cerca de Bill lo miró de pies a cabeza; se detuvo en la túnica que le cubría parte de los hombros. La encontró cómica y tuvo la mala idea de gritarle: "¡Esa capa!". Y empezó a reír.

Bill palideció. No le gustó nada, nada.

Lucas arrastró una silla para sentarse frente a él. Le tendió la mano, pero no obtuvo respuesta. El fotógrafo encogió los hombros, acostumbrado a que algunos se achiquen ante su agresiva cordialidad. Insistió: "¡Vamos, Bill! ¿Ya no me reconoces?".

Bill era un témpano. Sabía que a ese hombre todos lo apodaban Cáscara de Queso por su rostro oscuro y redondo. Sus ojos separados parecían acercarse a las orejas. Mi hermano lo miraba con desprecio. Yo me puse muy nerviosa, porque me di cuenta de que lo odiaba, que su odio chisporroteaba como la electricidad. Era injusto, porque queríamos a Lucas como excelente persona; no merecía ser tratado de ese modo.

El aire se puso irrespirable. Nunca he vivido un momento tan incómodo. Lucas no conseguía romper el hielo de Bill pese a sus forzados chistes. Era imposible saber cómo terminaría esa tensión; tampoco podía entender su verdadera causa. Me parecía que en algún momento Bill le daría un puñetazo en la cara. Pero el desenlace se produjo cuando Lucas, cansado de no lograr respuesta, empezó a dirigirse a Evelyn y a mí. Eso fue el colmo para Bill; no lo iba a tolerar. Yo tampoco entendía por qué. Se paró crispado y fue hacia la puerta. La abrió y, sin hablar, le hizo señas para que se marchara.

La risa de Lucas se frenó de golpe. Su cámara colgaba en el vacío como si quisiera escapar antes que su dueño. Se le ensanchó *más la cara, pero esta vez de dolor. Tragó saliva y, casi en puntas de pie, fue derecho a la calle. Me pareció oír las burbujas que se revolvían en su garganta y pretendían convertirse en algo parecido a la carcajada. Pero no hubo más carcajadas. Seguro que en su cabeza daban vueltas otras imágenes de Bill, cuando era más joven y más amable.*

1959

Además de Elephant City y Three Points, Bill Hughes consideró conveniente desembarcar en Carson.

El líder de los Cristianos de Israel derramaba sus mensajes en apoteóticas concentraciones. Su fama de curador se expandió por zonas rurales de Nuevo México, Nevada y Arizona.

Antes de comenzar el último servicio, un mensajero le entregó un sobre cuyo remitente decía: "Pastor Robert Duke".

Querido hermano:

Me han referido tus proezas y los grandes poderes que te ha brindado el Señor. También me han contado sobre los principales asuntos que abordas en tus prédicas. Debo manifestarte mi alegría, porque coincidimos en casi todo. Deduzco que nuestra asociación podría ser maravillosa. Y muy grata al Cielo.

Imagino tu sorpresa. Pero son las sorpresas que nos regala la voluntad del Señor.

Te invito a visitar mi iglesia. Serás bienvenido.

Robert Duke
Identidad Cristiana para el Mensaje de Israel

Bill estiró con el pulgar y el índice la hoja de papel y releyó el texto. Examinó el anverso y el revés del sobre y decidió que olía a desafío. Desplegó su capa, se la puso sobre los hombros y caminó solemne hacia el estrado para iniciar el servicio.

En el clímax de su actuación tuvo dificultades con un paralítico que, pese a chillar su fe ardiente, no conseguía mantenerse parado. Bill rugía aleluyas y la multitud bramaba, pero cada vez que lo incorporaban el hombre volvía a caerse como un muñeco de trapo. Entonces lo mandó a intensificar su fe con una airada reprimenda y ordenó que le llevaran creyentes de verdad y no malditos falsarios. La multitud casi devoró al paralítico mientras entonaba rabiosa el salmo noventa y siete.

La jornada resultó agotadora. Bill regresó de mal humor, se lavó la cara, el cuello, las axilas y se tendió sobre el catre de campaña. Cerró los ojos y trató de adivinar el aspecto de Robert Duke. Ese sujeto lo había interferido. Debía de ser un pastor chapado a la antigua. Se habría esmerado al redactar su carta y había incorporado la frase sobre la maravillosa asociación con un fin espurio. ¿Por qué lo buscaría? ¿Serían ciertas las coincidencias? ¿O se trataba de un envidioso oportunista? Cuidado, Bill.

La mañana siguiente despuntó nublada. El cielo anticipaba complicaciones. Se vistió con traje y corbata y caminó hacia un severo edificio situado en el centro de Carson. En la puerta resplandecían unas letras doradas sobre una chapa de hierro: "IDENTIDAD CRISTIANA PARA EL MENSAJE DE ISRAEL". Apretó el timbre y le abrió una mujer flaca y distante que se presentó como la señora Duke. Lo invitó a una habitación con escritorio, butacas, sofá, paredes forradas de libros y retratos adustos. Su premonición no había fallado: era la sacristía de un pastor tradicional.

Robert Duke abrió la puerta, acicalado con riguroso traje negro, corbata de cordón y botas de media caña. Tenía el cabello gris peinado hacia atrás, nariz filosa y labios más delgados aún. Sus ojos de indefinible claridad se asomaban apenas por la rendija de los párpados entrecerrados. La cabeza parecía un conjunto de navajas. Su mano, empero, se extendió franca y sostuvo durante casi un minuto la de Bill.

La esposa de Duke proveyó una bandeja con café, galletitas y dos vasos de jugo. Hizo una reverencia y desapareció.

Ambos pastores se estudiaron con indisimulada curiosidad: abierta la mirada de Bill, entrecerrada la de Duke. Hablaron sobre la vida cotidiana en Carson, aunque ambos sabían que esa ciudad no era el motivo de su encuentro. Como ocurre en una larga pieza musical, mientras desarrollaban el primer tema surgían los motivos del siguiente. De esa forma aparecieron aisladas menciones al Señor, sitios de Tierra Santa y episodios de patriarcas, apóstoles y profetas que, en el fondo, nada tenían que ver con Carson y sí con la misión de sus vidas. Media hora de vacilante conversación los instaló de lleno en la teología. Ansiaban un inventario sobre el conocimiento del otro, como dos guerreros que se estudian recíprocamente las armas.

Bill evocó las rutas de Elíseo, pero dejaba amplios huecos en el resto de las Sagradas Escrituras que, no obstante, se empeñaba en leer todas las noches con disciplina de monje. Robert Duke, en cambio, conocía las peripecias de Elíseo, pero no las consideraba un hito central; era un erudito que podía repetir de memoria centenares de páginas, tanto del Nuevo como del Viejo Testamento. Lo más sorprendente fue la convicción con que se refería a temas que Bill había aprendido de su asesinado antecesor. Duke coincidía en llamar "bestias del campo" a los negros y consideraba que solamente los blancos descendían de Adán.

—Me informaron que en tus prédicas insistes en las pecaminosas relaciones de Eva y la serpiente.

—Ajá.

—Coincido —dijo Duke, sonriente—, aunque en el Génesis no existen referencias a semejante pecado. De esas relaciones nació el asesino Caín, y de Caín descienden los pérfidos judíos.

—Me complace confirmarlo —Bill cruzó las piernas.

—¿De dónde obtuviste la información?

—De la fuente más directa y confiable: mis sueños. El Señor me permitió ver, como en una película, las cópulas que Eva practicaba en el Paraíso a espaldas de Adán. Me permitió observar cómo la serpiente introducía su cabeza en la vagina y le depositaba su esperma. También vi los primeros hijos de Caín, los judíos originales, que tenían cabeza de víbora y cola de cerdo.

—Sueños privilegiados, no hay duda. Tienes la pasta de Jacob y de José, grandes receptores e intérpretes de sueños. ¿Crees que la ausencia de estos datos en la Biblia invalida nuestra hipótesis?

—Claro que no. Tampoco deberíamos decir "hipótesis". Es la verdad —replicó Bill.

—Digamos que es una interpretación.

—Es la verdad. —Bill lo miró con reproche.

Robert Duke volvió a sonreír y los filosos rasgos de su cara se tornaron más agudos aún.

—Me gusta tu firmeza.

—Viene del Señor, que es mi roca.

El pastor de Carson contrajo sus desconfiados párpados, miró el reloj e invitó a Bill a un segundo encuentro. Habían charlado durante dos horas y media.

En la nueva reunión ya no necesitaron ablandarse con rodeos y se refirieron de entrada, no más, a las cópulas de Eva y la serpiente.

—De esto yo hablé con Asher Pratt —informó Robert Duke.

—¿Conocías a mi predecesor?

—¿Si lo conocía? Pues... —Hizo una mueca. —Fue mi discípulo.

A Bill se le cayó el mentón.

—Tuvo una extraña muerte... —Se acarició lentamente la nariz sin quitarle los ojos de encima.

En los oídos de Bill volvió a tronar la locomotora y en su retina aparecieron las chispas que las ruedas de acero arrancaban a los rieles.

—Durante unos años trabajó en mi iglesia. —Duke se recostó contra el respaldo de la butaca para mantenerse relajado pese al enojo que le provocaba el tema. —Me debía sus conocimientos. En forma transitiva, ahora la deuda... es tuya —le ofreció otra taza de café para disminuir la dureza del tono.

—Explícate. —Bill recordó que una interferencia invisible había malogrado su cura del paralítico. Este pastor era más importante de lo imaginado.

—Por supuesto.

Vació la copa de jugo y se dispuso a impresionarlo con su revelación.

—Vayamos de lo simple a lo complejo. La Identidad Cristiana para el Mensaje de Israel es un movimiento aún pequeño, pero en firme expansión. Se asienta sobre pocos y fértiles principios que ya conoces, porque yo se los enseñé a Asher, y Asher, a ti. ¿Te los recuerdo?

Abrió los dedos de la mano izquierda y con el índice derecho se dobló el pulgar.

—Uno: los verdaderos integrantes del pueblo norteamericano son los israelitas del Antiguo Testamento, descendientes de las Diez Tribus presuntamente perdidas, cuya raza es aria, como te dijo Asher.

Luego dobló el índice.

—Dos: los judíos, en cambio, son semitas y descienden de Satán, la serpiente, y del asesino Caín.

Dobló el dedo mayor.

—Tres: Adán y Eva no fueron los primeros seres humanos, como creen equivocadamente los cristianos de otras denominaciones, sino la primera pareja humana plena, blanca y pura, a imagen y semejanza del Señor. Las otras razas... negros, asiáticos, hispanos, mesorientales, indios y esquimales... provienen de los monstruos preadámicos.

Dobló el anular.

—Cuatro, la guerra de Armagedón con armas atómicas y bacteriológicas es inminente y enfrentará a las hordas subhumanas con el pueblo elegido.

Quedó levantado solamente el meñique.

—Quinto y último punto: te lo diré cuando bebas la tercera taza de café, porque no se comprende tan fácil.

Bill se rascó la nuca y pensó que Robert dosificaba la expectativa como si estuviese hablándole a una gran audiencia. Seguro que predicaba muy bien; por algo Asher Pratt lo había tenido de maestro varios años. Escanció el resto del café, añadió unas gotas de leche, media cucharadita de azúcar y revolvió con aparente tranquilidad.

—Mira —prosiguió Robert; su rostro evocaba a Mefistófeles—. Contra nuestra fe trabajan hombres que han logrado un indebido prestigio: se llaman historiadores, exégetas, teólogos, defensores de derechos humanos, antropólogos. Pretenden refutarnos con documentos apócrifos y pistas que no merecen crédito. Algunos hurgan papeles antiguos y ambivalentes; otros los fraguan. Su objetivo es destruir nuestras comunidades. Profanan la sagrada Biblia y la "historizan"; es decir, la convierten en un texto más entre los miles de sucios textos que escriben los hombres, no Dios. Y la manosean como si fuese igual a cualquier producto humano: caprichoso, contingente, perecedero. ¿Me sigues?

—Perfectamente.

—Inculcan ideas ridículas, trasnochadas, como la famosa hermandad de todos los seres humanos y que los judíos son los descendientes de Israel. No es cierto. Ni los judíos descienden de Israel ni todos los hombres, o seres con aspecto humano, descendemos de la misma pareja. Esto lo advierte cualquiera que se ponga a reflexionar. Los mogoles, los negros y demás subhumanos se parecen a las bestias, no a nosotros. No tengo que insistir: lo sabes perfectamente y lo predicas con eficacia. A esos enemigos se refiere el quinto punto. —Levantó el meñique.

—A los defensores de derechos humanos, antropólogos, historiadores, periodistas...

—Así es. Niegan y se burlan de nuestro auténtico origen ario-israelita. Son nefastos. Debemos combatirlos sin tregua porque pretenden invalidar nuestra doctrina.

—No tengo inconveniente en atacarlos donde y cuando se presente la ocasión.

—Así me gusta. Pero no te he llamado para repetir lo que ya sabes, aunque es bueno repetirlo. Te he llamado para decir lo que Asher callaba.

—¿Por ejemplo?

—Que él había integrado mi iglesia.

—¿Cómo sabes que no lo decía?

—Porque me lo confesó Lea. Ocultaba su antigua relación. Y exigió que ella hiciera lo mismo.

—¿Entonces también conoces a Lea?

—Sí, bastante...

Bill lo miró fijo.

Robert Duke le devolvió la mirada.

—Es mi hermanastra —agregó.

Bill pellizcó los bordes de los apoyabrazos.

—Era hija de la mujer con quien se casó mi padre luego de enviudar —refirió con lentitud, palabra tras palabra—. Mi padre tenía ya tres hijos y, a partir de entonces, fuimos cuatro.

—Tu hermanastra... ¡Ajá! Por cierto que me acabas de sorprender, reverendo.

—Convivimos sólo seis años, porque mi padre falleció y Lea se fue con su madre. Luego supe de su noviazgo con Asher Pratt. Lo tomé entonces como una manifestación del Cielo, una posibilidad de reunir otra vez la familia. Lea era una buena mujer; Asher tenía vocación y le entusiasmaba nuestra doctrina. Aceptaron instalarse en Carson y empezamos una fructífera actividad. Pero... —Necesitaba una pausa y la dedicó a comer una galletita. —Los caminos del Todopoderoso resultan enigmáticos para la mente estrecha de los hombres. Asher no resultó ser lo que parecía: contra unos gramos de virtud cargaba toneladas de maldad. Fue traidor y embustero. Ahora que ya no vive y Lea no me oye, puedo decir que el Señor hizo bien en apartarlo de la vida.

Bill observaba de soslayo al pastor y advertía que guardaba un resentimiento extraordinario.

—Luego de aprender y trabajar conmigo, forzó a mi hermanastra a abandonarme. Se fue de manera escandalosa; inventó la carpa azul y construyó una impostura del Tabernáculo con plumas de pavo real. Un disparate. Decepcionó la esperanza que yo había depositado en su talento. Acaparó mis enseñanzas, pero sin honestidad. A su precaria tienda ni siquiera le puso un nombre correcto, algo que remitiese a la Identidad Cristiana. Fue cegado por su ambición y se dedicó a juntar dinero. Me ha llegado la versión de que Dios se lo llevó en un carro de fuego, ¿verdad? Creo que así lo has comentado a tus feligreses.

—Sabes mucho, reverendo.

Un atardecer, ambos pastores permanecían sentados en la penumbra mirando por la ventana cómo descendía la noche. Duke puso en sus labios un cigarrillo y palpó en los bolsillos de su camisa hasta dar con el encendedor. La breve llama resplandeció en el metal y prendió el tabaco. Bill tuvo de repente frente a sí un rostro enigmático, con arrugas y cicatrices, concentrado en chupar el naciente humo. Conos negros se elevaban de su nariz, cejas y orejas. Los párpados contraídos apenas dejaban ver sus ojos. Sus manos, que rodeaban la punta del cigarrillo para proteger el fuego, evocaban las de Frankestein.

—El mundo acabará mal, muy mal, si no tomamos la iniciativa. La bocanada salió con un suspiro. —Es evidente que el comunismo, la democracia, los derechos humanos, la guerra, son todos inventos que los preadámicos aplican según convenga, aquí y allá, allá y aquí, para lograr el dominio del mundo.

—Dicen que en Corea pretendimos frenar el avance comunista —comentó Bill.

—El avance preadámico. Pero sólo conseguimos migajas de victoria. Mientras luchábamos en los valles y en la montaña, nos saboteaban desde la prensa antipatriótica y también desde las organizaciones pacifistas. Se trataba de operativos aviesos, múltiples y simultáneos.

—Nos confunden.

—Tienen la inteligencia de Lucifer. Y saben usarla. Quien advirtió esto con extraordinaria lucidez fue Henry Ford.

—¿Ford?

—¡Ah, es una historia impresionante! Ford se enteró y tuvo el coraje de difundir lo que muy pocos norteamericanos conocían. Era un hombre de negocios imaginativo, práctico y permeable. A mediados de la década de los 20 uno de sus representantes le obsequió un pequeño libro que había traído una tal Paquita Shishmareff, emigrante del infierno desencadenado en Rusia por la revolución bolchevique, y que explicaba las secretas operaciones realizadas por los judíos en Europa desde hacía tiempo. El libro se titulaba *Los protocolos de los sabios de Sión*.

—Ah.

—El clarividente Ford ya olfateaba la amenaza de las razas inferiores desde un lustro antes, y ese volumen fue como una explosiva revelación. Sin pérdida de tiempo ordenó su reimpresión masiva. Y también ordenó que fuese acompañada por comentarios alusivos en su semanario *Dearborn Independent*. Esta serie de artículos fue titulada desde el comienzo con una frase perfecta: *El judío internacional*. Aparecieron en noventa y una semanas consecutivas. Por primera vez, y sin rodeos, un norteamericano acusaba a los judíos de crear y utilizar el comunismo, los sindicatos, el alcohol, el juego prohibido, las finanzas internacionales, la música de jazz, la perversión de las costumbres, los diarios y el cine.

—¿Todo eso?

—Parece increíble, ¿no? A Henry Ford hay que agradecerle su contribución colosal, que se expandió como una bomba. Su semanario empezó a publicar los comentarios de *El judío internacional* con una tirada de 72.000 ejemplares y terminó con una tirada de... ¡300.000! Entusiasmado por la recepción que obtenía, ordenó reunirlos en una obra en cuatro tomos, de la cual vendió más de 500.000 ejemplares y fue traducida a dieciséis idiomas.

—Sabes mucho, reverendo —repitió Bill.

—En repetidas declaraciones públicas insistió en que estaba ayudando a generar un despertar del mundo ante la inminente catástrofe. Y la catástrofe vino.

—La guerra mundial.

—Efectivamente. Estás atando los cabos. Quien no dudó en reconocer los méritos de Henry Ford fue Adolf Hitler en persona.

Duke se levantó, encendió una lámpara y buscó entre los volúmenes que forraban la pared una edición de 1935. Lo abrió y leyó el elogio firmado por Hitler en la primera página: "Miro al señor Heinrich Ford como mi inspirador. Ojalá pudiese enviar algunas de mis tropas de choque a Chicago y otras ciudades de los Estados Unidos para ayudarlo en las elecciones. Vemos al señor Heinrich Ford como el líder del creciente movimiento fascista en los Estados Unidos. Hemos traducido sus artículos y los hemos publicado. Su libro circula en millones de copias".

—Déjame ver —pidió Bill.

Duke le entregó el volumen abierto.

—En 1938 —agregó mientras apagaba el cigarrillo—, antes de que los preadámicos desencadenaran la guerra, Henry Ford se convirtió en el primer norteamericano que recibía el más alto homenaje del Tercer Reich: la Gran Cruz del Águila Germana.

—Admirable. Pero, ¿cuánta gente lo sabe?

—Poca. Los descendientes de Ford se han ocupado de borrar huellas que podían arruinarles la venta de autos. No genera simpatías adherir al nazismo, porque estuvimos en guerra con él. Pero el nazismo no ha muerto. Nosotros continuamos defendiendo algunos de sus principios a través de la Identidad Cristiana. Debemos hacer frente a las tropas de Lucifer. Tenemos que vigorizar nuestras comunidades, debilitar a nuestros enemigos y armarnos para la nueva guerra.

—Es la misión.

—Es la misión.

DIARIO DE DOROTHY

¡Bill regresa nuevamente a Pueblo! En estos años hemos mantenido una buena comunicación por carta, pero todavía nadie logró ser invitado a Elephant City y tampoco nadie se arriesgó a caerle de visita sin permiso. Ese lugar es objeto de especulaciones porque hasta el nombre resulta increíble: en el oeste podemos imaginar todo tipo de animales, menos canguros de Australia o elefantes de la India. ¿Qué causa ha dado origen a un nombre tan exótico como Elephant City? Hasta lo de "city" suena inverosímil allí, en los desiertos que rodean el cañón del Colorado.

"Puede que el nombre se haya inspirado en un viejo elefante olvidado por un circo de gitanos", dijo Lucas Zapata, riendo, para vengarse del desaire que le infligió Bill.

Evelyn, en cambio, sostenía que no era de extrañar, porque los príncipes de la India usan elefantes, por lo cual el nombre tenía valor emblemático. "Bill tiene un aire palaciego, no olvides." En la intimidad ella sigue llamando "príncipe" a mi hermano, pese a su inexplicable indiferencia. A mi juicio, el nombre de Elephant City no tiene importancia. Pero sí me importa (y preocupa) que mi amiga se haya convertido en una devota. Corrijo: en una devota fanática. Cada tarde lee la Biblia y no pierde ocasión de intercalar imágenes de los salmos. Habla como una vieja, o como un pastor. Viste ropas negras o grises, mientras sus antiguos vestidos de fiesta duermen en el placard. Su madre, asustada por el vuelco místico, la obligó a realizar una visita al psiquiatra, que, sin embargo, etiquetó su conducta como vulgar rebeldía adolescente.

Evelyn me ha confesado la certeza que guarda su corazón: algún espléndido día mi hermano la tomará por mujer. Y debe estar entrenada. No será cualquier mujer, sino la de un príncipe-reverendo, un servidor del rey Dios. Simulé sorpresa, pero no había tal. Hace rato que su interés por Bill es más obvio que la cruz en el frente de una iglesia. Por mi parte, le hice saber que yo estaba de acuerdo y que la apoyaría de la mejor manera. Y es cierto: que mi mejor amiga se convierta en mi cuñada me permitirá recuperar más aún a Bill.

Bill acaba de llegar. Estamos pasando por momentos dolorosos. El abuelo Eric volvió a descompensarse. Anteanoche su corazón dejaba de latir, y menos mal que un médico le hizo masajes en el pecho y lo llevó en ambulancia a terapia intensiva. El pronóstico es muy malo. Nos hicieron entender que esta vez no habrá retorno. Bill aterrizó como una tromba en un auto parecido al del viaje anterior, conducido por el mismo chofer. Frenó ante la puerta del hospital con chirrido de neumáticos. Yo estaba por pedir un informe en la recepción cuando lo vi entrar. Corrí a darle un abrazo. Su majestuoso porte causó impresión; médicos y enfermeras le abrieron paso de la misma forma que harían ante el gobernador del estado.

Antes de cruzar la puerta vidriada de terapia intensiva le ofrecieron un delantal estéril que Bill vistió sin quitarse la túnica que colgaba de sus hombros. Caminó directo hacia la cama del abuelo, como si ya hubiera estado allí, y se paró a su lado. Yo abrazaba a mamá y hacía fuerza para contener las lágrimas. El abuelo estaba demacrado e inconsciente, cubierto de sondas, cables y aparatos. Respiraba con dificultad, irregularmente, como alguien que se olvida de hacerlo; tras largas pausas incorporaba una bocanada ruidosa y entrecortada, a la que seguía una espiración que parecía ser la última.

Mi hermano murmuró una plegaria de la que sólo oí sílabas. Después tomó el borde de su túnica, la extrajo por debajo del delantal y rozó con ella la frente del enfermo. No sé por qué esa escena tan simple me conmovió tanto, y ya me fue imposible retener el sollozo. Una enfermera me propuso salir, pero negué con la cabeza y abracé más fuerte a mamá.

Bill se sentó en el borde del lecho, apoyó la cabeza sobre una mano y permaneció callado durante un cuarto de hora. No hubo más ruidos que los que producían mis sacudidas. Luego enderezó la cabeza, miró en torno y se puso de pie. Parecía un sumo sacerdote rodeado de súbditos pendientes del mínimo gesto. Sentenció con voz profunda: "Reside junto al Todopoderoso, envuelto por su magnificencia".

Y salió.

A los pocos minutos el cardiólogo certificó su fallecimiento.

Mis padres, Bill y yo nos abrazamos. La desgracia nos volvía a unir.

En el sepelio Bill reconoció a Evelyn, vestida de color pizarra. Su pupila rapaz examinó su cuerpo de dieciocho años. Ella, impulsada por el fuego que se escondía bajo la ropa monacal, se le aproximó con la excusa de saludar a los familiares del muerto. El pecho le estallaba. Acarició a la madre de Dorothy. Luego se desplazó tres pasos adicionales y rozó el costado de Bill. Sus mejillas se habían convertido en tomates y un estremecimiento la recorría desde el cabello hasta los pies. La desgarraba una tempestad de emociones, pero sus sentidos capturaban la realidad y, dentro de ella, la magnética cercanía del amado: el perfume de la piel recién afeitada, la blanda aspereza del traje, la tibieza de sus manos grandes. Se armó de tanto coraje como si tuviera que arrojarse a un precipicio, giró y le tendió la mano. De su garganta brotó un inaudible pésame. Bill posó sus ojos en la muchacha. En los oídos de Evelyn zumbaban abejas. Temía que se le doblaran las rodillas.

A Bill le costaba unir la nena que había sido amiga de su hermana con la preciosa joven que tenía frente a sí. Por la tarde se las arregló para llevarla a su cuarto y quedarse a solas con ella.

Evelyn advirtió su astucia, porque unos segundos antes había simulado salir luego de echar llave. Era el inconfundible príncipe de sus sueños, tan diestro como pícaro para vencer a cualquier adversario, incluso a los indiscretos. Sus ojos, su voz y sus dedos se consagraron a ella. Resultaba vertiginoso, pero las robustas fantasías empezaban a convertirse en realidad. Navegando por encima de la luna, Evelyn murmuraba su agradecimiento al Señor.

Bill tenía curiosidad. Esa muchacha era bella y misteriosa, casi hipotética, como una alegoría. Su exterior parecía severo, pero debajo de su vestido gris seguro que ardía la pasión. Era evidente. Le hizo preguntas sobre sus gustos y deseos en el más amable de los tonos. Por primera vez Evelyn lo percibía interesado en ella; el momento le sonaba a cuento de hadas. También era la primera vez que él hablaba con ella tanto tiempo. El éxtasis arribó cuando las grandes manos —las mismas que le habían enseñado a dibujar gatitos con dos circunferencias y luego ciñeron su cintura en historias fraguadas por su mente al galope— se aproximaron a sus cabellos levemente transpirados y los acariciaron con extraordinaria delicadeza. La corriente se le expandió hasta las uñas.

Al día siguiente Bill la besó. Si una caricia podía convulsionar hasta la última porción de su cuerpo, el beso la lanzó a otra galaxia. Rodó ligera por el espacio. Estaba decidida a entregarse sin límites. Su amor era más intenso que la sed de una mujer abandonada en el Sahara. Ni siquiera podía distinguir entre las caricias castas y las audaces. No importaba. Todo lo que Bill hiciese con ella era una bendición y conducía hacia la unión definitiva. La piel y el aliento de Bill se mezclaron con su sangre. Una excitación convertida en flecha le rompió las costuras. Ingresó en lo inefable.

Entonces se amaron con brutalidad.

El trote fue doloroso y la dejó sin aliento. No reprodujo las cabalgatas suaves que solía disfrutar en sus fantasías, pero tuvo mucho de primitivo y angelical, casi como las grandes explosiones que sacudieron el espacio mientras el Señor creaba las esferas. Temió despegar los párpados y verificar la realidad concreta. Temió descubrir que estaba sola como siempre. Pero cuando por fin abrió los ojos, su retina captó el maravilloso paisaje adherido a sus pestañas: Bill, adormecido, respiraba por la boca y su tibio aliento le movía el flequillo.

Durante los quince días que esa vez Bill permaneció en Pueblo hicieron el amor tres veces. El duelo por la muerte del viejo Eric no inhibía la sexualidad del pastor.

En sus conversaciones fue entregándole, a cuentagotas, noticias de su actividad en Elephant City, Three Points y Carson. Mencionó a su fallecido maestro Asher Pratt, su eficaz asistente Lea, el leal chofer Aby y su socio Robert Duke. Prometió escribirle. Pero la tarde de su despedida la dejó boquiabierta.

—Cuidado con los monstruos preadámicos. En Pueblo abundan indios, hispanos, negros, japoneses y judíos. Ni se te ocurra vincularte con ellos.

Evelyn supuso que era celoso y de esa forma elíptica la alejaba de otros pretendientes. Ella contestó:

—Sólo te amo a ti.

—Eso se dice... — se acomodó la túnica sobre los hombros, la besó en la frente y salió. Su apostura congelaba.

Mientras repasaba con Mónica los documentos de nuestra investigación, aparecieron unos libros y folletos sobre sectas, milicias y organizaciones neonazis en los Estados Unidos. Eran tan interesantes que no pudimos dejar de echarles una mirada, aunque no se relacionaran con nuestro propósito inmediato. Pero —lo insinuó Borges— quizá son sinónimos el azar y el destino. Pusieron delante de nuestros ojos una pista que en poco tiempo llevaría a la explosión.

Efectivamente, una de las organizaciones que más me asombraron tenía un nombre retorcido: Identidad Cristiana para el Mensaje de Israel. Sus líderes dirían que me guió el ángel del mal, porque accedía a sus dominios.

En efecto, parece una organización creada en un manicomio. Aunque está limitada a zonas del Medio y el Lejano Oeste, viene creciendo en forma sostenida. Mantiene lazos con otras denominaciones religiosas de parecida virulencia, pero también con milicias de ultraderecha y organizaciones racistas o inequívocamente nazis que —en la medida en que les conviene— se reconocen parte de la Mayoría Moral. Las pesquisas realizadas dejan el amargo sabor de que nunca se llega a su raíz, porque carecen de un liderazgo unificado.

Predican la lectura textual y atemporal de la Biblia —como los demás fundamentalismos—, pero no dudan en alterar versículos o inventar otros cuando conviene al odio y al prejuicio. En su anhelo de autoexaltación aseguran que provienen de las diez tribus perdidas que formaron el antiguo reino de Israel (de ahí "el Mensaje de Israel").

¡Hicieron una película a su medida! En impúdica contradicción con la realidad.

Porque, sintéticamente, los historiadores coinciden en algo muy distinto: tras la muerte del rey Salomón (cerca de un milenio antes de Cristo) se produjo una guerra civil y su heredad se dividió en dos Estados: al sur el reino de Judá, con sólo dos tribus (capital: Jerusalén), y al norte el reino de Israel, con las otras diez (capital: Samaria). La invasión de los asirios en el año 772 a.C. destruyó sólo el reino de Israel, porque una epidemia impidió que avanzaran hacia el sur. Provocaron el forzoso exilio de los habitantes norteños, los dividieron en pequeños grupos y generaron su extinción rápida mediante la asimilación con otros pueblos de la zona. Un siglo y medio más tarde los babilonios conquistaron Judá, destruyeron Jerusalén y también exiliaron a sus habitantes. Pero los dejaron formar comunidades compactas a orillas del Éufrates, lo cual permitió su supervivencia, la aparición de grandes profetas, el retorno masivo y la reconstrucción del antiguo solar.

De las diez tribus nunca se tuvieron más noticias, excepto escasas familias que quedaron en Samaria y luego se integraron a Judá.

Entre la segunda y la tercera Cruzadas que llevaba a cabo Occidente contra los musulmanes brotó la quimera de que las idealizadas diez tribus no se habían extinguido, prosperaban en algún país remoto y se entrenaban para el rescate de sus hermanos perseguidos en Europa. Benjamín de Tudela, un viajero español del siglo XII, acrecentó el mito. Mucho después, por el 1600, tras matanzas y pogroms que asolaron Rusia, Ucrania y Polonia, Natán de Gaza no sólo proclamó a un Mesías, sino que aseguró la inminente llegada de las diez tribus. Marchaban encolumnadas desde las montañas de Persia y el desierto de Arabia; pronto penetrarían en el corazón del Imperio Otomano y restablecerían el antiguo reino de Israel. Sus palabras se reprodujeron en cartas febriles que recorrieron la cuenca del Mediterráneo y dejaron una perdurable impresión.

Medio siglo después, en Aberdeen, Robert Boulter amplió la visión de Natán. Describió a seiscientos mil hombres armados que ya habían derrotado batallones turcos y ahora avanzaban por mar en naves cuyas banderas proclamaban: "Éstas son las diez tribus de Israel". Pronto se difundieron en Alemania, Suiza, Gran Bretaña y Flandes otras cartas que repetían la misma versión. Los predicadores se referían a las tribus como prueba del poder divino. Se especulaba sobre el carácter de sus armas, entre las que figuraba el manejo del rayo. Lo cierto es que las tribus adquirieron tanta presencia como los países donde se hablaba de ellas.

Luego, mientras Francia se desangraba con la guillotina de la Revolución, en Londres estalló el trueno más sonoro de la historia, tan fuerte —según crónicas— que agrietó decenas de viviendas, miles de personas ensordecieron e incontables caballos huyeron para siempre. El oficial naval Richard Brothers escribió que ese trueno era la voz de un ángel, tal como estaba anunciado en el capítulo XVIII del Apocalipsis. El ángel predijo que Londres sería destruida en dos años. El libro de Brothers fue una bomba: explicaba que intercedió con éxito para salvar Londres y que le fue revelado por el mismo ángel que los verdaderos descendientes de las tribus eran nada menos que los ingleses. Sus palabras tuvieron dos consecuencias: primero, el oficial fue internado como lunático; segundo, muchos compatriotas le creyeron. Tanto que más adelante apareció otro libro, de Scotsman Wilson, apoyándolo, aunque extendía el origen israelita a casi todos ios europeos del norte.

La fantasía se impuso con rapidez. En menos de una década se fundaron en Inglaterra veintisiete asociaciones británico-israelitas. La gloria bíblica fue transferida al presente. Dios estaba con ellos así como lo había estado con la tribus desde Egipto a Tierra Santa.

En 1884 un discípulo de Scotsman Wilson llamado Edward Hine viajó a los Estados Unidos para difundir la noticia. Fue recibido con entusiasmo, porque la noticia lo había precedido. Permaneció allí cuatro años y consolidó la fe de un amplio grupo en el anglo-israelismo.

Pero en el siglo XX se produjo una metamorfosis de esta ilusión: la centralidad europea pasó a ser estadounidense, con un creciente odio antijudío. Según se desprende de los documentos que tuve en mano, William J. Cameron desempeñó un papel decisivo. Era editor del periódico que pagaba Henry Ford y fue quien redactó el exitoso infundio antisemita titulado *El judío internacional*.

La Identidad Cristiana redondeó su delirio teológico sistematizado entre 1940 y 1970. Durante ese tiempo estructuró un racismo y un antisemitismo desenfrenados. Adoptaron y corrompieron las convicciones de Boulter, Brothers, Hine y las organizaciones británico-israelitas, basadas en el hecho de que los judíos eran hijos de Abraham, Isaac y Jacob, integrantes de la tribu de Judá y luego del reino de Judá. Les negaron todo rasgo favorable. Los judíos eran un sinónimo del mal absoluto.

Pude eslabonar en forma cronológica el desarrollo de este delirio:

1- A mediados de la década de los 30 predicaban que pocos judíos quedaron libres de la mezcla con pueblos vecinos del Medio Oriente y, por lo tanto, no merecían ser considerados legítimos herederos del reino de Judá.
2- Influidos por el racismo nazi, avanzaron hacia la hipótesis de que los arios son los únicos descendientes de Adán y Eva, mientras que las demás razas son un defectuoso proyecto anterior que integra el campo de la zoología.

3- Una década más adelante afirmaron que la mayoría de los judíos eran en realidad edomitas, hititas, moabitas e idumeos (todos preadámicos) que trataban de hacerse pasar por verdaderos judíos, de los cuales sólo quedaban muy pocos, inhallables.
4- En 1960 ya no había predicador de la Identidad Cristiana que aceptase relación alguna entre los judíos y los verdaderos israelitas, fueran descendientes del reino de Israel o de Judá.
5- Hacia fines de 1960 ya aseguraban que los judíos ni siquiera provienen del Medio Oriente, sino de los mongoles.
6- Acostumbrados a la irrefrenable distorsión, no tuvieron escrúpulos en lanzar la última perla: que son ajenos al resto de los seres humanos y fueron engendrados por el mismo Demonio, que fecundó a Eva a espaldas de Adán.

Una bomba de alquitrán explotó a la medianoche en la puerta del profesor Charles Klenk. Nadie se atribuyó el atentado. En Elephant City resultaba difícil encontrarle enemigos. Era un pacífico docente de Historia en la universidad católica de San Agustín. Tenía una agraciada esposa y dos hijos pequeños. Su vida era rutinaria, y su deporte favorito, el tenis, que practicaba dos veces por semana con un grupo de amigos. Acababa de publicar un libro de limitada difusión —editado por la misma universidad— en el que describía las leyendas, los mitos y fantasías que se fueron creando en torno de las diez tribus perdidas del antiguo reino de Israel. Basado en pruebas arqueológicas, traducción de textos cuneiformes y estudios comparados, daba por tierra con las teorías sobre la supervivencia de aquellas pequeñas organizaciones. El exilio forzoso que impusieron los conquistadores asirios pretendió —y consiguió— diluir a los miembros de esas tribus entre los habitantes del imperio. Sólo quedaban como material de ficción.

El reverendo Robert Duke, en nombre de la Identidad Cristiana para el Mensaje de Israel solicitó al diario local que le publicase una declaración de repudio a la violencia, pero en la cual también advertía sobre el daño que cometían los historiadores que se empeñaban en difundir mentiras en cuanto a temas vinculados con la fe.

Bill leyó el texto y, tras hacerle un guiño, se lo pasó a Pinjás.

La bomba arrojada en la casa de Charles Klenk fue la primera del año. Pinjás la armó y colocó con alto virtuosismo. No pretendía matar, sino disuadir a los irresponsables que se divertían metiendo confusión. La estrategia funcionó bien, porque tras esa bomba los originales de un segundo libro que el profesor envió al consejo editorial de la universidad fueron rechazados por mayoría de votos. Si no era Klenk el asustado, sí lo estaban sus colegas. El mensaje resultó eficaz.

Pinjás era el nombre con que Robert Duke había bautizado al basto Todd Random, llegado de Nueva York tras incontables peripecias. Ahora se ocupaba de las acciones punitivas que, para gloria del Señor, acordaron Duke y Bill en un encuentro. Luego de trabajar Pinjás tres años en Carson, ambos pastores decidieron que se trasladase a Elephant City y sirviera bajo las órdenes de Bill, ya que éste era más joven y se ocuparía del proselitismo activo. Duke, en cambio, enriquecería la doctrina y dibujaría la estrategia. También se pusieron de acuerdo en que el dinero no sólo debía provenir de las ofrendas legitimadas con el nombre de "diezmo" (casi nadie donaba el diez por ciento). Por lo tanto, correspondía apelar a métodos heterodoxos, ya que los seres humanos se resisten a caminar derecho y necesitan algunas reprimendas. Para esto último Pinjás era el hombre indicado, ya que contaba con una experiencia que congelaba la sangre.

Todd Random era cerril y corpulento. Su voz ronca parecía una demolición. Debía esmerarse para no provocar susto. Empezaba por las mañanas con un ataque a su barba, que enjabonaba con paciencia y luego rasuraba una y otra vez. A menudo el esfuerzo le producía tajos cuya sangre cohibía con trozos de papel higiénico. Tampoco era fácil domeñar los pelos de su cabeza, erectos como lanzas: debía mojarlos y aplastarlos con grasa perfumada, todo lo cual, en el mejor de los casos, lo hacía parecer coronado de asfalto.

Había nacido en Manhattan, llamada por Robert Duke "tierra

de filisteos". Su barrio se extendía por el borde oeste. Con acierto fue calificado el Basural de las Delicias, porque en sus calles se entrecruzaban los adoradores de ídolos con los sirvientes de Lucifer. Abundaban las Dalilas empeñadas en seducir a cuanto Sansón ingenuo tuvieran a su alcance. Por todas partes fermentaba la guerra por dinero, sexo y poder. Mientras algunos niños jugaban al béisbol, vendedores ambulantes voceaban mercaderías, una familia festejaba la boda de una hija y otra sollozaba el velatorio de un hijo. En el fondo de enmarañados caseríos los mafiosos jugaban a las cartas, planeaban nuevos asaltos o resolvían sus diferencias a tiro de revólver.

En ese Basural, Todd aprendió el oficio de una guerra sujeta a pocas normas que practicaría hasta el ocaso de sus fuerzas. Cada niño del barrio debía asociarse con una pandilla cuyo nombre era el apellido de su líder o una fantasía sádica: Descuartizadores, Reventadores, Sanguinarios. En las pandillas con historia había que pasar por ceremonias de iniciación que consistían en infligir perjuicios a un rival. Se consideraba un profesional quien recibía ofertas monetarias para herir a alguien caído en desgracia, romper vidrieras o espantar caballos. Las remuneraciones empezaban con cinco dólares. Los asesinatos se pagaban mucho mejor, pero requerían entrenamiento y probada capacidad para sellar los labios. La paga superaba los cien dólares si tras el homicidio le hacían llegar a la familia un trozo del cadáver, como, por ejemplo, una mano con los anillos intactos para que no hubiera dudas y sirviese de escarmiento.

Durante el asfixiante verano, Todd y sus compinches violaban la prohibición de bañarse en las aguas contaminadas del río Hudson. Competían en el rescate de animales muertos. Al final de la jornada comparaban sobre el muelle sus ganancias respectivas. Juntaban perros, ratas y gatos podridos. Pero si se topaban con un cadáver humano lo dejaban pasar, a fin de no complicarse con los deudos o con sus asesinos.

En diez años Todd recorrió el borrascoso espinel. Empezó con cinco dólares por aplicar golpizas sin secuelas graves, luego pasó a siete, doce y veintitrés, en los que registró hazañas inolvidables: dos hombres tuertos, cuatro con un brazo inutilizado y una mujer a quien le arruinó la cara con ácido nítrico. No se contaban las costillas quebradas. Llegó a embolsar cincuenta dólares por prender fuego al estudio de un abogado. Más adelante recibió ciento ochenta dólares por hacer morir en un accidente de tránsito a dos testigos molestos. A cambio de doscientos dólares le quebró la nuca a una mujer infiel mandándola escaleras abajo. A continuación fue contratado por la mafia de Meyer Lansky, donde sirvió ocho años.

Cuando huyó a Texas por guardarse en forma indebida una parte del botín, debió enfrentar un problema sumamente grave. Conducía su auto con exceso de velocidad y un vehículo de la policía se le adelantó, le hizo señas y lo obligó a estacionar sobre la banquina. Bajó un uniformado negro, de complexión atlética. Era un oficial que asustaría a cualquiera, menos a Todd Random. Verle la tez oscura, los labios gruesos y la nariz ancha era suficiente para generarle fastidio; en Nueva York había destrozado la cara de por lo menos veinte negros. El hombre se aproximó con la lentitud que en estos casos suelen desplegar los agentes, le pidió que bajase el vidrio de la ventanilla y le reclamó el registro de conductor. Todd la tenía en su billetera, pero le sublevaba obedecer órdenes de un individuo de una raza inferior.

—Escuche, estoy apurado.

—Ha cometido una infracción seria. Muéstreme su licencia, por favor.

—No he cometido ninguna infracción. Usted me está provocando.

El policía olió ferocidad y se dirigió a su coche para pedir ayuda. Todd lo alcanzó de un salto y, antes de que el policía pudiera reaccionar, lo derrumbó de un golpe en la nariz. Con otro directo a la boca del estómago lo puso fuera de combate.

—Negro de mierda...

Ese mismo día lo arrestaron. Durante el juicio manifestó sin rodeos que en los Estados Unidos debía volver a regir la supremacía blanca. El fiscal creyó que Todd Random se cavaba la tumba. Pero el jurado, compuesto por blancos, lo declaró inocente. Fue aplaudido en la escalinata de los tribunales por miembros del Ku Klux Klan y apareció en el diario local con foto y un artículo.

Estimulado por el inesperado apoyo del Ku Klux Klan, decidió rapiñar a unos malditos amarillos. Necesitaba dinero y hombres para hacer frente a las inminentes represalias de Lanski. Unos pescadores asiáticos habían formado una comunidad en las cercanías de Houston para dedicarse a la pesca de camarones. Con su repentina celebridad, Todd pudo reunir un grupo de voluntarios y asaltó durante la noche un barco de pesca. Golpearon, amarraron y llevaron a tierra a dos marineros. Después escribió en ambos costados de la nave con grandes letras rojas: "*¡Go home!*". Finalmente roció con nafta el interior y le arrojó un fósforo. Los japoneses no pudieron rescatar el barco, pero centenares de ojos leyeron el mensaje antes de que lo consumieran las llamas. El hecho se convirtió en una clara advertencia.

A la noche siguiente, pese a que reinaba gran agitación y muchos hombres montaban guardia, Todd y sus voluntarios consiguieron incendiar dos botes más, uno en el muelle de pescadores y otro en la marina. Fue un operativo de alta destreza, digno de gente experimentada.

Las consecuencias no se hicieron esperar. Varios ciudadanos estadounidenses comprendieron que había sido un error permitir que los asiáticos se instalaran en ese sitio. Efectuaron rápidas consultas y decidieron cancelar unilateralmente los contratos de alquiler. Sin endulzar las frases, pidieron que se fueran enseguida a otro estado.

Para un guerrero común, este triunfo habría sido suficiente. No para Todd Random, porque sospechaba que los japoneses ofrecerían resistencia. Se impuso la tarea de efectuar alrededor de cuarenta llamadas diarias, amenazándolos con nuevos incendios.

Las víctimas, doblegadas, aceptaron su ofrecimiento de protección a cambio de cien dólares por familia. Su tarea, sin embargo, fue interferida por el arribo de tres defensores de derechos humanos que hablaron con los líderes de la comunidad.

Todd no iba a darse por vencido, así que coordinó con sus amigos del Klan un espectáculo aleccionador. Reunió a quince hombres y efectuó un paseo triunfal en barcos de pesca por toda la bahía. En el mástil del más grande colgó un muñeco de cabeza amarilla. Algunos miembros del Klan vestían el uniforme completo, con túnica y capucha blancas; otros lucían camisas negras con las debidas insignias. Se detuvieron frente al muelle donde los asiáticos desembarcaban su mercadería y rodearon los botes que aún no habían anclado. Agitaron rifles y aullaron insultos. Algunos pescadores se arrojaron al agua. La demostración de fuerza acabó con la quema del muñeco y una alarma generalizada.

El éxito habría sido ejemplar si no hubiese intervenido un grupo de abogados que convencieron a los pescadores de poner en marcha acciones judiciales. Todd Random tuvo que abandonar el estado de Texas, y sus amigos del Klan optaron por guardar silencio.

Lamentablemente para él, los hombres de Meyer Lansky lo habían localizado. Tenía que cambiar a diario de motel y de disfraz. Pero su pelo de asfalto, su cutis plagado de cicatrices y su torpe andar lo delataban. Llegó al estado de Arizona y fue hasta la pequeña localidad de Carson. Lo atrajo ese nombre porque remitía a un héroe que supo usar las armas. Por razones que después Robert Duke atribuyó a la Providencia, fue a un servicio de la Identidad Cristiana. Allí Todd escuchó las teorías sobre las razas preadámicas, las bestias del campo y los hijos de Satán, que le sonaron a una verdad tan obvia que se asombró de no haberlas incorporado antes. Había presentido algo así desde el indefinible rencor que latía en su alma contra negros y judíos, en especial desde que entró en conflictos con esa mierda de Lansky, pero nunca había oído un fundamento religioso tan lógico y firme. El pastor hablaba claro; era un hombre huesudo vestido de negro, una especie de fantasma que navegaba entre lo natural y lo sobrenatural.

Cuando terminó el servicio, Todd se acercó con cierto titubeo a Duke, quien enseguida advirtió su excepcional aspecto lombrosiano. Mientras hablaban, el pastor captó la cuota de útil criminalidad que se amontonaba en ese gigante de pelo grueso y piel cortajeada. Lo llevó a un costado de la iglesia y le formuló unas preguntas. En sólo quince minutos tuvo la certeza, como si estuviera escrito sobre papel, de que a ese personaje se lo había enviado el Señor.

Pero los hombres de Lansky ya estaban a punto de atraparlo; se precipitaban hacia Carson como leones hambrientos. Antes de que llegaran Todd cometió otro crimen.

Había estado alerta a los arrumacos de un negro y una joven blanca en un bar. Quizá lo excitaba la blanca o le producía envidia el negro. No les sacó los ojos de encima y, como un perro de caza, aguardó la llegada del momento preciso. Cuando se levantaron, rumbo a un cuarto de la parte posterior del bar, los siguió encendido de rabia. Su corpulencia se complementaba con los pasos de un felino o el disimulo de las víboras. Los siguió sin que nadie, ni siquiera la excitada pareja, registrase la persecución. La crónica local informó que los gritos de la mujer fueron terribles antes de apagarse en el charco de sangre que su cuerpo derramó sobre las baldosas. Todd Random tenía los ojos neutros y algo de espuma en la boca. Regresó a la barra, pidió otra cerveza y aguardó a la policía con el cuchillo chorreante sobre el mostrador.

Carson es chico y Robert Duke se enteró enseguida. El hecho fue una revelación impresionante para su perspectiva religiosa. Todd procedía como un heraldo del Dios de los ejércitos, era fuerte como Sansón y rápido como David. En ese momento el deber del pastor consistía en ayudarlo a eludir la justicia de los hombres, que casi nunca procura entender la voluntad del Cielo. Averiguó quién era el fiscal y a quiénes se barajaba para el jurado.

Llegaron los hombres de Lansky con sus pistolas cargadas y tuvieron que regresar con las manos vacías, porque las rejas de la cárcel ya protegían a Todd. Pero Todd, antes del año, recuperó la libertad. En Carson no resultaba difícil sobornar o extorsionar a fiscales y jurados. Agradecido, el ex mafioso se convirtió en guerrero de la Identidad Cristiana: primero al servicio de Duke, luego de Bill Hughes en Elephant City.

Los fundamentalistas no sólo pretenden una lectura atemporal de la Biblia —con los "arreglos" que brindan verosimilitud al delirio—, sino que prestan atención desusada a las porciones que justifican su odio. Es el caso de Pinjás, descrito en el libro Números, capítulo XXV.

Números dice que los hebreos, conducidos por Moisés, marchaban por la región de Madián rumbo a la Tierra

Prometida. El culto pagano de los madianitas, con quienes era inevitable mantener relaciones de convivencia, empezó a contaminar a los israelitas que, curiosos, iban a presenciar los sacrificios abominables. Algunos, aún nostálgicos de las costumbres asimiladas en Egipto, decidieron prosternarse ante las imágenes de barro o de oro. Esta inmoralidad desencadenó la ira del Señor y una peste que barrió con más de veinticuatro mil pecadores.

Pese a la gravedad de la epidemia, un jefe de la tribu de Simeón, llamado Zamrí, tuvo la insolencia de llevar al centro del campamento a una hermosa princesa de Madián. La presentó a los conductores de su pueblo, incluso al mismo Moisés. Todos quedaron paralizados de asombro. Entonces Zamrí, desafiante, la llevó a su alcoba. Pero no prestó atención a un joven encendido que lo estaba observando. Era Pinjás, nieto del sumo sacerdote Aarón, quien empuñó su lanza, esquivó la guardia que protegía al simeonita y penetró en la tienda mientras los cuerpos excitados se unían. De un lanzazo atravesó los vientres del hombre y la mujer. La cópula se transformó en abrazo letal.

Todo fue muy rápido. Según la Biblia, Pinjás procedió como determinaba la voluntad del Altísimo, pero los hebreos ignoraban que lo había inspirado Dios: había asesinado a un jefe de tribu. Era un delito imperdonable y acabaría condenado. Entonces Dios habló a Moisés y le dijo que esa acción aparentemente inexplicable apagó su cólera y, por lo tanto, cesaba la peste.

Las denominaciones religiosas racistas, en especial la Identidad Cristiana, veneran a Pinjás. Sostienen que la mezcla de los arios con otras razas es igual al pecado de Zamrí. Critican los llamados a la tolerancia y la convivencia porque los consideran trampas que pretenden exterminar a los verdaderos descendientes de las diez tribus y corromper a los bellos hijos de Adán para convertirlos en "bestias del campo".

1965

Lea empezó a despertar en medio de la noche; su mente navegaba nostálgica por escenas del ya lejano principio. Bill había cambiado en forma radical. ¡Qué vigoroso e insaciable había sido a poco de conocerlo! Gozaba del descubrimiento de Lea como si fuese en verdad la Tierra Prometida. Era brioso cuando Asher aún vivía y, tras el sangriento accidente, aumentó su placer. Le divertía evocar al finado mientras jugaba con sus pechos y acariciaba sus muslos. Entre beso y beso lo convocaba: "Ven, métete ahora entre nosotros", "Arranca de aquí a tu mujer", "Quítale las ganas de que yo la siga cogiendo".

A Lea también la excitaba esa fantasía salvaje. Pero no convocar a su difunto marido: sólo pretendía, de vez en cuando, resarcirse de las humillaciones a las que había sido sometida. Asher le había confesado su tendencia de voyeur, y Lea se prestó a desnudarse en su presencia como si fuese experta en strip tease, o a aparecer parcialmente cubierta por un toallón junto a un espejo que develaba otras porciones de su cuerpo. El resultado fue lamentable, ya que no consiguió moverle un pelo. En su desesperación llegó a urdir un plan de manicomio: atraer a un adolescente para hacer el amor, lo que colmaría el voyeurismo de Asher y, de esta forma, devolverlo a la normalidad. Felizmente no dio ni el primer paso y el cielo proveyó a Bill Hughes, que tenía ansias por introducirse en el monte Carmelo. Apenas lo vio y oyó; Lea supo que le cambiaría la vida.

La felicidad duró hasta que, en mala hora, Bill descubrió a Robert. Lea no tuvo la precaución de indicarle que no fuese a Carson. Era inevitable que allí se encontraran y ventilaran cosas. Seguro que Robert seguía furioso contra el difunto Asher y contra ella. Tal vez más contra ella, porque era la hermanastra que había preferido a un traidor. Duke le habría contado gran parte de la historia y Bill no habría podido ni querido ocultar su relación pecaminosa. La confidencia de uno provocó la del otro, lamentablemente. Robert no perdonaba los deslices sexuales, era severo como un inquisidor, y le habría exigido a Bill que pusiera orden en el desaguisado que mantenía con Lea. Pero Bill no aceptaba contraer matrimonio; aseguraba que los profetas no se casan, y él era un profeta. Robert le habría dicho lo mismo que solía repetir Lea: ¿Dónde dice la Biblia que los profetas no se casan? Moisés se casó y quizás otros también. Pero Bill respondía que Moisés era más patriarca que profeta y de los demás no había crónicas precisas.

Lo cierto es que, desde su primer viaje a la maldita Carson, Bill dejó de convocar a Asher en la cama y Lea dejó de gozar los coitos. Las caricias de Bill perdieron convicción, y sus fantasías, combustible. Algunas noches ni siquiera se abrazaban.

También llegó a pensar que Bill incubaba la perversión de Asher. Era tan buen discípulo que hasta podría superarlo en las locuras. Ella ya tenía cuarenta y cinco años, pero la incendiaban ardores de veinte. Los consejos de películas y novelas no alcanzaban. Bill estaba cada vez más absorbido en la expansión de su iglesia, pendiente de las multitudes y atento a las acciones punitivas que llevaba a cabo Pinjás contra historiadores, periodistas y defensores de derechos humanos.

Hizo un triste balance. Había probado muchos modos de aparecer seductora. Recurrió a veinte técnicas de caricias, tanto de la cabeza a los pies como de los pies a la cabeza; le trazaba dibujos insinuantes que empezaban directamente en el ombligo o la entrepierna, con fugaces abandonos que incentivaban el suspenso. Le propuso sexo oral, anal, masturbatorio, acuático y mixto. Su aquelarre pornográfico resultaba patético.

Hasta que la vaga sospecha cobró una dimensión sísmica. Ya no le quedó espacio mental para urdir noches de erotismo.

Desde que Bill había regresado de enterrar a su abuelo Eric empezó a fijarse en las muchachas jóvenes. Esto era nuevo y desconcertante. Lea lo conocía en público y en privado; tenía un registro de sus reacciones más íntimas y podía detectar qué absorbían sus ojos aparentemente fríos. En un comienzo este dato la alegró, porque significaba un incremento del ardor que corría por sus venas. No tenía sentido ponerse celosa: muchos hombres aumentan su energía mirando jovencitas y la descargan en la intimidad de su pareja. Era un recurso más aceptable que algunos de los que ella fraguaba cuando caía en desesperación.

Bill se interesó por una familia con una hija de diecisiete años, llamada Nancy, y pidió a Lea que la incluyese en la lista de visitas pastorales que confeccionaba con excelente criterio desde los tiempos de Asher. Esto pretendía disolver sospechas, ya que Bill tenía muchas formas de reunirse con esa muchacha sin necesidad de comunicárselo a Lea. Lo notable fue que con ese ardid consiguió mantenerla efectivamente confundida por un buen tiempo.

¿Qué pensaría entonces el adusto Robert? Bill no sólo vivía en concubinato con su hermanastra, sino que mantenía relaciones sexuales con jóvenes de Elephant City. Era peor que Asher. ¿Ella debía callar? ¿Simular? ¿Resignarse?

Compró fajitas picantes y preparó un cóctel explosivo. Apagó algunas lámparas hasta que la atmósfera le pareció relativamente encantada y lo invitó a compartir en el sofá una segunda copa antes de sentarse a la mesa. Bill le contó el rápido progreso que generaba en la comunidad de Elephant City la acción intimidatoria de Pinjás. Numerosas familias adherían con más fervor al mensaje de la Identidad Cristiana, mientras que los periodistas y los abogados pensaban dos veces antes de calumniarlo. Pinjás huía tras las acciones como un gato por las enredaderas: no lo habían pillado ni una sola vez.

Lea le acarició las mejillas, el cuello y le desabrochó los botones superiores de la camisa. Con el índice bajó desde la clavícula hasta el ombligo. Ya había practicado ese juego en otras ocasiones; la novedad consistía en enroscar en sus dedos el vello del tórax y, cuando menos lo esperaba, sorprenderlo con fuerte tirón.

—¡Eh! ¿Qué estás haciendo? —protestó Bill.

—¿Duele? —preguntó ella, melindrosa.

—Claro que duele.

—¿No te excita?

—¿Si me excita?

—Ajá —Le dio un tirón más fuerte.

—¡Ay!

—¿Te gustó?

—¿Estás loca?... No, no me gusta.

—¿Te pellizco de nuevo? Oí decir que el dolor excita mucho.

Bill le introdujo la mano bajo el sostén y le retorció un pezón.

—¡Bruto!

—¿No te gustó, acaso? —En la mirada de Bill restalló un fulgor insólito.

—Nunca me pellizcaste así...

—Te lo hago de nuevo. —Intentó repetir la agresión, pero ella lo apartó, asustada.

La resistencia de Lea lo excitó de golpe. ¡Hacía tanto que no lo asaltaban llamaradas eróticas! La abrazó y le besó apasionadamente el cuello, los hombros, la nuca. Sus manos se deslizaron con apuro por el cuerpo de la mujer buscando las rendijas de su ropa. En cuanto las descubría, los dedos penetraban audaces y volvían a salir para buscar otros ingresos. Se le había desatado la voracidad.

Lea pensó que por fin estallaba el milagro. ¡Un milagro con tan poco! Pero su objetivo era volverlo al redil.

—¿Yo te gusto más que Nancy?

Bill la separó mientras le clavaba el acero de sus pupilas.

—¿No soy tan deseable como esa mocosa? A que no tiene mi experiencia...

Ella siguió acariciándolo mientras le hablaba, pero Bill se había transfigurado. No le perturbaba tanto haber sido descubierto como advertir que ella lo había estado espiando. De repente se desinfló la relativa confianza que había depositado en esa mujer. Sólo faltaba que hubiera presenciado el asesinato de Asher.

Ahora tenía al enemigo en casa.

Le acarició los pechos turgentes y frotó con tramposa delicadeza los pezones rosados hasta que, sin aviso previo, los pellizcó de nuevo, con ferocidad. Lea saltó, disparada como un cohete. Los dientes de Bill parecieron crecer y sus uñas volvieron a la carga. Lea tropezó contra los muebles y se defendió a ciegas, con rodillazos y cabezazos. Bill le clavó los incisivos en un hombro, profundamente, y Lea, fuera de control, casi le quebró la nariz en su desesperada maniobra para desprenderlo. Entonces Bill la asestó una violenta bofetada. Ella se levantó a duras penas, sangrando, y corrió hacia la cómoda.

—¡Espera! ¡Espera! —chilló sin aire.

Revolvió el cajón.

Bill estaba por atacarla desde un costado cuando lo detuvo con una pistola.

—¡Basta!

Bill se frotó las órbitas para no verla y aceptó.

—Sí, basta.

1966

Dieciséis años después de haberlo rescatado de la encefalitis, el profeta Elíseo volvió a presentarse en medio de algodonosas montañas. Caminaba lozano con su bastón de olivo por los colores pastel; en su calvicie refulgían los brillos de la eternidad. Parecía el abuelo Eric en sus buenos tiempos. Se acercó y le dijo en voz baja, grave, que tres lustros de permanencia en Elephant City y ocho años de asociación con Robert Duke eran suficientes. La grandiosa misión de Bill no se compadecía con ciertas dependencias humanas, fuera con Lea, fuera con Robert.

—¿Qué debo hacer?

El profeta se acarició la barba.

—Sepárate en buenos términos.

—¿Y Lea?

—Una mujer desconfiable no conviene a tu futuro. Que se mude a Carson.

—Pero Robert...

—Es avaro, ladrón y envidioso, como lo fue Asher. —El profeta le acercó los ojos rodeados de pliegues morados. —Robert Duke es traicionero. Asher lo supo y por eso se fue. Ambos, Asher y Robert, sirvieron de eslabones para la primera parte de tu misión, pero no tienen amarre en el futuro. Así como te libraste de Asher, debes librarte de Robert. Pero en este caso te alcanzará con partir. En buenos términos.

El profeta le respiró en la cara un cálido aliento a bosque.

Bill abrió los ojos y se encontró sentado en el estudio del

reverendo Duke, con una Biblia abierta en el Libro de Ezequiel. Los mensajes sobrenaturales solían llegarle durante las modorras que lo asaltaban en algún momento del día. Sentía angustia. No dudó de la autenticidad de la orden. Se incorporó y fue a lavarse la cara. El Señor acababa de formular una directiva. Sólo cabía obedecer.

Apenas vio a Robert le pidió reunirse: entre hombres de fe no tienen relevancia los subterfugios, y menos cuando llegan mensajes del Cielo.

Duke introdujo un índice bajo el duro cuello de la camisa para darse aire, estiró el afeitado mentón hacia delante y dijo, cautelosamente, que no dudaba del origen celestial de un mensaje tan repentino y dramático. Pero se permitía expresar, basado en su larga experiencia onírica, que requería una interpretación. El sueño le parecía demasiado rotundo, casi un empujón hacia el abismo, para ser tomado al pie de la letra. El milagroso Elíseo había sido parte orgánica de Bill desde su juventud hasta unos años atrás, cuando empezó a retirarse de escena porque Bill ya no necesitaba su ayuda. ¿Por qué la aparición súbita con órdenes aparentemente negativas para la iglesia? ¿No habría en ese sueño una trampa de Satán?

Bill estaba seguro de que se trataba de Elíseo.

—Está bien —concedió Robert, advertido de los puntos inflexibles de su discípulo y socio—. No olvides que Satán es hábil para los disfraces. Sin embargo, acepto que tal vez no se trató de Satán, sino de Elíseo. También acepto, asombrado, que Lea venga a vivir conmigo. Pero no entiendo lo de nuestra separación. ¿En qué puede beneficiar a la causa?

—El profeta sugirió que lo hiciéramos en buenos términos. No se destruirá lo construido.

—¿Cómo, pues? Una separación es una separación.

—Mi alma seguirá perteneciendo a la Identidad Cristiana. Pero no seguiré con la carpa de Elephant City ni con la de Three Points ni con la de Carson. No predicaré en otros pueblos ni gastaré horas en la atención pastoral de sus familias. Es una etapa cumplida, en la que aprendí mucho y di mucho. Ahora mi sagrada misión debe realizar un giro de ciento ochenta grados.

Robert Duke sentía que la camisa lo asfixiaba.

—En vez de consagrar mis días a tareas de superficie —añadió—, iré a la profundidad. Me haré rico y construiré un campamento sagrado, un nuevo monte Carmelo en tierra libre de pecadores. Levantaré una fortaleza para la inminente guerra del Señor.

El bigote de Duke pegó un respingo.

—¿Un campamento con armas? ¿Y cuáles serán los pasos siguientes?

—Los irás conociendo.

—Pareces muy seguro...

—Me guía el Señor.

—¿Qué harás con tu gente? ¿Qué harás con las exitosas carpas y sus Tabernáculos?

—Empezaré como los apóstoles de Cristo: sin nada. O casi nada. Sólo me acompañarán Pinjás y Aby Smith. Una nueva etapa es una nueva etapa.

—Querido Bill, me cuesta dominar mi asombro.

—¿Por qué?

—Tenemos constituida una sociedad basada en la fe y en nuestra recíproca confianza. Lo que me cuentas de Lea me deja sin aliento; no olvides que es mi hermana.

—Hermanastra.

—Deberías haber conversado conmigo sobre sus desviaciones antes de tomar una decisión tan drástica.

Bill contrajo la frente.

—Cometes un error. —Su tono giraba hacia la ira. —No lo resolví yo, sino Elíseo.

Robert Duke masticó unas palabras que no dejó salir de la boca. Su cabeza de calavera estaba enharinada por la luz de la lámpara y emitía un rabioso brillo.

—Los ateos y los hijos de Satán —agregó Bill— desconocen nuestro privilegio de la comunicación onírica. Por eso se enfrascan en negociaciones interminables. En cambio, a nosotros nos llega en forma directa el mensaje de Dios, ¿no es así? Pues bien, Dios ha decidido varias cosas, entre ellas que Lea venga a unirse contigo en Carson y yo vaya a conquistar el estado de Texas.

Duke tragó saliva. Ya estaba enterado de la existencia de una muchacha de Pueblo llamada Evelyn que se le había instalado en la carpa y se había prendido a su vida como una garrapata a la piel de un pollo. Seguro que le había empezado a trastornar el seso desde tiempo atrás y ahora lo tenía completamente enajenado.

"Dentro de poco o de mucho, Bill deberá pagar por su insolencia y su traición", pensó, rabioso. Se había vuelto intolerable. Actuaba como si fuese el vocero del cielo, con una soberbia tan grande que inhibía al más ducho. En lugar de reconocer la altura jerárquica de Duke, Bill acababa de tratarlo como a un empleado y no había tenido escrúpulos en tomar todas las decisiones en forma unilateral. Algún día cobraría la debida venganza. Lo juraba en su corazón.

ANTES DE 1966

Las jornadas que Evelyn había gozado con Bill en la más absoluta intimidad se convirtieron en una fuente de fantasías que la alimentaron durante un año. Podía construir ficciones a partir de datos verificables, no sólo a partir de su imaginación. Evocaba la piel, el vello, los olores, la respiración y los latidos de su amado. Seleccionaba las frases que le había dicho, para deleitarse con su música, estuvieran o no dentro de un contexto.

Necesitaba creerle. O se desfondaba el mundo.

Sus oraciones incluían el ruego por su vuelta que, tras el fallecimiento de Eric, se postergaba sin término visible. Besaba su foto y escondía sus postales. Estaba convencida de que no renunciaría a su príncipe-pastor por nada del mundo. Debía aguardar y tener fe, como lo había hecho hasta ese momento. Siguió con sus hábitos de vestir gris o negro, leer la Biblia, rezar mucho, no perder un servicio de la iglesia.

Pero hasta las postales dejaron de llegar. Por cierto que Evelyn se las arreglaba para inventar excusas. Bill era un felino que siempre caía parado.

En más de una ocasión tuvo ganas de armar su bolso y viajar a la legendaria Elephant City. Se presentaría ante su puerta, saltaría a sus hombros y lo besaría en la boca. A él le encantaría tal intrepidez. El abrazo se prolongaría por horas; luego él miraría su rostro encendido y su cabello ensortijado y sonreiría feliz... Pero después de estos ensueños Evelyn sentía una opresión porque Bill la llevaría a una butaca, la haría sentar y le explicaría dulcemente que ella había cometido una falta grave: no debía aparecer sin su consentimiento; eso estaba prohibido y entonces las lágrimas de Evelyn rodarían, inconsolables.

Y las lágrimas rodaban de verdad y le empapaban la almohada.

Finalmente, al cabo del año juntó coraje y le envió una esquela en la que insinuaba sus deseos de conocer Nuevo México en general y Elephant City en especial. Sus palabras podían interpretarse como una vaga aspiración, para nada urgente. Pero obtuvo una respuesta inmediata, seca como higuera en invierno. Decía: “No vale la pena venir por ahora. Firmado: Bill”.

Evelyn se quebró, desconsolada.

Ya no conseguía desmentir la renovada indiferencia de su amado; se volvería loca.

En su desolación, aceptó responder a las invitaciones que la acosaban en Pueblo. Daniel Pear era un muchacho ocurrente que lograba hacerla reír porque tenía más chistes que minutos la semana. Casi siempre contaba uno para la ocasión que fuese; Evelyn le preguntó si se reunía con Lucas Zapata para cargar energía. Pero Daniel no la cortejaba para divertirla: le gustaba como novia. Primero la tomó de la mano y en otra oportunidad, en un baile, intentó besarla. Evelyn se apartó horrorizada, como si de pronto hubiese tomado conciencia de su infidelidad. Salía con Daniel para soportar la ausencia de su verdadero amado, no para entregarse. Le rogó que la llevara a su casa y que no la invitara más. El pobre muchacho se deshizo en disculpas y explicó de cien formas que no le había faltado el respeto, que era la mujer de sus sueños más nobles y que lo trastornaba verla sufrir. Incluso tuvo la capacidad de traer a colación unas bromas, pero no logró que ella le devolviese ni siquiera una sonrisa.

Daniel regresó al día siguiente con un ramo de rosas. Al otro, con un peluche blanco. Más adelante, con una caja de bombones. Tal era su desesperación que Evelyn la interpretó como una copia de la que ella sufría por Bill. Entonces se resignó a salir de nuevo.

Lo hicieron durante dos meses sin que ahora él intentase besarla. Era inevitable, no obstante, que a Daniel comenzara a impacientarlo la falta de progreso. Entonces sus visitas se espaciaron y otra muchacha, menos complicada que Evelyn, terminó por ocupar su sitio.

Aparecieron otros candidatos en el horizonte. Evelyn salió con Jonathan, luego con Francis, más adelante con George y finalmente con Anthony. Mediante diversos subterfugios mantuvo intacta su lealtad a Bill. No sólo se negaba a besarlos, sino que evitaba alternar con la gente que él llamaba preadámica. Era engorroso, porque tenía vecinos hispanos y su madre enseñaba español.

Los cuatro muchachos le parecieron inconsistentes y hasta afeminados. Aún así, aceptó concurrir a fiestas y bailes en su compañía. En ninguno de ellos descubrió la energía y la majestad que irradiaba Bill. No sabían cómo meterse en las fantasías de una joven. Por fuerza que Evelyn hiciera, no lograba imaginarlos sobre un brioso corcel.

Al cabo de un tiempo regresó Daniel Pear. Era el más rescatable. Su perseverancia la seguía conmoviendo. No le dijo que comprendía su dolor, aunque algo nuevo crecía dentro de ella, algo de lo que no deseaba enterarse. La pétrea indiferencia de Bill agotaba su capacidad de inventar excusas. Siguió repitiéndose que él la adoraba, pero ¿cómo explicar su negativa a encontrarse?

Besó a Daniel. Se acariciaron con timidez al principio, luego ganaron soltura. Hacía mucho que no probaba el sabor de un cuerpo masculino. Pronto volvió a sentir lo mismo que la había exaltado con su príncipe. Pero algo fundamental no se satisfacía. La cara que yacía junto a la suya no respiraba como Bill ni le movía el flequillo. De pronto todo le pareció falso. Con Daniel sólo conseguía un simulacro del amor. No era amor.

Los avances que la habían llenado de expectativas desembocaron en una catástrofe. Renunció a Daniel. Ya había renunciado a Jonathan, a George, a Anthony y a Francis. Sólo le quedaba seguir esperando. Volvió a la ropa gris, las lecturas de la Biblia y los rezos compulsivos.

Cumplía veintiún años cuando por fin su difícil príncipe regresó por tercera vez, para la boda de Dorothy.

Evelyn lo miró con agitación de pestañas, como si sus ojos se hubieran convertido en libélulas. Bill conservaba la distancia de siempre. La saludó con frialdad, como si nada los uniera. El idilio que había protagonizado con ella parecía no haber existido, y esto amenazaba a Evelyn con paralizarle el corazón. Lo miró desplazarse indiferente e intercambiar pocas palabras con cada uno de los vecinos que lo rondaban como abejas a un panal.

—Reserva su elocuencia para los sermones —se consolaban los vecinos, frustrados por su parquedad.

Evelyn no consiguió estar a solas con Bill, ni siquiera hablarle por más de cinco minutos. Pero esta vez no se iba a resignar. En su pecho latía la certeza de que algún espléndido día el Señor haría que el príncipe de sus sueños la tomase por mujer.

Cuando al término de esa estadía Bill fue hacia el automóvil donde ya habían sido acomodadas las maletas, Evelyn marchó tras de él y, respirando hondo, le dijo con una voz que le subía desde las entrañas:

—Iré a Elephant City.

Él se dio vuelta y la contempló perplejo. Acomodó un pliegue de su túnica, reflexionó por un instante y pronunció una respuesta tan asombrosa que casi la desmayó:

—Muy bien. Te espero.

Mónica me ayudó a ordenar en los anaqueles de mi departamento, en el Barrio Norte de Buenos Aires, los materiales referidos a los iluminados de la Identidad Cristiana y otras agresivas organizaciones afines. Había referencias al periódico *The Jubilee* y a entidades como el Partido Nazi Estadounidense, la Hermandad Aria, el *Posse Comitatus*, la Resistencia Blanco-Aria, la Ciudad de Elohim, los Hombres Libres, los Patriotas Cristianos y las fuerzas que se agrupaban bajo el grandilocuente título de Pacto, Espada y Ejército del Señor. Una y otra vez aparecían nombres vinculados a organizaciones que impulsaban una cruzada contra las instituciones federales, el pluralismo cultural y la convivencia pacífica. Esos nombres eran cartuchos cargados que podían herir o matar y que, inevitablemente, generaban contagio emotivo. Resultaba asombroso que en base a pícaros subterfugios legales sus líderes pudieran esquivar la justicia y, cuando se los arrojaba tras las rejas, pronto recuperaran su libertad y volvieran a las andadas.

La extrema derecha norteamericana —que incluye a los mencionados idólatras de la supremacía blanca, neonazis, milicias, herederos del Ku Klux Klan, sectas fundamentalistas y movimientos religiosos discriminatorios cuyo listado siempre resulta incompleto— repudia a las instituciones nacionales con la excusa de que "distorsionan" la Constitución, impulsan la inmoralidad, cercenan la libertad del individuo y corrompen al pueblo. En el fondo y en la superficie, no se diferencian de otras derechas.

Tampoco se limitan a los discursos. Además de refriegas, muertes y atentados más o menos circunscriptos, han infligido daños de magnitud. El 19 de abril de 1995 fue volado un edificio del gobierno federal en Oklahoma City, crimen que produjo 168 muertos y más de 500 heridos. Timothy McVeigh, autor material de la catástrofe, fue apresado, juzgado y vinculado de forma irrefutable con esas instituciones delictivas. En otras palabras, con la excusa de defender la vida, esos tarados asesinan; con la excusa de ampliar la libertad, promueven la clausura de la mente; con la excusa de elevar la ética, predican aberraciones inhumanas. Proclaman con exactitud lo opuesto a sus acciones. Si no estuviesen tan alienados, diría que constituyen la apoteosis del cinismo.

En la desordenada complejidad de nuestro tiempo se han multiplicado los mercaderes de una sospechosa espiritualidad: gurúes de cualquier orientación, supersticiones, cultos esotéricos, rituales mágicos, chamanes, curanderos, buscadores profanos de experiencias místicas, telepredicadores, logias. A mi juicio, es una regresión que busca desesperada llenar vacíos, pero lo hace con baratijas que esquivan las carencias de fondo. Mientras estos iluminados y sus enclenques seguidores respeten el derecho de los demás ciudadanos, tienen derecho a predicar lo que quieran. Pero algunos simulan inocencia y luego desenfundan las espadas. Inducen a suicidios colectivos —de los cuales ya hubo suficientes muestras— o amenazan a millones, como ocurrió con la secta Aoun de Japón, cuyo líder, Shoko Asahara, se proponía expandir un gas letal que produjese el fin del mundo. Este fanático ha demostrado que las concepciones apocalípticas no son exclusivas de Occidente.

Fatigados, acomodamos las últimas carpetas, libros y disquetes, deseosos de regalarnos una pausa. En conjunto, ese material mostraba que el ser humano avanza por el nuevo milenio con un descontrol de ideas y emociones parecido al que tenía cuando regresaba a su cueva luego de cazar un mamut, aparentemente fuerte con su garrote al hombro, pero frágil y desconsolado en su alma.

Salimos a caminar. Recorrimos veinte cuadras bajo la fronda de los plátanos y nos sentamos en una terraza. Pedimos cerveza acompañada por una batería de aceitunas y quesos cortados en cubos. No sospechábamos que las sectas y milicias del Norte nos llevaban rápidamente hacia un impresionante nudo con el Sur.

LAS GUERRAS DE WILSON CASTRO

ENERO DE 1975

Después de cenar ella le entregó el paquete de la correspondencia. Abundaban los sobres de anunciantes, pero destacaba uno en el que Wilson identificó el sello de la embajada argentina. Hacía tiempo que no recibía cartas oficiales. Su reciente retiro de la actividad militar no le había mejorado el ánimo: se sentía aburrido, irritable, y los ingresos que le deparaban los negocios inmobiliarios, en los que no tenía experiencia, resultaban mezquinos. Además, estaba cansado de recorrer consultorios y hacerse análisis con los mejores especialistas. Vietnam le había brindado enseñanzas y maldiciones. Se salvó de una septicemia por milagro, pero no había quedado entero. Algo terrible le habían inyectado los comunistas de mierda. Sus superiores creyeron que se recuperaría en la Escuela de las Américas, en Panamá, y hacia allí lo trasladaron. Tuvieron razón en parte, porque no sólo se recuperó, sino que se convirtió en uno de los entrenadores más eficientes. Pasó años felices, pero también se puso en evidencia su mal. Un mal demasiado resistente. En las últimas semanas lo rondaban deseos de cometer suicidio. Su hombría no toleraba semejante limitación.

Desplegó la carta y lo primero que captaron sus ojos fue la imponente firma del embajador. Lo invitaba a presentarse en su oficina, en Washington, para transmitirle un ofrecimiento confidencial del gobierno argentino. Los gastos de traslado y estadía serían cubiertos por la embajada. Wilson esbozó una sonrisa que, aunque escéptica, era la primera que le aparecía en meses. ¿Era el llamado que lo lanzaría a las estrellas?

Pidió a su mujer que le preparase un cóctel con doble medida de ron. La noticia empezaba a enderezarle el ánimo. Por fin sucedía algo distinto en la dormida ciudad de Pueblo, en esa amplia casa que habían dejado en herencia los padres de Dorothy.

—Arriesguemos suposiciones. —Wilson hizo rodar el vaso entre los dedos—. ¿Qué me propondrán?

—¿Conoces al embajador?

Puso el papel bajo la luz y volvió a leer su nombre.

—No.

—Podría ser alguno de los altos oficiales que entrenaste en Panamá.

Wilson Castro había nacido en Cuba, cerca de La Habana, en 1940. Su historia estaba llena de lapsos que prefería mantener vacíos. Pertenecía a una familia de clase media que explotaba un campo dedicado en parte a cultivar hortalizas y en parte a la caña de azúcar. El padre era ambicioso y no quería que sus hijos quedasen atados a la tierra; tenía suficientes ingresos para ayudarlos a seguir carreras universitarias. Pero Wilson era un joven práctico que no se llevaba bien con los libros. Luego de la muerte de una profesora del colegio, que lo trastornó en forma desmedida, optó por la profesión militar. En la familia cundió el asombro, y su padre, tras inútiles discusiones, debió resignarse. No obstante, la situación de los uniformados era brillante, gracias al gobierno de Fulgencio Batista Zaldívar, un dictador que necesitaba gente leal para mantener su opulento régimen.

Cuando, a principios de 1959, triunfó la revolución, Wilson no tuvo siquiera la oportunidad de defender a su jefe. El gobierno se desmoronó con más rapidez de lo que imaginaban incluso los barbudos guerrilleros que descendían de Sierra Maestra en un clima festivo. El líder insurgente era un abogado contradictorio y charlatán con quien compartía el apellido, pero ningún lazo de sangre. Los Castro abundaban en Iberoamérica desde los tiempos de Cristóbal Colón.

Los llamados de Wilson a ofrecer resistencia no encontraron eco en las perplejas Fuerzas Armadas. El antiguo régimen se deshilachaba como un tapiz podrido. Batista huyó hacia Europa y se exilió en la isla tropical de Madeira. Ni siquiera dejó instrucciones sobre cómo organizar la resistencia o preparar su regreso. La población se dividía rápidamente entre quienes adherían al nuevo gobierno y quienes vislumbraban un porvenir macabro. Finalmente Wilson fue convencido de abandonar la isla, aunque fuese de modo transitorio: Fidel Castro no tendría clemencia con los servidores del tirano prófugo. Se avecinaban las purgas.

Arrojó su uniforme en el cesto de mimbre adonde iba a parar la ropa sucia y embarcó enojado hacia Miami, donde sería un refugiado más. Allí no lo alegraron ni la libertad (que era tacaña) ni las medidas de salvamento (que eran caóticas). Desde el amanecer hasta la noche manifestaba rencor hacia los estúpidos anfitriones norteamericanos que ahora se mostraban solícitos pero que habían aplaudido, permitido y —según versiones fidedignas— ayudado al derrocamiento de Batista. Wilson pudo conseguir trabajo en un restaurante y luego en una tienda, pero de ambos lo despidieron por indisciplinado y provocador. Él era un militar, y los patrones de ocasión no tenían jerarquía para tratarlo como a un mequetrefe. En medio año inició y acabó por lo menos seis actividades distintas, siempre con destreza, siempre con rabia. En dos ocasiones fue arrestado. Mucha gente sabía quién era y quién había sido, lo cual ayudó a que no le faltase techo ni comida. Pero mucha gente empezó a esquivarlo.

Una mañana, mientras ingería su frugal desayuno compuesto por café y plátano frito en el mostrador de un bar pringoso, se le acercó un hombre que chapuceaba el castellano. Lo invitó a tomar un mejor desayuno en otro bar; él pagaba. Wilson lo estudió con desconfianza: aunque estaba escaso de fondos, no quería meterse en negocios ilegales.

—No te propondré cosas malas —replicó el hombre, de anchos hombros—. Será digno de un cadete militar.

Wilson inclinó la cabeza para mirarlo de reojo. ¿Cómo se había enterado de su profesión?

—Saberlo es parte de mi trabajo. —Señaló la puerta con gesto decidido.

Caminaron doscientos metros e ingresaron en un salón donde Wilson no se hubiera atrevido a asomarse siquiera, ya que era demasiado lujoso para las pocas monedas que tintineaban en su bolsillo. Se acomodaron en mullidas butacas. Reinaba fragancia a limpio; en las mesas cubiertas por manteles coqueteaban flores naturales en recipientes de porcelana, y en el techo permanecían encendidas las arañas a pesar de que entraba luz exterior. Un camarero les llevó sucesivas bandejas con tostadas, croissants, jugos, dulces, manteca, queso y una reluciente cafetera. Preguntó si deseaban huevos fritos, revueltos o duros.

—Me llamo Theodor Graves —dijo el anfitrión.

—Mucho gusto —respondió Wilson con la boca llena.

Mejor que comiese antes de que aquel desconocido le encargara un asesinato por diez dólares. O quizá se trataba de un operativo menos grave: robar a una vieja acaudalada o darle una lección al amante de alguna esposa adúltera. Diez dólares no era mucho. Pero debería estar bien alimentado para llevar a cabo la tarea.

Graves introdujo una mano en el bolsillo del traje a rayas y extrajo una credencial impresionante.

—Soy de la CIA —aclaró, como si la chapita no encandilase lo suficiente.

Wilson se pasó la lengua por los labios. "¡Carajo!", exclamó para sus adentros.

—Sabes de qué se trata, supongo.

En vez de contestar, Wilson se limpió la boca con la servilleta y luego repasó cada uno de sus dedos, levemente pegoteados de mermelada.

Graves guardó la credencial.

—Es una poderosa organización que inventó el presidente Truman para combatir a los enemigos de nuestro país —informó sintéticamente—. ¿Estás enterado de quién es nuestro enemigo?

Wilson encogió los hombros y siguió masticando. "No le diré una palabra, por las dudas", pensó.

—Los comunistas, querido amigo. Los comunistas acaban de adueñarse de tu patria y amenazan la nuestra y al mundo entero. Necesitamos que los cubanos, nuestros queridos vecinos cubanos, se liberen del maldito régimen usurpador. No podemos aceptar que la amenaza se haya instalado a noventa millas de nuestras costas.

"Ahora nos llaman 'queridos vecinos', pero nada hicieron para impedir el derrocamiento de Batista. Son unos malditos traidores, basura interesada". Con un trozo de pan Wilson limpió los restos de huevo que quedaban sobre el plato. Hacía tiempo que no embuchaba tantas y tan sabrosas calorías. "Este grandote, de todas formas, es un aliado. Aunque pronuncia un español de comemierda." Se respaldó en la butaca y se dispuso a negociar.

—¿Cómo liberaremos Cuba? —Bebió el resto de jugo.

—¿Cómo? Muy fácil. —Graves apoyó los codos sobre la mesa.

—¿Fácil?

—Mediante una invasión.

—¿A eso le llamas fácil?

—Proveeremos lanchas, armas, aviones y propaganda.

A Wilson se le agitaron los intestinos.

—¿Recién ahora se acuerdan de hacerlo? ¿Cuando perdimos todo?

—No sabíamos quién era el maldito Fidel Castro.

—Pero sabían quién era el presidente Batista. Y sabían que era un leal amigo de los Estados Unidos.

—Fallamos, lo reconozco. Carecimos de buena información. Ignoramos que en Sierra Maestra tenían a Marx bajo el brazo.

—La cosa me entusiasma. —Wilson se paró, se arremangó la camisa y volvió a sentarse; adelantó un índice. —Pero no me vengas a decir que es fácil. ¡Qué coño va a ser fácil!

—Reclutamos gente como tú. Los entrenaremos y les daremos todo lo que necesiten. La idea es brillante, porque será presentada al mundo como una iniciativa del Frente Revolucionario Democrático, formado únicamente por cubanos en el exilio y presidido por José Miró Cardona. Nosotros, los norteamericanos, pareceremos ajenos, casi indiferentes. De esa forma, apenas desembarquen, el pueblo oprimido se alzará violentamente para recibir en triunfo a sus libertadores.

—El pueblo no ofreció resistencia ante el avance de Fidel.

—No sabía quién era, ni cuáles sus verdaderas intenciones. No lo sabíamos nosotros. Pero ahora dejó caer su antifaz: es un títere de los rusos. Una invasión armada contra él desencadenará un efecto irrefrenable dentro de la isla. Los comunistas tendrán que huir.

Wilson aspiró hondo y ordenó al camarero que le llevara más café.

—¿Te gusta el plan? —preguntó Graves.

Wilson se frotó el mentón. Miró fijo al agente de la CIA y luego hacia la ventana cubierta por un visillo transparente. En la calle era posible reconocer a los cubanos que acababan de ingresar en el país, por sus ceños plagados de incertidumbre.

—Me gustará cuando triunfe.

—Necesito tu respuesta.

—No tienes derecho a apurarme. Ustedes no se apuraron cuando fue posible abortar el movimiento dentro mismo de Sierra Maestra.

—Wilson, te estoy reclutando. ¿Aceptas o no participar en la liberación de Cuba?

Cruzó lo brazos sobre el pecho. "Estos yanquis son unos comemierda de verdad."

—Necesito más información.

Theodor Graves resopló, fastidiado.

—Escucha: el plan comenzó a elaborarse apenas asumió el barbudo, si eso te tranquiliza. El presidente Eisenhower le dio prioridad. La CIA creó un equipo especial para este fin, el más grande en actividades clandestinas. Apostamos a obtener una victoria fulminante. El plan ya tiene asignados varios millones.

—¿Cuántos?

—Varios. Más de cuatro. No te preocupes; alcanzarán. Y si se necesitan adicionales, abundan sitios de donde obtenerlos.

—¿Cuántos hombres participarán en la invasión?

—Tampoco te debe preocupar. Serán suficientes, más que suficientes: alrededor de mil quinientos. Pero esta gente sólo debe servir de disparador, ¿entiendes? En las semanas previas desencadenaremos una intensa propaganda anticastrista por radio, desde Miami y desde una estación en el mar. Operarán en la isla nuestros infiltrados, se distribuirán libros y panfletos. Bombardearemos aldeas y cultivos con aviones camuflados. Provocaremos un feroz levantamiento interno contra Fidel.

Wilson bebió otra taza de café y se dijo que esos yanquis eran unos estúpidos: gastaban fortunas para corregir errores, nunca para prevenirlos.

—Sí, acepto.

Theodor Graves le estrechó la mano.

A la semana siguiente Wilson desapareció de Miami. Pero antes se ocupó de saldar todas sus deudas: pagó la pensión y recorrió bares, tiendas y almacenes donde le habían fiado. De su bolsillo salían los billetes como palomas de una galera. No faltó quien sospechara que había asaltado un Banco y por eso tenía que huir.

Aterrizó secretamente en Nicaragua, donde fue integrado a una porción de las fuerzas especiales que se organizaban bajo el directo control de oficiales estadounidenses. Otro batallón crecía en Guatemala. Debían capacitarse en acciones guerrilleras contra guerrilleros experimentados que habían tomado el poder en Cuba. Aprendían del enemigo para conocer no sólo sus tácticas, sino para sorprenderlo y anular sus iniciativas. Wilson volvió a saborear el olor de la pólvora, las acciones compartidas, las maniobras con visos de realidad. La práctica era intensa, responsable, y generaba más excitación de la que jamás había conocido en sus años de Colegio Militar. Los preparaban para acciones generales y también especializadas en comunicaciones, sabotajes, impactos psicológicos y procesamiento de información. Aunque se calculaba que el triunfo se lograría en menos de una semana, era conveniente disponer de recursos para un enfrentamiento más prolongado. Allí se jugaba una advertencia categórica al enemigo comunista: ¡Saquen para siempre sus pezuñas de América!

En las barracas se habían instalado fotografías del presidente Batista junto a las de Somoza y el general Eisenhower; era una trinidad optimista. El proyecto había cautivado de inmediato a Eisenhower, quien jamás podría tolerar que los comunistas le infligiesen una derrota en las narices. Aspiraba a retirarse de la Casa Blanca con un desquite perfectamente aceitado.

Las prevenciones de quienes rodeaban al gran héroe de la Segunda Guerra Mundial demostraron no ser infundadas: el demócrata John Kennedy ganó las elecciones y pretendía generar una distensión con el bloque oriental. Era probable que dilatara y quizás anulara la invasión a Cuba. En Nicaragua y Guatemala cundió el escepticismo, pero pronto se hizo saber que el desembarco en la isla era inminente e irreversible. Ni siquiera el encuentro de Kennedy con Jruschev, en el que se dieron varias veces la mano y prometieron trabajar por la convivencia pacífica, fue ya interpretado como un freno al operativo. Había sido muy astuta la iniciativa de hacerlo aparecer como inventado, organizado y protagonizado sólo por cubanos. El gobierno de los Estados Unidos no podía hacerse responsable por las luchas fratricidas de un vecino.

Llegó el instante tan ansiado. Aviones que llevaban pintada la estrella de la Fuerza Aérea Cubana, pero que venían secretamente de su base en Miami, volaron bajito para dejar caer bombas de destrucción e incendio. La radio Swan llamaba furiosa al levantamiento popular contra el tirano. El diario *Avance*, de los exiliados, saludaba la liberación en marcha.

El presidente Somoza despidió personalmente a los valientes que partían hacia la victoria. Los buques llevaban fusiles, granadas, cañones, ametralladoras, tanques, camiones para transporte de tropas y acoplados con agua y combustible. Cruzaron durante la noche las procelosas aguas del Caribe rumbo al sur de Cuba, hacia una amplia franja llena de mosquitos y cocodrilos que el vulgo había bautizado Bahía de los Cochinos. El desembarco debía realizarse en Playa Girón. Algunos celebraban que Eisenhower hubiese gestado para ellos otra edición del histórico desembarco en Normandía. Pero esta vez no sería tan sangriento ni complicado: los esperaba un pueblo oprimido y ansioso de libertad.

Mil trescientos hombres transportados en siete naves desembarcaron en Cuba el 17 de abril de 1961, listos para barrer con los fantoches de la revolución marxista. Los estadounidenses habían cumplido su promesa de brindarles apoyo aéreo mediante oleadas de aviones que sembraron el pánico entre los aliados del régimen y prendieron la esperanza de los hombres libres. La radio Swan era secundada por casi todos los programas que se irradiaban desde Miami y ciudades vecinas, azuzando el maravilloso levantamiento del pueblo.

Pero, contra lo que se esperaba, en la Playa Girón fueron recibidos por una metralla intensa. Debieron abandonar los barcos bajo un fuego inclemente. El panorama comenzó a parecerse demasiado a Normandía. Wilson recordó que el ingenuo de Graves le había dicho que esas cosas eran fáciles. El gobierno comunista no daba muestras de querer rendirse y respondía al ataque con una inesperada organización. Los servicios de inteligencia estadounidenses habían fallado otra vez, como habían fallado cuando Batista aún ejercía el poder. No tuvieron en cuenta que Fidel Castro había empezado a formar comités para la Defensa de la Revolución; esos Comités no se limitaban a declamar su lealtad: movilizaron a decenas de miles y pusieron en estado de máxima alerta a toda la isla. Los aviones camuflados y la propaganda anticastrista generaron un efecto opuesto al que se buscaba. Mientras centenares de campesinos apagaban los incendios, miles de hombres y mujeres corrían hacia los puestos de reclutamiento. La invasión no produjo una reacción incontenible contra el régimen, sino la adhesión masiva a Fidel, visto como víctima de la prepotencia imperialista. Nadie aceptaba la versión de que era un asunto exclusivo de cubanos.

Wilson corrió enloquecido por su amada tierra con la ametralladora en ristre. Lo embriagaba el aroma de los cañaverales densos y le pareció que estaba en los campos de su padre. Algunos compañeros habían caído bajo la lluvia de balas. No se rendiría: esta vez debía luchar por lo que no había luchado cuando se hundió Batista. Pero antes de las veinticuatro horas, desbordado de frustración, cayó en una emboscada. Fue desarmado, escupido e internado en un campo de prisioneros. Se resistió hasta que le encañonaron la sien. Puteó y aflojó. Le costaba aceptar semejante derrota. El mundo no era mundo; no existía la lógica. ¿Qué habían hecho de su pueblo? En tan poco tiempo los comunistas habían lavado el cerebro de millones.

En dos días terminó la guerra. Se comprobó que durante su curso habían muerto cuatro pilotos norteamericanos, con lo cual quedaba desenmascarada la participación de los Estados Unidos. Los comunistas buscaron entre los invasores a la gente que había servido bajo el régimen del tirano prófugo, para desprestigiar aún más el operativo. Wilson temió que lo identificaran y eso acarrease graves consecuencias a su familia. Varios soldados caminaron presurosos hacia él con el arma en la mano. Se consideró definitivamente perdido y urdió una rápida historia, pero a quien buscaban era a otro que estaba un metro detrás. El hombre se llamaba Ramón Calviño y había sido un célebre torturador; fue llevado para que el pueblo de Cuba supiera quiénes eran sus presuntos "libertadores". La prensa tuvo comida para un festín. En materia de propaganda los comunistas eran unos maestros.

Wilson no esperó un buen trato. Para sus guardias era un traidor deleznable. Le dijeron "vendido a los yanquis", "gusano imperialista", "asesino de hermanos". Le dijeron que del campo lo llevarían a una prisión de delincuentes condenados a perpetuidad, que lo someterían a trabajos forzados para limpiarle la escoria del alma. Y que no intentase fugar, porque su cuerpo sería transformado en un colador.

Kennedy y Jruschev intercambiaban furiosas cartas de reproche. Kennedy estaba en desventaja porque el plan fue un regalo que le dejó la administración anterior y que él no pudo frenar; y era algo que tampoco podía reconocer en público. Asumió dignamente la responsabilidad por el fiasco mientras trataba de mantener controlada la rabia del jefe soviético. Ordenó iniciar negociaciones para liberar a los mil doscientos prisioneros que languidecían en las prisiones de Fidel. En sordina se expandió la versión de que los materialistas del gobierno castrista proponían devolver prisioneros a cambio de tractores. Eran tan miserables que para ellos un ser humano equivalía a un montón de hierros. De todas formas, ojalá que los yanquis aceptaran —pensó Wilson—; era intolerable seguir en una Cuba que no era Cuba, sino un basural del infierno.

La esperanza en ese intercambio naufragó porque una y otra parte se pusieron de acuerdo en competir por su sensibilidad humana: equiparar hombres con tractores sonaba a negocio vil, realmente. Entonces no hubo trato.

—¡Que nos cambien por bosta! ¡Queremos irnos!

Las negociaciones viraron hacia otro rubro, también materialista pero menos evidente que un tractor: medicamentos. Hombres por barcos llenos de medicamentos sintetizados en los Estados Unidos. Sonaba más altruista.

Wilson Castro desembarcó en Miami con miles de compatriotas tristes. Fueron recibidos con calculada discreción: no habían liberado la isla, pero habían escrito una página imborrable.

En una cabina improvisada junto al malecón lo saludó el hombre de anchos hombros. Theodor Graves ofrecía una sonrisa que fluctuaba entre la resignación y la complicidad.

—No necesitas que ahora te muestre mi credencial de la CIA, supongo.

—Recuerdo tu sólida confianza en el plan.

—La guerra no ha terminado. Tampoco tu ascenso.

—Me alivia enterarme. Creía que, encima de lo que padecimos, aquí nos condenarían. Es la primera frase cálida que me llega en meses.

—No hace falta ironizar. Quiero informarte que tu conducta ha sido evaluada como excelente en todos los sentidos y etapas: durante el entrenamiento en Nicaragua, el desembarco en la Bahía, las batallas en la costa y el interior, y hasta tu actitud en el campo de prisioneros.

—Gracias. Soy una maravilla.

—Mi gobierno te ofrece continuar la carrera militar.

—Buena noticia. ¿Tengo que pensarlo?

Theodor Graves tecleó en su solapa.

—Ya has tomado la decisión. Lo leo en tus ojos.

—¿Ah, sí?

—Felicitaciones.

—¿Todos los tipos de la CIA son tan agudos?

—De todas formas, debes decírmelo con tus palabras. —Graves no perdía la tranquilidad.

—¿Jurar?

—Jurarás cuando te confiramos la ciudadanía.

—¿También eso?

—Es un paquete completo. No pretenderás convertirte en un oficial estadounidense sin tener nuestra ciudadanía, ¿verdad?

—De acuerdo, entonces.

—De acuerdo... qué.

—Que acepto la ciudadanía norteamericana y seguir la carrera militar.

Theodor Graves le estrechó la mano con energía. Esta vez las cosas irían mejor.

La Academia de la Fuerza Aérea había construido un vasto conjunto de instalaciones en el sur de Denver, al pie de las montañas Rocallosas. Esa cadena constituía una robusta muralla que marcaba el límite de las llanuras por donde rondaban las oleadas de búfalos y vivieron durante siglos tribus de indígenas que ahora se contraían en reservas de diversa fortuna. Hasta allí se desplazaban en el siglo XIX las diligencias cargadas de ilusiones y de aventureros, para después emprender el azaroso cruce de las cimas rumbo al Lejano Oeste. Aún quedaban por toda la zona restos de antiguas minas de oro donde se amasaron fortunas y tragedias. Ciudades fantasmas hablaban de un pasado enigmático, apasionado y cruel. En el terso paisaje moderno de la Academia era difícil advertir cuánta gente soñó y murió tras los espejismos.

Los estudiantes de la Academia aprovechaban los días libres para escaparse a la capital del estado, a unos cuarenta minutos de distancia. Mientras contemplaba el paisaje chúcaro, Wilson recordó lecturas y películas sobre *cow-boys*. Estaba en la tierra donde otrora sobrevivía quien mejor empuñara el revólver. La justicia había sido un asunto que a duras penas imponía el sheriff o algún providencial enmascarado. No resistió la tentación de visitar la casa de Búfalo Bill, convertida en museo sobre una colina que funciona de mirador. Búfalo Bill existió de verdad —le explicaron—: asombró como cazador de animales grandes o pequeños y fue un prodigioso domador de caballos y búfalos; tuvo el acierto de inventar un espectáculo que llamó "circo", con el que recorrió medio mundo.

Wilson simpatizaba con James Strand, un rudo tejano cuya familia aún consideraba inconclusa la Guerra de Secesión. En septiembre de 1965, mientras deambulaban por la calle Larimer, James reconoció a una amiga a la que no veía desde sus años de universidad, en Austin. La sorpresa de encontrarse en forma imprevista y tan lejos de Texas los sonrojó de emoción. Mathilda presentó a su compañera, Dorothy Hughes, y James presentó a

Wilson. Las muchachas estudiaban en la Universidad de Colorado.

Dorothy cautivó a ambos desde el primer instante. Pero a Wilson le pegó más hondo. Aunque estaba acostumbrado a las formas gráciles de las caribeñas, esa joven derretía al más exigente. Era a la vez fina y enérgica, recatada y vivaz. Combinaba la tersura del cielo con los rumores del océano. Su cercanía le erizó la piel. Tenía una estatura media y proporciones impecables. Le enmarcaba la cara una cabellera cobriza levemente ondulada. En sus órbitas oscuras, misteriosas, brillaban grandes ojos de color verde. Los labios avanzaban un poco, lo suficiente para atrapar la mirada y el deseo. Apenas habló en esa oportunidad, pero Wilson detectó que sus delicados músculos cimbraban bajo el vestido. Sospechó que de ese imán no podría liberarse.

Hasta entonces sólo se había enamorado una vez en la vida, cuando adolescente. Ocurrió a poco de instalarse en el barrio viejo de La Habana y le dejó una cicatriz que volvía a supurar de cuando en cuando.

Tenía apenas quince años. Ella era su profesora de biología y lo doblaba en edad, pero —al decir de cualquiera que la mencionase— la apetecía toda Cuba. Docentes y compañeros del aula, con los ojos brillantes, la describían y comentaban excitados. El director se babeaba por conseguir sus favores y la invitaba infructuosamente a su oficina. Dentro y fuera del establecimiento la masticaban con la mirada y sembraban de piropos su camino. Sus colegas hacían apuestas sobre quién la poseería alguna vez. Los alumnos de los últimos años también se anotaban en la competencia. La bella Mariana, sin embargo, tenía un marido al que no parecía dispuesta a traicionar.

Wilson absorbía los comentarios, los hacía propios, los agrandaba. Mariana le anegó la cabeza; él dejó de comprender lo que ella enseñaba, porque se perdía en la contemplación ese cuerpo fascinante. De noche se masturbaba imaginando las caricias que prodigaba a su piel maravillosa. Su amor tórrido no tenía otro camino que el agotamiento. Llegó a convencerse de que se moriría de amor. Entonces advino la fantasía de violarla. Violación o muerte, repetía. A lo macho. Basta de pendeja resignación. Imaginó una estrategia y puso manos a la obra.

En clase le hacía preguntas para llamar su atención, aunque las preguntas revelaban que estaba fuera de tema y hasta de órbita. Cuando ella le reprochó que ignorara lo que había explicado tantas veces, se disculpó y, con teatralidad, dijo que anhelaba ser biólogo. Que haría el máximo esfuerzo para lograrlo. Mariana se enterneció. En la hoja de cuaderno donde había trazado su plan, Wilson tildó el primer punto.

Después la abordó a la salida. En la segunda ocasión ella sonrió porque gracias a Wilson pudo esquivar al pegajoso director que siempre, siempre, le insistía en que lo acompañara con un cafecito en la intimidad de su oficina. Wilson desplegó su talento de seducción: contó anécdotas de su infancia y lo bien que se sentía escoltándola por las calles de La Habana.

Ella dejó caer algunas defensas y Wilson tildó otros eslabones de su plan, que funcionaba rápido y bien. Con destreza la interrogó sobre sus obligaciones y horarios, para descartar la presencia del marido. De esa forma, mientras insistía en su curiosidad por las mitocondrias, consiguió ser invitado a beber un vaso de jugo en el living exento de amenazas conyugales. A los pocos minutos, con el jugo agotado y las mitocondrias girando por el aire, Wilson derrumbó a Mariana sobre un sofá y comenzó a cumplir la última etapa de su plan. Ella se defendió sin gritar y al cabo de gozosos forcejeos culminaron —mal— su primer coito. Pero esa misma tarde hubo otro y otro más. Wilson fue despedido con un beso.

Nunca se había sentido más liviano ni feliz. Corrió hacia el malecón y trotó junto al mar hasta que cerró la noche.

Despertó cuando el sol le perforaba los párpados. El cuerpo de Mariana apareció sobre el cielo raso, en el cepillo de dientes, en el tazón de café. Se apretó los dedos como si fueran los suyos con los de ella. Y, a partir de ese momento, tomó la decisión de verla todos los días. En la clase la contempló con intensidad de tigre. Y luego la acompañó. Y habló más suelto. Y no podía frenar sus ganas de abrazarla y llenarla de nuevos besos. En el living no le dio tiempo para dejar la cartera ni buscar un jugo: se abalanzó con más hambre que antes, que nunca. Rodaron en el piso y cada vez el amor les salía más pleno.

Wilson pensaba en Mariana sin cesar. Estaba dispuesto a correr por ella todos los riesgos. Le propuso huir de la ciudad. Ella le recordó que era una mujer casada y con obligaciones profesionales.

Entonces Wilson le pidió y luego exigió que le hablase del marido. La resistencia fue tenaz pero no eterna. La conclusión que ambos obtuvieron fue que ella lo quería, pero no mucho. Wilson le pidió y luego exigió que se divorciara del hombre al que no quería mucho. Ella lo consideró imposible.

Wilson le pidió y luego exigió que no se acostara con el esposo: le resultaba intolerable que otras manos acariciasen su piel. Mariana le pasó los dedos por la cabeza febril y le dijo que tomara las cosas con calma, que lo estaban pasando bien, que no llamase a la mala suerte.

Wilson le pidió y luego exigió que abandonara la casa y se fueran a vivir juntos a una pensión. Mariana le tomó la cara con ambas manos, lo miró a los ojos y le recordó que era un adolescente irresponsable.

Wilson le pidió y luego exigió que se definiera: o él o el cornudo del marido. Mariana murmuró: "Esto me pasa por tonta" y le pidió que se fuera.

Wilson, en la calle, lloró en silencio. Se mordió los labios y tragó las lágrimas. No era posible que ella hubiese optado por el otro. Fue a su cuarto y abrió el cuaderno en la hoja dedicada al plan. No había previsto qué hacer en una situación así. Corrió por las playas, aumentó el número de duchas. Y rezó. Lo dominaba una idea: insistir. Era de maricones resignarse. Hembras como Mariana reverencian a quienes las doman. La vigilaría, seguiría y abordaría a luz y sombra. Hasta que se rindiera.

Una noche fue a tocarle el timbre y lo atendió el marido, que no parecía tan idiota como él lo había imaginado.

—Dígale que deseaba hacerle unas preguntas sobre las mitocondrias. Soy su alumno Wilson.

El hombre lo miró con desprecio y cerró la puerta sin contestar.

Mariana ya no simuló indiferencia en la clase, sino que de vez en cuando enviaba destellos de odio a su ex amante. En la calle él se le puso al lado, como siempre. Y Mariana le gritó:

—Niño, ¡déjate de molestar!

Wilson la siguió hasta la casa y recibió un portazo en la nariz. Al día siguiente ella le apretó los brazos y lo miró a los ojos.

—Wilson... Wilson... querido Wilson... Déjame antes de que sea irreparable. Mi marido compró un arma. ¡Te va a matar!

Wilson no se asustó. Era una prueba de que su rival estaba perdido: sólo le quedaba el uso de la fuerza. El final prometía ser grandioso.

Pero fue distinto. El alto portal del colegio apareció lleno de gente alarmada. Se habían suspendido las clases por duelo. Mariana fue asesinada de un tiro en la frente. El esposo se entregó a la policía con el arma en la mano.

Wilson corrió por el malecón hasta desvanecerse. Luego se inscribió en el Colegio Militar.

La imagen de Dorothy resucitó el recuerdo de Mariana. Aunque distintas, tenían en común el hecho de producir una atracción irresistible. Con Mariana fue abrasado por la hoguera del erotismo. Con Dorothy ocurría algo parecido también, pero no idéntico. Esta mujer de cabellera cobriza y profundos ojos verdes le despertaba un anhelo extraño, indefinible. Siempre se había burlado de los amores a primera vista, que —decían sus amigos— eran simples calenturas. Pero con Mariana antes y con Dorothy ahora sentía algo más intenso que una calentura. Lo suyo ardía como amor verdadero, como un fuego que no apagarían ni las aguas del océano. Dorothy le parecía decididamente fabulosa. Y más fabulosa por lo que ocultaba. ¿Qué ocurriría cuando lo descubriera? Presumía que algo le era escamoteado, y que debía de ser estupendo.

Le pidió a James que lo ayudara en la conquista de su Eldorado. Mathilda podía servir para justificar las primeras excursiones en grupo. Pero tanto James como Mathilda sólo hicieron falta al principio. Wilson Castro era seductor y conseguía despertar el afecto de cualquier mujer. Dorothy sabía bastante español y lo hablaba con acento mexicano; Wilson tenía buen oído y avanzaba hacia un inglés sin acento. Pero, además, ambos bailaban con gracia. Wilson ondulaba en los ritmos tropicales y Dorothy desplegaba enrevesadas coreografías con la música *country*. Se divertían sobre las pistas durante horas; hacían cortos descansos en la barra, donde bebían cerveza y se confiaban anécdotas de su vida cotidiana. Ella quería graduarse en Biología (¡como Mariana!) y él se entrenaba en la Academia de Aviación. La carrera de Dorothy lo inquietó. "No repitas los errores cometidos con Mariana", se decía a menudo.

Les resultaba fácil comentar sus rutinas, describir tareas, compañeros, docentes. Pero mantenían reserva en cuanto a sus familias. Dorothy mencionó al pasar que tenía un hermano diez años mayor, Bill, a quien veía poco. Wilson detectó que la incomodaba describirlo y sólo se limitaba a dar unos pocos datos.

—¿Sabes? Tengo ganas de conocerlo. Se me hace que coincidimos en algunas cosas, aunque de religión apenas sé rezar.

Si bien ella no captaba en qué se parecían, esa idea la alivió.

Por su lado, tampoco Wilson podía referirse a su familia. Le subía la rabia y la vergüenza con sólo evocarla. A su padre la revolución le confiscó las huertas y los cañaverales para convertirlos en patrimonio del pueblo. Pero sus hermanos (¡ay, sus hermanos!), paradójicamente, se convirtieron en secuaces de Fidel. Iban camino de convertirse en brillantes universitarios; no obstante, uno acabó de técnico radiólogo en un hospital de Cienfuegos; otro, de administrativo en el ministerio de Comunicaciones, y su hermana, como redactora del diario oficial del Partido. Un desastre.

Dorothy lo escuchaba con atención. Wilson era cálido y ambicioso. Lo único que no armonizaba era su vocación militar. No entendía por qué le gustaba tanto la guerra. Podría convertirse en un fulminante empresario, ya que era convincente y tenaz. Pero "las vocaciones tienen amplios segmentos oscuros", le había dicho Mathilda, que estudiaba Ciencias de la Educación.

Durante la semana de trabajo, que se hacía interminable por la imposibilidad de verse, hablaban por teléfono. Nunca más de diez minutos, así las cuentas no se tornaban excesivas. Pero bastaba para mantenerles encendido el corazón. La distancia quitaba frenos y Wilson se asombró de oírse diciéndole: "Te extraño tanto que no me puedo dormir; a la madrugada soy un espantapájaros". Dorothy contestaba: "¡Pobre! Entonces duérmete de día, pero soñándome".

DIARIO DE DOROTHY

Wilson me mira con mucha intensidad, como si quisiera entrar en mi cabeza. O como si le preocupara algo. O intentara contármelo sin saber por dónde empezar.

Me dijo que hay un sitio muy bello en las proximidades de Denver, llamado Las Siete Caídas, y que le gustaría que fuésemos juntos a conocerlo.

Le respondí que sí, y eso aumentó su vacilación. No sé a qué atribuir su aire contradictorio. O misterioso.

Las Siete Caídas son siete grandes cascadas que forma el río al bajar de las montañas abruptas. Wilson pasó a buscar a Dorothy en su modesto auto. Era temprano, pero ella ya lo esperaba con una canasta de sándwiches y bebidas.

Apenas lo saludó advirtió que tenía los ojos irritados. También le descubrió rasguños en la frente, la mejilla izquierda y el dorso de ambas manos.

—¿Qué te pasó?

—No pude dormir —contestó en voz baja, abochornado, mientras ponía la primera—. Jamás me ocurrió algo así.

—¿Por qué?

Esbozó una extraña sonrisa y enfiló hacia el sur.

—No lo vas a creer... —dijo más adelante.

Ella giró para mirarlo de cuerpo entero. Era realmente atractivo. Usaba un jogging gris con franjas celestes.

—¿Qué cosa?

—Estuve más despierto que manejando un avión de caza: los ojos redondos, las manos transpiradas, la frente contraída.

—¿Pensando qué?

—Pensando... —Movió la cabeza. —No, no lo vas a creer nunca.

Recorrieron la avenida adyacente al pintoresco arroyo Cherry, cuyas discretas aguas atraviesan parte de la ciudad.

—¿Por qué no lo voy a creer? —Dorothy simuló ofensa. —Vamos, larga el rollo. ¿Qué son estas lastimaduras?

Wilson tragó saliva y acentuó cada vocablo:

—Toda la noche estuve pensando en ti, Dorothy.

Ella no pudo frenar una nerviosa carcajada. Pero fue corta, artificial. Sentía que ese hombre le estaba confesando algo que venía de sus entrañas.

—¡Qué mentiroso, mi Dios! —exclamó de manera refleja, sin medir el impacto que podía generar—. ¿Y te flagelaste? —agregó con fallido humor.

Wilson negó con la cabeza. Se pasó la lengua por los dientes mientras esperaba que ella abandonara su escepticismo. Se mantuvo silencioso, tal vez lastimado por la incredulidad de su compañera.

Al rato, cuando ya quedaban atrás las últimas viviendas de la ciudad, Dorothy volvió sobre el asunto con más seriedad.

—¿Puedes confiarme qué te pasó?

—Pensaba en ti.

—No es una buena respuesta.

—Así fue.

—¿Y te arañaste? Wilson, tu historia no tiene pies ni cabeza. Además, ¿cuánto tiempo podías dedicarme? —Le estalló nuevamente la inoportuna risita. —No soy tan enigmática. Bueno, eso supongo. Dos minutos te alcanzan para recordar mi cara y algunas de mis palabras. Concedo que, tal vez, necesites... ¡cinco minutos! No vengas a decir que horas, que toda la noche... Eres muy galante, pero... ¡qué exagerado! Un *latin lover*.

Wilson se abstuvo de hacer comentarios y su silencio incomodó a Dorothy. Luego hablaron de trivialidades hasta llegar al bosque que rodea Las Siete Caídas. Wilson estacionó y emprendieron la caminata. Los pinos, álamos y robles disparaban flechas aromáticas. Las ardillas parecían haberse puesto de acuerdo en ofrecerles una alegre recepción, porque cruzaban delante de sus piernas antes de saltar hacia las ramas.

Subieron al mirador, desde donde se podían apreciar varias cataratas al mismo tiempo. El espectáculo era grandioso. Las gotitas frías salpicaban el piso y lustraban las rocas. En un claro, junto al fluir de la corriente, se había construido una pista de cemento donde estaba anunciado un número de danzas indias.

Decidieron llegar a la cúspide. Treparon una senda tan irregular que por momentos se evanescía entre el ramaje. Wilson se adelantaba para otear el terreno y apartaba los arbustos. Cuando había que subir un peldaño elevado, tendía su mano a Dorothy y la ayudaba. En esos movimientos no faltaron las aproximaciones intensas; para evitar caídas se abrazaban y frotaban con aparente inocencia. Pero en segundos volvían a separarse, sonrisa turbada mediante. Con la excusa de evitarle un peligroso resbalón, Wilson le rodeó la cintura con más fuerza que de costumbre. Ella percibió el trepidar de sus músculos y en sus ojos el resplandor del deseo. Entonces Wilson la soltó de golpe, y Dorothy casi se desbocó hacia el abismo. Él volvió a tomarla.

—Perdón —dijo.

Se les había acelerado el pulso. Tenían los labios secos y la voz ronca. Anhelaban lo inefable. En varios instantes cruzaron miradas que parecían caricias ardientes. Algo decisivo iba a ocurrir.

La guió por un sendero que doblaba hacia la izquierda. De pronto apareció un pasacalle de unos tres metros tendido entre las espinosas ramas de dos árboles. Era una presencia absurda en el paisaje agreste. Ella no pudo frenar su mano, que buscaba ansiosa y sin falso pudor la de Wilson. Se caía de asombro. En la tela, grandes letras rojas gritaban: "Dorothy, te amo. Wilson".

A Dorothy le brotaron lágrimas; miró conmovida a su compañero. De golpe comprendió la causa de los rasguños en el rostro y en las manos. No sabía cómo reaccionar, porque lo que dijese sería poco.

Wilson le comprimió los hombros y contempló su mirada humedecida por la emoción. Acercó su boca y la besó en los labios. Fue un beso prolongado y suave, un preludio de contenida delicadeza. No hubo más, como si ambos temiesen romper un límite sagrado. Se desprendieron y bajaron en busca de la canasta.

Se sentaron lado a lado, las caderas pegadas. Dorothy le ofreció un sándwich mientras él destapaba las cervezas. Entonces Wilson no pudo resistir. Dejó las bebidas y el sándwich, la atrajo contra su pecho y dijo:

—Pensé durante toda la noche cómo actuar. Soy torpe en estas cuestiones. A la única mujer que amé de verdad antes de conocerte le expresé mi pasión de una forma imperdonable.

—No entiendo.

Demoró la explicación, que finalmente susurró, cabizbajo.

—La violé.

La espalda de Dorothy se tensó.

—¿Que la violaste?...

—Pasó hace mucho. Fue una pesadilla. Y terminó en tragedia. Nunca volví a hablar de eso hasta ahora. Créeme, por favor.

—Wilson. Yo... yo...

—Salí de la Academia cuando aún era noche y vine a instalar el pasacalle. Las ramas se sintieron violadas también, como aquella mujer, y me arañaron sin lástima. Fue una venganza tardía e inútil, tal vez de ella, tal vez de su marido engañado. Pero ésa no es mi obsesión. Mi obsesión actual, la que a veces me quita el aire, se refiere a otra cosa, Dorothy. Es una idea fija. Necesito poner en orden mi corazón.

Ella permanecía tiesa. Estaba por desprenderse un alud.

—Dorothy —exclamó con los ojos desorbitados—. Quiero casarme contigo.

Ella inspiró hondo y le salió una estupidez, de la que se arrepintió antes de terminar la frase.

—¿También corro peligro de... ser violada?

Wilson se entristeció y ella sintió culpa: no estaba a la altura de la transparencia que le estaba ofrendando. Avergonzada, mirándole la frente cubierta de sudor, agregó:

—Yo también pienso en ti.

—¿Aceptas, entonces? —A Wilson se le alumbró la cara.

Dorothy alargó los dedos temblorosos hacia la cabeza del aviador y le acarició el cabello negro.

—Lo nuestro ha sido tan veloz que me marea. Me gustaste desde el principio. Tal vez me gustaste poco, pero me gustaste. Es la verdad. Me confundías. Por un lado me encantaba divertirme contigo, bailar, reír. Por el otro me provocabas... ¿Cómo diré? Me provocabas... miedo.

—¿Miedo?

—No sé.

—Algo debes de saber.

—Es una idea loca. Me dijiste que tenías cosas en común con mi hermano, por lo que yo te contaba, sin conocerlo.

—¿Y eso, en qué nos afecta?

—Físicamente son opuestos. No se parecen. Pero espiritualmente sí. Algunos de tus silencios, la agresividad que a veces te sale como balazo, tu resolución... Bill es así, medio genio y medio loco.

—Ser medio loco no es un defecto grave. —Wilson la miró con picardía.

—No, claro.

—Te aseguro que no tengo vínculos de sangre con tu familia. No hay peligro de incesto. —Rió bajito.

Ella contempló la piel aceitunada, los ojos castaño claro y la boca sensual. Era apuesto y decidido.

—¿Qué respondes a mi propuesta?

Los rasguños de su mejilla izquierda eran una prueba rotunda de su imaginativa caballerosidad.

—Yo también te amo, Wilson —contestó mientras se bebían con los ojos.

En la modesta boda que celebraron en Pueblo los acompañaron pocas personas.

Del lado de Wilson no concurrió familiar alguno: la política cubana había producido una ruptura definitiva. Su padre estaba arruinado y, aunque hubiera querido viajar, no tenía dinero ni autorización para salir de la isla. En cuanto a sus hermanos, los tres expresaban en forma unánime su odio hacia Wilson, considerado un traidor a la patria que había adoptado la ciudadanía del país agresor y se entrenaba como verdugo de otros pueblos. Sólo concurrieron James Strand, su amiga Mathilda y otros siete buenos colegas de la Academia.

Del lado de Dorothy hubo algunos amigos y más familia. Asistieron sus padres, tíos, primos y hasta una anciana tía abuela.

Una presencia singular fue la de su hermano, Bill. Llegó en un auto manejado por el mismo chofer que lo había llevado en las ocasiones anteriores. A pesar de haber viajado muchas horas, vestía oscuro y formal, con su majestuosa túnica blanca colgándole de los hombros.

Wilson, que tenía curiosidad por el personaje, había registrado los detalles suministrados por Dorothy. Reconoció que le había provisto un excelente identikit, porque lo reconoció de inmediato. Aunque era evidente la solidez de su carácter, le impresionó como un monarca de opereta.

Se miraron con cautela.

Wilson fue el primero en hablar y le agradeció que hubiera acudido a la boda. Bill ordenó los pliegues de su capa, elevó la mandíbula y le respondió desde las alturas.

—He venido por una orden —dijo.

—¿Una orden?

—Jamás lo entenderías.

—Si no te explicas mejor...

—No depende de mi explicación. Eres tú quien no entendería, al menos por ahora. Las órdenes que obedezco no provienen de seres mortales.

Wilson lo miró de arriba abajo y detectó que hasta los músculos de sus orejas estaban en tensión. Ese hombre era una máquina de guerra, lista para disparar. No obstante, su voz sonaba firme y tranquila. También contrastaban sus ojos y sus manos. De los ojos salía fuego helado, mientras que los dedos se movían cordiales. Bill era dos personas a la vez. Descolocaba, ciertamente.

—Este casamiento no me gusta —agregó Bill, entre violento y amable—. Para ser franco, lo único que rescato por ahora es tu nombre, Wilson. Y algunos de tus amigos, en especial ese texano James Strand, con quien acabo de mantener una interesante conversación sobre su ciudad natal.

—Little Spring.

—Parece un lugar hermoso.

—Será por el nombre. No lo conozco. Muy aislado, seguramente.

—El aislamiento inspira a los profetas.

—¡A que te habló de la Guerra de Secesión!

Bill parpadeó complacido.

—Sí. Y estoy de acuerdo con él. Esa guerra terminó mal porque, entre otras calamidades, puso alas indebidas en la estrecha cabeza de los negros. Antes los negros servían para producir riquezas; ahora, sólo para producir delitos.

—También producen delitos los blancos.

—Es diferente. Los negros lo hacen por su naturaleza. En cambio, los blancos lo hacen por la infección que propagan los negros y demás razas inferiores.

Wilson se llenó el pecho de aire y le lanzó la estocada:

—¿Yo pertenezco a una raza inferior?

Bill volvió a elevar su mandíbula.

—Era lo que me tenía preocupado. En estas cosas soy muy franco. Debo reconocer que en parte... sí, en parte integras el campo de las razas inferiores. Temblé de rabia cuando supe que Dorothy se iba a casar con un hispano. No te asombres. Recé para que el Señor te apartase de su camino. Era una desgracia que mi familia incorporara a un sujeto de sangre preadámica.

Wilson se acomodó el cuello de la camisa.

—Pero...

—Pero estoy aquí, ¿no? ¿Significa que me resigno?

—No te veo cara de resignado.

—Correcto. Una revelación puso las cosas en su lugar. El Señor protege a mi familia.

—¿...?

—La revelación enfatizaba tu nombre. Wilson.

—¿Qué tiene de particular?

—Es un nombre ario.

—Lamento decepcionarte, pero estoy seguro de que mis padres no hicieron semejante evaluación. Me llamaron Wilson como pudieron haberme bautizado Juan o Pedro.

—Nada es casual. Y el nombre desempeña un papel decisivo para el Señor y para todas sus criaturas. Cada nombre es inspirado por el Espíritu Santo. La revelación decía que la boda de mi hermana era buena porque se casaba con un Wilson. Y que yo debía concurrir.

—¿Te ofenderías si te dijera algo? Me parece que estás tomándome el pelo.

Bill entrecerró los párpados como una celosía a través de cuyas ranuras puja el fulgor de un incendio.

—Tu sangre es hispana, inferior. Si no fuera por tu nombre, yo ni te saludaría. El nombre, que es espíritu, te redime y eleva.

Wilson no supo si molestarse o agradecer. Ese sujeto era de otro mundo.

—¿Así que todos los hispanos con nombre inglés dejan de ser inferiores? Podríamos cambiar la situación de mucha gente.

—No te burles. Pisas terreno santo.

—No me burlo, Bill. Estoy sorprendido.

—Es un buen comienzo. Confío en que pases de la sorpresa a la convicción.

—Cuando Dorothy te describió, yo le dije que tenía ganas de conocerte porque intuía aspectos coincidentes. Lo dije sin pensar y sin conocerte a fondo; simple corazonada. Después ella misma reconoció que yo había dicho algo cierto. No sé si nos parecemos en algo, realmente, pero confieso que me impresionas.

—Cuida a mi hermana —replicó Bill—. Es demasiado hermosa para no ser tentada por el pecado.

—Soy un marido celoso. Las razas inferiores tenemos esa virtud —ironizó.

—Una revelación me ha hecho venir para conocerte. —Los párpados de Bill seguían entrecerrados. —El Señor no gasta una revelación para hechos intrascendentes. Algo me dice que nos espera una tarea común, pese a las diferencias de origen.

—Me alegra saberlo.

—Deberás estar preparado para la misión.

Wilson se rascó la sien.

—¿De qué misión se trata?

—Lo sabrás a su debido tiempo. El Señor proveerá.

No volvieron a conversar, ni siquiera para despedirse. Cuando Dorothy preguntó por Bill, éste se había esfumado. Era un ser que navegaba por pistas invisibles al ojo común.

Mientras, circulaban bandejas con exquisiteces de la comida estadounidense y mexicana. Wilson prefería la mexicana: nachos que untaba con queso, guacamole, fajitas, pipián de piñón y frijoles ayocotes cocidos en el suavizante tequezquite. El cóctel Margarita mejoraba el humor y dotaba de espuelas a quienes se lanzaban a bailar.

La guerra de Vietnam no toleraba incertidumbres. Era preciso aniquilar a los comunistas antes de que aniquilasen el mundo libre. Había que poner el esfuerzo colectivo al servicio de esa causa noble y trascendental. La resistencia del Vietcong era el producto de las vacilaciones de Occidente. No brotaba de los mismos vietnamitas: les habían lavado el cerebro, tarea en la que los comunistas de todos los tiempos demostraban ser virtuosos. En la Academia repetían: "Si no alcanzan mil, que sean diez mil; si no alcanzan diez mil, que sean cien mil; si no alcanzan cien mil, que sean un millón de hombres, dos millones, tres millones, todos los que hagan falta para acabar con el flagelo". Si no alcanzaban las bombas convencionales, que fueran las de napalm; si no alcanzaban los bombardeos, que les arrasaran los campos y la jungla. Había que golpear duro y perseguirlos sin tregua, hambrearlos, amputarlos. El Vietcong y sus secuaces equivalían a las alimañas de una ciénaga. Todo el país se había transformado en una ciénaga. Los comunistas eran más dañinos que los microbios: bastaba que alguno merodease las cercanías para que comenzara a formarse pus.

Wilson Castro fue incluido en la lista de los oficiales que debían partir al frente de guerra. La noticia no lo perturbó. Lo primero que acudió a su mente fue la figura de Theodor Graves ofreciéndole un opíparo desayuno antes de exponer el plan de invasión a Cuba. Aquello fue un fracaso para la causa nacional, pero no para su carrera. Gracias a Graves saboreó la experiencia del entrenamiento en Honduras, el desembarco en Bahía de los Cochinos, conoció la prisión castrista, fue rescatado por los Estados Unidos, le confirieron la ciudadanía estadounidense, estudió en la Academia de la Fuerza Aérea, pudo conocer a Dorothy y casarse con ella, y ahora lo enviaba a destruir las fortalezas de Vietnam.

A su joven y hermosa mujer no le gustó la noticia. No le importaba la patria ni la política; prefería engendrar hijos y tener una familia numerosa. Le pidió que recurriese a todos los medios que retardaran su partida; muchos militares quedaban en los servicios de retaguardia. Wilson contempló su belleza multiplicada por el enojo y volvió a sentir que la amaba de una manera inexplicable: era una hembra fabulosa.

—Cumpliré con mi honor —replicó—. Debes entender.

Dorothy lloró, protestó y al fin se resignó.

Wilson se preparó para el largo viaje y llegó a Vietnam con la clara conciencia de que iba a un sitio donde no cabían las medias tintas. Tendría por delante a un amigo o un enemigo, no seres intermedios. Al enemigo debía matarlo: cuanto antes, mejor. Una simple bala decidiría quién vivía y quién perecía, decidiría quién se salvaba y quién quedaba tullido para la eternidad.

Pudo enterarse de la calidad de la gente que integraba las legiones del mundo libre: algunos eran profesionales, y otros, voluntarios. Además, abundaban los locos, los resentidos, los jugadores y los criminales recién sacados de la prisión. Cada cuartel era una caldera de delincuentes; los blanqueaba su santa misión purificadora. Podían explicitar sus ansias por homicidios indiscriminados. Podían divertirse con el riesgo. Estaban al borde del fin y valía cualquier recurso para que la guadaña decapitase a otro antes que a uno.

Matar en Vietnam brindaba la gratificación de que no se exigían justificativos; era delicioso aplastar seres humanos como se aplastan hormigas con el taco o, para los más sofisticados, hacerlas brincar bajo chorros de agua hirviente antes de achicharrarlas con el fuego de las bombas. Era una alucinación ver estallar la gente: se abrían grifos de sangre y saltaban como esquirlas los músculos y los huesos. El espectáculo era único. Pero a nadie le garantizaban que terminaría la función con el cuerpo entero. El heroísmo que Wilson había sentido durante el desembarco en Cuba se desintegró rápidamente en Vietnam. Porque no se trataba de una guerra, sino de un matadero.

Curiosamente, a veces la gratificación se transformaba en lo contrario. Cuando regresaba de sus incursiones con los nervios anestesiados, Wilson no se conformaba con cerveza; necesitaba bebidas fuertes, que a menudo conseguía y en ciertas ocasiones faltaban. La escasez demostró que también ayudaba el alcohol diluido o la loción para después de afeitar. Era preciso que el alcohol corriese por sus vísceras para apagar las imágenes que veía desde el aire tras descargar bombas incendiarias en campos y aldeas. Ya no se trataba de ejercicios, sino de figuras humanas envueltas en llamas que corrían enloquecidas, se revolcaban con desesperación y terminaban convertidas en humeantes pasas negras. Una tarde consiguió dar de lleno con su proyectil en una escuela rural y necesitó volver para contemplar el efecto. Reía y lloraba con tanto frenesí que casi perdió el control de la máquina. Cuando regresó a su base descubrió en el hangar una lata de querosén y tragó varios sorbos. Después vomitó veinticuatro horas.

A la ingestión de alcohol siguió la de somníferos en suficiente cantidad para que el sueño lo derribase de un mazazo. A los somníferos hubo de agregar anfetaminas para conseguir despertarse. Su cuerpo perdió la regulación automática.

En una carta Dorothy le formuló una extraña pregunta: "¿Qué sueñas?".

Wilson hizo un bollo con el papel y soltó una puteada. En Vietnam no había espacio para los sueños, carajo, porque la vida se había extraviado de la realidad. Todo era una locura constante y agotadora.

A pesar de ello, contestaba que lo estaba pasando bien y que pronto aniquilarían al maldito Vietcong. Le satisfacía luchar por el mundo libre. Los que no tenían su rango militar pasaban dificultades que él no conoció, como por ejemplo la comida. A veces, en lugar de descargar bombas tras las líneas enemigas, descargaba entre las tropas norteamericanas avanzadas grandes paquetes azules y amarillos llenos de porotos, carne de cerdo y ensalada de fruta podrida adecuadamente acondicionados.

Le comentó a Dorothy que, pese al clima de muerte, trataba de conseguir algunos logros personales, como abandonar el vicio del tabaco. En lugar de los cigarrillos tradicionales resultaba más fácil aprovisionarse de marihuana. Sus efectos espirituales eran mejores, y no dañaba los pulmones ni el corazón. Dorothy respondió que se estaba volviendo imbécil, y que esa noticia la asustaba más que la descripción de los bombardeos.

Wilson también experimentó el uso de la ametralladora. Era un arma inventada en el Olimpo por el más lúdico de los dioses, pues brindaba una orgásmica sensación de omnipotencia. Con ella se derribaban enemigos como juguetes, se ganaba rápidamente terreno y se alcanzaba la victoria. Los disparos en serie, como una fantástica catarata, producían un panorama de enemigos destrozados por un cataclismo: cráneos abiertos, panzas humeantes, rodillas seccionadas, cabezas sueltas como pelotas. Se formaba un barro de sangre y vísceras donde pronto harían un festín los chacales.

Por lo demás, no necesitó quejarse. El tiempo era escaso y había que insultar, correr y apretar el gatillo sin escrúpulos. El enemigo no era humano, sino microbios. Las escaramuzas excitaban a los valientes. Emocionaba encender hogueras y quemar multitudes, provocar huidas masivas. Los vietnamitas fugaban como ratas. Sobre el pasto dejaban muertos y heridos cuya sangre ensuciaba la condenada tierra. A Wilson le alegraba perseguir a los sobrevivientes desarmados. No se perdía tiempo en tomar prisioneros aunque levantasen trapos blancos hincados de rodillas.

El regreso de las operaciones punitivas sólo significaba fiesta para los bravos. Los flojos vomitaban, lloraban, se emborrachaban o volaban hacia el éxtasis religioso (porque sabían que iban a morir). Los más tranquilos se consideraban inmortales.

Mientras Wilson redactaba una carta iluminado por su linterna, el compañero más próximo daba vueltas en el lecho como si rodase a un lado y otro para evitar disparos. En realidad no lograba sacarse de la cabeza las escenas del día y acabó hurgando en su bolso hasta encontrar el frasco de somníferos, que vació en su boca. Masticó y tragó, ahogándose.

—"Se va a morir...", presintió Wilson.

Apagó la linterna y se durmió. Lo despertaron antes del amanecer los camilleros que retiraban el cadáver. La guerra enseñaba de todo; también la clarividencia.

La violencia no sólo es propia de la condición humana, sino que fue exaltada como imprescindible recurso para superar etapas obsoletas. Discutimos con Mónica si Karl Marx y Friedrich Nietzsche estuvieron acertados al aceptar esa función de la violencia. Era difícil refutarlos.

Ella dice que con la violencia pasa algo parecido al dolor, el hambre o la culpa: debe remitirse a las dosis. En la vida, nada de violencia es muerte, y mucha violencia también. Lo mismo se aplica al hambre, la culpa o el dolor.

Pero, ¿quién determina las dosis? ¿Cuándo y qué tipo de violencia se tolera en cada oportunidad? Además de la violencia destructiva existen las inocentes o sublimadas: el deporte, el chiste, la competencia. Su presencia dinamiza, desde luego; pero sus matices, objetivos y resultados son contradictorios e infinitos según intereses, circunstancias y protagonistas.

La violencia fue exaltada como "partera" del progreso. Pero ahora nos entran dudas sobre la misma naturaleza del progreso. Algunos hasta afirman que es dañino. Me resisto a semejante condena. Por el contrario, se me ocurre que ahora el progreso se ha polifurcado. En vez de tenderse como un previsible cable que empieza abajo y termina arriba, que lleva —teológicamente— del alfa al omega, se ha disparado en varias direcciones, algunas de las cuales mantienen pareja intensidad y otras ni siquiera mantienen paralelismo ni relación dialéctica. Por ejemplo, progresan la abundancia y la escasez, la belleza y la fealdad, los derechos y su violación, la solidaridad y la falta de solidaridad, el respeto y el odio, el bienestar y la exclusión. Hay crecimiento y retroceso, fantástica producción de bienes y tremendo despilfarro de lo que se produce. Progresamos hacia el bien y progresamos hacia el mal.

La violencia de matar gente no cesa. Es difícil considerarla una bendición. Pero muchos iluminados la justifican como un instrumento divino, el medio ineludible de la paz, el orden y "la gloria del Señor". Las armas siguen siendo bendecidas por las autoridades religiosas, y las carnicerías, festejadas por el pueblo exaltado de patrioterismo u otras alienaciones. Ingresamos en el nuevo milenio sin que la guerra haya sido erradicada de los usos humanos. Todavía no se entiende que, por sobre todas las cosas, es criminal y estúpida. Vista en perspectiva, no puede disimular su carácter siniestro.

Ahora es aún más grave. Hubo un avance horrible en esta materia. Matar ya no sólo significa defensa o afán de trascendencia, sino entretenimiento. Esta novedad hace descorchar botellas a quienes fabrican armas, reconstruyen zonas devastadas por bombardeos, someten regiones enteras o producen cortinas de humo para ocultar mugres políticas. El homicidio como diversión no sólo incentiva las ganas de matar, sino la indiferencia con que se mata. ¡Vaya progreso! Ahora se puede liquidar al semejante sin percibir su dolor, sin tener cerca el cuerpo convulsionado del inminente cadáver. Quitar la vida equivale a un videogame, a un homicidio virtual. Algo tan inocente y beneficioso como arrojar pesticidas desde un avión sobre seres que no valen más que los insectos.

Durante la Segunda Guerra Mundial se calculaba que un 80 por ciento de los soldados se resistían a disparar. Esta cifra era insuficiente para los fines ofensivos. En esa época Stalin había asegurado que quien no estaba decidido a incursionar hasta los extremos ya pisaba la derrota. Entonces comenzaron entrenamientos más eficaces y sofisticados. Mediante juegos, películas y videos se enseñó a deshumanizar al enemigo. Ahí residía la clave: suponer que no se trataba de seres como uno, sino de objetivos que debían barrerse con júbilo.

Apenas veinte años después, cuando se desencadenó la guerra de Vietnam, el número de soldados que mostraban algún tipo de resistencia descendió al 20 por ciento. Se había conseguido una profunda insensibilización. ¡Más progreso! El objetivo de trivializar la vida se estaba cumpliendo. Este avance homicida fue acompañado por otro, de signo contrario: las demandas de las organizaciones que defienden los derechos humanos y claman por la paz. Para unos, el enemigo es menos respetable que las cucarachas. Para otros, son hermanos cuyos derechos no se pueden profanar.

Las consecuencias de esta situación, empero, no quedan circunscriptas al ámbito castrense. Las películas y los videogames conquistan multitudes. La violencia no se sublima, sino que retrocede a etapas primitivas, de una crueldad que ni tienen los lobos. El progreso de la destrucción, por lo menos en apariencia, gana por varias cabezas al de la solidaridad.

Se lamentaba de no haber participado aún en batallas decisivas. Hasta entonces había luchado en acciones menores en las cuales las bajas se contaban por decenas; él quería que fuese por millares. A los comunistas amarillos había que exterminarlos de una santa vez.

En una ocasión las ametralladoras vietnamitas superaban a las del batallón de Wilson. Disparaban desde los árboles, los pozos, la izquierda y la derecha. Wilson sobrevivió gracias al abrigo que le proporcionaron cuatro cadáveres caídos sobre su espalda. Manaban sangre caliente cuyos hilos le corrían por la oreja, el cuello, y descendían hacia sus costillas. Permaneció inmóvil durante horas. El peso de los muertos le había adormecido las piernas y un brazo. Pensó que quizá también estaba muerto. Pero contradecía esa sospecha la percepción del ritmo vital que seguía imperando en la jungla. Desde las profundidades emergían millones de insectos cuyas mandíbulas voraces pronto se hincarían en su piel y devorarían sus músculos. Horas después despertó en el hospital y luego le dieron franco por unos días: tenía el cuerpo despellejado, con hematomas; sus dedos estaban agarrotados de tanto apretar al arma; en sus bronquios seguían adheridos el fósforo, la pólvora, el napalm, la sangre seca, el vómito y la mierda humana.

El descanso incluye juerga: alcohol, naipes, mujeres. Escuchó historias tan truculentas como las suyas propias. Un colega narró cómo violó a una joven vietnamita delante de la familia paralizada; el único que protestó fue su hijito de tres años. Entonces lo baleó y pudo gozar plenamente de la madre.

Después lo integraron a las tropas encargadas de formar y supervisar las Aldeas Estratégicas Defendibles. Wilson quedó impresionado por la iniciativa, que era lúcida y fecunda. Pretendía frenar el apoyo que el pueblo ignorante brindaba al Vietcong. Había que ofrecer seguridad y desarrollo a esa multitud hambrienta, cosa que no podían hacer los comunistas. Era el anzuelo que, poco a poco, llevaría a que millones de habitantes diesen la espalda a sus antiguos jefes. Presentaban la acción como estrictamente cívica, aunque había sido concebida, organizada y llevada a cabo por militares estadounidenses. Wilson se entusiasmó, porque era maravilloso combinar terror y consuelo, represión brutal y obras comunitarias. Las balas no perdonarían la menor sospecha de traición, pero sobraría dinero para extender la electricidad, abrir caminos, purificar el agua, abonar los sembrados, realizar amplias cosechas, levantar hospitales y construir escuelas. El Vietcong se las vería en figurillas para reconquistar la simpatía de esa gente. Por lo tanto, había que puntear el país con cien, doscientas, mil, diez mil de esas aldeas, y los comunistas tendrían que huir al norte, hacia las profundidades de China.

En una hoja celeste anotó que había perfeccionado su capacidad para reconocer la cercanía del enemigo. Cuando estaba de operaciones no necesitaba dormir. Una noche su compañía debió descansar junto a un pantano. Las tiendas tenían piso de plástico, su bolsa de dormir era impermeable, pero su cuerpo estaba ensopado por la humedad ambiente. Su olfato no dejaba de permanecer alerta: los comunistas tenían un olor inconfundible. Mientras esperaba, arañas y culebras venenosas aliadas de los enemigos merodeaban a su alrededor. De vez en cuando se oía el grito de alguien picado en un tobillo. A Wilson no se le acercaban las serpientes, sino los mosquitos.

El estallido brutal se produjo en medio de la noche. A los comunistas les encantaba sorprender. Silbaron las balas y explotaron bombas en torno del campamento. De súbito se instalaron las luces del infierno. La ondulación de las llamas se opacó por efecto del humo. Wilson corrió hacia el sitio de donde provenía el ataque. Los mosquitos habían tratado de impedir que olfatease a los comunistas, pero los olfateó igual; siempre olía a esos monstruos antes de que se descolgaran. Corrió hacia los disparos como si se hubiera vuelto completamente loco. Sabía que la única forma de sobrevivir era correr, pero no hacia la fuente de las balas. Había dejado de pensar. En esos momentos no había que pensar. Saltó cadáveres y tiendas ardientes y se arrojó al centro de los malditos como si se zambullera en un río lleno de caimanes. Arrojó una granada a la derecha y enseguida otra a la izquierda. El efecto resultó desconcertante y portentoso. La lucha cesó por arte de magia. Impresionante.

A los pocos minutos el aire se llenó con el sonido atronador de los helicópteros estadounidenses. Desde sus vientres los reflectores iluminaban con la luz de día. Bajaron en un claro de la jungla, sobre el borde del pantano. Las llamas, que ardían por doquier, permitían identificar cuerpos. Empezó la macabra recolección de heridos y de cadáveres. Los primeros irían al hospital de Saigón; los segundos, a la patria. Ésta era la tarea que más le disgustaba; era como oler la propia bosta luego de un banquete. No había derecho.

Por supuesto que nada debía hacerse con el cuerpo de un enemigo comunista: si estaba muerto, que se lo comiesen las alimañas; si herido, también. Los cadáveres norteamericanos, en cambio, eran puestos en bolsas de plástico y etiquetados para su largo viaje y para recibir el digno sepelio de héroes en la lejana tierra que los vio nacer. Pero no siempre los cadáveres estaban enteros, no siempre se podía escribir el nombre, porque en la bolsa se incluían la mano o el pie de otro que había sido reventado a cien metros de distancia. Por lo general tampoco alcanzaban las bolsas y había que levantar los muertos de alguna forma, arrojarlos sobre el piso del helicóptero y, cuando el piso se llenaba, poner otra fila encima y otra más, como reses, hasta que el piloto, tapándose la nariz, dijera basta.

Un compañero le enseñó a calmar la ira durante esa tarea contando cadáveres enemigos, porque entonces el mundo se tornaba un simple juego. Cuando se cerraba la puerta de un helicóptero podían tomarse un respiro, que nunca llegaba a ser agradable: giraba la hélice y, con ella, la peor de las pestilencias. La primera vez fue tomado desprevenido, no sabía que además del ruido y la luz deslumbrante y el viento feroz, se levantaba un tifón de basura: ramas quebradas, hojas podridas, polvo y barro, dentro de los cuales volaban la sangre y las entrañas. Un pedazo de intestino le azotó la boca. Supo que era una víscera de un comunista porque le dejó un gusto a mierda que no se pudo sacar en días ni con gárgaras de kerosén.

Tras la partida de los helicópteros la compañía reagrupaba sus disminuidas fuerzas y se disponía a tomar posesión del terreno abandonado por el enemigo. Esa noche ocurrió algo distinto. Peor.

Wilson anotó en su diario que la reciente batalla había sido un anzuelo, porque, en cuanto su compañía se dispuso a ocupar el terreno, decenas de soldados norteamericanos cayeron en pozos profundos, apenas disimulados con cañas de bambú cubiertas con pasto seco; se ensartaron en estacas de puntas afiladas. Desde adelante y atrás explotó una lluvia de metralla que partía los cuerpos en dos o hacía volar a cien metros un brazo o una pierna. Wilson se arrastró como un insecto en busca del resquicio que debía tener ese círculo infernal. Por encima de su cuerpo pasó un compañero convertido en antorcha y otro compañero cayó sobre su espalda profiriendo aullidos. Wilson lo apartó con violencia y vio que del abdomen abierto le brotaban las tripas como una inmensa flor tropical.

Wilson fue herido en ambas piernas y enviado al hospital de Saigón. Allí lo operaron. Su recuperación sufrió complicaciones: se le formaron abscesos que amenazaban expandirse. Estaba al borde de la septicemia. Lo inundaron de antibióticos y al cabo de tres semanas bajó definitivamente la fiebre. Luego comenzó un duro trabajo de rehabilitación. Dos meses más tarde lo mandaban de regreso en un avión militar. Los jefes decidían y los buenos soldados debían obedecer. Si se tragaban las preguntas, mejor.

Pero no iba a la Academia de Aviación de Colorado. Una evaluación psiquiátrica y castrense ordenaba alojarlo por un tiempo en la Escuela de las Américas, en Panamá. Allí se reuniría con su esposa. Era septiembre de 1968: acababa de cumplir veintiocho años, con la sensación de haber vivido cien.

DIARIO DE DOROTHY

Las cartas de Wilson me llegan con regularidad pero repiten mentiras. Sus elogios a la guerra y el exitoso resultado de sus incursiones, así como sus comentarios sobre la calidad de sus superiores y las excentricidades de Oriente procuran calmar mi angustia, lo sé. Pretenden que sea menos dolorosa la espera. También los diarios escamotean o retuercen la información. No obstante, algunos horrores comienzan a filtrarse. El enemigo no es débil ni estúpido. Las oleadas de bombas no consiguen quebrarlo. Y nuestra gente sufre bajas interminables. Las estadísticas empiezan a convertirse en papas calientes.

Cada vez que me entero de los solemnes funerales que se hace a los "héroes repatriados", o cada vez que los noticiarios describen el regreso de soldados sin brazos o sin piernas, siento ahogos que reproducen en mis bronquios la enfermedad del abuelo Eric.

A las esposas de quienes luchan en el frente se nos invita a mantener alta la moral de nuestros cónyuges. ¡Qué ironía! Participamos en encuentros de familias, acciones de caridad y gestos patrióticos que se difunden por radio y televisión. Debemos contar hechos agradables y divertidos en nuestras respuestas, así como felicitarlos por el grandioso esfuerzo que realizan en beneficio del mundo libre. En otras palabras, mentir también.

Hace tres semanas que no recibo cartas de Wilson, y mis reclamos acaban de obtener una respuesta. Pero no de él. Su comando me informa que debieron internarlo en un hospital de Saigón; que tiene el cuerpo entero y yo debo seguir tranquila y confiada. Imagino —porque se niegan a expedirse— que se trata de una enfermedad tropical, de esas que se incuban en las regiones tórridas. No sé por qué supongo que eso es mejor que las balas, si también pueden acabar en la muerte.

Otra carta del comando. Por fin dice que Wilson está mejor y que se decidió su regreso de Vietnam. ¡Gracias a Dios!

Pero no sé si sentir alivio o espanto. Creo que me ocultan algo horrible porque no es un regreso, exactamente. No lo traen a los Es-

tados Unidos, sino a Panamá. Incomprensible. Para colmo, no permiten que vaya a su encuentro enseguida. ¿Por qué? Insisten en que no ha perdido miembros, como ocurre con muchos repatriados, pero, ¿y si tiene alterada la audición, o la vista, o el sentido común?

Pienso en mi marido noche y día. Ya debe de estar en Panamá. Me han prometido que pronto lo abrazaré. Sí, pronto lo abrazaré. Pero, mientras tanto, ¡cuánta angustia!

Recuerdo que cuando lo vi por primera vez en una calle de Denver, allá por 1965, más me gustó su colega, el tejano James Strand, amigo de Mathilda. Pero Wilson puso sus ojos sobre mí y decidió conquistarme al mejor estilo latino. Me acosó con halagos e invitaciones. Logró que saliésemos con más frecuencia de la que toleraba el ritmo de mis estudios y, para eludir mis excusas, arrastraba con nosotros a James y Mathilda. Pronto, sin embargo, James y Mathilda quedaron al margen. Contra mis vacilaciones, resultó ser más entretenido de lo sospechado. Las horas pasaban rápidas y debíamos poner fin a nuestras salidas en forma abrupta cuando tomábamos conciencia de lo tarde que se había hecho.

Wilson tenía una firme personalidad. Cuando algo se le ponía entre ceja y ceja no había muro que lo detuviese. Una vez dijo al pasar, como asunto obvio, que se sentía omnipotente. Pero yo me asusté. Omnipotente era mi hermano. Entonces tuve una suerte de fugaz alucinación, como si a mi lado estuviera Bill disfrazado de Wilson.

Mathilda me envidiaba. Decía que Wilson era el hombre más embriagador que jamás había conocido, que no fuera tonta y me dejara conquistar. Quizás en Evelyn hubiera causado la misma buena impresión que en Mathilda, porque seguía locamente enamorada de Bill pese a permitirse superficiales escarceos con otros jóvenes. Si yo había detectado analogías de carácter entre Wilson y Bill, mejor los hubiese visto y apreciado Evelyn. Ahora me pregunto: ¿es tan extraño que nosotras, amigas y compinches desde la más tierna infancia, termináramos unidas a dos hombres de similar temperamento?

Sin embargo, hay un mundo de diferencia entre la forma en que Evelyn se adhirió a Bill y la manera en que yo acepté a Wilson. Ella empezó a amarlo desde chica; yo lo conocí de grande. Ella convertía en virtudes sus defectos; yo los percibía claramente. Ella se impuso hacer todo lo necesario para ganar su corazón; en mi caso, la tarea estuvo a cargo de Wilson. Cuando al fin se materializaron nuestras uniones, el amor de Evelyn tenía más de una década, y el mío, menos de un año. Ella no tenía dudas sobre su amado, y yo sí. Evelyn es la pareja de Bill, no su esposa; yo soy la esposa de Wilson y a veces temo que no soy su verdadera pareja. Ella se siente una "pastora", y yo nada quiero saber de los militares.

Nos casamos porque Wilson me convenció.

Nos casamos sin que yo pudiera sospechar siquiera que poco después aceptaría marcharse a Vietnam.

Todo parecía deslizarse como sobre una alfombra roja. Había exigido algo correcto: viajar a Pueblo para conocer a mis padres y transmitirles la dichosa novedad. Contra algunos de mis temores, causó una impresión excelente, también entre los amigos y vecinos. Llovieron las felicitaciones. Wilson fue alojado en el cuarto que había pertenecido a mi abuelo Eric, luego transformado en habitación para huéspedes (¡nadie quería otro cuarto-museo!). Seguía sombreado por el añoso nogal y recibía el perfume de las glicinas que se extendían por el patio. Disfrutamos paseos, reuniones, presentaciones y discusión de proyectos sobre nuestro futuro. Entre todos fijamos la fecha de la boda y encargamos la impresión de las invitaciones. Escribí una larga y prevenida carta a Bill, en la que destacaba los méritos de mi novio. Le rogaba que asistiese a nuestro casamiento y nos diera su bendición.

A Evelyn se le convulsionaron las neuronas. En esa época parecía completamente resignada a la indiferencia de mi hermano y había reanudado la costumbre de vestirse de negro o de gris, como si estuviese de luto. Me abrazó y sollozó sobre mi hombro durante una eternidad. Claro que estaba contenta por mi suerte y seguía siendo mi amiga del alma, pero le resultaba inconcebible que pasara el tiempo y sus sueños no dieran señales de cristalización.

Le recordé un viejo aforismo: "La noche es más oscura poco antes del amanecer". En ese momento no sólo reina una densa opacidad, sino la mayor desesperanza. Me miró asombrada, sus pupilas chispearon un instante y luego volvieron a apagarse. Temí que acabara enferma. Lo que menos iba a imaginarme era que, en efecto, su vida estaba a punto de amanecer. Al término de mi boda tuvo la osadía de proponerle a Bill algo que nadie había intentado hasta entonces, por miedo o estupidez: visitarlo en su misteriosa Elephant City. Contra lo que ella misma esperaba, Bill accedió.

Mientras yo partía con Wilson a nuestro viaje de bodas en las playas de Acapulco, Evelyn no demoró en trepar a un ómnibus con una valija y un bolso de mano rumbo a Nuevo México. De nada valieron las objeciones de su madre.

Nuestra luna de miel fue maravillosa. Acapulco es una de las playas más románticas del mundo. Gozamos el día, la noche y cada crepúsculo. Pero sólo dos meses después de nuestro regreso a Colorado —tan sólo dos meses— un rayo pudo convertir en cenizas nuestro amor. Wilson fue convocado para ir a Vietnam. Parecía el más injusto de los castigos. Una brutalidad del Cielo. ¿Cómo aceptar el desgarro de una pareja que recién empezaba su vida común? No rogué clemencia a Dios, sino que exigí su justicia elemental. Le grité que demostrase su famosa bondad, su incomparable sabiduría.

No hubo tal cosa. Wilson, pese a repetir cuánto me amaba, no quería dejar de cumplir con su misión. Debía combatir el comunismo hasta aniquilarlo. Era su lucha, su vida, su misión. Otra vez aluciné a Bill disfrazado de Wilson: eran idénticos de obstinados. No lo conmovieron mis lágrimas, que descalificaba con dulzura como "irracionales ternezas de hembra".

Prometió volver cargado de medallas.

¿Por qué me torturo recordando esos momentos?

Ya está en Panamá, a salvo de balas y de comunistas. ¿Será feliz con sus medallas? ¿Será el mismo que se me declaró con tanta pasión en Las Siete Caídas?

¿Y Evelyn? ¿Será feliz con Bill? No escribe, se ha contagiado de la parquedad que invade a los que se instalan en el Oeste.

Próximo al canal de Panamá se destacaban las instalaciones de la Escuela de las Américas, donde confluían oficiales provenientes de las antípodas del globo: por un lado los norteamericanos que habían servido en Vietnam, y por el otro los becarios latinoamericanos que luchaban en varios países al sur del río Bravo. Todos ellos estaban involucrados en la guerra contra el comunismo internacional y subversivo. Los que llegaban de Vietnam cargaban algunos trastornos mentales, pero se hallaban en condiciones de transmitir un saber invalorable. Sus experiencias en el sudeste asiático debían ser procesadas e inoculadas en los inmaduros militares de América latina, que, en muchos casos, ni siquiera tenían buenas escuelas militares en sus respectivos países e ignoraban las modernas tácticas que exigía un enemigo cada vez más hostil y ubicuo.

La Escuela de las Américas fue fundada en 1946 para hacer frente a la guerra fría. Estaba financiada por el Pentágono y fondos federales. Contaba con sólidos fuertes y la base aérea Howard, desde donde partían vuelos de reconocimiento hacia el Cono Sur.

Antes de que a Dorothy le entregaran su pasaje para volar a Panamá, Wilson fue sometido a un tratamiento de rehabilitación física y mental que limpiase sus venas de los miasmas contraídos en los campos de la muerte. Sus vínculos conyugales no debían contaminarse con pesadillas. Su probado valor y su astucia debían servir a la multiplicación de iniciativas que desbaratasen el avance de la guerrilla y sus apoyos logísticos desde América Central hasta la Argentina. Mientras esperaba a su esposa le ofrecieron trabajar un poco, descansar bastante y divertirse a gusto.

—¡Tanta mentirosa cortesía! —maldijo en voz baja.

Durante la primera semana le hicieron conocer las instalaciones de Fort Gulik. Eran varios edificios y él había sido asignado al segundo. Alternaban las aulas para las clases teóricas con los vastos campos de entrenamiento. Los militares estadounidenses disponían de toda la tierra que necesitaran: controlaban el canal, el país, y ofrecían ayuda al resto del continente. Enseñaban especialidades importantes: artillería, mecánica, inteligencia, operaciones, contrainsurgencia y —en secreto— las artes de la tortura y la represión. Los oficiales latinoamericanos llegaban en grupos y se los distribuía según criterios prácticos. En poco tiempo debían estar listos para regresar a sus respectivos lugares de origen y orientar la acción de las Fuerzas Armadas.

Dormían en grandes y confortables barracas que cobijaban de cien a ciento veinte personas cada una. Pero estaban separados por divisiones que permitían mantener cierta intimidad: en cada cubículo se alojaban dos oficiales o sólo uno. El calor de Panamá agobiaba. Las camas tenían un par de sábanas para una mínima protección. Se pretendía alejar a los jejenes mediante ventiladores, matamoscas, espirales o tules, instrumentos que siempre resultaban infructuosos ante su perseverancia de picar a toda hora. El invierno no traía alivio, sino lluvia. Y más jejenes.

Wilson se dirigió al depósito, donde le entregaron pantalones y camisas color caqui, un birrete y zapatos negros. También le proveyeron el uniforme de combate.

Lo despertaban a las siete. Media hora más tarde servían el desayuno colectivo. No había diferencia con los desayunos de La Habana, la Academia de Aviación o los cuarteles de Vietnam, salvo en que era más sabroso el café y acompañaban el pan y manteca con plátanos fritos y arroz con frijoles. Luego la gente se dirigía a las aulas para asistir a clase. Hacían una hora de pausa al mediodía y continuaban los estudios hasta las cinco.

A Wilson le planificaron una sesión diaria con el psiquiatra y ejercicios de relajamiento, como natación y tenis. Las imágenes de horror comenzaban a espaciarse y, en su lugar, crecían los recuerdos sobre las Aldeas Estratégicas Defendibles levantadas en Vietnam. De ellas habló en las sesiones de terapia y también con sus superiores. Reconoció que le interesaba la contrainsurgencia por sobre las demás especialidades; incluso había perdido el gusto de volar. A su juicio, era indiscutible que las Aldeas Estratégicas Defendibles constituían el remedio más eficiente contra la subversión marxista-leninista. Equivalía a un potente insecticida. Los norteamericanos debían enseñar y convencer a los oficiales argentinos, bolivianos, chilenos, paraguayos, brasileños y nicaragüenses de que aprendieran y aplicaran ese método. Si en Vietnam había sido exitoso, en América latina llevaría a la gloria.

La ciudad más cercana era Colón, sobre el Atlántico. Hacia allí se dirigía Wilson los fines de semana. Las playas estaban protegidas con profundas redes metálicas que impedían el ingreso de los tiburones, permanentemente atraídos por los residuos que arrojaban los barcos cuando abandonaban las esclusas del canal. Junto a un acantilado volvió a practicar buceo, deporte que había empezado en el mar de China. Después bebía en una taberna y, junto con oficiales amigos, terminaba revolcándose en divertidos lupanares.

Cuando arribó Dorothy ya habían asignado a Wilson una casa modesta y digna, provista de las comodidades a las que su mujer debía de estar acostumbrada. No bien ella depositó su equipaje, Wilson le contó que sus superiores le habían asignado tres días de franco para que disfrutasen juntos de una merecida segunda —aunque breve— luna de miel. "Estos gringos comemierda tienen gestos humanitarios... cuando quieren", agregó. Mientras le contaba estas noticias fueron al dormitorio dándose besos y no pudieron levantarse de la cama hasta el siguiente mediodía. Anhelaban recuperar el tiempo de la separación disolviéndose en forma recíproca, acariciándose la nuca, la espalda, las piernas y revolviéndose los cabellos. Finalmente decidieron partir hacia el mar.

Caminaron horas por la playa y bebieron jugos de coco, de piña, de guayaba y de melón en los paradores mientras se contemplaban con alegría y asombro. También con curiosidad: cada uno había incorporado elementos intransferibles que tal vez se habían hundido en el fondo del alma: escenas de las batallas o experiencias de soledad. Repetían que se habían extrañado con locura y que se amaban con más locura aún. Pero en la mente de Wilson aleteaba la sospecha de que algún aventurero la hubiese tocado, y en la mente de Dorothy revoloteaba la certeza de que en esos dos años su marido había frecuentado prostitutas de exóticas artes. Pero evitaron rozar los temas que prenderían como ramas secas. Les esperaba una larga y tranquila temporada en Panamá. Era tiempo de pasarla lo mejor posible. Juntos. Y volvieron a besarse.

Entre los ejercicios prácticos que debía enseñar Wilson figuraban los simulacros de lucha en terrenos adversos. El modelo de Sierra Maestra y luego Vietnam fue copiado a pies juntillas por los subversivos del continente. Había que enfrentarlos en su propio medio, que casi siempre eran la montaña y la selva. Wilson tenía mucho para trasmitir a los oficiales de los países hermanos. Antes de que despuntara el día recorría con los dedos la cabellera de Dorothy y le recomendaba que no se levantase aún. Luego bebía una taza de café, comprobaba el estado de su equipo y marchaba hacia el punto de encuentro con los otros tres integrantes de la unidad. En pocos minutos el sendero se tornaba angosto y penetraban en la espesura. Un buen entrenamiento requería enfrentar peligros. Y era lo que menos faltaba. Los oficiales que lo acompañaban confiaban a medias en Wilson y abrían los ojos como si estuviesen a punto de ser devorados.

Delante marchaba quien abría el paso con un machete. Lo seguía el encargado de la brújula. Después, Wilson. El último medía las distancias en base al largo de sus pasos y haciendo nudos en un hilo. Tenían que llegar hasta un sitio donde habían fijado un número. Desde allí debían continuar en otra dirección hasta dar con el número siguiente. En apariencia era como jugar a la búsqueda del tesoro. Pero la marcha exigía cruzar ríos, bordear precipicios, escalar montañas abruptas, evitar las picaduras de víboras y estar alerta ante un ataque enemigo por sorpresa.

Al final de la agotadora jornada regresaban al fuerte, donde los esperaba una evaluación sobre el tiempo insumido y la cantidad de números encontrados. Se establecía un orden de mérito para las diferentes patrullas.

Los oficiales que conseguían el mejor puntaje en forma reiterada obtenían como premio la tarea de realizar el mismo operativo, pero de noche. Una acción que requería el máximo de habilidad y coraje.

En una de esas prácticas Wilson casi perdió la vida.

Fue durísimo. Se extraviaron una hora después de iniciar la marcha. El contador del recorrido se desbarrancó y fue a parar a la hondura de una cañada. Voceó que se le había escapado el hilo donde hacía los nudos. Y eso fue lo último que dijo. Las linternas apuntaron en la dirección de su voz, sin importarles que despertaban a las fieras. Pero no hubo más voz del compañero, pese a la insistencia con que repetían su nombre. Supusieron que se había desmayado o que cayó en un pozo que ahogaba los sonidos. Los militares se acercaron al jefe para que les indicara cómo resolver tamaño problema. Wilson procuró transmitirles calma y pidió que cesaran de gritar, porque el ejercicio sería anulado.

—En una guerra de verdad estos alaridos harían caer sobre nosotros a cien comunistas juntos.

Debían proceder con lógica y eficacia, aunque ambas cualidades se hubieran evaporado.

Bajaron agarrados de las lianas y los nudos vegetales. La oscuridad era agobiante, y la luz de las linternas chocaba contra troncos y ramas siempre iguales, siempre hostiles. El encargado de abrir el camino sintió que un espectro le arrebataba el machete y se paralizó de susto. Clamó auxilio y Wilson debió abofetearlo para devolverle la cordura.

Siguieron bajando hasta que sus botines chapalearon el borde del arroyo. El compañero faltante no aparecía, aunque debía de estar cerca. Se sentían agitados, débiles. Caminaron por entre las resbalosas piedras de la orilla hasta que los orientó un quejido. El oficial yacía doblado en una posición inverosímil, inconsciente. Wilson lo cargó sobre su espalda y reiniciaron la marcha. Las linternas de los otros dos militares iluminaron los muros vegetales sin encontrar salidas. El herido manaba sangre por una oreja; era posible que hubiese sufrido fractura de cráneo. Wilson sentía su peso muerto y temía que expirase pronto si no conseguían regresar al fuerte. Su bota pisó una masa elástica y en el acto se dio cuenta del error fatal. La gigantesca víbora se irguió como un resorte y clavó los colmillos en la pierna colgante del herido. El machetazo reflejo y brutal del oficial que iluminaba la escena dividió el cuerpo del reptil e hizo volar una rebanada de pantorrila.

A Wilson le chorreaba el sudor. Acomodó mejor el pesado cuerpo sobre su espalda y ordenó seguir. Ahora el herido también manaba sangre por la pierna. No había tiempo para perder en vendarlo aunque el otro oficial optó por ajustarle un torniquete mientras avanzaban. El arroyo debía conducir hacia una zona más abierta. De la garganta de Wilson brotó absurdamente el canturreo que a veces lo acompañaba en Vietnam cuando sentía el abrazo de la muerte. La víbora había querido picarlo a él y ya sería hombre muerto, pero la ponzoña circulaba por las arterias del cuerpo que sostenía su espalda. Pisó con bronca, deseoso de aplastar otra enroscada víbora. Le pareció ver los ojos fosforescentes de animales listos para saltarle a la cara. Sería bueno que apareciera un pelotón de comunistas, así les arrojaba las granadas que colgaban de su cinto.

No pudieron descubrir la salida hasta que el alba devolvió formas al mundo. Agotados, rindieron cuenta de su escaso profesionalismo. El puntaje cayó al piso por un deceso tan lamentable que los operativos nocturnos se suspendieron por un mes, hasta que la jefatura diseñó mejores técnicas de seguridad. El cadáver, que pertenecía a un capitán chileno de apellido Tabares, fue despedido con los máximos honores por todos los integrantes de la Escuela.

Wilson quedó apesadumbrado. Quienes lo habían acompañado esa noche, no obstante, se encargaron de informar sobre su entereza. De no haber sido por la calma que les había transmitido, las consecuencias habrían sido peores. Pocas semanas después Wilson fue ascendido y le comunicaron que apreciarían que se quedara en la Escuela de las Américas por unos años más.

DIARIO DE DOROTHY

Se nos ocurrió invitar a Bill y Evelyn por una semana. Conocerían el célebre Fort Gulik, el canal de Panamá y las hermosas playas de dos océanos. Pero mi hermano, fiel a su excentricidad, en lugar de agradecernos respondió que por el momento no podía interrumpir sus actividades. Se había mudado a Little Spring, Texas, la ciudad natal de James Strand. Allí no fundó una nueva iglesia al estilo de las carpas azules que había erigido en Nuevo México y Arizona, sino toda una comunidad. La emplazó a unas veinte millas del centro. Por lo poco que describía en sus cartas, el conjunto se extendía en torno de un sólido rancho convertido en "fortaleza del espíritu". Lo acompañaba un reducido estado mayor compuesto por Evelyn, su chofer Aby y un tal Pinjás. Cada uno estaba a cargo de tareas diferentes que no describía ni con media palabra. Ya había reclutado familias enteras, incluidos niños. Llamaba a su grupo Héroes del Apocalipsis. En algunas cartas se dirigía sólo a Wilson y le recordaba que sus caminos se encontrarían en torno de la gran misión.

Nunca pude entenderlo del todo.

Ahora acaba de llegar un cable sorpresivo. Anuncia que mañana aterrizará en el aeropuerto de Panamá. Parece que viene solo. Esta forma de actuar me saca de quicio. Nunca piensa en los demás: ni por un instante se le cruzó por la mente preguntar si estábamos en condiciones de recibirlo. Es así. En mi familia decían que su encefalitis tuvo la culpa, pero a veces pienso que hubiese sido igual sin ella.

Llegó Bill. Y ya se fue.

Fuimos a esperarlo al aeropuerto. Pese al calor traía su famosa túnica de profeta colgada de los hombros. Me dio un abrazo frugal y le palmeó la espalda a Wilson. Pregunté por Evelyn y me contestó con tanto desgano que temí hubieran roto. Era evidente que no la consideraba esencial. Pobre Evelyn. Bill ni siquiera mostró buena disposición para contarme cómo lo estaban pasando en Little Spring, cuáles eran sus programas de rutina. En realidad no quería soltar prenda sobre su rancho ni sobre la comunidad que había formado, y menos sobre su intimidad. Se limitaba a decir que todo estaba bien y bajo control.

Lo noté más serio y tenso que antes. Pálido de tez, ojos y bigote. Medía cada palabra, contemplaba con fijeza de tigre los detalles y atendía nuestros comentarios y los de otros militares como si los grabara para un examen. Más que pasar unos días de vacaciones en nuestra compañía, parecía obsesionado por estudiar a Wilson y las actividades de Fort Gulik.

No demostró interés en pasar muchas horas conmigo. Habíamos permanecido distantes durante décadas y parecíamos extraños pese al vínculo de sangre. Hablamos sobre la precaria salud de nuestros padres y el deseo de Wilson —también mío, por supuesto— de tener hijos. "Yo, en cambio, no los quiero Los profetas no tenemos hijos biológicos porque somos los padres en espíritu de todos los descendientes de Adán e Israel", me dijo.

Cuando le pregunté qué opinaba Evelyn, me contestó: "Acepta los designios del Señor".

—Pero, ¿qué dice Evelyn?

—Acepta los designios del Señor.

"¿Se resigna a no...?", insistí. Su respueta fue: "Se resignan los que tienen poca fe. Ella acepta gozosa su destino".

Moví la cabeza. No podía creerle. Al fin le dije: "Lo siento por Evelyn. En cambio, nosotros sí queremos un niño. Pero tarda en llegar". Se limitó a contestar: "El Señor lo proveerá en el momento oportuno".

Le confesé que la demora nos estaba preocupando, en especial a Wilson. Mi hermano sólo dijo: "Sara tuvo a Isaac cuando anciana, y Ana, la madre de Samuel, debió esperar muchos años. El Señor escucha las súplicas. Hablaré de esto con tu marido".

Me pareció un gesto maravilloso. Por fin iba a interesarse en algo que nos concernía.

Wilson estaba realmente preocupado. Los estudios ginecológicos que me hice con dos especialistas diferentes coincidían en que yo no era estéril. Algo pasaba con él. Pero su machismo le impedía someterse a un examen. Insistía en que su potencia era perfecta y eyaculaba como un semental. Se deprimió al enterarse de mi buena salud, pero siguió resistiéndose a consultar con un médico. Prefirió esperar. Yo me esmeraba en tranquilizarlo y aceptaba esperar también.

Seguro que Bill le habló. Pero algo me decía que los entusiasmaba discutir otras cosas en lugar de concentrarse en el problema. Cosas que yo no debía oír, como si fuese una nena inmadura. En tres ocasiones cambiaron bruscamente de tema al verme junto a ellos. Ambos consideran que las mujeres somos necesarias pero no confiables, incluso las buenas esposas. Que no tenemos capacidad para los negocios complicados.

Bill dijo que deseaba conocer y escuchar a los oficiales de alta graduación que se entrenaban bajo la tutoría de Wilson, en especial colombianos, bolivianos, peruanos y argentinos. Con el aceptable español de Bill y el inglés variable de los huéspedes —más las traducciones que Wilson y yo aportábamos para las sutilezas—, las veladas en casa resultaron animadas e instructivas. El intercambio de información dibujó un mapa fascinante del continente, con clara identificación de problemas y desafíos. Bill no se refirió en ningún momento al tema religioso o racial, lo que habría generado fricciones. Supongo que no lo hizo porque le sobraba perspicacia. O estaba detrás de algo más importante que, por el momento, le exigía mantener violín en bolsa. No sé.

De todos modos advertí que se había generado una recíproca simpatía entre los cuñados. Tal vez por la esperanza que Bill logró inyectar en Wilson acerca de su capacidad de convertirse en padre, o tal vez porque coincidían en la inexplicable tarea que llamaban "misión".

Al término de esa semana prometió volver a visitarnos.

Hoy fuimos otra vez al aeropuerto para esperar a Bill. Es su tercera visita a Panamá, siempre sin Evelyn. Ya ni le pregunto por ella. Al vernos anunció que se quedará una semana, como las veces anteriores. No viene a descansar ni a estar conmigo. No comprendo su motivación real y tampoco Wilson puede —o quiere— explicarla.

Le interesa reunirse con oficiales latinoamericanos a pesar de que integran la raza inferior de los hispanos, según sus teorías. Una vez dijo: "Si Goering podía definir quién era judío, yo puedo definir quién es un hispano grato al Señor". Tiene particular interés por los colombianos, ecuatorianos, peruanos y bolivianos. También hace largas caminatas con Wilson, de las cuales mi marido apenas me comenta alguna trivialidad. Pareciera que el amor que debería sentir por su hermana lo ha transferido a su cuñado. Por cierto que me complace verlos tan amigos, pero hubiera querido sentirme menos excluida.

Respecto a su comunidad en Little Spring, nada nuevo. Se limita a decir que crece en forma lenta, como corresponde a un ambiente que privilegia la calidad y la pureza. Reina una disciplina conventual, con plegarias, trabajo y estudio. Evelyn lo acompaña con devoción y no escribe porque está inmersa en ese mundo más cercano al Cielo que a la Tierra.

Lo miré a los ojos y sentí frío.

Mientras escribo esto, sigue charlando con Wilson en el living. La verdad, no debería importarme (pero me inquieta).

En Panamá se entrenaba contra la democracia, porque había una tremenda confusión de valores. Los Estados Unidos invertían dinero y recursos humanos para sostener dictaduras

infames. Enseñaban a torturar y reprimir. En 1999 el presidente Bill Clinton, en América Central, pidió perdón por semejante delito, y James McGovern, representante por Massachusetts, acaba de afirmar que ha llegado el momento de cerrar la Escuela de las Américas porque es humillante para la imagen de su país. Ya no funciona más en Panamá, sino en Fort Benning, Georgia. No obstante, su mayor productividad y eficacia fue generada en Panamá. Y sus efectos aún se sienten en muchos países.

Es difícil comprender desde la actual perspectiva cómo fue posible que los Estados Unidos, desarrollados a partir de la luz ejemplar de sus padres fundadores, con firme adhesión a la ley y las instituciones republicanas, hayan pactado con la hez de América latina y contribuido de forma ostensible a su frustración política, social y económica.

Su destino manifiesto perturbó las mentes más esclarecidas y, hasta el día de hoy, no logran asumir que las amenazas que golpean a sus puertas desde América latina no se resolverán mediante la represión armada o económica.

La historia es larga y diferente a un lado y otro del río Bravo. Los Estados Unidos siguen mirando con desprecio a sus inevitables vecinos del sur. A menudo muestran mejor disposición hacia países distantes, como si los latinoamericanos fuesen unos irredimibles que terminarán destruyéndose solos. Pero no será así: los perdigones de sus conflictos cruzarán las herméticas fronteras y herirán a distancia en el cerebro y el corazón.

Ocurre que Estados Unidos es un país especializado en ganar, y América latina, un continente especializado en perder. Pierde desde los tiempos de Cristóbal Colón. El continente era una diosa con los pechos hinchados de líquidos preciosos. Los conquistadores se prendieron a esos pechos y les succionaron toneladas de oro y cordilleras de plata. Tanta plata que habrían podido tender un puente de ese metal que uniera las cuevas de Potosí con los palacios de España. La diosa y sus hijos, sin embargo, no fueron respetados ni retribuidos. Más riqueza les quitaban, más desaprensivamente los oprimían.

Después la diosa produjo otros bienes. Era de una fecundidad sobrenatural. En sus tierras abundaba lo que Europa y los

Estados Unidos necesitaban. La diosa y sus hijos podían sentirse afortunados. En sus tierras mágicas brotaba caucho, café, frutas, azúcar, hierro, salitre, cobre, estaño, algodón, carne, petróleo. Para extraer tanta riqueza y llevarla a otros puertos fue necesaria mano de obra. Se importaron esclavos sin límite y se segaron vidas sin compasión.

La enorme riqueza, sin embargo, no sirvió para ganar algo, sino para volver a perder. La riqueza engendraba pobreza, marginación y servidumbre. América latina, hiciera lo que hiciere, seguía barranca abajo.

Durante siglos la diosa fue succionada, y sus hijos, maltratados. Hasta que se produjeron las sublevaciones. Tardaron bastante, hay que reconocerlo. Haití era un hervidero de esclavos por la cantidad de brazos que exigía la explotación del azúcar, y en 1791 estalló la sangrienta revolución, la primera de muchas. Luego se produjo la emancipación del resto. Pero el espacio colonial no se mantuvo unido, sino que estalló en fragmentos más fáciles de dominar por los de afuera.

El continente siguió perdiendo tras la independencia. A los amos españoles se agregaron o sucedieron los ingleses, franceses, holandeses, estadounidenses y miopes caudillos locales. Su riqueza seguía constituyendo una maldición. Para apropiarse de ellas todo resultaba lícito. A mediados del siglo XIX el filibustero William Walker invadió Centroamérica al frente de una banda de asesinos y cumplió expediciones sucesivas en Nicaragua, El Salvador, Honduras y Costa Rica. Restableció la esclavitud y hasta se proclamó presidente. En los Estados Unidos fue celebrado como un héroe. Desde entonces las intervenciones se tornaron naturales. El presidente Theodor Roosevelt arrancó Panamá a Colombia por veinticinco millones de dólares e implantó la doctrina del garrote. Luego los *marines* irrumpieron sin permiso para proteger las vidas y los intereses estadounidenses (de algunas empresas, en verdad). Invadían y ocupaban países enteros por el tiempo que se les antojase; permanecieron en Haití durante veinte años (Haití es sólo un ejemplo). No enseñaron a respetar la Constitución y las leyes —como ocurría en su propio territorio—, no apoyaron la juridicidad ni la estabilidad. Sólo abusaban y rapiñaban. Dejaban un tendal de muertos, humillados y resentidos.

Sus acciones se repitieron sin pudor durante el siglo XX. La tenaz rebelión de César Augusto Sandino parecía haber conducido hacia la sensatez. Pero Sandino, invitado a las conversaciones de paz, fue asesinado por Somoza, quien, en lugar de ser castigado por el crimen, asumió las riendas de Nicaragua con la bendición del Norte y luego fue sucedido por su corrupta descendencia. Los Estados Unidos premiaron a esa familia en abundancia, como decidieron premiar a quienes se mostrasen obsecuentes con sus intereses de corto plazo. Lo mismo ocurrió en Guatemala al ser derrocado el noble Jacobo Arbenz por el coronel Castillo Armas, entrenado en Fort Leavenworth.

América latina seguía desfondándose por causa de su inagotable riqueza sin dueño.

Y crecía la frustración económica, social, política, nacional. Crecían los virus de enfermedades que tarde o temprano estallarían como granadas.

La experiencia de Cuba encendió una exaltada esperanza. Aparecía como un camino nuevo, limpio, bienintencionado, racional. Único modelo alternativo a la ancestral frustración. Pero la revolución enfermó también y dejó de ser la panacea de multitudes hambrientas y engañadas.

El presidente Kennedy, casi simultáneamente, lanzó su proyecto de la Alianza para el Progreso, que en algunos años declinó hasta morir sin pena ni gloria. ¡Qué lástima! Nueva frustración. En lugar de apoyar de manera decisiva las instituciones de la democracia y el desarrollo latinoamericano, en los Estados Unidos prevaleció la paranoia de la Guerra Fría. Cada intento progresista en el sur era visto como una traición a Occidente. Para la Casa Blanca los únicos líderes confiables terminaron siendo los dictadores, enemigos jurados de cualquier ideología que propiciara superar la marginación y la pobreza sobre las que se erguía su ilegítimo poder.

Se aceptaron y hasta estimularon los golpes de Estado, se derribaron gobiernos representativos y se persiguieron personalidades esclarecidas. Un manto sombrío cubrió a la ubérrima diosa, sus tierras y sus hijos. Los dictadores eran los heraldos que aniquilarían la subversión y restablecerían el orden y la paz. A ellos había que sostener.

El embajador argentino lo recibió en su oficina forrada de oscura boiserie. Lo invitó a sentarse en un ancho sillón mientras las manos enguantadas de un camarero depositaban sobre la mesa ratona los pocillos de café.

De inmediato se interesó por la vida de Wilson. No se trataba de preguntas urbanas, de esas que se estilan para hacer rodeos, sino encaminadas a completar una información. Sabía lo esencial de su carrera y que pocos meses atrás se había retirado a Pueblo, Colorado.

—¿Cómo le sienta la vida en un lugar como ése?

Wilson removió el azúcar, extrajo la cucharita y miró sus reflejos plateados; luego la depositó sobre el platito. Bebió un sorbo.

—Es casi como vivir en México. Me he suscripto a *The Pueblo Chieftain*, un diario bastante ágil. Algunas tardes paseo por las orillas arboladas de los dos ríos que cruzan la ciudad, el Arkansas y el Fountain. Voy al cine, juego al golf, tengo amigos. Una vez por semana me entretengo en la taberna de Gus, algo muy típico.

—¿Qué tiene de extraordinario?

—Si alguna vez anda por allí, le recomiendo saborear el *Dutch plate* con la doble bebida.

—Doble...

—Es una tradición inventada por los dueños, italianos. Curiosa la mezcla, ¿no? Dueños italianos, comida holandesa, clientes hispanos o irlandeses. Primero hay que tragar de golpe un vasito de whisky y luego beber la cerveza en grandes recipientes de vidrio. El *Dutch plate* es la única comida que sirven, pero resulta inolvidable: salame, queso, jamón, ajíes, tomate y cebolla con mostaza o mayonesa. Los viernes, en la mesa del fondo que todos conocen y nadie usa por respeto, se reúnen los políticos.

—Usted concurre los viernes.

—Adivinó. Pero le aseguro que no me mueve la vocación política.

—¿Qué, entonces?

—Divertirme. Mi mujer dice que necesito divertirme, y allí lo paso bien. No soy el único. Fíjese que muy cerca de la mesa de los políticos hay un toilet, pero fuera del toilet, casi pegado a la mesa, hay un pequeño lavatorio y un espejo desde el cual se puede mirar y escuchar hasta la respiración de los políticos. Es como un balcón en el Capitolio. A veces la polémica resulta chispeante.

—¿Usted me quiere decir que no cambiaría esa vida por nada del mundo?

—Tanto no he dicho.

El embajador se pasó la lengua por el borde inferior del bigote.

—No tengo derecho a meterme en su vida, desde luego, pero sabemos que usted ha venido cumpliendo una carrera brillante en la Escuela de las Américas. No se entiende por qué ha decidido retirarse.

—Razones personales.

—Es claro. —Sonrió. —O nada claro. Repito que no tengo derecho a meterme. La razón de este encuentro se refiere a otra cosa.

—Lo escucho.

—Es un ofrecimiento de mi gobierno.

—Veamos, entonces.

—Señor Wilson Castro, lo que voy a decirle proviene del más alto nivel.

—No esperaba otra cosa.

El diplomático se levantó, fue a su escritorio y recogió una carpeta. Sin abrirla volvió a su sitio y la mantuvo sobre las rodillas, por si necesitaba verificar algún dato.

—Mi país atraviesa una etapa difícil. El regreso del general Perón no trajo la armonía esperada. Se están rompiendo todas las costuras de la organización institucional. La subversión nos pone al borde del abismo y debemos aniquilarla. Los expertos suponen que la lucha será compleja y tal vez dure años. Existe la decisión de contraatacar enérgicamente.

—Me parece lógico.

—Usted, señor Castro, es recordado con admiración por los oficiales argentinos a los que entrenó en la Escuela de las Américas y ahora ocupan lugares de mando.

Wilson puso en actividad sus obsesiones y proyectos mientras mostraba una cara de póquer. El comunismo era la hidra de cien cabezas que no cesaba de masticar países enteros. Había tragado a Cuba, amenazaba con triunfar en Vietnam, ponía en riesgo toda África, contaba con poderosas organizaciones políticas en Europa, seducía al mundo árabe, había ganado las elecciones en Chile y ahora despedazaba un país grande y evolucionado como la Argentina.

El plan elaborado secretamente con Bill demostraba ser correcto. De haber seguido como instructor en Panamá, sólo habría obtenido más elogios, pero de un círculo limitado. Su misión —la misión de su vida— se marchitaría entre el calor húmedo y los obstinados jejenes. Debía interrumpir esa carrera que no llevaba a la gloria y dejar espacio a la sorpresa. Debía cortar las ligaduras para poder volar hacia su destino fulgurante. Arriesgarse a esperar el llamado. Lo mismo había hecho Bill al renunciar a sus carpas en Nuevo México para iniciar la aventura de una comunidad de héroes. Los grandes no yacen encadenados.

Wilson tuvo que imponerse al asombro de Dorothy, que no entendía estas cosas. "¿Dejar ahora Panamá? ¿Renunciar a tu carrera? Antes me hubiera encantado, pero ahora me deja muda." El fallecimiento de la madre determinó que el padre se fuese a vivir con un hermano y dejara vacante la amplia casa de Pueblo. "Nos instalaremos allí por un tiempo. Verás: no será mucho", la había convencido él.

Dorothy estaba acostumbrada a los caprichos de su marido. Cuando algo se le ponía entre ceja y ceja... También aprendió a no alarmarse por los bruscos golpes de timón que pegaba el destino. Se casó llena de ilusiones y apareció Vietnam; viajó a Fort Gulik llena de miedo y disfrutaron años hermosos. ¡Qué paradojas! Pasar una temporada donde gozó su infancia y su juventud sonaba atractivo, aunque cargado de incertidumbre. Sabía que ése no iba a ser el puerto final del ambicioso Wilson. Además, era posible que el descanso lo ayudase a superar su maldita incapacidad de generar espermatozoides.

El embajador adelantó el torso para transmitir la confidencia.

—Mi gobierno lo invita a entrenarnos y asesorarnos para la cruzada que llevamos adelante contra los delincuentes subversivos, en las condiciones que usted mismo fije.

—Ajá. ¿Y en qué campo quieren que trabaje?

El embajador abrió la carpeta, leyó unos renglones y volvió a cerrarla.

—El que enseñaba... El mismo que enseñaba en Panamá. Abarca varios rubros. No podemos perder un minuto ni ser gentiles con el enemigo.

—Comprendo.

—Eso sí: piden que vaya a Buenos Aires cuanto antes.

—Deberé meditar. Me cansé de la guerra; por eso fui a Pueblo.

—En base a lo que sabemos de usted, me permitiría decir otra cosa.

Wilson contrajo la frente.

—Entendemos que Pueblo es para usted una breve vacación —continuó el embajador—. Su energía, su talento y su juventud no están para jubilarse ni para convertirlo en un oscuro vendedor de inmuebles.

Vació el pocillo de café mientras pensaba que ese ofrecimiento tenía los sonidos de un llamado. Era la ocasión profetizada por Bill. En Buenos Aires podría hacer mucho más de lo que había hecho en Cuba, Vietnam y Panamá. Le estaban entregando en bandeja un rango cuyas perspectivas superaban los mejores sueños de un jefe en Fort Gulik, por ejemplo. Y quizás el cambio de clima, de gente y de actividad le devolviera la capacidad de generar espermatozoides. Su hombría recuperaría lo que le faltaba. En su horizonte emergía algo potente. Desde que le había llegado la carta del embajador se le empezaron a borrar las ideas suicidas, cosa que tranquilizaría en primer lugar a Dorothy. En la Argentina le nacería un hijo.

El embajador lo miraba sin parpadear, ansioso de leer los pensamientos que le recorrían el cerebro. Cruzó las piernas y abrió la caja de habanos que tenía a su derecha. Antes de que extrajese uno, Wilson descerrajó la pregunta.

—¿Cuánto me pagarán?

El diplomático levantó la caja y la ofreció a su invitado, quien la declinó con un movimiento de cabeza.

—¿Le molesta que fume?

—No.

Mientras cortaba la punta, respondió calmo:

—Desea saber cuánto le pagarán... Pues es muy sencillo: lo que usted pida.

—¿Cómo?

Se puso el cigarro entre los dientes y lo encendió con cuidado mientras aspiraba enérgico.

—No hay cifras, amigo. Es como decir: no hay tope. El ministro José López Rega y su equipo de confianza controlan muchos recursos, y en materia de combatir la subversión no se dejan frenar por mezquindades. Recibirá lo que desee. Está tratando con hermanos y sé que no pedirá locuras. Proponga, no más.

—Deberé renunciar a mis negocios.

—Si se refiere a los inmuebles que vende en Pueblo, ya no le parecerán ganancias, sino propinas. La comparación es absurda.

—Contestaré en una semana.

—Una semana es mucho. Por favor, compréndanos. En la Argentina lo esperan con los brazos abiertos.

En Buenos Aires, Wilson y Dorothy cambiaron de domicilio tres veces. Primero se alojaron en un departamento amplio pero poco luminoso del Barrio Norte, prestado por el ministerio de Bienestar Social, que había pertenecido a un empresario vinculado con organizaciones de izquierda, ahora prófugo. En dos meses pasaron a otro, lleno de luz, en las Barrancas de Belgrano, que compró a mitad de precio gracias a la intervención de una inmobiliaria que le recomendó un general. Era su primera inversión en el país. Más adelante adquirió una suntuosa residencia con parque en la localidad de San Isidro, también a costo irrisorio, y alquiló el departamento de Belgrano por varios miles de dólares mensuales. En poco tiempo era notorio que su cuenta bancaria no engrosaba por día, sino por hora.

Escribió a Bill contándole que la Argentina era un país de milagros. Fue a la mejor joyería del centro y compró un pesado collar de oro y platino para Dorothy; se lo regaló mientras cenaban en un restaurante de la Recoleta. Él brindó por el impulso que el destino había dado a su misión, y ella —mirándolo con dulzura a los ojos— brindó para que pronto quedase embarazada. Bebieron el burbujeante champán, pero el rostro de Wilson se nubló por un instante y Dorothy lo percibió, arrepentida.

El superministro José López Rega había sido un cabo de policía supersticioso e ignorante que el presidente Perón elevó de la noche a la mañana a rango de comisario general. Practicaba cultos africanos, se desempeñaba como secretario del Presidente y asesor confidencial de su necia esposa. Por expresas instrucciones que Perón había transmitido desde España, antes de su regreso, el cabo fue ungido como referente central y los cambios en la jefatura de Estado (Cámpora, Lastiri, el mismo Perón y luego su viuda, Isabel) no disminuyeron su poder. Puso en marcha dos grandes iniciativas, una pública y frustrada, la otra secreta y exitosa. La primera fue construir un Panteón de la Patria en desaforado estilo nazi-fascista. La segunda fue lanzar un grupo parapolicial sanguinario llamado Triple A (Asociación Anticomunista Argentina). El Panteón quedó en la nada, mientras la Triple A comenzó a barrer las calles del país y arrojar cadáveres a las zanjas de las rutas, en especial la que llevaba al aeropuerto de Ezeiza.

Pese al clima enrarecido generado por la lucha entre subversivos y represores, la Argentina resultó fascinante para Dorothy y Wilson. Wilson era escuchado y respetado en forma creciente y obtenía generosas recompensas. Dorothy mejoraba su castellano, compraba en las mejores boutiques y fue rodeándose de alegres amigas. Buenos Aires era el día frente a la noche si se la comparaba con Pueblo o con Fort Gulik. Hasta su clima resultaba excepcional.

La caída de López Rega —forzada por el asco que generaba en la población civil y también entre los militares— no perjudicó a Wilson. Sus contribuciones en el campo de la contrainsurgencia ya eran apreciadas por el Estado Mayor y su futuro no dependía de quienes eran sus provisorios jefes.

El 24 de marzo de 1976 se produjo el golpe de Estado que venía incubándose desde hacía meses. La desbordada Isabel Perón no tenía luces ni cintura política para enfrentar el caos. La oposición proponía llegar a las elecciones aunque fuese con muletas, pero el oficialismo no supo articular los factores democráticos y la confusa presidente fue sacada sin resistencia de la Casa Rosada por un piquete armado. Los obsecuentes que formaban su entorno huyeron como ratas. El jefe de la corrupta CGT voló a España y acuñó una expresión que hizo historia: "Yo me borro".

El poder fue tomado por una implacable Junta Militar que voceó —como en los golpes anteriores— su voluntad de restablecer el orden y la moral. Pero la lucha contra la subversión —de la que sólo quedaban desorganizados restos— se convirtió en la excusa para que militares, policías y muchos civiles sacasen los colmillos, saldaran viejas cuentas, aboliesen el estado de derecho y desencadenaran un maremoto de persecuciones, rapiña, tormentos y desapariciones sin precedentes. Wilson fue parte activa de muchos operativos llevados a cabo en forma inexorable, a luz o sombra.

Desde la cúpula formada por la Junta Militar descendía una soberbia paralizante. Millares de personas con buena conciencia no tuvieron otra alternativa que doblegarse ante el gruñir de bestia cebada o partir hacia el exterior (si tenían la suerte de no ser detenidas en los aeropuertos). Miles de familias empezaron a enlutarse. Pronto no habría un argentino que no tuviese alguien próximo que se hubiera esfumado con testigos o sin ellos. Los hábeas corpus se convirtieron en letra muerta. Desde la guerrilla y desde las Fuerzas Armadas se disparaba sin escrúpulos. La solución del mal consistía en aplicar la violencia más sádica posible. La sociedad entera se desfondaba, aturdida.

Pero Wilson Castro no pensaba de la misma manera. Le entusiasmó el golpe de Estado porque su odio a los comunistas indicaba que para semejante enemigo hacía falta mano de hierro. Con los militares en el poder desaparecían las cortesías jurídicas y se podía actuar a toda orquesta: los cañones quedaban libres de estorbo. Los políticos, jueces, estudiantes o periodistas que apoyaban a los delincuentes recibirían su merecido en la calle o en los campos de detención.

Rápidamente aumentaron los colaboradores de Wilson y le llovieron inesperados negocios. Muebles e inmuebles quedaban vacantes por la desaparición de sus propietarios. No había actividad nacional que no incluyese a oficiales de las tres armas, muchos de ellos relacionados de alguna forma con la oficina de Wilson. Las empresas del Estado, universidades, estaciones de radio y televisión, embajadas, aduana, clubes deportivos, planes de vivienda, proyectos agropecuarios, fábricas, exportaciones e importaciones, compañías de publicidad, todo requería la presencia de uniformados que garantizaran la destrabazón burocrática y aceitasen el flujo de las ganancias. En los bolsillos verde oliva no sólo penetraban sueldos, sino regalos agradecidos o sobornos llenos de angustia. Wilson era apreciado en las tres armas y en la Policía Federal. Hasta tenía rápido acceso al despacho presidencial, donde el carniseco Jorge Rafael Videla lo escuchaba con atención.

DIARIO DE DOROTHY

Estoy encantada con Buenos Aires. Es una ciudad impresionante. Durante una recepción, la mujer del agregado cultural belga dijo que la veía como a París en medio de África. Me causó gracia semejante idea, pero tengo que coincidir. Nunca vi calles tan bulliciosas; la gente viste con elegancia, abundan los restaurantes de lujo, hay teatros al por mayor, residencias que compiten con Beverly Hills.

La inseguridad que había cuando llegamos ha desaparecido. Soldados, oficiales y policías circulan por doquier, muchos de ellos con ropa civil. Ningún subversivo ya se anima a poner bombas. Las Fuerzas Armadas tienen el control absoluto. Los asesinatos de la guerrilla han terminado para siempre, gracias a Dios y a la firmeza de la Junta Militar.

Tuve ocasión de hablar con las esposas de coroneles y generales amigos de Wilson, que me describieron las zozobras padecidas durante años. Algunos de sus parientes fueron asesinados en acción o en atentados cobardes. La subversión fue una peste que asoló el país desde mediados de la década de los 60. Mezclaban su ideología marxista con ingredientes religiosos. Un absurdo tan retorcido que ni Wilson me lo puede explicar. Numerosos Montoneros provenían de familias acaudaladas que se aconsejaban con el párroco e iban a misa los domingos. Algunos habían sido antiperonistas y se convirtieron en adoradores del viejo, que seguía exiliado en España bajo el ala de Franco. Lo imaginaban socialista pese a que fue amigo de Stroessner, Pérez Jiménez, Somoza y Trujillo. Un caos mental que tenía subyugada a la juventud, los universitarios, los profesionales, los trabajadores. No había argentino que no estuviese listo para una polémica que solía terminar a los golpes.

Cuando se consiguió el retorno del viejo, los peronistas antiguos y nuevos confundieron sus metas pero no sus métodos: se baleaban al grito de "¡Viva Perón!". Después de su muerte no hubo más remedio que dar el golpe de Estado, como insiste Wilson. Casi todo el mundo lo deseaba. La presidente era una mujer a la que no sabían ni cómo vestir; huía hacia retiros serranos para enfrascarse en la lectura de revistas frívolas. Como dicen aquí, era una "pelotuda irrecuperable".

Paso a otro tema.

Hoy conocí a Amalia. Quiere ser mi amiga porque admira a los "yanquis" y adora pasar sus vacaciones en Miami. No es la única que se mea por ser norteamericana ni que sueña con ir y venir de Los Ángeles, Nueva York o Chicago. Me invitó a su casa, donde ha renovado casi todo, cambiándolo por artículos norteamericanos que hizo traer en un contenedor.

Otro tema. Hoy estoy inspirada.

Nuestra residencia de San Isidro es espectacular. Nunca soñé con algo tan hermoso y confortable. No le falta nada. ¡Qué salones! ¡Qué dormitorio! ¡Qué parque! Una legión de mucamas, empleados y guardias logran que funcione de maravillas y lo hacen de tal forma que ni siquiera molesta su presencia. Son serviciales y eficaces. Wilson ha sabido seleccionarlos.

Cuarto tema, el más importante. Wilson está deprimido. Lo veo en su cara. No se resigna a su esterilidad. Es lo único que no funciona en nuestro matrimonio. Lo único. Yo, en cambio, aceptaría adoptar un chico. Conocí... a ver... ¿cuántas? Tres mujeres que adoptaron y son felices. El hijo les cambió la vida. Se lo dije a Wilson, pero no quiere escuchar. Su machismo se lo impide. En la

Argentina podríamos adoptar una criatura hermosa, proveniente de una buena familia. Si algo abunda, son los bebés nacidos de jovencitas irresponsables. No saben a quién regalarlos. Los militares también tratan de salvar a los bebés de madres asociadas a la guerrilla, que mueren en combate pero que pertenecieron a familias dignas.

Esta noche volveré a hablar con él. Ojalá consiga convencerlo. Tenemos la solución a nuestro alcance.

En Buenos Aires se hizo examinar por especialistas que ratificaron el diagnóstico que traía de los Estados Unidos: su mujer estaba sana y él padecía azoospermia. La azoospermia no le afectaba ni afectaría su potencia sexual: sólo le impedía engendrar hijos. Insistieron en que no confundiese hombría con esterilidad; sus hormonas funcionaban a la perfección. Pero Wilson miraba con desdén a esos médicos que pretendían suplir con palabras de consuelo una palmaria incapacidad para solucionar su problema.

Realizó viajes a los Estados Unidos para poner en venta los pocos bienes que había heredado Dorothy, pero en realidad le interesaba hacerse nuevos análisis de esperma. Hacía un vuelo directo a Miami en primera clase y desde allí tomaba la conexión a Denver con escala en Houston. En el aeropuerto de Houston solía esperarlo Bill, con quien seguía hasta Denver. Allí alquilaban un auto —que manejaba Wilson— y llegaban a la serena localidad de Pueblo en una hora. Entre Wilson y Bill, ambos desconfiados, circulaba una creciente transparencia. Nada podía unirlos tanto como sus ideales de combate.

Bill Hughes se sintió alentado a revelarle parte de sus proyectos, cosa que había empezado con prudencia durante sus visitas a Panamá. Le miraba el perfil y, pese a que era de origen cubano, encontraba que Wilson era semejante al profeta Elíseo cuando joven. Podía ser el hermano que no le dieron sus padres, sino la Providencia. No había sentido la misma confianza con nadie antes, ni siquiera con su ex socio Robert Duke. Su comunidad en las afueras de Little Spring proveería los soldados de la próxima conflagración. Le puso un nombre tan preciso como la punta de un cohete: Héroes del Apocalipsis. "El nombre es decisivo", insistía. Ahora trepaba hacia el quinto eslabón, que aspiraba a destruir por dentro a las razas inferiores. El primero de la cadena había sido su trabajo en Elephant City. El segundo, su expansión a Three Points y Carson, su vínculo con Duke y la complementación de la prédica religiosa con castigos a cargo del terminante Pinjás. El tercero fue ir a Little Spring con tres personas leales (Aby, Pinjás y Evelyn) e instalarse en el rancho que le donó una viuda antes de fallecer. El cuarto, transformar el rancho en fortaleza y erigir una comunidad de combatientes. La propiedad disponía de suficiente campo, muros, habitaciones, corredores y atalayas para convertirse en un bastión inexpugnable. De hecho, ya tenía esas características. Le había resultado estimulante el asombro de Evelyn cuando vio el edificio por primera vez y dijo que parecía un castillo. Lo amplió en las cuatro direcciones y lo ordenó con medidas de seguridad interna y externa. Su gente era enseñada a proceder como una orden monástico-militar, bajo estricta disciplina física y moral, rigurosa separación de sexos, estudio cotidiano de las Sagradas Escrituras y mucha devoción al líder. Los entrenaba en cuerpo y en espíritu para ser héroes victoriosos en un mar de enemigos. El ataque del Demonio podía estallar en cualquier momento y era preciso tomar la iniciativa antes de que fuera tarde.

Wilson lo escuchaba con asombro, en particular cuando explicaba la doctrina de la Identidad Cristiana. Era fascinante como un cuento de terror y mierda. Aunque le costaba aceptar sus interpretaciones sobre el origen de la humanidad y de las diferentes razas (no entendía cómo Bill lo eximía de sus abominables raíces hispanas), las consideraba llenas de dinamita. Y un militar valora los explosivos. Ojalá el mundo libre pudiera construir teorías semejantes —y tan motivadoras— para aniquilar el comunismo. El comunismo era un tentáculo del Demonio y ahogaba desde hacía décadas a su querida Cuba. Ahora Wilson aceptaba que las extravagancias de su cuñado tuviesen importancia emblemática: la túnica que jamás se quitaba de los hombros, la mirada glacial, la rigidez de sus posturas. Era un obelisco que imponía miedo. Un jefe sin rivales. Las leyendas sobre los milagros que había efectuado en tres carpas del oeste, ¿eran mentiras? ¿Eran verdad? Algo de cierto debían de tener. Aunque Wilson no era propenso a las historias sobrenaturales, más de una vez cruzó por su cabeza el deseo de preguntarle si también podía hacer un milagro con su problema y devolverle la fertilidad perdida en alguna batalla. En ese caso, hasta aceptaría convertirse en un fervoroso miembro de la Identidad Cristiana. Su catolicismo lo tenía sin cuidado. Y también le daría el dinero que necesitase para convertir su rancho-fortaleza en algo más impresionante que Fort Gulik.

Le miró las grandes manos con un anillo de obispo, los labios delgados, el bigotito rubio, la túnica flotante, y decidió abordarlo de frente.

Bill Hughes lo escuchó serio y dijo que tenía clara conciencia de su problema. No debía sentirse avergonzado. El Señor creaba planes que los hombres tardan en comprender. Él apreciaba en Wilson al guerrero. Durante sus visitas a la Escuela de Panamá pudo apreciar cómo enseñaba, persuadía, organizaba y ordenaba. Vio su habilidad para el mando. Captó su sangre fría ante los riesgos y su resolución frente a las dudas. Era un jefe de ala y garra. En las dificultades descubría el camino más recto y atacaba en el instante óptimo. Nunca se cansaba, nunca perdía el control.

—Admirable, Wilson.

Wilson no supo cómo agradecer esa andanada de elogios pronunciados con seriedad por un hombre al que no le salían fácil. Pero lo que más deseaba no era su reconocimiento, sino curarse de la maldita incapacidad para generar espermatozoides. Tal vez se debía a la infección que casi le había abierto el sepulcro en los pantanos de Vietnam, tal vez a una herida mal curada por los médicos cuando era pequeño, tal vez al mal de ojo de algún brujo.

Bill consideró posible el mal de ojo.

—Los infieles se burlan del mal de ojo, pero es más antiguo que la historia. Voy a ayudarte. Sentémonos aquí. Mientras me cuentas otros detalles de tu actividad en la Argentina, yo rezaré para que el profeta Elíseo me señale cómo resolver tu problema.

Wilson miró en derredor. Estaban en una plaza solitaria, en un banco de madera color marfil. En el cielo colgaban pocas nubes. Parecían los únicos habitantes del mundo. Bill entrecruzó los dedos, cerró los ojos y movió sus finos labios en una apagada oración.

Wilson ya le había contado bastante, pero siempre quedaban hechos sin referir. Era un hombre de acción, no de palabras. Pero deseaba probar este recurso límite del milagro; a veces ocurrían, o de lo contrario la gente no seguiría reclamándolos. Se acarició la garganta y empezó a repetir que no sólo asesoraba en operativos, sino en inteligencia y encubrimientos. Había ayudado a dejar impunes dos asesinatos que hicieron bramar la prensa, como los del embajador argentino Hidalgo Solá, en Venezuela, y el gobernador Ragone, en la provincia de Salta. Fue una de sus primeras actividades, con las que consiguió que le aumentasen la confianza. Hizo comprender a sus dubitativos anfitriones que en la Argentina ya se podía matar sin dejar huellas; es decir, borrándolas. Ayudó al pacto de silencio entre militares, policías y mercenarios, pacto imprescindible para ganar la guerra. Aconsejó marginar sin anestesia a los militares remisos, escrupulosos o inadecuadamente "morales".

Su mayor contribución, sin embargo, apuntó en otro sentido. Su experiencia en Vietnam decía que la seguridad y el desarrollo iban juntos y eran esenciales para los países latinoamericanos. La consigna podía sintetizarse en dos elementos: balas y trabajo. El gobierno de facto se había autotitulado Proceso de Reconstrucción Nacional, una denominación perfecta. La lucha armada debía acompañarse de hechos que quitasen el piso de sustentación a los guerrilleros. No sólo había que combatir con fiereza, arrestar, torturar y asesinar, sino poner en marcha planes de impacto social. Entonces permitieron que Wilson se concentrase en el campo económico y financiero. Se involucró en la construcción de viviendas, hospitales, escuelas, caminos, huertas y tendido de electricidad en las zonas críticas. Articuló sus proyectos con el Fondo Nacional de la Vivienda y, gracias a recompensas distribuidas entre los burócratas de turno, obtuvo contratos que redundaron en una multiplicación acelerada del patrimonio de sus jefes. Si antes lo habían escuchado, ahora podía decir que le prestaban obediencia.

Se hizo rico. La riqueza es poder. El poder lo usaría para combatir el comunismo internacional y convertir en cenizas al barbudo monstruo que oprimía a Cuba.

Destinó parte de sus ingresos a inversiones agropecuarias en las provincias de Salta y Jujuy. Pero también destinaba una parte sustancial al tráfico de armas, un negocio sin límites y afín con su sueño de liberar Cuba. Barcos venezolanos ya transportaban desde puertos argentinos armas italianas.

Llegados a este punto, Bill dejó de rezar, y Wilson, de contar. Permanecieron callados. Una bandada de golondrinas se perdió entre los árboles en la lontananza. No se veía ningún intruso. Pese al verde del entorno podía decirse que estaban en medio de un desierto que sólo habitaba Dios. El reverendo se puso de pie y su cabeza, vista desde la hondura del banco, pareció tocar una nube.

—Tendrás el milagro —prometió.

Wilson también se puso de pie, con los ojos brillantes.

—Volaremos a Houston y te llevaré a Little Spring, a mi fortaleza. Quiero que la conozcas.

—¿Allí realizarás el milagro?

—Deberás permanecer conmigo un tiempo; quizás una semana, quizás un mes.

—Y solucionarás mi problema.

—Sí. Pero de una manera diferente de la que imaginas.

—Pero lo solucionarás —insistió Wilson.

—Por supuesto. Mis plegarias fueron oídas. El Señor provee a quienes Le servimos con lealtad. Pero Sus rutas tardan en ser bien interpretadas por los hombres.

—No entiendo.

—No hace falta. Dentro de poco te habrás olvidado de la maldita azoospermia.

OBSESIÓN DE DAMIÁN LYNCH

1997

Lo venía siguiendo desde la intersección de Corrientes y Callao. Tenía pelo ensortijado, parecido a lana de oveja, y vestía un saco deportivo a cuadros pequeños. Se detuvo en un quiosco de revistas, compró el diario y caminó hasta la esquina de Uruguay y Corrientes. Miró hacia los lados, como si olfateara la persecución, y entró en el café El Foro. Damián entró pisándole los talones y lo siguió por entre las mesas rumorosas. Apenas se sentó junto a la ventana, Victorio Zapiola levantó sus ojos tristes y los posó en la familiar fisionomía que había estado respirándole en la nuca.

—¿Puedo acompañarlo? —preguntó Damián con cierta irresolución—. Necesito hablar con usted.

Zapiola apoyó el diario sobre la mesa. Su boca gruesa contrastaba con las mejillas chupadas.

—Yo también. Por favor, tomá asiento. —Le indicó la silla que hacía ángulo con la suya.

—Sólo unos minutos. Soy Damián Lynch.

—Ya lo sé. —Zapiola entrecerró los párpados.

A Damián lo recorrió un escalofrío.

—Usted conoció a mi padre.

—Precisamente. —Zapiola corroboraba que tenía la misma

frente ancha con el mechón rebelde a la izquierda, la misma nariz recta, la misma boca, los mismos ojos redondos y cálidos. —Me venías siguiendo, ¿no?

Damián sonrió, incómodo.

—Creo que usted se dejaba seguir.

—O me hacía seguir...

—¿Para qué? —Estaba confundido.

—Para que finalmente me abordaras.

—¿Por qué no me abordó usted a mí?

Zapiola se frotó los pómulos secos mientras pensaba la respuesta justa.

—Porque no sabía hasta qué punto estás enterado de algunas cosas y hasta qué punto querés saber otras. Tengo un peso aquí —se señaló el esternón— que aumentó cuando volví a Buenos Aires, hace unos años. Podés creerme si te digo que aterricé en el aeropuerto y lo primero que se me cruzó por la mente fue buscarte, encontrarte, saber de tu vida, tu situación. Pero, al mismo tiempo, me asustaba encontrarte. No sabía con qué me iba a enfrentar. Cuando pude enterarme de que estabas relativamente bien, temí causarte daño con la resurrección del pasado. Transcurrió el tiempo y la única forma de animarme a hablarte era si vos lo buscabas.

—Demasiado prudente, para mi gusto. Pero, ¡bueno! Usted me dejaba huellas.

—Así es. Para que decidieras si seguirme y abordarme, o mantener nuestra distancia. Todavía estamos a tiempo de decir "mucho gusto y adiós". Nunca nos hablamos antes, nada nos obliga ahora.

—Victorio, es al revés: ardo por enterarme. Lo poco que llegó a mis oídos me desquicia. Quiero saber el resto, quiero apoderarme de los detalles como si fuese un tesoro.

—¿Estás seguro? No es un tesoro; es el espanto. —Zapiola levantó las manos como para detener una andanada.

Damián apoyó los codos sobre la mesa y aproximó los labios a la oreja de Victorio:

—Estoy seguro. —Su resolución evidenciaba la insolencia que amasan los sufrimientos prolongados.

—Tenés veintiocho años, ¿no? —Zapiola sacó el diario de la

mesa y lo apoyó sobre el alféizar de la ventana. Lo miró profundamente y se pasó la lengua por las comisuras de la boca. En su cabeza corría veloz un tiempo cargado de humo y plomo.
—Desde que volví, en 1991, y me puse a averiguar sobre vos, te he visto en diferentes lugares, te he seguido desde las sombras, recogí información.

—Digamos que actuó como un miserable espía. —Damián mostró los dientes.

—Así es. Pero sólo estaba al servicio de mi conciencia. Me hacía bien enterarme de que te desempeñabas con soltura y carácter, que te parecías cada vez más a tu viejo, que progresabas como a él le hubiera gustado.

—¿Y?

—Pero no me atreví a presentarme. Hice dos intentos, pero me detuve antes de que te percataras. Tal vez nunca habías oído algo sobre mí o, en caso contrario, preferías borrarme de tu vista.

—Doble equivocación.

—Ahora lo sé.

—De todas formas, Victorio, usted tuvo un exceso de prudencia.

—Prudencia, o respeto infinito por la memoria de tu viejo.

—Un respeto estéril. Es necesario que hablemos.

—Todavía me estremece semejante expectativa. —Zapiola comprimió los maxilares. —Me duele hablar de aquello.

—Hay heridas que no cicatrizan jamás.

—Tampoco es bueno revolver el pus.

—¿Es mejor olvidar?

Zapiola miró hacia la atolondrada calle como pidiendo auxilio a los transeúntes.

—No me gustan los masocas.

—¿Recordar es masoquismo?

—A veces.

—Mire, Victorio, entre el masoquismo y la perspectiva de repetir aberraciones, prefiero el masoquismo. Pero no quiero teorizar. Ahora quiero información. "Su" información. Usted sabe cosas que yo estuve buscando con una desesperación que ni imagina.

El hombre adelantó su tronco enflaquecido. Los ojos tristes brillaban.

—Estimado Damián, cuando uno logra huir de la cloaca en la que lo sumergieron, no tiene ganas de volver ni siquiera para corroborar que quedó afuera.

—Pero la mente regresa; es inevitable.

—A mi mente le llevó mucho tiempo sacudirse la mierda. Un día dije basta, ¿entendés?

—Yo era un chico cuando nos invadieron en medio de la noche. Vi todo.

—Ya sé —concedió—. Ya sé... Ese recuerdo es un buen látigo y sabe cómo flagelarte. —Esbozó una sonrisa que tendía al llanto. —No deberías flagelarte. La vida sigue.

—Aburrido lugar común. Es fácil decirlo. ¿Cómo sacar de mi cabeza a los diez criminales que se metieron en casa como un maremoto?

—No hace falta entrar en detalles. —Depositó el cenicero de vidrio sobre el diario.

Damián bajó los codos, pero le acercó la cara.

—Esos detalles son una historia trágica que debemos recordar por respeto a las víctimas. Todavía hay miserables que la niegan. Es la historia de una invasión de filibusteros.

—¿A mí me la querés contar?

Damián cerró los ojos y recordó a media voz, como si pronunciase una letanía.

—Abrieron la puerta a patada limpia, sin darnos tiempo a mover el picaporte. Papá los enfrentó con increíble coraje y exigió el debido respeto a un hogar decente; pero estaba blanco como este mantel y tenía la voz seca. Mamá corrió a mi cuarto, se sentó en la cama y me abrazó tan fuerte que me hizo doler las costillas. Desde mi lugar, yo veía sucesivamente una parte de su pelo, la puerta entreabierta que daba al living y el cuadro insoportable del avasallamiento.

Zapiola se reclinó contra el espaldar de la silla. El ímpetu de Damián se le venía encima como una jauría. Su piel amarga, surcada de arrugas, era tragada por el estallido de recuerdos.

—A papá lo sentaron de una trompada en la nariz, que empezó a sangrarle. No aceptaban que les diera lecciones de conducta. Los monstruos empuñaban armas y las revoleaban como si fuesen bastones. Mientras el jefe controlaba la situación, los subordinados exploraban los más ridículos agujeros de cada habitación en busca de Sofía, mi hermana de diecisiete años. ¿Sigo? Ella no estaba, por suerte: sus amigos le habían ordenado dormir fuera de casa. Los intrusos exigían que papá la entregara o confesara dónde la había escondido. Decían que sólo querían hacerle unas preguntas y no molestarían más. Pero, aunque mis padres hubiesen aceptado semejante pedido, no podían satisfacerlo, por la sencilla razón de que Sofía no confiaba en nuestra familia y jamás informaba dónde pasaba el día ni la noche. Usted debe saber que mis padres no estaban de acuerdo con su militancia ni con sus ideas; no estaban de acuerdo con la calamidad que los Montoneros y el ERP habían desencadenado en el país. La recriminaban apenas la veían, y sólo lograban que ella se prendiese con más fuerza a su pasión revolucionaria. Cuando yo le pedía que hiciera caso a nuestros padres, me acariciaba el pelo y decía: "Sos un dulce cachorro burgués; te falta maduración". Sus palabras me humillaban, pero son casi las únicas que recuerdo de ella.

Zapiola se frotó la nariz. El relato le producía alergia. Las manos de Damián se movían con tensión creciente.

—Eran piratas, porque no traían una orden de un juez ni de cualquier otra autoridad, ni siquiera de un comisario o un oficial del ejército o de la marina. Piratas en absoluta anomia. Vaciaban botellas de whisky mientras desordenaban placards y cajones. Sacaban los objetos con una alegría diabólica y si no les interesaban los arrojaban lejos. El jefe exigió la llave de la caja de seguridad y papá tuvo que dársela con una mano mientras con la otra sostenía un pañuelo contra la nariz sangrante. No pude ver cómo vaciaron la caja, pero oí que mamá me susurraba al oído: "Que se lleven todo, todo, y se vayan".

—¿Para qué lo contás otra vez? Ya pasaron más de veinte años. —Zapiola suspiró.

—¿Otra vez? —hizo memoria. —Sí, otra vez. Ésta debe de ser la número mil. Me la contaba a mi mismo y ahora se la cuento a usted para obligarlo a la reciprocidad, Victorio. Para que usted me diga lo que sabe. Y que yo todavía no sé.

Zapiola llamó al mozo.

—Café, medialunas y una jarra grande de agua, por favor.

Luego enfocó al joven.

—Volví del extranjero para declarar ante la CONADEP y en el juicio a las juntas militares. Fue terrible y fue suficiente. Es el pasado. Para mí se acabó.

—Los verdugos están vivos y andan sueltos.

—Pertenecen a otra época. No me interesan. Son alimañas. Ahora las reemplazan otras alimañas que pueden llegar a ser peores. Contra ellas trabajo, contra las alimañas del presente. ¿Me entendés? Son las que emputecerán a la próxima generación.

—Yo no voy tan lejos. Yo he jurado vengar a mis padres.

—¿Vengarlos? ¿Querés venganza o justicia?

—Justicia.

—Ojalá la consigas. Te advierto que escasea en la tierra.

—¿Entonces?

—No te puedo recomendar la venganza. Es un craso error. Lo único que deberías hacer, si me tolerás un consejo, es mirar hacia tu futuro.

—¿Futuro? Las nubes no me dejan verlo. O, si lo veo, es un futuro nublado.

—Hay que apartar esas nubes.

—¿Cómo?

Lo miró con pena.

—Está bien. Hablaremos. Es lo que ambos queríamos en el fondo, ¿verdad? Bajaremos juntos hasta la más densa mierda que puede fabricar el hombre.

1976

Con extraordinaria habilidad embolsaron joyas, dinero, correspondencia y libretas con direcciones durante el allanamiento. Apenas se fueron, el doctor Jaime Lynch comenzó a pensar de qué forma comunicaba a su hija que habían ido a buscarla y que debía abandonar la Argentina por cualquier medio, ya mismo.

De alguna forma logró que se enterase de lo que había ocurrido, pero Sofía se negaba a irse de Buenos Aires como si fuera una cobarde o una derrotada. Sus ideales o su alienación —según el ojo que mirase— le decían que la lucha tenía esos inconvenientes y había que enfrentarlos. No obstante, algo debía de haber ocurrido en su célula que determinó un cambio de criterio, porque llegó a la casa de sus padres un mensaje anónimo en el que insinuaba su disposición a tomarse unas vacaciones. Sólo cuatro horas más tarde otro mensaje anónimo avisó que había sido secuestrada por un Ford Falcon verde mientras se dirigía al aeroparque, rumbo a Montevideo.

Jaime y Estela Lynch corrieron a lo de su abogado. Los asfixiaba la angustia. Era su última esperanza. No sabían que en realidad iniciaban una carrera de rescate sin sentido, a la que recurrirían cientos y después miles de personas, hasta romperse la cara contra los muros de una inclemencia sin precedentes en el país. Interpusieron un hábeas corpus tan perfecto como inútil, se entrevistaron con hombres y mujeres de la alta sociedad —donde encontraron más reproches que amigos—, apelaron a los pocos oficiales en actividad que habían saludado alguna vez, pidieron audiencia al ministro del Interior, general Harguindeguy, y fatigaron los despachos de una burocracia gélida e interminable. Hablaron largo y tendido con su párroco y consiguieron que el obispo prometiera llegar hasta el Presidente, Jorge Rafael Videla. Al cabo de dos semanas, exhaustos, comprendieron que la expresión "chupada" —que el vulgo acuñaba para situaciones parecidas— no era sólo metáfora.

Como la desesperación es mala consejera, Jaime decidió llegar hasta los amigos de su hija desaparecida para exigirles que se la devolviesen. Eran los verdaderos responsables de su alienación mental y de su dramático destino. Si nada podía conseguir por los senderos rectos, entonces apelaría a los curvos. Estela, que aprobaba cualquier maniobra que llevase a un rastro de Sofía, tuvo la desafortunada idea de proponer a su marido una estratagema audaz. La guerrilla secuestraba empresarios y asaltaba Bancos para hacerse de dinero.

—Te escucharán si les ofrecés plata —dijo.

Jaime consiguió que su elíptico mensaje ingresara en la cadena subterránea y algunos jefes de la subversión se enterasen de su interés en pasarles dinero. Le hicieron saber que el pacto debía realizarse con absoluta discreción en un bar concurrido, durante las horas de mucho movimiento: convenía pasearse ante las pestañas del tigre para que el tigre no los viera.

A la hora del té, Jaime ingresó en el Florida Garden y caminó despacio por las atestadas mesas, para que sus interlocutores lo identificaran. Una pareja joven le hizo señas.

Lo invitaron a sentarse en un confortable butacón de cuerina bordó. La grata atmósfera surcada por el aroma del café producía relajamiento. El mozo llevó relucientes teteras y una colección de masas frescas.

—Hablemos en sordina, sin mencionar un solo nombre —le previno la mujer mientras se adelantaba para elegir una masa coronada de crema.

Jaime simuló tranquilidad, pero tenía el pelo erizado. Aquella gente destruía el país: había psicotizado a los jóvenes y puesto a las Fuerzas Armadas en estado irracional, pensó. Empujaban hacia una masacre. Y ahora les tenía que regalar plata a cambio de ayuda. Nunca había imaginado semejante absurdo.

La mujer era bonita y vestía con elegancia, pero sus rasgos eran firmes, casi amenazadores. El hombre parecía un empleado de tienda fina. No se los asociaría con guerrilleros, con gente que usaba armas, ponía bombas y era capaz de luchar en selvas plagadas de emboscadas.

—Sabemos dónde y cuándo la chuparon, no dónde la tienen —susurró el hombre.

—Pero ustedes saben datos sobre los lugares clandestinos de detención.

—De la mayoría, no de todos.

—Estoy dispuesto a darles lo que no tengo, para recuperarla.

—Aceptamos su contribución; nos viene bien. Pero no le garantizamos lo imposible: haremos lo que esté a nuestro alcance.

—¿Por ejemplo?

—Entregarle una lista de los chupaderos y campos de concentración, los nombres de algunos jefes y torturadores, nombres de gente detenida ahí. Ojalá sepamos más de Sofía.

—Quiero saber si está viva... —Se le trabó la voz. —Si la torturaron.

La pareja lo miró fijo y se tragó los comentarios.

La cara de Jaime se perló de transpiración. Se apartó con los dedos el breve flequillo que le caía sobre el lado izquierdo de la frente. Ya le costaba ocultar su nerviosismo; alzó una masa rellena y se la introdujo entera en la boca. Masticó rabioso y casi se ahogó. Bebió té. Pudo aclararse la garganta con varios golpes de tos y aproximó su cabeza a la del hombre.

—Necesito saber dónde está, ¿comprenden? Para eso pago.

—Somos honestos, doctor.

—Sí, honestos... —Extrajo un pañuelo y se enjugó la transpiración de la nuca.

—La mujer abrió su cartera, extrajo un espejito y se retocó el maquillaje. Con disimulo barrió la confitería con la mirada, para enterarse si los espiaban. Lo guardó con femenina delicadeza; luego susurró melindrosa:

—¿Cuánto ofrece?

—Empiezo con cien mil dólares.

—Esa cifra no coincide con nuestras expectativas.

—Ciento cincuenta.

—¿Cuándo los entregará?

—Necesito veinticuatro horas.

—Lo tomaremos como un anticipo —intervino el hombre—. Si nuestra información incluye algún dato concreto, deberá doblar la suma.

—Un dato concreto, no una vaga aproximación.

—Concreto.

—Asunto cerrado, entonces —sentenció la mujer.

—Al regresar al consultorio, la secretaria de Jaime, Elsa, le dijo que debía contestar una llamada urgente. Le entregó el número garabateado en su cuaderno de novedades.

—¿Quién es?

—Dijo que llamara de inmediato, que tenían que pasarle una información confidencial y urgente.

Jaime abrió los ojos y levantó el teléfono.

—¿Doctor Lynch? Gracias por responder. Tenemos noticias de su hija.

—¿Qué? ¿¡Quién habla!?

—Los teléfonos están pinchados... Por favor.

—Pero... tan rápido... Usted...

—Escuche lo que voy a decirle. Cancele los turnos y vaya con su auto por la ruta a Ezeiza. En el último puente antes del aeropuerto, tome el camino de la izquierda. Vaya tranquilo y solo. Es confidencial. ¿Me entendió?

—Sí. —Sus dientes amenazaban con castañetear.

—Solo —insistió la voz.

—Así lo haré.

Un mareo lo obligó a sentarse. No era la voz del hombre con quien había pactado en el Florida Garden. Pero tampoco podía perder esa oportunidad. Llamó a su secretaria, que lo asistía desde que había empezado a ejercer y manejaba casi todos sus trámites.

—Escuche, Elsa, me van a dar noticias de Sofía. Pero debo ir solo. Cancele los turnos. Salgo ya.

—¡Qué suerte, doctor! No se preocupe por los turnos. Pero... tenga cuidado. ¿Por qué tiene que ir solo? —Se apretó la cara con ambas manos. —No me gusta.

—Me dijeron que es confidencial.

—¿No es peligroso?

—A esta altura de los acontecimientos, Elsa, ¿puede importarme el peligro? ¿Puede ocurrirme algo peor?

Atravesó la ciudad congestionada y enfiló hacia el aeropuerto internacional. En el punto indicado torció hacia la izquierda y desaceleró. Alguien lo estaría esperando con el vehículo detenido a un costado de la ruta. En el espejo retrovisor aparecieron de repente, como generados por magia, dos Falcon verdes. El corazón le dio un brinco. Esos autos se habían convertido en el siniestro emblema de la represión; esos autos habían secuestrado a Sofía. Sin pensar, hundió el pie contra el acelerador. Demasiado tarde. Los vehículos se abalanzaron en forma asesina. Uno lo cruzó violentamente y cerró el camino. Jaime apretó el freno mientras el otro le daba un golpe feroz en un costado. El choque le quitó el dominio del volante, porque su auto giraba como un trompo.

—¿Qué me hacen?...

Volcó en la cuneta y quedó aprisionado. Oyó gritos, órdenes. Olió la muerte. El mundo había enloquecido. Con el corazón en la garganta, se escurrió por la ventanilla abierta. Apenas rodó en el pastizal fue sepultado por un granizo de puñetazos y patadas.

—¡Eh... paren! ¡No les hice nada! —clamó, cubriéndose la cabeza con los brazos.

El vendaval de golpes continuaba; Jaime sólo pensaba en huir. El reflejo del gamo, que tantas veces había descrito en sus clases. Huir. Aferró el pie que le pegaba en las costillas y logró hacerlo perder el equilibrio. Alguien cayó sobre otro y se produjo un claro. Entonces Jaime se incorporó con gran esfuerzo y salió corriendo. Perdió un zapato.

—¡Tiren! —ordenaron a sus espaldas.

Silbaron disparos. A lo lejos había un pequeño bosque precedido por un conjunto de casas pobres. Debía acercarse; era su salvación. Aunque no tenía en claro por qué habría de ser su salvación; en esos instantes el delirio provee alternativas locas. Los yuyos estaban altos y sintió ganas de arrojarse al suelo; quizás esa onda verde lo ocultara de sus perseguidores. Pero no era suficientemente tupida. Algo le dio en la pierna. El dolor resultaba insoportable. Horrorizado, comprendió que lo había atravesado una bala. La sangre ya embadurnaba el pantalón. No podía seguir, no llegaría a las casas que veía tras unos árboles. Rengueando, siguió hacia un horizonte que empezaba a moverse. Dos manazas le aplastaron los hombros, una tercera decidió arrancarle el pelo. Cayó boca abajo. Le esposaron las muñecas contra la espalda y lo remolcaron hacia la ruta.

—Soy un ciudadano decente... —imploraba—. Están equivocados conmigo. Miren mis documentos.

Uno de los esbirros le alzó el pantalón y le examinó la herida. Le efectuó un vendaje compresivo.

—Con esto es suficiente por ahora. Aguantará.

Lo tendieron en el piso del Falcon; dos hombres se sentaron en el asiento posterior y le pusieron encima los zapatos.

—¡Quieto!

Salieron a la disparada. El dolor de la pantorrilla se irradiaba al resto del cuerpo. Olía la goma, la nafta y el polvo. Un taco le hundía la nuca y otro se le clavaba en la cadera. Así debían de haber actuado con la pobre Sofía, se torturó. Las versiones que circulaban sobre la brutalidad de esta gente eran ciertas. ¿Pero por qué le hacían esto a él, que ni siquiera simpatizaba con los guerrilleros? Se trataba de una confusión. Debía aclararla.

—Soy el doctor Jaime Lynch... No tengo nada que ver con la subversión —dijo con voz ronca.

—¡Cerrá el pico! —El taco que le quebraba la nuca se desplazó a su mejilla. —¡Ya tendrás oportunidad de soltar la lengua!

Al cabo de una eternidad el auto se detuvo. Le encasquetaron una capucha con olor a vómito. Su alma ingresó en la más tenebrosa de las noches. Oyó que se abrían puertas. Con tironeos inclementes lo obligaron a bajar. Ya no se podía sostener. Varias manos lo dirigían sin hablarle. De su pierna brotaba fuego.

—Me voy a desmayar...

En pocos segundos estaba tendido sobre una camilla que voló hacia corredores impregnados de desinfectante. La capucha no sólo impedía ver, sino respirar. Manos expertas lo despojaron del pantalón. Después lo trasladaron a otra camilla. Reconoció por el tacto que era una camilla de quirófano.

—Soy médico. Aquí debe de haber algún colega —imploró, angustiado—. Me llamo Jaime Lynch.

—Tuvo suerte, colega —le respondió una voz—. La bala cortó algunos fascículos del gemelo, pero no tocó hueso ni vasos importantes. Debo desinfectar y suturar.

—Gracias...

Le amarraron los cuatro miembros.

—Disculpe, pero es la rutina —explicó la voz.

—Ya sé. Proceda. Pero, por favor, explíquele quién soy a los que me detuvieron. Usted tal vez me conozca... Soy profesor en la universidad.

—No se fatigue. Dejemos eso para después.

El Merthiolate le ardió como ácido. Enseguida sintió varios pinchazos de anestesia local. Después, agotado, Jaime se adormeció en la oscuridad de la hedionda capucha.

Pero no pudo descansar lo suficiente. Nuevos golpes le hicieron saber que ya no estaba en el quirófano.

—Doctor, doctor... —llamó a su colega.

No había más colegas. Con sogas le ataron rudamente los pies y las manos. La capucha le impedía ubicarse. Pensó que era un invento simple pero diabólicamente terrible: cortaba los lazos con el mundo, suprimía la comunicación. El verdugo podía ser tan cruel como se le antojase, porque no lo perturbaba la dolorosa mirada de la víctima. La víctima, a su vez, se hundía en los abismos del más intenso desamparo: no tenía amigos ni colegas ni comprensión, ni un solo punto de donde agarrarse.

Como un estallido inexplicable cayó sobre su cuerpo un vendaval de golpes. Le pegaban en el cráneo, el vientre, las costillas, los testículos, las rodillas, la cara, los pies. Eran latigazos y mazazos. Jaime estaba atado y encapuchado, su defensa era imposible, ni siquiera podía esquivar un solo impacto. Ahora iba a morir. No les interesaba su nombre ni su prestigio, sino su cadáver. Lo castigaban por ser el padre de Sofía. Ojalá se desvaneciera pronto.

Cuando se aflojó, resignado, acabó la golpiza. Terminó en forma tan repentina como había empezado. Tal vez perdía sangre, tal vez lo dejaran irse al otro mundo con algo de paz.

Pero lo levantaron. Partes de su cuerpo no funcionaban porque habían perdido la sensibilidad. Lo trasladaron a otro lugar del edificio. Jaime había oído decir que antes del interrogatorio solían "ablandar" a la gente. Era lo que acababan de hacerle, de modo que ahora venía el interrogatorio. Sería sincero, diría la verdad entera. Hasta el más perverso de los hombres aprecia la transparencia.

Lo empujaron escaleras abajo como si fuese una bolsa de residuos. El suelo ya no era de baldosas, sino de madera. Le pareció que había tocado otro cuerpo, tendido, inmóvil. Se estremeció: ¿era un cadáver? Oyó voces; había gente.

—Soy... —De nuevo intentó hacerles comprender el equívoco.

Le quitaron la capucha mientras una mano férrea como una pinza le estrujó la nuca y lo obligó a arrodillarse. De un envión lo dobló más aún. La cabeza de Jaime se hundió en una tinaja llena de excrementos. La repugnancia y el terror le pusieron la mente en blanco. Querían asfixiarlo. Cuando estaba por permitir que la pestilencia ingresara en su boca, la pinza lo levantó. Respiró desesperado; habían entrado trozos de mierda en las fosas nasales. Antes de que se recuperara del todo lo sumergieron con renovada violencia. Esta vez la inmersión duró más. Era el fin; no soportaría ni otra fracción de segundo. Pero la mano experta lo sacó en el límite, le otorgó un breve resuello y otra vez lo hundió. En la quinta intentona el tiempo se alargó demasiado. Movió convulsivamente las manos y los pies. Inspiró; mejor la muerte. Lo sacaron de la tinaja y lo dejaron vomitar. Y le volvieron a encasquetar la capucha.

Se sentía agotado.

Pero la sesión proseguía. Lo depositaron sobre una silla de hierro atornillada al piso. Desde diestra y siniestra le descargaron otra andanada de golpes. Ya ni tuvo el reflejo de cubrirse.

Entonces lo tendieron sobre una mesa. Le desgajaron los restos de ropa y lo amarraron con odio. Un baldazo de agua lo reactivó. No era un regalo misericordioso, sino el elemento que hacía funcionar mejor la picana eléctrica. La diabólica máquina lo hizo saltar de dolor, un dolor diferente, de taladro. Algo brutal recorría su piel y lo cortaba en lonjas. El verdugo se divertía en los puntos sensibles: las tetillas, bajo las uñas de las manos, bajo las uñas de los pies, en los testículos. Jaime lloraba y se sacudía locamente. Cuando la picana le tocó los labios, sintió que su cabeza se transformaba en un carbón encendido. Pero aún fue peor, porque le penetró la boca y se entretuvo en las encías superiores, las inferiores, otra vez las superiores.

—Ahora hablarás.

—Sí... sí... —tartamudeó—. Todo, todo.

—Bien. ¿Cómo se llaman tus amigos del Florida Garden?

Jaime sintió que se le paralizaba el corazón. ¿Así que ésa era la causa de su arresto?

—No los conozco... Era la primera vez que los veía.

—¿No dijiste que aceptabas confesar?

—Sí... Pero a ellos no los conozco. Lo juro.

La picana penetró nuevamente en su boca como un barreno y descargó sobre su lengua.

—¿Hablarás ahora?

—Ju... juro decir la verdad... la verdad.

—Bien.

—Era la primera vez que los veía. Me citaron en esa confitería... Busco a mi hija... Prometieron ayudarme a encontrarla.

—¿Ellos la van a encontrar?

—Estoy desesperado... ¿Es tan difícil entenderme?... Recurro a cualquier medio… —Evocó a Estela sollozando, pero se abstuvo de mencionarla.

—¿A los terroristas, precisamente? No es el camino, querido doctor. Tu argumento carece de lógica.

—Pero... pero... antes recurrí a... a... al ministro del Interior, la policía, el obispo, algunos militares...

—Jaime Lynch: para que te dejemos tranquilo, conviene que te decidas a comunicarme la verdad. Aparte de esos dos, ¿a qué otros subversivos conocés?

Mejor se dejaba liquidar. Ya no soportaba ese suplicio. Su corazón no resistiría otra andanada de descargas eléctricas. Que hicieran con su cuerpo lo que quisieran. La muerte ya se había instalado en sus venas.

Alguien susurró:

—Basta por ahora.

Lo levantaron. Era una masa tumefacta, un bollo informe de piel lastimada y músculos ateridos. Estaba paralizado. Lo acarrearon escaleras arriba, luego escaleras abajo. Recorrió un pasillo largo y húmedo. Ojalá condujera al paredón de los fusilamientos. Una bala en el pecho era lo que más deseaba en ese instante.

Se durmió sobre una superficie dura, con los pies y las manos atadas, la misma capucha maloliente asfixiándolo. Cuando despertó lo esperaba una sorpresa: lo llevaron a un sitio donde lo colgarían. El método era antiguo y había tenido gran predilección en las cámaras inquisitoriales. Oyó el sonido de la roldana e imaginó el tormento, que acababa en las más increíbles confesiones o acababa con la víctima. Las muñecas de Jaime, atadas sobre la espalda, fueron enganchadas a una cadena que se tensó de golpe. Mientras lo elevaban sintió que se le desgarraban los tendones. También se le iban a dislocar los hombros.

—¡Quiero hablar! ¡Diré todo! —suplicó.

No le hicieron caso.

Permaneció suspendido muchas horas. Años. Jaime no sentía los brazos, lo cual era un signo grave de insuficiencia circulatoria. Se le formarían trombos y moriría. Así acababan los crucificados. Esos salvadores de la civilización occidental y cristiana convertían sistemáticamente a sus víctimas en nuevos Cristos.

Hablaban a su alrededor. Quejidos de susto y luego de dolor venían de una sala próxima, quizás adyacente. Estaba en el centro de una vizcachera. Le pareció que se trataba de una mujer, tal vez de dos, a las que picaneaban alegremente. Por entre los aullidos inhumanos alcanzó a distinguir un nombre pronunciado con respeto: Abaddón... Su abotagado cerebro trató de descifrar tan extraño nombre. Le parecía familiar.

Cuando lo bajaron estaba semiconsciente, los labios y los ojos secos, más inmóvil que un cadáver. Lo habían destruido. Lo arrojaron sobre una camilla como a una bolsa de huesos despreciables. Lo abandonaron en una celda.

Alguien se ocupó de curarle las heridas y proporcionarle alimentos líquidos. En sueños supo que se trataba de un enfermero llamado Victorio Zapiola.

El pequeño Damián fue testigo de la desolación que invadió a su madre. No sólo habían secuestrado a Sofía, sino que había desaparecido su papá. La secretaria llegó a la casa notoriamente descompuesta, para contar una y otra vez lo que había ocurrido. Le habían telefoneado un par de minutos antes de que llegase el doctor; le notificaron que tenían una información confidencial y urgente para él, y dejaron un número.

—Se lo dije apenas vino. Le pidieron que cancelara los turnos y que fuera enseguida, solo.

—¿Adónde?

—No sé, no me dijo.

—Tenemos que averiguar a quién pertenece el número de teléfono.

—Ya lo hice, pero es un teléfono público. Muy cercano al consultorio.

—¡Dios mío!

Llegaron el abogado y la abuela Matilde, la vigorosa madre de Estela. El abogado procuró tranquilizar a las mujeres con la promesa de que pondría en marcha su arsenal de recursos. Pero la palidez de sus mejillas y la inseguridad de su voz evidenciaban desaliento. Damián no podía concentrarse en los deberes de la escuela: permanecía pegado a su madre, la abrazaba y besaba.

—No llores, mamita. Por favor.

La abuela, apoyada en el bastón que le había impuesto una antigua lesión de rodilla, dijo que se quedaría en la casa hasta que reapareciera Jaime.

—No hace falta —protestó Estela.

Matilde fue a la cocina y asumió el timón. Al rato se instaló junto a Damián, le dio un beso en la cabeza y lo tomó de la mano.

—Vamos, niño. Será mejor que hagas los deberes.

Damián contempló el rostro arrugado de su abuela. La luz se filtraba por los cabellos blancos de esa mujer valerosa, que ya había perdido a su esposo en la Guerra Civil española y a un hijo por leucemia.

Esa noche se reprodujo el aquelarre. Una explosión demolió la puerta que acababan de cambiar. Irrumpió la misma horda de la vez anterior, con las armas en la mano y una arrogancia aplastante. Voltearon sillas, rompieron platos, quebraron macetas y sacaron de la cama, violentamente, a Estela. Mientras la obligaban a vestirse, media docena de hombres revisaban de nuevo cajones y placards. Llenaron una caja con más biblioratos de correspondencia. No pudieron gozar del whisky ni obtener más dinero de la caja de seguridad, porque ni uno ni otro habían sido repuestos aún.

Matilde se liberó a fuerza de maldiciones, se apoderó de su bastón y caminó resuelta hacia el dormitorio de Estela. Damián forcejeaba con dos gorilas. Matilde los encaró.

—¡Dejen en paz al niño!

—¡Callate, vieja! —Un hombre intentó aferrarle las muñecas.

El bastón de la abuela giró en el aire y le dio en la cabeza. La reacción fue incontenible. La arrastraron de los pelos hasta la cama de Estela mientras ésta era sacada a los empujones.

—¡Mamá! ¡Mamita! —sollozaba Damián.

En menos de un minuto la casa quedó en silencio. Matilde, con sus blanco cabello desordenado, rengueó hacia la entrada destrozada. Debía apoyarse en las paredes oscilantes. Masticaba escorpiones. Damián, sentado en la vereda oscura, los ojos anegados de lágrimas, miraba el extremo de la calle donde desaparecieron los autos que se llevaron a su mamá. Su llanto silencioso aumentó la intensidad hasta transformarse en una convulsión. Su abuela se dobló para abrazarlo y cayó de rodillas. Empezó a gritar, y sus gritos cruzaron el firmamento negro como si fuesen truenos.

Pero nadie acudió. Algunos, estremecidos o apenados, se limitaron a escuchar tras ventanas y puertas bien cerradas.

Encapuchada y desnuda, Estela fue arrojada sobre la mesa de acero. Le abrieron las cuatro extremidades y la ataron con ásperas correas. Enseguida sintió las brutales descargas. Primero recorrieron sus brazos y piernas, en forma alternada. Luego fueron hacia las costillas, el abdomen, los hombros. El torturador disfrutaba de su trabajo en forma metódica, casi galante.

Los gemidos de Estela rebotaban en el techo e informaban al verdugo y al médico que la sesión podía seguir varios minutos aún. Entonces el torturador hizo una pausa. La víctima podía suponer que venía un recreo. Pero sólo significaba el prólogo del tramo más erótico: le aplicó la corriente sobre un pezón. El cuerpo de la mujer se contrajo con tanta violencia que pareció quebrarse. Luego repitió la descarga en el otro pezón. La dejó descansar. Estela supuso que no volvería a respirar. Estaba tan dolorida que ni percibió la suave exploración que el verdugo hacía de sus partes íntimas. La picana mojada penetró con rudeza en su vagina y la desmayó.

El médico ordenó interrumpir.

Días más tarde la visitó en la celda un sacerdote. Aunque no podía verlo a causa de la capucha, Estela reconoció que se trataba de un sacerdote por la calidez del trato y el estilo de las frases. El hombre le propuso levantar un poco el paño negro, para darle a beber una exquisita taza de café.

Estela no pudo contener el llanto. El hombre le acarició las llagas de las manos.

—El Señor está con nosotros. No pierdas la fe, hija mía.

Bebió el reconfortante líquido. Era la primera muestra de afecto que recibía desde que la habían secuestrado.

—¿Qué quieren de nosotros, padre?

—Es muy simple: hay una guerra. Otra vez se enfrentan el Bien y el Mal. Las fuerzas del Mal han conseguido trastornar a miles de personas. Si no triunfamos enseguida, el daño será incalculable.

—Pero nosotros... mi marido... yo...

—Estarán libres y a salvo apenas digan la verdad.

—¿Qué verdad?

—Yo no interrogo, hijita; sólo brindo consuelo. Y orientación.

—Infórmeles que no tenemos nada que ver. Nuestra hija fue desviada, pero es una adolescente. Sufre la rebeldía adolescente normal. En casa no aprobamos nunca la violencia. Que me dejen verla y la convenceré de su error. ¡Es apenas una nena, padre!... ¿Y mi esposo? ¿Por qué se lo llevaron? ¿De qué lo acusan?

—Antes tendrás que dar la lista completa de los amigos y amigas de tu hija. Debes contribuir con esta cruzada de salvación nacional.

—Me pide que sea una delatora. La mayoría de sus amigos son seguramente inocentes. Y los que no, chicos desorientados. Padre, ¡son chicos!

—Ni tú ni yo estamos en condiciones de saberlo. Algunos usan armas, ponen bombas. No seamos ingenuos.

—Padre. —Le aferró la sotana. —¡Ayúdenos!

El hombre se puso de pie, apoyó una mano sobre la capucha y susurró una bendición.

Jaime Lynch fue llevado a la cámara de torturas, pero esta vez no atacarían su cuerpo. Lo sentaron en la silla de hierro atornillada al piso. Lo fijaron al respaldo y a las patas.

Una voz conocida lo tranquilizó.

—Prepare su ánimo, amigo. Esta vez soltará la lengua.

—Sáqueme la capucha. ¿Quién es usted?

—Mejor ni se entere.

—¿Por qué? Si nos miramos podremos entendernos mejor.

—Nos entenderemos igual.

—Ya sé su nombre.

—¡Qué perspicaz!

—Abaddón. Lo oí varias veces.

—¿Y?

—El ángel exterminador. La novela de Sábato.

—Excelente. Me gustó ese nombre como alias de combate. Sábato es un subversivo, pero todavía lo dejamos en libertad.

—Ya conozco su alias; ahora déjeme verle la cara —imploró Jaime desde la capucha.

—Podría significar su muerte, doctor. Si llegara a ser capaz de reconocerme, no lo podría dejar salir a la calle. Sea agradecido con nuestras humanitarias gentilezas.

—¿Qué quiere de mí?

—Nombres.

—¡Por Dios!

—Nombres de los malditos guerrilleros amigos de su hija y también de usted. —El tono se tornó más ríspido.

—Ya le he dicho todo.

—Mentiras, doctor. Puras mentiras.

—Se lo juro por lo que más quiero.

—No jure en vano. Acá tenemos un cura que reza por usted, pero no podrá limpiarle tantos pecados juntos.

—No lo puedo ver.

—Tampoco podrá ver a su esposa, pero sí oírla.

—¡¿Qué dice?!

Ruidos, órdenes y lamentos. Reconoció la voz de Estela.

—¡Estela!

—¡Jaime! ¡Amor mío! ¿Dónde estás? ¿Cómo estás? —Un borbotón de piedras le desbordó la garganta.

—¡Aquí, Estela! ¡Aquí! —Echó a llorar mientras sacudía las despiadadas ataduras.

—No te veo... Estoy encapuchada.

—Yo también... Te oigo tan cerca...

—¡Ay! —protestó ella—. Suélteme.

—¡Suéltenla! —clamó Jaime.

—¡Nooo! —se quejó Estela mientras la forzaban a tenderse desnuda sobre un colchón—. ¡No! ¡Por favor! ¡Eso no!

Una mano de acero comprimió el hombro de Jaime.

—Escuche, mi querido Jaime Lynch.

—Abaddón, le ruego, le suplico...

—Ahora comprenderá que fuimos suaves con usted.

—¿Qué... qué van a... hacerle?

—A usted le haremos escuchar una música emocionante, la más estremecedora de su vida.

Estela protestaba y resistía. Jaime imaginaba la escena que se estaba desarrollando a dos metros de distancia.

—Tendrá un registro inédito de lo que siente su mujer cuando la violan.

—¡No, no!... ¡No puede ser! No pueden hacerle esto... ¡Es una madre! ¡Usted también tiene madre, Abaddón!

Los aullidos que profería Estela convulsionaban las paredes, pero no a los torturadores. Jaime transpiraba hielo mientras el corazón le latía en la boca. Explotaría de furia. Pero explotaría hacia dentro, hacia las cavernas de su alma destrozada. Ni los golpes, ni el submarino en la olla con excrementos, ni la picana eléctrica, ni la suspensión en el aire por horas le había dolido como esa injuria infinita. Tironeó con furia, se balanceó en la silla más firme que una roca, gritó más fuerte que su mujer para no oírla.

Varios hombres se gratificaron con el cuerpo aprisionado de Estela mientras Abaddón volvía una y otra vez al lado de Jaime para comprimirle el hombro y repetir:

—Hay que hablar, mi amigo, hay que confesar la verdad.

Al cabo de un tiempo imposible de medir, los captores de Jaime dieron por terminado el interrogatorio. Le quitaron la capucha y, lentamente, se recuperó de sus lesiones. Pero le quedaron marcas en el cuerpo, una especie de inscripción que le recordaba la realidad de sus torturas. No eran los números que los nazis tatuaban en el antebrazo de los condenados, sino la escritura secreta que había fijado el recorrido atroz de la picana.

El enfermero de cabello ensortijado, gris, y labios gruesos parecía un africano sin pigmentos. Le habían encargado mantener con vida a Jaime durante la primera etapa. Ahora que su cuerpo se estaba curando, la tarea consistía en "recuperarlo" para la sociedad. También Zapiola había sufrido cárcel, tormentos y una sostenida reeducación. Consiguieron que pasara de loco simpatizante montonero a sensato agente de las fuerzas de seguridad.

Jaime estaba profundamente abatido. Le daba igual transformarse en monje budista o en Napoleón. El mundo se había desquiciado. Después de la múltiple violación de Estela, la más horrible de las pesadillas nunca imaginada, no volvió a tener noticias de ella, ni tampoco de Sofía. Su hijito, Damián, debía de estar sumido en un desamparo colosal. El sufrimiento psíquico lo desgarraba peor que una sierra mellada. Rogaba que alguien tuviese la misericordia de proporcionarle un veneno.

Victorio Zapiola le aconsejó recuperar la calma. No todo estaba perdido.

—¿Sabe lo que me hicieron? ¿Lo que nos hicieron? —zollipó Jaime.

Día tras día Victorio lo visitaba, con cigarrillos y una botellita de coñac. Consiguió que se alimentara mejor. Hablaron del país y de sus familias. Primero narró Zapiola: era técnico radiólogo, trabajaba en el Hospital de Clínicas y se unió a los comandos civiles de la Revolución Libertadora que pusieron fin a la tiranía de Perón. Pero después fue atraído por la izquierda católica. Su mujer, instrumentista diplomada, se enganchó con los Montoneros: la mezcla de Iglesia y marxismo resultaba fascinante, lo más atractivo que se hubiera dado últimamente en la política. Ella era fanática, pero murió en los asesinatos de Ezeiza, cuando fueron a recibir en triunfo al caudillo que retornaba de España. Al grito de "¡Viva Perón!" disparaba el marxista contra el conservador y el conservador contra el marxista, ambos fanáticos del "Viejo". Casi todos voceaban lo mismo y se baleaban recíprocamente.

Victorio, para conformar a su mujer, empezó a colaborar con los Montoneros sin preguntarse adónde querían ir. Odiaba a la derecha peronista y odiaba a los militares que la prohijaban. Hasta que fue secuestrado en una redada. Lo sometieron a las mismas torturas que sufrió Jaime, porque la técnica era rutinaria y eficiente. Los dos tenían que agradecer al Cielo no haber sido picaneados en el culo ni violados con el caño de un revólver. También debían estar contentos de que en la sala no hubieran intervenido algunas pocas mujeres que resultaban peores que los hombres. En una reunión de verdugos soltaron la risa al comentar lo que una mujer le había hecho al pene de un pobre tipo, mientras yacía atado a la mesa de los tormentos: le agarró el pene con odio (seguramente otro pene la había violado cuando chica), lo amenazó como a un muñeco: "Te voy a dar lo que merecés", y lo introdujo en un frasco lleno de ácido. Ese tipo no volvió a orinar.

Jaime lo escuchaba asqueado, pero Victorio era el único que lo animaba. Esas historias atroces mostraban la realidad que él no había aceptado reconocer. Había pertenecido a la franja de argentinos que, ante las denuncias que circulaban, decían: "Exageran, exageran". Cuando las desgracias ocurrían cerca, se consolaba con otra frase célebre: "A mí no me va a ocurrir". Pero cuando chuparon a Sofía se desmoronó la impunidad. Todo era posible. Entonces empezó a sacar las piedras del corazón delante de Victorio Zapiola. El resistente enfermero le escuchó cien veces la historia del brutal allanamiento, la desaparición de su hija adolescente cuando escapaba hacia Montevideo, su deambular angustiado por las oficinas de militares más o menos conocidos, el palacio de Justicia, el ministerio del Interior, los sacerdotes. Y la maldita idea de buscar información a través de los mismos Montoneros. Nunca debió haber cometido semejante error. Alguien lo vio en el Florida Garden o alguien le había tendido una trampa. Tal vez esa pareja era de los servicios, no de la guerrilla. Imposible saber. Después se quebró en un llanto incontenible, asfixiante: la violación de Estela había sido la más ignominiosa de las torturas. ¿Cómo podían ser tan perversos? Al recordarlo sentía una estaca en el corazón. Nunca se repondría de esto.

Victorio lo abrazó y le golpeó repetidamente la espalda.

Luego Jaime recibió otras muestras de afecto, a cargo de algunos prisioneros en vías de recuperación. Uno le daba vitaminas de su frasco, otro le pasaba cigarrillos, un tercero recitaba poemas de García Lorca.

Al término de varias semanas, cuando Jaime parecía bastante repuesto, Victorio le sugirió que aceptara colaborar como médico de la prisión. Necesitaban cirujanos.

—¿Colaborar con estos asesinos?

—Yo lo hago.

—Pero...

—Están convencidos de que luchan por el Bien.

—No, no... No quiero saber nada con esta gente —se obstinó Jaime.

Victorio le hizo ver que el sufrimiento le había disminuido la percepción.

—¿Por qué?

—Hace tiempo que me mira a los ojos y aún no me ha reconocido —dijo el enfermero mientras se corría hacia la luz.

Jaime frunció los párpados y contempló el cabello ensortijado, los labios gruesos.

—Su juramento hipocrático le ordena atender al que sufre, sea quien fuere —agregó Victorio—. Así procedió conmigo, cuando me llevaron al hospital.

—No lo recuerdo.

—Me balearon en Ezeiza. Mi mujer murió, yo sobreviví. Gracias a usted.

—Operé a una media docena de heridos.

—Usted me salvó la vida, doctor. Me operó y luego me hizo las curaciones durante dos semanas. Fue muy amable conmigo.

—Gracias.

—Por la deuda que tengo, le aconsejo lo mejor.

—No haré nada por ellos antes de que me devuelvan a Sofía y a Estela.

—No es por ellos: es por otros seres que sufren. Y por usted.

—¿Por mí? ¿Convirtiéndome en colaborador de mis verdugos?

—Es el único camino que lleva a la libertad. O el más breve. —Le guiñó un ojo.

Jaime permaneció pensativo, las pupilas quietas sobre los ojos tristes de ese hombre. ¿Le estaba pasando un mensaje en clave?

—¿Qué debo hacer?

—Informaré que acepta colaborar. Que está resignado.

—En mis condiciones, ¡qué fea suena la palabra "colaborar"!

—Volverá a su profesión. Delante de un enfermo será otra vez un cirujano. Olvídese de la palabra "colaborar".

—No puedo operar sin el instrumental adecuado, sin asepsia.

—¡Claro que puede!

Al día siguiente Victorio le informó que Abaddón estaba feliz de incorporarlo a su grupo de expertos. En la prisión ya eran más de diez los hombres que habían accedido a "recuperarse" para la causa nacional. Había una pequeña sala de urgencias donde, con audacia, se podía realizar alguna cirugía mayor. Jaime Lynch, primero inseguro y dubitativo, luego más resuelto, volvió a los rituales de su trabajo. Alivió quemaduras, suturó heridas y extrajo balas de las extremidades. Su regreso a los olores del quirófano le devolvió cuotas de entereza. Lentamente rehabilitaba su identidad. Pero los torturados con uñas cortadas, ano y vagina sangrantes, dientes flojos y múltiples signos de picana en axilas y pezones volvían a producirle náuseas. Y una incontenible indignación. De noche solían llegar los casos más graves.

Jaime Lynch empezó a moverse con libertad dentro de la prisión. Lo llamaban El Tordo. Zapiola le recordó su pronóstico:

—¿Recuerda? Es el único camino; y el más breve.

Por fin pudo ver al temible Abaddón. Era un coronel de mediana estatura, morrudo y bizco. Le pareció imposible que ese hombre pudiera ser tan cruel, tan disociado. Sus modales parecían normales, incluso corteses. En el segundo encuentro Jaime no pudo resistir.

—Coronel, estoy dando lo mejor de mí, pese a todo.

—Lo sé. Y se lo agradezco.

—Seguiré colaborando el tiempo que usted determine.

—Así será. Acá, el tiempo lo manejo yo.

—Le pido una sola cosa.

—No me pida imposibles.

—Quiero ver a mi esposa y a mi hija.

—Imposible, doctor. Lo lamento.

—Coronel...

—Estamos en guerra. Mis colegas y yo mismo también sufrimos pérdidas. Esta guerra no la iniciamos nosotros.

—¡Pero somos inocentes!

—¿Su hija es inocente?

—Es una mocosa. No tiene responsabilidad.

—Doctor Lynch, ahora no le prometo nada. Pero si sigue portándose bien... las cosas pueden tomar un giro favorable. Ya veremos. —Dio media vuelta y desapareció.

Esa vaguedad le cayó como un baldazo de esperanza. Pero

se esfumó rápido, apenas recompuso el siniestro paisaje humano en el que chapaleaba. El misterioso Abaddón era un cínico.

Lo despertó Victorio Zapiola sacudiéndole un brazo.

—¡Pronto, doctor! Hay un herido grave. Ordenaron que se ocupe usted.

Jaime Lynch se restregó las órbitas. Miró el reloj: eran las tres y diez de la madrugada.

—¿Ya prepararon la mesa de cirugía?

—No es acá. Debemos trasladarnos a otra prisión. Nos llevarán.

Se despabiló de golpe. ¿Saldría de esa caverna? ¿Volvería a oler el campo abierto? ¿Tal vez a circular por un barrio? Olfateó la libertad y se vistió a los tropezones.

Victorio cargó la caja de instrumentos. La víctima era un subversivo a quien la bala había perforado una gruesa arteria; lo recogieron con vida, le pusieron un torniquete y lo mantenían con transfusiones. Necesitaban sacarle información. Jaime cumpliría con Hipócrates y con Satán al mismo tiempo: salvarlo para que después lo aniquilaran en la tortura.

Subieron a un Ford Falcon sin identificación. El olor a goma, polvo y gasolina lo abofeteó. Tal vez era la misma unidad donde los tacos se habían hundido en su nuca y le habían encasquetado la capucha endurecida por la mugre. Tal vez los dos oficiales armados que los acompañaban eran los que habían chocado su auto, los que le habían disparado a las rodillas o al tórax y molido a patadas. Con esa gentuza colaboraba desde hacía casi dos meses, impulsado por expectativas irreales. Una oleada de sangre le subió a la cabeza.

Se sentó adelante, junto al conductor. Victorio se ubicó detrás de éste, con la caja de instrumentos sobre las rodillas. Los acompañaba otra bestia profusamente armada, que ordenó al médico y el enfermero que se pusieran las capuchas. Era obvio que no les permitirían enterarse de dónde estaban.

—¡No! —protestó Jaime—. ¡Otra vez no!

—Son órdenes —le respondió el hombre con desprecio.

Encasquetarse el repugnante trapo no era tan terrible como sentir que a uno se lo calzaban a la fuerza, pero generaba igual angustia. Las tinieblas arrastraban hacia el abismo de las atrocidades. Faltaba el aire y abundaba el veneno: era una escafandra destructiva. Jaime apretó los puños.

A medida que el auto corría veloz por la ruta, Jaime sentía más furia. Lo llevaban a cumplir una misión que sólo les importaba a ellos. Querían que salvara una vida para tener el júbilo de anularla poco después. Recordó sus torturas pese al esfuerzo de pensar en algo menos doloroso. Recordó la múltiple violación de Estela y el garfio en que se había convertido la mano de Abaddón. Oyó la voz del conductor y creyó identificarla. Sí, era la de uno de los violadores. Prestó atención. Le latía el cráneo; estallaría. Se arrancó la capucha.

—¿Qué hace?— reprochó el conductor.

Sí, era la misma voz espantosa. La que rajaba puteadas contra los aullidos brutales de Estela. Se arrojó sobre el volante y lo giró. El oficial que vigilaba desde el asiento trasero desenvainó su arma, pero el coche salió del asfalto y dio una vuelta. La trompa se arrugó contra un árbol y el manubrio se hundió en el pecho del conductor, matándolo en el acto. Sonaron disparos erráticos y furiosos del custodio, que perforaron el techo y el tapizado. El enfermero, que ya se había quitado la capucha, le arrojó la pesada caja de instrumentos a la cabeza. Fue suficiente para aturdirlo, pero no bastaba. Boqueando de agitación le desprendió el arma, le apuntó al amplio abdomen y apretó el gatillo tres veces. La oscuridad no le permitía ver la sangre, pero aspiró su olor. Pasó la mano sobre el cuerpo tendido y sintió la viscosidad caliente, palpitante.

—¡Huyamos!

El vehículo estaba tumbado. Victorio pisó al agónico oficial y empujó la puerta hacia el cielo desbordado de estrellas. Dio un salto y cayó sobre la hierba.

—Vamos, doctor. —Se puso a abrirle la puerta.

Jaime no podía ayudarlo; estaba herido. Victorio tironeó hasta sacarlo. Lo cargó al hombro.

—¡Fuerza! Estamos libres.

—Me dio en la espalda... —murmuró Jaime, sufriente—. El hijo de puta me... me dio en la espalda.

—¡Está vivo, doctor! ¡Y libre! ¡No afloje!

Victorio transpiraba hielo. Debían alejarse del lugar. Estaban en las afueras de Buenos Aires, entre dos localidades próximas, seguramente. Lo ayudó a desplazarse unos metros y lo tendió sobre la hierba, donde iluminaban los faroles del auto. Le brotaba sangre por debajo de la escápula derecha. Intentó animarlo.

—Tiene suerte; el proyectil no le tocó el corazón.

Victorio se sacó la camisa y le aplicó un vendaje compresivo.

—Listo. Ahora, ¡a caminar!

—No... puedo.

—Sí que puede.

Volvió a cargarlo e inició la marcha por el medio del campo. Miró la Cruz del Sur y trató de mantener la línea recta: llegaría a algún sitio.

Mientras avanzaba hacía esfuerzos por mantener una conversación optimista. Incluso se burlaba de sus verdugos.

—Le anticipé que colaborando con ellos íbamos a conseguir nuestra libertad.

—Yo... no... Victorio, estoy acabado.

—No le creo. Se siente débil por el impacto. Pero le hice un buen vendaje. ¿Le aprieta la venda?

Jaime Lynch asintió.

—Ya no pierde sangre. La bala no le tocó un órgano vital. Se va a poner bien. ¡No afloje!

Al cabo de media hora Victorio lo depositó de nuevo sobre la hierba para descansar. Respiraba como un fuelle. Tampoco le salía fácil la conversación.

—No resistiré... Es inútil... —susurró Jaime con la lengua dura.

—Ya continuamos —replicó Victorio.

—Siga usted...

El enfermero decidió abandonar la estéril polémica. Volvió a cargarlo y reanudó la marcha. En el segundo descanso Jaime Lynch ya no hablaba, pero seguía respirando y su pulso era demasiado irregular. "Mal signo, carajo."

En el tercer descanso aceptó que Jaime Lynch tenía razón: no llegaría vivo a ninguna parte. Ahí terminaba la parábola de su vida.

Rodaron lágrimas por las ásperas mejillas de Victorio. No podría saldar su deuda. Lo cargó sobre el hombro hasta el amanecer. Era un peso muerto. Era un muerto. Los pájaros de la madrugada formaron bandadas bulliciosas, pero insólitamente melancólicas. Nunca había imaginado que el alba también podía ser dolorosa. El aire arrastraba fragancias lúgubres; los árboles formaban una oscura guardia de honor. Se acercó a un caserío y depositó el cadáver junto a un sendero cubierto de pedregullo.

—Aquí lo encontrarán. Almas piadosas le darán sepultura.

Depositó un beso sobre la frente del médico, barboteó palabras ininteligibles y se alejó.

No le resultó sencillo evadir la persecución. Pero al cabo de once días consiguió llegar a Paraguay, ingresó en la embajada de Suecia y pidió asilo político. En dos semanas volaba hacia los hielos del mar Báltico. Le costaba reconocer que estaba vivo.

La abuela Matilde se hizo cargo de Damián. Lo llevó a su modesta casa de la calle Honduras, en el barrio de Palermo Viejo, y lo instaló en la pieza adyacente a su dormitorio. A las propias pesadillas debió agregar las que acosaban a su nieto, que no dejaba pasar una noche sin despertarse a los gritos. Por insistencia de sus familiares lo llevó a un psicoterapeuta especializado en adolescentes. Damián no se resistió a concurrir con puntualidad, pero en las sesiones mantenía un silencio de tumba. El profesional se esmeraba en sacarle frases mediante juegos, preguntas y cortos relatos, pero comprendía que tenía ante sí un sufrimiento al rojo vivo. Al muchacho se le habían secado las lágrimas y no podía llorar delante de otros, pero reaccionaba como un resorte a la menor provocación.

Al cabo de dos meses sin noticias de Jaime, Estela ni Sofía, el abogado desnudó su fracaso ante la abuela Matilde y su abrumada familia. Dijo y se desdijo y volvió a decir, —con una tartamudez que no se le había conocido— que podía haber ocurrido... lo peor. Desde luego él continuaría sus gestiones, pero no garantizaba que llevasen a buen puerto. Mirando las baldosas del piso insinuó que harían bien en cambiarlo por otro profesional menos pesimista.

Matilde se encerraba en la intimidad del baño para arrancarse los cabellos. Después iba a llorar durante horas en la iglesia, y en el confesionario descargaba ríos de furia. El cura, impotente para frenar sus aullidos, la invitó a la sacristía. La escuchó con inmensa paciencia. Ella reconoció que estaba dispuesta a degollar a los criminales que habían pulverizado a su familia, aunque terminase en el infierno, ya que el infierno de Satanás no podía ser peor que el de Videla. Cuando el sacerdote levantaba el crucifijo para aventar los olores de azufre, Matilde golpeaba su bastón y le decía que les mostrara el crucifijo a los criminales, no a ella, que era una pobre mujer.

—Dios te ayudará. Paciencia, más paciencia, hija mía.

—¿Paciencia? ¡La tendré cuando esos miserables devuelvan a mis hijos!

El psicoterapeuta no se asombró de que su paciente negase que sus padres hubieran muerto; ni siquiera reconocía que hubieran sido tragados por la represión militar. Tampoco debía esforzarse por inventar historias que respaldasen su postura, porque en esos tiempos la gente evitaba formular preguntas. La palabra se había convertido en un factor de riesgo. La cautela sobrepasaba los niveles conocidos hasta entonces y ni siquiera los adolescentes mostraban curiosidad por los temas que bordeasen la "guerra sucia" que barría todas las calles. Tanto en el hogar como en el colegio se evitaba hablar de ciertos asuntos: los docentes enseñaban sin admitir cuestiones y los padres se encargaban de desviar una indagación peligrosa. Sólo a un compañero que le estuvo mirando la firma de su libreta de calificaciones Damián le dijo que sí, que era la firma de su abuela. Su abuela lo hacía porque sus padres habían viajado a un congreso médico en Europa. En cuanto a su hermana, seguía un curso de hotelería en Bariloche.

Matilde se enteró.

—¿De dónde sacaste esas ideas?

Su nieto la miró confuso.

—¿Acaso no es verdad? —Bajó la cabeza para que no le viese el huracán del alma.

Ella le dio un beso en la frente y lo acompañó a la puerta. Damián tomaba en la esquina un colectivo que lo dejaba frente a su escuela en sólo quince minutos. Matilde se precipitó al teléfono y llamó al psicólogo. Exigió que se pusiera al aparato enseguida, porque era urgente. Estaba alarmada, claro que sí: su nieto se hundía en la locura.

El profesional la tranquilizó. No era así; se trataba de mecanismos de defensa. Su sufrimiento espiritual era enorme, por supuesto, y trataba de soportarlo con distorsiones de la realidad. Había que tener paciencia.

—¿Paciencia? Usted me habla como un cura.

—Y darle amor, compañía.

—Como si fuera un cura... Dios mío. A usted le pago para que lo ayude en serio, no para que me dé un consuelo inservible. ¡No me hable de amor! ¡A este pobre niño lo han despojado de su mayor fuente de amor! —sollozaba con el auricular en la mano, esperando calmarse, pero al cabo de un rato colgó sin despedirse.

El terapeuta suspiró, exánime.

Damián volvió una tarde con la ropa desgarrada y un hematoma en la mejilla. No quiso dar explicaciones. Su abuela, rengueando, lo siguió por la casa. Apoyada con ambas manos sobre su bastón, se esmeró en hablarle con ternura. Damián la esquivaba; guardó sus útiles, se quitó la ropa y se encerró en el baño. Se duchó y se cambió lentamente mientras su abuela esperaba. Extrajo de la heladera unos cubos de hielo, los envolvió en una toalla y se los aplicó sobre la mejilla. Bebió media jarra de agua y luego entregó a la expectante mujer un papel firmado por la directora de la escuela. Era una citación que le hacía en calidad de tutora, debido a la "mala conducta del alumno Damián Lynch".

—¿Qué significa?

No contestó. Con el hielo contra la mejilla y la mirada puesta en el cielo raso, aguardó la hora de su sesión. Era la primera vez que tenía reales deseos de encontrarse con el psicólogo. Empezó advirtiéndole que no podía hablar con su abuela porque la pobre ya sufría bastante; ella disimulaba ante los vecinos y no faltaba el idiota que la saludase festejando un buen aspecto inexistente. Le partía el corazón cuando la oía rugir mientras se tiraba de los cabellos. No, con su abuela sólo trataba los asuntos agradables, que eran muy pocos. En otras palabras, no trataba asuntos. Durante un cuarto de hora alternó frases inconexas y silencios angustiados, pero su lengua empezó a destrabarse. Dijo que atacó a un par de compañeros que le habían preguntado socarronamente sobre sus padres. No le importó la pregunta, sino que no le creyesen su versión. Ya les había explicado que estaban de viaje. Eran unos malignos.

El psicólogo coincidió en que eran unos malignos, y Damián sintió que el oxígeno le llenaba los pulmones. No habían avanzado mucho, pero regresó aliviado.

Antes de dormir se quedó mirando la fotografía que su abuela le había puesto en la mesita de luz. La dulzura que irradiaba la sonrisa de sus padres le quemaba el pecho. Levantó el pequeño cuadro con ambas manos y acarició el vidrio con un dedo. Les dio un beso a su mamá y a su papá y guardó la foto bajo la almohada.

Su abuela tuvo que hacer frente a la cerrazón mental de la directora de la escuela, quien no aceptaba que Damián estuviese emocionalmente perturbado. Insistía en que una cosa eran los problemas familiares, y otra, la conducta en público. Según su criterio, al jovencito rebelde le faltaba comprender los beneficios de la disciplina porque había sido educado en una forma blanda. Por esa vez, y sólo debido a su pedagógica generosidad, se abstenía de aplicarle una sanción, pero si volvía a provocar peleas tendría que buscarse otro establecimiento.

Cuando Matilde entró en el cuarto de Damián para contarle cuánto aborrecía a la bruja de la directora y proponerle que evitase discutir con sus compañeros, advirtió que faltaba la foto de la mesita. Antes de que se pusiera a buscarla, Damián le contó que prefería mantenerla bajo su almohada.

—Pero... ¿no la querés mirar?

—La quiero sentir.

Matilde pensó que debía cambiar de psicólogo. Se mordió los labios hasta que le dolieron. No iba a llorar delante del niño.

A los seis meses de vivir con su abuela, cuando sus familiares creyeron que por fin emergía del duelo, Damián empezó a quedarse apoyado por largo rato en la ventana que daba a la calle. Se había convencido de que, si esperaba a sus padres con insistencia, a razón de un par de horas diarias por lo menos, regresarían antes, tal vez pronto. Ya tenían que haber recorrido toda Europa. Era mentira que hubiesen desaparecido para siempre, como sonaba por ahí. Imposible. Mientras oteaba la calle ponía atención en la gente para descubrir hombres o mujeres parecidos a Jaime o Estela. El parecido podía trocarse en identidad. Una mujer lo sobresaltó; sacó medio cuerpo para verla bien: era igual a su mamá, aunque con el cabello teñido. Saltó a la vereda y corrió a abrazarla. La mujer ingresó en un edificio próximo y el decepcionado muchacho recordó que ya la había encontrado en otra ocasión: era una vecina, nada más que una vecina. No importaba; debía perseverar. Sus padres estaban cerca y tal vez se habían disfrazado para evitar que los reconociesen sus perseguidores. No era el único que pensaba así: su psicólogo le contó que un joven recorría los colectivos con la foto de sus padres en la mano. Fue un buen consuelo, porque no estaba solo ni había enloquecido, como también sonaba por ahí.

El colegio secundario fue más sombrío que la escuela. Se sentía un espécimen raro, de cuya familia no podía dar referencias. Su padre había sido famoso, pero no debía mencionarlo. Tampoco decir que faltaban su madre y su hermana. Nunca se hablaba de los desaparecidos, que ya eran multitud, pero hasta los gastados pupitres de cualquier aula sabían que habían sido "chupados" dos profesores y seis alumnos por una delación. Las paredes murmuraban: "Por algo será", o: "Cosas terribles habrán hecho".

El director del colegio, los docentes y los compañeros de Damián evitaban el tema de la "guerra sucia". Estaban "vacunados", se decía. Quienes sufrieron pérdidas de familiares o de amigos callaban y quienes aún no las habían padecido se afanaban por evitarlo escurriendo hombros y conciencia. Era peligroso saber. Había que encerrarse en el propio caparazón, como las tortugas.

Pasaron años. Ni la abuela de Damián ni sus tíos, ni sucesivos abogados ni el arzobispo de Buenos Aires, ni las organizaciones por la defensa de los Derechos Humanos, ni unos contados burócratas relativamente sensibles consiguieron la menor información sobre Sofía, Estela y Jaime. Nada. Se los había tragado le tierra, o el mar, o el cielo. Los dueños del país aseguraban que mucha gente presuntamente desaparecida disfrutaba de suntuosas vacaciones en el exterior, a menudo con nombres falsos. Damián pensó que esos cretinos le habían plagiado la fantasía.

DIARIO DE DOROTHY

Wilson me acaba de telefonear desde Houston para invitarme a pasar una larga y hermosa temporada en las playas de Río de Janeiro. Es parte de un plan maravilloso. Ya está todo arreglado: residencia, automóviles, diversiones, personal. Vendrá a buscarme allí en unas semanas. Prepara el acontecimiento más importante de su vida: la llegada de nuestro hijo. Ha decidido adoptar uno, que inscribirá como propio, legítimo. Se llamará Washington Castro Hughes, una forma de atar más fuerte aún nuestro lazo matrimonial.

Su voz sonaba feliz. ¿Será un chico brasileño? Se negó a contestar esa pregunta. Recordó que fui yo quien le sugirió recurrir a la adopción, de modo que no quería volver sobre el tema. Me dijo que ha dado un paso trascendental y que no quiere atarse a referencias de bajo vuelo. El niño será blanco y bellísimo; de eso no tiene dudas.

¿Pero por qué Río?, insistí. Contestó que por una razón muy simple: no quería que la gente recordase no haberme visto embarazada. Debemos cuidar el marco social y la indiscutible paternidad de la criatura. El bebé será presentado como biológicamente nuestro, nacido de su semen y mi óvulo.

1982

Tras la guerra de las Malvinas y la consecuente descomposición del régimen militar, en Damián empezó a fermentar un ambiguo desasosiego. Se acusaba de haber negado la verdad, de haberse inventado historias ridículas para consolar su dolor, de esperar en forma pasiva que su tragedia terminara en justicia, de someterse a una resignación indigna. Cuando pasaba un cortejo fúnebre lo miraba con envidia: los que acompañaban a sus padres muertos verían cómo se les daba sepultura y podrían visitarlos con una flor, cosa que él no haría jamás. Se acusaba de no haber hecho nada para localizar las tumbas de sus padres o de su hermana Sofía... si de veras existían sus tumbas. Tal vez habían sido arrojados al río o al mar en esos vuelos siniestros que sólo se comentaban a media voz. Algo tan salvaje no podía ser cierto. Tenía rabia de saber un poco y de no saber bastante, rabia por haberse callado como la mayoría de las personas que vivieron bajo esta dictadura que felizmente declinaba. Rabia por haber festejado la expresión: "¿Yo? ¡Argentino!". Sus entrañas emitían ruidos insólitos y presentía que de su boca y de sus orejas brotarían chorros de lava.

Matilde tosió para deshacer el nudo de su garganta y le explicó que la casa de sus padres había sido comprada por un militar. Una hebra de su cabello blanco se pegó a su mejilla húmeda. Antes de que Damián pudiese convertir el asombro en palabras, agregó que tampoco ella entendía, pero tres abogados y dos escribanos le demostraron lo mismo: la operación había sido legal. El pobre Jaime firmó —o lo obligaron a firmar— los papeles con su caligrafía inconfundible, y no había nada que hacer. Las preguntas que Damián le formuló en ese momento y las que le formularía en las horas y las semanas sucesivas ya las había repetido Matilde una y mil veces a los tres abogados y dos escribanos. No había forma de recuperar el bien. La casa había sido vendida por Jaime en debida forma a un tal Carlos Ríos, que a su vez la vendió a Jorge Montes, que a su vez la vendió a Ignacio Lavaqué. No se sabía adónde había ido a parar el dinero de la venta ni resultaba posible ubicar a Carlos Ríos. La operación, según pudieron rastrear, se efectuó en Buenos Aires. Sonaba irreal, pero era más cierto y duro que la piedra atascada en su pecho.

Damián retornó al hogar usurpado. Su anhelo era más fuerte que la prudencia. Empujó la alta puerta familiar y se sorprendió de que no le hubieran echado llave. Tampoco apareció alguno de los nuevos habitantes. Se extendía una penumbra húmeda y misteriosa. Buscó el botón de la luz, pero sus dedos sólo descubrieron las secas ondulaciones de la pared, de revoque descascarado. En el living se alzaba un montículo negro, como un perfecto cono hecho con polvo de asfalto. El olor a encierro ardía en el paladar. El cono era un hormiguero gigante. A su alrededor advirtió el perfil de sillas tumbadas, floreros rotos, diarios viejos. El desorden testimoniaba el último allanamiento, el que se llevó a su madre, y del que fue un observador paralizado. En aquella noche abismal su abuela había ido a recogerlo a la vereda, hacia donde él había corrido con la esperanza de retener a su mamá. Pero permaneció como una estatua mirando hacia el vacío fondo de la calle.

También encontró hormigueros en el baño, la cocina, los dormitorios. Los placards estaban abiertos, con la ropa caída. Las fotografías exhibían manchas ocres. Abrió un grifo y salió agua marrón, con gusanos. La dejó correr y, poco a poco, se aclaró mientras los gusanos luchaban por alcanzar el borde del lavatorio. Entonces se produjo una maravilla: en su cabeza se restableció el hogar conmovedor, con pisos lustrados, alfombras limpias y ventanales con maceteros desbordados de flores. Su cabeza estaba rodeada de luces. Oyó el sonido de la ducha caliente e inhaló la fragancia de la comida puesta en el horno. Había júbilo y calidez. Ruidos gratos y voces amadas. La voz de su papá, de su mamá, de Sofía.

Despertó transpirado.

DIARIO DE DOROTHY

He visto La historia oficial. *Me asaltaron el terror y las náuseas. Nunca una película me había producido un efecto tan agobiante. Miré a Wilson y le pedí que nos retiráramos del cine antes de que terminase la función. No pude hablar hasta que llegamos a casa. Fui directo al dormitorio y me arrojé en la cama.*

Él me miró asombrado; no entendía mi malestar. Yo le dije que lo que había visto me dejó muerta de miedo. Hizo un gesto despectivo y ordenó que no me dejase influir por el sentimentalismo barato: esa película era sucia propaganda política.

Entonces le recordé que también habíamos adoptado una criatura y que esa criatura podía llegar a ser reclamada. Se puso verde de bronca y gritó que no hubo adopción. Que nunca más quería oír en mis labios esa palabra. Y dijo más: que él me había preñado bien preñada y que así debía asumirlo de una vez por todas. Que me había preñado de esta hija y me había preñado de otros hijos que perdí.

Yo lo escuchaba perpleja, porque nunca me preñó y jamás aborté hijo alguno. Pero Wilson quería que ésa fuera no sólo la versión para los demás, sino para nosotros mismos. Agregó que para no perder la criatura, como me había pasado otras veces, me mandó a descansar unos meses en Brasil. Era un invento que debía ser convertido en historia, en granítica historia.

Asentí mientras me secaba las lágrimas. Pero no pude dejar de preguntarle que a lo mejor alguna de esas abuelas de Plaza de Mayo... No me dejó terminar la frase; me agarró la cara con manos indignadas y me aulló a los ojos: "¡Qué disparate! ¡No habrá abuelas! Tu madre falleció y la mía está en Cuba, o en el cielo".

Ese viejo edificio de Barrio Norte, construido originalmente para albergar familias de medianos recursos, terminó subdividido en oficinas. Según la cartelera que figuraba en la planta baja, había una firma de abogados, una agencia para la selección de personal de empresas, una editorial mantenida por los mismos autores y una compañía de traductores. Cada sociedad ocupaba uno, dos o tres pisos. Algunas habitaciones eran amplias, y otras, muy pequeñas, como si las hubieran subdividido con tabiques disimulados. Además de salas amplias había habitaciones individuales y algunas suites. Ciertos sectores no se usaban nunca, quizá porque se reservaban para las emergencias. En todos los pisos abundaban teléfonos, grabadores, faxes y computadoras. El personal de vigilancia y el de limpieza del conjunto era contratado por la firma de abogados. Con raras excepciones, la gente que circulaba era siempre la misma. Durante la noche rotaba una guardia.

No era la SIDE, pero se le parecía. Tampoco era una organización de detectives privados. Allí, se ocupaban de realizar seguimientos de llamadas telefónicas vinculadas a un gran negocio internacional. No podrían justificar su tarea, que debía oscilar entre lo permitido y lo vedado. Tampoco eran inmaculadas la SIDE ni las agencias de detectives. Pero la sociedad, acostumbrada a ellas, las ignoraba.

Las escuchas que se registraban en el edificio eran incesantes, agotadoras. No bastaba con registrar diálogos, sino que era preciso quemar montañas de paja para encontrar un grano de trigo. Entre la paja se colaban adulterios que habrían regocijado a guionistas de películas porno. O ideas más perversas que las imaginadas por el marqués de Sade. En algunos momentos estallaban carcajadas que concentraban a varios agentes ante un parlante. Pero en general se trabajaba en silencio, con orden y mucha concentración.

El material chismoso no interesaba al jefe, aunque revelara pistas que harían asomar colmillos al más tonto de los fiscales. El jefe no se cansaba de repetir una recomendación tan simple y granítica como si fuese un maestro de Kung Fu:

—Sigan el curso de la plata. Es el río que los llevará al mar.

Con su saco deportivo a cuadros pequeños y su cabello parecido a lana de oveja, Victorio Zapiola cumplía las horas de trabajo con eficiencia. Habían quedado atrás sus años de enfermero y pronto se jubilaría con un monto superior al que le hubiera correspondido de seguir en la misma profesión. Es claro que alternaba la escucha y el procesamiento de material con el debido entrenamiento físico. Lo había comenzado en Suecia y desarrollado intensamente en California, de donde fue repatriado a la Argentina a comienzos de la década de los 90. Sus labios tristes y sus mejillas chupadas no revelaban el monto de entereza que aún acumulaba su espíritu.

1998

Desplegó el diario mientras tomaba el desayuno, y sin querer empujó una cucharita que tintineó en el suelo. Damián evocó el sonido. Era el mismo que produjo el cubierto de su abuela cuando, hacía un lustro, se le cayó de la mano en su lecho de agonía. Se estremeció, dejó las hojas del diario sobre una silla y levantó la cucharita. Antes de depositarla sobre el mantel giró. Emitía un brillo común, pero hizo estallar el recuerdo de su abuela porque era parte de la vajilla que le había quedado de herencia. Matilde, pese a sus años y su artrosis, le había asegurado, desde el ingreso de Damián en el colegio secundario, que permanecería junto a él hasta que culminase su carrera universitaria. Terminó la carrera y la anciana, menos saludable que nunca, le aseguró que un par de años antes del 2000 Damián conocería el amor de su vida. Era un anuncio arbitrario y ajeno a su estilo, pero firme. Murió a la noche siguiente. Y esa frase se convirtió en una profecía que lindaba con el mandato. Una y otra vez retornaba a su cabeza como si fuera un plazo de cumplimiento real. Su abuela lo había protegido con tanta devoción como si fuese el único sobreviviente del arca de Noé. De esa forma, con amor y a veces con exigencias, logró que Damián atravesara los años de plomo pese a las fracturas del alma. Consiguió que a su dolor se agregara la risa, que fuese un joven bastante normal.

Fue a dictar su clase de Metodología de la Investigación en la facultad de Ciencias Sociales de la UBA. Era ayudante de trabajos prácticos y pronto accedería al cargo de profesor adjunto en la carrera de Ciencias de la Comunicación. Tenía a su cargo una agitada comisión de treinta y seis alumnos. Caminó por la ondulante vereda de la calle Ramos Mejía sin prestar atención a los *graffiti* de las paredes. Muy cerca estaban el Hospital Naval y el remozado parque del Centenario. La mudanza se había cumplido meses antes, porque el viejo edificio del centro, en la calle Marcelo T. de Alvear, desbordaba alumnos, que ya no sólo debían sentarse en el suelo, sino en las ventanas. Las autoridades optaron por comprar los restos de una abandonada fábrica textil y la acondicionaron a las cachetadas, como se estila en este país. Un poco de pintura en las paredes y los techos, arreglos parciales de los sanitarios, caños a la vista para el gas y la electricidad y, como las últimas gotas del presupuesto no alcanzaban para comprar las baldosas, los pisos quedaron con el cemento desnudo. Ese cemento fue esparcido a los apurones, con mala calidad de material o falta de talento en la mezcla, ya que al mes empezó a quebrarse y soltar un polvillo que cubría los pupitres y penetraba en el cabello.

El acceso estaba rodeado por aguerridos bastidores llenos de consignas políticas que se extendían hacia los pasillos y algunas aulas. Damián ya ni las leía, porque eran un paisaje peor que rutinario: inoperante. En varias ocasiones se interesó por averiguar quiénes suministraban energía para mantener esas banderas que antes habían arrastrado multitudes y ahora parecían los restos mortales de un campo de batalla. Quería encontrar inteligencia y pasión tras las siglas gigantes, pero la pasión era anémica, y la inteligencia, obtusa. Los estudiantes lúcidos habían sido domados o elegían el individualismo; se resistían a integrar grupos, y más aún si no guardaban relación con sus proyectos. ¡Y se trataba de la facultad más militante, junto con la de Psicología y la de Letras! La lucha se agotaba en llamadas a esporádicos actos políticos, marchas por causas perdidas o eventuales tomas de la Universidad. Hubo manifestaciones memorables cuando el ex almirante Emilio Massera fue internado en el vecino Hospital Naval.

Pero no ardía el fuego por una educación de excelencia o para proveer tecnología avanzada. Más bien cenizas y algún rescoldo.

En el nuevo edificio expresamente acondicionado para Comunicación Social sólo se encontraban enchufes, pero no aparatos. ¡No había computadoras a disposición de los alumnos, porque habían quedado en el centro! En las clases se analizaban los medios con vehemencia y se hablaba de Internet con entusiasmo, pero sin que hubiera delante de los ojos una mísera pantalla. Los contados televisores de la facultad eran trasladados de un aula a otra cuando los reclamaba un docente, y a menudo no funcionaban. Sólo podían lucirse dos estudios de radio bien puestos, incluida una flamante computadora. Y aulas, muchas aulas atiborradas de gente, con muros blancos decorados por una guarda verde y amarilla. "Símbolos de la primavera que soñamos", barruntaba Damián, irónico y dolido.

Dejó a su izquierda la Secretaría de Apuntes, donde se vendían los textos fotocopiados en vez de libros, porque hacían más fácil el estudio. O más superficial y pobre. Cruzó el bar instalado en el pasillo lleno de gente y caminó hacia su aula por corredores con olor a cemento y papeles. Recordó que su abuela había alcanzado a conocer el antiguo edificio de esa facultad, cuando fue al acto de colación de grados. Allí Damián recibió su diploma de licenciado en Sociología. Ella se golpeaba las rodillas hinchadas para frenarse las lágrimas. "Un par de años antes del 2000", le había dicho después. En otras palabras: ahora, en estos meses. Muy pronto. Lo anunció con la seguridad de una pitonisa en su lecho mortal. No era negativo que un sujeto racional como él se entregase de tanto en tanto a los consuelos de la superstición. Dio vuelta la cabeza para ver si ya se cumplía el anuncio, si el amor de su vida lo estaba siguiendo. Pero no. Eran jóvenes que marchaban hacia diversas direcciones, no hacia su corazón.

"Es ridículo que gaste mis neuronas en pavadas." El aula estaba llena, como siempre. Sopló el polvo de la mesa y depositó su portafolios. Tampoco se sentaría, porque la silla estaba rajada. Controló el pizarrón que habían tenido la gentileza de borrar en la hora anterior a la suya. Se dispuso a iniciar la clase. Conocía a todos sus alumnos, aunque no memorizaba los nombres. Estaban sentados en sus pupitres individuales con los útiles sobre la tabla del apoyabrazo derecho. Por entre el enjambre de cabezas la detectó nuevamente. ¿Cómo se llamaba? Tenía ojos verdes, ondulada cabellera rubia y un toque desafiante en el mentón. Lo había atraído desde la primera clase, pero él tenía una ridícula capacidad para dejar de lado aquello que le apetecía, como si no lo mereciera. Y su mente había hecho una cabriola con la secuencia temporal: en vez de recordar la profecía de su abuela ahora, mientras observaba a esa rubia acomodando sus libros, había evocado la profecía cuando se le cayó la cucharita del desayuno. De esa forma perdía objetividad. Primero se presentó el anuncio, luego el cumplimiento, pero en realidad quería el cumplimiento y por eso recordó antes el anuncio. ¡Qué embrollo!

¿Esa mujer se convertiría en su gran amor? Sólo plantearlo así lo avergonzaba; su cabeza no era la de un hombre sensato, sino la de un pendejo, qué joder, se reprochó. ¿Pero acaso Damián no era un hombre carente de amor? Sonaba estúpido. Debía bajar a la tierra y reconocer que esa bonita cara le había gustado. Era todo. Suficiente. Sólo que recién ahora, al asociarla con el anuncio de su abuela, adquiría una significación extraordinaria. Damián había completado un master en los Estados Unidos y, entre otras cosas, se le había fijado la prudencia de los docentes en cuanto a dejarse seducir por sus alumnas. Las penalizaciones habían enseñado a portarse con cuidado. Cuidado excesivo casi siempre, fue su impresión. Era una retorcida invención estadounidense que no armonizaba con el espíritu latino, por supuesto. Aquí el levante era materia cotidiana y hasta envidiada; más de un profesor se jactaba de compensar su oprobioso salario con un relevo de amante cada año. Pero esta joven no era para un levante. ¿La estaba hipervalorando antes de conocerla? ¿Habría sido bruja su abuela?

Durante esa clase la miró a cada rato; ella no desviaba los ojos. Su melena abultada la destacaba del resto, pese a que solía apoyar la mejilla sobre un puño y hundirse un poco entre los demás. Era como una esfera de luz dorada que se escabullía entre las cabezas.

Al final de la hora, Damián decidió quedarse en el aula arreglando papeles mientras los alumnos se retiraban. Estaba atento a los movimientos de ella, que avanzaba despacio tras otros compañeros. Cuando la tuvo a pocos pasos le hizo señas.

—¿Yo?

Damián asintió. Mientras ella se acercaba al escritorio, se le superpusieron imágenes y admoniciones. Estaba cometiendo una rotunda estupidez. ¿Qué iba a decirle? Su confusión también era ridícula. "Dos años antes del 2000", el entierro de su abuela un lustro atrás, sus tensas reuniones con Victorio Zapiola en el café El Foro. Le irritaba sentir tal vértigo ante algo tan anodino como charlar con una alumna.

La alumna aguardaba con la mochila colgada del brazo. Damián contempló sus órbitas profundas e imaginó que se zambullía en un lago de esmeraldas. Las palabras tardaron en salirle.

—Te noto poco participativa.

Ella torció la cabeza con expresión interrogante.

—No te oigo preguntar, opinar —agregó Damián en un tono que parecía neutro.

La expresión interrogante se mutó en sorprendida.

—Pregunto cuando tengo dudas e intervengo cuando tengo algo interesante para decir —replicó ella.

—No es un reproche... —Damián se acarició lentamente la mandíbula.

—Parece.

—Sólo quería decirte... que si hay algo que te genera dificultad, estoy dispuesto a repetir o ampliar las explicaciones.

—Gracias.

—Algún tema que te resulte oscuro, por ejemplo.

Sonrió y la dentadura blanquísima aumentó su belleza. Damián parpadeó, encandilado.

—Ningún tema me resulta oscuro… por ahora.

—Está bien. Muy bien.

Damián se dio cuenta de que ella percibía su incomodidad de profesor enredado, pero disimulaba el descubrimiento.

—Te agradezco tu generoso ofrecimiento —agregó ella.

—Por nada.

La alumna cargó la mochila al hombro y giró sobre los talones, pero antes de dar el tercer paso se volvió y sus ojos dieron con los del docente, que la seguían mirando.

—Para devolverle la amabilidad, te digo que tus clases son buenas. Y no dejan puntos oscuros.

Ambos sonrieron. Ella partió y Damián tuvo que sentarse en

la silla rajada. Esa chica era avispada y segura; tenía un endiablado encanto. Alarma roja. ¿Lo había atacado una calentura?

En las dos clases siguientes hizo el masoquista esfuerzo de no fijarse en ella, pero cuanto más se lo prohibía, más se encaprichaban sus pupilas en buscarla por entre la treintena de cabezas. Una semana y media después decidió resolver su conflicto con espontaneidad. Recordó a San Agustín, quien condenaba el exceso de paciencia porque uno debía ejercerla con libertad; sin libertad, la paciencia ya no era tal, sino la conducta resignada de un esclavo.

¿Por qué no conversar con ella? ¿Qué le impedía darse el gusto? ¿Desde cuándo era tan tímido, tan estoico? Nadie lo acusaría de acoso sexual; la Argentina no era los Estados Unidos. Sonaba ilógico evitarla. También sonaba ilógico que la profecía de su abuela —dicha para insuflarle esperanzas— le hubiera producido un bloqueo. Se acomodó la camisa dentro del pantalón y se dispuso a dar el paso siguiente.

Aguardó que salieran los alumnos y de nuevo le hizo señas. Cuando estuvieron a medio metro, Damián se levantó el mechón que le caía sobre la frente y dijo:

—No voy a hacerte reproches.

—Menos mal.

—Al contrario. Quería preguntarte si te interesaría colaborar en una investigación que empecé a programar. Con el tiempo podría servir para tu tesis...

Ella dejó caer la mochila y exclamó, casi gritando:

—¡Por supuesto!

Damián se mordió el labio.

—Pero ni siquiera sabés de qué se trata.

—Ya tengo dos beneficios —contestó la alumna, feliz.

Como Damián se quedó mirándola, sin entender, ella explicó:

—Uno, ejercitarme en la investigación, cualquiera sea su objeto. Dos, que vos me hayas distinguido.

Damián pensó que, si fuese tan boludo como pensaba, debía ponerse colorado. Pero no ocurrió así. Entonces avanzó otro paso.

—Te invito a tomar un café para explicarte el plan. ¿Andás con tiempo?

—Para cosas así tengo tiempo de sobra.

Salieron del aula hacia el corredor bullicioso. Esquivaron cuerpos y saludos. Por momentos Damián le rozaba el brazo o la cintura para protegerla de los empujones. Avanzaron por el incierto canal que formaban los estudiantes y docentes conversadores. Cerca del hall de ingreso, Damián se detuvo ante una cartelera con anuncios recientes. Mónica se detuvo también, pero no se fijó en la cartelera, sino en el cabello castaño, la nariz recta y los labios tiernos del profesor.

Los autos se comprimían en la calle Ramos Mejía y, junto al semáforo, tocaban impacientes bocinazos.

—A esta hora —comentó Damián— el apuro les hace creer que todos los semáforos están descompuestos. No manejan el tiempo tan sabiamente como vos.

—¿Me estás cargando?

Un agente anotaba las infracciones. Una mujer lo amenazó con su bolsa de provisiones: "¡Arregle el tráfico en vez de multar!".

Caminaron hasta el café que habían abierto en la misma cuadra y en cuyos vidrios reverberaba la última luz de la tarde. Damián la empujó con suavidad por la espalda tras abrir la puerta. Luego corrió las sillas de una mesa cercana. Cuando se sentaron, pidió dos cortados con medialunas.

Ella depositó la mochila junto a sus largas piernas. Se peinó con los dedos; los mechones resplandecían dorados.

Llegaron los pocillos y la conversación los ató en forma apacible y prudente. Los temas evitaban las referencias personales, aunque Damián se salía de ganas de conocerla mejor. Tuvo que mirar varias veces la hora, porque debía dar otra clase y a la noche era cuando más alumnos concurrían. Dijo, bajando la voz, que la investigación que estaba haciendo se refería a las drogas y que ella podía ayudarlo a procesar los documentos. Un asunto difícil, si lo había, porque muchos documentos eran falsos; otros distorsionados, y la mayoría, irrelevantes. Tampoco podía abarcar demasiados campos, porque naufragaría. Las investigaciones que pretenden averiguar mucho a la vez terminan mal; es la tentación que arruina a los principiantes. Al cabo de otra vuelta de café, los curiosos ojos de ella lo estimularon a confiarle su plan general, el trayecto que ya había recorrido, los archivos fotocopiados y las fuentes que había usado. Nada ilegal o riesgoso... aún.

Sabía que por ese sendero oblicuo la estaba seduciendo. Pero no podía frenarse.

Miró de nuevo la hora; ya estaba atrasado. Se puso de pie, pagó, le dio un beso en la mejilla y corrió de regreso a la facultad. Ella lo contempló a través del vidrio: el portafolio en la mano izquierda, el pelo flotando en el aire y una agilidad de dios olímpico.

Mónica me escuchaba embelesada. Ella no había cumplido seis años cuando los iluminados de la Junta Militar presidida por el general Leopoldo (in)Fortunato Galtieri desencadenaron la aventura de las Malvinas. Yo entonces tenía trece y oscilaba entre el dolor de mi orfandad y el nacionalismo encendido que machacaban los medios de comunicación manipulados por el gobierno. Incluso llegué a pensar que pronto, llenos de gloria, haríamos turismo a las islas, porque los ingleses se darían por vencidos antes de disparar el primer cañonazo.

Como el resto del país, quedé aturdido cuando se produjo la increíble rendición incondicional de nuestras fuerzas. Tan convincente había sido la propaganda triunfalista, que la gente no podía entender semejante final. Le conté a Mónica que yo había escuchado la alocución que el general Galtieri dirigió a los perplejos ciudadanos con voz de borracho, en la que prohibía hablar de derrota. ¡No podía creer a mis oídos! ¿Cómo se atrevía a exigir semejante absurdo? Era un desvergonzado. En lugar de reconocer el monto de improvisación e irresponsabilidad de su aventura, en lugar de disculparse por la locura de amenazar con la muerte a 400, 4000 o 40.000 argentinos hasta alcanzar la victoria (total, eran cifras), ordenaba mentir.

Mi abuela, tan sabia, dijo: "¿Qué te asombra? Son unos idiotas con poder".

¡Fueron tan idiotas! Prohibieron la edición y circulación de libros rusos, incluidos Dostoievski, Gogol, Tolstoi y Chéjov, arrestaron a toda una familia porque en su biblioteca encontraron un tratado sobre cubismo (lo confundieron con la revolución cubana), prohibieron novelas de Vargas Llosa y Manuel Puig entre decenas de autores que ni simpatizaban con la guerrilla. Calificaron de "carter-comunismo" la defensa de los derechos humanos por parte del presidente Jimmy Carter.

Un grotesco embebido de tragedia.

En lo que quedaba de 1982 se empezó a expresar el fuerte anhelo por la democracia. Pero una democracia sin adjetivos. Que no se dijera "burguesa", ni "popular", ni "formal". Sólo democracia, a secas. Que se conformase un cuadro de reglas consensuadas a las que obedecería el conjunto, sin excepciones. Basado en instituciones sanas, vigorosas y respetadas. Donde prevaleciera el respeto: a la vida, a la libertad creadora, a las diferencias, a la esperanza.

La palabra "democracia" reemplazó a otra que había alcanzado enorme potencia desde el siglo pasado: revolución.

"Revolución" había sonado hasta hacía pocos años como un formidable abracadabra. Cualquier asunto, si se le ponía esa etiqueta, quedaba legitimado como noble y progresista. Hasta los viles golpes de Estado y las arteras zancadillas de palacio se llamaban a sí mismas "revolución" para darse brillo. Un soberano disparate. Ya no queríamos revolución ni revolucionarios. Nos habían dejado una herencia llena de sangre. Y ofrecieron la oportunidad a otros iluminados de signo opuesto para continuar la orgía.

Es cierto que los revolucionarios por lo general creían y predicaban el altruismo, del que soñaban ser los propietarios. Pero no todos eran altruistas. Aprendimos a descubrir que más de uno tenía locura y codicia; no inferiores a las de los represores que vinieron después.

Es cierto también que entre los genuinos revolucionarios hubo muchos idealistas. Fueron sacrificados y duros consigo mismos y con los demás. Hasta hubo gente santa, auténticos mártires, claro que sí. Pero sus acciones atraían a perversos, gente con ganas de hacer daño. En el campo revolucionario era inevitable el florecimiento de los psicópatas, así como su ascenso indetenible. Duele reconocerlo.

Pero perdió la revolución. Perdió la Argentina. Perdió el continente sudamericano. Perdieron la diosa ubérrima y sus hijos en estado de conmoción. Nos sumergimos en una tragedia sin precedentes. Se multiplicaron la muerte, la hipocresía, el pisoteo de la ley, la corrupción y el olvido de respetos elementales. Las Fuerzas Armadas perdieron el rumbo y se desplomaron hasta el último escalón del desprestigio; con ellas, por efecto dominó, se derruyeron las demás instituciones. Se expandió una noche densa y aterradora.

En 1982, bruscamente, empezamos a emerger. Por diversas grietas penetraban débiles rayos. En el corazón de las multitudes nació el ansia por algo modesto, manejable y sensato: la vieja democracia.

Tampoco fue fácil. Abundaban las llagas vivas y también los bolsones con nostalgia por la revolución fallida o la dictadura derrotada. Ambos se aplicaron a sabotear el restablecimiento de la salud nacional.

Y estaban los más peligrosos. Quienes poseían extraordinaria astucia para acomodarse a los nuevos tiempos y seguir medrando en los bordes de la legalidad. Esos lobos se cubrieron con piel de cordero. Tenían experiencia, conexiones, dinero. Podían ganar nuevas conexiones y hacer más dinero. Estaban informados sobre la "mano de obra desocupada" que había prestado servicios en las torturas y los homicidios. Cautelosamente, avanzaban.

—Vamos hasta la avenida Ángel Gallardo. Ahí conozco un restaurante decente —propuso Damián.

El almuerzo les daría tiempo para discutir con menos interferencias los detalles de la investigación. Luego de tres encuentros en el café habían llegado a la conclusión de que era demasiado ruidoso. Esa muchacha revelaba perspicacia y entusiasmo.

Su proximidad le producía gozo. Volvía a recordarse que no estaba bien levantar una alumna, que en los Estados Unidos ya estaría marchando hacia un tribunal de ética. Pero, ¿él la seducía o estaba siendo seducido? Esa cabellera, esos ojos, esa voz...

Los colectivos y taxis se disputaban las calles estorbándose unos a otros como si jugasen a los autos chocadores. El vehículo que tenía que doblar hacia la derecha, en lugar de buscar con tiempo el carril adecuado, iba por la izquierda y giraba en el último instante para provocar a los demás; de esa forma generaba los insultos de los que quedaban demorados, pero en lugar de aceptar su error, amenazaba con bajarse a repartir golpes. Damián se detuvo en un quiosco de revistas y compró *Noticias* y *Trespuntos*.

—Para amargarme por las noches —comentó.

Buscaron una mesa apartada y se sentaron frente a frente, con ambigua complicidad. La mochila y el portafolio yacían juntos sobre la tercera butaca; No pudieron empezar la conversación durante unos segundos. Se miraban, bajaban los párpados, sonreían y se miraban de nuevo. Ella no usaba aros ni pulseras ni anillos, ni gargantillas de las que penden símbolos. Damián hizo sonar las articulaciones de sus manos.

—¿Qué te gustaría comer?

—Veamos en el menú. —Hizo un mohín travieso que valía por muchas palabras.

Se decidió por una brochette mixta y Damián, por un revuelto Gramajo. Con respecto a las bebidas, coincidieron en pedir una cerveza helada.

Damián untó en manteca la punta de un grisín y disparó la pregunta personal:

—¿Qué te impulsó a elegir la universidad pública?

Ella levantó sus cejas.

—¿Qué te parece? —devolvió la estocada.

—Yo hice la pregunta primero. —Apoyó los codos sobre el mantel y adelantó su busto.

—Mirá, las razones son varias...

—¿Económicas? ¿Nivel de estudio? ¿Salida laboral? —enumeró con los dedos.

—Ninguna de las que nombraste.

—¿Cuál, entonces?

—Conocer mejor el mundo —disparó seria.

—Me estás tomando el pelo.

—Te digo la verdad.

—Nunca se le ocurrió a la UBA promocionarse de esa forma —dibujó con las manos un cartel—: "¡Ingrese en la UBA y conocerá el mundo!".

—No te rías. Tal vez cuesta entenderlo... Vivo en un ambiente bastante cerrado. Mis padres querían que fuera a una privada, cerca de casa, donde me encontrara con gente como uno. —Se interrumpió, aparentemente arrepentida. —Disculpá. No soy soberbia.

—Adelante.

—Siempre cursé en instituciones de *élite*, las que se llaman "mejores". Pero decidí cambiar. Oxigenarme.

—¿Dónde vivís?

—En San Isidro.

—Supongo que no trabajás para pagarte los estudios —aventuró Damián en un tono que pretendía ser comprensivo.

—Correcta deducción, señor detective.

—¿Fue difícil convencer a tus viejos?

—Tú lo has dicho. Fue un parto. Papá me adora, pero es un poquito autoritario. O autoritario del todo. Pero, al final cede. Y cedió.

—¿Y tu madre?

Una nube descendió sobre su frente. La llegada de los platos humeantes disimuló el incordio que produjo la pregunta.

Damián, advertido de su torpeza, levantó el vaso y la invitó a brindar.

—Por el éxito de la investigación —dijo ella, aliviada por el cambio de asunto.

—Por nosotros —perfeccionó él.

—¡Mmm!... La brochette está a punto. Deliciosa. —Mónica reparó los fragmentos y unió un trozo de carne con la cebolla y el tomate asados.

—Un colega me había asegurado que acá la cocina era excelente...

—Ahora te toca contarme de vos —apuntó traviesa con el cubierto.

—Contarte... ¿Qué te interesa saber?

—Enseñás Metodología de la Investigación. Pero, ¿te gusta enseñar?

—La docencia es el correlato; prefiero la investigación.

—¿Por qué?

—Buena pregunta, pero me cuesta responder. —Se alisó las cejas con el índice. La verdad, tengo dos versiones: una superficial y otra profunda.

—Decime las dos.

—La profunda, creo, se relaciona con la vocación, que es un enigma al que nos resignamos. Intervienen la herencia genética, algunas experiencias tempranas, actitudes reactivas y muchas otras causas. Mi viejo, por ejemplo, fue cirujano, pero no se limitaba a operar.

—Ahí está entonces —volvió a apuntarle—: uno de sus cromosomas tenía el letrerito "investigador". Quedaste marcado.

Damián asintió y tomó con el tenedor otro poco de revuelto.

—Así es.

—No me has dicho nada nuevo. Tal vez lo hagas con la respuesta superficial; la estoy esperando.

—Me expresé para el diablo. Quise decir la más evidente, no la más superficial.

—Bueno, pero te cuesta revelarla. Das vueltas.

Damián se apoyó contra el respaldo de la silla; se sentía incómodo, desnudo. Desde que la tragedia había devorado a su familia, en su cuerpo se instaló la vergüenza; durante años se había sentido vulnerable. Lo atacaba un torbellino de miedos cuando debía ofrecer alguna explicación. Sentía un absurdo bochorno por lo que había pasado con su hermana, Sofía, y con sus padres, y se atormentaba al tener que responder, porque todo lo que decía era parcial y retorcido. Por momentos creía que la amnesia sería el mejor remedio; esa dificultad para responder era quizás el primer síntoma de semejante bendición. Vivía dentro de una coraza, pero llena de rendijas. Con la resurrección de la democracia, sus progresos en el estudio y la ventilación pública de la lluvia de fuego y azufre que había arrasado el país, aprendió a no ocultar tanto su dolor, pero ramalazos de angustia y callada bronca volvían en los momentos menos esperados.

La miró a los ojos, atento a su reacción.

—Soy hijo de desaparecidos —dijo por fin, mientras apoyaba la servilleta junto al plato.

Mónica quedó boquiabierta.

—¡¿Y eso te parece superficial?!

—Evidente. Es la causa visible de algunas de mis actitudes. Además, tiene lógica. De chico presencié los allanamientos y el secuestro de mis padres. Fue peor que las pesadillas... —Movía el tenedor entre las sobras del revuelto. —Todavía me cuesta hablar...

—Creo que va a costarte siempre. —Ella lo miró entristecida, como si padeciera el mismo dolor.

Damián volvió a tender la servilleta sobre su pantalón azul.

—Y desde entonces querés averiguar —agregó Mónica, plegado el ceño.

—Antes quería saber por qué. Ahora, quién lo ordenó o quiénes lo hicieron.

Se quedaron callados hasta que los dedos alargados de ella avanzaron hacia los de Damián, que tecleaban sobre el mantel. Las manos de ambos se aferraron y comprimieron con la solidaridad que surge al compartir una aflicción.

—Damián, quisiera que me contaras más, porque te hará bien, pero no ahora, me parece. Debés de sentir mucho odio, mucha frustración...

—Todo eso. Y ganas de superarlos. Pero es difícil. Pasaron años, pasaron cosas, y el malestar sigue latiendo.

—¿Pudiste averiguar algo?

—Casi nada. Mis padres y mi hermana son desaparecidos. Esa etiqueta es simple y rotunda como un epitafio.

—Disculpame.

—No hace mucho me llegaron noticias sobre el hombre que casi salvó a mi viejo. Estuve alterado durante semanas.

Ella cerró los puños delante de su cara para que él no percibiera su turbación.

—Significaba meterme otra vez en el túnel de la pesadilla. Inventé excusas para no verlo. Pero llegó un instante en que me dominó la certeza de volverme loco si no lo encontraba y... —Adelantó la cabeza. —Y si no conseguía que me contara hasta el último detalle. Lo busqué como un poseído, y lo encontré. Lo obligué a hablar, y te aseguro que jamás escuché una historia tan horrible.

—Me imagino.

—Fue espantoso. —Se pasó las manos por las sienes. —Espantoso.

—Mejor no enterarse, entonces —meneó la cabeza.

—¿Mejor? Nada es mejor. Lo positivo es que obtuve algunas pistas, muy escasas, por supuesto. Sé dónde los mantuvieron enterrados en vida y cómo los torturaron. Sé también cuál era el apodo de guerra que usaba el jefe de los criminales.

Ella abrió grandes los ojos.

—Se hacía llamar Abaddón, el ángel exterminador.

—Monstruoso.

—Es lo menos que se puede decir.

—¿Lo han identificado?

—Todavía no; es mi asignatura pendiente. Debe de vestir piel de cordero para disimular.

—Seguramente.

El mozo retiró los platos. Pidieron café.

Damián se reclinó, cansado, como si recién llegara de correr. La miró con gratitud. Esa muchacha no sólo era hermosa por fuera.

—Quisiera revelarte un secreto —le dijo, tomándole otra vez la mano—. Tu compañía me hace bien.

—A mí también me gusta estar con vos.

—¿Me darías tu número de teléfono?

—¡Pero, por supuesto! ¿Cómo no se me ocurrió antes? Te lo anoto en una hoja. —Extrajo un papel de su mochila y dibujó los números. —Te anoto también mi nombre, para que no me confundas con otra alumna.

—No seas celosa.

Escribió con letra clara: "Mónica Castro Hughes". Luego encerró con un círculo el nombre y el número. Damián intentó descifrar si el círculo tenía forma de corazón.

La mucama avisó que la llamaba un señor.

—¿Quién?

Se encogió de hombros y le entregó el teléfono inalámbrico.

—Un tal Damián Lynch.

La mujer estiró su delantal blanco sobre el vestido negro y se puso a acomodar los almohadones del sofá. Mónica le hizo saber con un gesto que deseaba quedarse sola. Como la mucama parecía no entender, Mónica golpeó el suelo con la pantufla. Luego recogió las piernas y apartó el cabello que le cubría la oreja.

—Hola.

—¿Mónica? Habla Damián Lynch.

—¡Qué sorpresa!

—¿Agradable?

—¡Claro!

—Tenía el número frente a mí y no resistí la tentación.

—Oscar Wilde dijo que podía resistirse a todo, menos a la tentación.

—Ja, ja. Muy bueno... Este Oscar Wilde sí que era ingenioso.

—De veras.

—Perdoná si te he llamado a una hora inconveniente.

—Estaba levantada.

Se produjo un silencio incómodo. Damián carraspeó.

—¿Sabés que nos ocurre de malo?

—¿De malo?

—Sí. Vernos tan seguido.

—Me estás cargando —soltó una risita.

—Temo a las adicciones.

—Damián: ¡nuestra amistad no es una droga! Qué ocurrencia.

—¿Estás segura?

—Las drogas matan.

—Hay amores que matan...

—Bueno, bueno. Ahora sí que la cosa se pone interesante. —Deslizó un almohadón tras su espalda. —¿De qué amores me estás hablando, si se puede saber?

—De varios. La investigación científica, por ejemplo.

—Dame otro ejemplo. Me parece que estás apuntando a otro blanco.

—A ver... El juego compulsivo, la ambición desmedida.

—Te vas por las ramas, decís cualquier cosa. —Hizo pantalla sobre el auricular y le habló en tono susurrante. —¿Por qué no me confesás, en voz baja, lo que realmente querés decirme?

Otra vez se silenció el auricular.

—Bueno —dijo Damián al fin—, pero también en voz baja, secreta.

—No oigo nada.

—¡Quiero verte!

—Nos vimos ayer.

—¿No te decía que me estoy volviendo adicto?

—Entonces te pongo en tratamiento ya mismo: abstinencia hasta la próxima clase.

—No sirve, no.

—¿Cómo sabés?

—Mónica, anoche no pude dormir.

—¡Vamos! ¡Qué exagerado! —Cambió el tono, súbitamente preocupada. —¿Es por lo que me contaste?

—En parte sí, en parte no. Yo creía que a mi edad se tiene insomnio cuando uno está angustiado por problemas o por recuerdos. En mi vida pasé muchas noches en vela por esa causa, como imaginarás. Pero nunca me había ocurrido estar despierto durante horas, y dar vueltas sobre las sábanas, debido a la presencia de algo hermoso.

Ella apretaba con fuerza el auricular.

—Hola. ¿Me estás escuchando?

—Sí.

—Mónica... ¿Cómo expresarlo? Tenía tu cara delante de mí.

—Y mi cara te asustaba. —Necesitaba quitar dramatismo forzando el humor. —¿Era eso? ¡Como una bruja horrible!

—Bueno, digamos que me estás embrujando.

—¡Qué declaración sorpresiva! Damián, ¡sos muy antiguo!

—No es ético que un profesor se fije en una alumna, ¿verdad?

—Claro que no. ¿Pero hablás en serio?

—¿Y a vos qué te parece?

Mónica se tomó unos segundos.

—Te voy a contestar de la misma forma que vos ayer: yo pregunté primero.

—Respuesta, entonces: me encanta hablar con vos, verte, estar cerca. Y lo digo en serio. Lo de ayer fue una prueba inolvidable.

—Cualquiera que tenga algo de sensibilidad se habría conmovido con tu historia.

—Yo percibí algo más potente. Creo que también vos.

—Damián, estoy sorprendida. Tus repentinas insinuaciones hacen irreal esta charla.

—¿Irreal? Tal vez me resultaba más fácil decírtelo por teléfono.

—No sé qué me estás diciendo realmente. Pero coincido en que no es ético que un profesor y una alumna... Aunque habría excepciones —Sonrió. —En fin, los caprichos o la tentación, como dijo Wilde.

—¿Me creerías si te asegurara que nunca le hablé así a otra alumna?

—Es difícil creerlo, señor seductor.

—¿Por qué?

Mónica demoró en responder.

—Defensa femenina, quizás —dijo tras un silencio.

—No necesitás defensas. Creeme. Y esto de decirlo por teléfono se debe a mi timidez.

—¿Vos, tímido?

—Sí, a veces. O con ciertas cosas. ¿Cómo haría para decirte, por ejemplo, que soy un obsesivo estético y que por eso tu belleza me impactó desde el primer día?

—Gracias por el piropo. Los obsesivos estéticos, además, ¿son buena gente?

—Hay de todo... Mónica, ¿qué hacés esta tarde?

Silencio. Varios segundos después respondió:

—Voy a estudiar.

—Te invito a dar una vuelta.

—Me parece que voy a negarme.

—¿Por qué?

—Para no aumentarte la adicción. —Lanzó una risita.

—¿Por dónde te paso a buscar?

—¡Vos sí que sos perseverante!

—Sí, te paso a buscar esta tarde.

—Mejor nos encontramos frente a la catedral de San Isidro.

—Hecho.

• • •

Condujo por la avenida del Libertador, cruzó el límite de la Capital Federal e ingresó rápidamente en el barrio de Vicente López. Vio por el espejo retrovisor a un policía parado en una esquina; ¿le haría una multa por exceso de velocidad? Sacó el pie del acelerador, pero no por mucho rato. El tránsito todavía era poco denso a esa hora; Damián no podía frenar su impaciencia y volvió a aumentar la velocidad. En su cabeza giraba el rostro de ojos verdes, la melena rubia. Atravesó Olivos. A su izquierda se extendía el largo murallón de la residencia presidencial; retumbaron en sus sienes las inversiones suntuarias de Carlos Menem con la excusa de que tampoco el Papa se priva de lujos. ¿Caradura? ¿Develador? El poder, el poder... Se fijó en los carteles que animaban la ruta: parrillas, pizzerías, pubs, heladerías, oficinas inmobiliarias, tiendas. Iba a encontrarse con la joven que había entrado en su vida como un meteoro.

La avenida se angostó a poco de ingresar en la circunscripción de San Isidro. El asfalto cedía lugar a los adoquines del tiempo colonial y su auto traqueteó sobre las lustrosas piedras. Los edificios nuevos reducían su clonación ante la resistencia de casas antiguas con altas puertas de madera. Los muros conservaban el color rosado de otros siglos. La arcaica gloria se expresaba en rejas de acero que adornaban los ventanales cubiertos con visillos de encaje. De pronto la avenida penetró en un túnel armado por una fronda de tipas cuyos irregulares troncos negros semejaban las columnas de una guardia de honor. "¡Qué ideas tan ridículas se me ocurren!"

Giró apenas y se topó con el costado de la catedral gótica (ilegítima) en cuya parte superior se alzaban arbotantes y contrafuertes de estilo medieval. Estacionó junto a la plazoleta Obispo Aguirre. Enfrente había otros dos espacios. El dedicado al fundador de San Isidro, capitán Domingo de Acassuso, se centraba en una escultura de bronce con la rodilla en tierra, respaldada por una fuente de generosos chorros. El otro se llamaba Bartolomé Mitre y, además de la estatua del prócer, tenía un reloj de flores. Eran las únicas flores. Caminó entre los canteros de tierra dura y estéril, delimitados por cadenas. Se le ocurrió que en la Argentina sobran paradojas: se cuida lo que no necesita cuidado (esos canteros secos) y se depreda lo valioso, en especial la vida.

El rostro de Mónica no estaba por ninguna parte. Damián tuvo que armarse de paciencia pese a las ideas de San Agustín. A veces la paciencia gratifica.

Se sentó durante unos minutos en la escalinata que descendía hacia el Tren de la Costa y su moderna estación. Luego decidió aplacar su ansiedad con una visita al templo. Atravesó el breve atrio y caminó hacia el pórtico de acceso; penetró en el atrio interior bien iluminado, en el que varias carteleras exhibían afiches, consignas y programas. Cruzó otra puerta e ingresó en la fresca penumbra del recinto. La iglesia constaba de tres naves y respondía al estilo que más se había esmerado en llegar al cielo. Su bóveda de crucería y los típicos arcos de medio punto habían sido la obsesión de comunidades enteras en Europa, que los construyeron y perfeccionaron a lo largo de siglos menos impacientes que el nuestro. Las columnas de piedra tornaban prescindibles los muros y, siguiendo la tradición, estaban destinados a ostentar coloridos vitrales con escenas de la historia sagrada. Pero esa catedral era joven como la Argentina. Aun así, alcanzaba para brindar un clima de recogimiento.

Damián se persignó y se sentó en uno de los bancos posteriores de la nave central. En el centro de la crujía estaba suspendido un moderno crucifijo de madera. Miró hacia el altar distante, iluminado, y recordó que su abuela lo llevaba compulsivamente a la iglesia todos los domingos para que fuese un buen hombre. Con los años se preguntó por qué la abnegada Matilde insistía en que fuese un buen hombre y no un buen cristiano, como se usaba decir. Ella misma se lo aclaró: "Porque son cristianos quienes destruyeron nuestra familia, m'hijo".

Se persignó y fue a encontrarse con Mónica, que ya debía de haber llegado.

En efecto, la vio junto a la fuente del capitán Acassuso.

Avanzó raudo hacia ella con luz en las pupilas, pero ciego a un auto que casi lo derribó sobre el empedrado. Al reproche del conductor respondió con disculpas. Mónica le tendió ambas manos, asustada.

—¡Casi te matan!

—No te preocupes. Estoy bien.

—¿Hace mucho que esperabas?

—Desde ayer —dijo Damián, serio.

Mónica frunció los labios y levantó el mentón.

—Exagerado y... ¡tenaz!

—Te quiero seducir; ¿no te das cuenta? Supongo que apreciás mi esfuerzo.

—Hay esfuerzos que sirven y otros que...

—Si ganan tu afecto, sirven muchísmo —replicó él.

—Muy galante, profe.

Rodearon la catedral. La floración dorada de las tipas contrastaba con el violeta desenfrenado de las santarritas, que montaban los muros bajos. Se detuvieron junto a un balcón de troncos que miraba hacia el río y decidieron bajar una escalinata rumbo a la calle que bordeaba las vías del tren. El apacible escenario aligeraba las piernas y el corazón. Sin advertirlo, un cuarto de hora más tarde estaban en medio de onduladas calles residenciales. Las tapias cubiertas de hiedra alternaban con otras que derramaban flores como si fuesen cascadas de color, en especial fragantes madreselvas y enormes rosas chinas. Al término de paredones de ladrillos esmaltados aparecían torretas de vigilancia, algunas rodeadas por canteros. "El mundo necesita cada vez más vigilancia, en especial la gente rica", repicó en sus oídos la obviedad más repetida en los últimos tiempos. Algunos edificios prescindían de muros exteriores y se protegían con rejas de hierro o madera lustrada, a fin de lucir sus construcciones y parques. Alternaban los techos de pizarra negra, de estilo francés, con las tejas españolas o esmaltadas. Junto a la acera, cada tanto, se elevaban jacarandáes o naranjos. El aire olía a perfumes en promiscuo entrecruzamiento. Mónica y Damián empezaron a confiarse anécdotas de sus vidas. No obstante, sentían vacilación para aproximarse físicamente. Reían un poco, discutían, hacían gestos, pero evitaban tocarse siquiera los dedos. Damián pensaba que su timidez lo tornaba antiguo. Pero ese límite ayudaba al juego. Mónica apreciaba que no se le arrojase encima. Tácitamente, coincidían en mantener la tensión.

Como recreo de sus confidencias hablaron de la facultad, el terreno neutro que permitía criticar y hacer chistes. Recién se había mudado la Dirección. ¡Era increíble que aún no se hubiese habilitado la sala de profesores!

—¿Dónde se reúnen? ¿En el baño?

—En el cuarto de la administración general. Nuestra pobreza no la soñó ni Francisco de Asís.

—¿Por qué enseñás en la UBA?

Damián esbozó una sonrisa triste.

—Porque está en el corazón de la gente. Todavía da prestigio, pese a todo. Muchos docentes piensan que a través de ella devuelven a la sociedad lo recibido. Una generosidad de la que no se habla. Misterios de la Argentina.

También comentaron acerca de las mezquinas negociaciones internacionales sobre el cuidado del medio ambiente y lanzaron al aire —con risa y disgusto— las aceitunas podridas de la política nacional.

Al cabo de un par de horas llegaron al puerto de Olivos. Un bosque de mástiles se amontonaba junto a los muelles. Los barquitos estaban cubiertos por lonas blancas y azules. Sobre el vasto río se desplazaban decenas de veleros. Cruzaron el Yatch Club y entraron en una cervecería al aire libre protegida por jacarandaes cuyas flores parecían de papel.

Chocaron las jarras de cerveza. Dijeron: "¡Salud!" y se miraron con ternura. Ambos se secaron los labios con la lengua y, al darse cuenta, se echaron a reír. Era una risa de descarga, excesiva. Apoyaron las manos sobre la mesa y las juzgaron hermosas, sensibles. Volvieron a mirarse. Entonces Damián dijo:

—Ahora contame sobre tu familia.

Mónica arrojó la melena hacia atrás. Dijo que era engorroso describirla, una mezcla de buena y mala fortuna. Padre exitoso y madre hermosa, pero él era medio absolutista, y ella... —bajó la cabeza— hacía años había empezado a beber.

Damián la escuchó sin decir palabra ni mover un músculo. A medida que Mónica se soltaba, más imperioso le parecía mantener la cara fría de una estatua. Mónica vivía en un palacio que le generaba fastidio. Le resultaba penoso contar, pero hacía el esfuerzo. Lo hacía sólo para él, Damián, quizá como una manera de consolarlo: no era el único que sufría; en el mundo existen muchas formas de aflicción. Ella pertenecía a una familia donde sobraban los objetos y faltaba la armonía. La ahogaban situaciones confusas, casi secretas. Desde hacía tiempo, y aunque las apariencias engañaban, la habitaba un poco de melancolía y mucho de furia.

Evitaba los ojos de Damián y dirigía los suyos por momentos al suelo y por momentos a las grandes flores de los árboles. Sentía vergüenza. Sus padres no eran desaparecidos ni se podían trazar analogías, pero ella también fue compelida a tragarse datos que sonaban a cosa fea.

Por último dijo que nunca se había sincerado de esa forma, que se desconocía, que había hablado de más. Amaba a sus padres, quienes jamás la habían privado de nada. Pero ellos no funcionaban como pareja, cosa común, pero que desequilibraba el conjunto porque seguían como pareja pese a todo. Llegó un instante en que hizo una pausa extensa que parecía insinuar: "Hasta aquí llego. Lo que falta vendrá más adelante... si te queda estómago".

Terminaron de beber la cerveza, dos jarras ella y tres Damián. El crepúsculo empezó a sonrojar las pocas nubes que navegaban por el horizonte. Bordearon el muelle y Mónica, señalando un yate de elevado porte, contó que su padre tenía uno.

—¿Te gustaría navegar? —preguntó.

—Por supuesto.

—Entonces estás invitado.

Victorio Zapiola acomodó el espejo retrovisor mientras fruncía los labios gruesos. Después preguntó:

—¿Qué deseás realmente?

Damián se abrochó el cinturón de seguridad.

—Te agradezco la paciencia y esta invitación para volver a charlar. Demos una vuelta por Palermo.

—Supondrán que me quiero levantar a un tipo joven como vos.

—No estaría mal.

Zapiola arrancó y maniobró para salir de la apretada fila de autos. Se dirigió a la avenida Callao y luego fue por Figueroa Alcorta hasta el monumento de los Españoles; tomó hacia la derecha y se internó en los caminos arbolados del parque.

—Estoy confundido. —Damián se calzó los anteojos de sol.

—Me parece que investigo como si fuera un explorador del siglo pasado que se introduce por primera vez en la jungla del Congo. Todo me asombra y todo me parece posible. Brilla una piedra y creo que se trata de un diamante, pero es una simple piedra. Aunque tal vez esconda al diamante...

—Vos sos el experto en Metodología de la Investigación.

—A veces los expertos necesitamos el sentido común de alguien que está afuera.

—¿Me considerás afuera?

—No se trata solamente de la investigación, Victorio. Es que Mónica...

—Ya sé. Tu bendición, muchacho. Necesitabas enamorarte.

—Antes de conocer a Mónica estaba buscando otra cosa.

—Los exploradores de África fueron a buscar una cosa y descubrieron otras más importantes. No soy yo quien te lo debe hacer recordar, ¿eh? Gracias a esta investigación, que pretendía algo casi imposible, se te acercó Mónica.

—La abordé yo.

—Se abordaron los dos.

—La investigación debía llevarme a...

—Sí, a encontrar el diamante. Pero recogiste una piedra. Resulta que no es una simple piedra, sino el mejor de los diamantes. ¡Estás enamorado! ¡Ella te quiere! Date por hecho.

—No me entendés, Victorio.

—Claro que te entiendo. Un amor ayuda a olvidar las penas. Lamentás que ya no te obsesione descubrir al hijo de puta que mandó torturar a tus padres.

—Todavía sí. Me interesa, pero no me obsesiona. Diste en el clavo.

—Me alegro.

—¿Cómo era Abaddón? —Damián lanzó la pregunta con la fuerza de una orden.

—¿Otra vez? Entonces seguís obsesionado... Ya te dije: era sagaz, frío, calculador. Sabía cómo tratar a los de arriba y a los de abajo. Era más ordenado, cumplidor y puntual que cualquiera. Una especie de Eichmann argentino. Planificaba los operativos con una precisión de ingeniero. Dibujaba las zonas liberadas, procesaba los resultados, se informaba de lo que producía el interrogatorio.

—Una mierda.

—Con buen olor.

—La mierda es siempre mierda.

—Sabía cómo graduar la presión y conquistarse a los "rescatables". ¿Qué pasó conmigo, eh? Además, era astuto en la distribución del botín.

—¿Nunca pudiste volver a verlo?

—También te lo dije: nunca. Se habrá ido a otro país. O se habrá hecho cambiar la cara.

—No. Yo presiento que sigue entre nosotros. Un calculador no abandona los espacios ganados.

—Yo imaginaba lo mismo. Cuando volví a Buenos Aires, a mediados de 1991, miraba con atención porque me dominaba la expectativa de reconocerlo. Muchas veces aluciné que se me venía encima; más de uno parecía su hermano gemelo. Me daba vueltas un plan de acoso: saludarlo, invitarlo a tomar un café, luego aprovechar un sitio oscuro para saltarle al cuello con una cuerda y estrangularlo. Es decir, hacerle creer que lo estrangulaba para que se asustara. Y obligarlo a darme sus referencias actuales para llevarlo ante la justicia. Fantasías, ¿te das cuenta? La cuerda que llevaba en el bolsillo la dejé en un cajón.

El domingo siguiente a las diez de la mañana Damián estacionó en la playa ubicada junto al puerto, se colgó el bolso en un hombro y se encaminó al muelle. Le pareció inverosímil, pero se trataba del yate más grande de cuantos estaban amarrados; tenía por lo menos veinticinco metros de reluciente casco blanco. En el yugo de popa refulgía la palabra *Dorothy*. Sobre la cubierta protegida por un toldo a rayas un marinero tendía la mesa. Con agilidad, por los bordes circulaban otros marineros también vestidos de punta en blanco; con franelas amarillas repasaban vidrios y bronces.

Una plancha forrada en tela de alfombra unía tierra firme con la cubierta. Damián aguardó que el marinero terminase de disponer la vajilla y le preguntó si había llegado Mónica Castro. El hombre asintió apenas y no tuvo que agregar palabras: en ese instante apareció Mónica, que lo saludó con efusividad. Damián pisó decidido la plancha sin fijarse en la mano que le tendía el marinero. Saltó a la cubierta barnizada y besó a Mónica en una mejilla. Antes de que soltara el bolso, otro marinero le acercó una bandeja con jugos.

—Por ahora no, Gracias.

—Pero después sí —agregó ella—. Mejor dejá tus cosas en un camarote, así te hago conocer la lanchita. Mamá llegará en unos minutos y partiremos. ¿Te parece bien?

—Muy bien.

Ingresaron en uno de los camarotes individuales. Era una primorosa habitación que aprovechaba cada milímetro para que nada faltase; incluso tenía escritorio con butaca, computadora, televisión, teléfono, bar y hasta flores frescas. Bajo la colcha se expandía la fragancia a lavanda de unas sábanas limpias; en el baño abundaban los artículos de tocador. Por el ojo de buey miró hacia el río poblado de veleros. El perfume de la madera se mezclaba con el de sedas y el esponjoso voile. Estaba en el territorio de una gran fortuna, y Mónica era parte de ese territorio. Damián nunca había intimado con una joven tan rica. El prejuicio o la sensatez dicen que mucha riqueza es tan mala como la extrema pobreza. Ambas lesionan. Se calzó los anteojos de sol y retornó a la superficie.

Ahora ella le ofreció el jugo. Contó que su padre había comprado el yate hacía cinco años, tras vender otro más pequeño. Lo habían construido en un astillero de Glasgow, donde tenía unos amigos que se lo vendieron muy barato y con la garantía de haber sido probado en el tormentoso mar del Norte, donde realizó travesías entre Islandia y Noruega. Lo trajeron navegando por el Atlántico. Las escalas en Portugal, Canarias y Brasil fueron más de placer que de necesidad. Con el *Dorothy* viajaban a Punta del Este, Florianópolis y Río de Janeiro cuando deseaban el calor. En cambio, cuando deseaban clima frío, la orgullosa proa era capaz de desafiar los hielos del cabo de Hornos.

—Está siempre en movimiento, como los aviones. Si no lleva a uno de la familia, lo usan amigos de papá.

—Muy generoso.

—Sí, con sus amigos lo es. Aunque, sinceramente, Damián, no todos los amigos merecerían ese nombre.

—¿Por qué?

—Olfato... —Se tocó la punta de la fina nariz. —¿Lo recorremos? ¿Te interesa?

—Nunca tuve una oportunidad así. Ni mejor guía.

Ella caminó delante. Fueron a la cabina del piloto. La voz melodiosa de Mónica nombró cuanto estaba a la vista. Sus dedos tocaban llaves, palancas, botones y señalaban puntos del tablero. Sus labios modulaban denominaciones precisas: indicador de profundidad, piloto automático, índice de mapas, registro eléctrico, radar, transmisores de onda media y frecuencia elevada.

Damián estaba fascinado: esa muchacha era una amazona de los mares.

—¡Sabés usar todo esto! —exclamó con asombro.

—¡Por supuesto que sí! Es fácil. Mientras controlás el timón vas siguiendo las referencias que tenés delante. Es como manejar un auto.

—No creo.

Después lo guió hacia la sala de máquinas, donde resonaban los grandes generadores y se alineaban conmutadores, cables, baterías y fusibles. Él le miraba la espalda recta y el blando cabello que oscilaba de uno a otro hombro. Cruzaron el depósito de cadenas y un corredor de cañerías bajo la bodega de proa. Damián tuvo ganas de rodearle la cintura.

—¿Cómo te orientás en semejante laberinto?

Cuando volvieron a cubierta encontraron a la señora Castro Hughes, una bella mujer de pelo cobrizo y profundos ojos verdes, algo más oscuros que los de la hija. Sus labios estaban cruzados por un rictus. Mónica hizo las presentaciones y se sentaron en torno de la mesa. Damián eligió jugo de tomate; Dorothy, un vaso de whisky con hielo. Mónica estuvo a punto de objetar esa elección, pero se contuvo. La madre estudió a Damián sin disimulo, como una dermatóloga que revisa cada palmo de piel con una lupa. Damián percibió la exploración y se resignó al examen.

Al rato un marinero preguntó si ya querían zarpar.

En un minuto se levó el ancla y un sordo rugir de motores se expandió por las nervaduras del yate. El muelle se alejó con lentitud mientras aumentaba la brisa del río. La nave giró hacia la extensión del delta e ingresó en el espacio donde el aire rodaba fresco y juguetón. Con la brisa llegaba el aroma de la umbrosa vegetación de las islas.

—Todavía no te ofrezco el timón —le dijo Mónica, con un guiño—. Pero intuyo que lo manejarías bien.

—Me conformo con disfrutar de la jornada como un vulgar pasajero.

—Podríamos tomar sol antes de que se ponga demasiado caluroso.

—Buena idea.

—¿Venís, mamá?

—Después. Vayan ustedes. Disfruten.

Se tendieron sobre toallones en la cubierta de proa, por delante de la cabina de mandos. La nave cortaba el agua con ruda intensidad; algunas gotitas salpicaban en un rocío tenue. Mónica le ofreció un tubo de crema con filtro solar que Damián se extendió sobre la cara, el cuello, los brazos, las piernas y el pecho. Cuando se volvió para broncearse la espalda, ella le extendió una fina película por la nuca y los hombros. Damián no sólo gozó de su mano acariciante, sino de la ternura del gesto.

Ambos se dejaron llevar por el ronroneo del motor y las leves ondulaciones que imponía el cruce de otras embarcaciones. Damián se durmió profundamente. La voz de Mónica lo arrancó del sueño para advertirle que era suficiente el baño de sol, o esa noche no encontraría posición en la cama. Él se restregó los ojos. Ella le tendió una crema hidratante.

—Nunca cuidé mejor mi piel —comentó Damián, sonriente.

Al retornar a la popa, Damián oyó música de Telemann. Se detuvo de golpe. Mónica, tras él, fue sorprendida por la misma escena; frunció el entrecejo e hizo saber que llegaba con un grito que le nació en el estómago.

—¡Mamááá!

Dorothy, sentada en su sillón, soltaba risitas. El marinero que había puesto la mesa le hacía arrumacos y se doblaba para besarla.

El hombre se enderezó como una caña y simuló haberse inclinado para recoger una servilleta. La alisó sobre el antebrazo, puso cara de bobo y marchó hacia la cocina siguiendo el ritmo de la música.

Dorothy levantó su copa de whisky vacía para que alguien

la llenase, pero la giró hacia diestra y siniestra en vano. Mónica la aferró con dulzura, le quitó la copa y murmuró unas palabras al oído. Damián no sabía qué hacer para evitar el sofocamiento de la muchacha.

Regresaron antes de anochecer. La proa arribó al puerto y movió ciento ochenta grados. Luego la popa del yate, lentamente, rozó tierra. La tripulación amarró con pericia y de inmediato puso el tablón forrado en material de alfombra verde. Antes de bajar, Mónica y Damián se dirigieron hacia un rincón impermeable a las miradas intrusas. Se tomaron de las manos, se miraron con vivacidad y, poco a poco, fueron acercando las bocas. El primer beso fue rápido y temeroso. Ella se acurrucaba en sus brazos y devolvía la prudente caricia. Su beso aún no era un beso de amor. El segundo fue más libre, pero todavía se aferraba a la promesa; vacilaba entre la amistad que ya tenían y el futuro que se ocultaba tras una incógnita. El tercero se demoró más, como un cohete que toma impulso y luego se dispara a las estrellas.

—Te quiero —dijo Damián.

—Te quiero —dijo Mónica.

Y se besaron por cuarta vez.

Ya en el muelle, ella le deslizó en el bolsillo un sobre doblado.

—Es una carta —le dijo—. No la leas hasta que te acuestes. Es para que la saborees tranquilo, en posición horizontal.

Él la palpó y la guardó; luego haría honor al deseo de Mónica.

Dejó el sobre junto a la lámpara de su mesa de luz. No era una carta, exactamente, sino la copia a mano de un poema. Pertenecía a Mario Benedetti.

Tengo ganas de verte
Necesidad de verte
Esperanza de verte
Desazones de verte
Tango ganas de hallarte
Preocupación de hallarte
Tengo urgencia de oírte
Alegría de oírte
Y temores de oírte
O sea

Resumiendo
Estoy jodido
Y radiante
Quizás más lo primero
Que lo segundo
Y también viceversa.

DIARIO DE DOROTHY

Me gusta este Damián. Tiene un porte magnífico. Y un tierno mechón de pelo que le cae sobre la frente. Hubiera preferido un beso suyo al de Claudio. Pero terminará siendo el noviecito de Mónica. No sé por cuánto tiempo, claro. No le duran; es demasiado rebelde. O "personal", como dice la estúpida de mi amiga Amalia. Pero qué "personal"... ¡caprichosa! Ojalá no le dure ese chico y yo pueda llevarlo a la cama. Apenas lo vi me di cuenta de que es uno de los pocos que me podría devolver el orgasmo.

Pero, ¡qué escribo! ¡Estos pensamientos son una mierda! Los voy a tachar.

Reconozco que estoy a la deriva. Cada vez peor, y no sé cómo remediarlo. Mi vida es un hueco infinito.

Ayer navegamos y hoy reanudé mi dorada rutina. ¿Qué puedo añadir de interesante sobre mi rutina? ¿A quién le puede interesar? Creo que ni a mí, cuando relea estas hojas.

Hoy es lunes al final de la tarde. Como siempre, me levanté a las diez, aplastada por somníferos, para que el día fuese más corto. Me di el baño de inmersión que Marta tenía listo con sales y espuma aromática. Ella me ayudó a secarme y me masajeó el cuello y la espalda. ¿Con quién desayuné? Con el perro, por supuesto; se sienta a mis pies y me lame las medias. Después pasé a la sección chismes por teléfono. Hoy despellejamos de nuevo a la estúpida de Amalia. Dos horas para arrancarle la piel a lonjazos. Dos horas.

Marta me preguntó qué cocinar, de buena que es. Sabe que hace rato no me importa un perejil la cocina ni la casa. Le contesté con un movimiento de la mano que interpreta perfectamente. Al principio me había interesado decorar la residencia, embellecerla con objetos nuevos. Eran nuestros primeros años en este país, cuando celebrábamos el ascenso social y éramos felices con la adopción de nuestra hija. Pero después caí en la cuenta de que a Wilson mis afanes no le movían ni el pelo de una ceja. En verdad, hace rato que nada mío le importa, salvo usarme. No es el Wilson que conocí en la calle Larimer de Denver. Me lo han cambiado. La Argentina me lo ha cambiado. Ahora prefiere putas caras o vaya a saber qué tipo de mujer. Ni me quiero enterar. Pero yo no consigo prenderle el fuego del amor ni con un fuelle de herrería. Nuestro vínculo se acabó. Es decir, perdura por una sola causa: Mónica. Sí, por ella solamente.

A la tarde fui al instituto de belleza. Me relaja el lavado y el dulce frotamiento del cuero cabelludo. Fue bueno, porque me hizo tomar conciencia de que no debo pensar en Damián, porque es un chico que trajo Mónica para ella. Tengo que sacarlo de mis fantasías. Pero ahora vuelve y empecé estas anotaciones con su nombre. ¡La puta madre!

Antes de que regrese Wilson me ocuparé de esconder mejor las botellas de whisky que me reservo para los momentos duros. Las voy a necesitar. Estoy muy loca.

¿Puede un enamoramiento verdadero avanzar tan rápido? Damián se preguntaba si no padecía un flechazo de adolescente. Por fuera seguía siendo tibio y aplomado; por dentro, ardiente e inseguro. Se estaba acomodando a su condición semimaldita. Hasta comenzaba a resignarse a que el asesino de sus padres hubiera escapado para siempre. Sus conversaciones con Victorio lo apaciguaban. Pero no lograba mantenerse tranquilo ante los ramalazos del amor. No había sido así con los fugaces entusiasmos anteriores, pero ahora surgía un vínculo diferente, alguien en quien podía confiar. En sus conversaciones con Mónica, tras las hesitaciones del comienzo, se sacaba las máscaras que había usado durante años, se desnudaba sin miedo a las ironías. Se evaporaban sus enraizadas defensas, sutiles en su mayoría. Por primera vez dio brazadas que lo llevaron a las aguas profundas, y no tuvo que regresar enseguida a la costa, asustado. Ella lo acompañaba con expresiva solidaridad, de una forma sorprendentemente adulta. Y, en reciprocidad, le confiaba el turbio clima de su familia. Compartían dolores incomparables, pero íntimos, de esos que no se ventilan con facilidad. El intercambio de cuchicheos entrelazaba sus almas como empezaron a entrelazarse sus manos mientras caminaban.

Mónica penetraba en el cerebro de Damián igual que el oxígeno en sus pulmones. Su rostro le había cambiado el humor. Cada mañana tenía el doble de luz, y cada noche, el doble de paz. Hasta se cruzaba con los uniformados de la calle sin sentir la brusca contracción de músculos que era su reflejo de años.

Su amor por esa muchacha no lo distraía de sus obligaciones, y ésa era una sensación novedosa con respecto a las mujeres a las que había amado antes. Mónica era diferente, y sus sentimientos por ella también. Se reconocía ágil, alerta y provisto de buenos reflejos. Preparaba sus clases con rapidez y las dictaba con soltura. Era más veloz en la corrección de exámenes y memorizaba fácilmente cuanto tenía que leer. Pensaba mucho en ella, era cierto, pero su mente, en lugar de perder, había ganado disponibilidad. Desde que la conoció desaparecieron las pesadillas de los allanamientos. Paradojas del amor, se decía con burla. Y hasta se preguntaba si ya era capaz de levitar.

Cuando caminaba por las calles sus ojos se detenían en los puestos de flores y él barruntaba cuál sería más apropiada ese día. Hasta empezaron a encantarle los perros que se paseaban por las veredas. Se había convertido en un sensiblero ridículo. Cuando se sentaba en un bar a reconfortarse con un café y repasar sus notas, miraba el entorno con agrado. Los ruidos a veces articulaban armonías. Se sentía lleno de afectos positivos y quería regalarlos, como un dique cuyas aguas desbordan la muralla.

Pero en la familia de Mónica había mar de fondo. Qué lástima.

Damián percibía que, pese a todo lo que ya le había contado, aún quedaban zonas de misterio a las que tal vez ni la misma

Mónica podía acceder. Zonas raras. El padre había nacido en Cuba, y la madre, en los Estados Unidos. El padre quedó solo en el mundo al romper con su familia, que decidió permanecer en la isla; luchó en Vietnam, luego se dedicó a los negocios inmobiliarios y, por último, vino a la Argentina, donde, gracias a su inteligencia empresarial, prosperó económicamente. La madre cursó biología en Denver y sólo la ejerció durante dos años, mientras su marido sufría en Vietnam; tenía un hermano pastor que dirigía una comunidad en Texas, pero a quien ella nunca visitaba. Algo debía de haber sucedido para que esos dos hermanos se mantuvieran tan distantes. Mónica, por ejemplo, jamás lo había visto, como tampoco a su mujer, la tía Evelyn. ¿El alcoholismo de Dorothy provenía de ese desaguisado? Resultaba inexplicable. ¿Por qué se reunían Wilson y Bill, pero nunca Bill y Dorothy? ¿Habría algo inconfesable con respecto a Evelyn? Era un enredo en el que Damián no se atrevía a indagar para no herir a Mónica. "En todas partes se cuecen habas." Cada familia tiene en sus arcones algún elemento impresentable.

El alcoholismo de Dorothy se había consolidado desde hacía unos siete u ocho años. Se sometió a tratamientos en los que su marido y su hija debieron brindar apoyo. Un apoyo difícil y, a la postre, improductivo. Mónica confesaba con ojos húmedos que las sesiones fueron un suplicio, llenas de mentiras y de vergüenza. Su padre se resistía a ser puntual y a expresarse con naturalidad, porque desconfiaba del terapeuta: consideraba impropias algunas preguntas e impracticables muchas consignas. Los éxitos duraban semanas; los fracasos, una eternidad. La madre suspendía el whisky hasta que un factor desconocido la empujaba a romper la abstinencia. Se había convertido en una mujer irritable e impredecible. Se aislaba en prolongados silencios o se lanzaba a una ruidosa actividad social. A Wilson lo enojaba esto último y trataba de calmarla mediante costosos regalos.

—Mamá es mi antimodelo —dijo Mónica, llevándose una mano al pecho—. Duele confesarlo, pero es así.

El padre era un empresario exitoso, manilargo con su familia y sus amigos, pero acostumbrado a imponer su voluntad. "Un cubano machista." No podía con el alcoholismo de su mujer y esto lo enfurecía. "Como cubano machista me adora igual que a la

Virgen." "Dice que soy todo para él." Su cariño era tan desproporcionado que no delegaba, por ejemplo, el placer de organizarle las fiestas. Se ocupaba de las contrataciones, pensaba en las sorpresas, decidía los obsequios, controlaba las listas de invitados y hasta elegía el menú. Así lo había hecho desde que Mónica cumplió un año de edad hasta ese momento, incluidos los festejos especiales de comunión, quince años, dieciocho años, la celebración de su ingreso en el colegio secundario y luego en la universidad. ¿Excentricidad? ¿Necesidad de ejercer más control? Tal vez eso también contribuyó a su rebeldía, que su padre trataba de limitar en forma disimulada.

No obstante, cuando cursó la escuela primaria y el colegio secundario, quien se encargaba de hablar con los docentes y participar en las reuniones de padres era Dorothy. Por supuesto que después pasaba el informe a su marido. Ocurría que Wilson estaba siempre atareado y, además, no le gustaba ser reconocido fuera de su círculo de actividades: temía que lo abrumaran con pedidos de donaciones que, por lo general, no tenía carácter para desoír. Sus asesores económicos le ordenaban ponerse barreras. Pero, en contraste con su generosidad con respecto al dinero, era rígido hasta el absurdo con las amistades de su hija. Esto le resultaba asfixiante a Mónica. Ningún amigo o amiga del colegio podía entrar en su casa si previamente no era aprobado por él o, en su ausencia, por su secretario, Tomás Oviedo. Era un trámite ridículo porque nunca, excepto en un caso solo, puso inconvenientes.

—Pero hasta el día de hoy —se quejó ella— rige la absurda ley. Con justificativos tirados de los pelos.

—¿Qué pasó con aquel único caso?

—Era un compañerito de la escuela. Parece que en su familia había algunos malvivientes, o criminales.

—¿Criminales?

—Creo que sí. Olvidé qué me explicaron entonces, pero me asustó eso de "criminales". No insistí. Y en la escuela traté de evitar su proximidad. Curiosamente, al poco tiempo el chico fue transferido a otra escuela.

Tampoco era fluida la comunicación en materia política, ya que para su padre cada gobierno era el mejor que en ese momento podía tener el país. No le gustaba que hicieran críticas interesadas, morbosas o de corta visión. No aceptaba hurgar en el pasado porque consideraba innoble hacer leña del tronco caído. "Cada momento tuvo lo suyo", decía. Apenas se insinuaba un debate, lo cerraba con una sonrisa o una mirada de fuego. Mónica terminó resignándose a no hacer comentarios políticos en su presencia, lo cual impedía que le contara muchas anécdotas vinculadas con sus estudios y la vida universitaria. A él lo conformaba saber que rendía bien los exámenes y que, con el tiempo, estaría en condiciones de ayudarlo en sus empresas. Soñaba con verla bien casada y se ocuparía personalmente de organizarle la mejor boda del siglo.

Damián repitió el gesto de levantarse el flequillo que le caía sobre la frente y la miró apenado. Mónica estaba rabiosa. La sublevaban estos criterios con gusto a prisión. Ya había cambiado la universidad privada por la pública, ya conseguía burlar los esmeros de la custodia, ya ocultaba información a su padre y a su servil secretario. Ya era un factor impredecible. Ahora presentaría a Damián, dijo.

—¿No es prematuro?

—Mi amor —contestó, recia—, deseamos vernos y compartir muchas horas. No quiero que papá se entere por delaciones.

—No le caeré bien.

—Tal vez no, tal vez sí.

Él meneó la cabeza, escéptico.

—Debe de tener en mente a otros candidatos, más afines con los negocios que con la investigación periodística.

—¿Le tenés miedo?

—Tal vez. Pero, en fin... —Le tomó la mano. —¡Que explote el mundo! No me voy a privar de tu compañía.

—Yo tampoco. Nunca.

—¿Cuándo harás las presentaciones?

—Ya lo tengo todo pensado.

—Ah, ¡qué mujer ejecutiva!

—Va a pasar como si fuera un encuentro accidental.

—Te pregunté cuándo.

—En mi próxima fiesta. Me pongo colorada... Papá quiere celebrar la aprobación de mis diez primeras materias. ¿No es ridículo?

Pero responde al plan que le propuso el secretario. Quiere vincularme públicamente con un tipo que le encanta para novio mío.

—¡Epa!

—Hace un tiempo salí con él. Es alguien que nunca me convenció. ¡Pero la familia que tiene! ¿Entendés? Papá está enamorado de su familia y lo ve como si fuera el príncipe de Dólarlandia.

—Así que tengo un rival, entonces. Deberé tirarle un guante y desafiarlo a duelo.

Ella le apretó más la mano.

—Sería muy romántico, ¿sabés?

Tomás Oviedo se acomodó los anteojos de montura fina y repasó la lista de invitados. Desde que trabajaba para Wilson Castro las relaciones públicas eran filtradas por su ojo de tigre. Las personas propuestas por Mónica eran las mismas de siempre, con la excepción de once nombres nuevos. Ella le explicó que se trataba de compañeros de la facultad. En cuanto a las familias, bueno, en la facu se mezclaba mucho la gente y ya no era posible ser tan exclusivo como antes. Había que reducir los controles.

—Sabés que tu padre es muy abierto, pero no acepta que cualquiera entre en su casa —objetó Oviedo.

—Mis amistades se han ampliado. Me invitan, y les debo atenciones. Vivimos en una sociedad pluralista. ¿Sabés qué significa eso?

—Pluralista y peligrosa. —Se acomodó los anteojos. —Está bien... Pero una cosa es afuera, y otra, el hogar. Estás invitando a la residencia, no a un salón público.

—Les prohibiré que vayan a mi dormitorio y se metan en mi cama. ¿Está bien? ¿Alcanza? ¡Vamos, Tomás, no seamos absurdos!

—Tu padre es un hombre importante. Debe cuidarse.

—¡Otra vez los sermones! —Resopló.

—Vos también debés cuidarte.

—Me cuido.

—No parece.

—Entonces, para eso estás vos y tu magnífica vigilancia —replicó irónica.

—Siempre te molestó.

—Digamos que me hartó. Pero, francamente, recién en los últimos años. Cuando aprendí a pensar.

—¿Tenés conciencia de los peligros que acechan a tu padre y a tu familia? ¿No leés los diarios? Asaltan al más pintado.

—No me gustan las exageraciones. Y te voy a decir lo más importante: me dan vómitos los controles que tanto te gustan a vos.

Tomás tragó saliva y extendió el papel de la lista de invitados.

—Estuve estudiando los nombres nuevos.

—Me irrita que hagas eso. Le dejé la lista a papá como parte del ritual que vengo practicando desde que tengo memoria, pero no quiero ningún tipo de censura.

—Siempre lo hicimos. Es parte de mi trabajo.

—No me importa. Sus mejillas empezaban a encenderse.

—De los once nombres nuevos —mantenía una falsa serenidad—, hay ocho que no merecen objeción.

—¿Ah, sí? ¿Y los otros tres?

—Deberías asumir tu categoría, Mónica. Sos una Castro Hughes.

—¡Qué solemne! Hacela fácil, por favor. —Miró hacia arriba con fastidio.

—Hugo Montaña e Irene Dupin.

—¿Qué tienen? Son excelentes compañeros. —Cerró los puños.

—Hugo es hijo de Juan José Montaña, oficial del ERP, que murió en la selva de Tucumán durante el operativo Independencia. Irene es hija de Marta y Antonio Dupin, famosos agitadores del Partido Comunista, que huyeron al Uruguay, donde cayeron en el asalto a una unidad militar.

—¿Estás seguro de lo que decís?

—Absolutamente.

—Ajá. ¿Y qué tienen que ver mis amigos? El comunismo es una antigüedad.

—Esa gentuza no puede ser amiga de una Castro Hughes.

—Quiero invitarlos. ¿Escuchaste? Quiero invitarlos —dijo con fuerza.

—Vas a tener problemas con tu padre. ¿Por qué no le evitamos un disgusto?

—¿No era que papá no quiere saber de política? Las tuyas son objeciones políticas. Y para colmo, arcaicas.

—Objeto a los delincuentes o potenciales delincuentes. No confundas.

—¿Qué pasa con el número once? —Apoyó su índice sobre la lista.

Tomás volvió a acomodarse los anteojos.

—Es tu profesor de Metodología de la Investigación.

—¿Qué tiene de malo?

—Mucho.

—¿Por qué?

—Supongo que ya estás enterada. —Sus ojitos concentrados le penetraron la frente.

—No sé de qué debería estar enterada. Es uno de los docentes más apreciados en la carrera. Es culto, fino y sensible. Y te digo lo que más te va a cabrear: está refuerte.

—En otros términos, no le falta nada, ¿eh? ¡Mónica, sé honesta!

—¿Qué insinuás?

—Hay aspectos negativos.

—Ah ya me doy cuenta. —Se le subió la sangre en oleadas. —Te referís a la desaparición de los padres y de la hermana. Es eso, ¿no?

—¿Te parece poco?

—Sos un espía de mierda. Un nauseabundo espía. El padre de Damián era un distinguido cirujano que nada tenía que ver con la subversión. La mamá, menos. Con su familia cometieron una barbaridad imperdonable.

—Ésa es una versión de los hechos según la cuenta él, la que venden para torcer la historia.

—Lo lamento —pronunció las palabras con fuerza y con ira—, pero sigo creyendo en Damián. A vos no te creo nada.

—Los izquierdistas lavan el cerebro muy bien; son expertos. Tendremos que cuidarte mejor.

—¡Miserable! —Se abalanzó contra él y le tiró del pelo.

Tomás la apartó con suavidad y la obligó a sentarse. Le apretó los hombros para aquietarla; después le entregó su pañuelo para que se secara las mejillas. Mónica lo arrojó al piso.

—No te confundas, hija. Es por tu bien.

—¡No me digas "hija"!

—Estoy al servicio de tu padre y de tu familia; es lo único que me interesa. No me gusta espiar, no es mi vocación. Pero tengo pruebas de que has ido demasiado lejos con este profesor de mala muerte.

—¡Qué estás diciendo! ¡Qué sabés de Damián Lynch! ¡Qué sabés de su tragedia y de sus dificultades!

—Tal vez no lo sé con precisión, pero lo intuyo. Es un hombre que padece heridas profundas, que segrega rencor, que nunca encontrará paz.

—Es lógico que no tenga paz y que quiera descubrir a los criminales y llevarlos ante la justicia.

—No quiere justicia, sino venganza.

—Tomás... —Arrojó la cabeza hacia atrás y miró el cielo raso. —No me interesa discutir este asunto. Damián vendrá a mi fiesta. Es una decisión irrevocable.

Tomás se quitó los anteojos, los miró a trasluz y volvió a calzárselos.

—Ese hombre te está seduciendo. No es para vos, Mónica.

—Ya que te metés en mi intimidad, te contestaré que sí, que es para mí y que lo quiero. Deseo provocar su encuentro con papá. Pero a vos te prohibo ¿me escuchás bien?, te prohibo que se lo anuncies, o te voy a escupir a la cara delante de todos los empleados.

—Tu padre es más pícaro que vos y yo juntos. Ya debe de saberlo todo.

—Seguro que le estuviste buchoneando.

—Te equivocás. Mi trabajo también consiste en reducir sus preocupaciones. Si pudiese evitarle la contrariedad de que su hija le introduzca en la residencia a un hijo de delincuentes desaparecidos, me sentiría satisfecho.

—Sus padres no fueron delincuentes. Además, ¿qué mierda tienen que ver los padres de él con nuestro amor?

—Calma, Mónica. Pero ocurre que los hijos de padres desaparecidos están condenados.

—¿Qué decís? ¿Por qué, Dios, por qué?

—Es así. No lo puedo explicar, pero responde a la lógica de la tragedia. —Otra vez se sacó los anteojos y se frotó los párpados.

—Sos un maldito, Tomás. Pero, si fuera verdad, con mayor razón Damián merece mi ayuda y mi cariño.

Tomás la contempló en silencio; luego dijo:

—Samaritana ingenua.

Mónica lanzaba chispas de tormenta.

—No vas a convencerme con golpes bajos.

—Te ruego que reflexiones.

—Muy bien, acá va mi reflexión y mi última palabra: sin Damián, no hay fiesta. Y que papá se olvide de la familia Lencinas.

Tomás enderezó los hombros, se estiró las solapas de la chaqueta y suspiró vencido.

—Juventud irresponsable... —Arrastró los pies hacia la puerta.

—Por favor, papá, ¡dejame hablar! —gritó Mónica.

—Ya sé lo que vas a decirme. —Wilson abrió una carpeta.

—No, todavía no te lo dije.

Alzó unos ojos tranquilos. En las negociaciones y delante de su hija sus ojos siempre parecían tranquilos. Delante de su hija, además, dulces.

—Te escucho.

—No quiero ser como mamá. —Lo miró fijo, dolorida.

—Conque ésas tenemos. Sin embargo, te le pareces bastante.

—En el color del pelo y de los ojos. Pero no en el carácter, por suerte. —Apretó los labios.

—No deberías hablar mal de ella. Es una mujer que sufre.

—¿Me lo vas a contar a mí? ¡Claro que sufre! Por eso no quiero ser como ella.

—No entiendo la relación.

—Sufre porque es una sometida. Porque no se anima a enfrentar la vida. Porque se guarda los conflictos como si fuera culpable de todo.

—Es una buena mujer, pero se volvió alcohólica. Nos cayó esa desgracia.

Mónica aguardó un instante y disparó el cañonazo.

—Papá, ¿por qué no se divorcian?

Wilson cerró la carpeta con un estallido de cólera que reprimió en menos de un segundo; adelantó el cuerpo para que sus palabras tuvieran un sabor confidencial.

—Porque nos queremos.

Mónica frunció la nariz y miró hacia el parque.

—¡No me vengas con esa mentira! —Se le aceleró el corazón. —Cada uno de ustedes anda por su lado. Yo no hubiera dudado un minuto en divorciarme.

—Dios mío, tengo una hija terrible. ¿Cómo puedes hablarme de esa forma? Yo te adoro y...

—Lo sé. Por eso te quiero meter en la cabeza que conmigo no vas a tener un clon de mamá.

—¿Quién pretende un clon? —Abrió las manos, escandalizado. —Eres nuestra hija, nuestra amada y única hija.

—Que tiene derechos individuales.

—Que tiene derechos, claro. ¿Quién pretende quitártelos?

—Vos. Para que sea igual a mamá.

—Hija mía, te lo ruego. —Juntó las palmas en actitud de oración. —Tus palabras me hieren. Son injustas.

—No quiero ser como ella.

—Está bien, ya lo dijiste.

—Y quiero decidir mi camino.

—Hasta ahora no te he puesto grandes obstáculos.

Mónica movió la cabeza ante el abismo que la separaba de su padre.

—Tenemos visiones distintas, papá. La única forma de sentirnos bien es aceptar que así como yo respeto las tuyas, vos debés respetar la mía.

—¿No te has cambiado de universidad? ¿Cedí o no?

—Me costó conseguirlo.

—Pero cedí. Y creo que nos hemos equivocado. Vos en la elección, y yo en mi generosidad.

—Yo no me he equivocado. Estoy contenta. Respiro oxígeno, conozco algo más que el círculo cerrado de nuestra familia y aburridos amigos.

—No es malo conocer; lo malo es confundir valores. La UBA está llena de gente perdedora y resentida, ciega a los nuevos tiempos.

—Ése es un prejuicio tuyo.

Wilson se pasó el índice por dentro del cuello de la camisa, para aflojar la presión.

—Hace poco oí que alguien hablaba de adolescencia tardía. No te quiero ofender, pero me parece que algo así te está pasando, Mónica. Rebeldía sin causa.

—Gracias por el diagnóstico, papá. —Se acercó y le dio un beso en la frente.

No tuvo que bajar del auto para tocar el timbre, porque el circuito cerrado de televisión que usaba la guardia ya lo había registrado. En la torreta lateral había dos hombres armados y atentos. Varios reflectores iluminaban el majestuoso acceso y parte de los muros cubiertos de hiedra. El pórtico de hierro forjado se abrió automáticamente y Damián ingresó por primera vez en la mansión de los Castro Hughes.

El asfalto se transformó en un camino de grava marcado con focos amarillos en los bordes. El tupido pedregullo crujía bajo los neumáticos. Los faroles arrancaban de la oscuridad a los altos árboles que se inclinaban sobre el parabrisas. Llegó a una playa y estacionó junto a otros vehículos; tomó la bolsa con su regalo, bajó tranquilo y cerró con llave. Rodeó una fuente decorada con delfines de mármol que lanzaban chorros coloridos y se dirigió a la escalinata de acceso.

Una recepcionista le dio la bienvenida y le indicó hacia dónde ir. Penetró en un salón recubierto de tapices. A la izquierda una escalera de granito con balaustrada de madera se curvaba hacia el piso superior. El fondo lo ocupaba una gigantesca chimenea, delante de la cual varios sillones rodeaban una piel de tigre. Se cruzó con unos jóvenes que charlaban con copas en la mano; sintió que algunos lo examinaban con curiosidad y les regaló una falsa sonrisa. Avanzó hacia una puerta entornada, con relieves tallados, que permitía ver el comedor vacío. Siguió el creciente volumen de la música y llegó a un corredor lleno de plantas, cuadros y esculturas. Al final apareció la aglomeración de invitados en un vasto quincho de paredes vidriadas. Estaba impaciente por encontrar a Mónica. En la bolsa que le colgaba de la muñeca había puesto una tarjeta con frases de amor.

Al abrirse un círculo de invitados, la descubrió. Lucía un vestido largo y se había recogido el cabello a lo Paulina Bonaparte. Le pareció más hermosa que las mujeres pintadas por David. Ella también lo vio y fue más decidida: abandonó el grupo y caminó rápido hacia él. Damián tuvo ganas de abrazarla, pero lo azotó la prudencia: se hallaba bajo el implacable escrutinio de los amigos de ella y no quería provocarle un engorro. La esperó vacilante, y Mónica resolvió el dilema estampándole un beso en los labios. Alguien aplaudió y Damián se sintió contradictoriamente inhibido y feliz. Mónica lo tomó de la mano y lo presentó a quienes tenía cerca. Dos parejas lo saludaron con divertida solemnidad: también eran alumnos suyos en Ciencias de la Comunicación.

En un extremo se había parapetado el *disc-jockey*, con su infantería de aparatos, llaves, botones, auriculares y CD, para controlar la luz y el sonido de la fiesta. En dos pantallas gigantes se veía a los invitados, que eran filmados de modo incesante y agresivo: sus rostros y nucas aparecían cerca, lejos, deformados, dados vuelta o superpuestos. Junto al aparataje se extendía el escenario bordeado de flores donde probablemente tendría lugar un show.

Circulaban bandejas con bebidas y canapés. Mónica llevó a Damián hasta una mesa donde se exhibían camarones, centolla, arenques, trucha ahumada, salmón rosado, trozos de pulpo y grandes recipientes con caviar negro y rojo en medio de esculturas de hielo seco. Hizo preparar sendos platos, llenó dos copas de champán y lo invitó a la terraza.

Se apoyaron en la balaustrada de mampostería abrazada por un rosal florecido. Ella explicó que durante el día ése era el más hermoso puesto de observación de la casa; en esa noche de luna en cuarto creciente apenas se adivinaban las ondulaciones del parque y los faroles de algunos barcos, pero cuando el aire se limpiaba, se podía divisar hasta la costa de Uruguay.

Se ubicaron en sillones de mimbre que a la luz de la luna parecían labrados en marfil.

—¡Estoy tan contenta de que hayas venido!

Damián le acarició los dedos.

—Tengo una buena noticia —agregó ella.

—Siempre son bienvenidas.

—Papá me dijo que quiere conocerte.

Damián inspiró el aire ahíto de fragancias nocturnas.

—Bueno, yo también. Pero no va a ser un encuentro casual, entonces.

—A último momento tuve que modificar mi plan para desalentar el de él. ¡Le vas a gustar, estoy segura!

—¿Más que el otro candidato?

Sonrió.

—Entre uno y otro, como se dice en forma tan elocuente, ¡nada que ver!

Él la miró a los ojos.

—En serio —agregó Mónica—. El otro no vale por sí mismo: lleva prendido el nombre de su familia como una condecoración de guerra. Sin la condecoración no es nada.

Damián pasó el dorso de la mano por su solapa vacía.

—Podría haberme puesto la medalla que gané en la universidad...

Ella le dijo al oído:

—Hay otra razón por la cual tenés ventaja.

—¿Cuál?

—¡Nunca amé tanto a nadie!

Damián le apretó los hombros mientras ambos aproximaban los labios y se unían en el mareo de un beso. En torno giraban moléculas de polen.

Cuando se separaron, lentamente, siguieron contemplándose al fondo de los ojos con pasión. Luego las manos de Damián entrelazaron los dedos de Mónica. Anhelaban fundirse y volar. La luna se esforzaba por iluminar el parque y plateaba el contorno superior de los árboles. Las estrellas tejían un bordado de diamantes. Vieron desprenderse un meteorito que dibujaba una línea de tiza. Tenían que formular un deseo antes de que se borrara en la pulposa oscuridad.

De pronto una voz chillona rasgó la noche. Sonó como un petardo en la quietud de un templo.

—¡Así es fácil aprobar materias!

Con un vaso de whisky apoyado en la frente, Dorothy avanzaba hacia ellos.

Damián se puso de pie, y la madre de Mónica le ofreció ambas mejillas para que la besara.

—¡Cómo me duele la cabeza! ¿Interrumpo? —Se curvó insinuante y sacudió hacia un lado la cabellera.

—Mamá, no te hagas la graciosa.

—Esta maldita jaqueca... ¡No me critiques! Sabes que tu amigo me gusta.

—Gracias, señora —mumuró Damián.

—Mi nombre es Dorothy. —Entornó sus ojos de pradera. —Ahora veremos si también le gustas al difícil de mi marido. Lástima que ya no logro convencerlo como antes, de lo contrario le hablaría a tu favor, puedes estar seguro. —En sus labios volvió a imprimirse el rictus de tristeza.

Mónica se movió, incómoda. Se le cayó la copa de champán, que se partió sobre las baldosas. De inmediato aparecieron dos mozos que se encargaron de recoger los vidrios.

—Me gustaría hacerte algunas preguntas —dijo Dorothy mientras se acomodaba con sensualidad. Cruzó las hermosas piernas y se reclinó sobre el apoyabrazos del sillón dejando que el cabello se le esparciera sobre el hombro.

—Mamá, no lo invité para que lo sometieras a un interrogatorio.

—Querida, ¡con semejante carácter vas a terminar por espantarlo! —Tendió su copa vacía hacia el mozo que los contemplaba desde la sombra. —¿Me lo llena con Chivas? Sí, *on the rocks* por supuesto.

—Ya tomaste suficiente —le advirtió Mónica.

—¿Te das cuenta? —le habló a Damián—. Recién empezamos a charlar, y ya me ataca con órdenes. No quiero provocarte una decepción —se hizo pantalla en la boca con una mano—, pero ella salió al padre. ¡Es más testaruda que un asno!

Mónica crispó los puños e intentó cambiar de tema.

—¿Ya volvió papá?

—No lo vi. Debe de estar cerrando algún negocio. Como siempre. Pero hablemos de cosas gratas. ¿Qué tal el periodismo? Me enteré que te gusta la investigación. ¿En qué andas ahora?

Damián sonrió e inclinó la cabeza.

—No le interesa qué investigué para mi tesis ni para mis publicaciones anteriores, sino lo que hago ahora, las últimas noticias, ¿verdad?

—Tal cual.

—Como si usted misma fuese periodista.

—Así es. Los periodistas son encantadores.

—Bueno, diría que sigo varias líneas.

—¡No seas misterioso! A ver, cuéntame una de esas líneas. —Levantó el índice. —Una sola.

—Se vincula con un tema de actualidad.

—Por supuesto. ¿Qué tema?

—El narcotráfico.

—No es muy novedoso. A menos que... —Se miró las uñas. —Bueno, ¿y por qué elegiste un asunto tan difícil?

—Ya le dije que exploro varias líneas.

—¿Siempre hay que sacarte las respuestas con un tirabuzón?

La sonrisa forzada de Damián se convirtió en una breve carcajada.

—Estudio las franjas sociales que son enganchadas al mercado, las técnicas que inventan para burlar controles, la relación entre los diversos niveles del operativo, las motivaciones, las alianzas y los ascensos de los que ejercen algún poder.

—¿Me tomas por tonta? ¡Es el índice de un libro!

—Le conté casi todas las líneas que me interesan.

Se acarició de nuevo la frente con el vaso helado.

—No confías en mí. Supongo que me tienes miedo. O tienes miedo de que se lo cuente a un narcotraficante. Es eso, ¿no?

Mónica resopló con fastidio.

—Soy sociólogo, periodista e investigador universitario. Deberían tenerme miedo a mí —contestó Damián, riendo.

—¿Por qué? ¿Tienes inmunidad diplomática? A nadie le gusta que le metan el dedo en la herida.

—Es mi trabajo. Tampoco está exento de dificultades el de un médico o un abogado o un albañil.

—Muy idealista... Ahora te falta decir que estás comprometido con la verdad y que la ciencia no se doblega ante los intereses materiales.

—¿Adónde querés llegar, mamá?

—¿Qué te pasa? No estoy agradeciéndolo. ¿Sientes que te agredo, Damián?

Damián cerró entre las suyas la mano nerviosa de Mónica.

—No me molesta. En serio.

—¿Viste? Además, creo, que este dato le caerá bien a Wilson. ¿Saben por qué? Porque Wilson es un hombre que dedica muchas horas, quizá demasiadas, a combatir el flagelo. Es un cazador de narcos —Dorothy bebió con rabia.

Damián se dirigió a Mónica.

—No me lo habías contado.

Ella encogió los hombros.

—Damián —agregó Dorothy mientras se cruzaba su boca con un índice—, no menciones a nadie lo que acabo de decirte.

Lo invitó a su escritorio con fragancia a cigarro y jazmín. Wilson Castro lucía una tupida cabellera entrecana y, pese a los giros porteños de su lenguaje, no perdía el cálido acento cubano. Se arrancó la corbata de fulgurantes colores, se abrió el cuello de la camisa y ofreció a Damián su caja de puros.

—Es mi única relación con el suelo natal —comentó con nostalgia.

Le alcanzó un cortador de Tiffany y luego arrimó la llama de su encendedor.

—Gracias. —Damián lanzó una cinta de humo y se acomodó en el sillón.

—Seguramente usted se ha informado sobre mis actividades. —Wilson entró de lleno en el tema.

—¿Qué le hace pensar así?

—Mi larga experiencia. —Sus ojos perforaron el humo. —Además, sé que le interesa la investigación. Incluso más que la enseñanza.

—Como diría un psicólogo de café, usted "proyecta". El que se interesa por las actividades del otro no soy yo, precisamente. ¿Qué más averiguó sobre mí, señor Castro?

Wilson estiró los labios y dejó ver su dentadura blanca y perfecta.

—*Touché*! Mi hija no se ha equivocado al describirlo como a un hombre de buenos reflejos.

—¿Eso dijo?

—Y mucho más. Pero como soy un viejo diablo, lo atribuyo a su deslumbramiento. No debe de ser la única alumna a la que usted ha enamorado en clase.

Damián golpeó con el índice el dorso del cigarro para desprenderle la primera ceniza. Levantó la ceja derecha.

—Advierto que ha surgido una gran dificultad —replicó Damián.

—¿A qué se refiere? ¿A mi sentido del humor? No quise ofenderlo —se defendió Wilson.

—La dificultad de hacerle comprender que nuestro amor es genuino.

—Mónica usó las mismas palabras. ¿Se pusieron de acuerdo?

—Ya que usted parece tan frontal, ¿podría formularle una pregunta que vaya al corazón del problema?

—Cómo no.

—¿Qué le desagrada de mí? Por lo visto, me conoce, pero recién me ve.

Wilson contrajo la frente.

—¿La verdad? Aún no lo detecto con precisión. Mi rechazo es... ¿cómo diría?... ambiguo.

—Estoy seguro de que lo sabe, pero no se atreve a decirlo.

—¡Chico! ¡Qué audaz!

—¿Me equivoco?

Los dedos de su mano izquierda se frotaron entre sí como si intentasen liberarse de algo.

—No se equivoca del todo. Pero, ¿sabe?, me está gustando su actitud: es digna y varonil.

—¿Entonces?

—Cambiemos figuritas. Precisemos la información que tenemos de cada uno y ampliémosla. Quizás usted se decepcione de mí, quizá yo me enamore de usted.

—Me basta con el enamoramiento de Mónica.

—Le contaré brevemente mi vida. ¿Le interesa? Luego usted me devolverá la atención.

—No será fácil.

—Estamos acercándonos. Tampoco mi papel es de terciopelo. ¿Quieres más champán o pasamos a otra bebida?

—Champán.

—Bien. Tal vez ya lo sepa por Mónica: nací cerca de La Habana, en una hacienda parcelada entre cultivos de hortalizas e interminables cañaverales. No olvido ni sus olores.

Miró su reloj y apagó la computadora. Se ajustó la corbata con pintas amarillas sobre fondo azul, se puso el saco sport y salió. En la planta baja el guardia cambiaba el nombre de una firma en el tablero, tarea que realizaba cada dos o tres meses para despistar vaya a saber a quién. En el corredor se cruzó con Nora y Federico, que llegaban de almorzar. Caminó por la bulliciosa calle rumbo a la playa de estacionamiento. Recogió la llave que guardaban junto a la caja registradora, se sentó al volante y partió a encontrarse con Damián.

Volvieron a reunirse en el café El Foro.

—Aquí nos vimos por primera vez —recordó Victorio—. A esta hora debemos de estar rodeados de picapleitos.

—Y algunos jueces y fiscales también.

—¡La justicia! —suspiró el ex enfermero—. ¡Tan cerca y tan distante!

—Así es.

—¿Cómo va la investigación?

—Avanza. Pero tengo dos temas que me gustaría pensarlos con vos —anunció Damián.

—Deberás pagarme honorarios.

—Ya te pagan bastante en tu oficina.

Zapiola lo apuntó con el índice:

—Hay secretos que no se ventilan ni ebrio ni dormido, ¿eh? Lo decretó Mariano Moreno para los argentinos de todas las generaciones.

—Yo no ventilé nada. Ahora voy al punto uno: las metaanfetaminas.

—¿Qué tienen?

—Les dicen "la cocaína del pobre". ¿Cuál es su futuro? —preguntó Damián.

—Brillante. Para la humanidad, horrible. Se pueden fabricar en cualquier sitio con efedrina, ácido clorhídrico y fósforo. Reemplazarán a la coca.

—¿Cuándo? ¿Cómo?

—Ya ha empezado. Serán más baratas, abundantes y no harán falta cultivos; los carteles, por lo tanto, tienen razones para preocuparse. Es un desafío inesperado.

—Esto liquidará una franja del narcotráfico, pero desarrollará otras.

—Sí, pero que serán más difíciles de controlar, por su multiplicación. Habrá más guerra entre los diversos grupos. Se multiplicarán las pandillas. Es un panorama grave que debería ser mejor atendido desde ahora, antes de que empeore.

—¿Cómo?

—Acá pasa lo de siempre, no nos engañemos. El problema de fondo es social y educativo. La represión siempre falla porque no presta atención a las causas.

—Pero la coca sigue.

—Sigue. Tu investigación no debería excluirla; supongo que no la excluye.

—No, está en el centro. ¿Paso al punto dos?

—Adelante.

Damián miró hacia la calle, donde las veredas se llenaban de abogados y oficinistas que salían de sus grutas alfombradas para tomarse la pausa del almuerzo.

—En los Estados Unidos no sólo tienen un gran problema con la venta y el consumo de drogas, sino con otra cuestión bastante ingobernable: las milicias y los fundamentalismos religiosos —explicó Damián.

—De acuerdo.

—Mónica y yo descansamos del narcotráfico leyendo materiales sobre estas organizaciones. Mi pregunta es la siguiente: ¿puede haber alguna conexión entre ellos?

—¿Entre las milicias y el narcotráfico? ¿Qué te hizo pensar en tamaño disparate?

—Fue una ocurrencia casual. Aunque no creo en las casualidades.

—Ya me dijiste lo de Borges: el azar y el destino son quizá sinónimos.

—Exacto. ¿No sería una conexión apocalíptica? —insistió Damián.

—Apocalíptica, pero suena improbable.

—¿Por qué? En Colombia y Perú los guerrilleros marxistas se han aliado con los narcos. ¿Podía imaginarse algo más incompatible? Los guerrilleros se proclaman puros, hermanos del Che, idealistas, desprendidos. ¿Cómo pueden ser socios de delincuentes a quienes sólo les interesa el dinero?

—Ocurre que para los marxistas simples, cuanto peor, mejor.

—¿No quieren también eso los fundamentalismos y las milicias? Cuanto peor se torne la vida en los Estados Unidos, más rápido caerán las instituciones federales y vendrá el final de los tiempos.

—Pero la derecha religiosa y las milicias racistas señalan precisamente la expansión de las drogas como prueba de que el gobierno está manipulado por el Mal. Sus miembros no se drogan.

—Ya fueron drogados por sus doctrinas —Damián levantó una ceja.

—Es diferente. —Victorio quedó pensativo. —No, no lo creo posible.

—Sin embargo, ¿no se denunció que unos tipos de la CIA distribuyeron drogas entre los negros de California para enfermarlos y excluirlos?

—Algo oí; no recuerdo con exactitud. Pero fue la CIA, efectivamente.

—Que son unos buenos canallas, ¿no? A lo mejor alguno era miembro de una milicia.

—Difícil, Damián. Difícil. De todos modos, corresponde estar alerta; en este campo cualquier cosa es posible.

El mozo depositó sendos lomos al plato con rodajas de tomate cubiertas de orégano. Victorio abrió el sachet de mostaza y la desparramó con cuidado sobre la carne humeante. Damián lo imitó.

Desde el duodécimo piso de la torre se veían los reciclados edificios de Puerto Madero con sus diques bordeados de restaurantes y los paseos embellecidos por largos canteros de flores. Nélida ingresó en el despacho de su jefe con tres carpetas negras, sin aguardar que concluyera su conversación telefónica. El viernes anterior Wilson la había sorprendido con un brazalete de oro por haber cumplido trece años de servicios en calidad de impecable secretaria privada que captaba al instante cuándo la urgencia ordenaba atropellar. Wilson la miró preocupado mientras su mano libre se posaba sobre la carpeta abierta. Sin dejar el teléfono se calzó los lentes, echó un vistazo y se apresuró a dar por terminada la conversación de larga distancia.

—¿¡Pero qué carajo ocurre!? —quiso saber.

—No hemos respondido adecuadamente a las especificaciones de la licitación.

—¡No puedo creer semejante torpeza! ¿Qué dicen Sullivan y Bordeau?

—Ya fueron al ministerio desde temprano.

—¡Pero son los responsables!

—Están más perplejos que usted, Wilson. Salieron a la disparada apenas se enteraron. Sullivan piensa que alguien interfirió.

—¿Falsificaron nuestros papeles?

—Van a tratar de averiguar. Pero hay más problemas.

—¿¡Más!?

Nélida tragó saliva.

—El diputado Federico Solanas ha iniciado una investigación sobre la carta de crédito que le extendió el Banco de la Ciudad.

—¡Me la dieron hace cuatro años!

—Precisamente. Encontró irregularidades en su aplicación y lo agregó al expediente sobre el préstamo que le otorgaron al año siguiente en el Banco Nación.

—¡Mierda! Necesito a Tomás, enseguida.

—Ya le pedí que viniera.

—Eres un ángel, chica. ¿Qué otras piedras me has preparado para la jornada? ¡Lánzalas a mi cabeza de una vez!

—Deben de ser mis trece años de servicio, ¿no? —Hizo girar el brazalete con coquetería. —Sugiero que beba su café torrado; lo necesita. Y esta vez se lo preparé yo, con pizcas de canela y chocolate.

—Gracias. —Tomó varios sorbitos con el ceño fijo mientras su mente daba vueltas como un satélite espacial. —Nélida, quiero que me arrojes la piedra que falta.

Ella inspiró profundo:

—Falleció Ricardo Lencinas.

—¡Qué estás diciendo!... —Escupió unas gotas sobre el escritorio.

En la mano de su secretaria apareció una servilleta de papel como afloran los conejos en la galera de un ilusionista; la mujer limpió con cuidado la espejada superficie.

—¡No puede ser! ¡No lo acepto!

—Fue anoche, en un accidente en la ruta.

Wilson hundió la cabeza entre las manos temblorosas.

—¡Pobre Alfredo! Su chico era maravilloso, una promesa... Hay que mandar flores, condolencias. Yo iré al velatorio, por supuesto. Y al sepelio. ¡Pero es terrible! ¿No me estás haciendo una broma?

—Las flores ya fueron enviadas.

Wilson le dio unas palmaditas en el antebrazo.

—Justo ahora... Demasiadas desgracias juntas. ¿Por qué se demora Tomás?

—Ha llegado el señor Oviedo —anunció la recepcionista.

—¡Que pase ya mismo!

Tomás Oviedo entró con el rostro oscurecido, rodeó el escritorio y estrechó la mano de Wilson.

—Tenemos varios problemas a la vez, y todos son pesados —se apresuró a comunicarle que ya había sido puesto al día.

—La muerte de Ricardo Lencinas es más que un problema, es un desastre —gruñó Wilson.

—¿Se ha enterado Mónica?

—Supongo que no, todavía. —Miró interrogativo a Nélida. —¿Pero qué importa? Era el marido ideal que necesitaba, no ese profesor muerto de hambre. Alfredo estaba de acuerdo con mi idea del casamiento; habría sido la fusión más exitosa de la historia hispanoamericana.

—Se nubló el horizonte, mi amigo. —Tomás hizo sonar las articulaciones de sus dedos. —Pero estoy seguro de que un hombre como vos no se dará por vencido.

Wilson Castro levantó la cabeza, que en ese momento no era la de un triunfador: su cara se había poblado de arrugas, sus ojos estaban a punto de llorar.

Nélida, apenada, alzó las carpetas y las apiló en sus brazos.

—Me has dicho todo lo que necesito saber, ¿verdad? —Wilson la miró como un bebé afligido.

Ella asintió.

—Puedes llevarte esos papeles —le dijo al jefe—. Quiero estar a solas con Tomás. Gracias.

Tomás acercó su silla mientras la secretaria se alejaba en silencio y cerraba la puerta tras de sí.

—¿Qué me aconsejas?

—Con respecto a la licitación, esperemos el informe de Sullivan y Bordeau. Si resulta cierto que nos falsificaron los papeles, estaríamos frente a un enemigo más poderoso de lo imaginado. Por eso conviene trabajar con certezas. Tu cuñado, Bill, no sale de mis sueños.

—¿Con que ésas tenemos? ¿Qué hace Bill en tu cabeza?

—¿No es un profeta milagroso? Ahora ha conseguido invadir mis sueños. Dice que no debo bajar la guardia. Anuncia que minutos antes de la gran victoria los tiempos siempre se vuelven más difíciles.

—Muy difíciles. Pero dejemos a Bill para más tarde. ¿Qué opinas sobre el diputado Solanas?

—Es un gran hijo de puta. Está desesperado por conseguir notoriedad. No creo que entre en razones fácilmente. Ya lo invité a almorzar.

—Si lo consideras conveniente, puedes llevarlo a dar una vuelta en el *Dorothy* con su familia.

—A tipos así no se los compra ni con un almuerzo ni con un paseo en yate. Usaré esos y todos los demás recursos que sean necesarios hasta conocer el precio de su silencio. No hay hombre sin precio.

—Quiero que lo consigas rápido, Tomás. No es tan grave la carta de crédito ni el préstamo del Banco Ciudad, sino lo que vendría después, explosiones en cadena: aduana, oro, armas...

Tomás se balanceó en su silla y repasó los ítems: armas, supermercados, oro, comunicaciones. Un paquete grande y macizo como el Himalaya.

—Así es.

—No tolero que, mientras pongo mis bienes bajo el rótulo de la legalidad, vengan a tirarme basura.

—Lucharemos en todos los frentes, Wilson.

—Hay frentes perdidos. —Volvió a hundir la cabeza entre las manos. —Ricardo Lencinas... ¡Mi Dios! ¡Qué crueldad!

—Mónica le tenía simpatía —comentó Tomás—, pero no hubiera aceptado casarse con él.

—Porque es caprichosa. Pero yo habría terminado por convencerla. Es una chica inteligente y habría entendido mi plan.

—En unas horas lo enterrarán.

—Enterrarán mi proyecto. ¡La puta madre!

—Wilson, ¿qué pensás de Damián Lynch?

Castro levantó los ojos nublados.

—No sé, estoy confuso. Supongo que es un escollo importante.

—Mientras venía para acá, delante de un semáforo que quería cruzar pese a que me estaba mirando un policía, se me ocurrió unir dos asuntos: Damián y nuestra colaboración con la DEA.

Wilson se enderezó como si lo hubieran encañonado con un arma.

—Vos y yo —prosiguió Tomás mientras se quitaba los anteojos— sabemos que Damián Lynch investiga las técnicas del narcotráfico hormiga y más que hormiga. Esa investigación podría ser el camino que él mismo elige para su propio desastre. ¿Qué te parece?

—Explícate.

—Creo que le encantaría contribuir con nosotros, y podría ayudarnos en el próximo golpe contra el cartel de Lomas. Wilson Castro recibiría un gran reconocimiento internacional, y él...

—¿Y él? ¿Deseas convertirlo en héroe? ¿Aumentar la infantil admiración que le tiene Mónica? No cierra.

—¿Es posible casarse con un muerto? —Tomás extrajo de un bolsillo la agenda electrónica y repasó los compromisos.

Wilson Castro tecleó sobre la mesa y lo miró como a una esfinge que tras sus ojitos penetrantes guarda secretos horribles. Pensar que lo había conocido hacía décadas, en Panamá. Tomás Oviedo era entonces un joven y destacado teniente coronel del ejército argentino y había viajado para entrenarse en la lucha antisubversiva. Simpatizaron pronto. Y mucho más en Buenos Aires, cuando descubrieron que su alianza podía capturar rápidos negocios.

Wilson Castro era el jefe, y Tomás Oviedo, su hombre de confianza, además de socio en proyectos de volumen. Las empresas de Castro exhibían un sólido perfil desde que había conseguido legalizarlas. Gracias a ellas tenía acceso a la intimidad del gobierno, simpatía financiera, tolerancia impositiva y parpadeos cómplices de la aduana. En su radiante oficina de Puerto Madero funcionaban cuerpos administrativos que articulaban negocios variados, mantenían comunicación internacional y aceitaban los resortes con la competencia, el periodismo, los sindicatos, la justicia y los políticos. En cambio, los temas de alta tensión, los que debían mantenerse en secreto, quedaban reservados para la residencia de San Isidro.

—Está bien —accedió, melancólico—. Pero si hasta ahora fuiste más prolijo que un cirujano, quiero que redobles la prudencia, Tomás. En este caso no aceptaré la menor falla.

Se despidieron con una inclinación de cabeza.

Un par de horas más tarde Wilson sintió un dolor en el tórax. Se le deslizó el puro de los dedos, apretó un timbre y apoyó la cabeza sobre el escritorio. Al instante Nélida corrió a su lado. Le aflojó el cuello de la camisa y lo condujo hasta el sofá, donde lo recostó con un almohadón bajo la cabeza. Otra empleada, a los gritos, reclamaba que acudiera una ambulancia de urgencias médicas.

Wilson estaba pálido; sudaba. Cerró los párpados y trató de relajarse, aunque le daban vueltas Ricardo Lencinas y el repelente diputado Federico Solanas. Las isquemias cardíacas reclaman el cese de los esfuerzos físicos y de la tensión emocional, se decía para ahuyentar los pensamientos endiablados. Trató de concentrarse en los hermosos años vividos en la Academia de la Fuerza Aérea estadounidense de Colorado Springs. Nélida le tomaba el pulso, que era pleno, pero irregular. Se apartó cuando llegó el médico, seguido por enfermeros y una camilla. Wilson abrió los ojos y dejó que lo examinaran. A su lado se habían extendido aparatos, jeringas, máscaras de oxígeno y reanimadores. El jefe del equipo retiró el estetoscopio y diagnosticó fibrilación auricular.

—No es grave, pero conviene internarlo para completar los estudios.

—Proceda —concedió Wilson.

Nélida se enjugó las lágrimas.

El médico sonrió agradecido e impartió instrucciones.

—¿Oíste? —Wilson levantó su índice autoritario. —No es grave. Nada de pánico. Esta noche dormiré en casa. A los pájaros de mal agüero diles que se trata de un chequeo de rutina.

—No hable, por favor. No se agite.

—Pasé situaciones peores... Tengo mucho que hacer todavía.

—Ya lo hará. Relájese.

Unas manos diestras lo levantaron del blando sofá y lo depositaron en la camilla. Los corredores por donde tenía que pasar fueron instantáneamente despejados de curiosos. El ascensor bajó hasta donde esperaba la ambulancia. El médico jefe, siempre a su lado, supervisó cada etapa. Wilson advirtió que se sentía mejor. Era como en las batallas: cuando uno caía herido y recibía ayuda, el caos tendía a retornar a la normalidad. Por las calles de Buenos Aires la sirena abría camino como un rayo entre las nubes.

La fibrilación había cesado. Pero —según le explicaron después— era probable que se repitiera. Debía someterse a un tratamiento. Era una patología que aumentaba su frecuencia en las grandes ciudades y entre la gente sometida a tensiones. Wilson no podía escapar a ese destino.

Dorothy y Mónica volaron al sanatorio y, tras ser tranquilizadas en el corredor, las dejaron pasar al cuarto VIP. Wilson, con las facciones distendidas, casi no prestó atención a su esposa, pero miró largamente a su hija, muy asustada. En su cerebro martillaban frases que habría querido pronunciar: "Si tu capricho no te hubiera impedido acercarte a Ricardo, quizá no hubiera ocurrido el accidente y yo no habría sido blanco de esta maldita fibrilación".

—Ya estoy bien —fue lo único que dijo, y desvió los ojos hacia la ventana.

Tal como había anunciado, esa noche retornó a su casa. Le prescribieron medicamentos y que se sometiera a controles frecuentes. A media mañana del día siguiente retornó a su vasta oficina de Puerto Madero, porque le aburría quedarse en la residencia. Pero se le había evaporado el optimismo. Debía comunicarse con Bill.

DIARIO DE DOROTHY

Antes, cuando Wilson quería suicidarse, yo me desesperaba por cuidarlo y resolver su frustración. Ahora, que acaba de empezar con problemas cardíacos, no veo la hora de huir para siempre. Es tan cabeza dura que no se quedó ni veinticuatro horas en el sanatorio, pese al ruego de los médicos. Hoy fue de nuevo a la oficina. No acepta interferencias en sus designios. Es un aparato.

Dicen que es mejor sufrir con plata... Wilson me da toda la que quiero. Pero cuando la plata sobra tanto, una llega al borde de un precipicio que dice: "Más allá no hay nada". Soy testigo de que el exceso de riqueza, si no va acompañado por otras cosas que llenen el corazón, desnuda lo más horrible del universo: la nada.

Supongo que quienes no tienen tanta plata como nosotros y se desviven por conseguirla disfrutan de la ilusión de que con ella serán felices. La ilusión de tener lo que todavía no tienen.

Wilson, con su plata, subvenciona la resistencia de la derecha cubana de Miami. Hace unos años subvencionó a los "contras" de Nicaragua. Gasta centenares de miles de dólares en operativos anticomunistas que mantienen en vilo a patrullas y guardacostas. Sueña con redimir su patria, convertirse en el héroe nacional, ser más grande que José Martí. Pero el comunismo se cae solo. Fidel Castro, a quien odia y envidia, da los últimos manotazos de su era. Wilson siempre ha dicho que es la misión de su vida y por esa misión luchará hasta el último aliento. Por esa misión ha envenenado nuestro vínculo, me ha usado, me ha olvidado como mujer. Me ha matado en vida, como hizo matar a su primer gran amor, aquella pobre profesora de Biología a la que violó en La Habana con tanta precocidad. Veremos qué sucederá con su cabeza ahora que Mónica, "la luz de sus ojos", se está enganchando con Damián, quien debe de haberle caído como caca de paloma en su plato de comida. Ojalá le vuelvan los deseos de suicidarse. Esta vez mantendré una sabia neutralidad.

CAMINOS DE RIESGO Y PERVERSIÓN

Damián aterrizó en el aeropuerto de Salta, tomó su bolso de mano y descendió por la escalerilla al pavimento caliente. Una azafata le indicó adónde dirigirse para recoger el resto de su equipaje. Mientras aguardaba que apareciera su valija en la cinta transportadora, leyó los carteles de publicidad y no advirtió que a pocos metros lo vigilaba Antonio Gómez, enviado por Tomás Oviedo con instrucciones precisas. El día luminoso cegaba los presagios que podían haber puesto a Damián en guardia. No creía en los temores de Mónica ni tenía conciencia de que a partir de ese minuto comenzaba una cuenta regresiva.

Entre los libros, mapas y cuadernos que había ordenado en su bolso estaban los nombres de las personas a entrevistar, lista que había confeccionado con ayuda del propio Oviedo, y las dos cartas de recomendación que había escrito Wilson Castro de su puño y letra. Estaba agradecido a esos hombres poderosos que, pese a la escasa simpatía que le profesaban, habían accedido a ayudarlo en sus investigaciones: era posible que aquel viaje lo aproximara a secretos bien guardados. Alguna vez se vería premiada su tenacidad.

En el hotel colgó la ropa e hizo una llamada. Tenía sobrado tiempo para almorzar. Fue en busca de un restaurante donde sirvieran comida típica; se sentó junto a la ventana abierta de un local cercano a la plaza y ordenó tamales con vino tinto. Le habían insistido en que el vino salteño era famoso por su calidad, y los tamales, la más antigua expresión de la cultura andina, infrecuente manjar para los nacidos en Buenos Aires. El maíz fue vital y mítico durante centurias; en las últimas décadas, en cambio, fue desplazado por el boom de la coca. "Pero —reflexionó— la mera nostalgia no resolverá esta degradación, ya que la coca estimula y mata; en cambio, el maíz sólo alimenta."

Después caminó hacia la gendarmería, donde iba a recibirlo el comandante Tadeo Fornari. Entregó una tarjeta y mostró su credencial. Lo condujeron a un edificio rodeado de parques. Tuvo que aguardar en una modesta sala de espera y luego fue introducido en una habitación donde el comandante le estrechó la mano y lo invitó a sentarse junto a su escritorio. Damián tuvo el recuerdo fugaz de los tiempos en que un uniforme militar le quitaba el aire.

—¿Qué prefiere beber? —le ofreció el comandante mientras se acomodaba en un sillón.

—Té de coca —respondió Damián decidido.

—Veo que desea entrar rápidamente en materia. —Fornari sonrió y comunicó el pedido a su ayudante.

—Por supuesto. —Damián abrió su portafolio y le tendió la carta de Wilson Castro.

El comandante la leyó en silencio, se atusó el poblado bigote y la dejó sobre la superficie espejada de su escritorio, limpio de otros papeles.

—¿Cómo está el señor Castro?

—Muy bien. Tuvo una ligera indisposición, pero se ha recuperado completamente.

—Que se cuide. Retribúyale mis saludos.

—Así lo haré. —Damián Lynch sacó sus materiales de trabajo y preguntó si había inconveniente en que grabara la conversación.

—Trabaje cómodo... —fue la respuesta—, hasta que yo le diga.

—Gracias. ¿Le molesta que sea descarnadamente franco?

—Supongo que no lo será menos que otros periodistas. Adelante.

Fornari había sido asignado a la zona norte cuatro años atrás. Reveló sin vueltas que la gendarmería secuestraba un promedio anual de mil kilos de cocaína, mil kilos que evadían los controles aduaneros más estrictos.

—No hablo de hojas ni de pasta base, sino de droga purificada, lista para el consumo. Es una cifra muy alta para un país como la Argentina, que hasta fines de la década de los 80 apenas servía como ruta de paso, casi exclusivamente.

—¡Gran victoria de los narcotraficantes, entonces!

—Sin duda.

—¿Cuánto estima que finalmente llega a destino pese a los secuestros tardíos de la gendarmería? ¿Más de mil?

—Seguro. Pero es imposible saberlo.

Fornari describió algunas de las imaginativas técnicas que usaba la red montada por los narcotraficantes para burlar obstáculos, controles y persecuciones. Eran la prueba de su poder, de su indestructibilidad.

—Tienen la iniciativa —afirmó.

Damián verificó que el grabador registraba con nitidez cada frase.

El comandante lamentó la dificultad que significaban los "paseros", gente que cruzaba la frontera una o varias veces al día por una paga miserable. Aunque muchos eran detenidos, al poco tiempo se los liberaba porque no eran más que peones de la organización, ignorantes y hambrientos. Cientos también realizaban el llamado "monteo", es decir, trayectos por entre los arbustos del monte, lejos del camino. Otros aprovechaban las aguas fronterizas del río Bermejo y esquivaban los controles de la gendarmería en precarias balsas.

—Llamamos "mulas" a quienes transportan la droga adherida al cuerpo, disimulada bajo la ropa. Pero más difícil de detectar es el contrabando escondido en el estómago.

Fornari abrió un cajón y extrajo pequeñas salchichas blancas envueltas en profilácticos. Explicó que el contrabandista tragaba varias de esas cápsulas enormes y, si le costaba tragarlas espontáneamente, le eran introducidas mediante un embudo en el que un compañero soplaba con fuerza. La cantidad de salchichas que portaba un individuo en el estómago y los intestinos era asombrosa: ¡de cincuenta a cien! Se las podía detectar mediante rayos X.

—¿Las ve? —dijo Fornari mientras ponía al trasluz una placa

radiográfica—. ¿Pero, podemos sacar radiografías a cada uno de los miles de sujetos que atraviesan la frontera a diario? Apenas ingresan a nuestro territorio se apresuran a tomar ómnibus directos, rápidos. El gran peligro que corren, mucho peor que ser descubiertos, es que falle el envoltorio de una salchicha y mueran por sobredosis. No son pocos los casos que tuvieron ese final. Cuando desembarcan en Buenos Aires o Rosario u otra gran ciudad a la que fueron destinados, toman un laxante y se refugian en pensiones miserables hasta defecar el cargamento. Si no lo eliminan antes de las veinticuatro horas, están condenados a morir.

"Menos peligrosos para la vida y más redituables para el bolsillo son los vehículos "envainados" —aseguró Fornari. Como Damián no entendió, le explicó:

—Al otro lado de la frontera usted comprobará que la actividad más cotizada es la de "chapa y pintura". A cada paso encontrará un local dedicado a reparar automotores, como si hubiese más cantidad que en los grandes centros urbanos. Los mecánicos son artistas de una habilidad extraordinaria. ¿Por qué? Porque consiguen habilitar espacios en sitios inverosímiles y disimulan con un arte que podrían aplicar a mejores causas. En esos espacios guardan panes o "ladrillos" de cocaína cuyo peso promedio es de un kilo. Los lugares que casi nunca se desperdician son el interior de los guardabarros, el cardán de los camiones, la cobertura de las puertas y el piso. Los tapan y los aseguran con remaches, alfombra, más remaches, sustancias adhesivas y de nuevo alfombra. A veces guardan los panes bajo el techo, y en algunos casos habilitan hasta la mitad del tanque de nafta. ¿Qué le parece?

El comandante narró con entusiasmo los descubrimientos que hacían sus hombres cuando se apoderaban de un vehículo así. Mostró a Damián una colección de fotos que ilustraban sus palabras.

—¿Pero cuántos supone que podemos detectar? —se quejó al recoger las pruebas—. Usted se da cuenta de que es imposible revisar cada tanque de nafta y cada guardabarro mientras cientos de vehículos hacen cola para cruzar la frontera.

—¿Y cómo ponen el ojo en uno en especial? —preguntó

Damián mientras controlaba el buen funcionamiento del grabador—. ¿Qué los orienta? ¿El olfato de los perros?

—Los perros sirven para los contrabandistas menos hábiles, pero ahora la mayoría envuelve los paquetes con sucesivas cubiertas de nailon, aceite de litio, otra vez nailon, café, un tercer envoltorio de nailon y cinta engomada. Los perros deberían tener el olfato de Superman.

—¿Entonces?

Se hizo pantalla en la boca con la mano y susurró la respuesta:

—Informantes... Nuestros informantes metidos en la red son los que avisan de la llegada de un vehículo preparado.

—Esto me interesa.

—Muchos son miembros de la gendarmería. Se adiestran para una tarea dura y peligrosa. Deben cambiar costumbres, convertirse en seres harapientos y mezclarse con la gente que se conchaba por una remuneración insignificante. Si los descubren, pueden perder la vida. Tienen el heroísmo de los espías. Esto es bien sabido.

—Pero de ellos casi ni se habla. —Damián pensó que le vendría bien trabajar una temporada como informante; le daría acceso directo a las cuevas del submundo. —¿Y los que no pertenecen a gendarmería?

—Es más confidencial. ¿Podría apagar el grabador? Gracias. Bueno... los reclutamos, sencillamente. Aceptan trabajar para nosotros contra un pago en dinero o en —bajó la voz— droga. En este último caso tienen que venderla rápido porque si en una redada los pescamos con ella, no hacemos diferencia con los demás, para que no se devele la conexión. Como se da cuenta, nuestro campo es sucio, está lleno de trampas y de lealtades múltiples. Tampoco tenemos dinero suficiente para pagar en forma más tentadora y conseguir mejores resultados —suspiró.

—Me confirma lo que imaginaba. Otra pregunta: ¿los informantes pueden llegar hasta los dueños del cartel?

El comandante percibió el ambicioso deseo de Damián; volvió a estirarse los bigotes.

—No, nunca. Jamás a los dueños y apenas a sus capataces. La organización del narcotráfico ha sido trazada por el demonio;

es inaccesible, perfecta. Nosotros nos limitamos a ponerle un humilde freno, pero no soñamos con destruirla.

—Desalentador. Terrible.

—Es la realidad. Este monstruo tiene mil cabezas y millones de miembros. Fíjese que, además de las vías que le describí, pasa droga por encomiendas. Tal como lo oye: descubrimos merca en paquetes despachados por correo como libros, ropa u objetos de madera. Algunos "paseros" cruzan con flores en maceta aduciendo que llevan regalitos, pero en realidad dentro de la tierra transportan cápsulas selladas de cocaína. Otros cargan papas en bolsas rústicas de arpillera; ¿se imagina algo más inocente? Pero dentro de las papas, gracias a un paciente trabajo artesanal, hay cápsulas. Los contrabandistas también aprovechan los tours de compras, porque en Bolivia la ropa es más barata; entre la ropa disimulan cápsulas y hasta ladrillos. El colmo fue un sujeto disfrazado de cura que traía una valija llena de Biblias. Todas parecían iguales, pero las que estaban en el fondo de los bultos tenían ahuecadas las páginas y escondían un cargamento de consideración. Ese falso cura, lo mismo que los portadores de papas, macetas, salchichas y hasta los que llegan en autos acondicionados, son simples eslabones de una cadena cuyos extremos conforman un enigma.

El comandante agregó que la pesquisa solía desembocar en callejones muertos, debido a que las mulas se manejaban con alias:

—Cuando en Bolivia les entregan la merca, no les explican a quién tienen que entregarla en Buenos Aires o Rosario o Córdoba, sino que deben esperar a que alguien vaya a su encuentro. Esta precaución inutiliza nuestros interrogatorios. A veces hasta los sigue y controla un vehículo de los narcos, sin que ellos ni nosotros tengamos noción de lo que ocurre. Las mulas sólo saben que deben tomar un ómnibus y dirigirse a una determinada ciudad. "Se arrimará alguien, con tal contraseña", les dicen. A veces, tenemos nuestros modestos éxitos cuando el conductor de un vehículo preparado es descubierto e interrogado, entonces, se asusta y acepta colaborar. Después lo seguimos con disimulo y, cuando entrega el cargamento, detenemos al receptor. Pero éste también es un eslabón que lleva a la nada.

—Otra pregunta, comandante: ¿cuánto vale un "ladrillo"?

—Depende del lugar. Menos de mil dólares en Bolivia. En Salta sube a siete mil. En Buenos Aires llega a quince mil. Pero en los Estados Unidos alcanza fácil los cincuenta mil dólares.

Damián lanzó un silbido.

—¡Qué subida!

—Por eso mueve a tanta gente.

—¿Y cómo salen los cargamentos desde la Argentina?

Fornari abrió las manos.

—¿Sigue apagado su grabador? Bien. De Bolivia salen gracias a la complicidad de ciertos funcionarios. Y de la Argentina... por lo mismo. Contra semejante poder, nuestra lucha es la de patéticos inválidos. ¿Suponía algo diferente?

—No, por supuesto que no. ¿Y con respecto a los volúmenes?

—Sabemos poco. Desde Bolivia ingresa en nuestro país por el contrabando hormiga, como le expliqué, y desde Buenos Aires u otros sitios sale por un contrabando elefante. Pero el ingreso por contrabando hormiga es sólo una de las formas posibles.

—¿Cuáles son las otras?

—Hay pistas disimuladas en esta provincia y en todas las del norte argentino, incluso Tucumán, Santiago del Estero, Catamarca y La Rioja, donde aterrizan aviones y avionetas con grandes cargamentos. A veces ni usan pistas, sino la ruta. Los esperan con las compuertas del camión abiertas y se llevan el contenido de inmediato. Los aviones ni siquiera paran el motor. El operativo es fulminante y termina sin dejar huellas.

—Pero el radar...

—No hay buena radarización.

—Increíble. ¿Y las escuchas?

—Buena pregunta. Pero le voy a confiar un secreto, si me promete no difundirlo.

—Prometido.

—Las escuchas las instalaron los norteamericanos. Son pocos los argentinos que lo saben, para no herir nuestro orgullo nacional, tan venido a menos... Gracias a eso registramos mensajes en clave, como: "Mandamos un tractor", "Avanza lancha por el río", "Caballo chúcaro al corral". Entonces levantamos los ojos al cielo y a veces hasta oímos el ruido del motor. Pero cuando nuestros jeeps o motos llegan al presunto sitio del aterrizaje, ya no queda ni el humo.

—Voy a devolverle su confianza y su deferencia adelantándole mi primera conclusión, comandante.

—Me interesa.

—Es verosímil que, si no se reprime el narcotráfico en la Argentina de una manera eficaz, es porque ciertos bolsones del poder "oficial" no lo quieren.

Fornari se quedó inmóvil, con la cabeza levemente inclinada, mientras con los dedos de la mano derecha tamborileaba sobre el delgado vidrio del escritorio.

—Soy comandante en actividad y le confieso que no me atrevería a ratificarlo en público. Pero, entre nosotros, ¡usted ha dicho la verdad! Estoy harto de las noticias que me llegan sobre la complicidad de los gobernadores de una media docena de provincias, sus familiares y sus amigos. Por un lado aburren con discursos hipócritas, y por el otro se llenan los bolsillos sin escrúpulos.

Miró la hora y se dirigió al despacho del juez federal Carlos Mutabe. Antonio Gómez se puso otro chicle en la boca y lo siguió desde una distancia prudencial. A esa hora ya no se atendía al público, de modo que el policía de guardia llamó a un encargado que, tras verificar el documento de Damián Lynch y cotejarlo con la lista que sostenía en la mano izquierda, lo invitó a entrar. Gómez se sentó en el bar de la esquina y compró una revista para entretenerse mientras aguardaba la reaparición de su objetivo.

Damián ingresó en el edificio de los Tribunales, atravesó un corredor vacío y luego una antesala. Se abrió la puerta y vio al juez sentado a su escritorio.

—Gracias por recibirme.

—Hemos acordado la entrevista y es usted más puntual que un suizo. —Le estrechó la mano y lo invitó a ubicarse frente a él en un sofá blando y viejo. Era un hombre alto y amable.

Damián le entregó la carta de Wilson Castro.

—¡Ah, mi exitoso amigo! —exclamó el juez mientras abría el sobre.

Tras leerlo, volvió a desplegar el papel para asegurarse de lo que decía el párrafo final.

—¿Así que usted es docente de Metodología de la Investigación y le interesa la dinámica del narcotráfico? ¿Qué lo estimuló a meterse en esta mugre?

—Desde chico me gusta investigar.

—¡Hay tantos temas menos sucios!

—Pero lo sucio tiene magnetismo.

—¿Usted es pariente del doctor Jaime Lynch?

Damián levantó la cabeza como si le hubieran dado un puñetazo en la mandíbula.

—Soy el hijo.

—Caramba... —Carlos Mutabe se retorció las manos. —Lo conocí cuando éramos muchachos, en un hotel de las sierras de Córdoba. En esa época estaba de moda veranear en las sierras... Gran cirujano. Después me enteré de su extraña desaparición.

—Ninguna desaparición fue "extraña", doctor, si me permite.

El juez contrajo las cejas y asintió, avergonzado.

—¿Qué pudo averiguar hasta ahora? —preguntó.

—La de mi familia es una investigación perpetua e inútil... hasta el presente. Mientras, me ocupo de otras.

Mutabe lo miró con pena.

—Entiendo.

—Si no le molesta, me gustaría que me revelara algunas pistas.

—Supongo que ya exploró otras fuentes más caudalosas, como la secretaría de Lucha contra la Drogadicción y...

—Las exploré y estrujé. Saben y no saben, dicen y no dicen. Hay confusión, miedo, burocracia, múltiples lealtades. Una vieja historia. Es un ejército preparado para entregarse al enemigo. O, para ser más condescendiente, un simulacro de ejército. ¿Voy bien?

—Usted es muy duro.

—Si no formulamos denuncias duras, nunca mejorarán las cosas.

—Se trata de una guerra muy compleja. Distinta, para ser exactos. En las tradicionales prosperaron los espías, traidores, agentes dobles. Pero se mantenía una diferenciación, una identidad. Ahora el aire se ha densificado al punto de que no se sabe quién es quién ni a qué responde.

—¿Qué me puede contar, según su experiencia como juez?

Carlos Mutabe recorrió con la mirada la pared tapizada de libros desde el cielo raso hasta el piso e hizo memoria. No iba a suministrarle nombres propios ni comprometer a gente que ya había purgado su culpa.

En la zona veraniega vecina a la ciudad de Salta —contó—, una familia tradicional recibía amigos de Tucumán, Catamarca y Bolivia casi todos los fines de semana. Estaban vinculados con políticos de fuste y a nadie se le habría ocurrido investigarlos. Pero en sus valijas transportaban los elementos químicos que necesitaban en Bolivia para purificar la coca. Durante años proveyeron acetona, ácido sulfúrico y otras sustancias. Lo que no se pudo averiguar es si habían instalado en las vecindades algún laboratorio para hacerlo directamente en la Argentina. ¿Por qué? Hubo presiones para detener la investigación, incluso desde Buenos Aires.

—No se puede luchar contra un medio hostil —agregó, malhumorado—. Es la sensación de quienes buscamos erradicar este sucio negocio. Le cuento algo ilustrativo. A un panadero que tenía éxito por vender "panes" que no eran precisamente de harina, por fin le descubrieron cinco kilos de droga en su caja fuerte. ¿Sabe cómo reaccionó la población? Exigiendo benevolencia para el delincuente: decían era un buen hombre, dadivoso con los niños, amable con las ancianas, manilargo en las colectas.

Una empresa que tuvo rápido crecimiento se llamaba Frutos y Productos del País S.A. Sus hombres viajaban a todas partes; llevaban portafolios de doble fondo disimulados con extraordinario arte. Había ganancia para los diversos niveles de la organización. No fue fácil descubrirlos, porque también gozaban del apoyo oficial. Se puso en práctica una paciente escucha telefónica, que algunos consideraban ilegal o, cuando menos, violadora de los derechos ciudadanos. Pero gracias a ella se reunieron las pruebas que llevaron a una investigación decidida y eficiente.

—¿Y el sector oficial?

El juez encogió los hombros.

—Siempre sale indemne.

—Dos cuestiones que todavía no logro resolver son: dónde se almacena y por cuál vía parten los grandes cargamentos.

—Tampoco tengo la respuesta acertada. Pero es obvio que

existen depósitos transitorios en el norte, el noroeste, el centro, en muchos puntos de la provincia de Buenos Aires y hasta en la Patagonia. De ahí salen centenares de kilos, por avión o por barco, lógicamente. La aduana fue y es una boca grande, muy tentadora, que ingiere y vomita. ¿No se habla de una aduana paralela? Es escandaloso, pero no creo que haya cambiado mucho desde que saltó a la luz.

—El mítico Creso convertía en oro todo lo que tocaba. En cambio, todo lo que tocan las drogas se corrompe. Toca a la aduana, corrompe a la Aduana.

—Es así. Yo no estoy excluido y, francamente, me pongo nervioso cada vez que cae en mis manos un asunto vinculado con esto. Usted tampoco quedará afuera. Por eso me permito sugerirle que se dedique a investigaciones menos engorrosas.

—¿Sabe qué ocurre? A menudo se me cruza la idea de que sólo algo muy malo, feo y sucio me hará llegar al asesino de mi familia.

El juez se quedó sin habla por varios segundos.

—Es una idea irracional. No le haga caso.

—Es más fuerte que mi lógica. Pero dígame: ¿no trabajaron como "mano de obra desocupada" muchos criminales del Proceso? Deben de seguir. Está en su naturaleza.

—Pueden haberse jubilado. O arrepentido. Me parece que usted se orienta mal. El camino de las drogas puede cancelar el retorno; devora a los caminantes. Recuerdo a un investigador que se había puesto a trabajar con tanto entusiasmo como usted. Estaba a punto de atrapar un pez gordo. Se había ganado la confianza de accesos importantes. Pero también había empezado a consumir la droga, como manera de simular una adicción. La venganza no se hizo esperar, y el hombre terminó su vida con una hemorragia incontenible. La autopsia reveló que en vez de droga le habían hecho ingerir cocaína mezclada con vidrio molido.

Damián, tocado, se acarició la mandíbula mientras observaba los anaqueles llenos de enciclopedias y expedientes.

Cuando regresó al hotel encontró un mensaje telefónico de Mónica. Discó enseguida a Buenos Aires. Ella lo atendió de inmediato y las primeras palabras fueron la miel que necesitaban sus oídos. Las frases entrecortadas funcionaron como besos. Al cabo de un minuto se serenaron, felices de escucharse. Damián arrojó lejos los zapatos y se recostó con el tubo pegado a la oreja. Le sintetizó el contenido de las entrevistas. Gracias a las recomendaciones telefónicas de Tomás Oviedo y a las cartas firmadas por Wilson, lo habían recibido con enorme cordialidad. Estaba reuniendo valiosos datos. En una hora tenía que volver a llamar a un tal Antonio Gómez.

—Corazón mío, me intranquiliza este programa.

—Ya me lo dijiste varias veces.

—Tengo miedo.

—¡Mónica, por favor! Vos no tenés miedo. Me extrañás, eso es todo.

—Papá te brinda esta ayuda para separarnos. No hay otra explicación.

—Ya sé que no le gusto, pero tampoco me ha rechazado. Hay que darle tiempo para acomodar sus expectativas a la realidad. Quizá quiere probarme.

—¡No necesita probarte! A los que detectaba como potenciales novios míos no los probaba. Intenta separarnos; lo conozco bien.

—Y él te conoce a vos.

—Por eso evita el enfrentamiento. Conmigo nunca se enfrenta; es oblicuo, es hábil. Dice que soy rebelde con una sonrisa y en muchas cosas consigue limitarme. Siempre con una sonrisa, por supuesto. Me quiere y lo quiero, pero no aguanto sus imposiciones. Ahora encontró la forma de distanciarnos, Damián. Caímos en la trampa.

—Son pocos días, mi amor.

—¡Se me hace una eternidad!

—¡Mónica, mi dulce! No me hables con voz tan triste.

—No tiene sentido que él te ayude si no te quiere. Tampoco que se haya involucrado Tomás. Doy vuelta las ideas de un lado y otro, y no lo entiendo. Por eso me preocupa.

—¡Hay tantas cosas que no entendemos! Me pasé la vida sin entender qué pasó con mi familia. ¿Por qué no tomar su colaboración como algo que también les interesa a ellos? Tu padre aporta a la lucha contra los narcos, es amigo de la DEA. Mi investigación podría llegar a ser interesante.

—Lo dudo.

—¿Por qué? Este viaje me permitirá entrar en contacto directo con el movimiento de la droga. Mi ojo está entrenado para ver cosas ocultas. Debo estar agradecido, en serio, aunque la intención de tu papá sea, como decís, separarnos. Pero es una separación tan corta...

—Llamame otra vez.

—Lo haré.

—Hoy mismo, por favor. Después de hablar con ese Gómez. Para saber en qué pozo te va a meter.

—Amor...

—Quiero que vuelvas. Que suspendas el proyecto.

Damián soltó una risita complaciente.

—No me pidas eso. Sabés que me viene de perillas. En menos de una semana volveremos a abrazarnos. Te extraño con locura. Quisiera estar besándote.

—Yo también... ¡Ah, no sé por qué estoy tan angustiada! Perdoname. Me desconozco.

—No seas chiquilina, mi amor. ¿Qué me puede pasar? Soy un insignificante investigador.

—Te estás metiendo en la boca del lobo. Lo sabés perfectamente.

—No te exaltes. No creo que mi presencia haga temblar a los narcos... por ahora. —Volvió a reír en voz baja. —Te amo muchísimo. Pronto estaremos juntos otra vez.

Al terminar la conversación no colgó; se quedó mirando el mudo auricular, como esperando que la voz de Mónica le siguiera insistiendo en que renunciara a ese viaje de aventuras. Si ella ponía un poco más de obstinación, iba a lograrlo. Por supuesto que él se metía en la boca del lobo. También sentía una remota angustia, como cuando evocaba los allanamientos.

Abrió el minibar y bebió una gaseosa. Quizá Wilson Castro y Tomás tuvieran buenas intenciones, pero adolecían de ingenuidad en aquel campo. Tomás había puteado a los criminales narcos como si fueran delincuentes comunes, fáciles de atrapar y excluir del mundo. Tal vez sus deseos de anotarse méritos les quitaba objetividad ante los escollos y por eso lo apoyaban con cierta irresponsabilidad. Debía de ser cierto que Wilson prefería alejarlo de su hija, pero ese recurso —si de veras lo había pensado como recurso— era demasiado fugaz.

Esperó hasta las ocho y llamó a Gómez.

—¡Hable! —contestó una voz ruda.

—Soy Damián Lynch. Cumplo en telefonear a esta hora, como me pidió hoy a la mañana.

—Bien. Mire su reloj: dentro de una hora y quince minutos exactos lo espero en la puerta central del cabildo. Voy a llevar una margarita en la mano. Usted me rozará, pero no dirá una palabra: se limitará a seguirme. ¿De acuerdo?

—De acuerdo.

Cortó.

El estilo brutal lo convenció de que era un guerrero. Abrió de nuevo el minibar y eligió otra gaseosa. Encendió el televisor, hizo un poco de zapping y lo apagó.

Se lavó y bajó al vestíbulo del hotel. Una nube de turistas se amontonaba junto al mostrador del recepcionista. Deslizó su llave en el buzón de la conserjería y caminó hacia el cabildo.

Los bares, restaurantes y comercios de artesanías regionales habían encendido las luces y aguardaban a los clientes que salían con el fresco del atardecer. Las cúpulas de la catedral brillaban doradas bajo la luz de reflectores estratégicos. Penetró en la antigua recova y se dirigió a la puerta central del cabildo. Sus pasos resonaron sobre las piedras. Buscó entre la gente al hombre con la margarita en la mano. De pronto alguien brotó de las tinieblas y le rozó el brazo: llevaba una margarita que hacía girar en los dedos frente a su nariz. Damián lo siguió.

Era de mediana estatura, abundante cabello negro, vestía pantalones de jean y camisa beige arremangada. Dobló en la esquina y luego en la siguiente. Penetró por una puerta alumbrada por un farol azulino y coronada por un ancho letrero de madera que decía: Bar de la Puna. En lugar de ascender, como insinuaba el nombre, bajaron trece escalones negros. Descubrió un sótano convertido en un local húmedo y mal ventilado, ideal para encuentros ilegales o para emborracharse a escondidas. Tenía algunos bancos de piedra tallados en los muros como los sitiales de un coro en la iglesia, y diez mesas oscuras cubiertas con papel de estraza. La barra enchapada en bronce, con maderas y adornos brillantes, parecía importada de un pub inglés y no hacía juego con el entorno indigente; estaba cercada por bancos altos, dos de los cuales ocupaba una pareja. En un rincón había otra pareja degustando grapa en rústicos vasos. Los tres grupos restantes estaban integrados por viejos que fumaban sus cigarrillos.

Gómez eligió el sitio más distante, casi invisible, y le hizo señas.

Cuando se sentaron, le tendió la mano.

—Antonio Gómez.

—Damián Lynch.

—Te propongo un vaso de vino. —Lo miró a los ojos hasta que Damián tuvo que bajar la mirada. —Pero antes de seguir adelante te advierto que tenés dos minutos para arrepentirte —agregó—. Una vez que se entra en esta cancha, no se sale.

—Lo vengo pensando.

—¿Sabés manejar armas?

—Recibí entrenamiento. No tengo que informarte dónde. Pero no me despierta el deseo de asesinar.

—Me parece bien. Aunque jamás se sabe. ¿Estuviste en contacto con algún barón?

—Es lo que quiero conseguir.

—Así me dijeron. Pretendés mucho. Te adelanto que, si uno llega a ellos, no sale entero. Mejor renunciá a ese objetivo y conformate con otros menores.

—¿Cuándo empezamos?

—Ya has empezado... ¿Qué significa esta reunión? ¿Un mero encuentro social?

—Vos sabés a qué me refiero.

—Este jueguito es muy peligroso. Por lo tanto, las reglas las pongo yo. Y las reglas dicen que vos no vas a saber un carajo más de lo que necesitás saber antes de cada etapa.

—Muy amable. Pero... —Su cara no disimuló que se sentía estafado.

—Nada de peros. Me habló Tomás... y ésta es la primera y última vez que lo nombro... para rogarme que te incorporara a este operativo. Me dio un buen informe de vos, aunque me parece que exageró los elogios.

—¿Ah, sí? Mi finalidad no es la aventura, ni tampoco exterminar delincuentes. Soy un investigador, una raza que seguramente vos despreciás.

—Es probable; ni siquiera me molesto en pensarlo. En cuanto a tu cosecha, tal vez recojas algún fruto. Tal vez. Mañana a las siete esperame junto al monumento a Güemes. Pasaré a recogerte con mi auto. Se terminó el tema. Ahora tomemos algo y charlemos de otra cosa.

Cuando llegaron a Tartagal, en el norte de la provincia, habían viajado seis horas, con sólo una pausa para cargar nafta y comer un sándwich. Gómez se dirigió a una concesionaria de automotores ubicada en la calle principal, junto a una heladería sombreada por un toldo a rayas. Frenó ante la vidriera que exhibía tres unidades de diversa marca, apagó el motor y descendió con muestras de cansancio. Mientras se introducía en el pantalón la camisa transpirada, fue directo hacia el escritorio donde una mujer joven ordenaba papeles. La mujer desapareció tras una puerta y en menos de un minuto emergió un hombre obeso que estrechó efusivamente la mano de Gómez. Damián observaba la escena desde el auto, pero decidió bajar también y estirar las piernas. Gómez le hizo señas para que se acercara.

El voluminoso concesionario, que se presentó como Lucho, los invitó a su oficina, refrescada por un ventilador de techo *made in Taiwan*. Puso sobre la mesa tres vasos y varias bebidas. Los viajeros aceptaron agradecidos el convite. Luego entregó sobres con la documentación de dos combis.

Damián miró a Antonio Gómez con expresión interrogante.

Gómez examinó los papeles y guardó uno de los sobres en el interior de su portafolio. El otro lo deslizó en el bolsillo de su camisa.

—Muy bien; no hay que confundirlos —aprobó Lucho.

Después los condujo al salón, donde entregó la llave de una

combi Ford de color beige. Se despidieron y Gómez se sentó al volante. Damián seguía haciendo preguntas con los ojos.

—Dejé mi auto en caución, tal como indica nuestro plan. Para la nueva etapa necesitamos esta combi —explicó Gómez mientras hacía girar la llave del encendido—. ¿Alguna otra pregunta, señor periodista?

—Un montón. Pero me las prohibiste.

—Por el bien de todos. Este trabajo tiene sus riesgos. ¿Para qué te debía contar ayer lo que acabo de hacer hoy? Si caías en manos de un gendarme, tal vez te sonsacaba este cambio de vehículos y el lugar donde lo acabo de realizar. Lo mismo vale si ahora te cuento lo que viene. Confiá en mí, armate de paciencia y tené valor. ¿Tenés valor? —Torció los labios en una sonrisa cáustica.

—Supongo que un poco.

—Muy bien. Entonces vamos al puesto aduanero de Aguaray. Espero que te luzcas en tu primera acción de inteligencia.

—Algo tendrás que indicarme, alguna consigna. No sea que después me vengas con reproches.

—Allá vamos a pedir hablar con el jefe del destacamento. Vos le contás de tu investigación, para que te miren con ojos favorables. Preguntás lo que se te ocurra sobre las artimañas de los contrabandistas. Eso nos va a dar un doble beneficio: vos aumentás los datos de tu investigación, y a él se le fija mejor tu cara de profe o de periodista. Para impresionarlo más todavía, le vas a decir que ya te recibieron el comandante Fornari y el juez Mutabe.

—¿Cómo lo sabés? —Se sintió incómodo, casi preso de una vigilancia invisible.

Gómez soltó una carcajada.

—Yo sé muchas cosas. Antes de que lleguemos al final de este operativo, prometo informarte de cosas que ni siquiera sospecha tu imaginación más retorcida.

—Gracias por ser tan explícito.

En el puesto aduanero de Aguaray revisaban documentos y mercaderías, a unos veinte kilómetros de la frontera. El lugar servía para detectar a los contrabandistas que habían burlado los controles previos. Para atender las filas de autos, omnibuses, camiones y la cantidad de turistas y trabajadores temporarios que se amontonaban sobre la ruta, se habían instalado puestos de bebidas y comida bajo toldos de lona verde.

Gómez y Damián estacionaron la combi en la banquina, lo más cerca posible del puesto militar, y fueron a pie en busca del jefe. Tras vencer la desconfianza de un par de gendarmes accedieron al primer alférez Isidoro López, quien los escuchó encantado. Hacía diez meses que trabajaba en el lugar y había tenido que resolver arduas escaramuzas con las "mulas" que intentaban el "monteo" por las tierras vecinas. Unas semanas antes, varios contrabandistas que llevaban un cargamento importante, armados con cuchillos y pistolas, le habían herido a dos hombres.

Damián aprovechó para llenar los huecos que le habían dejado las revelaciones del comandante y del juez. El trabajo de la gendarmería era peligroso y aburrido la mayor parte del tiempo; era un trabajo sobre el que ni los periodistas manifestaban curiosidad. López les ofreció mate y, luego de charlar unos veinte minutos, los acompañó a dar una vuelta. Les mostró el campo lleno de tártago salvaje, una vigorosa planta de hojas grandes, parecidas a las de las parras, pero de un fruto incomible y aceitoso, cubierto de pelusa. Por entre los tartagales verdosos, con cierto resplandor dorado, se colaban durante el día y la noche hombres y mujeres con droga atada al cuerpo. De vez en cuando los gendarmes realizaban exploraciones y descubrían sus huellas, pero rara vez conseguían apresarlos: eran hábiles para marchar por espacios difíciles y se hacían invisibles apenas olfateaban un uniforme. Después López los acompañó hasta la camioneta, les estrechó la mano y les deseó buen viaje.

En la población fronteriza de Salvador Maza hicieron lo mismo. Se dirigieron al puesto de control y Gómez pidió entrevistarse con el jefe. Los recibió el segundo comandante Lino Méndez. Damián repitió los objetivos manifiestos de su viaje: estudio e investigación de las técnicas usadas por los narcotraficantes para llevar adelante sus negocios. Además de los documentos que había podido rastrear en los archivos del gobierno y de la policía, deseaba estudiar el fenómeno *in situ*.

Tal como le había pedido Gómez, volvió a relatar sus entrevistas con el comandante Fornari y el juez Matube, lo cual suprimió cualquier sospecha. Gómez añadió que cruzarían a la vecina localidad boliviana de Yacuiba para realizar un par de entrevistas esa misma noche y cargar varias colecciones de diarios, semanarios y revistas jurídicas que habían comprado desde Buenos Aires por intermedio de un profesor boliviano. Dijo que Damián Lynch quería trasladar personalmente ese material a Buenos Aires, donde lo analizaría un equipo de la facultad.

Damián lo escuchó asombrado, pero mantuvo la boca cerrada. El comandante Méndez expresó su satisfacción de que por fin se encarase el tema con tanto profesionalismo. También les convidó mate, que acompañó con unas sabrosas galletas de grasa. Se lamentó por los escasos recursos de su fuerza: vehículos viejos, insuficientes medios de comunicación, pocos hombres que, además, eran mal pagados. Después los acompañó hasta la combi, les dijo "hasta mañana" y ordenó que los dejaran pasar. Gómez, de todas formas, ofreció al guardia apostado junto a la barrera el sobre que tenía en el bolsillo de la camisa, donde estaban los documentos del vehículo. El guardia cumplió la formalidad, anotó el número de la patente y devolvió enseguida los papeles. El conductor miró a Damián, le guiñó feliz y arrancó.

Manejó con cuidado sobre el corto puente que unía los dos territorios nacionales. A ambos lados de la frontera se amontonaban turistas, trabajadores temporarios y cargadores de mercadería barata. El puente estaba atiborrado de gente, bicicletas, autos y bultos. Los vehículos se movían con lentitud de paquidermos. La típica vestimenta boliviana era rotundamente exaltada por las mujeres: casi todas vestían las típicas faldas amplias, multicolores, que les llegaban hasta la media pierna y, en muchos casos, superponían un delantal atado a la cintura. En la cabeza llevaban un sombrerito redondo, del cual bajaba una trenza rematada por un moño blanco, rojo o azul. En su mayoría calzaban sandalias y una de cada tres cargaba un niño en la espalda para tener los brazos libres.

Apenas la combi ingresó en la parte boliviana del puente se multiplicaron los comercios desbordados de camisas, faldas, pantalones, zapatos, sombreros, bufandas, camperas, cintos, blusas, chalinas, remeras, chalecos, bermudas. La ropa se apilaba en altos montones que se sostenían por milagro. No era fácil saber qué pertenecía a cada local o si pertenecía a un vendedor instalado en forma ilegal sobre la calle. La ropa era mucho más barata que en la Argentina, y los tours de compras derramaban sus enjambres de recién llegados como moscas sobre la miel. Además se exhibían artesanías y recuerdos de diverso gusto y tamaño que abarcaban una gama variada que iba desde los tejidos incaicos hasta los instrumentos musicales.

Damián bebía con los ojos el panorama multicolor mientras Gómez maniobraba con atención para no atropellar a nadie: la pegajosa gente parecía estar con todas partes.

Dejaron atrás el hormiguero y en pocos minutos llegaron a la pequeña ciudad de Yacuiba. Pese a que las zonas argentinas próximas a la frontera habían desarrollado parecidos con el otro lado, Yacuiba era decididamente boliviana. Esa localidad existe sobre una muesca geográfica que las comisiones mixtas acordaron en mérito a su indisimulable carácter andino. Damián disfrutaba la sensación de haber ingresado en otro país.

Gómez se detuvo, confirmó la dirección en una libretita y averiguó el nombre de la calle en que estaban. El taller mecánico quedaba cerca del Mercado Campesino. Dio unas vueltas y se detuvo frente a un ruinoso portón sobre el cual se leía: "Chapa y pintura". Damián recordó su entrevista con el comandante principal Fornari y su referencia a la actividad más lucrativa de la zona. Bajaron juntos y entraron en el local, donde ensordecía el escándalo de martillos, sierras, mazas y soldadoras eléctricas. Gómez avanzó hacia el fondo, en el que había una pequeña oficina iluminada por claraboyas. Un hombre bajo y robusto, de cabello negro cortado como un cepillo, colgó el auricular del teléfono y le tendió la mano manchada.

—¡Antonio! ¡Cuánto tardaste! ¿Tuviste algún problema?

—No, ¿por qué?

—Te esperaba antes.

—Nos demoramos en los puestos fronterizos.

—La semana pasada detuvieron uno de mis autos. Era una obra de arte, imposible de pescarle la menor huella. Seguro que lo denunció un informante. Parece que hay demasiados; se filtran como el agua sucia. —Suspiró mientras con un pañuelo se secaba la frente. —¿Y este señor?

—Es Damián, mi colaborador en el operativo. Damián, te presento a Hugo "Chapas", el mejor chapista de Sudamérica.

—Mucho gusto. —La voz le salió arenosa, y no le soltó la mano mientras le escrudiñaba los ojos. —Espero que no sea un informante. —El hombre mostró sus dientes ennegrecidos en una combinación de mueca y sonrisa. —Tarde o temprano los informantes acaban en una zanja.

Damián sostuvo la mirada del petiso y evocó las advertencias de Mónica.

—Necesito máxima rapidez —ordenó Gómez—. Acá tenés mi adelanto. —Le tendió un fajo de billetes.

—Y la máxima calidad del producto —replicó el otro mientras hundía el fajo en un bolsillo—. Sólo falta el pulido final: ni el diablo podría adivinar los sitios de la merca.

—Así me gusta. Quiero partir mañana mismo.

—¡Estos argentinos siempre andan con una ortiga en el culo! Tendré que trabajar durante toda la noche.

—¿Por qué te quejás? Traigo trabajo y pago lo que piden.

—¡Andá, argentino prepotente! ¡Andá a cantarle a Gardel! —exclamó con fuerte acento porteño.

Gómez dejó la combi para que trasladasen sus patentes al vehículo gemelo y empezaran a acondicionarla para otra misión.

—Que alguno de tus peones nos lleve al hotel Panamericano.

—Sí, patrón —reiteró el provocativo acento.

Fueron al mejor restaurante de Yacuiba.

—Te traigo acá porque no quiero que mañana te despiertes con diarrea —explicó Gómez—. Va a ser una jornada movida. No te olvides de estar listo en el vestíbulo a las siete para desayunar. A las siete y media nos entregan la nueva camioneta cargada, y salimos enseguida. ¿Querés cenar algo típico?

Ante la respuesta afirmativa de Damián, decidió pedir el sabroso picante de pollo boliviano con cerveza paceña.

Brindaron por el éxito del operativo. Gómez intentó evitar que chocaran las jarras de vidrio para no desafiar a los dioses. El éxito, para Damián, consistía en obtener material para sus investigaciones y alguna pista sobre los asesinos de su familia. Para Gómez, en cambio, el éxito significaba que en algún momento se produjera la muerte de Damián; era duro pero inapelable: las órdenes son órdenes. Para colmo, ese joven e inexperto profe de periodismo empezaba a caerle bien.

Coincidieron en que el postre fuera helado con salsa de frambuesas y café brasileño. Después repitieron la cerveza.

Salieron a la noche estrellada, tropical, y caminaron las cinco cuadras que los separaban del hotel. Gómez lanzaba sonoros bostezos. En la recepción cada uno recogió su llave, se dijeron buenas noches y partieron hacia sus respectivos cuartos. Damián se desnudó, se lavó los dientes y ordenó el equipaje para no tener que apresurarse al despertar. Vació en la bañera un frasquito de jabón espumoso y la llenó con agua caliente. La jornada había sido demasiado agitada y la inmersión le produjo un intenso placer. Se distendió y miró las formas inestables que componían los globos de burbujas. Se frotó los brazos y las costillas. Evocó la amada cara de Mónica, sus ojos inteligentes, su sonrisa turbadora, como si estuviese escondida en el tul de la espuma. A los diez minutos despertó con un estremecimiento: se estaba quedando dormido. Quitó el tapón y se enjuagó con la ducha tibia. Después, sentado en la cama, llamó a la recepción para pedir que lo despertaran a las seis y media.

—También despierte al señor Antonio Gómez, por favor —agregó.

—Acaba de salir —fue la inesperada respuesta.

—¿Salir?

—Sí... —titubeó el empleado, arrepentido.

—¿Dijo adónde iba?

—No...

—Gracias.

Corrió la cortina de su ventana y miró hacia la calle pobremente iluminada por faroles amarillos. Era medianoche y unos desarticulados peatones caminaban por la vereda. Gómez le retaceaba información con hostilidad. ¿Por qué? ¿No estaban arriesgando el pellejo del mismo lado de la trinchera? Era verdad que en la puja contra el narcotráfico existían agentes dobles, como si se tratase de una guerra tradicional. ¿Pero supondría entonces Gómez que Damián respondía a dos jefes? ¿Y si el agente doble era Gómez mismo? Tomás Oviedo y el padre de Mónica no podían haberse equivocado tanto. No obstante, en asuntos tan llenos de equívocos puede confundirse el más avispado.

Mientras lucubraba, inquieto, se vistió con la ropa que había dejado preparada para el día siguiente y descendió al vestíbulo. Dejó su llave sobre el mostrador del asombrado recepcionista, que miró la hora. Sin decir palabra, Damián salió a la calle oscura y caminó de prisa hacia el taller de Hugo "Chapas". Pudo reconocer el sitio pese a que el local estaba cerrado. Tras la descascarada cortina metálica se oía ruido de martillos. Al lado había una alta puerta de madera; daba la impresión de estar comunicada con el local. Se arriesgó a tocar el timbre. Un borracho solitario emergió de la penumbra y se le acercó oscilante, lo miró interrogativo y balbuceó con tristeza: "¿Te echó tu mujer?". Sin esperar respuesta prosiguió su marcha inestable hacia el fondo de la calle. Mientras, alguien abrió el pestillo.

—¿Quién es?

—Busco a Antonio Gómez.

—¿Quién lo busca?

—Su compañero.

Se cerró el pestillo. Al rato volvió a abrirse.

—¡Damián! —Era Gómez en persona. —¿Qué hacés acá? Deberías estar durmiendo.

—Vos también.

—¿Querías ver cómo trabajan? Bueno, entrá.

Un pasillo embaldosado conducía al taller donde media docena de operarios lustraban la carrocería de la combi mientras otro martillaba remaches. Había olor a hierro y fritanga.

—No te preocupes, profe. —El compacto Hugo "Chapas" fue a su encuentro rascándose la entrepierna y luego le tendió la mano. —A las siete y media la tendrán lista en la puerta del hotel, con todo el cargamento en orden.

Damián le contempló el mameluco limpio. En la oficina había varias personas que miraban de reojo.

—Explicale cómo distribuiste la merca —dijo Gómez—. Mientras, yo sigo mi partida de truco.

El petiso lo condujo al vehículo y abrió la puerta. Con una potente linterna enfocó el interior.

—Es la primera vez que haces un viaje de este tipo, ¿no? Supongo que no te molesta que te ilustre un humilde analfabeto como yo... Digo, no más, porque ustedes, los argentinos... Bueno, ¿qué ves ahora?

—Paquetes de revistas y paquetes de diarios.

—¿Qué más?

—Libros.

—¿Qué más?

—Es lo único que llama la atención.

—Toma la linterna. Fíjate bien.

Damián alumbró cuidadosamente los ángulos, el techo, los bordes, las paredes laterales y la reducida porción de piso que quedaba libre.

—No veo otra cosa.

—Perfecto. En esta combi ya hemos disimulado doscientos ochenta y dos panes de blanca. Soy analfabeto, pero sumo mejor que una calculadora. Están bajo el piso, en el techo, contra las puertas, dentro de los guardabarros, en un tercio del tanque de nafta y bajo el tapizado de los asientos. Para descubrirlos habría que partir la carrocería como a una nuez. Si no avisa ningún informante, pasarán como un tiro.

Damián apagó la linterna y la devolvió. Miró de nuevo hacia la oficina, donde no parecía desarrollarse una partida de truco. Gómez lo saludó desde lejos con la mano y le hizo señas de que mejor se fuera a dormir.

Se les adelantó un automóvil y Gómez decidió frenar un kilómetro antes de la frontera. Sacó un par de bananas, convidó una a Damián y se dispuso a pelarla con placer de mono.

—El desayuno fue bastante pobre, ¿no?

A los veinte minutos sonó su celular. Sólo dijo "hola" al comienzo y "gracias" al despedirse. Miró a su compañero.

—Malas noticias. Tenemos que esperar un poco más, porque todavía no apareció el comandante Méndez. Tenía fama de madrugador, sin embargo. Espero que no hayan surgido problemas de otro tipo... Vamos a dar una vuelta por el Mercado Campesino. Hay ojos que vigilan...

Recorrieron las soleadas calles en cuyos bordes se amontonaban bajo toldos y techos de plástico una serie interminable de puestos con sandías, papayas, higos, ajíes, paltas, cebollas, melones, tunas y cítricos. ¿Quién los compraba? ¿Cuánto se pudría bajo el calor tropical? Por atrás de los puestos emergían las ondulaciones verdes del lado argentino: la frontera internacional recorría la espalda del Mercado y era obvio —dedujo Damián— que a toda hora se producían los cruces ilegales que ni una barrera de gendarmes podría detener. Gómez compró unas papayas sin bajar del vehículo. Sonó de nuevo el celular. "Hola"... "Gracias."

—Listo. Llegó Méndez. Relajate.

Miró hacia los lados para cerciorarse de que no lo seguían y enfiló hacia el puente. Encontraron la misma multitud densa y aceitosa del día anterior. Se abrió paso con breves toques de bocina. Al llegar al lado argentino creyó advertir un movimiento irregular y pidió al guardia que lo anunciara enseguida al comandante Méndez. El guardia se sorprendió por la firmeza de la orden; supuso que estaba frente a un alto oficial en ropas civiles. Levantó la barrera y le sugirió que estacionara a un costado del camino mientras otro gendarme se ocupaba de controlar los vehículos siguientes. El auto que parecía seguirlos no tuvo más remedio que avanzar y pronto se perdió en un recodo de la calle. Enseguida apareció el comandante, seguido por el guardia.

Se saludaron como viejos conocidos.

—¿Pudieron completar el programa?

—Perfectamente —contestó Gómez—. El profesor tuvo dos jugosas entrevistas y llenamos la combi con kilos de papel impreso. ¿Quiere verlos?

—Para nada —contestó mientras lanzaba breves miradas al vehículo—. ¿Aceptarían unos mates?

—Por supuesto.

Damián respiró aliviado porque el gendarme no advirtió que esa combi no era la misma del día anterior. Gómez acarició la suave y caliente superficie del mate y, tras unas chupadas, inventó que el juez Carlos Águila y el abogado Estensoro Ruiz se habían prestado a informarles sobre las treinta y cinco mil hectáreas de coca sembradas en la selva boliviana de Chapare. Contaron sobre la obstinada resistencia campesina contra su erradicación, pese a los esfuerzos gubernamentales para favorecer cultivos alternativos. Muchos campesinos ya estaban armados, lo cual creaba una seria complicación. Los pelotones del gobierno y los campesinos se tanteaban y esquivaban durante semanas hasta que estallaban choques sangrientos en los que ni se contaban las víctimas. ¿Era así, realmente? La situación los tenía muy preocupados.

Méndez asintió, aunque no conocía al abogado ni al juez.

Mientras rondaba el mate, Gómez completó la inquietante pintura, que el gendarme agradecía con los ojos muy abiertos. En Chapare —agregó— muchos eran mineros con experiencia sindical, desocupados y resentidos, que buscaban nuevos horizontes. Eran unos hijos de puta con historia y no se dejarían someter fácilmente. Los soldados cortaban a machetazos sus plantas de coca y quemaban los almácigos, pero apenas dejaban el lugar, reaparecían los almácigos y se reanudaba la plantación. Además, la selva proveía escondrijos sin fin.

—Es así —rubricó Méndez.

Tras varias rondas de mate volvieron a la combi acompañados por el militar. Gómez abrió las puertas para mostrarle los paquetes con diarios, libros y revistas.

—¡Es todo un botín! —exclamó, alegre.

El comandante le palmeó un hombro y estrechó con efusividad la mano de Damián. Les deseó buen viaje.

El auto que los precedía anunció desde Aguaray que había detectado en su puesto al primer alférez Isidoro López. Gómez cerró el celular y apretó el acelerador para recorrer en el menor tiempo los veinte kilómetros de distancia. Antes de llegar al puesto de control los entorpeció una larga fila de autos, omnibuses y camionetas detenidos en la ruta. Parándose en puntas de pie pudieron ver los mostradores al aire libre, tanto de migraciones como de aduana, donde personal masculino y femenino atendía la oleada de personas que bajaban de los grandes omnibuses de turismo. Los pasajeros mostraban sus documentos y abrían los bultos ante la desconfiada mirada de los funcionarios. Gomez retornó al volante y descendió a la banquina. Saltando sobre las irregularidades de la tierra apisonada avanzó hacia el modesto edificio de la gendarmería sin preocuparse por las miradas de reproche que le lanzaban los conductores detenidos. Un suboficial puso una mano en el arma que le colgaba sobre el muslo y ordenó frenar. Méndez bajó el vidrio y se asomó a la ventanilla.

—Tenemos una cita con el primer alférez López. Por favor, anúnciele que ha llegado el profesor Lynch.

El gendarme lo miró receloso y le pidió que estacionara a un costado de la ruta, junto a un lapacho florecido. A los pocos minutos regresó acompañando al oficial, que llevaba unas planillas. Gómez bajó y se precipitó a saludarlo; Damián hizo lo mismo. Le transmitió saludos del comandante Méndez. Dijo que en Yacuiba las cosas se habían desarrollado con desacostumbrada puntualidad: no sólo habían conseguido las entrevistas, sino que estaban esperándolos los paquetes con libros, diarios y revistas solicitados desde Buenos Aires.

—¿Los quiere ver?... ¡El trabajo que se lleva el profe a la Capital!

Isidoro López echó una ojeada superficial, rápida.

—Cuando lo vean sus ayudantes —prosiguió Gómez—, ¡la de puteadas que va a oír!

El alférez se disculpó por no poder brindarles más tiempo, ya que acababa de recibir instrucciones para detectar un cargamento en marcha.

—¿En qué lo traen? —preguntó Damián.

—En autos acondicionados. Debe de ser un cargamento importante. Pero no tenemos la referencia precisa. Como dije ayer, es imposible abrir todos los pisos y los techos y los tanques de nafta. ¡Miren la cola!

—¡Qué lucha desigual! —lo apoyó Gómez con gran histrionismo.

—Haga los controles de rutina —ordenó López al gendarme— y déjelos partir.

Les estrechó la mano y regresó a su oficina. El gendarme recibió el segundo sobre con los documentos en orden que

Gómez tenía listos en el bolsillo de la camisa, controló el número de patente, de motor y de carrocería. Dejó que los perros olisquearan las ruedas y el interior del vehículo; luego sonrió y dijo:

—Que tengan buen viaje.

Gómez se sentó al volante y avanzó treinta metros por la banquina hasta reingresar en el segmento libre de la ruta. El gendarme hizo señas a sus colegas para que lo dejaran pasar. Unos minutos después volaban en dirección sudoeste. Damián se secó el sudor del cuello.

—¿Qué tal? —exclamó Gómez, triunfante.

—La estamos sacando barata.

—Tengo muñeca, ¿eh? Pero todavía falta lo mejor.

Recorrieron kilómetros bordeados de cultivos. La pátina de los bananos contrastaba con el verde oscuro de los cítricos entre cuyas frondas brillaban los frutos de oro. La caña de azúcar, que en un tiempo era lo único que se producía en la región, había sido sustituida en gran parte por la siembra intensiva de tomate, ají y poroto. Los aceitosos tártagos se esforzaban por sobrevivir en la orilla de la ruta o en los espacios no roturados por el tractor; eran la reminiscencia autóctona que la civilización aniquilaba.

Cruzaron la ciudad de Orán, donde cargaron nafta, y pronto divisaron el río Bermejo. Sus aguas rojizas funcionaban de modo ambivalente, porque eran a la vez obstáculo y ayuda del contrabando. Sobre sus aguas, hortalizas y frutas iban hacia Bolivia, y desde allí llegaba ropa, calzado y electrónicos. Chalanas para ocho personas lo navegaban con regularidad, pero en algunos meses y en ciertos sitios las aguas descendían tanto que bastaba arremangarse los pantalones para cruzar el río a pie. Los bultos ilegales aprovechaban la noche para terminar en la orilla opuesta gracias a la espalda incansable de los cargadores. Algunos audaces envolvían con plástico grandes cantidades de hojas de coca y navegaban sobre su lomo como en una balsa. Aunque la hoja no tenía un precio tan alto como la pasta o el polvo, su enorme cantidad rendía.

—Este negocio es sucio —explicó Gómez—. Algunos contrabandistas han asaltado a gendarmes con el único fin de robarles el uniforme. ¿Para qué? Para disfrazarse, detener a otros contra-

causa. Cuando el viaje ya parecía demasiado extenso, Gómez anunció que estaban cerca. Subieron por una colina y luego descendieron a un valle diagramado como un tapiz. Volvió a sonar el celular de Gómez. Esta vez, entre su "hola" y su "gracias" intercaló una frase: "¿No me esperará?" Se le ablandaron las mejillas en una expresión triste. Damián lo miró con tanta insistencia que Gómez accedió a explicarle:

—Abaddón acaba de irse. De todas formas, ya está enterado de la prolijidad con que cumplimos esta parte de la operación.

El corazón de Damián dio un brinco. Palideció de golpe, como si fuera a desmayarse.

—¿Qué te pasa, profe? —Gómez le zarandeó el hombro con odio hacia sí mismo: se le había escapado el nombre de guerra que jamás debía haber pronunciado. Jamás.

Damián apeló en silencio a su sensatez para comportarse con cautela. Había accedido a un momento único. Cuando al fin llegaba a las puertas de la ciudadela que había estado buscando desde chico, un gesto erróneo volvería a distanciarlo. Su presentimiento se cumplía: el criminal del Proceso era ahora un individuo mezclado con el narcotráfico, no importaba si a favor o en contra: sus pies y sus manos tocaban mierda. Seguro que Abaddón actuaba como agente doble.

Debía simular ante Antonio.

—Debe de ser el cansancio —se excusó, y resopló—. Hemos viajado mucho.

—Y las tensiones de la frontera. Tuviste miedo de que nos descubrieran, ¿eh? Bueno, en la estancia te repondrás.

Ingresaron por un camino bordeado de jacarandáes cuyas frondas florecían en azul. Un guardia armado con ametralladora los detuvo ante una tranquera nada tradicional, ya que la constituían gruesas barras de acero y alambre de púa en lugar de madera rústica. Gómez pronunció la contraseña:

—Reyes Magos.

El alambre de púa ahondaba la distancia hacia uno y otro lado. Un segundo guardia destapó una caja metálica y marcó cuatro dígitos. La singular tranquera se abrió con un gruñido y la combi avanzó hacia la explanada. En el fondo, rodeado por árboles, apareció un hangar cuyo portón ya se estaba corriendo en forma automática. Antonio condujo hacia allí y entró en la negra cavidad. Enseguida se cerró el portón y se encendieron reflectores en serie. Damián registró dos avionetas para fumigar, dos jeeps, una furgoneta, tres autos, un camión y dos combis.

Se les acercaron tres hombres. Antonio Gómez los presentó a Damián por sus nombres de pila.

—¿Todo bien?

—Muy bien. Solamente falta el cargamento aéreo —dijo el más gordo, después de sonarse la nariz.

—¿Cuándo aterriza?

—En una hora. Menos mal que ya llegaste, Antonio, así descansás un poco y te preparás para la última etapa. —Guardó el pañuelo arrugado en un bolsillo. —Los tiempos se han acortado.

—Mi amigo está que se cae. —Gómez señaló a Damián con gesto burlón.

—Vayan a ducharse, que enseguida les sirven la cena —sugirió el gordo—. Lamento informarte que esta vez no vas a poder quedarte a dormir. Hay que sacar el cargamento hoy mismo. Algo le soplaron a la gendarmería, y en una de ésas a algún desubicado se le ocurre inspeccionarnos. Eso si que nos complicaría. Tenemos órdenes de dejar limpia la estancia durante la noche.

Mientras escuchaba la charla, en los oídos de Damián sonaba la palabra "Abaddón": seguro que él había impartido esas órdenes. Seguro que era el mismo sujeto que le había descrito Victorio Zapiola. No podía ser otro, no era un nombre de guerra fácil de elegir y adoptar; hacía falta tener cierta perversidad intelectual para ello. Abaddón había sido un estratega de la dictadura, que diseñaba las zonas liberadas para que los allanamientos funcionaran con comodidad, que regulaba las sesiones de tortura para obtener información útil, que lograba convertir a las víctimas en autómatas que colaboraban. Ahora tal vez apoyaba a la democracia. ¡Qué ironía! O vaya uno a saber... ¿Cómo meterse en semejante cerebro? Lo desconsolaba haber perdido la oportunidad de conocerlo. Y apenas por unos minutos; a lo mejor estaba sólo a dos o tres kilómetros. Damián sintió el impulso de subir a uno de los vehículos que estaban en el angar y perseguirlo

y les ofreció refugio. Acá, en este mismo sitio donde te acabás de duchar y ahora estamos comiendo.

—¿Y por qué vendió la estancia?

—No vendió. Lo arrestaron, le hicieron cantar la verdad y... bueno... —Se aplicó en cortar otro trozo de carne.

—No vendió... —repitió Damián, para estimularlo a proseguir.

—¡Un carajo! Antes de morir firmó los papeles sin saber qué firmaba.

—Entonces le cedió la propiedad a tu jefe. Tu jefe le obligó a firmar los papeles, ¿no?

—¡Uno de mis jefes!

—¿Me podés nombrar a los otros, ya que éste resulta tan innombrable?

—¡Qué hinchapelotas! Terminá el bife, ¿querés? ¡Te doy una mano y me agarrás el codo!

Oyeron el ruido de un avión.

—¡Por fin! —exclamó Gómez mientras levantaba la cabeza.

—¿Va a aterrizar en plena noche?

—Por supuesto. En un camino señalizado. De noche los gendarmes no pueden detectarlo, aunque les reviente oír el motor y gasten al pedo los largavistas mirando las estrellas.

—¡Nuestra combi! —exclamó Damián al verla enfilar hacia el portón de salida.

—Tranquilo. Se la van a entregar a unas mulas que esperan en Orán. Ellos van a transportar la merca, y nosotros viajamos limpios. ¿Todavía no te avivaste de cómo funciona el plan?

Damián lo miró fijo.

—Vamos a hacer caer un tentáculo de la droga. Para eso se está distribuyendo lo que está concentrado acá, lo que trajimos nosotros, lo que llega en la avioneta, lo que vino ayer y antes de ayer. Es demasiado fácil para que no lo entiendas, profe: acumulamos material y lo distribuimos al grupo que queremos hundir en la trampa. Están saliendo varios correos a diferentes horas, pero se van a juntar donde está el queso. Cuando la DEA prenda la señal, ¡pum!, se cierra la trampa. Y el minicartel argentino de Lomas va a caer como un ratón. Mirá todo lo que te cuento. ¿Soy o no soy generoso con vos?

—Gracias, pero ya lo sabía. Mis protectores, como los calificás vos, me informaron antes de venir. No estoy tan verde como pretendo aparecer. Sólo que aspiro a oírlo de tu prudente boca.

—Ya lo oíste, entonces. ¿Conforme?

—Mis expectativas se han cumplido en parte, porque tomé contacto directo con el objeto de mi investigación. Pero no penetré su profundidad.

—¿Qué más te pide el culito?

—Llegar a los peces gordos.

—¿Los barones? ¡Ja, ja! Ya te advertí: ni en sueños.

—Sin embargo, están cerca. Muy cerca. Y vos lo sabés.

Fue al baño con el deseo irrefrenable de averiguar algo más. Estaba dentro de una guarida llena de pistas. La vaga convicción de que en este sucio negocio merodeaba el torturador de sus padres se había confirmado. Abaddón era un nombre de guerra que no se usaba casi nunca; sólo podían conocerlo Antonio y otros allegados que le servían desde los tiempos de la dictadura. Antonio jamás soltaría más información; era evidente que también había sido un represor activo y no tenía ganas de que su verdadera historia saliese a la luz. Debía de estar arrepentido de haber hablado tanto. ¿Pero qué vínculos tenía el repelente Abaddón con Wilson Castro y Tomás Oviedo? ¿Estaban enterados de su pasado lúgubre? ¿Cómo reaccionarían si supiesen quién había sido? Era posible que los hubiera embaucado y ahora trabajara como agente de la democracia y la legalidad. Quizás había logrado engañar a la propia DEA y ayudara a descubrir embarques clandestinos. Quizás realizara buenas acciones no para reparar los daños cometidos sino para cubrir su rostro de criminal. No tenía razones para andar con tanta prudencia, excepto que le metiesen una bala.

Damián salió del baño y empezó a recorrer las habitaciones del casco. Abría y cerraba las puertas sigilosamente. Tenía el recurso de disculparse: "Perdón, me equivoqué". Descubrió una oficina con un enorme gabinete de acero y una pared tapizada de

Oviedo le estaba resultando francamente insoportable. Hacía días que Damián no la llamaba por teléfono.

—¿Qué te pasa, mamá?

Dorothy se encogió de hombros.

—Nada. Volvieron a aparecer las patas de gallo. No fue buena la cirugía.

—Te la hiciste hace cuatro años. —Suspiró fastidiada. —Ni se notan.

—Las veo con el espejo de aumento.

—Deberías usar ese espejo para verte otras cosas.

—¿Para qué entraste? ¿Vienes a pelear? No estoy con ánimo, Mónica.

—Yo tampoco. Sólo quiero hablar, que nos contemos cosas. ¡Necesito hablar con alguien confiable!

—No tengo mucho para contar.

—Hace años me hablaste de tu Pueblo natal. Quiero distraerme; contámelo de nuevo.

La mueca que hizo Dorothy tuvo algo de sonrisa. Giró lentamente hacia su tenaz interlocutora.

—De Pueblo te hablaba cuando eras una nena.

—Tal vez más que una nena. Me acuerdo muy bien, porque describías tu casa con real cariño. Las fragantes glicinas del patio, el nogal lleno de nueces, tu abuelo o mi bisabuelo Eric, que charlaba horas con su ángel de la guardia. Era mágico. —Se esforzaba por alejarse de su preocupación por Damián.

—Es cierto —concedió Dorothy—. Y el fotógrafo Zapata, que le decían Cáscara de Queso porque tenía una cara negra y ancha. Siempre se reía...

—¡Se te iluminaron los ojos, mamá!

—Pero no se van las patas de gallo —se lamentó Dorothy, con otra fugaz mirada al espejo.

—Quedan seductoras cuando sonreís.

—¿Te parece? A menudo me pregunto si vale la pena estar linda. Una está linda para gustar a cierta gente, al hombre al que ama...

—También para una misma. Deberías amarte, mamá.

Dorothy suspiró.

—Linda para el hombre al que se ama —repitió—. En Pueblo tuve una amiga, Evelyn...

—Mi tía Evelyn —interrumpió la hija.

—Sí. —Dorothy parpadeó como si hubiese olvidado el parentesco. —Se había enamorado de manera anormalmente precoz.

—De tu hermano. Me lo contaste.

—Pero mi hermano ni la miraba siquiera. Entonces ella se deprimió tanto que empezó a usar ropa de luto. Decía que se entrenaba para ser la correcta esposa de un reverendo. Creo que en esa época estaba loca. ¿Hay locuras que van y vienen?

—Puede ser. Y vos, mamá, ¿también estás de luto?

Los ojos de Dorothy se humedecieron. La estocada llegó profundo. Arrancó de la caja un pañuelo de papel para sonarse la nariz.

—¿Ves? Ya no puedo hablar.

—Lo que no podés es tocar ciertos temas.

—¡Déjame sola! Enseguida viene mi profesora de gimnasia.

—Estás sola, mamá. Pero yo estoy a tu lado. Yo te quiero.

Las lágrimas desbordaron hacia sus mejillas. Dorothy tuvo el impulso de abrazarla, pero se contuvo. No merecía una hija tan buena.

Recorrieron casi dos mil kilómetros y al anochecer del día siguiente apareció por fin el cartel que señalaba la proximidad de Garín, a unos cuarenta kilómetros de Buenos Aires. Pero no entraron en la población; siguieron por la autopista rumbo a la Capital. Cuando ya marchaban por el Acceso Norte, Antonio Gómez, de nuevo al volante, giró a la derecha y penetró en una zona de casas bajas. Frenó a la orilla del camino, introdujo la mano bajo su asiento y extrajo una pistola calibre 32. La revisó y entregó a Damián.

—Está cargada. Espero que la sepas usar.

—¿Es imprescindible que yo vaya armado? —Damián presintió que se acercaba el desenlace temido por Mónica.

—Tampoco era imprescindible que te arriesgaras en este negocio. Según Oviedo, sos un tipo sin malos antecedentes, pero muchas veces esos tipos resultan unos idiotas. Sin armas, date por muerto.

Brotaron relámpagos y el estruendo hizo temblar las paredes. Gómez se zambulló detrás de un mostrador y afinó la puntería. Damián corrió hacia el portón mientras un arma automática puesta en tiro rápido era accionada furiosamente contra decenas de hombres paralizados. Las balas de fogueo barrían el aire. Gómez apretó el disparador una, dos y tres veces. Logró herir el hombro derecho de Damián, quien rodó sobre el piso de cemento y quedó boca arriba. Gómez pegó largas zancadas y se detuvo a su lado con el arma humeante. El griterío ensordecía.

Damián lo miró perplejo; con la mano izquierda se apretaba el hombro dolorido.

Gómez estaba desfigurado, el ceño oscuro y la boca abierta. Para Damián ese momento empezó a dilatarse como si se proyectara en cámara lenta; su vida estaba a punto de acabar mientras Gómez miraba alternadamente hacia el piso y hacia atrás, como si lo bloquease una terrible confusión. Damián no entendía qué estaba pasando. El estruendo proseguía furioso. Debía hacer algo, aunque resultara inútil. Con esfuerzo sobrehumano giró hacia la derecha. Alcanzó a identificar las mejillas chupadas y el pelo blanco de Victorio Zapiola que se inclinaba sobre su cara. Y se desmayó.

Le temblaron las rodillas cuando el ascensor se abrió en el decimotercer piso y apareció el amplio hall alfombrado. La recepcionista lo condujo hasta el despacho de Nélida, que esta vez no le regaló su profesional sonrisa: con evidente fastidio cerró una carpeta, se calzó el auricular y apretó el conmutador.

—Ha llegado Antonio Gómez.

Escuchó la respuesta de su jefe y cerró los párpados. Luego se dirigió a la angustiada visita.

—Siéntese. Tendrá que esperar unos minutos. ¿Quiere beber algo?

—Café —titubueó. —Aunque necesitaría algo fuerte. Coñac o ginebra.

—Lo siento. —Se calzó los anteojos sobre la punta de la nariz y se concentró en una pila de facturas. —Aquí sólo convidamos café o gaseosas.

Antonio bebió su café, hojeó las revistas desparramadas sobre una mesa ratona, fue al baño y hojeó de nuevo las mismas revistas. Al despacho de Wilson Castro pasaron otras personas que llegaron después que él. Miró su reloj por centésima vez: el jefe lo estaba castigando desde antes de recibirlo. En la organización no se toleraban errores, por involuntarios que fuesen. Tomás Oviedo había precisado cada etapa de la misión; no era más intrincada que otras cumplidas en los quince años que trabajaba a su servicio. Pero sabía que para la evaluación final tenía en cuenta el resultado, no las dificultades. El resultado era negativo. Incluso había debido intervenir Oviedo en persona para que no lo zamparan en la cárcel.

Estaba adormeciéndose cuando la voz de Nélida le ordenó ingresar en el temible despacho.

Pegó un brinco y una puntada le atravesó la sien. Caminó mostrando un falso aplomo. El jefe, que lo esperaba sentado tras su espléndido escritorio, no se levantó para saludarlo. Mal signo. Lo miraba por encima de sus anteojos dorados y aguardó hasta que Gómez se acercó.

—Buen día, patrón, —Antonio carraspeó.

—¡Fallaste! —La palabra sonó como la sentencia de un tribunal.

—¿Le explico? —la frente de Antonio se cubrió de gotitas. —Recién pude dispararle cuando corría. No me informaron de los cambios que hicieron a último momento, ni de que la concentración se iba a hacer en el galpón número tres en lugar del uno. Tampoco estaba seguro de que ya hubieran entrado todos los hombres de la DEA. Temí que el trabajo previo se fuera a echar a perder. Entonces grité para generar confusión. No calculé que el profe iba a buscar la puerta. Si salía, iba a ser imposible. Entonces disparé. Tuve bastante puntería; casi le daba en el corazón...

—En el hombro.

—Quise rematarlo, pero...

—Oviedo gastó mucha influencia para convencer a los agentes de que el tiroteo produjo una confusión dramática. Fue una suerte que no te retuvieran más de un día.

—¿Dónde estoy?

—Le suturaron el hombro derecho —repitió la enfermera a la pregunta que él formulaba por cuarta vez—. Tuvo mucha suerte. Quédese tranquilo. El doctor Cabanillas es un genio; ¡ni le quedará marca!

Damián tosió para despejar sus alicaídas cuerdas vocales. En su mente se agolparon los sucesos del viaje al norte y empezaron a reproducirse las escenas del tramo final, con el tiroteo incluido. Lo habían herido en el hombro: sintió un dolor agudísimo que lo tumbó. Antonio Gómez corrió hacia él con la pistola en su mano; ¿había sido el autor del tiro? Sería increíble. Su ceño encapotado y su boca abierta denotaban tensión, bronca, desconcierto. ¿Había sido una pesadilla? Damián no lograba recuperar la voz. A medida que recordaba, más se le empacaban las cuerdas vocales. Ayudándose con las manos insistió en que la enfermera dijese dónde estaba.

—En la residencia de la familia Castro Hughes.

Se le desataron de golpe los nudos de las pestañas y abrió muy grandes los ojos.

En el parque de la residencia cantaban los jilgueros. El sol se extendía sobre los macizos de flores. Sobre un rosal zumbaban dos abejas.

—Tuvo suerte —dijo Wilson mientras se sentaba.

Damián le agradeció con una inclinación de cabeza y revolvió las gotas de limón que había vertido en su té. Nadie era testigo de esa conversación, que sostenían sentados en crujientes sillones de mimbre.

—Yo le advertí —agregó el dueño de casa—. Las investigaciones que pretenden tocar directamente los nervios de un sistema pueden convertirse en un bumerán.

Tomó un canapé y lo comió de un solo bocado. Se le hincharon los carrillos mientras masticaba. Luego dijo:

—El narcotráfico es un negocio inventado por el demonio.

—Lleno de trampas —completó Damián, interrogativo, mientras hacía girar la cucharita.

Wilson le sostuvo la mirada con aparente afecto.

—Exacto. ¿Podría mencionar algunas de esas trampas?

—Usted debe de conocerlas mejor que yo. No voy a sorprenderlo.

—Ja, ja... Supongo que las incluirá en sus artículos. ¿Va a escribir sobre este viaje?

—Lo estoy evaluando.

—¡Cómo le gusta el misterio, chico! Tal vez en el futuro publique novelas policiales. Eso sí, sería menos riesgoso que el periodismo de investigación. Pero dígame: ¿le fue útil la ayuda de Antonio Gómez?

Damián bebió un sorbo y no contestó.

—El pobre me confesó, muy lastimado —prosiguió Wilson en tono confidencial—, que vino a pedirle disculpas por su cobardía. La cobardía lo enceguecíó. Le pidió disculpas a usted, pero él no se perdona a sí mismo. Así dice. La verdad, yo tampoco lo perdono. Con su experiencia, no se justifica semejante barbaridad.

—Me pidió diculpas, es cierto —concedió Damián mientras trataba de perforar la mente de Wilson—. Lloró, casi. Me explicó diez veces que el tiroteo, los gritos y la presencia de tantos delincuentes juntos lo desequilibraron. No sabía quién era el enemigo. Menos mal que lo detuvo un agente de la DEA.

—¿Usted le cree?

Damián bebió otro sorbo. El hombre que tenía junto a él en la perfumada glorieta del parque irradiaba cordialidad y procuraba mostrarse confiable. Su leve acento cubano sugería amistad. Era el padre de Mónica, pero en lo único que se parecían era en la firmeza del carácter. Su poder en la Argentina, pese a sus esfuerzos por mantener el bajo perfil, corría como un secreto a voces. Era un empresario temido entre quienes disponían de buena información. La sinceridad no debía de ser uno de sus rasgos cardinales. Ante semejante titán había que medir la respuesta.

—A veces se "decide" creer.

—¡Qué buena frase! —celebró Wilson, y levantó el segundo canapé—. "Se decide...." Yo decidí creer en la invasión a la Bahía de los Cochinos, y fui un necio, porque en el gobierno de los Estados Unidos no existía la decisión política de llevar las acciones

Castro, ¿qué le parece? —Damián hablaba con la garganta seca y a cada rato sorbía otro poco de té: —O que opera por debajo del señor Castro, en lo que podríamos llamar una cadena de mandos de estilo militar —cerró los puños, porque se había metido otra vez en las arenas movedizas.

—¡Ja, ja, ja! —se llevó ambas manos a las mejillas. —¡Qué imaginación! Conozco las cadenas de mando, porque fui militar, pero mis empresas no son un regimiento, ni mis oficinas, un cuartel. —Wilson soltó otra carcajada.

Damián se examinó las uñas mientras calculaba la siguiente maniobra. Tal vez estaba cometiendo la mayor torpeza de su vida.

—Es la primera vez que oigo la palabra Aba... ¿cómo era? —Las mejillas de Wilson enrojecieron levemente. —No me gusta su sonido ni lo que significa. ¿Por qué le interesa un Ángel Exterminador?

—Curiosidad teológica.

Wilson se acarició la garganta.

—Ah... también teológica —y evocó a Bill.

DIARIO DE DOROTHY

Recién se me fue la jaqueca. He tomado más medicamentos que un enfermo terminal.

Nunca me venían tan seguido. Creo que la causa reside en la locura que me está desbarrancando. O en la fuerza que hago para no desbarrancarme del todo.

Se hicieron más seguidas con la aparición de Damián, porque intensifican mis conflictos con Mónica. Damián me hace recordar los años en que yo era joven, limpia y podía enamorarme de verdad. Me ha hecho perder el tenue control que aún podía ejercer sobre mí misma.

Hace rato que me he alejado de Mónica, al punto de volverme inaccesible. Lo sé y lo padezco. Tal vez ni sospecha que no me divorcié de Wilson para protegerla, porque Wilson es capaz de todo.

Nunca podría contarle a mi hija la cruda verdad, los extremos de mi sometimiento. Opté por alejarme, ponerme máscaras, simular sueño, para no decirle lo que me desgarraba. Ni siquiera prestaba atención a sus historias de adolescente porque tenía pánico de que ella captase la bazofia escondida. Lo mío era imperdonable: me había convertido en el peor de los modelos.

Si ella supiera que es una hija adoptada... Pero eso es lo de menos. Hoy en día ya nadie se desgarra las vestiduras por haber ocultado un hecho así. Pero "lo otro", eso que llamo "lo otro"... ¡Cómo diablos hacerle comprender "lo otro"!

Sólo Tomás se ha enterado de que Wilson la recogió de un campo de detención clandestino al morir su joven madre. La inscribió en debida forma y los papeles están en orden. Nadie podría reclamarla. Pero a los pocos días de su séptimo cumpleaños, que celebramos con tanta alegría, vi esa película espantosa que recorrió el mundo. A partir de entonces se me instaló una angustia terrible.

Con el tiempo, al comprobar que nadie la reclamaba y que ella crecía como auténtica hija nuestra, la angustia disminuyó. Para todo el mundo y para ella misma, Mónica era la hija biológica de Wilson y Dorothy, sin el menor asomo de duda. Pero sobrevino algo peor: "lo otro". Entonces no supe cómo conciliar esta situación horrenda con mi papel de madre. No me sentía con derecho a darle un consejo, ni siquiera a opinar sobre su ropa. Yo me había convertido en una inmundicia.

Interrumpo para secarme las lágrimas.

Soy un asco. Me desprecio.

Siento culpa por no haber sido la madre que Mónica merece.

Estoy tan descontrolada que se me ha fijado el deseo de levantarme a su novio. Huelo peor que excremento. No puedo más.

Debo alejarme de aquí.

¡Bill! ¡Bill! ¡Te necesito! ¡No tengo a nadie más en el mundo!

El cuarto de huéspedes en el que dormía Damián se encontraba en la planta baja y una puerta lo conectaba con el parque. Despertó en medio de la noche. Con los pies había corrido las

Intenté comunicarme con Victorio, pero me informaron que estará ausente por varios días. Nadie me concederá otro dato, a menos que él trate de comunicarse conmigo. Me pregunto si estuvo realmente en el final del operativo o sufrí una ilusión. El tiroteo fue imprevisto y caótico. Bueno, imprevisto no, porque Antonio me había entregado un arma: él esperaba que hubiera combate. Me entregó un arma para que yo fuera el héroe. ¿Qué quiso significar? ¿Héroe porque aparecería muerto en una acción antidrogas? Sí, quiso significar eso, exactamente. ¿Fue él quien me hirió en el hombro, o fue una bala perdida? Tal vez me disparó por error, impulsado por la infernal turbulencia. Corrió a mi lado, pero se quedó inmóvil; no recuerdo que me haya prestado ayuda. Lo último que recuerdo es la vaga presencia de Victorio. ¿Para qué habría servido mi asesinato? ¿A quién le interesaba que yo muriera? Es ridículo pensar que los narcos temen mi investigación. ¿Fueron agentes de las milicias norteamericanas, entonces? Tampoco cierra. Vuelvo a Antonio: ¿a quién responde verdaderamente? Tengo la impresión de que Wilson no es su único jefe.

Estoy desorientado y estoy en peligro. ¡Qué bronca no poder hablar con Victorio!

¿Podría ser que la gente de Lomas, al descubrir la emboscada, haya querido liquidar a Antonio, y Antonio haya pretendido confundirlos atacando a alguien como yo, que no pertenecía a Lomas y, por lo tanto, era el presunto enemigo? Muy enrevesado... Quizás Antonio opera como agente doble. En este negocio todo es posible; es un pantano lleno de alimañas. Las alianzas se transforman en lo contrario con más rapidez que un fogonazo; la mayoría de sus protagonistas acaban en traición y homicidios en cadena. Nadie confía en otro por mucho tiempo.

¿Wilson y Tomás Oviedo son gente de confiar? ¿Es o no Abaddón un hombre de sus equipos? ¿Tendría que discutir esto con Mónica? Quizás Abaddón ahora trabaja como un prestigioso y correcto agente de la DEA.

¡Qué enredo!

Sabía que ese tipo de ofrecimiento no era optativo. El corazón le empezó a latir en la garganta mientras su tez se ponía blanca.

Antonio Gómez recordó que sólo tenía cuarenta y nueve años de edad. Pedir una prórroga sonaría ridículo, pero no se le ocurrió otro argumento.

Abaddón le sonrió condescendiente. Lo habían llevado a un descampado siniestro. No era la primera vez que usaban ese lugar para ejecutar traidores. Era la madrugada, justo antes del amanecer, la hora preferida para las ejecuciones sumarias. Era injusto; sus errores habían sido involuntarios. Tampoco había tenido la intención de revelar el sagrado nombre de guerra.

—Te ofrezco morir como un héroe. —Se le acercó al oído y repitió la frase con la tranquilidad que adquiría antes de apretar el gatillo. Gómez lo había visto hacerlo de la misma maldita forma con otros. Hacía poco él mismo había ofrecido a Damián Lynch el mismo final: "morir como un héroe". Morir. Sólo que consolado. ¿Consolado?

El reo miró los ojos brillantes del hombre implacable: denotaban la determinación y la inteligencia de las víboras. Las linternas de sus secuaces iluminaban fragmentos de cuerpos y rostros, como si flotaran en la oscuridad.

—He cumplido muchas misiones —imploró Gómez, convulso—. Déjeme morir en la próxima, frente a sus verdaderos enemigos.

—Para vos no va a haber más misiones, Gómez. La última es tu suicidio. El ejemplo que nos vas a dar ahora va a fortalecer la disciplina de todos. ¡Morite como un héroe, carajo!

Se alejó hacia el círculo de linternas.

A Gómez se le doblaron las rodillas.

—¡Patrón!

—No me llames "patrón". No me gusta.

—Todo salió bien, jefe. Cayó Lomas y se embarcó el cargamento principal. ¡No me haga morir por una boludez!

—Caíste en desgracia. No pierdas el honor que te queda.

Un antiguo compañero, sin mirarlo, le entregó la pistola. Antonio hizo un gesto de rechazo, luego la aceptó, la acarició, la empuñó.

—¿Cuál es tu última voluntad?

—Seguir sirviéndolo, señor. ¡Pero vivo!

Le castañeteaban los dientes. Le chorreaba sudor helado.

—Sí, la expansión de la droga en América latina.

—Cuando cursé en Standford —relató Damián, secándose la frente—, se lo dije a mis compañeros. ¿Sabés que me contestaron? Unos, que yo deliraba, y otros, que estaba influido por los comunistas.

—¿Les explicaste el movimiento demográfico?

—Por supuesto. Además, lo tenían a la vista. Standford es California. La pobreza y la inseguridad que generaban las dictaduras violadoras de los derechos humanos, asociadas a compañías estadounidenses que explotaban y esterilizaban el suelo y la gente, provocaron el movimiento migratorio hacia los Estados Unidos. —Se ató la toalla en torno de la cintura. —¿Por qué fueron tantos mexicanos y centroamericanos a California, Texas, Arizona? ¿Para hacer un master? Mis compañeros encogían los hombros, nunca se lo habían preguntado. Entonces les dije fuerte: "¡Despabílense! ¡Vinieron por hambre!".

—¿Y eso qué tiene que ver?, te habrán dicho. Qué culpa tenían los Estados Unidos de las malas políticas latinoamericanas que generaban hambre entonces y drogas ahora.

—Las mismas palabras —aceptó Damián—. Una noche, mientras discutíamos el asunto, les pregunté si se habían ocupado de averiguar las diferencias entre los inmigrantes y los hijos de los inmigrantes nacidos allá. Por supuesto que no.

—Para ellos son todos la misma mierda —comentó Mónica.

—La misma. Pero la mitad del grupo decidió prestarme atención. Les describí lo que tal vez conocieron sus padres. Que esos hambrientos de América latina llegaban con una mano atrás y otra adelante como los demás inmigrantes que poblaron el país, que fueron trabajadores esforzados y decentes como los alemanes o los italianos o los judíos o los irlandeses, atados a tradiciones severas. También conformaron guetos, porque no dominaban la lengua ni les gustaban las costumbres del país. Lucharon a brazo partido. ¿Y qué pasó entonces? —Volvió a secarse y siguió. —Que sus hijos sí hablaban inglés y comprobaban que la decencia y el esfuerzo de sus familiares no eran reconocidos. No les atrajo repetir el inútil sacrificio. Descubrieron que meterse con la droga era fácil y rendía mucho. Formaron pandillas porque el mérito de sus padres no merecía admiración.

—Hubo serios conflictos.

—¿Entre los latinoamericanos? Ya lo creo. Rupturas familiares. Pero la cagada estaba hecha. Numerosos pandilleros fueron expulsados de California, de Texas. ¿Adónde?, les pregunté casi a los gritos.

—¿Adivinaron o no? ¡Porque son tan ingenuos!

—Adivinaron. Los mandaron de vuelta a sus países de origen.

—El origen de los padres.

—Y de ellos también, porque su lengua materna era el castellano y conocían las costumbres ancestrales. Pero además sabían inglés y tenían una sofisticada experiencia en el universo de las drogas. En otras palabras, mi amor, les dije que ellos, los estadounidenses, exportaron al resto de América latina a multitud de narcotraficantes que ahora les devuelven el favor. El narcotráfico latinoamericano tiene tecnología yanqui y la DEA los persigue como un rengo a un auto de carrera. Hace unas décadas sembraron la cizaña que se convirtió en selva y ahora les muerde los tobillos.

—¿Así les dijiste? ¡Muy bien, Damián! —Aplaudió y casi se le cayó la toalla.

—¿Muy bien? Casi me tiraron al piso. Hay verdades que resultan intolerables.

—Incluiremos estas ideas en el escrito. Son esclarecedoras.

—Por supuesto.

Siguieron corriendo hasta que Damián propuso reducir el trote a caminata.

—Perfecto; suficiente por hoy. ¡Te has lucido! —festejó Mónica.

—Ahora nos merecemos un litro de agua.

Rechazó la copa de champán que le ofrecía la azafata: debía mantenerse sobria aunque le resultase doloroso. El alcohol se había convertido en su consuelo, pero también en el aliado indirecto de Wilson. A ella le debilitaba la dignidad. De esa forma él podía forzarla a proceder de acuerdo con sus planes y, además, inundarla de reproches cuando a ella le renacía la casi olvidada resistencia.

Tampoco Evelyn se había interesado en mantener lazos con su antigua amiga. Cuando partió hacia Elephant City rompió con su madre y con todo su pasado; siempre había querido fundirse con Bill. Y lo había logrado.

—No es éste un momento propicio para que vayas. Lo harás más adelante —sentenció Wilson, con una mirada que parecía el resplandor de un cuchillo.

Dorothy no podía entender las paradojas de la vida. Su esposo estaba más cerca de su hermano y de su amiga de infancia que ella. Los visitaba en su rancho de Little Spring y a veces se encontraba con Bill en Europa o América Central. Pero Dorothy nunca había ido a Little Spring y nunca había vuelto a verlos desde hacía más de dos décadas. Ellos tampoco expresaron el menor interés por acercarse a Buenos Aires. Ni por conocer a Mónica.

—Tengo ganas de suicidarme, Wilson. —Desesperada, pasó a la ofensiva. —Como te ocurrió a ti hace tiempo, ¿te acuerdas? Necesito ver a Bill. Es mi hermano, mi única familia. Una vez me contaste que te ayudó a sacarte las ideas suicidas. Que fue como un milagro.

—No creo en los milagros.

—Pero Bill los hace.

—Los hacía. Ahora dirige una comunidad.

—¡Por favor!

—Has elegido el peor momento para viajar. ¿Entiendes o no? Bill está muy ocupado. No creo que te reciba. Pediré a mi agencia que te incluya en una excursión divertida a Escandinavia.

—¡Tú no entiendes! Bill es mi hermano, y yo estoy mal, muy mal. Evelyn es mi amiga, la única que merece llamarse amiga.

—¿Amiga? ¡Si ni se hablan!

—Por mi culpa. —Le rodeó la cara con ambas manos, implorante. Wilson, ¡por favor!

—Eres un incordio. Tendré que hablar con tu psiquiatra. —Le apartó las manos con violencia y se alejó.

Wilson y Bill eran lo mismo: aparatos inhumanos. No se había equivocado al conocerlo en Denver. Ambos eran de una frialdad terrorífica. Inconmovibles. Pero esta vez ella no se rendiría sin luchar. Bill haría algo. En los últimos años su cuerpo y su mente se habían impregnado de inmundicias. Su fijación por

Damián era la más estridente de las alarmas. Había llegado al límite absoluto. Tenía que girar ciento ochenta grados, y para eso sólo le quedaba una persona en el planeta: su milagroso hermano. Quizá también su antigua amiga. Le costaría confesarles la verdad, pero debía vaciarse el estómago de tanta indecencia. En la Argentina no tenía con quién hablar: Wilson era sordo; Mónica, su inocente hija; y los psiquiatras, gente ante la cual no podía sincerarse para que no terminaran muertos.

Compró el pasaje en otra agencia, en secreto, para que Wilson no lo supiera. Y le dejó una nota. Preparó un bolso con los objetos imprescindibles, pues no debía despertar las sospechas del personal de servicio ni poner en alerta a la custodia. Dijo que salía a visitar a su amiga Amalia. Sacó su auto y le ordenó al vigía del portón que mandara otro vehículo a la casa de Amalia para allanarle el camino. El vigía se rascó la pelada y creyó no haber entendido la orden, pero ésta era seca y precisa, y él estaba acostumbrado a obedecer.

Desembarcó en Miami de madrugada. El rosado amanecer de la ciudad se filtraba por la ventanilla. Tal como lo sospechaba, Wilson ya había rastreado su itinerario y puesto en marcha la red de colaboradores en el exterior. Apenas Dorothy cruzó migraciones, se le acercó un hombre que la saludó respetuosamente.

—Me llamo Steven.

Le explicó que su esposo le había pedido que la ayudase en todo lo que fuera menester. Dorothy exclamó para sus adentros: "¡No afloja el control!". Ese individuo atildado, con cara de vendedor de seguros, no había acudido a servirla, sino a vigilarla. Tuvo ganas de pedirle una botella de whisky, pero se contuvo.

La condujo a la sala VIP, le hizo llevar jugos y gaseosas, canapés livianos, le dio revistas recién compradas y le prometió ocuparse del equipaje mientras ella se tomaba un descanso.

Dorothy lo miró de arriba abajo y calculó el tiempo que le exigiría doblegar la voluntad de ese burócrata mediante la fuerza arrolladora de sus encantos.

—No tengo equipaje —contestó—. Quédese sentado, mientras yo estiro un poco las piernas.

Al tiempo que ella daba vueltas por la extensa sala, Steven extrajo su celular e hizo una llamada con voz inaudible.

Una hora y media después ambos se dirigieron hacia la puerta de embarque de un vuelo a Houston. El hombre de Miami no se separaba de ella más de un metro, como si temiera que se volatilizara. Apenas ingresó en la manga y lo dejó atrás, Dorothy volvió a experimentar el mismo alivio que le produjo salir de Buenos Aires.

En Houston la aguardaba otro hombre, pero tan viejo y arrugado que parecía una momia. Tenía un asombroso parecido con Abraham Lincoln. Pese a su barba de nieve y a sus profundas ojeras, se lo veía fuerte y decidido. En su boca se movía una bola que ella supuso era chicle; cuando descubrió que era tabaco rancio, sintió una arcada. Le parecía un sujeto conocido. El anciano se disculpó y guardó la bola en un pañuelo de papel, que arrojó a un cesto de basura. Se ofreció a llevarle el bolso y la condujo hacia la salida. Se abrió la puerta posterior de una limusina blanca y Dorothy fue invitada a instalarse en el lugar más confortable. El hombre la siguió y, sucesivamente, puso a su disposición el generoso contenido de la heladera, el control remoto de la televisión y una botonera para regular el aire condicionado. Dorothy rechazó con fastidio las gentilezas y se acurrucó en un ángulo. Se calzó los anteojos de sol con incrustaciones de brillantes y simuló dormirse. Pero mantenía entreabiertos los párpados y examinaba al rudo sujeto que tenía delante. Lo asoció con el chofer que acompañaba a Bill en sus visitas a Pueblo. ¡Pero si era el mismo!

—Usted se llama... se llama...

—Abraham Smith. Aby.

Dorothy asintió con expresión triste. Esa demora en reconocerlo confirmaba que su mente se extinguía como una vela. Entre "lo otro" y el alcohol, ya ni tenía memoria. Su cabeza estaba más ruinosa que el antiguo Foro romano. Suspiró vencida.

El automóvil dio un salto al pisar un objeto sobre la ruta. Aby miró enojado la cabina del chofer; Dorothy se aplicó un leve golpe en la mejilla, como si hubiese querido matar una mosca. Había huido de Buenos Aires en busca de la incierta salvación que significaba su único y frío hermano, pero ¡quién le garantizaba que su hermano fuera a conmoverse por sus conflictos!

Estaba asqueada. Apoyó la cabeza contra el respaldo y dejó que emergieran los personajes que terminaban cerrando negocios con Wilson. "Lo otro" pujaba por salir a través de sus pelos, de sus orejas. Era lo que debería contarle en algún momento a Bill. O primero a Evelyn. No, a Bill. No, a Evelyn. A los dos.

Dorothy había sido bendecida por la belleza, algo que Wilson captó apenas la vio en Denver, cuando su compañero James Strand se reencontró con su amiga Mathilda. Dijo entonces, y le repitió durante años, que desde aquel segundo inaugural quedó prendado de sus ojos y de su figura y que continuaría prendado de ella hasta que Dios lo llamase al Cielo. Pero al instalarse en la Argentina, luego de la adopción de Mónica, de varios años muy felices y de terminada la dictadura, a Wilson se le desinfló el optimismo. Sus alianzas perdieron influencia y le costaba armar nuevas, aunque no fuesen tan eficaces como las anteriores. Temía que algunos de sus antecedentes corroyeran las bases de su patrimonio. Necesitaba congraciarse con los nuevos protagonistas —muchos de ellos esquivos—, o de lo contrario sus proyectos podían naufragar. Así como antes había descubierto la forma de hacer fortuna mediante su relación con ciertos militares, ahora debía conseguir el favor de sindicalistas, empresarios, políticos y banqueros. Para ganar concesiones, licitaciones y contratos no bastaba con mostrar solvencia, invitar a comer, insinuar sobornos y divertir con anécdotas, sino incorporar en algunos casos el grano de la pimienta insólita, porque surtía un efecto desestabilizador. En mal momento su mente se iluminó con un fogonazo de Satanás y comprendió que disponía de una asombrosa herramienta: los encantos de Dorothy.

Los poderosos de turno siempre desviaban sus lascivas miradas hacia su mujer, embelesados. Entonces decidió internarse en el más arriscado de los caminos, como si estuviese en los pantanos de Vietnam.

Wilson tomó la decisión y se puso a planearla como un estratega antes de la batalla. Dibujó en su mente los detalles, evaluó riesgos y resistencias, así como filtraciones y victorias. El primer paso consistía en convencer a Dorothy. Lo hizo con los necesarios rodeos, como si debiese marear a un enemigo desconfiado para hacerlo caer en la trampa. Le contaba sus temores y magnificaba sus problemas. En grandes estuches de terciopelo aparecían brazaletes, anillos, collares, relojes, pulseras y broches. Decía que ella era, primero, su única aliada permanente, segundo, su única amiga de verdad, y tercero, su única colaboradora incondicional. Tres títulos. Dorothy le apretaba las manos y le aseguraba que vendrían tiempos mejores. Lo consolaba con besos y caricias.

Hasta que Wilson le confesó que necesitaba su ayuda. Pero que no se la iba a pedir. ¿Por qué no? Porque no podía. Porque no se animaba. Porque tenía miedo. Porque ella no aceptaría.

—¿Cómo que no? —protestó Dorothy.

Durante una semana Wilson continuó manteniendo el suspenso.

—Te ayudaré —insistía Dorothy, conmovida—. Soy tu esposa, estoy dispuesta a todo.

Wilson mantuvo el suspenso veinticuatro horas más. Finalmente, con palabras elegidas, le explicó su plan.

Al comienzo Dorothy no pudo comprender. En parte se debía a los giros intencionales de Wilson, y en parte, a que el proyecto sonaba increíble. Fue de la sorpresa al pasmo, del pasmo al dolor, del dolor al miedo, del miedo a la indignación, de la indignación a la resistencia, de la resistencia a la sublevación, de la sublevación a los gritos y de los gritos a las palizas. Wilson la abofeteó en el dormitorio cerrado con llave hasta casi desmayarla. Había usado la persuasión; después recurrió a la doma. De una o de otra manera, las mujeres debían obedecer, le susurró a la oreja sangrante con voz de fiera cansada.

En la limusina, Aby Smith observaba cómo Dorothy se acariciaba las mejillas, por las que rodaban lágrimas, y no podía entender la causa. Tal vez la emoción de visitar al hermano.

Pero ella navegaba en otro mundo. Recordaba que Wilson tenía un carácter más duro que el diamante y consiguió someterla a sus designios. A veces empleaba la dulzura, a veces la ira. El intenso amor continuaba —decía—, pero se había mutado en otra cosa. Siguieron como una pareja unida, sólo que él era el amo, y ella, la esclava.

Wilson la convencía y empujaba. Su insistencia era peor que la peor tortura. Dorothy debió besar y manipular hábilmente caras y cuerpos hasta lograr resultados. La lista secreta estaba formada sólo por buitres: el sindicalista Oscar Trabani, el comisario Vicente O'Connor, el empresario Juan Carlos Segura, el ministro Abelardo Coral, el operador Dalmiro López Bru, el juez Máximo Mendizábal y el banquero Ignacio Gárbol. Las dificultades iniciales fueron superadas con la reiteración del esfuerzo. La práctica —cualquier práctica— enseña rápido. Más aún cuando el marido estaba detrás de cada eslabón machacando día y noche sobre la importancia de su sacrificio. Era imprescindible que Dorothy consiguiera cerrar asuntos espinosos. No se trataba de seducir a cualquier hombre, sino a aquellos cuya influencia operaba maravillas. Wilson le demostró de varias formas que no debía considerar vergonzosa su conducta, sino valiente y solidaria. Ella seguía intacta. Y lo hacía por el bien de la familia.

No debutó bien, tal cmo le había advertido que iba a ocurrir antes de salir para su primera misión. Fue torpe y escapó como una novicia. El empresario Segura le tuvo lástima, pero a Wilson le costó un contrato. Dorothy, en cambio, ganó tantas bofetadas que debió permanecer recluida tres semanas. En ese tiempo comenzó a beber; apagaba la rabia y el bochorno con dos y hasta tres vasos de whisky. También bebió antes de salir con el juez Mendizábal, y la cosa resultó mejor. Whisky antes y whisky después del trabajo era la panacea.

—Soy tu legítimo marido y debes hacer lo que mando —insistía Wilson como premio.

Pese a las borracheras y la creciente satisfacción de su esposo, Dorothy fue asumiendo el papel de hetaira. No podía asociar a Wilson con un gigoló, porque en general estos sujetos aman a sus trabajadoras además de protegerlas. Wilson, en cambio, sólo decía que la amaba, pero espaciaba sus abrazos sexuales. Cuanto más se esforzaba ella por él, más se alejaba él de ella. Dorothy temía que en cualquier momento le propusiera dormir en cuartos separados. Pero no fue así; ella no lograba desenredar esa mentalidad de nudo gordiano. Wilson no cambió de cuarto ni abandonó el lecho conyugal. En el curso de un año dejó de hacerle el amor definitivamente. Cuando ella se quejaba de su abandono, él la paralizaba con su razonamiento implacable: "Al buen caballo de carrera no se lo obliga a gastarse. Tu energía erótica debe conservarse para los sujetos que yo te indique, no quemarla con tu marido, que te ama mucho más y de otra forma".

No tenía más remedio que ahogar semejantes argumentos en redobladas dosis de whisky. Pronto le diagnosticaron que sus cefaleas respondían a hipertensión arterial. El descubrimiento lo hizo Mónica, una tarde, mientras la acompañaba a una zapatería de la avenida Alvear. Se le trabó la lengua y su hija creyó que el defecto se debía al disgusto de no encontrar lo que buscaba; pero se agregó dolor en la nuca y un torpe desequilibrio hacia la derecha. El vendedor la sostuvo antes de que cayese. La llevaron en ambulancia al sanatorio. En el camino le aplicaron una inyección y, cuando la camilla disparaba por los pasillos, ya dio señas de restablecimiento. Mónica no se despegó de su lado. El especialista ordenó un chequeo; en veinticuatro horas tuvo diagnóstico y tratamiento estricto: debía suspender el whisky, evitar el estrés, no ingerir sal y tomar unos comprimidos.

Después supo que Wilson habló con los médicos a solas, les agradeció la celeridad y eficacia, dio propinas a las enfermeras y extendió un cheque por los servicios prestados sin revisar la factura. Todo un caballero. Abrazó repetidas veces a Mónica y prometió hacer lo que estuviese a su alcance para que su madre jamás volviera a sufrir esos problemas. Mónica repitió: "Gracias, papá" y le dio un beso en la mejilla.

Dorothy miró hacia un costado del asiento y, antes que su mano la levantase, el gentil Aby le entregó una caja con pañuelos de papel. Sus abundantes lágrimas bajaban en silencio.

Durante meses pareció que el alcohol se había alejado de su voracidad. Daba largos paseos con el walkman, duplicó sus horas de gimnasia, se sometió a una dieta exenta de sal, concurría a cuanto vernissage tenía lugar en las mejores galerías de Buenos Aires y se aplicó a decorar el nuevo pabellón de la residencia. Evitó las reuniones en las que Wilson se encontraba con gente de negocios, y él tuvo la cortesía de no pedirle nuevas intervenciones cuando un contrato escapaba de sus anzuelos.

La tregua fue inolvidable. Hasta llegó a mantener conversaciones con Mónica, animadas por la confidencia. Dorothy evocaba su casa en Pueblo, la fuerte presencia del abuelo Eric, los sermones de Jack Trade, las fotos de Zapata e incluso su amistad

—tan distante, tan borrosa— con la enamorada Evelyn. Mónica la alentaba a referirse a su pasado porque era lo más hermoso que conservaba en su memoria y suponía que de esa manera la estimulaba a reconciliarse con su presente. En retribución, la hija contaba algunos de sus flirteos y cuánto la aburrían los amigos que sólo pensaban en ganar millones y vencer en récords de velocidad.

Pero retornó la crisis cuando el ministro Abelardo Coral decidió "apretar" a Wilson. Había llegado a la conclusión de que sus ganancias no eran razonables. Mandó señales oscuras, como negarse a recibirlo en su despacho y declinar invitaciones para cenar en la residencia o navegar por el Delta. Wilson encargó a Tomás Oviedo suntuosos regalos para la esposa y la amante de Coral, pero el ministro se mantuvo inflexible. Irritado por la actitud de su antiguo aliado, debía aplicar otros recursos, como una gestión personal ante el jefe de Gabinete. La suerte parecía girar en su favor; no obstante, una orden "de arriba", seguramente impuesta por Coral, le cerró el paso en forma brusca. La cuestión ya no se resolvía con un aumento de la coima, porque el ministro insinuaba un porcentaje tan alto que ponía en riesgo todo el negocio. Oviedo se sacó y volvió a calzarse los anteojos; con la mirada enrojecida propuso extorsionar sin asco al traidor de Coral. Wilson quedó pensativo y murmuró que estaba de acuerdo. Había que elegir entre las putas finas y eficientes que tenían para casos especiales y ordenarles que lo llevasen a un sitio rodeado de cámaras ocultas. Pero recapacitó. A Coral no lo doblarían fotos ni denuncias; su cinismo era imbatible. Despachó a Oviedo y se quedó a solas.

Se acarició la garganta, como si la piel fláccida acumulase ideas. Un solo instrumento no fallaría, pero estaba fuera de uso. Podía arruinarlo para siempre. Dorothy ya lo había doblegado antes y podría volver a doblegarlo. Abelardo Coral seguía siendo un tipo bien parecido y podía conquistar a cualquier hembra. No necesitaba que se le regalaran mujeres despampanantes. Su gran satisfacción, sin embargo, apuntaba a las pertenencias ajenas, en especial de gente cercana y poderosa, como el alto porcentaje de dinero que pretendía arrebatarle en ese negocio. Su perversión era acotada y consistía en violar el último mandamiento, el que menos se cita. El último, el referido a la mujer del prójimo. Sus genitales, cansados de putas a la orden, querían algo más extremo: la mujer de su antiguo aliado, la mujer de Wilson. No porque fuese ya joven o tan atractiva, sino porque era la mujer de su antiguo aliado. Así de simple. Cogerla a ella era cogerlo a él. Ahí nacían los placeres del Olimpo. Dorothy era magnífica aún, pero mucho más por ser la esposa de Wilson Castro. En este aspecto, a la retorcida sexualidad de Coral no la superaban ni sus ansias de poder.

Resultaba arduo decidirse. Wilson sabía que el whisky y la hipertensión podían volver a estallar. La invitó a un lujoso restaurante, donde ordenó reservar mesa en un rincón íntimo. Se sentaron a la barra y pidió un cóctel tropical sin alcohol. Charlaron sobre la temporada de ópera, a la que su secretaria era muy afecta; gracias a Nélida se enteraba con antelación de las figuras que vendrían el año siguiente. También Dorothy amaba la música lírica. Cuando se ubicaron en el fondo del salón, Wilson prefirió sentarse a su lado, no frente a ella. Antes de abrir el menú depositó un estuche de terciopelo bordó sobre la copa. Dorothy imaginó el contenido y lo abrió con delicadeza; del interior sedoso estalló el fulgor de los brillantes. Sonriendo, Wilson dijo que los brillantes eran de Sudáfrica, y las esmeraldas, de una antigua mina colombiana. Dorothy le agradeció con un beso en la mejilla mientras él se ocupaba de fijarle el prendedor en la solapa. Era la primera vez en años que recibía un obsequio sin haberle prestado un servicio de puta.

Se instaló entre ambos una atmósfera apacible, como no ocurría desde hacía mucho. Wilson le hablaba en voz baja, casi al oído; sus frases rezumaban dulzura. Por fin —pensó ella— volvía a ser el mismo que había conocido en Denver. Pasó de las óperas a las anécdotas que le deparaba su trabajo: la fauna de sindicalistas, empresarios y políticos con los que debía tratar era cada vez más corrupta e impredecible. Luego se deslizó hacia sus recientes dificultades. No quería preocuparla; de alguna forma conseguiría salir adelante.

Pidieron lo mismo: centolla con caviar negro y, de plato principal, cordero asado. Para beber, agua mineral sin gas y jugo de fruta. Al rato Wilson le confió detalles graves. La traición era moneda corriente cuando las ambiciones se desenfrenaban. Sus socios de ocasión eran poco confiables y, para conseguir mayores beneficios, no dudaban en cambiar las reglas de juego. Aunque se refería a números y feas conductas, su voz mantenía un calor de terciopelo. Desde las mesas vecinas les echaban miradas envidiosas. Wilson le hizo saber cuánto le importaba su salud y lo contento que estaba por su mejoría. No debía regresar al whisky; ésa era su mayor victoria. Ella le acarició el antebrazo. Entonces Wilson, tras un largo suspiro, le contó la irritante actitud de Abelardo Coral, cuya desmesurada codicia iba a provocar el desmoronamiento de sus empresas. Era un irresponsable y debía quebrarlo. Había pensado en varios caminos, pero todos fracasaban. Sólo quedaba uno, apenas uno, a cargo de una persona muy especial. Pero esa persona no debía poner en riesgo su salud.

A Dorothy se le redondearon los ojos. Wilson le tomó ambas manos y las abrigó con las suyas, grandes y fuertes. La piel de su mujer se había puesto fría. Se acercó más aún a su costado, le puso una mano en el hombro y la besó cerca de la oreja, sobre un bucle de su perfumado cabello. Durante un cuarto de hora, con la paciencia de un hipnotizador, se aplicó a convencerla de que no le pedía que se acostara con el miserable Abelardo Coral. Pero, al mismo tiempo, y por un misterioso juego de palabras que en ella producían efecto, la estimulaba en sentido contrario. Dorothy dejó caer la cabeza hacia atrás, abatida por el vértigo. La lealtad al marido consistía en beneficiarlo siempre, cualquiera fuese el costo. Así lo venía haciendo, pero en lugar de sentirse bien, la aguijoneaba la vergüenza. Wilson llegó a decirle, entre otras frases cautivadoras, que no era preciso darse ánimos con el whisky. Pero si llegaba a necesitar un estímulo, él le proveería un comprimido carente de efectos secundarios prescrito por su médico de confianza. En realidad era el último favor de esta naturaleza que le solicitaba. Él mismo se resistía a ponerlo en marcha, incluso más que ella. Su situación empresarial estaba al borde de una catástrofe. Y no había otra tabla de salvación. "Créeme que prefiero otros caminos", mintió.

Resbalaron lágrimas por las mejillas de Dorothy. Wilson, conmovido, se las secó a besos.

Camino a Little Spring, Dorothy arrancaba los pañuelos de papel, de a dos y de a tres. Se sonaba rabiosa. Esos recuerdos le hacían hervir los ojos. Aby temió que se terminara la provisión de pañuelos y buscó reservas en los bolsillos interiores del vehículo.

Aquella noche Wilson y Dorothy durmieron abrazados, como no ocurría desde hacía mucho tiempo, pero tampoco hicieron el amor. A la mañana siguiente Dorothy realizó su paseo habitual y luego canceló la entrevista con el arquitecto que la asesoraba en la decoración de la residencia. Buscó en su libreta de direcciones y llamó al número directo de Abelardo Coral. No demoró en insinuarle un encuentro clandestino. Coral fue recorrido por un estremecimiento.

—¿Dónde?

—En el lugar de la última vez, atorrante.

Coral ordenó que le modificaran la agenda del día. La llamada le produjo nerviosismo y una erección.

Wilson había deslizado en la cartera de su mujer un comprimido de éxtasis. Ella lo ingirió en el momento oportuno y consiguió arrancar al ministro las promesas que necesitaba su marido. El premio consistiría en otro encuentro, la semana siguiente. Al dejarlo, Dorothy no pudo frenar su tentación de beber whisky. Volvió a hacerlo delante de su esposo y de Mónica, con manifiesta agresividad. Quería castigar y castigarse; se sentía repugnante y santa.

Meses después, cuando vio por primera vez a Damián Lynch, también calculó si podría doblegarlo con sus artilugios. Total, era una ramera y su puntaje sólo se medía por la capacidad de seducir a los hombres. Hacía siglos que el orgasmo había desaparecido de su cuerpo y casi de su memoria. Para solucionar la carencia había probado con su personal trainer porque tenía un físico impresionante, pero en especial porque lo elegía ella, no su marido. El pobre se esmeró como nadie y fracasó. Hacía poco había llevado a su camarote del yate a un marinero, con equivalente desastre final. Supuso que estaba condenada, que ése era el castigo que se merecía, que era un mensaje de Dios enojado —como diría Bill— que no se prestaba a segundas interpretaciones.

Damián sacudió violentamente sus aletargadas expectativas.

Era hermoso, inteligente y limpio; Mónica lo adoraba. Se le metió entre los sesos como una lombriz y no la dejaba descansar. Su rostro de labios finos y nariz recta se le aparecía cuando caminaba, durante la gimnasia, en las insípidas charlas con sus insípidas amigas, mientras se duchaba o en medio de la comida. Le recordaba los años previos a su degradación, cuando ella era limpia y alegre. Pero ahora no sólo era puta —se criticaba—, sino peor, porque codiciaba el amor de su hija. La mierda de Abelardo Coral le había contagiado el virus de las perversiones extremas.

Cuando hirieron a Damián cerca de Garín en un confuso operativo antidrogas, Wilson decidió internarlo en la residencia. Ella bebía whisky e inhalaba cocaína para resistirse a los empujones de Satanás. No pudo evitar meterse en su cuarto y mirarlo de cerca, como a un botín. Noches más tarde se envolvió en tules y lo besó en el parque. Era una hediondez. Rodaba por el tobogán del infierno y Satanás la esperaba con sus colmillos chorreando saliva.

Abrió la cartera. Aby la observó atento, aunque era improbable que extrajese un arma. Vio que Dorothy tomaba un anotador forrado en cuero, como eran los diarios íntimos de años atrás. Su difunta mujer había tenido uno parecido —recordó Aby—, pero de color más oscuro. Miró hacia afuera y calculó cuánto faltaba para llegar a Little Spring.

Dorothy se dijo por centésima vez que Damián era el amor de Mónica y que ella no debía tener deseos perversos. ¿Cómo era posible que la tentase quitárselo? ¿Pretendía vengarse de Wilson superándolo en depravación? Tenía conciencia del límite, pero su conciencia era más impotente que un conejo en el pico de un gavilán. Sabía que eso no, pero el "no" vacilaba. La taquicardia, la hipertensión y el sudor de hielo la atacaban de día y de noche. Jaquecas a cada rato.

La limusina devoró ciento veinte kilómetros por las planicies de Texas. El paisaje se tornaba arisco, aunque por largos trechos se extendían ondulados campos de trigo que llegaban hasta la base de las colinas. Granjas aisladas punteaban el dorado infinito. Desde el sur avanzaban lentas nubes oscuras. Pasaron cerca de una población y Smith anunció que sólo faltaban quince minutos. Dorothy terminó de escribir unas líneas, guardó su diario en la cartera y miró también por la ventanilla. La luz languidecía ante el avance de las nubes. De vez en cuando el cielo se dignaba regar el estado de Texas.

Tomás Oviedo ingresó en el espacioso comedor de la residencia. En un extremo, solo, cenaba Wilson Castro.

—Imagino tu mal humor —dijo desde la puerta.

—Imaginas bien. Estoy terminando; ¿deseas comer?

—Gracias, ya comí. —Miró la hora. —Es un poco tarde.

Wilson dejó la servilleta junto al plato.

—Tarde para varias cosas. Así es. —Resopló mientras lo miraba con un fulgor que pretendía desnudarlo. —Me acompañarás con el café y una copita de ron portorriqueño. Vamos al escritorio.

Se acomodaron lejos de la mesa poblada de carpetas y diarios. Cuando la mucama depositó el servicio sobre una mesa baja, Wilson le ordenó que no entrara nadie a interrumpirlos y que cerrase al salir.

—No puede ser más desafortunada la coincidencia —se lamentó Tomás mientras se quitaba los anteojos y empezaba a frotarlos con un pequeña franela.

—De todos modos, volarás a Houston. Así estaba programado. —Bebió la mitad del pocillo y luego vertió un chorro de ron en lo que quedaba del café.

Tomás lo imitó serio y concentrado, como si realizara una operación química de alto poder explosivo. Percibía que las moléculas zumbaban en torno, cargadas de electricidad.

Podían estar satisfechos con la marcha del operativo Camarones —hábilmente programado—, pero inquietos por la inconsulta partida de Dorothy. Un éxito y una complicación. El éxito era grandioso: habían desbaratado el molesto cartel de Lomas, conseguido un buen puntaje ante la DEA y probado su granítica confiabilidad; de los errores de Antonio Gómez ya no quedaban rastros, y su muerte en el descampado había sido aceptada como suicidio. Todo cerraba de maravillas.

Pero el exabrupto de Dorothy amenazaba con perjudicar el resultado final como ponzoña de áspid. Parecía haber elegido el momento con plena conciencia. Les había apuntado al centro de los ojos. ¡Qué mujer más loca!

Wilson saboreaba el ron y trataba de no perder la objetividad. En el máximo riesgo había que aferrarse a la máxima calma. Como en Vietnam, como en Panamá, como durante la guerra antisubversiva. ¿Por qué la fuga de Dorothy a Little Spring habría de tener inevitables resonancias graves? Ella no sabía todo ni disponía de un cerebro alerta; sólo se ocupaba de los asuntos frívolos, era una persona superficial, irreflexiva. En cambio, suponían alto riesgo las investigaciones del diputado Solanas, los obstáculos que se disimulaban en el ministerio, el accidente de Ricardo Lencinas y las relaciones de Mónica con Damián Lynch. Wilson nunca había aceptado que Dorothy fuese a Texas por dos razones: primero, para preservar el secreto sobre el verdadero origen de Mónica; después, para evitar que viera en forma directa el gran negocio que él había montado con Oviedo y Bill. Intentó calmar su tormenta interior.

—Bill controla perfectamente su campo y sabrá cómo manejar a la hermana, ¿no es así, Tomás?

Tomás repasó los pasos cumplidos hasta ese momento.

—Coincido: Bill sabrá manejarla.

Wilson entornó los párpados y sus ojos castaño claro adquirieron el brillo de la mirada de los tigres cuando miden al adversario. ¿Tomás era absolutamente leal? En los últimos tiempos citaba demasiado a Bill: hasta había llegado a decir que el profeta se le aparecía en sueños. ¿Qué pistas significaban esas descuidadas palabras? No había vuelto a pronunciarlas, porque no era tonto. Pero Wilson no las olvidaba. ¿Se había entablado un lazo clandestino entre esos dos hombres, sin que lo hubiesen participado? La alianza se basaba en el originario vínculo de él con Bill, no de Bill con Tomás, pero en las guerras surgen situaciones inverosímiles. Se acercaban momentos de prueba. Siguió contemplando los lentos movimientos de Tomás, que parecía tranquilo, inexplicablemente tranquilo.

Antes de que Dorothy entrara en esa crisis, incluso antes de que Damián fuese enviado hasta Yacuiba para terminar como héroe muerto, desde Paraguay descendieron por el río Paraná tres barcos de carga en cuyos contenedores iba más droga de la que podía confiscar la gendarmería nacional en cinco años. Previamente, una empresa de Wilson Castro había vendido a Paraguay toneladas de carnes y mariscos congelados. Una parte del cargamento descendió en Asunción y fue distribuida en el mercado local. Otra parte, bastante significativa, se utilizó para envolver en gruesas capas los kilos de cocaína que habían reunido sus socios en galpones cercanos al puerto. De esa manera, aunque hubiese una inspección de aduana, saldría una caja de mariscos tras otra sin que pudieran llegar al núcleo donde se escondía el verdadero botín. La comida es la mejor técnica de empaquetamiento, ya que hasta el más obsesivo de los vistas teme echarla a perder y no insiste en llegar hasta el fondo.

La merca arribó en perfecto estado a Buenos Aires mientras los agentes de la DEA y porciones enteras de la gendarmería se ocupaban de rodear los caminos que desembocan en Garín. Los periodistas celebraron la audaz maniobra que hizo caer a Lomas; también hubo ascensos y medallas para quienes habían tenido una participación de riesgo. Wilson Castro exigió a los funcionarios locales y extranjeros que respetasen su bajo perfil, porque la verdadera meta era luchar contra el flagelo, no aparecer en los medios de prensa.

Cuando se acallaron los comentarios sobre el golpe maestro de Garín, los barcos ya navegaban victoriosos hacia América Central, donde se realizaría la fragmentación de su carga para un ingreso más seguro en los Estados Unidos. Los voluminosos contenedores entrarían por el puerto de Galveston y los más pequeños atravesarían la frontera mexicana. Hasta esa noche todo funcionaba según lo previsto. Camarones culminaría en pocos días y reportaría millones de dólares a Wilson, Tomás y Bill.

—Reconozco que la coincidencia es desafortunada —repitió Tomás—, pero no debería preocuparnos demasiado. Ya hablé con nuestro hombre de Miami. Mantenemos el control.

—Yo hablé con Bill. Mandó a Aby al aeropuerto de Houston con una limusina y alojará a Dorothy en la fortaleza.

—Sería mejor si la llevara a un hotel.

—No; es mejor la fortaleza; allí estará vigilada noche y día —explicó mientras observaba a su hombre de confianza con pupilas de felino.

—Sin embargo, me parece que... —Tomás frunció los labios, siempre tranquilo, siempre ajeno a las súbitas sospechas de su socio—. Creo que un hotel la mantendría lejos del trajín que significará el desembarco de la merca.

—Dorothy sólo tiene ojos para las joyas, las pieles y la decoración. No verá sino la austeridad carcelaria de la fortaleza. No aguantará esos baños con olor a amoníaco. Querrá volverse enseguida. Me parece lógico que Bill la instale donde no soportará quedarse más de veinticuatro horas.

—Tengamos en cuenta su amistad con Evelyn.

—Evelyn está acostumbrada a callar como una tumba. —Bebió el resto del café con fuerte sabor a ron. —Lo que me da mucha rabia, Tomás, es que haya decidido irse justo para allá. Me enteré tarde y no la pude detener. —Se golpeó las rodillas. —¿Por qué no eligió París, Roma, Miami? Le propuse un tour por Escandinavia...

Tomás Oviedo lo miró interrogativo.

—¿No lo sabes? —exclamó Wilson— ¡Fue a Little Spring para implorarle un milagro a Bill! ¡Fue para que le borre esa depresión de mierda!... ¡Mujer ridícula!... Tú crees en los milagros y esas vainas, ¿no? —Sus ojitos de tigre se afinaron más aún. —Me dijiste que el profeta se metía en tus sueños. —Ahora sus pupilas se habían convertido en lupas que pretendían reconocer el más leve signo en los músculos faciales del socio.

—Presiento que todo saldrá bien. —También Oviedo vació el pocillo, pero sin aparente emoción. —Estás en lo cierto: Evelyn no va a hablar más de lo necesario, ni Dorothy va a captar lo que pasa. Algo percibirá, pero todo el clima de la fortaleza es tan raro que la va a confundir completamente. Bill sabrá construir una versión creíble; es un experto en crear versiones creíbles. Ja, ja.

Al rato divisó las torres del rancho. Era una especie de cuartel rodeado por un cerco de mampostería, maderas y alambradas de púa que se perdía en lontananza. Ya más próximo, dejó de asemejarse al castillo que solía describir Wilson; tenía una siniestra semejanza con los campos de concentración nazis. Dorothy evocó al doctor Sinclair, quien había tartamudeado al informar a sus padres que, entre las secuelas de la encefalitis, podía figurar la paranoia. "Nada grave", tranquilizaba a continuación, para disminuir la desesperanza familiar. Pero ese viejo dato adquiría una significación agobiante y le produjo angustia. Quién sabía en qué había convertido Bill la granja.

Dorothy nunca se había interesado por reunir datos precisos acerca de su hermano. Era un excéntrico al cual finalmente se había unido su mejor amiga, que, bastante ingrata, se olvidó del mundo al conseguir su objetivo. Quedaba como su amiga de infancia y juventud, no su amiga del alma.

La propiedad llegaba hasta el pie de las colinas, donde había puestos de observación. Dorothy ignoraba que el lugar se había expandido hasta alcanzar una superficie de doscientas cuarenta hectáreas. Fuera del edificio central, localizado sobre el antiguo casco —que también había sido agrandado con nuevos bloques—, se despejaron campos de tiro y entrenamiento disimulados cuidadosamente a la detección de eventuales inspecciones aéreas. Las pocas construcciones rodeadas de verjas o matorrales parecían establos. Pero debajo de esos establos existía una suerte de ciudad subterránea que Dorothy nunca conocería. Se bajaba por espaciosos montacargas. Varios túneles comunicaban grandes espacios con adecuada ventilación. Una sala concentraba armas y municiones, en otra se ordenaba la documentación y una tercera se dedicaba a la comunicación por vía satelite. Cada sección estaba a cargo de un jefe, ayudado por asistentes rotativos, que debía informar en forma directa al reverendo. El trabajo empezaba luego de la oración matutina y debía interrumpirse para la catequesis de la tarde. Disponían de café, bebidas y sándwiches a discreción.

Los documentos acumulados y procesados servían para hacer el seguimiento de las actividades que cumplían las organizaciones con las que existía alguna semejanza, aunque no tuvieran contactos directos con ellas. Había carpetas, fotografías y disquetes sobre la Resistencia Blanco-Aria, la Alianza Nacional, el Instituto para el Movimiento Histórico, el Comité de los Estados, la Liga para la Defensa de los Patriotas Cristianos, los Extremistas de Internet, los Caballeros del Ku Klux Klan, el Posse Comitatus, el Grupo de Acción-SS, el Nuevo Orden y el Pacto, Espada y Ejército del Señor.

El objetivo de la comunidad Héroes del Apocalipsis consideraba que esas organizaciones podrían colaborar en algunas etapas de la guerra inminente, pero el liderazgo no sería de ellas. La ardua y peligrosa faena que comandaba Bill Hughes ya proveía frutos grandiosos y el Señor apreciaría su obra por sobre la de los aliados circunstanciales.

Dorothy calculó que hacía entre veinte y veinticinco años que no veía ni a su hermano ni a su amiga. Hasta le costaba medir el tiempo. ¿Descubrirían, antes incluso de que ella abriera la boca, que en Buenos Aires la felicidad había durado poco y su marido la había transformado en una despreciable "operadora sexual"? Mejor que no; de lo contrario no darían crédito a su confesión y tampoco sabrían cómo ayudarla. Se restregó las manos para quitarles el temblor. Volvió a abrir su cartera y extrajo los adminículos de maquillaje. El espejo le devolvió una cara horrible. Se espolvoreó las mejillas irritadas, delineó las cejas, estiró las pestañas y se pintó los labios. Pidió un vaso de agua.

La limusina se detuvo ante un par de hombres que reconocieron al chofer pero, no conformes aún, abrieron la puerta y miraron cuidadosamente adentro, incluido el baúl de la limusina. Aby los saludó con un gesto, pero no se movió de su lugar. Había que respetar las rutinas de la vigilancia.

—¡Hola! ¿Todo bien?

—Todo bien.

Cerraron y uno de ellos accionó el control remoto; el portón de acero se corrió despacio. Cruzaron un perímetro equivalente a los fosos que rodeaban los castillos medievales, por donde circulaban hombres vestidos con ropa de trabajo, y se detuvieron frente a un segundo portón. Dorothy fue invitada a descender. Aby ordenó que le llevaran el bolso mientras la acompañaba a los aposentos del reverendo.

Atravesaron un largo corredor y al cabo de unos minutos se encontró frente a la imponente figura de su hermano. Aún conservaba el metro noventa y uno de estatura, la nariz pequeña y el bigote fino, pero sus cabellos habían emblanquecido. Su mirada perforaba como una aguja. De sus hombros bajaba la bíblica túnica que portaba desde sus años de Elephant City. Avanzó hacia ella con mareante balanceo, pero se detuvo a cierta distancia para evaluarla con actitud paternal. ¿Cuántos años habían pasado desde la última vez? Veintitrés o veinticuatro, más que la edad de Mónica. Bill, solemnemente, tendió sus largos brazos. Advirtió las señales de aflicción en la cara de Dorothy, con evidencias del llanto reciente. No esperaba verla tan triste, aunque mantenía su antiguo garbo. Cuando joven había sido jovial y optimista; ahora tenía la belleza de una alegoría trágica. Se sintió sorprendido, porque su cuñado nunca le había dicho que ella estaba mal. Despidió a Aby Smith con un movimiento de cabeza y la acompañó hasta su cuarto. Casi ni hablaron, él por su tradicional parquedad, ella para no quebrarse.

Enseguida apareció Evelyn. Si Dorothy lucía demacrada a los ojos de Bill, Evelyn parecía mayor que Dorothy. En sus cabellos había mechones grises y la piel seca demostraba que la mujer de un pastor no usa cosméticos. Ambas se acercaron dudosas, mirándose a los ojos húmedos y evocando imágenes turbias, deformadas por el tiempo. Cuando sólo las separaba un tembloroso metro de distancia, tendieron las manos y se estrecharon con fuerza. Un alud de emociones intensas las mantuvo abrazadas. Después se estudiaron con sonrisa y llanto. ¡Qué dolor! No podían explicarse cómo habían dejado pasar la vida.

Ante la parálisis de Evelyn, Bill actuó de cicerone. Abrió cajones y puertas para mostrar a su hermana que dispondría de comodidades, aunque ella no había llevado equipaje.

—Compraré en el pueblo lo que me haga falta —se justificó Dorothy—. No es problema.

Evelyn los seguía con un nudo en la garganta y rozaba de continuo el brazo de su amiga. La observaba con unción, como si fuese la portadora de un mensaje largamente esperado. Aguardó que Bill se apartase y preguntó en voz baja por Mónica, su "sobrina".

Dorothy advirtió la indisimulable congoja y le puso una mano en el hombro.

—Está bien. Muy bien. Estudia Ciencias de la Comunicación y ama a un joven brillante.

Evelyn parpadeó; le parecía mentira que Mónica cursara esa carrera y estuviese de novia. Quería saber más, pero no se atrevía a irritar a su marido. Después, quizás al día siguiente, se enteraría de otras noticias.

DIARIO DE DOROTHY

Estoy revuelta. El reencuentro con Evelyn y mi hermano ha sido más chocante de lo previsto. Él no ha cambiado mucho ni en aspecto ni en carácter, lo cual me hace temer en cuanto a las expectativas que he puesto en su comprensión y su ayuda.

Evelyn parece mi madre, como si por ser la esposa de un pastor hubiera debido convertirse en alguien poco deseable. ¿Qué se ha hecho de sus sueños juveniles? Quería ser la mujer de un príncipe santo, gozar de cabalgatas románticas, florecer en eterno amor. Pero usa la ropa anónima que adoptó en Pueblo cuando se volvió mística y Bill la ignoraba. No cuida su piel del sol ni de los años. Tampoco se arregla el cabello de forma atractiva, sino que se lo sujeta a la nuca como algo que debe ocultar. No se maquilla, no se perfuma. ¿Así mantiene el afecto de su esposo?

Mi hermano es tan extravagante que quizá le guste una mujer ajada, como la abatida Virgen María al pie de la Cruz.

¿Hice bien en venir?

Esta granja me da miedo. Es disciplinada y silenciosa como una cárcel. O como un monasterio. O como el castillo de Drácula. No sé. Todavía no pude conversar con la gente de su comunidad. Deben de ser tan anormales como mi hermano. Pero si están aquí es porque mi hermano, de algún modo, fue su salvación.

Por más que Wilson lo niegue, Bill consigue algo extraordinario con las personas que lo escuchan. Lo mismo hizo con él. En aquellos tiempos las ideas suicidas de Wilson eran cotidianas. Yo tuve la iniciativa y el coraje (que no tendría hoy) de pedirle que dijese cómo se iba a matar para que le naciera el rechazo al suicidio. Cuando me hablaba de pegarse un tiro en la sien, le contaba que una vez leí de alguien al que la bala le entró por un lado y le salió por otro, pero lo dejó ciego. Si el tiro se lo daba en la boca, le describía el trabajo que tendrían en limpiar los fragmentos de hueso y de seso que salpicarían las paredes. Si optaba por el veneno, recurría a las descripciones que leí en novelas sobre convulsiones y ahogos terribles. En fin, fueron años llenos de zozobras en que sacaba fuerzas de no sé dónde para ayudarlo. Ahora pienso que tal vez no estaba tan decidido a matarse y lo decía para que yo entendiese cuánto dolor le producía no tener hijos.

Pero después de su visita a esta granja en 1976 (fue uno de sus viajes más largos), quedó libre de ideas suicidas y decidió adoptar una hija. Hasta ese momento la adopción no entraba en sus cálculos. Ahí cerró el problema. Y tuvimos muchos años de felicidad.

Estoy segura de que Bill lo sometió a un ritual milagroso, aunque Wilson no acepta confirmarlo. Dice que juró mantener el secreto. ¿Por qué?

Ahora yo necesito ese milagro. Ahora soy yo quien desea matarse.

Mi estúpida amiga Amalia, a quien sólo le dije que Wilson me pone los cuernos, opina que debo exigir el divorcio. Así no más. Me quedaría con un montón de dinero y los buscadores de fortuna —algunos muy encantadores— se arrojarían a mis pies. Pero Amalia no conoce a Wilson, que me haría azotar antes de concederme algo que fuera en contra de sus intereses. Ni puedo imaginar sus represalias.

Tampoco soporto dormir en la misma cama con alguien que me ordena seducir a hombres perversos. Esta situación me ha trastornado la mente. Ahora sólo deseo a Damián, nada menos que lo más prohibido. ¿Será para destrozarme más? ¿Para que también Mónica me siga en la degradación?

¡Ay! Tiemblo de pánico. Me reconozco una basura, pero hasta la basura tiene algo de rescatable. Y eso rescatable me dice que Damián no. No y no.

Por eso vine. Por eso me escapé.

Bill tendrá que salvarme.

Acepto que Bill es loco. Acepto que Evelyn también, porque decidió acompañarlo en su locura. No nos vemos desde hace casi un cuarto de siglo. Nos separa un abismo de hábitos y valores. Pero cuando les cuente se impresionarán con mi desgracia. Me han recibido bien. Evelyn está conmovida hasta el tuétano.

¡Necesito ayuda!

Pero, ¡ojo, Dorothy! Debo ser cautelosa. Muy. No van a creerme así como así. Supondrán que deliro. Es difícil aceptar que me sometí a tanto, siendo que yo no tuve por Wilson el amor extremo, de toda la vida, que Evelyn tuvo por Bill. Preguntarán por qué acepté prostituirme, por qué me di por vencida sin luchar. Entonces les demostraré que resistí hasta que las tormentas de sus cachetadas me fisuraron el hueso de la mejilla. Pero Bill, que es un rígido pastor, no se convencerá enseguida. Primero creerá que en el fondo de mi corazón me gustaba coquetear con otros, que soy una pecadora.

¡Ay, Dios! ¿cómo hablarles?

Bill debe de estar convencido de que Wilson es un hombre recto. Lo aprecia. Sé que lo aprecia pese a su origen hispano, lo cual es una excepción increíble, ya que nunca ocultó su odio racial. En Panamá pasaron horas caminando juntos. Después compartieron viajes a Pueblo. Wilson vino muchas veces a Little Spring. Se telefonean, se encuentran. Bill se formó un concepto errado. Ignora la verdad de sus negocios y del abuso a que me sometió. De saberlo, no podría ser su amigo. Hace rato que Wilson dejó de ser el joven tierno que me divertía, me llevaba a bailar y me susurraba piropos al oído. Desde que terminó la dictadura su alma se transformó en otra.

Afuera sopla el viento. Percibo olor a lluvia inminente.

Me acostaré y ojalá pueda dormir.

Bill se encerró a meditar en su cuarto blindado.

Entre Evelyn, Wilson y él habían conseguido mantener el secreto sobre el origen de Mónica. Desde el primer instante quedó claro que Dorothy no debía enterarse. Un secreto entre tres ya era peligroso, y una cuarta persona lo arruinaría con seguridad. La inscribieron como hija biológica de Dorothy y Wilson. Los papeles estaban en orden. El Señor había contribuido a que no se filtrase la mínima sospecha sobre la retorcida verdad.

¿Cuál era la verdad?

En enero de 1976 Wilson Castro se había atrevido a confesar ante Bill Hughes su esterilidad incurable. No era impotencia —repetía—, sino falta de espermatozoides. La culpa era de los asquerosos vietnamitas que le habían infectado la sangre en sus pantanos llenos de mosquitos. Después recurrió a múltiples estudios, uno más humillante que otro, y ya no le quedaba esperanza alguna. La vida se le hacía intolerable, pese a sus éxitos profesionales en la Argentina. Necesitaba descendencia para seguir luchando.

—No la necesitas —contestó Bill—. Crees que la necesitas.

—Entonces es una creencia de hierro.

—Sí. En cambio, los profetas no engendramos hijos biológicos, porque somos los padres espirituales de multitudes. Deberías pensar como un profeta.

—¿Podría ayudarme un milagro? —Wilson le puso la mano en el hombro, expectante como un niño.

Bill reflexionó durante unos segundos.

—Un milagro que me haga fértil —insistió Wilson.

—Hubo milagros para dotar de fertilidad a las mujeres, no a los varones —Bill evocó la Biblia. —Un caso muy comentado fue el de Sara, esposa de Abraham y madre de Isaac. Otro el de Ana, madre del juez y profeta Samuel. Ningún varón padecía esterilidad. Éste es un mal que introdujeron los pecados de la civilización, como el sida. Te ha tocado, Wilson. Debes resignarte.

—No puedo. Pero... ¿acaso Dios no podría darme su bendición? ¿No la merezco yo, y sí millones de miserables que se reproducen como conejos?

—Este tipo de milagro es imposible —replicó Bill, dura la espalda y secas las mejillas.

—¿Por qué? El Todopoderoso...

—Mira, hace años, cuando predicaba en Elephant City, en Three Points y en Carson, me dediqué a resolver parálisis, ceguera, mudez y convulsiones. Siempre con la intercesión de Jesucristo, por supuesto. Pero jamás se presentó un caso de esterilidad masculina. Creo que tampoco lo tuvo mi antecesor Asher ni mi socio Robert.

—Ahora se presenta uno. —Se llevó la mano al pecho. —Y te implora.

—No tienes la fe que haría falta.

—¿Cómo lo sabes? Por un hijo daría todo lo que tengo.

—Palabras, Wilson, palabras.

—Sólo te ruego que pruebes.

Bill lo miró a los ojos con desusada intensidad. Era evidente que en su cabeza bullía una idea importante. Pero aún no podía revelarla.

—¿Qué...? —balbuceó Wilson.

Bill siguió perforándolo con la mirada. Luego susurró:

—El profeta Elíseo me visita en momentos especiales. Estamos en uno de ellos. Acaba de mostrarme el camino. Es angosto y oscuro. Exige fortaleza.

—¿Se realizará el milagro?

—Algo más simple: tendremos una solución perfecta. Una solución planeada en el Cielo.

—Explícate.

—Elíseo vertió su idea en mi cerebro como si fuese una gota de oro. —Sus pupilas fulguraban.

—¿Qué idea?

—Dentro de siete semanas vendrás a Little Spring, dispuesto a quedarte el tiempo que decida el Señor. Podrá ser un par de días o un mes.

—No entiendo.

—¿No me pides un milagro? Confía en mí. Empieza a tener fe.

Ahora, en 1999 —mientras meditaba—, Bill evocó el resto.

Evelyn había quedado embarazada y tardó meses en contárselo. Ella sabía de la postura indeclinable del marido y tuvo miedo.

—Los profetas no engendran hijos biológicos —repetía Bill.

—¿Dónde está escrito? —preguntó ella, llorando.

—Vale mi interpretación. La Biblia no menciona hijos de Isaías ni de Jeremías, ni de Ezequiel ni de Jonás.

—Pero tal vez... La voluntad del Señor...

—Nada. Debiste ser más cuidadosa y advertirme. Te has callado para torcer mi voluntad, para que me incline como un siervo ante los hechos consumados.

—¡Yo quiero tener la criatura! —A su llanto se agregaba el hipo de la desesperación. —¡Soy una mujer!

—Me has elegido. Tú viniste a Elephant City y prometiste seguir mis pasos y mi doctrina. Yo no te obligué. Ahora no tienes derecho a traicionarme.

—Lo decidió el Señor. —Se acarició el vientre. —Esta nueva vida es obra del Señor.

—Es producto de tu perfidia.

—¿Cómo puedes hablar así...? —Apenas le salían las palabras.

—¡Lo abortarás!

—Co... ¿cómo?

—Estoy en contra del aborto, pero en este único caso se justifica plenamente.

—¡Bill!

—¡O lo abortas o lo mataré a patadas! ¡No permitiré que cancele mi pacto con Elíseo!

Evelyn se contradecía de semana en semana, prometía introducirse agujas, saltar desde una mesa al piso, golpearse la barriga. Mientras, se cubría con ropas que disimulaban la obra del tiempo. La tensión con su marido era insufrible. En los pliegues íntimos de su alma confiaba en que Bill cambiaría de opinión apenas viese a su primogénito. Pero, aunque su enamoramiento había empezado de chica y ya llevaban casi una década de convivencia, no lo conocía bastante. Bill era duro como el mármol.

Ante la impaciente exigencia de Wilson, fue iluminado por Elíseo. Derramó una gota de oro en su cerebro. No habría aborto ni homicidio postparto, dictó el añoso profeta desde sus cordilleras de algodón. El Señor había desplegado un plan maestro: compensaba la impotencia de Wilson y la falta de maternidad de su hermana con el embarazo de Evelyn. ¿No era genial? Ambas habían sido amigas de infancia. El hijo engendrado por una sería criado por la otra.

Wilson, que no podía oír a Elíseo, ofreció resistencia. Quería un milagro verdadero. Pretendía que su cuerpo generase espermatozoides, como le pasaba al más bruto de los hombres. Pero el Señor había dispuesto otra cosa, replicaba Bill. Los hombres debían resignarse a Sus designios, que son sabios aunque resulten incomprensibles. La habitual parquedad del pastor se convirtió en un torrente de elocuencia. Estaba perplejo por el esplendor de las rutas que dibujaba el cielo.

—Evelyn no aceptará —protestó Wilson, encaprichado.

—De eso me ocuparé yo.

Para Bill el plan no adolecía fisuras. Era una maravilla, como la Creación del universo. Evelyn aceptaría porque, entre la muerte segura de su hijo mediante patadas o asfixia y donarlo a su mejor amiga, optaría por lo último. Más simple que el juicio de Salomón. Wilson tendría una descendencia del mejor nivel ario, que inscribiría como propio en Buenos Aires. Todos danzarían colmados de júbilo ante la generosidad del Señor: Evelyn pariría, Dorothy criaría, Wilson aseguraría su descendencia y Bill quedaría exento de paternidad biológica.

Pero Wilson no daba el brazo a torcer.

—No se pueden trasladar niños de un país a otro.

Bill lo examinó con ironía.

—¡Vamos! Tú mismo me has contado que en la Argentina los bebés entran y salen como maletas en el aeropuerto, y que es todo un negocio.

—¿Cómo se lo explicaré a Dorothy? —Wilson cambió el eje de la discusión.

—No deberá saber la verdad. —Bill adoptó su postura solemne. —Nunca. La decisión queda bajo llave entre nosotros tres. Evelyn porque ha gestado el niño, y nosotros porque somos varones. Si pretendes que el niño crezca como legítimamente tuyo, ni el niño ni su nueva madre deberán conocer su exacto origen. El niño supondrá que es hijo verdadero de Wilson y Dorothy. Dorothy supondrá que es una criatura que salvaste de una subversiva moribunda. Evelyn y yo seremos los tíos, los tíos norteamericanos.

Wilson lo escuchaba con asombro.

—Evelyn y Dorothy tienen la debilidad de Eva y no son confiables —agregó Bill—. Por lo tanto, ellas no volverán a encontrarse y el niño jamás visitará a sus tíos.

Parpadeaban los relámpagos; silbidos feroces se colaban por las rendijas. Evelyn estaba acostada, sola, los ojos fijos en el cielo raso beige; hacía años que no dormía en la habitación del reverendo. También había habido tormenta cuando se llevaron a su hija. Las nubes acudieron como las lloronas, para acompañarla en su dolor. Tenían formas oscuras y pulposas: eran madres y nodrizas trágicas que se expresaban con un llanto que inundaba el planeta.

Cuando Bill le comunicó su criminal decisión, una montaña le cayó encima. No pudo siquiera gemir, pero se apretó el pañuelo contra los ojos con fuerza brutal.

Para llegar al parto en forma más o menos civilizada tuvo que jurar y ceder. Nació una nena a la que llamó Mónica. Bill dijo que el nombre debía elegirlo el padre, pero como no se consideraba su padre verdadero, sino un accidente, dio un paso al costado y aceptó la elección de su mujer. Días después, con pañales, biberones, libros sobre la crianza de bebés y una enfermera, Wilson fue a buscarla.

Evelyn la bañó, la vistió con dulzura, arregló cada pliegue de la ropita color rosa y la alzó en sus brazos. La acunó mientras entonaba una canción que le salía llena de lágrimas. La apretaba contra su pecho hinchado de una leche que no podría volver a darle. Anhelaba fundirla otra vez en su cuerpo, pero sabía que ni Bill ni Wilson tendrían piedad ni paciencia. El final era irreversible. Debía armarse de valor. Le salvaba la vida, y quizás así su hija tuviera una más alegre de la que ella podía ofrecerle en aquel rancho donde se formaba una comunidad atenta al Apocalipsis. La llevaban a un país lejano y promisorio. Iba a criarla por su mejor amiga, lo cual —machacaba Bill— era una bendición del Señor. Pero estaba prohibido contarle la verdad completa, para que Dorothy no fallase en su papel maternal y pusiera lo mejor de sí en una criatura de cuyos padres biológicos no tendría noticia.

Evelyn no recordaba cómo había sido. Ese instante se borró de su memoria. En determinado momento se miró los brazos y estaban vacíos. Mónica había desaparecido de la habitación. La recorrió un estremecimiento acompañado de náuseas.

Tronaban los relámpagos y la mayor preocupación de ese momento —¡qué estúpida!— era que el bebé no se mojase. Pero estaba paralizada en el centro del cuarto, la mirada puesta en un punto invisible. El terror le llevó las uñas al rostro; se arañó como si sus manos fuesen garras de pantera.

Oyó entre los ruidos de la tormenta cómo cerraban las puertas de un auto, cómo arrancaba el motor, como se alejaba el vehículo por el agua y los truenos.

Siguió inmóvil hasta que una racha penetró en la habitación y abrió de par en par la ventana. Las cortinas se elevaron como banderas y muchos papeles volaron por el aire. Un trozo de diario la abofeteó como si fuese la mano de un ángel que gritaba: "¡A moverse, idiota!". Las lágrimas le impedían ver. Se abalanzó a la ventana por donde entraba el viento cargado de lluvia y se asomó a la noche.

Agua, viento, ruidos y oscuridad cruzada por fogonazos.

Entonces salió. Las ramas de los árboles se agitaban como si recibiesen descargas eléctricas. Quizás el auto regresara; no era posible viajar en semejantes condiciones. Y ella volviera a tener en brazos a su hijita. No se la arrancarían de nuevo.

El mareo la hizo tambalearse, Evelyn cayó contra el dintel de la puerta. Las frondas emitían aullidos. Los relámpagos seguían con sus destellos e iluminaban las ramas que parecían huesos a punto de quebrarse. Bajó al sendero de grava donde los goterones rebotaban con furia. El agua le empapó la ropa como si se hubiera metido vestida bajo la ducha. Caminaba hacia los portones por donde se había ido y por donde regresaría su criatura.

Una rama bramó en lo alto y se desprendió. El agua no sólo caía en forma oblicua, sino que corría en torno de sus pies como un río de montaña. Dio un paso largo y resbaló. Se fue de bruces y sintió que el pedregullo le había lastimado varias partes del cuerpo, incluso un labio. Sólo quería llegar al portón para abrirlo y dar la bienvenida a su bebé. Otra rama anunció que se había partido y bajaba como un alud. Evelyn levantó las manos para protegerse, pero resultó tarde. Perdió el conocimiento.

Despertó envuelta en toallones, en esa misma cama donde ahora miraba el cielo raso y oía la repetición de la tormenta.

Mientras la enfermera daba el biberón a la beba, Wilson acarició el prendedor de oro que la madre había fijado en el enterito de *plush* rosado. Era la M de Mónica, pero él lo leyó al revés: W de Wilson. Si hubiese sido varón lo habría llamado Washington. Esa letra estaba marcada por el destino. Su índice se desplazó con ternura hacia la mejilla rosada que succionaba rítmicamente. De pronto sintió algo insólito: esa nena era su hija de verdad, su hija legítima. Tomó conciencia de que la amaba.

No pudo respetar la secuencia ni los plazos que había pergeñado. Tragó un somnífero y pretendió agregar otras líneas a su diario, pero estaba exhausta, con un hormigueo que le recorría brazos y piernas. Sólo pudo desconectarse a la madrugada; durmió hasta pasado el mediodía. Se duchó y, guiada por Aby, que le hacía de escolta, recorrió parte del establecimiento. Miraba sin interés. Vio aulas donde se dictaban clases y también paseó por un sector cultivado. En apariencia, dentro de los límites fijados por las horribles alambradas se producía todo lo que aquella comunidad necesitaba consumir.

Bill le anunció que había dispuesto una cena privada para los tres. Esas palabras le inyectaron ánimo: significaban que su hermano comprendía las razones de su viaje. No había ido para conocer Little Spring ni la comunidad que había constituido en una fortaleza de carácter religioso. Había venido para hablar con él y con Evelyn a solas e implorarles su ayuda, incluso un milagro. Bill era hombre de milagros; los había producido en abundancia y estaba cantado que algo notable había producido en Wilson cuando tenía las mismas ganas de suicidarse que ella ahora.

Se sentaron a la mesa en un comedor austero, de pequeñas dimensiones. Evelyn se ocupaba de acarrear las fuentes. Bill impartió la bendición y levantó su cubierto. Dorothy estaba tan ansiosa que no tenía apetito; hasta la ensalada le producía rechazo. Cuando sus anfitriones terminaban, ella ni había empezado.

—¿No te gusta?

—Quiero hablar, Bill. Vine para hablar.

—Come y después hablaremos.

—Estoy muy mal. No imaginas el esfuerzo que me significó venir.

El procuró desdramatizarle el tono.

—No has venido caminando. Te trajo el avión. Y una limusina.

—No aguanto más. —Le saltaron las lágrimas. —Mi marido es una bestia. Me...

—¡Alto!

—Es la verdad. Tú no lo conoces.

—¡Alto! No es de cristiana calumniar al marido. Cuando acabemos la cena, Evelyn se retirará al dormitorio y yo te escucharé como pastor.

—He pensado en matarme. No tengo otra familia, Bill.

—¡Baja el volumen! Los suicidios no se anuncian; se cometen. Así que no pretendas asustarme con eso. Pero te escucharé. En el debido contexto. —Se cruzó los labios con el índice. —Ahora come.

—No tengo hambre. —Alejó el plato.

—¡Come!

Dorothy percibió el destello de sus pupilas e inclinó la cabeza. Si había resistido años, ahora podía esperar unos minutos. Bill estaba completamente equivocado con respecto a Wilson.

Cuando Evelyn se retiró, con sus pasitos arrastrados, Bill fue hasta la puerta para asegurarse de que la había cerrado bien. Luego empezó a recorrer la habitación con su paso bamboleante. Su pelambre blanca se estremecía como una cresta llena de radares. Pensó sus primeras frases, que fue vertiendo como plomo derretido sobre la contraída Dorothy. Le recordó que su sangre era la de Elíseo y también la del rey Salomón; tenía poder, visión y sabiduría. En cuanto a Wilson, le dijo que no debía olvidar ciertas cosas, porque equivalían a los cimientos. Cuando ella, unos treinta años atrás, le había escrito a Elephant City para informarle que se había enamorado de un estudiante de la Academia de la Fuerza Aérea que previamente habían servido en el ataque a Cuba, y lo invitaba al casamiento, a él le pareció una buena elección. Pero unos renglones más abajo ella mencionaba el apellido hispano de Wilson, y a Bill el alma se le cayó a los pies. ¡Ese hombre pertenecía a las razas preadámicas! Elíseo acudió en su ayuda y le explicó que el nombre, Wilson, no era un accidente, sino un signo del Señor. Ese oficial integraba el plan divino. Después lo conoció y lo estudió. Conocía cada minuto de su vida.

Dorothy pretendió interrumpirlo, pero de las órbitas de su hermano salieron lanzas fulgurantes. Se resignó a seguir escuchando.

Bill, en tono bajo y ritmo lento, agregó que conocía las obras de Wilson en Buenos Aires. Le perdonaba la opulencia en que vivía, rodeado de sirvientes, lujo y vanidades, porque hacía generosos aportes a la causa del Señor. Las quejas de Dorothy eran producto del exceso de bienestar. Cometía pecado de ingratitud.

—¡Me subleva que calumnies a tu marido!

—¡Él me ofende a mí! —saltó Dorothy, incapaz de seguir conteniéndose.

Su cara se deformó en una masa de arrugas.

Bill amenazó asir su báculo y partirle la cabeza, pero retrocedió hacia una silla. "Por favor, Elíseo, inspírame."

Ella se agitó en llanto sin poder articular otra frase. Una oleada de sangre caliente le trepó a las mejillas. Los labios, secos, aspiraban el oxígeno como un pez recién extraído del agua. Le daban rabia su falta de control y su incapacidad para hablar en forma convincente. ¿Cómo lograría que Bill la ayudase, si ni podía describirle su situación? Se sonó con furia y se restregó los párpados sin importarle si corría el rímel hacia la frente y la nariz. Estaba junto al precipicio y debía actuar, no temblar. Apoyó las manos sobre la mesa con tanta violencia que hizo temblar la jarra de agua. Entre inspiraciones ruidosas, se dispuso a lanzar las pedradas que le desbordaban el corazón.

—¡Wilson no es como supones! ¡Wilson es un monstruo!

Bill apretó los labios y su boca quedó convertida en una raya filosa. Dejó que su hermana se descargara.

Dorothy gritó que su marido trastornaba el juicio de quienes lo rodeaban y servían. También el de ella. O el de ella en primer lugar. Por eso nunca había podido enfrentarlo con éxito. Tampoco se atrevía a contar a extraños sus conflictos ni su aflicción, porque él era vengativo. No se atrevía ni a confesar sus penas a un sacerdote, por miedo a las represalias. Jamás. Cada vez que entraba en la desesperación y se imaginaba un confidente, la asaltaba el miedo de que se desfondara el mundo y que el confidente, ella misma y Mónica fueran a parar al fondo del infierno. Por eso había recurrido al alcohol: para huir, para disfrutar de un poco de indiferencia.

—¿Soy clara, Bill? ¿Soy clara?

Bill negó con la cabeza.

Ella estaba al borde del ataque. Tomó otro pañuelo y se sonó rabiosa. No se había casado por ambición; sólo quería un marido y un hogar normales. Wilson le había encantado durante el noviazgo, y tuvieron momentos inolvidables. También fueron buenos los años de Panamá, pese a la humedad pegajosa, los jejenes y algunas intrigas. Incluso siguieron bien cuando regresaron por un corto tiempo a los Estados Unidos. En la Argentina vivieron años dorados. A Wilson se le evaporaron las ganas de suicidarse cuando nació Mónica. Prosperó en los negocios, amplió las relaciones sociales, viajaron mucho. Pero en un determinado momento empezó a cambiar. Algo se transformó en su alma. No tenía ganas de matarse, sino de matar al mundo. Se enojaba por cualquier cosa, rompía objetos, insultaba a los empleados.

—¿Por qué pasaba esto? —se preguntó mientras volvía a sonarse lágrimas y mocos.

Durante la dictadura fue entrenador de militares y comisarios perversos. Le contagiaron una enfermedad terrible, que no tuvo ni en Vietnam ni en Panamá: la ambición desenfrenada. Ya podía vivir sin trabajar, podía regresar a los Estados Unidos. Pero no. Quería más, muchísmo más. Insistía en que sólo lo movía el deseo de liberar a Cuba.

—Es cierto —la interrumpió Bill—. Lo considera su misión.

—Misión loca —replicó Dorothy—, porque Fidel sigue tan campante. Wilson no oculta su aversión al régimen, pero se cuida de difundir sus acciones.

—Es correcto —apuntó Bill.

—Con la excusa de que ningún dinero alcanza —siguió Dorothy—, compró propiedades y empresas, se vinculó con gente sin escrúpulos que asesinaba y robaba bajo el paraguas de una incierta legalidad. Él supone que yo soy idiota y no veo nada, pero veo demasiado bien, y eso me está desgarrando las entrañas. Su trabajo le produce altas ganancias por segundo, pero jamás se conforma.

—La lucha contra el Mal es cara.

—Buscó nuevos amigos por motivos utilitarios. Dice que el fin justifica los medios. Empezó a jugar golf, invita a los mejores restaurantes, presta el yate y organiza orgías con putas seleccionadas. ¿Qué más debo decir para que me creas?

Dorothy volvió a sacudirse bajo la descarga de un nuevo sollozo. Al rato agregó que Mónica había sido una bendición relativa. Llenó de gozo su instinto maternal, pero se convirtió en la excusa predilecta de Wilson, que empezó a decir que no sólo trabajaba y delinquía para Cuba, sino para ella, para asegurarle un espléndido porvenir. ¿Cómo podía aceptar semejante absurdo?

Bill permanecía inmutable como una estatua.

—¿Cómo puedes asegurarme que integra un plan divino, que es generoso? ¡Es un monstruo! Desde hace años no me hace el amor, porque está rodeado de queridas en varios departamentos de Buenos Aires. Pero tampoco se alejó de mi lecho. Tengo que dormir junto a él porque soy su esposa oficial, es decir, su esclava. ¿Conoces perversión más grande? Yo creo que se está vengando en mí, que es algo muy retorcido... que se está vengando en mí de la única mujer a la que amó de verdad, la profesora de Biología a la que violó en La Habana.

Bill parpadeó.

—Mis quejas fueron silenciadas a golpes —agregó Dorothy—. Sólo me quedaba educar a Mónica. Lo hice muy bien hasta que... Eso no te lo puedo decir. No puedo... Me dediqué a Mónica con todas mis fuerzas. Concurría a cada reunión convocada por los maestros y vigilaba su motivación y sus tareas. Le brindé mucho amor. Tuvo una infancia feliz, llena de afecto maternal. Por eso es una chica segura, bien plantada. Puedes estar orgulloso de tu sobrina, aunque nunca la hayas visto.

Bill volvió a parpadear.

—Después... ¡Mi Dios! —Juntó las palmas y miró hacia lo alto. —Tuve que consolarme con la frivolidad, y cuando ya no alcanzaba entró en mi boca y en mi alma un compañero asesino: el whisky. Mucho, desde la mañana. Me sentía sola, pagando una condena incomprensible. Y como seguramente ocurre con los prisioneros que se pudren en las cárceles, me acostumbré. Y aprendí. Era una especie de viuda rica cuyo marido no estaba muerto, sino que ocupaba un sitio espectral en la cama; también debía acompañarlo a reuniones sociales con una sonrisa de oreja a oreja. Y callar cuanto sabía de sus negocios, porque este marido estaba seguro, y no se equivocaba, de que yo jamás me animaría a traicionarlo. —Volvió a sonarse la nariz. —Tuve premios y castigos. Los premios fueron joyas, pieles, cuadros, comodidades y viajes en primera clase.

Dorothy se acercó a Bill y, vacilante, puso una mano bajo el mentón afeitado para que la mirase a los ojos.

—¿Te interesa saber en qué consistían los castigos?

Su hermano apretó los dientes.

—En ayudarlo a cerrar negocios difíciles. ¿Te explico en detalle? ¿Nunca te lo contó? ¡Estarías orgulloso de mí! ¡O de él! —Una mueca le torció los labios y la nariz. —¡Tendrías que fijarte cómo excitaba a sus roñosos clientes y los llevaba a lugares clandestinos para revolcarme en alfombras persas, almohadones indios y bañeras perfumadas! Cómo los hacía retorcerse de gusto para arrancarles firmas que luego el "generoso" Wilson convertía en ganancias.

Un telón oscuro descendió sobre el rostro de Bill. Le vibraban los músculos de la mandíbula.

Dorothy sentía que estaba a punto de desvanecerse, pero veía el primer rayo de esperanza. Había conseguido perforar la coraza de incredulidad de su hermano.

Se sentó de nuevo, agotada. Le habían empezado a doler la cabeza y la nuca. Había abierto el cofre cerrado con llave de acero y ya no cabían las reservas.

—¿Sabes en qué consiste ahora el principal negocio de Wilson? —Se apretó las sienes pulsantes mientras miraba fijo a los ojos iracundos de su hermano. —¿Lo sabes? ¿O quieres ignorarlo? ¡Tu salomónica sabiduría se llevará una sorpresa monumental!

Bill permanecía rígido, contraído desde los pelos hasta los pies. No deseaba que ella siguiera hablando; ya presagiaba lo peor.

Dorothy hizo bocina con sus manos.

—¡Estás a tiempo para mantener tu inocencia! ¡Pídeme que guarde el gran secreto!

Bill miró hacia la puerta para corroborar que seguía cerrada.

—Tu apreciado Wilson es... es... ¡un narcotraficante! —Crispó los puños.

Bill se incorporó con lentitud, acomodó los pliegues de su túnica y dio unos pasos hasta su hermana. Levantó sus largos brazos y le rodeó los hombros. Ella apretó la cabeza contra el pecho del pastor y volvió a soltar el llanto convulsivo.

—¿Me... me crees...?

Él se limitó a acariciarle el cabello transpirado y luego, murmurando el padrenuestro, la condujo al dormitorio.

—Necesitas descansar. Mañana seguiremos hablando.

—¡Cómo me duele la nuca! Seguro que me ha subido la presión. ¡Tengo miedo, Bill!

—El Señor te protege —dijo Bill con desacostumbrada ternura.

El reverendo Robert Duke no se había equivocado: Bill Huges era un intuitivo y encontraba sin demasiada ayuda el sendero del éxito. Pero lo cegaba la megalomanía. No toleraba más de algunos años a quien podía ser un auténtico guía o su superior. Por eso prefería remitirse a la jefatura del espectro al que llamaba Elíseo. Elíseo era el mismo Bill, hábilmente desdoblado, pensaba Duke. En Elephant City no había aguantado a Asher Pratt sino hasta aprender la doctrina; después anheló ocupar su lugar y lo desplazó sin escrúpulos de todas partes, hasta del lecho. De todas formas Asher era un mal cristiano, pero le proporcionó las herramientas del ministerio. Bill tenía para con él una elemental deuda de gratitud, que no expresaba nunca.

Al pastor de Carson siempre lo había carcomido la sospecha de que Bill tuvo algo que ver con la muerte de Asher. Pero ni siquiera Lea podía probarlo. Ella, simulando luto, se sentía feliz por el accidente que la liberó de un marido al que despreciaba. Y Bill, por aquella época, era un mancebo excepcional. Pero después las cosas cambiaron. La sociedad que mantuvieron Robert Duke y Bill Hughes por unos años funcionó más o menos bien. O podía compararse con una meseta de muy leve ascenso. Ambos se necesitaban, pero también se desconfiaban. Robert prefería la doctrina, y Bill, la acción; Robert, la alianza con otros pastores de la Identidad, mientras que a Bill le gustaba decidir solo. Por eso Robert le cedió a Pinjás, quien finalmente se instaló en Elephant City y luego siguió a Bill hasta su fortaleza de Little Spring. Pero Pinjás continuó fiel al pastor de Carson porque era como un niño que jamás olvidaba la ayuda que en el instante más peligroso de su vida le había prestado Robert Duke; se hallaba doblemente condenado y, gracias a la resuelta intervención del pastor, salió indemne. Lo visitaba a espaldas de Bill cada vez que terminaba un operativo en Nuevo México, California o Arizona, y ambos prometían mantener su amistad en secreto. Robert era su padre, su última referencia. En cambio, Bill era el trabajo.

Lea se resignó a instalarse cerca de su hermanastro, colaborar en su iglesia y olvidarse del joven fauno al que había seducido mediante el juego de la geografía bíblica. Perdió belleza y erotismo, pero años después no fue insensible a las galanterías de un empresario acaudalado que le propuso matrimonio. Siguió ayudando a la iglesia y, de vez en cuando, rumiaba con su severo hermanastro la venganza que debería caer sobre Bill Hughes, el ingrato. La venganza sonaba a deuda. Era imprescriptible.

Robert le aseguraba que tarde o temprano el Señor haría justicia y trataba de ocultar su resentimiento, más hondo que el de Lea. Cada mes y cada año que pasaban adquiría más fuerza la convicción de que Bill Hughes había sido penetrado por Satanás durante su encefalitis. El profeta Elíseo al que hacía referencia ya no era sólo el desdoblamiento que detectó en un principio, sino un alias de la Serpiente. Por las venas de ese hombre descarado debía de correr sangre india o hispana o judía. Esto último explicaba su intuición sobre la cópula de Eva con la cabeza del Diablo. Lo sabía su memoria genética.

Ahora Bill ansiaba corromper a los preadámicos para confundir al Señor. Su vanidad lo había convencido de que tenía poderes extraordinarios. En vez de aliviar a ciegos y paralíticos —como lograba en sus estentóreas carpas azules—, trataba de enceguecer y paralizar a las bestias del campo. No lo hacía para la gloria de Dios, sino para convocar al Anticristo. Su proyecto era retorcido y audaz, y estaba en pleno desarrollo. Robert Duke lo supo por confidencias de Pinjás, que las expuso después de rogarle que jurase tres veces con la cruz en la mano mantener estricto silencio. Como Robert cumplió, inclusive durante la impresionante convención realizada en Eastes Park, Colorado, Pinjás siguió transmitiéndole información. Estaba seguro de que, si su situación volvía a tornarse peligrosa, sólo el pastor de Carson sabría cómo salvarlo.

Al principio la denuncia de Pinjás pareció inverosímil. Las drogas estaban prohibidas en forma terminante en las organizaciones que conformaban la Mayoría Moral, los grupos nazis, los supremacistas blancos y las milicias de cualquier nombre. Más aún si se involucraba a niños. Las drogas, así como los impuestos, la prensa libre y el pluralismo, eran los enemigos del Señor y del pueblo norteamericano. Pero Bill había concebido un plan único, que no compartía con ninguna otra institución. A su gente le repetía que era un plan dictado por el profeta Elíseo y que sólo podía llevarlo a cabo su comunidad, Héroes del Apocalipsis. Se había decidido de esa manera para que, cuando llegase la Parusía, esa comunidad se pusiera a la derecha de Cristo y fuera ensalzada como la que más había sembrado para Su gloria. Eran los elegidos. Las demás organizaciones aliadas o confiables estarían un poco más lejos, porque cumplían acciones de francotiradores, nada sistemáticas.

En la fortaleza próxima a Little Spring entrenaba a hombres, mujeres y niños para distribuir en las comunidades negras de casi todo el sur de los Estados Unidos cargamentos de drogas provenientes de Sudamérica. Vehículos de diverso tamaño se encargaban de levantar la mercadería una vez que traspasaba los controles de aduana en los puertos del golfo. Gran parte se almacenaba en los espacios subterráneos de la fortaleza, para cuando se demorara la llegada de los buques, y otra partía de inmediato hacia diferentes destinos. Las mujeres se ocupaban de convencer a las mujeres, y los niños, a los niños. El resultado alcanzó cifras muy superiores en comparación a los tiempos en que la tarea estaba sólo en manos de los hombres. Los niños eran entrenados con especial dedicación mediante adoctrinamiento, severas penitencias, simulacros y premios. Eran cruzados precoces, férreamente convencidos de su misión mística. Aprendían a introducirse entre los niños y jóvenes negros mediante chanzas, mentían acerca de su verdadera procedencia, contaban maravillas sobre los efectos de las drogas y regalaban la primera y la segunda dosis. Debían estimular el deseo y luego imponer la adicción. No interesaba recaudar mucho, sino hacer consumir mucho. De esa forma, las bestias preadámicas se hundirían en el pantano de la degradación y no opondrían resistencia al inminente avance de los ejércitos de la luz.

"En realidad —pensaba Robert—, es un plan del Anticristo, porque las drogas también afectan a los arios. Aunque los preadámicos consuman muchas más dosis gracias al trabajo de Bill y sus Héroes, él nunca logrará su destrucción excluyente como un cirujano erradica un tumor sin dañar al resto del organismo. El mal afecta a toda la nación, se expande como la mala hierba. En el fondo —concluía—, pretende confundir al Todopoderoso mientras ayuda a sus enemigos." Pero, ¿quién sería tan alienado o insolente para suponer tamaño disparate? No cabían dudas, era más diáfano que el cristal: Lucifer, el ángel rebelde. ¡Y los hijos de Lucifer! Bill, por lo menos espiritualmente, era hijo de Lucifer. Robert debía apurar su aniquilamiento.

Esperaba verlo en la convención de Eastes Park; allí podría arrinconarlo ante la Mayoría Moral y desencadenar su lapidación pública. A ese encuentro asistiría lo más granado de la resistencia contra Satán. En la jerga común se lo llamaba Rocky Mountain Rendezvous, y así empezó a comentarlo la prensa, incluso periodistas que advertían al sistema democrático sobre su peligrosidad. Fue convocado por el pastor Pete Peters tras el lamentable asalto de agentes federales al bastión de los Weaver en Ruby Ridge, cerca de Naples, Idaho. En aquella ocasión se produjo un brutal tiroteo y murieron la esposa y el hijo de Randy Weaver. La familia de Randy pertenecía a la Identidad Cristiana y estaba cerca de un campamento paramilitar de supremacistas blancos. Randy Weaver se negaba a pagar impuestos y obedecer las leyes civiles; seguía el consejo de Lucas XXII: "Quien no tiene espada que venda su túnica y la compre". En consecuencia, acumuló un arsenal de municiones, armas de variado tipo y suficientes víveres para resistir a un gobierno al que consideraba dominado por el ZOG (Gobierno Sionista de Ocupación). Cuando los agentes federales intentaron disuadirlo de su batalla imposible, contestó: "¡Lo único que pueden quitarnos es la vida; ¡pero si morimos, ganamos igual!". La tragedia de los Weaver fue agitada por Pete Peters y otros líderes de la derecha religiosa como símbolo de la criminalidad que prevalecía entre los enemigos de cristianos y patriotas.

Robert Duke voló hasta Denver y desde el aeropuerto viajó en auto a Eastes Park, en la falda de las montañas. Un poco más al sur, en Pueblo, había nacido y pasado su infancia y adolescencia Bill Hughes; también allí contrajo la encefalitis que le mandó el demonio para introducirse en su cuerpo y su alma. Duke decidió que el ingrato había empezado en esa zona y en esa zona debía terminar su obtusa carrera.

En torno del edificio de la YMCA se habían estacionado camiones, pickups, combis y omnibuses. Robert se alisó los pliegues del traje negro de pastor formal y fue hacia la recepción para inscribirse. Preguntó por su ex socio y le dijeron que, en efecto, tenía hecha la reserva, pero no había arribado aún.

Saludó a Pete Peters, el elocuente anfitrión de rostro juvenil, poblados bigotes y ojos de basilisco. Hablaba tan bien como escribía. Desde hacía por lo menos dos décadas sus textos alimentaban el fuego de una postura intolerante contra los enemigos del Señor. No sólo aportaba astutas pruebas sobre la inferioridad de los preadámicos y la eterna amenaza judía, sino que insistía en limpiar el país de homosexuales mediante su llana ejecución.

Enseguida se aproximó el legendario Louis Beam, de cara con hoyos y pelo liso y brillante que le caía sobre la frente al estilo Hitler. Venía directamente de Idaho, tras recorrer el escenario de la tragedia que costó la vida a la esposa y el hijo de Randy Weaver. Beam había pertenecido al Ku Klux Klan; después se proclamó neonazi y encabezó acciones antigubernamentales de resonancia que lo llevaron muchas veces a rendir cuentas ante la justicia.

A un costado del salón charlaba animadamente el reverendo Richard Butler, fundador de Naciones Arias. Pese a sus años no le había disminuido la energía y su desafiante rostro evocaba al SS que habría querido ser. Hacia el otro lado Robert avistó a Red Beckman, que se destacaba por ser un crítico empecinado de los impuestos federales. Caminó hacia la derecha y tendió la mano a Chris Temple, cuyos artículos en el bimestral y muy leído *Jubilee* siempre aportaban argumentos e información. Después reconoció a Larry Pratt —que no tenía vínculo alguno con Asher—, el director ejecutivo del temible Gun Owners of America, con 130.000 afiliados. Pratt conducía también el Comité de Protección Familiar que reunía fondos para campañas persuasivas o contundentes contra el aborto, había fundado, además, el Primero Inglés, una organización que ya tenía inscriptos un cuarto de millón de miembros decididos a bloquear la educación bilingüe. Robert Duke lo saludó con la efusión que permitía su rostro de calavera y dijo, refiriéndose a la tibia Asociación Nacional del Rifle:

—¿Consiguió su apoyo?

—¡Bah! Son unos ingenuos que se limitan a reclamar el respeto por la segunda Enmienda. Pero la Biblia dice otra cosa. —Pratt levantó un dedo acusador. —Dice que no sólo tenemos el derecho de poseer armas, sino la obligación de usarlas. El hombre que se niega a portar armas para su defensa personal y la defensa de su familia insulta al Señor.

Luego Robert se acercó al líder de la Identidad Cristiana en Carolina del Norte, cuyo nombre era James Bruggeman. Éste lo presentó a Earl Jones, jefe de la Cruzada por la Verdad. Más adelante, rodeado por un círculo de admiradores, fue presentado a Kirk Lyons, fundador de la combativa firma que brindaba apoyo legal a las instituciones extremistas llamada CAUSE, sigla de Canadá, Australia, Estados Unidos, Sudáfrica y Europa, lugares donde habitaba gente blanca.

Por fin apareció Bill Hughes. Ingresó por la ancha puerta, el sol le daba de atrás, llenándolo de luz. Alto, con la amplia túnica que le descendía de los hombros, evocaba las imágenes del Ángel Rebelde. Representaba al Anticristo en la más trascendental asamblea de quienes amaban de veras al Señor. Falso como la Serpiente, Bill caminaba con majestuosa lentitud. Robert pensó que debía actuar con más picardía que la desplegada en ese momento por Lucifer. Le dio la mano y evitó el abrazo para no parecerse a Judas. Pero le sonrió con todas las piezas de su nueva dentadura postiza, le formuló preguntas triviales y lo invitó a reunirse luego en el bar de la planta baja.

En su alocución inaugural Pete Peters galvanizó con una evidencia: en Eastes Park se reunían personas que en el pasado jamás habrían soñado hallarse bajo un mismo techo. Disentían en materia teológica, filosófica y varias de sus enseñanzas entraban en contradicción. Pero resultaba que en ese momento no sólo estaban efectivamente juntos bajo un mismo techo, sino decididas a luchar en forma articulada. Las unía la solidaridad con los norteamericanos perseguidos y maltratados por el gobierno federal.

Louis Beam agregó con su voz hitleriana que, cuando los federales fueran a buscarlos, no preguntarían si los que se concentraban en ese edifico eran bautistas, nazis, constitucionalistas, gente del Klan, de la Identidad Cristiana, Hombres Libres, fieles de la iglesia de Cristo o piadosos que se negaban a nutrir el ZOG. Patearían las puertas y quitarían el seguro de sus armas automáticas porque ya sabían todo lo que necesitaban saber sobre ellos: que eran enemigos del Estado.

—Nos quieren presentar como fanáticos. —Hizo una pausa, se llenó de aire los pulmones y siguió a los gritos: —¡No somos fanáticos, sino gente harta del hediondo, asesino, mentiroso y corrupto gobierno federal! Cuando esta noche ustedes se acuesten y miren el cielo raso de la habitación, reflexionen sobre esta pregunta fundamental: ¿Habrá libertad o habrá muerte en nuestro país?... Si creen en la verdad y en la justicia, entonces únanse a nosotros. ¡Marchamos al ritmo del mismo tambor, el tambor que se oyó en el valle de Forge y en la heroica batalla de Gettysburg!

Hubo plegarias y más discursos. En forma latente se murmuraban otros odios: a las feministas, al orgullo gay, al *black power*. En el intervalo Robert Duke buscó a Bill, que parecía evitarlo; algo presentía. Entonces aprovechó para conversar con Paul Hall, director del periódico *Jubilee*, llegado de California y, con unos pastores de la Identidad con quienes solía mantener esporádicas reuniones de estudio, como Doug Evers, de Wisconsin; John Nelson, de Colorado, y Doug Pue, de Arizona. Todo el tiempo lucubraba de qué forma denunciar a Bill para que la indignación estallara como la lava de un volcán. Porque Bill era un ruin argumentador y podría convertir el repudio en aplauso. No alcanzaba con decir en forma textual lo que Pinjás le había contado: era preciso encontrar las palabras filosas, envenenadas, y el momento exacto, como si disparase una flecha a su pervertido corazón.

Por las ventanas se veían los robles que rodeaban el edificio y cuyas hojas de otoño parecían un incendio. Detrás del follaje ascendían las montañas que evocaban el poder del Altísimo. El paisaje era más bello que el de Carson, en Arizona, e invitaba a que el espíritu volase. Robert aguardaba que se produjera el instante milagroso en que pudiera hacer puntería y disparar al pecho del villano.

En un segmento de los debates, Pete Peters dijo que había habido una época en que la integración racial no era fomentada, sino desalentada; en ese tiempo cada raza vivía en su espacio propio, no se multiplicaban los delitos ni el sida bajaba como peste del Cielo. Robert Duke se movió en su silla, porque se acercaba la esperada oportunidad. Bill distribuía drogas para corromper a los negros, pero esas drogas eran también veneno para los blancos; aparentaba servir al Señor y obedecía a Lucifer. Peters conseguía que la atención del público se concentrara en el tema de las razas, y pronto Robert Duke estaría en condiciones de levantar su diestra, unir los cabos de raza y droga, y dar un golpe fulminante al ingrato. Pero la línea del discurso se desvió cuando Peters advirtió la incomodidad que sentían menonitas, presbiterianos, bautistas y otras denominaciones. Habían concurrido ante el dolor producido por la tragedia de Ruby Ridge y también criticaban el aborto, la homosexualidad, el erotismo, el exceso de impuestos y los abusos de las instituciones federales. Pero no aprobarían el racismo propugnado por la Identidad Cristiana.

Peters puso violín en bolsa, y también los siguientes oradores. El énfasis pasó a otras demandas: exigir que se rompiesen las tarjetas de seguridad social, se condujera sin licencia, se anularan los permisos de caza, que nadie mandase los hijos a la escuela y los educaran sólo en el hogar y la iglesia, que quemasen los certificados de nacimiento y, en fin, que los verdaderos patriotas se liberaran en forma definitiva y completa de la opresión que sobre los buenos norteamericanos imponía el Orden Mundial.

Peters aconsejó a los voceros más exaltados que se limitaran a ciertos puntos, porque lo que importaba era iniciar una fraternidad.

Red Beckman se concentró en su especialidad y condenó los impuestos federales. Earl Jones denunció que se construían campos de concentración para encerrar a los patriotas. Charles Weisman trazó un emotivo paralelo entre el movimiento que estaba surgiendo en Eastes Park y la primera revolución norteamericana. Richard Butler introdujo sus pulgares en el cinto y adoptó la postura del Führer para atacar desaforadamente a los perversos medios de comunicación que emponzoñaban el país. Doug Evers explicó los intentos de enfermar a los niños mediante la excusa de las vacunaciones. Reily Donica instó a sostener un libro de plegarias en una mano y el rifle en la otra. En la platea lo apoyó un grupo de exaltados al grito de: "¡Biblia y carabina!".

Otra vez volvió a mencionarse la epidemia de las drogas, y Robert Duke consideró que el Cielo le mandaba una segunda oportunidad. Observó al enhiesto Bill dos filas más adelante, con la cabeza elevada y su maldita túnica sobre los hombros. Excitado, pidió la palabra. Usaría una técnica envolvente, pero lo marcaría desde el principio como enemigo del Señor. Sus frases serían como una víbora que se enrollarían en torno de su cuello, pero para ahorcarlo como el Todopoderoso ahorcaría al Anticristo. Bill llamaba la atención por su apostura y no suscitaba simpatías por su arrogancia.

Pero no pudieron escucharlo. La audiencia acababa de estallar en aplausos frenéticos ante las apelaciones de Peters para constituir el Ejército de la Luz en la Tierra. Beam insistía en mantener una estructura celular descentralizada para impedir los acosos, y Peters retomó el micrófono para cerrar con elocuencia:

—El mundo sólo ve en nosotros una murga que les suscita mofa. Pero sus risas no me molestan. Pueden seguir creyendo que mantienen el poder gracias al dinero y a sus medios de comunicación. ¡Nosotros dejamos esta asamblea sabiendo muy bien quién tiene el poder más grande!

Aleluyas, gritos y aplausos intentaron transformar la fragmentada asamblea en una red de celotas. Quienes desconfiaban (los menos) se alejaron en silencio; quienes coincidían intercambiaron palmadas y referencias. Por su sangre corría fuego.

Robert Duke se resignó a postergar su venganza. Insondables eran los caminos del Todopoderoso; quizá su golpe en Eastes Park no hubiera surtido el mortal efecto esperado: la asamblea era demasiado pluralista y Bill se habría defendido con astucia. Pero ese golpe mortal era inminente; en su alma se había instalado una imbatible convicción. No retornó a la adusta Carson con las manos vacías. Informó a Lea que Bill estaba más cerca que nunca de hundirse en las ciénagas del Diablo. Decía una verdad tan evidente como las piedras de Arizona.

Evelyn se encargó de telefonear a Wilson, aunque no le hablaba desde hacía una eternidad. Su voz tiritaba. No había vuelto a conversar con él desde hacía veintidós años y cuatro meses, cuando se llevó a su hijita. En aquel momento ella alcanzó a poner un broche de oro con su inicial en el enterizo de plush y a acunarla en sus brazos cantándole la última canción. Detestaba a ese hombre que iba a Little Spring para reunirse con Bill, que jamás insinuaba saludarla siquiera y menos aún transmitirle noticias de su hija. Que la ignoraba como si ella no existiera. Ahora lo llamaba a Buenos Aires por orden de Bill, porque se había acostumbrado a que sus órdenes fuesen inapelables.

Wilson no entendía.

—¿Qué le pasó a Bill?

Ella trató de desenmarañar sus frases, pero las enredaba peor. Era la madrugada en Texas. Bill ya estaba en el hospital. Habían sufrido un gran susto. Un susto atroz. Todavía estaban asustados. El médico había ordenado la internación inmediata. Una pesadilla. La ambulancia había llegado enseguida; y el hospital estaba en el centro de Little Spring, a pocos minutos de auto.

¿Pero qué diablos tiene Bill?

Wilson recordaba haberlo visto por última vez en Santo Domingo tres meses antes, para terminar de pulir la operación Camarones. Lucía fuerte como un ombú.

Evelyn se enjugaba la frente mientras luchaba por expresar la desquiciante verdad.

—No es Bill el enfermo.

—¡Explícate de una vez, carajo!

—Es Dorothy... —Se le quebró la voz. —¡Dorothy!

En la otra punta de la línea se estableció un prolongado silencio. Por un instante ella supuso que se había interrumpido la comunicación.

Al cabo de casi un minuto, ronco y enojadísmo, Wilson extrajo de su pecho las preguntas.

—Tuvo un ataque de hipertensión y quedó hemipléjica —respondió Evelyn.

—¡¿Cómo?!

Al fin ella se destrabó, mientras apretaba el teléfono con la mano húmeda.

—Quedó paralizada de la mitad derecha. Y muda. —Su voz oscilaba, le dolía la garganta. —Muda —repitió.

Wilson pidió comunicarse en ese mismo instante con Bill, donde fuera que se encontrare. Evelyn dudó un instante y le recordó el número del celular.

—¿Qué pasó? ¡Dímelo sin rodeos! —le espetó Wilson sin decirle "hola".

—Anoche, cuando te llamé —contestó Bill— la había dejado en su dormitorio. Después de la cena Dorothy removió brutalmente toda su historia, y eso le produjo una extrema excitación nerviosa. Contó... —Tragó saliva. —Necesitaba dormir, pero no podía relajarse. Le dolía la cabeza, la nuca, y suponía que le había subido la presión; dijo que tomaría los medicamentos que le prescribieron en Buenos Aires. —Se concedió una larga pausa mientras invocaba a Elíseo para no perder el control. —Creí haberla tranquilizado con la promesa de seguir nuestra charla al día siguiente. Pero no tuve la prudencia de cerrar bien la puerta de mi estudio, y parece que escuchó nuestra conversación telefónica. O por lo menos la parte más significativa. —Otra pausa. —¿Recuerdas que debí interrumpir?

—¡Sí! No debiste haberme llamado enseguida.

—Quería volver a escuchar tu voz, Wilson —agregó casi en un susurro—. Necesitaba corroborar que el hombre en quien había confiado seguía siendo confiable.

—¿Qué me estás diciendo? —Wilson apretó los dientes.

—La vi asomarse en camisón —prosiguió Bill—, desfigurada por el odio. Colgué de inmediato. Pero era tarde; había escuchado demasiado... Avanzó hacia mí, desfigurada, mostrándome las uñas, como una leona a punto de saltarme a los ojos. —Dejó pasar unos segundos mientras oía la tumultuosa respiración de Wilson en la otra punta de la línea. Murmuró, casi sin abrir la boca: "¡Ustedes dos son la misma mierda!"... Los ojos se le pusieron blancos y empezó a vacilar. Se le doblaron las rodillas.

—¡Carajo!

—Traté de abrazarla antes de que llegara al piso, pero dio de costado contra el borde de mi escritorio y se quebró dos o tres costillas. Seguía repitiendo esa frase, pero confundiendo las sílabas. Y se desmayó. —Una pausa más prolongada que las anteriores. La respiración de Wilson le parecía más sonora aún; repetía "carajo" como una letanía. —Bueno, yo creí que se desmayó —agregó, calculando cada palabra—. La recosté en mi sofá y le mojé la cara con agua fría. Le salió un ronquido animal que me puso en guardia. Ordené que llamasen a mi médico.

—¿Y?

—Acudieron Evelyn, Aby y Pinjás, pero lo único que hicieron fue acomodarla para que respirara sin ronquidos. —Apartó un poco el auricular porque la respiración de Wilson evocaba de modo insoportable lo que había sucedido con Dorothy. —El médico diagnosticó compromiso respiratorio y, lo más grave, "accidente cerebro-vascular".

—¿Qué quiere decir? —Wilson tuvo un acceso de tos.

—Un derrame dentro de la cabeza —contestó Bill cuando su cuñado recuperó cierta normalidad—. Le produjo parálisis de la mitad derecha del cuerpo. Y mudez.

—Ya me lo dijo Evelyn. ¡El pronóstico!

—Todavía es incierto. La internaron en terapia intensiva. Está con respiración artificial.

—¡Mierda! —Otro golpe de tos.

—¿Vendrás?

—En eso estoy pensando. —Debía viajar, porque ya no confiaba en Tomás Oviedo y ahora, con mayor razón, por causa de la estúpida de Dorothy. Pero no debía mostrar sus cartas a Bill: en la vieja y original alianza habían aparecido grietas. —No debería marcharme en este momento —mintió a medias—. Lo de Lomas salió bien, pero todavía no culminó Camarones.

—Así es.

—Mi socio ya vuela a Houston.

—Perfecto. Los camiones también marchan hacia allí.

Wilson se abrió el cuello de la camisa. Demasiadas complicaciones juntas.

—¡Justo en este momento! —Suspiró. —¡Qué mujer, tu hermana! Estaba de lo más bien en Buenos Aires, con su médico y sus amigas y su eterna decoración de la residencia. ¡Para qué diablos se le cruzó la locura de ir a visitarte!

—Yo hago la misma pregunta, Wilson: ¿Para qué? —Torció los labios con repugnancia. —Eres su esposo, ¿no?

—Estaba nerviosa y deprimida. Muy confusa. Muy alterada. Tú sabes: el maldito alcohol.

—Había algo más grave que el alcohol, amigo mío... Algo previo al alcohol. —La voz de Bill sonó a crítica solapada, y Wilson tuvo que apartar el auricular como si le hubiera lamido la oreja un lengüetazo de víbora.

—Explícate. —Se dejó caer en el sillón.

—No por teléfono. Necesitamos vernos.

—Te noto raro, y no sólo por el accidente cerebro... ¡como carajo se llame! ¿Qué pasa, Bill?

—Tu esposa está grave.

—Ya lo sé. Y me revuelve las tripas. Pero tú ocultas otra cosa: no eres franco —su temperamento en ascuas no lo dejaba seguir frenándose—. ¿Qué mentiras te metió Dorothy? ¿No sabes que sufre un delirio alcohólico? —gritó.

—Lo aclararemos personalmente —respondió Bill en forma casi inaudible, para sacar ventaja de la agitación de su cuñado.

—¡Siempre te gustó el misterio de mierda! —se calzó el extremo de un puro entre los dientes y decidió pasar a otro tema. —Supongo que el hospital es bueno.

—Tú lo has visto. Es muy bueno.

—No recuerdo haberlo visto, pero no importa. Confío en tu criterio, por lo menos en este punto. Que llamen a los mejores especialistas, que no se fijen en gastos. ¿Te parece que vaya pronto?

—Sería conveniente.

—Pero antes debo arreglar unos asuntos que me tienen las bolas llenas —hablaba balanceando sus problemas viejos y nuevos: ahora debía agregar la maldita sospecha de que entre Bill y Tomás existía algún entendimiento secreto. —Tengo mucho en baile. Un piojoso diputado juró aniquilarme, y ya no sé cómo sacármelo de encima. Quiere investigar hasta la concha de su madre.

—Te has manejado en situaciones peores.

—¡La puta!... —De pronto se le encendieron los ojos. —Mira, Bill, hay otro asunto que deja en la sombra al resto.

—¿Cuál?

—Mónica.

—¿Qué pasa con Mónica?

—¿Qué pasa? ¿¡Cómo carajo le digo que Dorothy está en coma, allá, en Texas!?

—No tengo que darte consejos. La conoces bien.

—Porque la conozco bien sé que no será fácil detenerla. Saldrá para Little Spring como un tiro.

—Ni se te ocurra dejarla venir —advirtió Bill con firmeza.

—Si Dorothy se escapó de mis manos, ¿crees que podré sujetar a Mónica?

—¡Ni se te ocurra! No confío en la entereza de Evelyn. Nuestro secreto podría quebrarse.

—Es lo que temo. Pero escucha —Mordió el puro hasta quebrarlo. —¡Ahora Mónica es "mi" hija! ¿Entiendes, Bill? ¡"Mi" hija! ¡No aceptaré jamás otra versión! ¿Entiendes?

—Así fue el pacto —replicó frío, casi indiferente.

—No sabré cómo retenerla. Irá a Little Spring. Es más fuerte que yo; derribará todas las murallas.

—Dile que envías un equipo médico para trasladar a Dorothy. Que la espere en Buenos Aires.

—Buena idea. Pero no cree en los Reyes Magos. En menos de veinticuatro horas la tendrás junto al lecho de Dorothy, en el hospital.

—Entonces deberé aleccionar otro poco a Evelyn. ¡Estas hijas de Eva!

Wilson arrojó los deshilachados fragmentos del puro al cesto de papeles. La rabia le salía por los pelos. Seguro que Dorothy había hablado más de la cuenta, y el puritanismo fingido o auténtico de Bill podía hacer la vista gorda a muchos pecados, menos tolerar que su hermana hubiera trabajado de anzuelo sexual. Debía enfrentarlo de inmediato, golpear primero y hacerle entender que no estaba frente a un socio vacilante.

—Quiero pedirte un favor, Bill. —Trató de parecer melifluo, como la fiera que confunde a su víctima.

—Adelante.

Pegó la boca al teléfono y aulló:

—¡¿Por qué no te dejas de joder con tus historias bíblicas de la puta Eva, y haces el milagro de quitarle la parálisis a tu hermana?!

Bill enmudeció. Ésa sí que no se la esperaba. Dorothy había ido en busca de su ayuda, convertida en un ato de desperdicios. Y el culpable del degenerado esposo tenía el caradurismo de insultarlo. Nada menos que Wilson. Su socio y hermano espiritual, con quien se enlazaban sus respectivas misiones. Tres décadas atrás Elíseo había distinguido su nombre, pero no había anunciado que con el tiempo la fuerza benéfica de ese nombre declinaría ante el avance sostenido del Mal. Wilson, en última instancia, era un hispano, un preadámico. No merecía a una muchacha como Mónica, aria de óvulo y espermatozoide. No merecía a una mujer como su pobre hermana. No merecía un socio como él, profeta elegido por el Señor.

Antes de cortar, Bill susurró al teléfono:

—Hijo de puta.

LA HIJA REDENTORA

Victorio Zapiola se peinó con los dedos el enrulado pelo de oveja y entregó la abundante documentación, que fue procesada con el resto del material acumulado en Buenos Aires. El seguimiento mantenido con escuchas permanentes y un sutil espionaje desde el gris edificio céntrico confirmaba las sospechas. La caída de Lomas fue a la vez un éxito y una cortina de humo. Mientras las fuerzas de seguridad se concentraban en los alrededores de Garín y lograban apresar a una organización de mediano poder, quedó libre de vigilancia el área desde donde partió un embarque fantástico rumbo al Caribe y, desde allí, al puerto de Galveston una parte y otra hacia las rutas clandestinas que llevaban de México a Texas y Arizona. La ruta de Miami sería esquivada esta vez porque el reiterado descubrimiento de cocaína resultaba oneroso para sus insaciables barones. Allí la marina disponía de hombres ranas, se habían instalado satélites para un control incesante y estaba a disposición de los agentes una flota de helicópteros.

De todas formas, ni el FBI ni la DEA ni el ATF lograban bloquear el ingreso de la droga sin la colaboración de algún informante que precisara con exactitud cuándo y por cuál medio se perforaría la barrera. Los informantes, las escuchas y los espías coincidieron en que las naves que zarparon de la Argentina transportaban camarones congelados y navegaban hacia el norte sin que figurase en ningún sitio la palabra "Miami". Tras el operativo se ocultaban personajes de máscara y poder.

La mujer que comandaba la sección de Victorio le dio la orden de partir hacia Houston y unirse a las fuerzas que ya se desplegaban en torno del puerto. Esta vez se haría una redada impresionante.

Mientras volaba, el ex enfermero abrió su laptop, introdujo el disquete que le había entregado su jefa antes de partir y tradujo para sí la información codificada. Las fotos aéreas tomadas alrededor de Little Spring por agentes federales demostraban que la granja Héroes del Apocalipsis no cultivaba ni una décima parte de sus doscientas cuarenta hectáreas y que los establos estaban casi vacíos. La cantidad de vehículos y camiones estacionados en torno del espacio perimetral que rodeaba el casco no guardaba lógica alguna con la vida monacal que afirmaban llevar sus integrantes. Muchos camiones solían dirigirse a los puertos y después desaparecer por semanas. Las prudentes averiguaciones efectuadas en kilómetros a la redonda no revelaban una actividad comercial que justificase ni su número ni su función.

Apenas se enteró, Mónica le avisó a Damián.

—Salgo en el primer vuelo a los Estados Unidos. No me importa que papá esté organizando un equipo médico para traerla.

Damián corrió hacia ella, la abrazó y le dijo palabras de consuelo que expresaban su disponibilidad y amor para ayudarla en lo que fuese. La acompañaría.

—No es necesario.

—Sí lo es, al menos para mí.

Ella lo contempló agradecida y le apartó el cabello que le caía sobre la frente. Lo miró con más pena de la que ya sentía. El riesgo de que ella perdiera a su madre debía de activar en su novio el recuerdo de las circunstancias en que había perdido a la suya. Damián le había contado por lo menos tres veces, con penetrante elocuencia, cómo la dulce voz de Estela, su madre, duraba poco en sus oídos porque se transformaba en los gritos pavorosos del arresto. De chico, las pesadillas de los gritos lo hacían caerse de la cama y disparar hacia el cuarto de su abuela, durante años.

Hasta cumplir los doce temía quedarse solo. ¿Cómo no iba a acompañar a Mónica en semejante emergencia?

Wilson se opuso de plano. El viaje no tenía sentido. Dorothy estaba bien asistida en un centro que disponía de más recursos que el mejor sanatorio de Buenos Aires. Ellos sólo podían generar una perturbación. El problema era médico, no filial. Ya estaba organizando el equipo que partiría para los Estados Unidos, aunque no tendría nada que aportar. Houston era el mejor centro médico del mundo.

—Ya me dijiste lo del equipo —replicó Mónica—. Además, mamá no está en Houston, sino en Little Spring.

—Si fuera necesario y no implicase riesgos, la trasladarán a Houston.

—¿A Houston o a Buenos Aires? Pa, todos estamos nerviosos y confundidos. No quiero que a nuestro dolor se agregue esta discusión. Yo salgo para allá en el primer avión. Tengo que estar con mamá. Esto no merece un segundo más de debate.

Wilson se frotó las órbitas.

—Me imaginaba... —murmuró; le costaba resignarse ante la esperada firmeza de su hija.

—Me va a acompañar Damián.

—¡Qué! ¿También eso? ¡Damián no tiene nada que hacer en nuestros asuntos de familia!

—Es mi novio.

—No es tu novio oficial. Tampoco tu marido. ¡Mónica, querida, algo de decoro!

—Él viene conmigo, pa. Ya reservamos los pasajes.

Wilson sacudió la cabeza. Abrió la caja de puros, los acarició y volvió a cerrarla: su corazón exigía menos tabaco. Pero esa hija, de la que en el fondo estaba orgulloso, no se preocupaba por su corazón.

—Allá te recibirán tus tíos. —Se puso a caminar alrededor del escritorio. —Viven en un rancho convertido en comunidad. Bueno, eso ya lo sabes. Es gente rara, muy distinta de nosotros y nuestra forma de vida. No creo que dispongan de comodidades.

—No me interesan los tíos ni sus comodidades. Nunca los vi. Pararemos en el hotel más cercano al hospital. Texas no es la jungla.

Wilson se detuvo de golpe; contrajo las mandíbulas.

—Ese profersorcito no es tu esposo, para compartir contigo un hotel.

—¡Pa...! —Mónica se apantalló con la mano. —Tu antigüedad me conmueve. Es de comedia.

—Mónica, estoy deshecho. —Puso cara de víctima y se dejó caer sobre una silla, encorvado, las manos balanceándose cerca del piso. —Esta desgracia... Quién iba a imaginarse a Dorothy, lejos de nosotros, golpeada por semejante enfermedad... Yo tuve una fibrilación y parecía el enfermo, pero ahora es ella quien... ¡Dios mío! ¡Y mis problemas empresariales! Debemos hablar sobre mis negocios, que pronto serán tuyos. La envidia desenvaina cuchillos porque no me perdonan el éxito. Por favor, hija, no aumentes mi amargura. Sé razonable. ¡Quédate!

Mónica le dio un beso en la mejilla.

—En media hora salimos para el aeropuerto. Ya pedí el remís.

—¡No lo necesitas! Tengo diez autos a tu disposición.

—Desconfío de tus autos. O de Tomás. Nos harían llegar tarde.

Wilson resopló. ¿Cómo manejar a los rebeldes que uno ama? Su hija, además, se potenciaba con ese pétreo Damián Lynch. Formaban un dúo incontrolable. Tal vez pudieran también formar una pareja victoriosa, pero Damián nunca levaría el ancla de su pasado; era un trauma demasiado hondo. Él ya había analizado el asunto con Tomás, y las conclusiones no dejaban dudas. Un cuarto de siglo después de perder a sus padres, seguía resuelto a conseguir venganza. Parecía ingenuo, pero era más sagaz que el rey de los zorros. En Little Spring vería cosas, ataría cabos y les metería el dedo en el culo.

—Aceptaría que viajaras... —Extrajo el último cartucho con una voz que despertaba lástima. —Pero sin Damián. No hace falta, no tiene razón de ser. Mis amigos de Texas se ocuparán de esperarte, hija, de acompañarte y brindarte todo lo que necesites. Si se justificara una prolongación de tu estadía, entonces, bueno... entonces quizás aceptaría que Damián... ¿Entiendes?

—Papá, no seamos infantiles. Él no me acompaña para cuidarme ni asistirme. No es mi enfermero.

—Dorothy se asustará cuando te vea. Y se asustará más cuando vea a Damián. Creerá que llegó el momento de suministrarle la extremaunción. —Lanzó un gemido de agotamiento—. —¡¿Por qué no escuchas a este hombre con años y experiencia?!

—Está resuelto, pa: Damián viene conmigo.

Wilson se acercó a Mónica y la abrazó durante un largo rato. Tenía aspecto de haber sido aplastado por una derrota terminal.

—Está bien, me rindo. Eres peor que los vietnamitas. Buen viaje. Cuídate. No soporto las despedidas, así que... ¡Adiós!

Cuando Mónica desapareció del cuarto, Wilson fue hasta la puerta y le echó llave; se aflojó en su sillón, hizo media docena de inspiraciones profundas y eligió el puro que reclamaban sus dientes iracundos. Se lo puso en la boca sin cortarlo porque no lo iba a encender, sólo masticar. Levantó el teléfono y llamó a Bill.

—¡Escúchame y no cortes! —Ni empezó con el saludo; era un profeta maldito. —No pude retener a Mónica. Tiene mi carácter.

"El mío, farsante de mierda", pensó Bill, sin articular palabra.

—Supongo que sabrás cómo gobernar la situación y cómo mantener cerrada la boca de Evelyn —agregó Wilson.

—De eso no te preocupes.

—Pero hay algo más grave: la acompañará su novio. Es un individuo peligroso. Ve más de lo que aparenta y descubrirá el color de tus calzoncillos sin bajarte los pantalones.

—Pondré atención.

—¡Mucha! Está en juego el operativo.

—¿Desde cuándo debes recordarme los deberes?

—Vendría bien que disminuyeras tu dosis de arrogancia, Bill. Al menos conmigo.

—Contigo deberé aclarar varias cosas. Pero después de que termine Camarones.

—Lamento que te hayan llenado la cabeza de mierda alcoholizada. Y que encima le des crédito.

—¿Qué más puedes decirme del novio? —Bill volvió al tema sin perder la calma.

—Es hijo de desparecidos. Periodista y profesor universitario.

Se especializa en investigación y se ha metido en un temita: el narcotráfico. ¿Te alcanza?

—Uno de mis colaboradores ha quitado las ganas de joder a más de un investigador.

—La brutalidad de Pinjás no conviene aquí. También intenté liquidarlo, pero el resultado fue peor. En el medio está mi hija.

"¿Tuya?" , pensó Bill.

—Si lo vas a mandar a pasear a las nubes con tu milenario profeta Elíseo, que Mónica no tenga la menor sospecha. ¿Entendiste, Bill? ¡¿Entendiste?!

—Procederé como en *La carta robada,* de Poe: todo a la vista, y entonces nada verá.

—No conozco esa historia de Poe. ¿Qué carajo tiene que ver la literatura con nuestro negocio?

—Te perdono la ignorancia. Otras cosas, no. —Dejó que la frase resonara. —¿Cuándo llegará Oviedo?

—Debes de estar enterado. —Se arrepintió al instante de haber dejado filtrar sus sospechas, y siguió hablando. —Dadas las complicaciones, hizo lo mejor que pudo y partió. Seguramente nos llamará en las próximas horas. Ya te dije que necesito sacarme de encima los puñales de un diputado comemierda.

—Olvídate del diputado, porque en la Argentina te sobran recursos. En cambio Oviedo deberá "aceitar" el laberinto de Galveston antes de que llegue el primer barco.

—Lo hará. Y muy bien. Como siempre.

—Adiós.

—Adiós.

Robert Duke tenía apuro en prevenir a Pinjás sobre el inminente asalto a la fortaleza de Little Spring, sus camiones y su gente. Cuando Bill quedara bajo rejas o retornara al polvo en un sepulcro, el gigante debería ponerse a salvo, regresar a la desértica Carson y seguir trabajando para él, como al principio.

Pero antes de hablarle sobre un tema tan desquiciante para la estrecha mente de Pinjás, Robert debía dejar que desembuchara su corazón, como sucedía en cada visita. Pinjás se henchía de felicidad cuando se sentía escuchado por su viejo y poderoso "padre". Ahora necesitaba contarle sobre los grandes perfeccionamientos de su técnica persecutoria. Según Pinjás, los resultados de su tarea eran cada vez mejores. Cuando un miembro de los Héroes del Apocalipsis flaqueaba en su lealtad o se mostraba remiso en llevar a cabo ciertas acciones, se le aplicaba una serie de castigos que lo devolvían al debido carril. Pero si lo picaba el desatino de abandonar la fortaleza, entonces su vida se transformaba en un calvario. Pinjás reconocía haber copiado la técnica del FBI. Consistía en aumentar en forma sostenida el terror.

Duke empezó a escucharlo con curiosidad genuina porque ese hombre de Neanderthal pronto actuaría en Carson y, desde allí, podría transformar en realidad muchos de los anhelos predicados en Eastes Park, en su inolvidable Rocky Mountain Rendezvous. Duke y su congregación podrían ser mencionados con gran frecuencia en *Jubilee* y convertirse en la referencia asidua de todos los pastores de la Identidad Cristiana.

Pinjás aseguraba que la ignorancia y la codicia de los sureños no tenían límites. Eso facilitaba la compra de voluntades, silencio y apoyo logístico. No cualquiera podía enterarse de la distribución de drogas "para que los negros regresaran a la zoología que nunca debieron abandonar" —como enseñaba Bill Hughes—, pero sí colaborar en el retorno a la fortaleza de los desertores rescatables o ejecutarlos mediante estrangulamiento o degüello en algún sitio apartado.

Antes de llegar a las medidas extremas, Pinjás, con el acuerdo de Bill, ponía en marcha un seguimiento cruel. Fuera adonde fuere, el desertor era acosado de día y de noche. Cuando estacionaba junto a su casa los autos que iban tras él encendían los faros para iluminarle la espalda. Si conseguía un trabajo lo hostigaban allí mismo, entraban en los talleres o las oficinas con cualquier excusa, pero mirándolo siempre con cara de asesinos. Cuando podían, sembraban comentarios degradantes para que oyeran jefes y colegas. Algún sobre con dinero certeramente entregado lograba que lo despidieran. Cuando lograban enfrentarlo a solas, le mostraban las armas que llevaban bajo la chaqueta o en un bolso. Tampoco se privaban de molestarlo hasta en las iglesias donde el acosado buscaba alivio; ningún pastor de las cercanías deseaba entrar en conflicto con los Héroes y prefería solicitar a la víctima que buscase ayuda espiritual en otra parte antes que ver de nuevo a la gente de Pinjás en el templo.

Si el hombre aún no se daba por vencido, lo acompañaban al café y al restaurante, donde se sentaban muy cerca. En el cine se ubicaban en la fila de atrás, hacían comentarios y le pinchaban la nuca con alfileres.

—Actuamos como verdaderos agentes del FBI. —Pinjás rió y sus dientes antediluvianos le llenaron la boca. —Sólo nos falta mostrar las placas de identidad.

Robert Duke lo felicitó por su trabajo y formuló votos para que el Señor premiase su arte. Pero ahora urgía ponerlo al tanto de lo que estaba por ocurrir, aunque sin confiarle los detalles. Ese hombre era un elegido, pero sólo para la acción; aún seguía lastimándose la cara al afeitarse la barba de hierro y no se resignaba a otra forma de hemostasia que unos trocitos de papel higiénico. Duke no debía confesarle la retorcida intimidad, por supuesto: que el marido de su hermanastra, Lea, había caído en una trampa tendida por los agentes del FBI para que ella aceptara convertirse en informante sobre las actividades de la Identidad Cristiana. A cambio de tamaño favor el FBI se ocuparía de aliviarle los cargos al marido. Toma y daca. Conocían su larga vinculación con la Identidad Cristiana en Carson, Elephant City y nuevamente Carson; necesitaban detalles sobre la red de alianzas entre pastores, milicias, neonazis y gente de la supremacía blanca. Corría peligro la fortuna del esposo de Lea y se cernía la perspectiva de pasar un lustro en la cárcel, lo cual, a su edad, significaría la muerte segura. Lea y su marido entraron en desesperación y, avergonzados, consultaron con Robert. El pastor, luego de ponerse muy pálido y meditar en silencio, llegó a una conclusión insólita: el suceso no era una maldición, sino un camino dibujado por el Cielo.

—Unicamente los incrédulos se privan de la sorpresa y la maravilla que teje el Altísimo —dijo.

Gracias a ese transitorio infortunio, los testimonios que Pinjás confiaba a Robert podían ser comunicados a quienes se ocuparían de aniquilar a Bill, su rancho y su corrompida comunidad. Había llegado el momento de la aplastante y divina justicia. Por lo tanto, Robert procesaba la información de Pinjás, instruía a Lea qué datos, y de qué manera, referir al agente del FBI, y éste tomaba notas sobre las actividades de una fortaleza de la Identidad Cristiana en Texas sin que se comprometiese la de Carson ni la de ningún otro lugar. Bill Hughes aparecía como un delincuente carismático, pero sin conexiones importantes con el resto de la derecha religiosa o las milicias, lo cual era relativamente cierto. Se trataba de un narcotraficante que disimulaba su comercio mediante una cobertura mística.

Pinjás —ignorante del uso que se hacía de sus orgullosas narraciones— contó a Robert que pronto debería partir hacia Galveston para cargar toneladas de camarones congelados, los cuales se distribuirían entre mayoristas de Texas a muy bajo precio porque lo que interesaba eran los kilos de cocaína disimulados en el fondo de las cajas. Esa droga sería luego llevada a la fortaleza, donde se procedería a su fragmentación. Enseguida, decenas de niños, mujeres y hombres de la comunidad partirían con destinos prefijados para colocarla entre los negros de varios estados.

Duke apoyó su mano blanca y huesuda en la rodilla de Pinjás. Unos bolsones violetas se le habían formado bajo los ojos, la única prueba de que pasaba los setenta años de edad.

—El Señor bendice la confianza que depositas en mí desde que me conociste. Pero el Señor me ha anunciado que el FBI, la DEA y el ATF han intercambiado informes que calzan unos con otros como fragmentos de un rompecabezas. Saben tanto como tú y ahora yo sobre la marcha del operativo. Inclusive tienen marcada la conexión de Bill con Buenos Aires. También se han enterado de que la droga fue envuelta en sucesivas capas de camarones congelados y que todo el operativo se llama, precisamente, Camarones.

A Pinjás le empezaron a girar los objetos y debió agarrarse del apoyabrazos. Se le cayeron los trozos de papel higiénico pegados a las lastimaduras.

—El Señor da y quita —prosiguió Robert, con el tono más convincente del que era capaz—. Dio a Bill Hughes talento y oportunidades, lo convirtió casi en un monarca. Así procedió miles de años atrás con Saúl, el primer rey de Israel. Pero luego Su infinita sabiduría decidió que otro debía sucederlo en el trono y lo condenó a muerte. Le dio honor y poder, luego se los quitó. Bendito sea el Señor. Repite conmigo: Bendito sea el Señor.

—Bendito sea el Señor—balbuceó el asombrado Pinjás; su boca fláccida parecía el hueco de una caverna.

—Pero a ti quiere salvarte, hijo mío. Quiere salvarte como lo hizo cuando te perseguían los mafiosos de Meyer Lansky y la justicia de Carson. Para eso te trajo a mí en este preciso día. ¿No pensabas que esta visita era trascendental?

—No, no... Es decir... ¿Qué?...

Robert Duke elevó las manos hacia el cielo, dramáticamente.

—¡La bendita voluntad del Señor, como siempre, se impondrá! Estamos en vísperas de un ocaso, hijo mío. Debemos aceptar y elogiar la voluntad del Señor. Bill caerá en manos de los federales con la túnica de Elíseo o sin ella. Y casi toda su comunidad será juzgada.

—¡Pero los federales son nuestros enemigos!

—El Señor usa a nuestros enemigos para instrumentar Sus decisiones. Usó a los filisteos para que muriera Saúl.

—¿Qué debo hacer? ¡Tengo que correr a prevenirle!

—Pinjás, Pinjás... Atolondrado y puro hijo mío. ¿Quieres sabotear la voluntad del Señor?

El hombre abrió grandes los ojos y negó con la cabeza.

—No debes trasmitir a Bill ni una palabra de lo que hablamos. ¿Acaso le cuentas sobre las visitas que me haces?

—¡No, claro que no!

—Muy bien. Por eso serás el único en salvarse.

—Pero me atraparán como a los otros.

—Eso sería posible si te apartases del programa. Los agentes conocen cada milímetro del programa. Deberás actuar con la misma naturalidad con que lo habrías hecho si yo no te hubiese explicado nada. Irás a Galveston, cargarás los camarones, los distribuirás por los mercados y llevarás la droga a la fortaleza. Lo harás exactamente como está planeado desde hace varias semanas. Alguien llamará a tu celular para indicarte cuándo deberás abandonar la fortaleza. Y obedecerás sin hacer comentarios, tranquilamente. Irás hasta el centro de Little Spring y allí te recogerá un auto. Unas horas después estarás sentado en este mismo lugar.

—¡Me lo dice como si ya hubiese ocurrido!

—Tal como efectivamente ocurrirá.

—Me apena el fin de mi jefe. —Bajó la cabeza y hundió los dedos en el asfalto de su grasienta melena.

—También a mí —simuló Robert—. Pero no te olvides de que tu verdadero salvador y jefe, el Señor mediante, soy yo.

—Pero lo conozco desde hace tanto... —Se le humedecieron los ojos. —Hicimos tantas hazañas...

—Comprendo. Pero debemos obedecer al Señor y someternos a Su sabia voluntad.

—Me costará mucho abandonarlo.

—¡Pinjás! —Le apretó los anchos hombros como si fuese un niño. —¡Cuidado con equivocarte! ¡Te debes al Señor! Repite: Me debo al Señor.

—Me... me debo al Señor.

—¡Aleluya!

En el aeropuerto de Miami el anodino empleado de Wilson corroboró en la pantalla el puntual arribo del avión y se dirigió a buscarlos apenas cruzaron la barrera de migraciones. No tuvo dificultades en reconocer a Mónica Castro y Damián Lynch. Los saludó por sus nombres y se presentó. Formuló preguntas baladíes sobre cómo había sido el viaje, comentó la temperatura de Florida y los condujo hasta la sala VIP. Luego los orientó hasta el embarque rumbo a Houston. En Houston los aguardaba Aby Smith con su aspecto de Lincoln centenario y la limusina provista de chofer, quien se ocupó de instalar el equipaje. Dentro del vehículo, Aby les mostró el hospitalario interior provisto de heladera, revistas y televisor. El viaje, como seguramente sabían —dijo—, tardaba una hora y diez minutos hasta la puerta del hospital.

Mónica preguntó si se habían producido cambios en la evolución de su madre, pero el anciano negó con la cabeza.

—¿Mis tíos estarán en el hospital?

Aby encogió los hombros nuevamente.

Damián hojeó las revistas. Era la cuarta vez que visitaba los Estados Unidos. Había participado en congresos sobre Ciencias de la Comunicación en San Francisco, Nueva York y Atlanta y completado un master en la Universidad de Standford. Conocía la mentalidad estadounidense y sentía mucha curiosidad por la extraña mezcla de fanatismo religioso, milicias racistas, patriotismo delirante y violencia gratuita que habían empezado a verse en las últimas décadas. Uno de sus profesores de Standford le había dicho, en un momento confidencial, con cervezas de por medio, que la no esclarecida desaparición de sus padres, ocurrida cuando él apenas tenía siete años, lo impulsaba a interesarse por todo lo que tuviera misterio. Y esa proliferación de sectas o de lo que fuere iba a seducirlo. En Buenos Aires ansiaba meterse en las guaridas del narcotráfico, y en este viaje renacía su interés por recorrer la vizcachera de una comunidad religiosa como la que dirigía el tío de Mónica. No lejos estaba Waco, donde David Koresh empujó su comunidad hacia un hipotético Armagedón. ¿Habría semejanzas entre los Héroes del Apocalipsis y la comunidad de Waco? Su solo nombre indicaba que sí. ¿Serían parecidos Bill Hughes y el difunto David Koresh? Quizá no tanto: Koresh se consideraba la reencarnación de Cristo y era joven; en cambio, Bill Hughes se llamaba profeta y tenía más de sesenta años.

También Mónica hojeó las revistas. Su madre no se le iba de la cabeza. Le tenía una lástima profunda, compacta. Trataba de alejar las imágenes horribles de verla paralítica, en silla de ruedas, con la boca torcida, incapaz de articular una sílaba, bruscamente momificada. O muerta por insuficiencia respiratoria, además. ¡Qué injusticia! Había llegado a los cincuenta años pareciendo muchos menos. Tenía una elegancia que envidiaban las solteras. Su hermosura era quizá perturbadora porque la cruzaba un halo de inexplicable sufrimiento, una mirada ausente. Parecía esclava de su marido, quien la colmaba de regalos. Mónica no entendía por qué debía ser o parecer una esclava, por qué su tenaz ausencia de opinión propia, por qué sus silencios. Su alma debía de ocultar algo tan indigerible que ni siquiera se lo contaba a su terapeuta, ya que cada año lo cambiaba; era obvio que evitaba ser arrinconada en la fuente de sus males. Más de una vez la había forzado a sentarse en un aparte para decirle a los ojos, casi brutalmente: "Mami, ¿por qué no me contás qué te pasa?". Ella le devolvía una expresión de vaca perpleja, apretaba los dientes y se marchaba cabizbaja. Decía que su único amigo verdadero, el único que no la cansaba con preguntas, era el whisky. Pero ese amigo se había encargado de arruinarla. Bebía hasta quedar exhausta en el living con la botella a los pies. Mónica se preguntaba entonces si por lo menos su padre había intentado arrancarle el indigerible secreto de tanto dolor. ¿Por qué no visitaba a su hermano de los Estados Unidos? ¿Por qué ni siquiera se hablaban por teléfono? ¿Qué había pasado en la familia, o entre ellos? ¿Qué podía ser tan grave e imperdonable para mantener semejante distanciamiento? Ahora, estando muda, quizá resolviera hablar. Así son las paradojas: que resolviera hablar cuando ya no podía hacerlo.

Comenzó a pensar en su tío Bill para alejar las opresivas imágenes de su madre. Cuando chica fantaseaba con los pocos datos que goteaban por aquí y por allí; luego lo excluyó de su imaginación. Pronto lo tendría frente a ella y se acabaría el misterio. Sabía que era excéntrico y que la gente atribuía sus rarezas a una encefalitis. Pero las encefalitis, cuando dejan secuelas, no son de ese tipo; así había oído una vez comentar a los médicos. ¿No habrían tratado de explicar mediante la encefalitis algo que no podían explicar de otra forma? Menos creíble era que esa infección le agudizara ciertas áreas cerebrales. Lo cierto es que había logrado fundar iglesias y ahora dirigía toda una comunidad. "¡Es tu hermano! —se indignaba Mónica ante Dorothy—. Deberías encontrarte con él." Entonces la madre le confiaba que Bill se reunía con Wilson, y eso era bastante. "Tampoco conocés a tu cuñada." "Fue mi amiga; ya no lo es más."

Dorothy volvió a instalarse en su cabeza. No tenía lógica lo que había hecho: viajar de repente para caer fulminada lejos de su hija y su marido. Tras una separación (o una callada enemistad de décadas) había decidido visitar a su hermano y su amiga. Lo hizo de golpe, como si hubiera emergido de un letargo. O como si escapase de un incendio, porque ni siquiera preparó una maleta. Fue un estallido tan incomprensible como su inconsolable dolor espiritual y su amigo el whisky. Una fuga desesperada. Por qué. De qué. De quién. Había tenido un ataque de presión cuando se compraba zapatos en la avenida Alvear; por suerte, ese día la acompañaba Mónica y se recuperó en minutos. Pero le causó tanto miedo que abandonó a su amigo el whisky. Mejoró hasta su semblante. Pero volvió a reincidir. ¿Por qué? Nunca aceptó concurrir a Alcohólicos Anónimos pese a que Mónica había ido a solicitarles ayuda personalmente y un par de mujeres se molestaron hasta la residencia en San Isidro para tratar de persuadirla. Estaba claro que Dorothy no aceptaba los grupos porque tendría que hablar. "No ventilaré mis intimidades con extraños", decía.

Resultaba evidente que el reencuentro con su hermano la había trastornado. Los distanciamientos familiares muy prolongados se pagan con un terremoto de emociones. Dorothy no estaba en condiciones de soportarlo.

Ingresaron en la calle central de Little Spring. A los lados se sucedían los carteles de Wendy's, McDonald's, Burger King, Chili's, Subway, Denny's, Taco Bell y las estaciones de servicio Texaco, Shell, Coastal, Exxon. A la izquierda vio el edificio de K-Mart y Foley's. A la derecha, unas cuadras más adelante, WalMart y Target. No faltaba el típico Blockbuster, ni la farmacia Walgreens, ni los artículos de Radio Shack. Damián confirmó la impresión que había recogido en su segunda visita: los Estados Unidos estaban habitados por una ciudadanía nómada que cambiaba de domicilio en forma incesante y, para evitar la angustia del desarraigo, reproducía en todas las poblaciones del país las mismas firmas. ¿En qué se diferenciaba Little Spring de miles de otras pequeñas o grandes ciudades estadounidenses? Hasta sería lógico que uno perdiera la noción de espacio.

Aby Smith telefoneó al hospital para anunciar su inminente llegada. No bien estacionaron se presentó un médico con el delantal desabrochado y los invitó a seguirlos. Subieron una breve escalinata de piedra que conducía a unas puertas automáticas vidriadas. Ingresaron en el fresco interior. El médico caminaba con paso rápido. Cruzaron la mesa de admisión y una larga sala de espera donde había algunas personas sentadas. Abrió otra puerta y solicitó a la mujer concentrada en la pantalla de una computadora que anunciara la presencia de Mónica Castro Hughes. En cuanto lo hizo apareció un hombre alto de ojos grises y una túnica que le bajaba de los hombros.

—Hola. Soy tu tío Bill —se presentó.

Mónica y Damián lo contemplaron asombrados.

Bill tomó las manos de ella y murmuró una bendición. Mónica insinuó acercarse a su mejilla para darle un beso, pero él la soltó y se volvió hacia Damián.

—Es tu escolta, supongo —mintió, mirándola.

—No, mi novio.

—Mucho gusto. —Lo estudió de arriba abajo sin agregar palabra. Volvió su elevada cabeza hacia Mónica. Era majestuoso. —Imagino que quieres noticias.

—Sí, claro. Estoy ansiosa por ver a mamá. ¿Cómo sigue?

—Ahora lo dirá su médico. Nos espera.

Entraron en un consultorio con el negatoscopio encendido y varias cajas de medicamentos sobre la camilla. Un médico de mediana edad, calvo y de pómulos rubicundos, los invitó a ubicarse alrededor de su escritorio. Preguntó urbanamente sobre el largo viaje y dedujo que estaban cansados. Les ofreció café. Ese rodeo puso más nerviosa a Mónica.

El doctor Taylorson dijo que no tenía novedades importantes. El cuadro de la paciente se aproximaba a la estabilización, lo cual era positivo en esos casos. No se la podía mover ni siquiera para realizar ciertos estudios, porque las fracturas costales le habían producido una insuficiencia que era compensada mediante respiración artificial. El cuerpo de especialistas se mantenía alerta y avanzaba centímetro a centímetro para evitar las complicaciones. Se había iniciado el tratamiento de emergencia antes de que la paciente llegase al hospital, en la misma ambulancia. En ese sentido podían tener la tranquilidad de que se le había brindado el mejor servicio desde el primer momento. Debía seguir en terapia intensiva. Su estado de conciencia era soporífero; en palabras técnicas se llamaba "coma tipo uno". ¿Sufría? Más o menos, porque se le suministraban analgésicos y no tenía noción de lo que pasaba. En cuanto al pronóstico, dijo que algunos pacientes se recuperaban por completo, mientras que otros necesitaban una larga rehabilitación. No sabía aún qué futuro tendría Dorothy.

Mónica comprimió los párpados para que no le brotaran las lágrimas. Damián la abrazó. Bill aparentó no mirarlos y se puso de pie.

La cadena de transmisión que iba de Pinjás a Robert Duke, de éste a Lea y de Lea al agente del FBI —quien se las arreglaba para hablar con ella en su casa, en la iglesia, junto a góndolas del supermercado o a la salida de una tienda— frenó el avance de las causas contra el anciano marido. Las impresiones que recogía Lea del agente, como retribución al material que le daba, no eran tan precisas como las que ella le suministraba en cada ocasión. Lea era la informante, y Pinjás, la fuente ingenua y primordial. Lo cierto es que el agente del FBI aseguró que iban a proteger a ese matón lombrosiano al que el reverendo Duke consideraba un elegido del Señor.

Altos niveles del FBI y de la ATF discutían las semejanzas y diferencias del rancho Héroes del Apocalipsis, cerca de Little Spring, con el campamento religioso-militar que construyó David Koresh a siete millas de Waco, también en Texas. El desastre que cerró aquel capítulo no debía repetirse. Aunque Bill Hughes, cuya trayectoria había sido rastreada hasta los más escondidos detalles, no reproducía a David Koresh, era de temer que procediese con la misma técnica y el mismo fanatismo. También su rancho era un campamento religioso-militar donde había acumulado armas, víveres y municiones, se mantenía comunicado con la red de milicias, predicaba conceptos de la extrema derecha y ejercía un control hipnótico sobre los miembros de su comunidad. Era evidente que bajo los establos que se habían fotografiado desde el aire se extendía una pequeña ciudad subterránea —según habían podido arrancar con tirabuzón a dos desertores que acabaron muertos—, donde fragmentaban la droga que luego era vendida entre los negros de varios estados. Pinjás confirmó esta versión y describió el recorrido de los túneles.

No podían efectuar el ataque a los Héroes del Apocalipsis como lo habían hecho en Waco. En aquella oportunidad parecía que un asalto sorpresa de cien agentes del ATF para arrestar a David Koresh iba a paralizar toda oposición. Pero Koresh tenía treinta y tres años y estaba decidido a morir como Cristo; su gente lo sabía y ese dato reforzaba el ardor y las medidas de vigilancia. El gobierno no percibió que en ese lugar no habría factor sorpresa, porque estaban esperando día a día y minuto a minuto la irrupción de los infieles. El resultado fue cuatro agentes muertos y dieciséis heridos. En el intercambio de disparos también fallecieron cinco integrantes del campamento y una hijita de Koresh. Entonces no hubo más alternativa que la retirada de los agentes, y el gobierno decidió poner sitio al lugar por todo el tiempo que hiciera falta para negociar un acuerdo y evitar otro baño de sangre.

Durante las negociaciones se produjo una intensa movilización de la red de organizaciones simpatizantes de Koresh. Los supremacistas, los neonazis, la Identidad Cristiana, los Hombres Libres y varias otras denominaciones criticaron por radio y televisión la desaforada perversión del gobierno y sus fuerzas de seguridad. Se hizo presente en Waco el enfático Louis Beam. Por su parte, Kirk Lyons puso en actividad los recursos legales de la fundación CAUSE. Trataban de exhibir a la comunidad sitiada como víctima de la crueldad federal y consiguieron que la opinión pública empezara a dividirse.

Tras cincuenta y un días de estériles negociaciones y la imagen de impotencia que revelaba el gobierno, se resolvió efectuar otro ataque, esta vez contundente y definitivo. Era el 19 de abril de 1993. Se suponía que dentro del campamento ya cundía el agotamiento. Se habían estudiado diferentes vías de penetración y el asalto en cadena de vehículos fuertemente armados. Pero la defensa de la comunidad fue tan violenta como al principio, y cuando parecía que el avance lograba su propósito, los religiosos prendieron fuego al edificio para convertirse en mártires. El resultado fue la muerte de setenta y cinco davidianos, incluidos un alto número de niños.

La catástrofe se convirtió en una vergüenza. Desde el comienzo se había proclamado que las autoridades pretendían rescatar a los niños maltratados y sometidos por su jefe, pero ni siquiera en ese aspecto pudieron lucir una victoria. Las fuerzas del orden tuvieron que reconocer que no supieron con quiénes trataban realmente; habían olvidado la tragedia de Ruby Ridge y no tuvieron en cuenta el Rocky Mountain Rendezvous. El resultado generó una reacción adversa en muchos medios y hasta la razonable Asociación Nacional del Rifle, con tres millones y medio de miembros, condenó las acciones.

Con respecto a los Héroes del Apocalipsis, era preciso atraparlos con las manos en la masa. Cerrar pinzas en torno de los delitos que venían cometiendo con tanta sagacidad, pero sin repetir los errores de Waco.

• • •

Aby Smith, antes de dirigirse al aeropuerto de Houston, había reservado cuartos individuales en el Marriot Courtyard de Little Spring para Mónica y Damián. En ambas habitaciones pusieron tarjetas de bienvenida sobre cestas llenas de frutas; en la de Mónica, además, un ramo de rosas frescas.

Pero tardaron en llegar.

Mónica se quedó horas en la sala de terapia intensiva junto a Dorothy. Había olor a remedios. La enferma estaba rodeada por cables y pantallas. Además del respirador artificial que emitía sofocados ruidos de monstruo, en sus fosas nasales penetraban tubos de plástico y de su tórax y sus miembros partían hilos de color rumbo a los aparatos que efectuaban el puntual control de las funciones vitales. Tenía el aspecto de una oveja desvanecida que pronto sería llevada al matadero. Nada podía resultar más lúgubre. Mónico creyó percibir que desde su patológico sueño Dorothy transmitía su vergüenza y desesperación. Esta idea le hacía doler el pecho. La hermosa mujer de otrora se había reducido a un cuerpo degradado.

Pero Mónica se esmeró en no soltar su congoja. Tragó saliva y le habló con dulzura, como si Dorothy pudiera entenderla, como hacen algunas personas con las plantas a fin de transmitirles su afecto. Le relató los nimios avances en la decoración de la residencia, le anunció los próximos vernissages en las galerías que más le gustaban, inventó que su nueva entrenadora de gimnasia había sufrido un esguince, lo cual demostraba que hasta el más hábil tiene problemas con las piernas; le dijo que los rosales estaban bien cuidados y que la mano de pintura que necesitaba el yate se realizaría la semana siguiente.

Mónica pensó que también debía tranquilizarle otros flancos. Debía hablarle de su padre —el difícil marido—, así que le describió el sufrimiento que lo embargaba. Wilson la quería mucho y se había quedado para organizar un equipo de especialistas que la trasladaría a Buenos Aires en las mejores condiciones del mundo. Seguía minuto a minuto su evolución. No sería extraño que pronto tomara un vuelo y apareciera junto a ellas.

Entrelazó sus dedos con los de su madre, que estaban secos y dóciles como los de una muñeca de trapo. Muchas veces, al verla borracha, Mónica había tenido deseos de abofetearla como a una mujer estúpida, pero después se sentía miserable y le entrelazaba los dedos como ahora. En aquellas ocasiones estallaba una respuesta nerviosa, casi expulsiva; en cambio, estos dedos de muerta reflejaban capitulación.

Al rato Mónica le pidió a Damián que entrara. Aunque el aspecto de Dorothy era desolador, no podía excluirlo; el amor también exigía compartir la desdicha. Damián caminó despacio, más preocupado por la sensación que su presencia generaría en la paciente que en él mismo. Al ver el bosque de cables y aparatos en medio de los cuales yacía un cuerpo inmóvil, parpadeó con angustia. Mónica le dio unos golpecitos tiernos en el brazo. Damián estaba tan conmovido que se acercó vacilante a la cabeza despeinada de Dorothy y la besó en la frente. Mónica imaginó que por el cuerpo de su madre se expandía un estremecimiento. Algo debió de haber ocurrido, porque el monitor chilló desajustes. En el acto aparecieron un médico y dos enfermeras que miraron las pantallas, movieron botones y controlaron el implante de los hilos de color. Después se dirigieron a los visitantes.

—Evitemos esto, por favor —dijo el médico—. Que la acompañe una persona por vez, únicamente.

—De acuerdo —respondió Mónica—. Él sale, yo me quedo otro rato.

—Mi amor —protestó Damián, afectuoso—, ya llevás dos horas acá. Deberías descansar; no te has relajado desde que salimos de Buenos Aires. Deberíamos turnarnos.

—No puedo abandonarla.

—¿Quién pide eso? Pero te vas a descomponer.

—No te preocupes. Puedo resistir.

Damián le acarició el cuello y fue a sentarse en la sala de espera. Al rato apareció la figura imponente de Bill Hughes. Parecía un prócer en estatua. Se atusó el breve bigote blanco y su voz solemne increpó:

—¿Todavía aquí?

—Mónica no acepta alejarse.

—No será bueno para Dorothy; hasta los enfermos necesitan descanso. Nos turnaremos entre todos, incluidos yo y Evelyn —dijo mientras pedía a un médico que se acercase.

El reverendo hizo comparecer a Mónica y le transmitió la propuesta: habría turnos. Damián le guiñó complacido, porque era lo absolutamente lógico.

—Duerman una siesta en el hotel y luego vengan a cenar en la granja. El chofer de la limusina conoce el camino y los pasará a buscar. Ahora me quedaré yo.

Mónica se resistió, pero entre los dos hombres lograron llevarla hacia el exterior del hospital.

—Después de la cena vuelvo —se resistió Mónica—. Voy a quedarme a su lado toda la noche.

—El Señor aprecia tu abnegación —pontificó el reverendo—. Pero no olvides que el mejor control y cuidado lo realizan los médicos. Y ellos piden que nuestra preocupación no dañe su trabajo. El Señor nos ha bendecido con algunas ramas de la ciencia, y no debemos ponerle piedras. Zapatero, a tus zapatos.

Damián le tendió la mano con alivio: ese hombre por lo menos simulaba sensatez. Pero debía mantenerse alerta: reunía una extraña combinación de paranoia mística y psicopatía seductora. Era, además, el tío de su amada.

El Marriott contaba con un salón de gimnasia y una piscina con jacuzzi. Damián propuso hacer una hora de ejercicios físicos para descargar las tensiones de los últimos dos días. Mónica, sin embargo, eligió ir a descansar un rato en la habitación.

—Tenemos dos cuartos hermosos, pero vamos a dormir juntos —le recordó Damián mientras se besaban—. Te harán bien mis abrazos.

Luego de los ejercicios y una ducha, Damián se encerró. Extrajo su laptop del estuche de tela acolchada, la conectó a la línea de teléfono y empezó a navegar por Internet. Mientras permanecía en el gimnasio contrayendo músculos se había dado cuenta de que antes de ingresar en el rancho de Bill Hughes necesitaba proveerse de información más precisa.

A las seis de la tarde bajaron al vestíbulo, donde se entretuvieron ante las carteleras de ofertas turísticas en el estado de Texas. Puntualmente arribó la limusina y el quebradizo Aby

Smith los invitó a subir. Apenas arrancaron, Mónica exigió pasar de nuevo por terapia intensiva antes de ir al rancho. Aby transmitió el pedido al conductor. En el hospital fueron directamente a la sala donde yacía Dorothy y encontraron a un hombre de monstruosa cabeza llamado Pinjás. Tenía rasgos abultados, cicatrices en la cara y un pelo duro y levemente encanecido que aplastaba con fijador. El hombre casi se cuadró al ver a Mónica.

—Soy asistente del reverendo y me encargó hacer guardia junto a la hermana. Se fue recién.

Ella se aproximó cautelosa a su madre con la esperanza de encontrar signos de restablecimiento. Pero Dorothy seguía quieta, con el sonoro respirador artificial e innumerables tubos, cables y pantallas que dibujaban curvas. Le acarició un brazo y la besó en la mejilla pastosa; se sentó a su lado y le susurró palabras de amor. Durante diez minutos le acarició las manos desarticuladas. Era difícil ocultar la pena, pero quería insuflarle energía, algo de esperanza. Le explicó que estaban invitados a cenar en la casa de Bill, que había resultado ser mejor tío de lo que ella suponía antes de conocerlo; también estaba contenta de ver a Evelyn, la amiga de la infancia. Pero volvería pronto para acompañarla durante toda la noche.

En el camino Damián le preguntó a Aby Smith acerca de los Héroes del Apocalipsis. El empleado encogió los hombros. Luego, sobre los milagros que se atribuían a Bill Hughes durante su trabajo pastoral en Elephant City, Three Points y Carson. Aby encogió los hombros de nuevo. Ante la falta de respuesta, Damián le pidió que dijera algo sobre el funcionamiento de la comunidad que habitaba el rancho. Aby no sólo encogió los hombros por tercera vez, sino que miró hacia fuera por entre las cortinas de la ventanilla; había envuelto su bola de tabaco en un pañuelo de papel y la mantenía en la mano derecha para arrojarla a la basura o volver a usarla. Era un viejo sin opinión, ideal para los curiosos y preguntones a los que nada había que decir. Se limitaba a llevar y traer gente. Damián acababa de recibir otra confirmación de que penetraba en una zona hermética.

Demoraron un cuarto de hora en llegar.

No he podido terminar de leer el vasto material que apareció en pantalla mientras aguardo la limusina que nos llevará al rancho.

Pero he confirmado que la derecha religiosa avanza contra el pluralismo y la tolerancia que tratan de cultivarse en los Estados Unidos desde los padres fundadores. Las tendencias racistas y xenófobas —que siempre estuvieron presentes— no son la letra de la Constitución ni el espíritu de sus próceres, sino el alimento de sectores fanatizados. Con la excusa de defender valores compartidos por todos —mejor educación, libertad individual, promoción de la familia y respeto a la persona—, surgieron organizaciones que las proclaman y, a la vez, combaten. Sus derechos no tienen en cuenta el derecho ajeno.

Acuñaron la palabra "fundamentalismo" antes de que el Islam lo popularizara en el mundo. Para mantenerse fieles al sentido literal de las Escrituras aborrecen las interpretaciones críticas y afirman que la palabra de Dios no está sujeta a los cambios que introducen los hombres. Me acabo de enterar que el "fundamentalismo" nació de manera oficial hace más de cien años, en el Congreso Bíblico Norteamericano de Niagara Falls (1895), y estimuló la tendencia conspiradora.

Su posición originalmente religiosa fue traslada al ámbito político, condimentada con ataques a la vida secular. No estimulan la conciliación práctica entre cristianismo y democracia que tanto había impresionado a Tocqueville durante su visita de 1832. Tampoco les importa la Primera Enmienda de la Constitución, que ordena: "El Congreso no dictará ninguna ley con respecto a la adopción de una religión oficial".

Se niegan a reconocer que el ser humano adquiere nuevas visiones, hábitos y necesidades a medida que procesa su experiencia. Entran en conflicto con denominaciones religiosas más vastas y razonables que, sin negar la inspiración divina de los libros bíblicos, aceptan que fueron redactados por autores humanos con capacidades limitadas, sujetos al lenguaje, el estilo y las obsesiones de su tiempo.

Esa vuelta a los "fundamentos" conduce a inescrupulosas falsificaciones del texto bíblico. Y también a simpatizar con neonazis, supremacistas blancos, antiabortistas dispuestos a asesinar médicos, infractores de las leyes federales, herederos del Ku Klux Klan y violentos defensores del uso irrestricto de las armas. Dicen luchar por Dios, la soberanía de los Estados Unidos y la Constitución, pero son racistas, intolerantes y agresivos. En lugar de practicar el amor, empujan hacia un odio en llamas.

Predican el milenarismo paranoico. El nombre que puso el tío de Mónica a su comunidad es alarmante, porque responde a esa tendencia. Se refiere a los Héroes del Apocalipsis, y sobre eso no cabe segunda interpretación. Aguardan la guerra entre el ejército de la Luz y el de las Tinieblas. Creen que el Anticristo ya marcha al frente de sus huestes. Usan cada nueva crisis como otra prueba de que el Mal gana batallas. Excitan la fiebre.

Pero —como también anuncia la Biblia— cuanto más avanza el Anticristo, más se aproxima su definitivo aniquilamiento. Las fuerzas de la Luz no deben desanimarse por las eventuales derrotas. Seguro que Bill Hughes prepara a su gente para el sacrificio.

Según acabo de leer, resulta difícil calcular el número de milicias organizadas y armadas. Quizá redondean el millar. Algunas son numerosas, y otras, muy pequeñas. Pero sus adherentes y simpatizantes suman millones. Louis Beam aconsejó en el Rocky Mountain Rendezvous mantener el esquema de células, como los movimientos guerrilleros. Medio centenar de organizaciones son manifiestamente activas y están dispuestas a todo.

En fin, ya lo anticipó Hölderlin hace dos centurias y ahora lo reconoce mucha gente: se apuran por establecer el Paraíso en la Tierra y, como todos los iluminados que registra la historia, sólo consiguen atarnos al Infierno.

Por tercera vez en setenta y dos horas el hombre de Miami se dirigió al aeropuerto, esta vez para encontrarse con Tomás Oviedo, que emergió de la barrera de migraciones con un bolso de mano. Fueron al salón VIP, bebieron café y aguardaron la primera conexión aérea a Houston. Volaron juntos. Ya en Houston, apareció en la salida un Mitsubishi negro con dos personas a bordo. Se dirigieron raudos hacia el sector oeste de la ciudad por las rutas que esquivaban el congestionado centro metropolitano. Penetraron en una zona de fastuosas residencias e ingresaron en una de ellas, protegida por rejas altas. Atravesaron su parque sombreado por robles y estacionaron ante las columnas de un edificio que recordaba la arquitectura de la Casa Blanca. No era tan imponente como la residencia de Wilson en San Isidro, pero disponía de muchas habitaciones, algunas de las cuales estaban disimuladas por muros móviles. Tomás miró la hora y le satisfizo comprobar que había marchado a buena velocidad. Le esperaba un trabajo sutil.

Fue al despacho, cuya fragancia a papel y madera le recordó visitas anteriores. Abrió su agenda electrónica y repasó la lista de actividades. Invitó a sus cinco colaboradores más íntimos a sentarse en círculo frente a él. Guardó la agenda y cruzó los dedos sobre el escritorio de caoba. Pidió noticias sobre el operativo y enfocó su mirada en el primero de la derecha. El hombre le entregó varias carpetas y solicitó que les echara un vistazo. Oviedo asintió y, sin inquietarse por los pares de ojos que permanecían fijos sobre sus tensadas cejas, las hojeó una por una. En un anotador marcó las treinta y cuatro etapas cumplidas sin inconvenientes hasta ese momento. Los cinco hombres vestidos con saco y corbata que lo rodeaban en semicírculo frente al escritorio lo conocían desde hacía años y aguardaron pacientes. Oviedo no sólo leyó con pericia los informes, sino que revisó planillas, facturas y recibos. Era un individuo experto, minucioso y desconfiado que sabía administrar todo, incluso el tiempo. Los otros estaban seguros de que, por mucho empeño que hubieran invertido, siempre Oviedo encontraría algún ítem para criticar. En efecto, al concluir la última página levantó los párpados y, con el índice sobre su anotador, preguntó sobre seis puntos referidos al inminente desembarque en Galveston. Sus preguntas tenían la precisión de un cirujano: dos se referían a la venta de los camarones en tres localidades; una, al número exacto de camiones que llegarían de Little Spring, y tres, a los nuevos agentes de la aduana.

Cuando resolvieron las preguntas, dirigió el examen hacia los embarques menores que ingresarían por la frontera mexicana. Allí descubrió cuatro errores y los cinco hombres tuvieron que secarse la frente: era más de lo que habían previsto. Para esas acciones se habían inspirado en exitosos procedimientos anteriores y no habían prestado atención a un número de detalles que parecían en extremo rutinarios. Oviedo los miró como un iracundo fiscal.

—Ustedes conocen el negocio —dijo en voz tan baja que el semicírculo debió cerrarse—. Cabe la sospecha de que se ha filtrado información. Nos están poniendo el palo en la rueda.

No hubo reacción verbal, sino pupilas que expresaron desconcierto.

—En este negocio un amigo se transforma en traidor en menos de un minuto. Basta con que le paguen más. Yo pago bien y pagaré mejor cuando descubramos el origen de estas filtraciones.

Uno de los hombres, con una cicatriz plateada en el pómulo izquierdo, tras acariciarse los labios se ofreció a dirigirse a Phoenix en el primer avión; quería investigar sobre el terreno. Oviedo lo atravesó con sus ojitos filosos y lo reconoció leal.

—Está bien —contestó—. El resto me ayudará a que el grueso del embarque no tenga dificultades. Pero sospecho que las tendremos, aunque espero que no sean graves. Cerca de la frontera mexicana se nos ha escapado un informante; estoy seguro.

—Si ha ocurrido eso, no tiene por qué saber lo de Galveston.

—Nos enteraremos mañana. Ahora quiero ver las credenciales, los fletes y demás documentación con referencia al puerto. Tal vez en la aduana se pongan pesados. ¿Los camiones serán dispersados en la forma que pedí? Bien. ¿Dónde dormirá el monstruo de Pinjás esta noche? Vigílenlo; que no se vaya de juerga con putas y arme un escándalo. —Ordenó la documentación que tenía delante. —Ese hombre me genera inquietud —murmuró para sus adentros.

Después, tras meditarlo cuatro segundos, telefoneó a Wilson.

—Surgieron complicaciones. Me parece que algo se ha podrido en Arizona. Se me ocurre que el rancho ha perdido la vieja inmunidad. Olfateo que se nos escaparon ciertos informantes, algunos que anduvieron por el oeste soltaron la lengua.

—¿Qué me estás diciendo? —Wilson hizo rechinar los dientes.

—Es duro, pero debemos manejarnos con la realidad. —Mientras hablaba, Oviedo pretendía imaginarse cómo diablos se había producido la filtración.

—¡La puta realidad!... ¿Tienes alguna pista? ¿Es Dorothy quien metió la pata?

—No creo. En Arizona se avivaron hace semanas o meses.

—Ajá. —Tomó el puro que estaba al final de la caja y lo hizo girar entre los dedos como si fuese un cilindro de madera. —Bill no tiene suficiente control sobre su gente. —Suspiró.

—Yo no dije eso.

—Tomás. —Alzó el tono de voz. —Dijiste que aparecieron complicaciones, que algo se ha podrido, que falta la vieja inmunidad del rancho y que en Arizona nos traicionaron algunos informantes. ¡No te faltó nada! ¡Me has puesto los pelos de punta! ¿Y quieres hacerme creer que Bill controla la situación?

—Amigo mío —dijo Oviedo con tono paternal—, acabo de detectar algunos problemas. Eso no significa que...

—¡Que Bill sea un arterioesclerótico! —bramó Wilson en el otro extremo de la línea.

—Vamos a necesitar lobbies. Temo que se produzca una encerrona.

—¿También eso? Bueno, para eso estás en Houston. —No podía frenar las ganas de trompearlo. —Deberás moverte como en tus mejores tiempos.

—¿Vas a venir? Tu presencia podría ser muy útil.

Wilson mordió el puro sin haberle cortado la punta. ¿Aquello era una jugada que a sus espaldas habían urdido Tomás y Bill? A él no le parecía que su gestión fuera imprescindible en Houston, pero Tomás hablaba de esa forma para conocer sus pasos y sentirse más libre. De todas formas, el operativo Camarones debía concluir bien en la fase del ingreso en los Estados Unidos. Les convenía a todos. La traición sólo se tornaría evidente en las semanas siguientes.

—No —mintió—, no voy a ir. Entre tú y Bill sobran para arreglar este asunto. Es rutina. Algo más complicada que otras veces, pero rutina.

—Te ruego que lo vuelvas a pensar.

—El barco llegará mañana y el cargamento será examinado pasado mañana, ¿no? Entonces hay tiempo.

—Tiempo para que vayas reservando el vuelo, Wilson. Es importante que vengas.

—Lo pensaré.

• • •

—Lo llamarás enseguida y le explicarás todo —había decretado Bill, terminante, mientras marchaba tras la camilla empujada por dos enfermeros luego del ataque sufrido por su hermana.

Evelyn cumplió llorando. Se preparó una taza de café y entró vacilante en el cuarto que había dispuesto para su amiga. Sobre una butaca yacía el bolso que constituía el único equipaje de Dorothy. De un perchero colgaba la ropa que había usado durante la cena. Junto a la mesa de luz estaba su cartera de cuero marrón. Evelyn acomodó las prendas del perchero y miró el interior del bolso, donde sólo quedaba ropa interior y dos blusas. Después se sentó sobre la cama y levantó la cartera. Dudó en abrirla, pero correspondía hacerlo. Era de su amiga, que se hallaba en una emergencia; quizás ella debía poner a mejor resguardo los documentos que encontrara. Introdujo una mano y lo primero que tocó fue un objeto duro. Lo extrajo lentamente, con temor. Era un diario íntimo, viejo, de los que se usaban en su adolescencia. Las tapas de cuero de víbora estaban resquebrajadas; incluso tenían una fláccida lengüeta con broche que cerraba las páginas. Debía de ser un regalo que había recibido cuando era chica. Evelyn lo miró del derecho y del revés; recordaba haber visto ejemplares idénticos en la librería de Pueblo. Acarició el arrugado lomo, la tapa, la lengüeta, y resolvió enterarse. La conexión con su pasado le inyectaba una resolución de suicida. "Basta de frenos", se dijo mientras confirmaba que nadie la estaba mirando.

Entonces ingresó en la máquina del tiempo. Las primeras páginas tenían caligrafía de nena y estilo escolar; expresaban la conmoción que produjo la enfermedad de Bill. Luego, episodios vinculados con su agitada rehabilitación. Eran frecuentes las referencias a su amiga Evelyn, a quien se le aceleraron los latidos cuando el diario le hizo recordar en forma descarnada su patológico enamoramiento de Bill. Leyó apurada, con el pecho convertido en tambor. Temía descubrir noticias terribles. Dorothy no había sido sistemática ni constante con su diario; a veces pasaban meses y hasta años sin que agregara una línea, pero a veces lanzaba un violento chorro de información. Evelyn se enteró de pormenores vinculados con el romance con Wilson, sus penas durante la guerra de Vietnam, la buena convivencia en Panamá, su corto regreso a Pueblo, el contrato del gobierno argentino y las maravillas de los primeros años en Buenos Aires. Y luego Mónica. ¡"Su" hija, Mónica! Dorothy había aceptado y asumido la versión de que la niña había sido engendrada por una guerrillera desaparecida, muerta, de la que jamás surgieron noticias.

Evelyn se pasó la mano por la frente mojada. Le dolían la cabeza y el estómago. Pero había otras cosas graves. Las páginas siguientes contaban que... ¡No podía ser! ¡Inventaba! ¡El whisky le había llenado el cerebro de fantasías diabólicas! Más que obscenas, abominables, leyó y leyó hasta la última página, escrita horas antes en aquel mismo cuarto. Evelyn dejó el mamotreto sobre la mesa y entrelazó los dedos para rezar. ¡Dios! ¡Dios!

Cerró la cartera y volvió a sostener el diario henchido de recuerdos, amor y veneno. Sus hojas amarillentas eran peor que una bomba. No lo entregaría a Bill. No. Debía ser leal con su torturada amiga de infancia. Debía rebelarse de una santa vez y asumir la responsabilidad que dictaba su conciencia. Pensó dónde ocultarlo. Lo envolvió con ropa interior limpia y lo puso en el fondo del cajón que nunca tocaba nadie.

Después volvió a tomar la cartera. Extrajo los objetos de maquillaje, unas pastillas de mentol, la agenda electrónica, el pasaporte y la billetera. La abrió y encontró pesos argentinos y dólares estadounidenses. Pero también algo más importante: una vieja foto en blanco y negro, agrietada, donde estaban ellas dos cuando tenían quince años; en la parte superior se insinuaba un ramo de glicinas y, al fondo, el nogal bajo cuya sombra el abuelo Eric conversaba con su ángel de la guarda. Le produjo un llanto convulsivo y debió apartar la foto. Se secó la cara y las manos húmedas, devolvió los objetos a su sitio y se dirigió al estudio para telefonear al hospital. Quizás el doctor Taylorson se dignase atenderla y le confiara la verdad sobre la evolución de su amiga.

Apareció el rancho como un desafío al paisaje: en vez de un proyecto agropecuario lucía como una fortaleza provista de torres en los cuatro ángulos y un hosco cerco de madera con soportes de mampostería, coronado por alambrados de púa que se perdían en el horizonte. El sol de la tarde proyectaba largas sombras en torno de los bloques del casco. En los alrededores había pocos árboles, cuyo ramaje estaba desnudo y retorcido; quizás habían eliminado los umbrosos para que no dificultaran la visión. Antes de llegar observaron que a los costados de la ruta se esforzaban por sobrevivir unas matas espinosas con flores diminutas. Cien metros antes del cerco fueron detenidos por guardianes armados, quienes cumplieron una breve inspección del vehículo y sus pasajeros. La inspección se repitió junto a unas vallas. Automáticamente se corrió un portón de metal y entraron en una franja de tierra apisonada donde había estacionados autos y combis.

Mónica y Damián giraban la cabeza a diestra y siniestra para absorber los pormenores del inquietante escenario: mujeres y niños se desplazaban lentamente, como en una calle de aldea; algunos portaban herramientas de labranza que debían guardar antes de que cerrase la noche. Ambos cruzaban miradas cómplices mientras se aplicaban en registrar cada puerta, ventana y postigo, como si fuesen las cifras de una revelación inminente. Quisieron adivinar hacia dónde conducía el fragmento de patio que se insinuaba a la izquierda, qué significaba la construcción añadida en el extremo derecho del cerco externo y cuántos guardias vigilaban desde las torres de control. Pero nada preguntaron al obtuso Aby.

La parsimoniosa entrada de la limusina no produjo alteración alguna, excepto un movimiento de las mujeres para que los niños desaparecieran. A Damián le extrañó la escasez de hombres; ¿estarían aún en los sembradíos? No hubo saludos por parte de los callados habitantes, que parecían vivir en otro mundo.

Aby extendió el brazo como si fuese un grotesco introductor de embajadores y los condujo al interior del edificio.

La construcción era antigua y amplia. Tenía dos plantas, corredores exagerados e innumerables cuartos laterales. Algunos mantenían las puertas entornadas y dejaban ver el borde de austeros bancos y mesas; debían de servir de aulas o de taller. Otros eran seguramente los dormitorios, como se estila en cualquier convento. No había separación entre la vida privada y el trabajo compartido.

Damián le susurró a Mónica que en esos monasterios del siglo XX no habían cambiado las reglas medievales que para ciertas mentes resultaban insuperables. Sus habitantes debían constituir —como los monjes de un milenio atrás— un grupo ciego hacia afuera y compacto hacia dentro. Algunos sublimaban la violencia y otros la almacenaban para matar o matarse. Mónica asintió mientras abría y cerraba las manos a fin de quitarles tensión.

Las paredes eran irregulares y bien pintadas; los pisos, embaldosados; los muebles, sobrios. El largo corredor semejaba la nave de una iglesia vacía. Aby arrastraba sus zapatos polvorientos, pero su ritmo cansado no impedía que retumbasen otros pies, invisibles, en las gruesas paredes. Por supuesto que no era una iglesia vacía, sino una colmena de abejas ocultas. Tras los muros palpitaba una disciplinada multitud de seres alienados.

La poca gente que se cruzaba en el camino no parecía ser personas sino espectros. La cabeza de Damián hervía de asociaciones. Algunas las susurró al oído de Mónica, pero la mayoría las calló para no alarmarla. Ingresaban en un terreno minado. Allí aguardaba el misterio o la revelación.

Damián evocó lecturas sobre el origen de estas comunidades. Habían brotado como hongos hacía miles de años, poco antes de Cristo; ansiaban defender la pureza de su fe. Querían la paz y se preparaban para el combate. Estaban seguros de que inclusive una derrota frente al Imperio Romano no significaba el fin, sino la renovación de la promesa. El historiador Flavio Josefo describió a los esenios y los sicarios que formaban esos grupos militantes. Tenían el objetivo de restablecer aquello que el trono corrupto y los poderes extranjeros destruían. Por eso se apartaban de las ciudades infectas de paganismo, reuniéndose en cuevas o en el desierto. Entre ellos actuaba Juan el Bautista, y a muchos les resultó familiar la prédica del dulce Jesús, que consolaba a pobres y desahuciados fuera de las ciudades grandes y el templo enajenado.

Al cabo de unos siglos hicieron eclosión sus epígonos medievales: monasterios herméticos y laboriosos, sometidos a disciplina. Más adelante se constituyeron comunidades heréticas que provocaron una hoguera religiosa cuyas llamas quemaron los pies de instituciones antiguas. Algunas tuvieron jefes magníficos, y otras, diabólicos; unos fueron respetuosos de la ley y otros torcieron la ley en favor de la lascivia, como Jan Matthyjs en Münster —que acabó en holocausto—, o como su símil reciente, David Koresh, en Waco, cerca de aquí. También aparecieron unidades donde la religión era una movilizadora utopía. Siempre dominaba la tendencia de aglutinarse bajo el mando de un líder. El líder —aunque ignorante y trastornado— era considerado un elegido por Dios, la autoridad indiscutible.

La frágil condición humana traccionaba hacia el amparo de un líder omnipotente. Y Damián se preguntaba si ese rancho sería una excepción.

Aby Smith abrió una puerta y apareció el líder.

Mónica y Damián tuvieron la sensación de penetrar en un centro imantado. Por doquier había velas cuya luz amarillenta provocaba un trémolo de sombras. La pared del fondo estaba cubierta por los lomos encuadernados de una biblioteca vidriada. A un costado se alzaba una cruz de bronce rodeada por fotografías del pastor durante sus oficios. En un ángulo lucía tendida la mesa con un mantel blanco y un candelabro de cinco velas.

Sentada en el sofá, una mujer de cabello tirante recogido en la nuca se inclinaba sobre el costurero.

—Evelyn —dijo Bill con voz cavernosa—, ha llegado nuestra "sobrina".

Los ojos de las mujeres se tocaron por primera vez después de veintitrés años, cuatro meses y dieciocho días exactos. Mónica no podía creer que la amiga de infancia de su madre pareciera casi diez años mayor. Tenía la piel y los labios secos, agrietados, y una telaraña de arrugas en torno de los párpados. Parecía haber estado llorando recién, aunque su sonrisa expresaba felicidad. Dejó la labor sobre la mesa y se arregló el cabello; era un gesto de coquetería inesperado, casi olvidado. Los músculos de Evelyn eran atravesados por alfileres; intentaba, infructuosamente, disimular el temblor de sus manos.

Se puso de pie, se alisó la pudorosa falda gris y miró al reverendo, siempre alerta. Minutos antes él había repetido las machaconas advertencias que habían precedido la llegada de Dorothy; incluso apoyó ambas manos sobre los angostos hombros, como si quisiera hundirla en el piso, y le ordenó que redoblase la cautela. Por eso, durante unos segundos Evelyn permaneció quieta junto al protector sofá, con una sonrisa cuyas contracciones pretendían frenar las lágrimas que amenazaban con convertirse en río; en su alma tintineaban campanillas. Mónica se contrajo ante la intensidad de los ojos verde claro rodeados de arrugas que la devoraban como a un caramelo. La miraban con embeleso, deslumbrados. Supuso que su tía, algo trastornada mentalmente (nadie lo había dicho), contenía el deseo de saltarle al cuello y estrecharla contra su pecho, en abierta violación a las normas norteamericanas de conservar las distancias.

El living era espacioso. Damián lo examinaba centímetro a centímetro mientras los demás se dedicaban a intercambiar saludos. Dedujo que el pastor convocaba ahí a sus discípulos y recibía a curiosos de la región. Pero esa noche eran sólo cuatro personas. Aby se había retirado sin decir palabra.

Evelyn, por fin, destrabó sus articulaciones y levantó una ancha bandeja con jugos de fruta, quesos y aceitunas que ofreció a los presentes. Mónica tuvo pena del temblor que la recorría de la cabeza a los pies. El reverendo le mandó una fugaz mirada de reproche por el apuro en servir e invitó a tomar asiento en torno de una mesa ratona adornada con un florero de cristal lleno de abultados crisantemos. Evelyn restituyó la bandeja a su lugar, fija en su rostro la sonrisa, sus manos aún temblorosas.

Charlaron sobre los últimos informes acerca de Dorothy. Bill reveló que había conocido al doctor Taylorson a poco de instalarse en el rancho, cuando uno de sus ayudantes sufrió una fractura al caer del techo en reparaciones. Desde entonces se había convertido en su médico de confianza. En el hospital existían departamentos de muchas especialidades y Taylorson le garantizaba que su hermana estaba en manos expertas y confiables. No era preciso ni conveniente un traslado inmediato a Houston, y menos a Buenos Aires. Él rezaba por su recuperación, incluso consultaba con el Señor si en este caso le concedería un milagro.

Mónica no ocultó su ansiedad. La sola referencia al milagro la puso más pálida aún. Aunque esperaba lo peor desde el primer momento, no la calmó saber que sus constantes biológicas aún podían desestabilizarse. Dijo que verla paralizada y rodeada de aparatos le resultaba devastador. No suponía que los milagros fueran posibles, pero en ese momento creería hasta en la magia negra.

Bill, con desacostumbrada suavidad, explicó sus vínculos con Elíseo, el profeta de los milagros, quien lo había curado de una encefalitis que ningún médico consideraba dominable. No sólo lo había curado, sino que le había concedido poderes especiales. Narró las dificultades de sus primeros años de pastor, cuando ingresó en la iglesia de Elephant City. Luego contó los progresos que fue ganando en esa localidad, progresos tan grandes que lo estimularon a predicar y curar en otros sitios de Colorado, Nuevo México y Arizona. Trabajó simultáneamente en tres carpas que se llenaban de fieles y durante un tiempo estuvo asociado con un importante pastor de Carson, pero recibió un mensaje de Elíseo que le indicaba que era el momento de dar un potente giro a su vida y obra. Debía separarse de ese pastor, unirse a Evelyn y trasladarse a Texas. Las curas milagrosas habían sido un eslabón de su carrera, no su misión final. De vez en cuando le sería permitido volver a efectuar una curación notable, pero sólo cuando lo justificasen los designios del Señor. Por eso no descartaba que en algún momento se presentase Elíseo para autorizarla a hacer algo especial con Dorothy

—¿Me lo dices en serio? —Mónica pareció despabilarse.

—Depende de la fe que tenga la paciente. Ella está en coma. Por ahora debemos orar.

Damián apretó la mano de su amada para transmitirle consuelo y contempló amistosamente a Bill. Estaba frente a un chamán. Pero debía ser cauteloso, porque esos seres tienen olfato y enseguida desconfían.

Bill, mientras, percibía que en su sangre se reacomodaban ciertas convicciones. Se dio cuenta de que había hablado más de lo común, sin parar. Que se sentía excitado, igual que ante las visiones de los desfiladeros morados entre los cuales aparecía la frente luminosa de Elíseo. Esa "sobrina" que tenía a un metro de distancia era un ejemplar ario de la más alta calidad imaginable. Sus ojos verde claro (idénticos a los de Evelyn), su cabello de bronce limpio, su tez de mármol y sus manos largas y perfectas eran más elocuentes que el Evangelio. No la merecía un perverso hispano como Wilson. No cuadraba siquiera que llevara el apellido Castro. No era en realidad la descendiente de una mezcla entre una adámica pura como Dorothy y un preadámico evidente como Wilson. Era el producto de un óvulo y un espermatozoide generados en el sector predilecto del Señor. Era "su" hija. Por primera vez la veía y oía como tal. Estaba impresionado, extrañamente conmovido.

También Evelyn, estaba asombrada por el inesperado afecto que emitían la voz y los ojos de Bill. Se había preparado para una reunión seca y formal. Su marido algunas veces adoptaba actitudes incomprensibles, pero ella no debía apartarse de las nerviosas consignas que le había marcado en los últimos días. No resultaba fácil, pero trataría de cumplir.

Damián, estimulado por la cordialidad del anfitrión, ansiaba formular mil preguntas. Aspiró para relajarse el diafragma y parecer tranquilo, apenas motivado por una curiosidad intrascendente. Quería saber, por ejemplo, cuándo y cómo había construido Bill Hughes aquel rancho.

Evelyn alzó las cejas, pero el reverendo no se alteró. Contestaría. ¿Algo más?

También quería saber cuánta gente vivía allí, cómo era la organización, qué los impulsaba a ingresar y permanecer en ella.

Bill masticó una aceituna y depositó en su mano el carozo, que dejó rodar hacia un cuenco; tampoco le molestaron las preguntas adicionales.

Evelyn se estrujó las manos.

Damián agregó entonces que le interesaba conocer cómo eran las relaciones entre varones y mujeres, cómo educaban a los niños, si practicaban ceremonias de iniciación.

El pastor lo escuchó con paciencia y, de vez en cuando, deslizaba miradas a Mónica.

¿Tenía discípulos a los que entrenaba para una eventual sucesión?

El pastor registraba impertérrito las preguntas, pero evocaba la advertencia de Wilson: ese sujeto era de temer. Por lo tanto, le seguía el juego. Vació la copa de jugo y propuso que se sentaran a la mesa. Evelyn había preparado un menú especial y, mientras lo saboreaban, respondería todas las preguntas. Como adelanto, aclaró que por lo general un gran profeta no tiene discípulos, excepto el maravilloso caso de Elías y Eliseo.

Propuso a Mónica que se sentara a su derecha ("a la diestra del Señor", como dicen a menudo las Escrituras). Damián se ubicó a la izquierda, y Evelyn, en el otro extremo. Al minuto Evelyn se levantó y llevó una sopera humeante que depositó en un ángulo de la mesa. Sirvió a los cuatro con un enorme cucharón de plata. Bill tendió la panera a sus invitados, luego juntó las manos en plegaria y agradeció al Señor la comida de esa noche.

Damián se concentró en las respuestas de Bill, encantado de escuchar su versión sobre el origen y la vida de su iglesia. Pero más de una vez descubrió los ojos embelesados de Evelyn sobre Mónica, mucho más conmovedores que los vistazos fugaces, casi avergonzados, que le lanzaba Bill. Entre cucharada y cucharada la mujer del pastor elevaba sus tímidos párpados y quedaba absorta en su sobrina, como si no diese crédito a la realidad. La embargaba de tanto placer contemplarla que una cucharada llena de sopa no dio en sus labios, sino en el mentón, y salpicó fuera del plato. Evelyn se disculpó, azorada. Mónica la tranquilizó con palabras, pero el mayor efecto se produjo cuando apoyó una mano sobre la muñeca de la tía. El contacto de la piel estremeció tanto a Evelyn, que se abrió los ojos y la boca, y dejó inmóvil la muñeca para que no se alejase esa mano. Su garganta tragaba las lágrimas que no debían manifestar sus órbitas.

A medida que transcurría la cena, Evelyn aparentó tranquilizarse. Bill le mandaba mensajes furtivos mediante un código secreto: parecía satisfecho con su conducta.

Mientras, Damián tomaba notas en su cabeza. Bill no se irritó por ninguna de las preguntas, aunque algunas le exigieron un imaginativo rodeo. En su historia y en su quehacer no había muchos elementos que merecieran ser ocultados, decía. Era un hombre de Dios, bienintencionado y enérgico. Tenía convicciones translúcidas que algunos repudiaban y otros seguían con férrea convicción. ¿Cómo había construido ese rancho? También se había decidido en el más allá. Desde los sueños Eliseo había empezado a pedirle que se instalara en Texas.

—¿Por qué Texas?

—"Al más allá no se le pregunta; se le obedece"—citó Bill—.

Cancelé mi alianza en Carson, transferí tres exitosas carpas azules a otros pastores, abandoné Elephant City y, acompañado por Evelyn y dos hombres fieles, llegué a este lugar, donde algo se sabía de mis curaciones milagrosas. La elección quizá fue determinada cuando en la boda de Dorothy y Wilson conocí a James Strand, un tejano que fue colega de Wilson en la Academia de la Fuerza Aérea, en Colorado. Ese hombre había nacido y se había criado en Little Spring. El nombre de James Strand me sonó atractivo desde el primer momento, y para el Señor los nombres son determinantes.

"Así que nos vinimos con la seguridad de que el profeta Elíseo guiaba mis pasos, de la misma forma que los había guiado cuando partí de la aldeana localidad de Pueblo, dieciséis años antes. No me equivoqué. El Señor dibuja nuestros recorridos. Apenas llegado, fui requerido para asistir espiritualmente a una mujer afectada de cáncer.

Alzó la jarra de agua y llenó los cuatro vasos.

—Gracias —dijo Damián.

—La pobre —continuó Bill— era una viuda que había decidido dejarle este rancho a la hermana. Conocí a su hermana, y en ese preciso instante —hizo una pausa y miró con pareja vehemencia a Damián y Mónica— Elíseo se encrespó dentro de mí como las olas que golpean un acantilado. Supe entonces que lo enojaba un sesgo pecaminoso. Recé por la salud de la enferma y por el esclarecimiento de la desconocida injusticia. Yo había captado una injusticia. Algo terrible.

Hizo un gesto a Evelyn para que ofreciera repetir la sopa. Sus invitados negaron con la cabeza.

—Bien —prosiguió—. Una mañana encontré dormida a la viuda. Me senté a su lado y empecé a rezar. Ella, estimulada por mi plegaria, soñó escenas reveladoras que narraba en voz alta, muy ronca. Hablaba con los ojos cerrados, pero arañándose los brazos con furia. Entre mi oración y su sueño comenzó a destejer una trama llena de pecados.

Damián y Mónica lo escuchaban con fascinación. Bill emitía los sonidos desde la profundidad del pecho. Imitaba como un actor a la enferma y a sí mismo en aquella desagradable oportunidad. Narró que la viuda pudo acceder oníricamente a las relaciones que habían mantenido su cínica hermana con su esposo muerto, y accedió además a las contracciones de placer que habían sacudido al esposo y las risas burlonas de la hermana. Se convulsionó y gritó hasta despertar empapada de sudor, cólera y sangre en los brazos. Exigió la presencia de su abogado y ese mismo día, delante del pastor que la había conducido a esa revelación tremenda, corrigió su testamento. Los bienes pasaron íntegramente a manos de Bill Hughes, en testimonio de justicia y gratitud.

—¿Te acuerdas, Evelyn? —Por primera vez la incluía en la conversación.

Ella asintió, sumisa.

—Es más: cuando Evelyn vio la granja por primera vez, exclamó... ¿te acuerdas, Evelyn?... Exclamó que era como el castillo que había soñado toda la vida. ¿Se dan cuenta? El Señor unía cabos.

Evelyn carraspeó. Le parecía que Bill reclamaba alguna frase suya.

—Sí... Yo quería ser la esposa de Bill, soñaba que Bill era un príncipe vinculado a castillos y hazañas. Cosas de chica.

—¿Pero me dijiste o no que te recordaba el castillo de tus sueños?

—Sí, por supuesto.

El pastor calló un momento, para que sus invitados digiriesen la prueba. Luego añadió, cariacontecido:

—Debí ocuparme de la tarea más dura: expulsar a la hermana traicionera, quien, obviamente, negó esa historia. Alegó que yo había realizado una inducción, que la había embrujado y cosas así. ¿Cuántos pecadores tienen la dignidad de reconocer sus errores?

Evelyn bajó los ojos. Había oído muchas veces el mismo relato, y también había oído versiones que se adaptaban con sutileza a las circunstancias.

Para Damián las palabras de Bill eran cautivantes y dudosas. Las martilladoras referencias a Elíseo, los milagros grandiosos y la extrema santidad de su existencia no lo eximían de una tendencia paranoide y psicopática a la vez. Integraba la Identidad Cristiana y había fundado un campamento religioso —que seguramente era también militar— en aquel rancho que había ganado muy fácilmente, como acababa de relatar sin el mínimo pudor. De todas formas, no cabía juzgarlo en forma superficial. Los grandes misterios apenas empezaban a asomarse. Ojalá que no perjudicasen a Mónica. Al fin de cuentas, era un pariente próximo.

Cuando se despidieron, Evelyn les tendió un paquete con galletitas que había preparado personalmente. La emoción le impidió terminar la frase. Su cara blanca, de tez fina, estaba surcada de arrugas, pero sus ojos verde claro eran tan luminosos como los de Mónica; a Damián le sorprendió que existiese semejante parecido.

Bill los acompañó por el solitario corredor hasta la limusina estacionada en la franja del perímetro. A su lado se hallaban los mismos vehículos que habían visto al entrar. Sólo divisaron algunas sombras haciendo guardia. No estaba la flota de camiones con la que —según había explicado— distribuía los productos agrícolas que la comunidad cultivaba en las doscientas cuarenta hectáreas del rancho y con cuyas ganancias podía cubrir los gastos de mantenimiento y educación.

—Recorren casi todo Texas y otros estados. En un par de días estará de regreso la mayor parte.

Las torres apuntaban hacia las estrellas. ¿Por qué tanta vigilancia en una pacífica comunidad de creyentes? Damián decidió no pasar la raya y guardarse la pregunta.

Bill elevó su largo brazo y lo apoyó en el hombro de Mónica. Necesitaba sentir el cuerpo de esa maravilla que había creado el Señor a partir de genes limpiamente arios. Era "su" hija.

—Esta noche acompañarás a Dorothy en el hospital, ¿verdad? Te lo pasarás sentada en un sillón y luego deberás ir al hotel. A la madrugada te reemplazará Evelyn; luego, Damián, y también yo. Confeccionaré un cronograma para que no terminemos todos internados. Dime que aceptarás.

Damián lo apoyó.

—Es muy sensato —dijo.

—También propongo que en los próximos días —añadió el reverendo—, durante la hora del almuerzo, se quede con Dorothy mi fiel Aby. Es el hombre más sensible y leal que conocí en la vida. Fue mi chofer por años y se ha convertido en mi sombra. Nosotros destinaremos ese tiempo a reunirnos y comer juntos aquí. Nada alegraría más a Dorothy que convertir su desgracia en algo positivo: el reencuentro familiar.

Cuando partieron, Bill retornó a sus aposentos. Evelyn lloraba a moco tendido mientras retiraba la temblorosa vajilla.

—Te has portado bien —sentenció Bill mientras se dirigía a la biblioteca y buscaba un pequeño libro. Necesitaba releer *La carta robada* de Edgar Allan Poe para chequear si podía seguir confiando en su táctica.

Todavía era de noche cuando Evelyn se vistió para relevar a Mónica junto al lecho de Dorothy. Se arregló el cabello en el rodete de la nuca, bebió una taza de café y se dirigió al tablero donde se guardaban las llaves de los vehículos estacionados en el perímetro. Reconoció las de su auto. Se sentó al volante y accionó el limpiaparabrisas para quitar el rocío que lo empañaba. Arrancó, hizo señas a los guardias apostados junto al pórtico y enfiló hacia el hospital por la ruta aún negra y vacía. Era temprano para el relevo, pero no resistía las ganas de ver a Mónica.

La encontró dormida en el sillón junto a la cama, con un libro sobre las rodillas y la cabeza rubia apoyada de perfil. Sus manos eran elegantes, de uñas perfectas; sólo lucían un anillo de rubíes en el anular izquierdo. Pidió a la enfermera que no la despertase aún. La luz era tenue y por entre los cables las pantallas insomnes se obstinaban en trazar líneas ondulantes. Se quedó de pie, contemplándola. Era un bebé crecido, mágicamente transformado en bellísima mujer. Tenía cierto aire a ella misma, a Evelyn cuando joven, sólo que perfeccionada. Con un encanto que no se concebía en las muchachas de antes.

Vacilante, su mano áspera se aproximó a la cabellera desparramada sobre la parte alta del sillón. Tocó las hebras doradas y las masajeó con suavidad entre las yemas de los dedos. Sonaban melodiosas como las cuerdas de una lira. Le costaba asumir ese momento. Tanto lo había deseado que terminó por considerarlo imposible.

De pronto Mónica parpadeó, abrió los ojos y la vio. Ambas se sobresaltaron, pero al instante se ablandaron en sonrisa. Mónica se puso de pie y el libro cayó al piso. Evelyn rogó que no se apurase, ya que era temprano; que siguiera sentada. Pero las dos se contemplaron por primera vez un rato largo, como si recién se descubrieran. Luego los ojos fueron hacia la yacente Dorothy y se interrogaron en silencio sobre su inmovilidad, tan patética. Mónica se acercó a Evelyn y, llevadas por un impulso desconocido, se estrecharon en un abrazo. Evelyn creyó que se desintegraría de emoción. Apretaba la espalda de su recuperada hija, le acariciaba los hombros y los brazos, de nuevo la espalda. Y no pudo contener el llanto.

Se dijeron frases entrecortadas.

—Sé que fue tu amiga de la infancia —interpretó Mónica.

—Más que eso, querida... Más que eso.

—Me contó poco, pero te amaba. Siempre llevaba en su billetera una foto de ustedes dos, cuando vivían en Pueblo.

—Sí... —se enjugó las lágrimas que te humedecían las mejillas. —Pero yo le agradezco algo mucho más importante... ¡Le agradezco que te haya criado, Mónica! —y volvió a abrazarla con fuerza.

Al rato, más tranquilas, Evelyn no pudo resistir confesarle que desde su nacimiento la tenía presente. No le importó que en la mirada de Mónica rielase la incredulidad, o que la muchacha creyese que ella exageraba o mentía. Necesita transmitirle que su corazón y su mente se habían mantenido fijados en ella, pese a la distancia y la incomunicación. Siempre le había gustado el nombre Mónica.

—Quizá mamá tuvo en cuenta tu preferencia. Pero nunca lo dijo.

—Agradezco que mi preferencia no haya sido ignorada. ¿Te das cuenta, querida? Algo intenso nos une.

Mónica advirtió que el deteriorado aspecto que su tía había exhibido durante la cena se borraba a medida que conversaban. Rejuvenecía por minutos. Se le agrandaban las pupilas, se le rellenaban los pómulos, se le iluminaba el cabello. Era dulce y vivaz. Otra mujer. Seguro que su autoritario marido la tenía oprimida bajo el taco; en ese rancho se marchitaba como una planta sin aire.

Mónica acercó un taburete y rogó a Evelyn que se ubicara en el sillón. Se tomaron de la mano y ya no se soltaron por una hora. Ambas querían saber. Se contaron cosas que quizá sabían, pero que ganaban sabor cuando volvían a decirlas. No podía faltar la referencia a Damián Lynch, de quien Mónica trazó un entusiasta perfil; aseguró que estaban decididamente enamorados.

—Me di cuenta —Evelyn sonrió y echó una ojeada a Dorothy, por si había oído esa noticia; el diario lleno de dolorosos impulsos reapareció como una aguja en su sien. —Me parece un muchacho espléndido. Yo me uní a Bill siendo un año más joven que tú, Mónica.

—Pero mamá me contó que lo amabas desde que tenías uso de razón.

—Falta de razón; no confundas. —Sonrió. —Fue anormal, lo reconozco. Pero, en fin... Cuéntame más.

Mónica dijo aquello que tal vez la misma Dorothy habría relatado; dejaba al margen los aspectos conflictivos. Por momentos le parecía difícil recorrer su biografía de opulencia vacua, porque su tía no la comprendería. Evelyn habitaba en una suerte de monasterio, y Dorothy, en la pecaminosa Nínive que condenaron los profetas. Pero Evelyn no se sorprendía ni escandalizaba. También conocía a Wilson y tenía información sobre sus empresas. Vivía aislada pero no era tonta.

A medida que charlaban se sentían más próximas. Mónica volvía una y otra vez sobre Damián, en especial cuando la conversación rumbeaba peligrosamente hacia las aguas profundas de sus padres... aguas en las que no quería entrar.

—Es mi mejor amigo, el más noble. Puedo confiar en él como no lo hacía desde que era una nena prendida a la falda de mamá.

—Un verdadero amor. Es eso.

—Como el que tuviste, ¡o tienes, perdón! por Bill.

—El que tuve. —Una nube descendió sobre su cara.

Se apretaron con más fuerza la mano para transmitirse aquello que les faltaba a las palabras.

—Mi enamoramiento fue loco, de entrega exagerada —dijo Evelyn—. Tal vez lo estimuló la ausencia del hombre amado, al que idealicé con fantasías de *Las mil y una noches*. O sufrí demasiado su falta de correspondencia, porque durante años ni siquiera me miró. Te aseguro que tampoco me importa averiguarlo ahora, querida mía. —Recuperó el buen semblante. —¡Estoy tan feliz de tenerte conmigo!

Mónica percibía que a duras penas mantenía el equilibrio

emocional. ¿Estaba Evelyn en sus cabales? No podía descifrar qué la conmocionaba tanto. Pero no había sino afecto evidente que derramaba sin contención.

—Dorothy también ha sufrido. O sufre —agregó la tía mientras sus ojos recorrían el bosque de cables—. No evitemos reconocerlo.

Mónica enderezó la espalda.

—Fuimos tan amigas que parecíamos hermanas siamesas —continuó Evelyn—. Se dice que las siamesas comparten el destino. O parte del destino, si quieres. Se enamoró mucho más tarde que yo, dudó mucho más que yo, fue más pasiva que yo. Pero finalmente nos pusimos a disposición de nuestros maridos. Primero yo y después ella: consideramos que debíamos convertirnos en sus irracionales apéndices, como las mujeres de siglos pasados. O como las mujeres de los talibanes.

—Entonces sabías que mami dejó de ser feliz. —Mónica susurró apenas, temerosa de cometer una infidencia.

—Ahora lo sé. —El abrasador diario volvió a pincharle la sien. —Compartimos un destino de sometimiento y desilusión. Es absurdo y triste.

—No imaginaba, tía, que llegaríamos a estas intimidades. Quizá mamá... ¿Alcanzaste a conversarlo con ella?

—Le hubiera preguntado por qué no se divorció.

—Yo lo hice... Y por casa, Evelyn, ¿cómo andamos? —Le acarició los transpirados dedos.

—Con Bill no se juega. No me habría concedido el divorcio. —La miró fijo y no se atrevió a decirle que integraba los Héroes del Apocalipsis, donde las deserciones se pagan más caro que en el infierno. Ella sabía mucho sobre el jefe y su comunidad; los que saben demasiado no tienen otra alternativa que seguir bajo el yugo o terminar mutilados. Tal vez ocurría lo mismo con Dorothy, y por eso había acudido a pedir un milagro. Pero había equivocado el momento y el lugar.

—¿Por lo menos le contaste sobre tu malestar?

—Ni lo insinué. ¿Sabes qué es el miedo?

Mónica apretó los labios.

—Se habla mucho sobre el miedo, pero pocos lo conocen de verdad —dijo Evelyn—. Cuando joven tuve miedo de no conseguir que Bill me mirase; después tuve miedo de que no me aceptara. Luego tuve miedo de contradecirlo. Durante años acepté todo, más allá de lo imaginable, por miedo a que me echase de su lado. Por miedo acepté aquello que nunca debe aceptar una mujer.

Mónica esperó que se explicase, pero Evelyn había llegado al límite. Se sonó la nariz y la abrazó de nuevo, para no seguir hablando. Era mucho en una sola vez. Mónica debía ir al hotel y acostarse por unas horas. Seguirían más tarde, propuso la tía con repentina firmeza.

Examinó el contenido del minibar y resolvió elegir algo simple: cerveza. Le tendió una lata congelada a Mónica y abrió otra para sí. Se sentaron en el borde de la cama. Damián le rodeó los hombros y la estrechó con firme dulzura; Mónica se dejó disolver en ese abrazo que tanto necesitaba. Sus cuerpos intercambiaban amor y energía en la burbuja del cuarto a media luz.

Damián aproximó su rostro a la frondosa cabellera; despedía un perfume suave y fresco. Después hundió la nariz y los labios. Le producía un ligero temblor navegar por la intimidad de esa fronda rubia; durante un largo rato se entretuvo besando sus mechones.

Mónica empezó a devolver los besos apenas insinuados, casi tímidos. Damián soltó uno de sus brazos y le acarició el pelo. Levantaba los bucles y los dejaba caer; un juego que los hizo sonreír. Cuando los alzaba, quedaba al descubierto la nuca; se la acarició, se la besó, y luego continuó recorriéndole la garganta.

Se prodigaban silencioso apoyo con gestos siempre tranquilos —o disimuladamente frenados—; expresaban cuánto se necesitaban en ese tiempo angustia y perplejidad.

Se incorporaron un momento en la cama, para beber otro sorbo de cerveza. Los ojos de Damián recorrieron las líneas armoniosas de su enamorada. Los dos se abrazaron mientras las manos de él se deslizaban por los hombros, las nalgas, los muslos. Las bocas exhalaban el aliento de un ardor creciente. Volvieron a besarse con los labios entreabiertos, la lengua entrometida, mientras los dedos, como antenas, exploraban excitados las mejillas, los ojos, el mentón, las sensibles comisuras.

Mientras uno se extraviaba en el otro comenzaron a caer las ropas, en desorden. El contacto de la piel erizada los tumbó sobre la cama, donde rodaron de pasión, enredados en un gozo de pechos y vientres, piernas y brazos, manos y pies, ovillándose y extendiéndose en busca de las zonas antes reticentes que ahora empezaban a gemir.

Húmedos de ansia se fundieron con una dicha nueva. Galoparon y frenaron y volvieron a galopar, lejos del mundo y de las ataduras que engrillan los sentidos. Siguieron besándose mientras suspiraban y murmuraban palabras de amor.

El orgasmo, más prolongado que en otras experiencias, los dejó extenuados. Tendidos sobre la cama, parecían dos fieras que hubiesen terminado de batir a una jauría de enemigos, con la respiración agitada y crispados aún los dedos.

Damián tomó su lata de cerveza y se la ofreció a Mónica, que bebió lo poco que quedaba, ya tibio. Luego permanecieron mirándose a los ojos felices, soplándose el aliento que chisporroteaba de aliviada fatiga. Siguieron abrazados hasta que la luz del día siguiente les atravesó los párpados.

La planificación del asalto a la fortaleza ya contaba con suficiente información.

Sobraban datos sobre escuchas telefónicas procesadas durante meses en varios estados de la Unión, fotografías del rancho y de la comunidad Héroes del Apocalipsis y de cada metro de sus doscientas cuarenta incultivadas hectáreas. También había relevamientos del cerco coronado por alambradas de púas y estudios sobre los puntos donde sería posible atravesarlo sin que lo detectasen las alarmas. Las informaciones tan puntuales y diversas habían permitido dibujar mapas coincidentes sobre los tres grandes cuartos subterráneos, el laberinto de túneles que los conectaban entre sí y con los montacargas que bajaban desde los establos vacíos. Había una clara identificación de cada uno de los camiones que conformaban la flota de Hughes, el nombre y las fotografías de por lo menos dos tercios de los miembros de la comunidad que partían en misión, así como de todos los que manejaban los camiones.

Se sumaban a estas carpetas y disquetes las informaciones provistas desde Buenos Aires, abundantes también en escuchas procesadas, fotografías, relevamientos e identificación de personas.

El operativo Camarones avanzaba invicto desde el lejano sur. Había hecho escala en América Central, se había dividido en tres lotes desiguales y marchaba hacia la frontera de los Estados Unidos. Los dos cargamentos más chicos iban por tierra mexicana con el propósito de cruzar los puestos fronterizos de Texas y Arizona, seguros de que las autoridades aduaneras no verían la droga escondida bajo una montaña de camarones congelados. Hasta allí, perseguidos y perseguidores consideraban tener la situación bajo control. Pero en Arizona los agentes se adelantaron en el despliegue de sus medidas, y esto fue captado rápidamente por los narcos, quienes ordenaron que el convoy retrocediera cien kilómetros antes del cruce. La columna de Texas, en cambio, se apresuró a evadir los controles, ingresó en territorio estadounidense y se disponía a viajar sin obstáculos hasta la fortaleza de Little Spring.

Esta novedad obligaba a introducir ajustes de último momento para que el operativo no burlase la trampa final. Era de suponer que los narcos estaban advertidos e introducirían cambios en sus planes. Se resolvió entonces mantener la unidad Topo y poner en marcha la novedosa propuesta de Victorio Zapiola para la mercadería que arribaría al puerto de Galveston. Roland Mutt, cascarrabias jefe de la sección, la bautizó enseguida Caballo.

—Imagino que me entienden —exclamó, optimista.

Su comité de confianza asintió. Entonces telefoneó al responsable de la unidad Topo, el arriesgado Jerry Lambert, para que siguiera adelante con los preparativos, tal como se había dispuesto hacía una semana. Las pinzas se aplicarían sobre la comunidad de los Héroes de otra forma, pero se aplicarían sin escrúpulos. Jerry respondió desde el campamento habilitado a treinta millas de Little Spring, donde hacían su encubierta escala. Eran cuarenta personas entre hombres y mujeres, provistos de ropas, herramientas y armas adecuadas para su misión. Dedicarían parte del tiempo que faltaba para mantenerse en forma.

Mutt se frotó las manos y pidió a su asistente que retirase la documentación desparramada sobre la ancha mesa de roble. Miró el reloj: las siete de la mañana. En ese momento la nave de insignia hondureña ya había anclado y esperaba la inspección. En unas horas los vistas de aduana cumplirían su trabajo y era probable que sólo al día siguiente comenzara la etapa más difícil. La nave llevaba productos que podían descomponerse fácilmente y la expedición no iba a ser demorada por nadie que tuviera algo de sentido común; las compañías aseguradoras estaban alerta para descubrir culpables de un eventual deterioro. Por eso era norma que se postergasen otras urgencias cuando llegaban alimentos. No obstante, podían generarse problemas, y esta inquietud era compartida a uno y otro lado de la ley, tanto por Oviedo y sus hombres, en la residencia de Houston, como por Roland Mutt y su calificado personal, en las oficinas del ATF.

Mientras, los agentes del FBI y el ATF, distribuidos en las rutas como ciclistas o aerobistas, informaban sobre las patentes de los camiones que se desplazaban hacia los estacionamientos de Houston y Galveston. Escondidos en autos, bares o tras las cortinas de ventanas, algunos agentes adicionales supervisaban cada vehículo y la cantidad de personas que ocupaban las cabinas.

Victorio Zapiola preguntó si dispondrían de hombres y tiempo para llevar a cabo su iniciativa. Caballo necesitaba por lo menos quince individuos entrenados como actores. Era una guerra contra la suspicacia de los perseguidos.

—Recurriremos al operativo Ratón que usamos en Miami —sentenció Roland Mutt—. La misma gente, disfraces y armas.

—Entre Ratón y Caballo no veo parecidos —murmuró un oficial mientras cruzaba los brazos sobre el pecho.

—Existen hasta para los que saben zoología, que no es tu caso —replicó el jefe—, de modo que te guardas la opinión. Ya mismo te pones a la cabeza de todo lo que hicimos con Ratón hace tres meses. Sigo confiando en tu talento y lealtad, pese a todo. ¿De acuerdo?

—A la orden.

—Bien. Antes de que empiecen a cargar los camiones, tus hombres deberán estar listos, con el traje térmico y el disfraz de estibadores. ¿Alguna pregunta?

—¿Dónde estudiaste zoología? —El oficial rió.

—¡Vete al carajo! —El jefe lo miró con odio. —Pero escucha: en ti deposito mi mayor esperanza.

—No fallaré. —El hombre descruzó los brazos.

Damián percibía en Evelyn un aire familiar. Como le resultaba poco comprensible su parecido con Mónica, prefería asociarla con la fallecida abuela Matilde. Pero su abuela había sido una mujer de temple granítico, y Evelyn, la cabizbaja esposa de un pastor autoritario. Aunque, pensándolo mejor, también hacía falta temple para sobrevivir al sometimiento. ¡La condición humana era tan compleja! Del Holocausto y demás exterminios que azotaron el siglo sólo sobrevivieron los más fuertes, es decir, los que, pese a ciertas apariencias de rendición, no les dieron el gusto a los verdugos. Había un penoso darwinismo de los espiritualmente vigorosos. ¡Había que tener hilo en el carretel para soportar la asfixia sin morir! Evelyn parecía mayor que Dorothy, pero continuaba en pie.

Trató de hablarle a solas en el rancho. Debía ingeniárselas para esquivar la silenciosa vigilancia de Bill o Aby. Evelyn era una mezcla de miel y temor. Predominó la miel cuando le dijo sin rodeos que Mónica le había contado su trágica historia.

—¡Perdiste a tus padres y tu única hermana cuando tenías sólo siete años! —exclamó sin ocultar la pena.

Damián recibió con gratitud esa muestra de solidaridad.

—Creí que había perdido mi sombra —confesó él, mirándole el cabello tirante que debía de haber sido broncíneo y ahora terminaba en un agrisado rodete—. Caminaba aterrorizado y me asaltaba el pánico cuando mi sombra desaparecía.

—No se me había ocurrido que la sombra fuese tan importante.

—Es el dato que confirma nuestra existencia física. Además, durante años temía ser descubierto por algún delito que nunca cometí. Esperaba que me fueran a buscar para hacerme desaparecer.

—¡Dios mío! ¡Cuánto habrás sufrido! —Alzó el termo y le llenó la taza de café.

—Gracias. Mi abuela me protegía demasiado. Tenía dos hermanos y siete sobrinos, pero el único nieto era yo. Los delincuentes querrían quitárselo también. No lo decía, pero yo le adivinaba esa preocupación. ¿Sabes, Evelyn? Te pareces a mi abuela Matilde.

—¿Qué me parezco a tu abuela? No, ¡no lo puedo concebir!

—Sí.

—En todo caso, me parezco a un hombre llamado Damián —dijo Evelyn, enigmática.

—¿Por qué?

—Primero, porque ambos amamos con locura a Mónica.

Damián sonrió sorprendido.

—Segundo, porque también temía ser descubierta por un delito que nunca cometí. —Se le cortó la voz. —O que sí cometí.

—No entiendo.

—Desde que hablé largo y tendido con Mónica en el hospital, junto al lecho de mi pobre amiga, me da vueltas una idea. No me deja dormir. Y te aseguro que no es una frase. Presagio que estamos cerca de un final inmanejable. No me refiero al Apocalipsis del mundo, sino al mío, al de Bill y tal vez el de ustedes. Contigo debo compartir algo terrible.

—Por favor, Evelyn, hablemos con más transparencia.

—Es lo que procuro hacer.

—Existe un gran secreto aquí, ¿no es cierto? —Miró en torno para cerciorarse de que nadie los espiaba.

—¿Uno? ¡Varios! Pero uno, efectivamente, es el peor de todos. —Sus manos pellizcaron nerviosas el mantel; luego alzó un plato con galletitas caseras y lo arrimó al café de Damián.

—Empecemos por el menos penoso —propuso él.

Evelyn se paró y le susurró al oído, como si las paredes pudiesen escuchar:

—¿Estás en condiciones de esconder algo bajo la chaqueta?

Damián la abrió y mostró los bolsillos interiores.

—No cabe en un bolsillo —dijo Evelyn—. Pero lo llevarás en la mano junto con el diario, como si fuese un objeto sin importancia. Y lo guardarás en el hotel. Mónica no debe enterarse. ¿Soy clara? ¡No debe enterarse!

Ante la perplejidad de Damián, salió de la pieza y regresó con un volumen forrado en cuero de víbora. Le entregó también el periódico local, para que los llevara juntos.

—Nadie conoce su existencia, ni siquiera Bill. Es el diario de Dorothy; lo encontré en su cartera. Muy íntimo, doloroso y revelador. Deberás cuidarlo como a una joya.

Damián abrió y cerró las manos. Se negó a recibirlo.

—Toma —insistió Evelyn—. Me exime de explicarte una historia llena de brillos e inmundicias, pero que pondrá a prueba tu fortaleza moral y si eres digno de tu abuela. Si lo lees y sigues tan prendado de Mónica como hasta ahora, con el corazón pleno, entonces te confiaré el secreto mayor.

—Amo a Mónica —aseguró Damián.

Los labios de Evelyn se distendieron en una sonrisa melancólica:

—Por eso me animo a entregarte el diario —repuso.

Damián contempló el objeto, que parecía de otro siglo. El lomo estaba más gastado que las tapas y la lengüeta apenas se mantenía en su lugar.

—¿Tengo derecho a meterme en intimidades ajenas sin permiso de...?

—¿Permiso? ¡Obligación, Damián! Tienes la obligación de saber. Eres el único apoyo de Mónica.

—No exageremos.

—Y alguien debe conocer la verdad antes de que sea tarde.

—Estoy cada vez más confundido.

Evelyn le puso el diario en la mano y se la cerró. Se la mantuvo apretada.

—Ahora vas al hotel y te encierras a leer. —Las lágrimas empezaron a desbordarle los párpados. —Por favor.

—Me siento un violador. No debo...

—No imaginas cuánto me afecta todo esto, pero es necesario. Lo quiere Dios.

Guardó el diario en el cajón de su mesa de luz, junto a una Biblia de tapas negras, y fue a lavarse con agua fría. La tensa lectura le había irritado los ojos y dejado un sabor amargo en la boca. Mónica había salido a dar una vuelta por Little Spring y regresaría en cualquier momento. Damián no sabía qué hacer, a quién llamar. Se reproducía la soledad que lo había perseguido durante su adolescencia. Tampoco Evelyn era la mujer indicada para darle el mejor consejo: ahora debía manejarse por instinto. Evelyn no había podido soportar la suerte de su amiga y lo había hecho cómplice de un conocimiento atroz. Se masajeó el cuero cabelludo, como si de esa forma pudiera liberar su cerebro de tantas incertidumbres. Decidió llamar a Buenos Aires.

—¿Victorio Zapiola? No está. ¿De parte de quién?

—Damián Lynch. Dígale mi nombre; me atenderá enseguida.

—Pero no está, señor.

—Estoy llamando a su celular, ¿no? Soy un amigo. Es urgente.

—Al celular, sí, pero lo dejó derivado a esta oficina. Es imposible comunicarse con él, lo lamento.

—Yo sé que no es imposible. ¡Háblele adonde esté y pásele mi número!

—Muy bien, señor.

—¿Lo hará?

—Sí, señor. Quédese tranquilo.

Cuando colgó, temblaba. Fue al bar del hotel y pidió vodka con hielo. Bebió la mitad de un sorbo y sostuvo el vaso entre las manos como si fuese una madera en medio del naufragio. Lo rodeaba un envenenado berenjenal, y la única persona con la que ahora podía cambiar ideas era la impotente Evelyn. ¿Serviría de algo? Fue al locutorio y la llamó, pero lo atendió otra mujer.

—Aguarde un momento.

Evelyn tardó casi un minuto. Antes de que ella alzara el tubo, el oyó la aproximación de sus pasos.

—Necesito que nos veamos —le espetó Damián.

Evelyn percibió su agitación y asintió con la cabeza. Luego, con una desconcertante combinación de placer y dolor, dijo:

—Yo también.

—¿Voy al rancho?

—No. En media hora termina el turno de Aby; lo reemplazaré yo. Allí será mejor.

Cortó sin despedirse.

Damián supuso que tenía dificultades con Bill, pero ya no quería enredarse en conjeturas enmarañadas. Dejó un mensaje a

Mónica para que no lo esperara. Pasaría a buscarla para ir juntos a cenar en el rancho.

Fue directo a terapia intensiva, donde el respirador artificial insuflaba oxígeno en los dañados pulmones de Dorothy. Los cables y las pantallas proseguían su eterno y tal vez inútil registro de funciones.

Arrimó un taburete al sillón donde ya Evelyn se había sentado a tejer una bufanda de color azul.

Ella, sin mirarlo, le disparó una pregunta:

—¿Sigues amando a Mónica?

Damián reaccionó ofendido.

—Como siempre, por supuesto. Es un diamante único.

—En medio del barro, ¿no?

Apretó los dientes.

—En medio del barro, sí. Pero es un diamante. La amo, Evelyn. Es definitivo, hondo.

—Es lo mejor que oigo en años.

—¿Lo dudabas? Pues ahora seré yo quien te formule una pregunta frontal.

—Tienes derecho. —Movió las agujas en el complicado punto.

—¿Por qué te preocupa que la ame?

—Ya lo dije: eres su único apoyo —tejió con ritmo más acelerado. —Está sola en medio de locos y perversos. Es una suerte que su rebeldía la haya salvado. Siguió mi modelo, pero al revés. Un negativo perfecto. —Detuvo su trabajo y lo miró fijo con el propósito de que sus ojos completaran el mensaje.

—¿Tu modelo? Evelyn, por favor... Vuelvo a rogarte transparencia.

—Todavía tengo viva la sensación de la mano grande de Bill —dijo como si se hubiera fugado a otro mundo— guiando la mía pequeña, cuando me enseñaba a dibujar gatitos con dos circunferencias. Es mi recuerdo más lejano. Una circunferencia más chica arriba y otra más amplia abajo. —Ilustraba con la punta de la aguja en el aire. —De la de abajo salía la cola, y en la de arriba ponía dos orejas, unos puntos gruesos como ojos y las rayas de los fantásticos bigotes.

—¿A qué viene eso? —se impacientó Damián.

—A que yo comencé a amarlo desde entonces. Supuse que era un amor definitivo, puro y hondo, como acabas de calificar el tuyo. Y así fue, pese a nuestras diferencias temperamentales. Aún lo amaba muchísimo cuando quedé embarazada y por nada del mundo iba a privarme del fruto que enaltecía nuestro amor.

—¿Tuviste hijos? —Se asombró.

—Una hija.

—¿La... conoceré, entonces? —No entendía por qué se ponía tan nervioso. —¿Vive en el rancho?

Los ojos de Evelyn se llenaron de lágrimas otra vez. Dio vuelta la cara para que él no percibiera su extrema turbación y preguntó con firmeza:

—Has leído el diario, ¿verdad?

—Todo. Algunas partes dos veces; no me parecía real. Y me hizo sufrir. Te guardo rencor, Evelyn, por habérmelo dado.

—Imagino que te produjo un terremoto, como me pasó a mí.

—Terremoto, angustia, confusión, lástima... ¡qué sé yo! Deberíamos quemarlo.

—No. Dijiste que querías conocer secretos. No deberías quejarte. —Volvió enérgica a su labor.

—Ese diario me produjo un terror semejante al que tuve cuando el enfermero que vio morir a papá me contó qué sucedía en los campos de la dictadura. Paradójicamente, yo quería saber. ¿Era un morboso? ¡Le insistí para que hablara! Después no pude dormir por muchas noches.

—Por el diario ya te has enterado, como yo, de muchas cosas. Yo tampoco puedo dormir. Pero faltan otras. —Dejó la labor y tomó las manos de Damián; lo miró al fondo de los ojos. —He decidido confiarte el mayor de los secretos, el que más me importa. —Se mordió los labios. —Te prometo que no será tan fuerte el dolor como el asombro.

—¿Asombro o espanto? ¿Es necesario que me entere? —Lo recorrió un escalofrío; ciertas expectativas son peores que la peor realidad.

—Absolutamente. Pero antes jurarás por Dios que no se lo revelarás a Mónica.

—¿Por qué?

—Por la salud de su mente.

—No entiendo. Mónica y yo no nos guardamos secretos, no es nuestro estilo. Me sentiré incómodo, desleal.

—Damián, jura por Dios que callarás lo que voy a decirte.

—Me impones algo injusto.

—¡Jura, y bendito seas!

—Está bien. Juro por Dios que no divulgaré el secreto que ahora me vas a confiar.

—Y no se lo dirás a Mónica.

—Y no se lo diré a Mónica.

Evelyn introdujo las agujas y la lana en una bolsa que depositó en el piso. Giró hacia Damián y volvió a tomarle las manos.

—En el diario de Dorothy ambos nos hemos enterado de verdades conmovedoras, pero también de un error enorme: estaba convencida de que Mónica es hija de guerrilleros desaparecidos.

Damián dejó de respirar.

—No es así —continuó Evelyn—. Sus padres no son desaparecidos: viven. Y su madre sufre como un animal desollado.

Le apretó con fuerza las manos para que el vértigo de lo que venía a continuación no lo tumbara.

En Galveston los vistas de aduana eligieron al azar, para la prueba, algunos cajones de alimentos congelados y los hicieron abrir. Ante su mirada experta aparecieron camarones de tamaño mediano prolijamente distribuidos. Con estiletes de acero removieron el fondo y sólo obtuvieron muestras de que los productos estaban en orden. La sospecha de que algunas de las naves provenientes de América Central podían incluir mercadería ilegal los obligaba a ser cuidadosos, porque corría la voz de que los contrabandistas utilizaban refinadas artes para cegar la mejor pupila. Destinaron tres horas a efectuar la revisión del cargamento, área por área, y echaron un vistazo disimulado a las caras ajadas de la tripulación y el estado inmundo de los camarotes. En esos barcos los animales muertos eran privilegiados con respecto a los hombres vivos. Examinaron la documentación, hoja por hoja, y al final, autorizaron el paso de los contenedores.

De inmediato sonaron los celulares en oficinas de Galveston y Houston. Tanto los agentes del FBI y el ATF como los hombres que rodeaban a Tomás Oviedo suspiraron conformes. Tomás Oviedo telefoneó al hombre de la cicatriz que había volado a Phoenix para arreglar el desajuste en la frontera de Arizona, y le dijo que mantuviese una actitud calma. A los conductores de los camiones se les ordenó llenar los tanques de combustible y permanecer atentos cerca del muelle. Uno de los conductores, más meditabundo que de costumbre, era Todd Random, alias Pinjás.

Las grúas se alistaron para iniciar su tarea, pero ya se agotaba la tarde y las autoridades del puerto decidieron que se ocupasen de evacuar otros bultos. La nave hondureña debía permanecer amarrada y fue anotada al comienzo de la lista para el día siguiente.

—¡Perfecto! —Roland Mutt desactivó su celular. —Esto se acomoda a nuestra planificación. Esta noche Topo cumplirá su despliegue, y mañana lo hará Caballo.

Bill llamó al hotel y pidió comunicarse con Mónica. Le avisó que lamentaba tener que postergar la cena de esa noche, pero que tanto él como Evelyn habían sido convocados a una emergencia de organización de la comunidad. No era grave. Su comunidad equivalía a un país, y él era el gobierno. Pero volverían a reunirse a la noche siguiente, como estaba programado; Evelyn prepararía un excelente asado con salsa tejana.

—¿Quieres que te mande un auto para pasear por Little Springs? —ofreció.

—No hace falta. Gracias, tío. Saldré a caminar con Damián; nos hará bien estirar las piernas. Comeremos en algún restaurante típico.

—Perfecto. Otra cosa: modifiqué el cronograma de acompañamientos a Dorothy, para que no debas quedarte de noche. Dispongo de devotas mujeres que son caritativas y eficaces.

—Soy yo la que desea acompañarla.

—Hija... —La palabra le salió con leve disfonía. —De noche no. Es un sacrificio inútil.

—Lamento disentir. Para mí no es un sacrificio, y tampoco lo siento inútil.

Bill Hughes, impresionado por la serena firmeza de Mónica, la sintió más cerca y más propia que nunca.

Cuando ella le comentó que quedaban libres, Damián sintió alivio. Esa noche no estaba en condiciones de asociar a Mónica con sus verdaderos progenitores y verlos lado a lado, ocultando los vínculos. La conversación con Evelyn lo había dejado de cama.

Tras lustros de permanecer sometida a un silencio monacal, Evelyn había reconocido que el reencuentro con Mónica le había dado vuelta el alma. Ya se había resignado a sobrevivir como una mujer condenada a una injusticia eterna, pero ahora brotaban la decisión y la urgencia de compartir secretos con Damián. Sus peligrosos y agobiantes secretos.

Para que Damián comprendiese, debía entender la extraña mentalidad de Bill. A ella le había llevado una vida darse cuenta. Pero darse cuenta ya no significaba su redención personal, sino sólo acusarse de imbécil. No importaba; importaba Mónica.

Evelyn dio los rodeos de una delatora nerviosa: por un lado quería formular su acusación rotunda, y por el otro sus palabras tropezaban con obstáculos. Pero lo que dijo alcanzó para que Damián infiriera que Bill era un sectario irreductible, tal como había sospechado antes de conocerlo. Hábil, manejador y duro. Un hombre que recurría al argumento de su directa comunicación con Dios mediante los mensajes del profeta Elíseo para legitimar ideas y proyectos. Antes de unirse con Evelyn ya había adherido a la teoría de los preadámicos y la semilla humanoide de Satán. Ahora gobernaba con puño de acero su comunidad de Little Spring, fundada sobre la base del modelo de los guerreros bíblicos. Muy cerca había habido una imitación que acabó en tragedia: Waco y sus davidianos intransigentes. Los Héroes del Apocalipsis de Bill parecían una organización más antigua y avisada, dispuesta a luchar en forma sostenida por la guerra del fin del mundo, que estallaría durante la primera década del nuevo milenio.

Evelyn habló sin mirar a Damián, porque su mirada de asombro la habría paralizado. Sus pupilas preferían dirigirse a un punto lejano, más allá de los cables que unían el cuerpo de Dorothy con los insomnes aparatos. De su garganta brotaban palabras oscuras. Pero Damián oía todo: aquello que disfrazaba y aquello que corría el velo. Entendió que los Héroes tenían la "elevada" misión de corromper a las huestes del Maligno, es decir, los preadámicos, las razas inferiores. Hombres, mujeres y niños eran adoctrinados en forma diaria y enfática para su trabajo, irrefutablemente ilegal. Debían proceder como los misioneros que, sin contaminarse, se introducen con valentía en las pestilencias de la lepra u otras plagas. Damián pellizcó el borde de su silla cuando Evelyn confesó que también había aprendido a fraccionar y suministrar el "santo" veneno... sin consumirlo.

"Bill nos repite que los Héroes seremos la única comunidad del mundo que se sentará a la diestra del Señor, porque realizamos lo que ninguna otra denominación; ni siquiera iglesias de la Identidad Cristiana se atreven. Somos idénticos a los primeros apóstoles en un mar de paganos."

A Damián le latía la cabeza. Se había introducido en un manicomio donde los psicóticos manipulaban bombas. Esa mujer le confirmaba su presagio de que, así como la guerrilla marxista (idealista, altruista) se había asociado en Perú y Colombia con el narcotráfico para que se cumpliese el apotegma de "cuanto peor, mejor", allí, en Little Spring, se había comenzado a producir la alianza entre una secta religiosa (espiritual, moralizadora) con un comercio vil. Era increíble.

No había alcanzado a metabolizar esta noticia cuando Evelyn ya se disponía a tocar un espinoso asunto relacionado: el firme rechazo de Bill a tener hijos, posición que a ella aún seguía resultándole absurda. Por accidente quedó embarazada y tuvo que decidir entre una ruptura sangrienta con el déspota o acatar su voluntad. Corría peligro la criatura y, desesperada, procedió como la madre auténtica frente al rey Salomón: para que no matasen a su hija aceptó que se la llevase otra, en este caso Dorothy, su mejor amiga... Después compensó el tormento con una redoblada obediencia y se sepultó bajo los escombros.

A Damián le faltó aire. Este tramo era como una patada en la nuca. Inspiró hondo y se frotó la cara. No sabía si marcharse o seguir escuchando. Acababa de descubrir la verdadera, alucinante, filiación de Mónica. Al incipiente dolor de cabeza se agregaba esa asfixia que amenazaba con convertirse en náusea. Mónica no era hija de desaparecidos, como pensaba Dorothy, sino de... ¡Qué impresionante!

Evelyn ya no podía parar. El murallón de su dique se había partido. Saltaba de un tema a otro, desquiciada. Damián suponía que continuaba hablando de Bill, pero se refería a otra persona: Wilson Castro. Aseguraba que era otro delirante cuya dínamo no se refería a la religión ni la raza, sino la incendiaria liberación de Cuba. Hacía mucho que anhelaba formar un ejército que recuperara por la fuerza el control de la isla; quería convertirse en un héroe más grande que José Martí. Para ello valían todos los medios: lobbies, incursiones asesinas, negocios clandestinos, intrigas.

Mientras derramaba opiniones sobre Wilson, se pasó la lengua por sus labios y murmuró: "Pinjás".

¿Qué quería decir? Mejor que callara, rogó Damián sin abrir su boca pálida. "¿Qué vendrá ahora?"

Evelyn siguió.

Bill había llevado consigo a Pinjás desde la remota Carson, Arizona, para que se ocupara de los trabajos sucios; era parte de su acuerdo con su ex socio, el pastor Robert Duke. Pudo entonces comprar las tierras aledañas al rancho por monedas gracias a las amenazas mafiosas de Pinjás a los antiguos propietarios, y también por monedas consiguió adquirir autos, camiones, combis y camionetas. Limpió los alrededores de abogados o periodistas que se atreviesen a denunciarlo. La técnica de Pinjás consistía en apoderarse de los animales domésticos, especialmente perros. Durante la noche, acompañado por uno o dos ayudantes, se dirigía a la casa del enemigo provisto de una lona, sogas y un bidón de nafta. Arrojaba la lona sobre la cabeza del animal y lo inmovilizaba; después le ataba las patas y lo enmudecía con un bozal. Cuando quedaba convertido en un convulsionado pero inofensivo paquete, lo colgaba de un árbol cercano, lo rociaba con combustible y le prendía fuego. Los ladridos que explotaban en cuanto se desprendía el bozal eran tan brutales y convincentes que se esfumaban los deseos de seguir molestando a Bill y sus actividades.

Damián sentía que Evelyn lo paseaba por los infiernos como Virgilio a Dante. Lo hizo subir y bajar escalones en llamas. Pero una y otra vez retornaba al dolor que le había producido la pérdida de su hija. Se la arrancaron durante una noche de tormenta, tras haberte dado el pecho por última vez.

"¡Pobre mujer! —pensó Damián—. Semejante tortura no fue imaginada ni siquiera por Dante."

Luego Bill le prohibió preguntar por la criatura o telefonear a Dorothy. También le escamoteó encontrarse con Wilson durante las numerosas ocasiones en que éste iba a Little Spring para coordinar negocios. Debía convencerse de que jamás había estado embarazada.

Ahora, en cambio, Evelyn se había sublevado como una esclava que rompía sus cadenas. No sabía qué sería de ella, de su marido ni de la robotizada comunidad. No importaba —repitió—: importaba Mónica. La empujaba una emoción salvaje; quizá terminaba en suicidio, lo menos gravoso. Todo era posible.

La llegada de su hija fue avasalladora. Ya en el curso del primer encuentro, de inmediato, se produjo el milagro de dar el pecho al revés. Sí, al revés: ella, Evelyn, fue quien bebió la vital leche de su hija recuperada; ella recibió la nutrición que faltaba a sus huesos y a su alma. Perdía el miedo y la ceguera que la habían mantenido sometida con la misma rapidez que el sol expulsa la bruma de la mañana. De nuevo circulaban por su cráneo pensamientos propios. La asombraba reconocerse audaz. Se estudiaba en el espejo como no lo había hecho en años, porque no era la misma persona. Por eso había resuelto confiar a Damián el diario de su amiga de infancia y madre sustituta de su propia hija. Por eso se atrevía a contarle los secretos de Bill, de Wilson, de Pinjás, de todo.

Damián estaba deshecho. Contempló las curvas que las pantallas dibujaban sobre las constantes fisiológicas de Dorothy como si fueran textos capaces de proporcionarle orientación. La atmósfera era de por sí irreal, y las palabras de Evelyn habían contribuido a tornarla en pesadilla. Ella, súbitamente consciente del terremoto que había inyectado en Damián, le frotó los dedos para cerciorarse de que seguían calientes y sensibles. Damián suspiró y se puso de pie. La miró con gratitud y miedo. Esa mujer se había convertido en una nave sin timonel. Apoyó sus manos sobre los hombros contraídos y le dio un largo beso en la frente. Corroboró que Mónica, en efecto, había heredado sus ojos verdes, su nariz recta y sus labios seductores. Miró a la seguramente sorda Dorothy: inmóvil, ausente. ¡Si supiera!

Convenía alejarse del hospital antes de que llegase el relevo ordenado por Bill. Era mejor que no lo vieran con Evelyn fuera del programa oficial. Aunque seguro que algún espía ya había soplado el dato.

Necesitaba una prolongada ducha para limpiarse la sangre, de modo que se dirigió al hotel. Las agujas calientes le castigaron la nuca, la espalda, luego el pecho y las piernas. Se frotó las mejillas y se enjabonó dos veces. El cuarto se llenó de vapor. Entonces cerró el agua caliente y el frío de la ducha lo despabiló como si hubiera hundido la cabeza en un balde con hielo. Se le abrieron grandes los ojos, casi espantados, y una corriente eléctrica le erizó toda la piel. Las palabras de Evelyn continuaban golpeando como un ventilador de ruinosas aspas. Se secó, se cambió de ropa y bajó al vestíbulo para aguardar a Mónica. Pidió una tónica con limón. Menos mal que esa noche no tenían que ir al rancho.

Luego de la medianoche los cuarenta hombres y mujeres de la unidad Topo levantaron el campamento y marcharon hacia su excitante objetivo. Lo hicieron en forma discontinua para no despertar sospechas, aunque resultaba difícil que en el rancho tuvieran noticias de sus propósitos. Usaron las luces bajas y en algunas partes manejaron a oscuras. Ya habían estudiado los caminos que aproximaban al rancho desde el norte y el oeste. Algunos vehículos se ocultarían en la amplia hondonada norte; el resto lo haría entre arbustos, pirámides de heno o esqueléticos ramajes.

Estacionaron un kilómetro y medio antes de llegar al extremo más distante del cerco. A lo lejos se distinguían las luces del edificio central. Las investigaciones previas habían corroborado el descuido de ese sector, ya que existían dos canales secos por donde pasaban los ratones de campo.

Levantaron las armas semiautomáticas ocultas bajo una lona, se ajustaron las bandoleras llenas de municiones, se colgaron de los cintos las granadas de mano y se cubrieron las cabezas con capuchas camufladas. Cuatro hombres cargaron palas y bolsas de plástico resistente.

Caminaron por la zona más hundida del terreno; por instantes perdían de vista las distantes luces del edificio. A sus botas se adherían abrojos y espinas. Trataban de no hacer ruido, aunque nadie podía oírlos aún. El aire poblado por el monocorde canto de los grillos fue cruzado por la queja de una lechuza cuyas alas pasaron tan cerca que pareció rozarlos. Los tacos de los cuarenta agentes crujían apenas sobre la tierra seca. Distinguieron la borrosa franja del cerco sobre cuyo borde superior estaban fijados los alambres de púa. El jefe se puso de espaldas y se encorvó; encendió un lápiz luminoso y sacó el mapa de su bolsillo. A la izquierda se alzaban los brazos retorcidos de un árbol calcinado que servía de referencia. Guardó los materiales y tendió el índice hacia adelante y un poco a la derecha.

Avanzaron casi en cuatro patas, como si pudiese capturarlos un súbito reflector. La torre más cercana distaba sesenta metros y estaba oscura, seguramente vacía. Casi todos los varones de la comunidad habían partido a recibir el embarque de droga en la frontera con México y el puerto de Galveston; los que quedaron concentraban la vigilancia en torno del edificio y el portón de entrada.

Se arrimaron al muro. Era necesario evitar que se prendiese alguna alarma. Los cables pasaban por el medio y por arriba, pero no los habían tendido en la porción inferior para que no estuviesen al alcance de los animalejos silvestres.

—Hay que agradecer a la zoología —ironizó Jerry mientras señalaba la concavidad que formaba un canal seco—. Por ahí circulan nuestros amigos los ratones.

—Roland Mutt tenía razón.

—Siempre lo dice. ¡Viva la zoología! —prendió su lápiz y

marcó el sitio. —Bueno, empiecen a cavar. Pero sin hacer ruido, ¿eh?

En las bolsas de plástico recogían la arena, los cascotes y el pedregullo que las aceitosas palas extraían por debajo del cerco. El túnel, que hasta ese momento sólo usaban víboras, ratones y coyotes, se ensanchó lo suficiente para dejar pasar en forma holgada a una persona con armamento.

Trasladaron las bolsas cargadas hacia el norte, a más de cien metros de distancia, y las vaciaron entre los yuyos. Después identificaron un segundo canal y repitieron el ensanche. Jerry no se conformó con iluminar ambos túneles con su linterna y verificar que alcanzaran para el cruce de su gente, sino que tendió su cuerpo en la tierra e hizo la prueba. Del otro lado se ocultó en la sombra interna del cerco, se sacudió el uniforme lleno de polvo, miró las débiles luces del casco aparentemente dormido y la torre apagada. La luna en cuarto menguante apenas dejaba distinguir los establos donde deberían entrar antes de que llegase el cargamento. Dentro de la muralla también cantaban los grillos.

Ordenó pasar a la etapa siguiente.

Jerry había dividido a su gente en dos mitades. Una penetraría por el canal de la derecha, y la otra, por el de la izquierda. La de la derecha se dirigiría al primer establo; la de la izquierda, al segundo.

—Recuerden —susurró con firmeza—: avancen pegados al suelo, como lagartijas.

La columna destinada al segundo establo llegó antes. Rodeó con cautela las paredes de leños, porque a veces allí funcionaba una guardia aunque los depósitos subterráneos estuviesen vacíos. Jerry golpeó con la culata de su ametralladora la base del muro para generar la reacción del eventual centinela. Como no hubo respuesta, repitió el golpe dos veces, más con el mismo resultado. Ordenó a su gente que se pegara al suelo y abrió el portón con la punta de la bota. Arrojó un cascote hacia el montacargas que adivinaba en el medio. Tampoco obtuvo respuesta. Puso su arma en condiciones de disparar y rodó hacia el interior. Enseguida se introdujo en un ángulo del muro que protegía por lo menos dos tercios de su cuerpo, y encendió la linterna. El haz de luz rayó toda la superficie del establo; sólo pudo ver el enorme montacargas. Ordenó que ingresara el resto de su columna.

De súbito oyeron quejas y golpes provenientes del primer establo. Un centinela, al advertir la linterna de Jerry, había salido a dar cuenta de los invasores. En la carrera tropezó con los agentes tendidos sobre la hierba seca, que lo atraparon por los tobillos. Cachiporrazos certeros lo pusieron fuera de combate antes de que pudiera gritar. Fue rápidamente maniatado y amordazado.

Jerry se desplazó para verificar su estado.

—Servirá de rehén. Ahora, ¡a bajar!

Accionaron los montacargas y seis hombres descendieron al laberinto subterráneo. Tal como estaba previsto, esa noche no había gente en ninguna de las tres salas. Los lápices luminosos corroboraron, en la primera, la acumulación de armas, municiones y cajas con nitrato de calcio y nitrato de amonio (material utilizado en la bomba que había estallado en Oklahoma); en la segunda sala se apilaban los archivos sobre sectas y milicias afines, y en la tercera estaban ordenados los equipos de comunicaciones. Los varones de la comunidad habían partido a recoger el colosal embarque que ingresaba por la frontera mexicana y por el puerto de Galveston. Sólo permanecía una guardia elemental en torno del edificio, compuesta por mujeres y niños.

Pero Jerry alcanzó a verlo emerger de las sombras. Llevaba pistola al cinto y se abalanzó sobre un tablero. Con la linterna le iluminó las facciones contraídas, propias de alguien decidido a matarse. Pegó un salto y con la espalda le impidió llegar a los botones. Uno de los agentes que lo acompañaban le dio un culatazo entre el hombro y la nuca que casi lo decapitó. Jerry le metió un trapo en la boca mientras sus ayudantes lo maniataban.

—No accionarás la alarma, hijo de puta. Pero nos llevarás al sector oeste de los túneles. Si tratas de engañarnos, te haré vomitar sangre —susurró al confuso prisionero que apenas podía moverse.

Jerry Lambert había memorizado cada centímetro y podía llegar solo a donde quisiera, pero el ardid solía dar resultados para detectar guardias adicionales o sistemas de aviso encubiertos. Los ojos de un cautivo resultan más elocuentes que su lengua.

Avanzaron hacia el área menos transitada de los túneles, lejos ya de las salas en actividad. El espacio se tornaba más estrecho e irregular, con cascotes en el piso, tablones sueltos y algunas herramientas abandonadas. Ahí estaba proyectado efectuar una ambiciosa ampliación destinada a refugio antiaéreo. La guerra del Apocalipsis no sería un juego de niños. Los trabajos iban a ser reanudados cuando finalizara la distribución de la partida de droga que estaba por ingresar.

Los treinta y cuatro agentes que quedaron en la superficie aguardaron hasta los minutos previos al alba y se dispersaron por el campo, entre abrojos y maleza. Palparon sus armas, se ajustaron los audífonos a las orejas y esperaron la orden. Los más ansiosos habían guardado en el bolsillo un sándwich que hubieran deseado acompañar con café caliente.

Bill llamaba "Cenáculo" al auditorio donde reunía al conjunto de su comunidad para impartir instrucciones. Todo cristiano debía recordar que en el Cenáculo de Jerusalén, antes de ser arrestado, Jesús comió con sus discípulos y les brindó el último tramo de su mensaje. Por lo tanto, la atmósfera debía generar fe y aprensión al mismo tiempo. Era el ámbito de los momentos trascendentales. En el cenáculo de los Héroes, Bill conseguía que el misterio penetrase el alma con tanta fuerza como si se estableciera comunicación con el otro mundo.

La sala estaba en penumbras y tenía la forma octogonal de las construcciones carolingias. Las paredes habían sido pintadas con tonalidad malva oscura y esporádicos brillos. El techo, de plexiglás, permitía ver las estrellas. Desde lo alto descendía un silencio pesado, como si las galaxias comunicasen la densidad del vacío. En torno del amplio estrado cubierto de alfombra roja ardía una circunferencia de velas que sólo podía cruzar el jefe supremo. Al fondo resplandecía el Arca de la Alianza con las plumas de pavo real que evocaban la guardia de querubines. Los focos del techo estaban apagados para que sólo parpadearan las candelas. Los asistentes ni siquiera movían los labios, en espera de la palabra que pronunciaría el reverendo. En la cuarta fila se ubicó Aby Smith; Evelyn, en la segunda. Las personas grandes y pequeñas se veían unas a otras como respetuosos espectros. Bastaba con ingresar para asumir la transfiguración.

Bill apareció desde una negra puerta lateral. Su elevado porte expandió vibraciones hasta la pared del fondo. Caminó lento y erguido; sus pasos resonaban como sordos golpes de tambor. Atravesó el límite de candelas como Elíseo el río Jordán. Subió al estrado con su báculo de olivo en la derecha y una Biblia en la izquierda. Apoyó el libro sobre un atril del que salía un brazo con un candelabro encendido. Se arregló la túnica que le bajaba de los hombros y se concentró. Esa noche había pocos hombres, pero se hallaba presente la totalidad de mujeres y niños. Sólo se oía la respiración de los presentes, sobre cuyos rostros la luz de las velas pincelaba matices rosados y malvas.

—Recitemos juntos el salmo 23 —ordenó mientras abría la Biblia en la hoja exacta.

Un coro de voces desafinadas recitó los versículos aprendidos de memoria:

Iahvé es mi pastor, nada me falta.
Por prados de fresca hierba me apacienta;
Hacia las aguas del remanso me conduce,
y con dulzura recrea mi alma.
Me guía por senderos rectos
Por el amor que profeso a Su nombre.
Aunque vaya por un valle tenebroso
No temo ningún mal,
Pues están junto a mí Su vara y Su cayado.
Tú, Señor, me preparas una mesa
Ante mis enemigos;
Perfumas con ungüento mi cabeza,
Y llenas hasta arriba mi copa.
Con gracia y dicha me circundas
Todos los días de mi vida.

El pastor cerró la Biblia y recorrió con sus ojos grises la asamblea en penumbras.

—Mañana temprano comenzarán a llegar los camiones conducidos por vuestros esposos y padres. Traen una nueva dotación de armas para la guerra del Apocalipsis. Se volverán a reunir las privilegiadas tropas de ésta, la fortaleza de Iahvé. Todos deberemos colaborar. Las cajas de alimentos serán descargadas transitoriamente, hasta que aparezcan las que encierran el veneno para las bestias del campo. El veneno será transportado hacia los establos, bajado en los montacargas y guardado en los túneles. En cambio, los alimentos volverán a los camiones para ser distribuidos en los negocios de tres localidades.

Una nena de cinco años empezó a llorar y Bill autorizó a la madre a que se la llevara. Fingió no haberse molestado y prosiguió:

—Si trabajamos arduamente, la tarea concluirá en pocas horas. Mañana por la tarde algunos camiones ya deberán estar entregando los alimentos. Al Señor le gusta la rapidez; ama los rayos.

Evelyn se arregló el cabello, distraída. Mientras se acariciaba las hebras que terminaban en su rodete antiguo, pensó cómo le quedaría un corte más elegante. También pensó qué estarían conversando Mónica y Damián. Le había sorprendido esa reunión en el cenáculo previa a la llegada de la droga; no era imprescindible. Ella habría preferido cenar con su hija y su apabullado novio. Pero algo aún no dicho habría determinado que Bill reuniera a la gente. Los niños y las mujeres siempre colaboraban en los trabajos, en especial cuando había apuro. Se le ocurrió entonces que el encuentro con Mónica también había conmocionado a su marido, aunque evitaba expresarlo. Por duro y empecinado que fuera, el impacto de la juvenil presencia tenía algo de sobrenatural. Tampoco él había vuelto a verla desde que la entregó a Wilson aquella noche de tormenta. Bill, bajo su armadura, también debía de sufrir un sacudón. No tan fuerte como el que la convulsionaba a ella, pero un sacudón al fin. Era humano, después de todo.

El pastor añadió con énfasis:

—Ustedes son mi familia. Yo soy el padre de cada uno de los que componen esta comunidad.

—¡Eres nuestro padre! —respondieron a coro.

—Yo recibo las instrucciones del Señor.

—¡Recibes las instrucciones del Señor!

—Elíseo me habita el alma.

—¡Elíseo te habita!

—Aleluya.

—¡Aleluya!

—Cantemos el salmo número 12.

¡Auxilio, Señor!
¡Que ha muerto la piedad y
Se ha ido la verdad
De entre los hombres!
Mentiras se hablan
Los unos a los otros.
¡Son labios de engaño,
Lenguaje de corazones dobles!
¡Oh, extirpe el Señor
Todo labio tramposo,
Toda lengua que habla hinchadas frases!

—Aleluya —dijo Bill.

—¡Aleluya!

—¿Digo yo la verdad?

—¡Tú dices la verdad!

—Pues debo comunicarles que se acercan acontecimientos decisivos. Las fuerzas del Mal han resuelto atacarnos. No sabemos cuándo exactamente, pero sucederá pronto. Debemos rezar y permanecer alerta. ¡Somos el ejército del Señor!

—¡Somos el ejército del Señor!

—Pero en nuestras fuerzas se han infiltrado traidores. Tenemos uno, dos o tal vez siete Judas. ¡Caiga sobre ellos la maldición del Cielo!

—¡Caiga la maldición! ¡Malditos sean! —se enardeció la feligresía.

—Algo extraño ha ocurrido en Arizona —agregó Bill—, y es probable que también en Galveston. Cada mujer deberá hablar con su marido, y cada hijo, con su padre. Los traidores quieren nuestra derrota. ¡Pero ellos y sólo ellos serán hundidos en el infierno!

—¡En el infierno!

Evelyn se sobresaltó. ¿Habían arrojado granos de arena en el engranaje que funcionaba perfectamente desde hacía años? ¿Quién lo había hecho? Conocía a cada uno de los miembros de la comunidad y los consideraba incondicionalmente leales a Bill. Se sentían protegidos y seguros bajo el ala de su esposo; obedecían las órdenes con entusiasmo y esperaban la guerra seguros de la victoria. Las dudas que algunos habían manifestado al comienzo de la catequesis se borraban por arte de magia frente a Bill o el jubiloso contagio del resto. Las tareas encomendadas —cualquier tarea— no generaban críticas, sino competencia interior por cumplirlas cuanto antes y de la manera más eficaz. Hasta ese instante la única traidora era ella: había escondido el diario de Dorothy y luego se lo había pasado a Damián. Y le había contado, sin la mínima sospecha de Bill, intimidades que justificarían su lapidación. Pero Damián no iba a poner granos de arena en el engranaje de la comunidad. No por el momento. ¿En qué tiempo? Desde su llegada no se había movido de Little Spring; Galveston quedaba a una hora de distancia, y Arizona, a más de un día... Pero —se arañó el rodete fijado sobre la nuca—, podía haber hablado por teléfono. ¿Podía? No, imposible. Sabía que Bill era el padre de Mónica, y Evelyn, la madre. Por amor a Mónica no los denunciaría.

Sus manos volvieron a temblar. Su flamante audacia retrocedió ante la repentina incertidumbre. Podía considerarse una Judas, pero no tenía derecho a endilgar semejante calificativo a Damián. A lo mejor Bill exageraba. Más de una vez habían surgido problemas con los embarques, y su marido había convocado a la comunidad para fortalecer la confianza en el Señor. Quizás pronto se superara el escollo. Cada familia potenciaría su juramento y la vida seguiría su curso. No había signos de persecución federal. Ninguna amenaza concreta, ninguna investigación, nada de lo que había pasado en Ruby Ridge o en Waco. El gobierno había aprendido a manejarse con cautela. Era eso: Bill exageraba. O estaba conmocionado por la presencia de Mónica.

El pastor rezó con fervor insólito. De veras le preocupaban los traidores y la inminencia del Armagedón. Pero, en última instancia, más que los traidores o la guerra le preocupaba el texto del Salmo 12 dedicado a la mentira. La mentira podía resquebrajar su alianza con el Señor; había llegado el momento de volver las cosas a su lugar. “Hay un tiempo para rasgar, y un tiempo para coser; un tiempo para callar, y un tiempo para hablar”, dice el Eclesiastés. Por su mente caminaba el profeta Elíseo indicándole que así como había debido separarse de Lea y Robert Duke, ahora debía separarse del prostituido Wilson. Pero la separación de Wilson no se limitaría a la sociedad, sino a la posesión de Mónica: tiempo de rasgar y tiempo de coser, tiempo de perder y tiempo de recuperar. Esa abyecta basura preadámica no merecía ni siquiera llamarse su padre adoptivo. Mónica era una hija pura de Adán, y él, un subhumano vil que había traicionado el hermoso nombre brindado por la Providencia y gracias al cual Bill lo había aceptado como marido de su hermana. Era tiempo de recuperar a su hija: "Lo que fue rasgado será cosido; lo que fue perdido será recuperado". Los sabios caminos del Señor son más potentes que todos los volcanes del universo. Ahí, en el cenáculo, mientras se dirigía a las mujeres y los niños de su comunidad, un viento cargado de polen luminoso henchía su espíritu. Los grandes hechos se producen durante las tempestades. Elíseo caminaba en su cerebro como lo había hecho en otras circunstancias decisivas; su calvicie reverberaba entre los desfiladeros de algodonosas nubes. Si se aproximaba el Armagedón, que la Bestia mostrara sus colmillos y el Señor la pulverizaría con el rayo de Su justicia. Mónica era suya, definitivamente.

Cerró el servicio con el salmo 57.

Tenme piedad, oh Señor, ténme piedad,
Mi alma a Ti se acoge.
A la sombra de Tus alas me cobijo
Hasta que pase el infortunio.

Bill se retiró por la negra puerta lateral, y la audiencia, por las anchas del fondo, en silencio. Cada uno marchó a su respectivo cuarto. Había que dormir, porque la inminente jornada exigiría mucho esfuerzo.

Cuando quedaron solos Bill, pidió a Evelyn que se sentara y dejase a un lado las agujas y el perpetuo tejido de lana azul. Debía concentrase en lo que iba a decirle. El rostro de Bill vibraba de tensión; su mirada era como fuego. Ella obedeció, expectante. Presentía que en unos minutos nada volvería a ser igual.

• • •

En la madrugada ingresaron en el muelle de Galveston quince hombres con trajes térmicos bajo el disfraz de estibadores y ayudaron a cargar los cubos refrigerados en los camiones que habían llegado de Little Spring. El procedimiento calcaba la técnica de otros desembarcos. La tarea fue supervisada por agentes de la aduana que parecían desconfiar aún, pese al resultado negativo de su investigación. La actitud hosca de esos vistas puso nerviosos a los Héroes, que, como había sucedido otras veces, debían aguardar con paciencia, con los documentos en la mano. Los conductores se mantenían junto a la cabina del camión y algunos ya se hallaban sentados al volante, listos para correr hacia la fortaleza y retornar al amparo de su jefe.

A medida que los depósitos se llenaban eran cerradas las puertas de metal. Ni los conductores del camión ni los vistas de aduana captaron los pases de ilusionista que realizaron los quince estibadores para quedarse escondidos con su disimulado armamento entre las cajas de camarones congelados.

Cuando se encendía la esperada luz verde, los camiones empezaban a moverse simulando calma y enfilaban hacia la salida del muelle. En pocos minutos dejaban atrás el puerto y la égida de la ciudad de Galveston. La ruta libre de Texas les brindó oxígeno; apretaron el acelerador. Tanto al rancho como a la oficina de Roland Mutt llegaron mensajes sobre la destrabada marcha. En ambos destinos cundió la satisfacción por el desenlace de esa etapa crucial.

Cuando los camiones se aproximaron al cerco, los guardias efectuaron la inspección de rutina. Los pocos hombres que habían permanecido en la fortaleza verificaron la identidad de los Héroes sentados en la cabina de cada transporte. Se saludaron con familiaridad y accionaron la botonera; el pórtico blindado se corrió eléctricamente. La desordenada caravana ingresó en el perímetro y giró para que su contenido pudiera ser descargado y seleccionado por la gente que esperaba junto a las camionetas. Este trabajo era el más pesado y lo realizarían los hombres musculosos. En efecto, las cajas correspondientes a los auténticos alimentos congelados se apilaron junto a cada camión para volver a cargarlas luego y llevarlas a los mercados donde ya habían sido vendidas; en cambio, las cajas de cocaína —disimuladas entre las otras— se ordenaron en las camionetas que arrancaban hacia la parte posterior del edificio, rumbo a los establos. Allí aguardaban otros hombres, pero fundamentalmente niños y mujeres. La razón era obvia: todos debían participar en la epopeya para sentirse protagonistas; aquella actividad era motivadora y la supervisaba el Cielo. Tanto las mujeres como los niños gozaban del ruidoso descenso del montacargas y el ordenamiento excitante en los corredores subterráneos.

Mientras esto ocurría, Damián recibió dos llamadas telefónicas.

Al instante reconoció en la primera a la voz de Evelyn, notoriamente exaltada. Sus palabras confundían al Señor de los cielos con su hija, a su marido consigo misma, la necesidad de hablarle y la certeza de que un espía la estaba escuchando. Pero no le importaba qué le sucedería a ella. Mónica estaba en peligro. Mónica. Sus frases tropezaban unas con otras como la multitud en un incendio. Damián tuvo que gritarle.

—¡Cálmate y habla en orden! ¡No te entiendo nada!

Evelyn tosió, bebió agua, pidió disculpas y finalmente se explicó. La presencia de Mónica no sólo la había revuelto a ella, sino también a Bill. Su marido ya no se llevaba bien con Wilson desde hacía meses y había comenzado a revisar su antigua decisión. Se lo había dicho hacía apenas una horas. ¿Estaba claro? La antigua decisión de obsequiarle nada menos que su hija.

—Sí, Evelyn, está claro. Pero me resulta difícil aceptarlo como realidad.

Bill se había desencantado de Wilson —insistió ella— del mismo modo que en Elephant City se había desencantado de Asher Pratt y de Lea, o en Carson del pastor Robert Duke. Sus alianzas humanas eran acotadas en el tiempo; en un instante le surgían la desconfianza y el rencor.

—Evelyn, no quiero tus reflexiones —la interrumpió Damián—. Quiero que me digas que está pasando. ¿Entonces Bill rompió con Wilson?

Evelyn respondió que todavía no, porque estaba en plena

marcha el operativo Camarones. Pero mencionaba a Wilson con desprecio, le escandalizaba la degradación a que había sometido a Dorothy y temía que acabara haciendo lo mismo con Mónica. Calificaba a su cuñado de "subhumano vil", "hijo de la Bestia" y "macaco fumador".

—¿Y cuáles serán las consecuencias? ¿Mónica se enterará?

—Ya se enteró.

—¡¿Qué?!

—Después de hablar conmigo y quedarse solo en su despacho a conversar con Elíseo, Bill fue a buscarla.

—Repítemelo. No entiendo.

—Fue a buscarla. Al hospital. La trajo aquí.

—¡Dios!

—Me ordenó preparar de nuevo el cenáculo.

—¿Qué cenáculo?

Evelyn tuvo otro acceso de tos, bebió agua y, con una molesta disfonía, se esmeró en transmitirle la importancia de ese salón solemne: la sugestiva penumbra, el círculo de candelas, la vieja Arca de la Alianza y el espíritu del Señor. El cenáculo era una reproducción simbólica del sanctasanctórum bíblico.

—¿Y todo eso qué me importa? —se impacientó Damián.

—Bill quería el cenáculo para hacer una ceremonia con Mónica.

—¿Una ceremonia? ¿En este momento?

—No me entiendes. Esto es algo decisivo. Bill la recupera como hija propia. Estoy emocionada y aterrada.

—Dios mío...

—Sólo pude ver el comienzo. Mi corazón dice que terminará mal. Por eso los dejé y vine a llamarte.

—¿Qué es lo que te asusta, mujer? Sé más clara, por favor.

—La envolvió con túnicas blancas, como si fuese una mujer de la Biblia. Y la forzó...

—¡Cómo que la forzó!

—La forzó a tocar el Arca sagrada que hasta ahora podía tocar sólo él. Luego la tomó de la mano y la ayudó a cruzar el círculo de luces como si ambos fueran profetas que atraviesan por milagro las barreras del espacio. Rezó para ella siete salmos escogidos y entonces, cuando Mónica había llegado al límite de la paciencia y del asombro, le hizo leer el versículo 7 del capítulo III del Eclesiastés: "hay tiempo de callar y hay tiempo de hablar".

—Quieres decir que... le confesó su paternidad?

—Todo, Damián. Todo.

—¿Cómo recibió Mónica el impacto? ¿Cómo está? ¿Acepta que es cierto?

—No sé. No sé. —Estalló en sollozos. —¡Debes ayudarme! Siento lo mismo que cuando me la arrancaron. ¡Viene la tormenta!

—Calma, Evelyn —dijo sin convicción—. Ya corro para allá.

—Hay otra cosa... ¡más grave! —Hipó, al borde de quedarse muda.

—¿Más?

—No la llama Mónica, sino "hija de Jefté"... Así la llama.

—¿Qué quiere decir?

—La hija de Jefté fue sacrificada tras la victoria de su padre... Damián, ¡me muero de miedo!

La comunicación se interrumpió. Damián agitó el aparato y por último colgó el auricular con nerviosismo. Se vistió a las apuradas. Palpó su bolso para verificar si en el fondo aún estaban los libros que escoltaban el diario de Dorothy. Los hechos giraban como un trompo y quizás enseguida, mucho antes de lo esperado, él debería abrazar a Mónica y persuadirla de reconciliarse con su origen y su realidad mediante ese diario desgarrador. Cuando abrió la puerta para salir, sonó de nuevo el teléfono. Otra llamada de Evelyn. ¿Qué sucedía ahora?

—¿Damián?

Era un hombre.

—¿Quién habla?

—Yo. ¿No me reconocés?

—¡Carajo! ¡Victorio! Te estuve llamando a Buenos Aires; no me quisieron decir dónde encontrarte.

—Me avisaron. Estoy acá.

—¿Acá dónde?

—En Galveston.

Damián se dejó caer sobre la cama.

—¡Hola! ¿Me escuchás? —reclamó Victorio.

—Sí... —Se pasó la manga por la frente. —Te escucho.

—Pronto vas a enterarte. Sabemos que algo se filtró al periodismo. Te hablo para pedirte que no te muevas del hotel. Ni vos ni Mónica. ¡No vayan al rancho!

—¿Por qué? ¿Qué pasa?

—En unas horas los federales van a dar un golpe maestro. Tratarán de evitar muertes, pero nunca se sabe.

—Mónica está en el rancho.

—¿¡Có... cómo!?

—La llevó el tío. Es decir, el padre.

—¿Wilson?

—No te puedo explicar ahora.

—¡La puta que lo parió! ¡Esto sí que se pone serio!

—Victorio, si atacan el rancho, Mónica va a estar en peligro.

—Escuchame. Por lo menos vos no te muevas del hotel. Le voy a pedir a mi jefe que protejan a Mónica.

—Yo acá no me quedo. ¿Por dónde van a entrar? Voy para allá.

—Ya hay agentes adentro.

—Me estás jodiendo...

—Y tengo perfectamente ubicado a la mierda de Abaddón. ¡Por eso te pido que no interfieras!

—¿Encontraste a Abaddón?

—Sólo pude verlo a la distancia. Está más viejo, pero con la misma jeta de decencia hipócrita y esos ojitos de víbora.

—¿Victorio? ¡Hola! ¡Hola! ¡Victorio! ¿¡Qué mierda pasa!?

Damián lanzó el aparato contra la pared y soltó más puteadas que en varios años sumados. Como no tenía paciencia para aguardar el ascensor, corrió escaleras abajo hasta la planta baja. Damián pasó por delante de la mesa del conserje como un vendaval. La puerta giratoria fue empujada con tanto ímpetu que siguió dando vueltas como si la accionara un motor. Damián se abalanzó sobre un taxi estacionado ante la puerta del hotel. El conductor interrumpió un largo bostezo como si fuese objeto de un asalto a mano armada; se enderezó tras el volante y lo miró asustado. El violento pasajero apoyó los antebrazos en el respaldo del asiento delantero y le rogó, con la respiración agitada, que volase hacia el rancho de los Héroes. El hombre aspiró hondo y casi le dijo que no quería hacer semejante viaje, pero el estado de furia que le llegaba a la nuca lo indujo a decidirse por el mal menor. Mientras arrancaba miró por el espejo y movió la cabeza sin animarse a expresar lo que pensaba. El reducido centro de Little Spring quedó atrás, pero dos kilómetros antes de llegar a destino se toparon con un auto policial.

Damián tuvo que apelar a la escasa serenidad que le restaba para convencer al oficial de que él era un periodista extranjero al que no se le podía bloquear el acceso a la información. No estaban en Asia ni en África. Mostró su credencial y derramó argumentos legales. El taxista rezaba para que le ordenasen retroceder sobre sus pasos, pero al fin Damián consiguió que lo dejaran arrimarse al cerco. En el aire se palpaba la quietud que precede a la tempestad.

En la residencia de Houston, Tomás Oviedo esperaba impaciente el arribo de Wilson, anunciado a último momento. Ya era hora de partir hacia el muelle de Galveston, donde debía cerrar hábilmente los trámites aduaneros; pero antes tenía que mostrarle a su socio la conversación registrada por sus escuchas. El tapiz arduamente tejido con Bill se descosía a zarpazos. En su vida Tomás había sufrido momentos en los que intereses y emociones se cruzaban con violencia, pero siempre había podido controlar las emociones. Suponía que lo mismo ocurriría con Wilson. La noticia que le esperaba exigiría una alta dosis de autodominio.

La conversación telefónica de Evelyn con Damián desde el rancho había sido grabada por los hombres de Tomás en dos aparatos. La habían transcrito y él conservaba las cintas originales. Estaba seguro de que Wilson las reclamaría, por más que llevasen años de mutua confianza.

Otra vez miró la hora y se asomó a la ventana en cuya base se extendían macetones floridos. Vio que se abría el portón de rejas: por fin entraba el auto que llevaba a su socio. Pidió que sirvieran café, agua y ron en el despacho. Los necesitarían. Luego se dirigió al salón de recepción para darle la bienvenida.

—¿Qué tal, Tomás? —saludó Wilson con los párpados

semicerrados, llenos de sospechas; arrojó su portafolios sobre una silla.

Tomás le estrechó la mano y lo invitó a conversar a solas. Los acompañantes se esfumaron. Wilson estaba listo para cualquier sorpresa, como si hubiera regresado a los pantanos de Vietnam.

Los primeros minutos se dedicaron a comentar la marcha de Camarones. No había novedades adicionales a las que ya le había transmitido por teléfono. Los problemas estaban identificados y se hallaron en marcha las inciertas soluciones; era una batalla en la que tenían altas probabilidades de salir victoriosos. Enseguida debían marchar al muelle, donde ya se trasbordaban las cajas.

—En el futuro habrá que tener más cuidado con ciertos miembros de la comunidad —dijo Tomás—. Deberemos convencer a Bill de que no tiene el dominio absoluto. Me parece que han surgido informantes porque descuidó algunos controles.

—¿Por qué acusas a Bill? —Wilson no entendía qué maniobra desplegaba Tomás.

—No lo acuso: señalo falencias corregibles.

—¿Estás dispuesto a que sigamos asociados con él? —disparó a mansalva.

Tomás se frotó el puente de la nariz como si le picase y luego se acomodó los anteojos.

—Evaluemos las ventajas y las desventajas —dijo, pensativo—. Entre las ventajas cuento la seguridad del operativo y su fuerza de distribución. Entre las desventajas, una paga inferior a la que obtendríamos con otros.

Wilson vertió su ron en el café.

—Podríamos exigirle una suma mayor —dijo con simulada indiferencia.

Tomás lo imitó con el ron.

—Es tu cuñado y tu amigo. Decidí. Me da igual.

Wilson lo estudió mientras sorbía el café con ron. Las respuestas de Tomás Oviedo no parecían las de un socio infiel. Quizá sus sospechas eran infundadas, producto de las tensiones agotadoras que lo bombardeaban en los últimos meses. Pero debía mantenerse alerta.

—Antes de ir al muelle tengo que informarte sobre algo ajeno a Camarones. Pero es desagradable —anunció Tomás mientras le ofrecía llenarle de nuevo la copa de ron.

Wilson enarcó las cejas y evocó aquella mañana de mierda en su despacho de Puerto Madero, cuando su fiel secretaria le derramó sobre la cabeza, una tras otra, pésimas noticias. Después tuvo la fibrilación auricular. Ahora acababa de llegar a Houston para el operativo Camarones y, de paso, descubrir si entre Tomás y Bill no lo estaban marginando, pero resultaba que lo castigarían con algo insoportable. Torció la boca.

Tomás fue al escritorio y regresó con dos casetes y un papel impreso. Se los tendió compungido.

—¿Qué es?

Oviedo no contestó.

Wilson se calzó los anteojos de lectura y empezó a respirar agitado.

—¡Hijo de puta! —bramó—. ¡Este Bill es un hijo de las remil putas!

—Te comprendo, y contás conmigo para lo que sea. Pero no pierdas la objetividad, por favor.

—¿Qué mierda pretende? ¿Robarme a mi hija?

Tomás asintió.

—¡Le arrancaré las bolas y los ojos! ¡Basura!

—Debemos partir. En la aduana no esperan. —Le puso una mano en la espalda.

Wilson se había convertido en un manojo de cables electrificados. Pero se dejó conducir hasta el auto. Tres Mitsubishis giraron sobre el camino de tupida grava y abandonaron la residencia.

Los cuarenta agentes dirigidos por Jerry Lambert aguardaban la orden de ataque con entrenada paciencia. Horas de espera antes de la fragorosa acción. Jerry en persona y otros cinco permanecían agazapados en el fondo del túnel mientras los treinta y cuatro restantes seguían escondidos bajo los matorrales como fieras al acecho. Un rehén yacía en el túnel; al otro lo habían elevado a los alejados canales ensanchados durante la noche.

Mantenían los auriculares y largavistas alertas, como forma de estar ocupados y despiertos. Desde sus escondites verían el ingreso y la descarga de los camiones. Procederían como médicos de urgencia: esperando los hechos lamentables para recién entonces correr a brindar sus servicios. Les habían enseñado que era mejor prevenir el mal, pero fueron alistados para contraatacar sus iniciativas en pleno desarrollo. Crispaban los puños, apretaban los dientes y sólo saltaban sobre los objetivos, con la agilidad y la precisión de los dedos de un pianista, en el instante óptimo, es decir, cuando volaban las esquirlas.

Estaban muy separados unos de otros, pero su éxito dependía de la sincronización que aplicarían como una máquina inhumana. Todo el tiempo emitían o recibían mensajes en código. A cada rato sus ojos se posaban en los relojes y miraban sucederse, segundo a segundo, los números digitales.

Era fundamental que brindaban protección a los niños. Para eso no sólo cada agente debía poner el máximo esmero, sino que se había incorporado más personal femenino de lo habitual. La consigna establecía que, apenas se desencadenaran las acciones, había que sacarlos velozmente del rancho y conducirlos fuera del cerco, aunque hubiera resistencia por parte de los mismos niños.

Desde los diferentes puestos de observación partían señales sobre el movimiento de los Héroes. Se registró la llegada del convoy, la inspección antes de cruzar el pórtico de acero, su estacionamiento en el perímetro y el bullicioso inicio de la descarga. También se contaron los hombres, mujeres y niños que se alineaban junto a los establos en espera de las camionetas con la droga. La media docena de agentes que aguardaban en el fondo de los túneles, por su parte, identificaban a cada una de las personas que había descendido para recibir los cajones que bajarían por el montacargas. Las instrucciones ordenaban que no se iniciara la acción hasta que casi todos los miembros de la comunidad estuvieran fuera del edificio y al alcance de los agentes: los integrantes de ese tipo de comunidad estaban dispuestos a la inmolación, y alguno podría prender fuego a la fortaleza, como sucedió en Waco.

En el lechoso fondo de los camiones, agazapados tras las cajas, los quince hombres protegidos con ropa térmica y disfrazados de estibadores acariciaron sus armas, listos para saltar.

• • •

Victorio Zapiola se sentó junto al conductor del auto y se ajustó el cinto de seguridad. Atrás se ubicaron otros dos agentes, tan armados como él. Aguardaron la partida del último camión. El chofer mantenía el motor encendido, con el pie tenso sobre el acelerador como si fuera un jinete esperando el tiro de largada.

—¡Esperá! —indicó Victorio mientras señalaba con la mandíbula los tres Mitsubishis vacíos estacionados en el muelle, cuyos conductores, sentados al volante, esperaban a los ausentes pasajeros.

Veinte minutos más tarde aparecieron seis hombres bien trajeados, provenientes de dos puertas distantes que comunicaban con las oficinas de la aduana. Habían cerrado con elegancia la ristra de trámites. Con paso tranquilo se dirigieron a los autos y se distribuyeron sin la menor hesitación como si los guiaran unas flechas blancas. Los vehículos giraron hacia la salida con aparente displicencia y luego tomaron velocidad.

—¡Ahora! —ordenó Victorio.

Los siguieron a distancia y varias veces los perdieron de vista, con la intención de despistarlos. Pero los agentes disimulados a lo largo de la ruta avisaban sobre su marcha hacia las afueras de Galveston y luego rumbo a la fortaleza de los Héroes del Apocalipsis. Los vehículos policiales escondidos junto a la ruta tenían firmes instrucciones de no encender las sirenas ni dejarse ver por los tres Mitsubishis. Sólo después de que pasó Zapiola formaron un cortejo que confluía hacia el rancho de Bill Hughes como una lenta y gorda serpiente.

—Doblaron a la izquierda —anunció un observador que transpiraba sobre su bicicleta.

—En este momento los tres autos abandonan la ruta —comunicó otro ciclista.

—¡Mierda! —exclamó Victorio—. Nos han descubierto y tratan de huir. Doblemos a la izquierda. ¡No se me va a escapar!

Pero a poco de avanzar por el desvío una nube de polvo reveló que también dejaban ese camino secundario.

—¿Los seguimos? —preguntó el chofer.

Victorio asintió pero al instante cambió de parecer. Abaddón era demasiado hábil para dejar semejante pista.

—¡Pidan refuerzos! —gritó a los agentes sentados atrás—. Solamente uno o dos autos se lanzaron al campo, pero el pez gordo seguro que no. Pretende distraernos mientras su jefe huye de regreso a Houston.

—Que también bloqueen la salida de este camino —agregó el agente en su mensaje.

—Muy bien —Victorio empuñó su arma y palmeó la rodilla del chofer. —Más rápido —le indicó.

Cuando alcanzaron una de las pocas elevaciones de terreno pudieron advertir que el único Mitsubishi a la vista, en efecto, se acercaba de nuevo a la ruta principal. Pero antes de tomarla giró bruscamente hacia la derecha y se esfumó entre los pastizales florecidos.

—Reconoció el bloqueo. Antenas no le faltan —observó Victorio.

—Me parece que abandonan el auto.

—Sí. ¡Paremos aquí mismo! Vamos a dividirnos. No podrán llegar lejos.

Bajaron con las armas desenfundadas y se internaron en la vegetación cobriza. Victorio extrajo del bolsillo un tubo recubierto de cartón grueso; le estiró la mecha y la prendió con su encendedor de plata. La contempló durante unos segundos, para asegurarse de que la llama se mantenía enérgica, y arrojó el tubo hacia adelante como si fuese una jabalina. Calculaba que pasaría por encima de Abaddón y del grupo que lo acompañaba. El chisporroteo de la bengala expulsó miríadas de chispas rojas y blancas que amenazaban con incrustarse en los ojos. De inmediato sonaron disparos ciegos. Había conseguido asustarlos. Se arrojó al suelo y se arrastró en dirección al origen de los tiros. Era el momento de atraparlos; sus compañeros debían de estar haciendo lo mismo que él. Por encima de su cabeza silbaron nuevos disparos. Estaba a poca distancia de los delincuentes y debía mantenerse aplastado contra la tierra si no quería convertirse en un colador. No le resultaba fácil la marcha de las lombrices, pese a que vivía entrenándose para ello desde que, quince años antes, lo habían incorporado a la DEA.

A su alrededor se oían roces y ruidos. Los agentes y los hombres de Abaddón se atraían como imanes. Eran inminentes el encontronazo y el desenlace. Ya debían de haberse aproximado los refuerzos, se dio ánimo Victorio.

De repente un zapato le aplastó la nuca.

—¡Quieto! —lo amenazaron al oído.

Apenas podía ver por el rabillo del ojo. Además del yugo que amenazaba con astillarle las vértebras, sintió que un caño de pistola se le hundía entre de pelo.

—¡Suelta! —le ordenaron mientras lo despojaban con violencia de la semiautomática.

Lo hicieron girar apenas; el zapato le cortaba la piel. El hombre que lo mantenía apresado era Wilson Castro, pero junto a él se erguía el gran hijo de puta.

—¡Abaddón! —Su lengua pudo más que su prudencia.

Tomás Oviedo entrecerró los ojitos. ¿Quién podía conocer su alias secreto allí, en Texas? No demoró mucho en pasar las asociaciones.

—¡Estás vivo! —También su lengua asombrada pudo más.

—El enfermero traidor... ¿Qué mierda hacés acá?

—Si el señor que me está rompiendo el cuello... —Un sonido de lija salió de su boca —Si aflojara un poco...

Nuevos balazos pasaron cerca. Los dos hombres se arrojaron sobre el cuerpo tendido de Victorio y casi le quebraron diez costillas.

—¡Te voy a llenar la cabeza de plomo si no ordenás que dejen de tirar!

A los tirones lo hicieron sentar, pero con el arma pegada al cuero cabelludo.

—¡Que dejen de tirar, carajo! —repitió Oviedo.

Victorio carraspeó y clamó —con cierto falsete, causado por el dolor de cuello— que pararan, que lo tenían encañonado.

Oviedo le rodeó la garganta con un brazo, con fuerza suficiente para ahorcarlo. Wilson Castro le pegó el arma a la sien.

—¡Parate! Vamos al auto.

Los tres cuerpos se alzaron por sobre las ondulaciones del pastizal; podían ser un blanco fácil, pero Victorio servía de escudo. Los agentes se mantuvieron en cuclillas, ocultos, por las dudas. Apuntaban, pero se abstuvieron de disparar porque a Victorio lo hacían girar todo el tiempo, rápidamente, para imposibilitar un tiro seguro. Aguardaron que subieran al Mitsubishi y enfilasen hacia Houston o la fortaleza. El auto giró rumbo a la fortaleza. Enseguida los agentes comunicaron la novedad y el pedido de que no disparasen, porque corría peligro la vida de Zapiola.

El viaje resultó inverosímil. En lugar de proceder a la detención del Mitsubishi, los pocos autos de la policía apostados a lo largo de la ruta que tenían cierta visibilidad lo dejaron avanzar como si efectuasen una guardia de honor. Zapiola torció los labios en una mueca de profundo disgusto. Otra vez era prisionero del maldito y volvía a sentir el ácido de la impotencia ante su diabólica habilidad. La ruta estaba más despejada que nunca gracias a la paradójica gentileza de las fuerzas federales. Protagonizaba el grotesco del siglo.

En pocos minutos el Mitsubishi llegó a las inmediaciones del cerco, libre de interferencias. Fue detenido por los guardias del rancho, que reconocieron a Castro y a Oviedo. Wilson explicó que llevaban prisionero a un agente del Anticristo. El guardia accionó la botonera y se abrió el majestuoso portón.

Estacionaron cerca de los camiones cuya mercadería estaban descargando. Abaddón empujó a Victorio fuera del auto mientras Wilson lo apuntaba a la cabeza.

—¡Al edificio! —mandó Tomás Oviedo—. Ahí vas a cantar.

Victorio recordó al instante su tono de amenaza. Lo había oído decenas de veces antes y después de ser torturado. Abaddón no había modificado la voz ni la resolución criminal que helaba la sangre antes de que transcurriese el primer minuto de interrogatorio. Le pareció que estaba otra vez en Buenos Aires, bajo arresto, en las sádicas cárceles de la represión; le pareció que en pocos minutos había retrocedido veinte años. Empezaron a temblarle las rodillas. Ese asesino seguía dominándolo.

De repente dos estibadores saltaron desde el fondo de un camión y lanzaron disparos al aire. De los otros camiones brotaron como por encanto más hombres, también armados, que se dispersaron en varias direcciones con velocidad de ardillas. La mitad se abalanzó como un rayo sobre los controles ubicados en el frente; ahí estaban las puertas de Troya, que debían ser abiertas desde el interior de las murallas. Los guardias intentaron ofrecer resistencia, pero los disuadieron en fracción de segundos. La situación en el interior de la fortaleza cambió de golpe. El perímetro pasaba a ser controlado por los invasores.

Oviedo apretó con más fuerza el brazo en torno del cuello de Victorio, y Wilson amenazó con hacerle volar el cráneo si alguien los tocaba. Pero un furioso golpe en la muñeca, proveniente del cielo, lo obligó a dejar caer la pistola. Otro golpe lo curvó hacia adelante. El estibador que apareció de repente iba a atacarlo, pero tuvo que arrojarse cuerpo a tierra cuando una andanada de disparos provenientes de una torre rebotó sobre la tierra del perímetro. La torre recibió como respuesta una lluvia de balas que volaban de los matorrales lejanos, del cerco norte, este y oeste, del mismo edificio, de los establos y desde el portón de entrada. Todo el espacio se había llenado en un santiamén de agentes federales armados.

Victorio rodó por el suelo para evitar que lo alcanzaron los tiros, y perdió de vista a Wilson Castro y al maldito torturador. Las agentes mujeres corrían tras los niños que huían desorientados hacia el campo abierto, y trataban de llevarlos hacia la entrada principal, donde aguardaban los minibuses acondicionados para su evacuación. Pero la tarea se vio turbada por el ingreso anticipado de autos policiales, que bloqueron el acceso directo a los vehículos.

Abaddón, pese a la renguera que le habían producido los golpes, se introdujo en la nube de pólvora y consiguió salir de la fortaleza. Saltó por encima de un cuerpo herido al que un grupo de agentes acudió a socorrer. Esquivó a niños empujados hacia los omnibuses y a agentes exaltados; gritó órdenes como si fuese un miembro del FBI. La confusión le servía de coraza, y pronto logró sumergirse en las honduras del pastizal que se extendía por la zona sur. Respiró profundo y recordó la disciplina que exigían algunos operativos: despojarse de ansiedad y tener confianza en el resultado. En forma disimulada debía alejarse, ya encontraría el medio para volver a Houston.

Wilson, en cambio, exasperado por la urgencia de rescatar a Mónica, utilizó la misma nube de pólvora para tomar la dirección contraria; se precipitó por el pasillo amenazador sin importarle los obstáculos. Conocía el camino.

Roland Mutt fue informado de que la operación Caballo había salido tan perfecta como la concebida por los griegos en la guerra de Troya; ni Ulises la hubiera hecho mejor. Hasta ese momento contabilizaban siete heridos, dos de gravedad, pero ninguna muerte. El portón de acero estaba completamente abierto y un río de autos policiales seguía penetrando para ocupar cada metro de la fortaleza. La operación Topo, conducida por Jerry Lambert, también fue eficaz, ya que impidió que se usara el arsenal subterráneo; desde la madrugada y en silencio pudieron dominar la compleja red de túneles, los dos establos con sus repectivos montacargas y las doscientas cuarenta hectáreas llenas de víboras y abrojos. Lo cierto era que en pocos minutos las pinzas de Topo y Caballo habían conseguido que la entera comunidad de los Héroes del Apocalipsis cayera bajo el control de las autoridades federales.

Mutt resopló feliz y pidió otra taza de café.

Bill Hughes, sacudido de raíz por la metralla de emociones que perforaban su espíritu, había recuperado las antiguas visiones que determinaron su triunfo sobre la encefalitis. Elevadas montañas de color pastel se movían nuevamente delante de sus ojos asombrados como si las rocas fuesen de algodón teñido. Alternaban matices azules, rosas y verdes. Reinaba el misterio de un territorio sagrado. Así debió de lucir el Sinaí cuando Moisés descubrió la zarza ardiente en un recodo del desierto. Por entre los desfiladeros móviles se aproximaba la familiar figura de Elíseo. Era idéntico a su abuelo Eric, sólo que cubierto por la capa que le arrojó Elías desde su llameante carruaje. Su calva refulgía bajo los rayos. Su diestra nervuda se apoyaba en el báculo de olivo mientras avanzaba con majestuosa lentitud.

Como en aquella primigenia ocasión, como tantas veces después, como siempre, Elíseo acudía en su ayuda. Ahora, por decisión divina, Bill se encontraba en una encerrona. Las huestes del Anticristo habían atravesado las murallas de su fortaleza como seres incorpóreos. El poder maligno que los alimentaba violó las leyes naturales: aparecieron dentro de los camiones, emergieron del fondo de los túneles, cruzaron el cerco así como los pájaros cruzan el aire, abrieron sin esfuerzo el blindado pórtico frontal. Se desparramaron por sus centenares de hectáreas como si fuesen ratones supersónicos e inmovilizaron a casi todos los miembros de la comunidad. El Señor permitió que llegasen al extremo de la insolencia y se ilusionaran con ser los más poderosos. Pero Bill sabía que más poderoso que ellos era el Señor. Los había dejado avanzar para devolverles un golpe definitivo en la cabeza.

El pastor comprimió sus manos hasta dejarlas exangües, para que el Señor le dijese cómo aplicar ese golpe. Su magnificencia podía convertir las huestes invasoras en nieve, en polvo, en vapor, y mandarlas a otras galaxias con más rapidez que la luz. Muchas veces su pueblo elegido debió enfrentar enemigos superiores en número y en armamento; muchas veces parecía que iba a ser aniquilado por los injustos. Pero entonces descendía desde las alturas un ejército de ángeles y querubines con espadas de fuego que en segundos revertían la situación.

—¡Que ahora ocurra lo mismo! —imploró a las móviles montañas por entre las que se acercaba Elíseo—. Lucifer está atento; su oído y su perfidia no ignoran Tu voluntad. Pero quieren confundirla. Dime qué debo hacer. Los federales penetraron durante la noche, Señor, como los ladrones. —Su mente era un volcán en erupción, como si le hubieran inyectado alguna droga. —Son chacales que profanan el interior de Tu fortaleza. ¡Quieren humillarte, Señor!

De Elíseo ya podía oler su aliento a bosque. Su paso era seguro entre las anfractuosidades. Su lentitud significaba confianza. El Señor era el amo del espacio y del tiempo. Sus mensajeros lo recordaban.

—¿Qué debo hacer? —Elíseo era el único ante quien Bill se atrevía a desnudar su angustia.

El profeta apoyó su báculo en las esponjosas montañas y levantó las palmas. Bill hizo lo mismo. Unieron entonces sus palmas y el desesperado pastor sintió que en su cuerpo penetraba un mensaje ineludible. Elíseo, en efecto, habló:

—El bravo juez Jefté, de bendita memoria, perdía frente a los crueles amonitas porque su número y sus armas lo superaban en mucho. Iba a ser destruido. Los hombres de Jefté estaban exhaustos, malheridos y cercados.

—Jefté... —Bill lo había evocando horas antes, cuando desde lo profundo de su alma, por un misterioso impulso, dijo que

Mónica era hija de Jefté. El Señor había empezado a orientarle el cerebro. ¡Aleluya!

—Jefté tenía una hija —agregó Elíseo.

—Sí, la hija de Jefté. —Los ojos de Bill se abrieron ante la impresionante red de arrugas que cubría la cara del profeta.

—Tú tienes una hija.

—Acabo de recuperarla.

—La has recuperado. La hiciste atravesar el círculo de candelas con la misma agilidad con que yo cruzaba las aguas del Jordán; la hiciste tocar el Arca de la Alianza, le contaste la verdadera historia. Es "tu" hija, Bill. —Se acercó más. —Ahora, en consecuencia, reproduces al bravo juez Jefté, el gálata. Tienes pues la bendición de una hija y la maldición de estar súbitamente dominado por el enemigo.

—Sí, soy como Jefté. —Tembló.

—¿Qué hizo aquel valiente para derrotar a los idólatras?

Bill se contrajo. Recordaba el suceso. Era espantoso.

—¿Qué hizo aquel valiente? —Elíseo repitió la pregunta con reproche.

Bill apoyó con más fuerza sus grandes palmas contra las palmas añosas del profeta, como si fuesen un muro. Quería pedirle que el Señor provocara la victoria sin el sacrificio bíblico. Quería decirle que estaba decidido a realizar cualquier tarea, pero que tuviese misericordia. La hija de Jefté acabó sacrificada.

—Acabó en victoria, precisamente —replicó Elíseo, como si le leyera el alma.

Bill empezó a transpirar, lo cual era infrecuente. Por primera vez en su vida se resistía a acatar la orden que se insinuaba en ese momento con un resplandor siniestro.

—Cuando luchaba contra los amonitas —protestó Bill—, Jefté no pensaba en su hija.

—¡Quién sabe! —Las hondas comisuras de la boca de Elíseo estuvieron a punto de sonreír. —Tal vez no pensaba que pensaba, como te ha ocurrido antes de verme. A tu hija la llamaste "hija de Jefté". ¿Qué significa?

Bill estaba desconsolado. Acababa de recuperar a Mónica y la había llamado en forma inconsciente "hija de Jefté". No hacía veinticuatro horas que la había recuperado y pronto la volvería a peder. No merecía semejante castigo.

—Los tiempos del Señor no son los tiempos de un mortal. Para el Señor, el antes y el después no tienen diferencias. Jefté no creyó pensar en su hija, desde luego, pero prometió ofrendar en sacrificio al primer ser que le diese la bienvenida al regreso. Debía tratarse de un ser amado. En un pliegue de su alma estaba presente su hija.

Bill apretó la mandíbula con fuerza. Debía obedecer al Señor por sobre todas las cosas. Pero le costaba. Y lo irritaba esa contradicción.

—Entonces las fuerzas del Mal se quebraron —concluyó Elíseo su relato—. Perdieron la orientación en el espacio, se les cayeron las espadas que chorreaban sangre, arrojaron al suelo los escudos inservibles. Jefté soplaba, y ellos volaban lejos como si fueran hojas secas en un vendaval. Bastaron minutos para que los idólatras perdiesen y se impusiera el triunfo del Señor.

—¿Debo inmolar a mi hija, entonces? —preguntó Bill, ambivalente, casi resignado.

—Sólo un gesto supremo puede revertir tu impotencia en esta desigual batalla. Debes incluso superar a Jefté. —La figura de Elíseo empezó a desvanecerse en la bruma de algodones teñidos, pero su voz continuaba produciendo ecos. —Jefté primero ganó y después ofrendó; tú debes primero ofrendar y enseguida obtendrás la victoria.

—¡La victoria es siempre del Señor! —replicó Bill, pero ya no quedaban rastros del profeta ni de las montañas coloridas. Se frotó las órbitas para recuperar la visión de este mundo.

Espantada, Evelyn huyó del cenáculo en busca de auxilio. El control que en apariencia habían logrado los invasores del gobierno terminó cuando una columna de humo proveniente del ángulo oeste indicó que la rendición no había sido tal. Los policías que pretendieron acabar con el incendio fueron recibidos a balazos. El humo se expandía por los corredores como gordos tentáculos que penetraban violentos en cada abertura. Las llamas se multiplicaban debido a que los rebeldes que no habían sido apresados se dedicaron a vaciar bidones de combustible sobre los zócalos de los pasillos y en las principales salas del casco. El fuego succionaba el oxígeno y dificultaba el ingreso de los federales. De pronto Roland Mutt debió reconocer que le habían pasado una información engañosa. ¿Consolaba pensar que no llegarían a la catástrofe de Waco porque casi todos los integrantes de la comunidad estaban cercados y la mayor parte de los niños habían sido conducidos a los omnibuses? Con voz indignada ordenó que se reforzara la unidad de bomberos.

Zumbaban las balas de los francotiradores ocultos, lo cual impedía el libre desplazamiento de los efectivos. También ya resultaba arduo contener el fuego nacido en el ángulo oeste, cuya humareda tornaba irrespirable la atmósfera. Para colmo, un viento suave pero inoportuno soplaba en favor de las llamas.

Dos policías con el rostro negro de hollín negaron permiso a Damián para ingresar en el edificio.

—¡Únicamente los bomberos! —ordenaron con enojo mientras le devolvían la credencial.

Entre los autos, combis, cajas y camiones amontonados en el perímetro emergió la alta y frankensteiniana silueta de Pinjás. Mutt había indicado que lo dejasen huir en una camioneta: prefería que se alejara antes de que llegaran las cámaras de televisión; sus servicios habían sido muy útiles y debían permanecer en reserva. Pero Pinjás sólo alcanzó a viajar pocas millas: en su mente primitiva se disputaban la lealtad a su salvador Robert Duke y las vivencias compartidas con Bill Hughes. Aunque Bill no era Robert, merecía apoyo en circunstancias tan difíciles, reflexionó, dolido. Su pelo aceitoso chorreaba sudor y sus dientes se apretaban como los de una fiera. Quitó el pie del acelerador y se deslizó con lentitud hacia el costado de la ruta. Permaneció inmóvil un tiempo inconmensurable, corroído de incertidumbres. Por fin, dio un puñetazo al volante, giró en U y retornó a la fortaleza como un cohete.

Pero su ingreso no fue facilitado de la misma manera que su partida. Lo obligaron a detenerse lejos del portón y tuvo que abrirse paso a los golpes. Comenzaron a dispararle, pero Pinjás era ágil como un gato. Logró alcanzar el perímetro, cegado por una nube de pólvora. Los policías que trataban de contenerlo volaban en diferentes direcciones, y Damián, que buscaba el obcecado surco por donde entrar en el edificio, lo reconoció. No se le aproximó para que no lo arrojase lejos, igual que a los policías, pero aprovechó el alboroto y, tropezando con cuerpos tendidos, se zampó en la humareda del corredor. Un disparo dio en la pierna izquierda de Pinjás, que pegó un grito cuya sonoridad rebotó locamente en los muros. Damián se inclinó para ayudarlo cuando una columna de hombres se abalanzó sobre el gigante. Damián lo hizo rodar y ambos escaparon a duras penas. Se sumergieron en el fondo opaco del corredor. Pinjás avanzaba con una sola pierna, mientras su accidental compañero, sosteniéndolo de un brazo, le gritaba:

—¡Llévame al cenáculo! ¡Quiero ir al cenáculo!

A Evelyn se le había soltado el rodete y sus cabellos sueltos parecían un estropajo embebido en lágrimas. Corría sin sentido, afónica y torpe. Chocaba con los agentes federales, a los que había aprendido a considerar soldados de Lucifer; ninguno de ellos se prestaría a salvar su hija. Buscaba a Damián, la única persona que le merecía confianza; ya debía de haber llegado. Pero no lo encontraba ni dentro ni fuera del edificio impregnado de humo negro y gente desesperada. En eso chocó de nariz contra una pared invisible: le pareció reconocer la silueta del abominable Wilson Castro. Se tapó la boca para frenar un aullido de sorpresa y tribulación. En vez de Damián, aparecía Wilson; en vez de un ángel, el demonio. Se apretó la cabeza con ambas manos ante la explosión que sacudió su mente. Era el criminal que le había arrancado a su hija, pero era también quien podía usar un arma para impedir que su marido la sacrificara. Para salvar a Mónica, Evelyn debía tragarse la repugnancia y exigir el auxilio de su enemigo. Se abalanzó sobre Wilson y lo aferró de las orejas. Le gritó que corriese tras ella para salvar a Mónica. Wilson le devolvió una mirada de loco y asintió.

—¡Sí! ¡Llévame! ¡Rápido!

Esquivaron a los agentes que corrían en diversas direcciones y pretendían contener el pánico. Zigzaguearon como un misil teledirigido por pasillos y escaleras. El cenáculo quedaba en el corazón de la fortaleza y su acceso estaba disimulado por tabiques móviles que confundían al más astuto. Evelyn abrió la puerta posterior, por donde ingresaban los fieles.

Les pareció que los succionaba una atmósfera distinta. En la sala octogonal imperaba una misteriosa penumbra con fragancia a mirra, aunque el humo que llenaba de ácido los pulmones ya se filtraba por las cerraduras. En el extremo anterior, hacia donde miraban las butacas dispuestas en semicírculo, parpadeaban candelas sobre un estrado. Wilson, que nunca había visitado aquel recinto, quedó boquiabierto. Un disco de luz se proyectaba sobre el Arca de la Alianza forrada con plumas de pavo real. En la parte superior, convertido en una impresionante ara de sacrificio, yacía Mónica, inmóvil. Era alucinante. Wilson quiso saltar hacia ella.

Bill, envuelto en su túnica, leía en voz alta la Biblia abierta sobre un atril. Recitaba el capítulo XI de Jueces, que narra la epopeya de Jefté.

La sonora irrupción de Evelyn y Wilson apenas turbó a Bill, que detuvo su lectura, les dio la espalda y caminó tranquilo hacia el Arca, la decidida pistola en su mano derecha.

—¡No la toques, hijo de puta! —gritó Wilson desde el fondo del recinto, frenando a duras penas el impulso de agujerearle la frente y llegar hasta Mónica.

Evelyn se arañaba los brazos y susurraba:

—La va a matar, la va a matar.

El reverendo no se alteró. Sabía que su imagen de imperturbabilidad paralizaba.

—No te acerques, cubano. O disparo sobre Mónica. —Era la primera vez que le decía “cubano”; su voz vibró fría y resuelta.

El antiguo afecto se había convertido en odio. Durante décadas se habían esforzado en suponer que se necesitaban. Ahora querían hacerse pedazos.

—Mejor que guardes el arma —se mofó Wilson para distraerlo—. O que la uses para liquidar a tus bestias del campo, que parecen gozar de buena salud.

—No es tu tema. Ocúpate de liberar Cuba —replicó Bill—. ¡Mono fracasado!

—¿Por qué amenazas a mi hija? —reclamó Wilson.

—Ya no es “tu” hija: es “mi” hija.

Wilson se rascó la oreja y replicó con tono cínico:

—¡Vaya novedad! ¿“Tu” hija?

—Por supuesto. Y acabo de recuperarla.

Damián, con la lengua afuera, entró como un cañonazo y

enseguida distinguió a Evelyn, que lo abrazó con lágrimas y pavura. Detrás, Pinjás se dejó caer ruidosamente sobre una butaca, se quitó la camisa y se ajustó un torniquete alrededor de la pierna sangrante. Wilson aprovechó la distracción para deslizarse hacia el estrado.

—¡Quieto ahí! —rugió Bill, siempre alerta—. No intentes cambiar la voluntad del Señor, o te convertiré en papilla. —Elevó su cabeza arrogante. —Serás testigo de un milagro. ¡Aleluya!

Pinjás, automáticamente, repitió:

—¡Aleluya!

—No se muevan de sus lugares. —La mirada de Bill se tornó galcial. —Mi pistola apunta al corazón de mi hija. Y dispararé apenas desobedezcan. Incluso si me disparan, tendré fuerzas para disparar también. El milagro se realizará de todas formas. ¡La gloria es del Señor! ¡Aleluya!

—¡Aleluya! —Nuevamente Pinjás actuó de eco.

—¿Qué le hizo a Mónica? —gritó Damián sin soltar a Evelyn, que tiritaba como un animalito a punto de ser descuartizado.

—La anestesié y ahora navega por los desfiladeros del profeta Elíseo. Celebra su ofrenda con el mismo espíritu que la hija de Jefté.

—¡No puede sacrificarla! ¡Usted está loco de remate! —La desgarrada voz de Damián arañó los muros del octaedro, pero suscitó una leve sonrisa en los finos labios de Bill.

—¡Es mi hija y la reclama el Señor!

—Es su hija, es cierto. Por eso debe cuidarla. ¡Protegerla!

—La enviaré a los brazos magnificentes del Señor.

—Use un cordero, como hizo Abraham; Dios prefirió el cordero —insistió Damián, transpirado, disfónico, buscando aterrado la forma de impedir la tragedia—. ¡Cómo va a matar a su propia hija!

—Son los designios del Señor —replicó Bill, solemne—. Fue concebida para culminar una maravilla. La recordará la humanidad como la hija de Bill Hughes, así como recuerda a la hija de Jefté, el gálata. Su sacrificio dará la victoria al ejército del Todopoderoso sobre las malditas huestes del Anticristo. ¡No te muevas de ese lugar, bestia preadámica! —bramó al advertir que Wilson trataba otra vez de avanzar con disimulo—. ¡Esto no es

Vietnam ni la Argentina! No pongas obstáculos a las órdenes del Señor.

Wilson retrocedió el dudoso paso que acababa de dar. Evelyn apretó a Damián y le susurró:

—Tienes que hacer algo.

Bill elevó los ojos hacia el cielo raso donde refulgían falsas estrellas y pidió al Altísimo que recibiera a su amada y única hija como recibió a la amada y única hija del devoto Jefté.

Luego bajó los ojos grises, helados, y miró con ternura el rostro dormido de Mónica. Era inminente el milagro cósmico: en las alturas ya rondaban las legiones de ángeles y querubines con las espadas desenfundadas. En menos de lo que canta un gallo los invasores se convertirían en grumos y sus viles fragmentos volarían hacia un castigo eterno. Se encenderían los focos de la gloria por todo el universo. Armagedón se trocaría en el triunfo de la luz.

Wilson decidió que era el momento de dispararle, porque en un par de segundos el crimen sería irreparable.

Retumbó un sonido corto y seco. Ante la sorpresa de Evelyn, Damián y Pinjás, el reverendo abrió la boca con un gesto de sorpresa, su mano armada se elevó sin sentido, giró como la de un borracho que busca un apoyo aéreo y se desplomó lentamente hacia la izquierda. Durante un minuto siguió respirando, pero su tórax se inundó con la sangre que expulsaba su corazón partido y acabó ahogado. Una lenta cuerda roja asomó por su nariz y corrió sobre el bigote, los labios, el desafiante y palidecido mentón.

—¡Nadie se mueva! —amenazó Wilson con rabia, el arma extendida y ansiosa—. ¡Quieto, Damián!... Serán mis rehenes.

—¡Muérete, hijo de puta! —chilló Pinjás mientras hacía certero fuego y se dejaba caer entre los asientos para esquivar la respuesta.

Damián se desprendió de Evelyn, saltó por sobre las butacas y se inclinó sobre Wilson, derribado junto a la pared. Le levantó la cabeza. El frustrado libertador de Cuba daba sus últimas bocanadas, los ojos desorbitados por el asombro.

Los disparos orientaron a los policías, que irrumpieron con sus uniformes negros de humo y las confusas linternas rayando el aire. El octaedro se llenó de la picazón del incendio, que se expandía veloz por el resto del edificio. También entraron bomberos.

Damián trepó hasta el altar instalado sobre el Arca y desató a la anestesiada Mónica, de cuya nariz brotaba aún el olor del cloroformo que Bill la había forzado a inhalar. Evelyn se le puso al lado, llorando desconsoladamente.

Una de las ambulancias que esperaban en el perímetro, rodeadas por carros de policías, recibió al esposado Pinjás. Otra se llevó los cadáveres de Bill y Wilson. Una tercera evacuó a Mónica, de quien ni Evelyn ni Damián accedieron a separarse.

Dos horas más tarde la CNN utilizó la palabra *blitzkrieg* para explicar los sucesos que habían dado fin a los Héroes del Apocalipsis. En su informe unían el súbito comienzo de las acciones y su trágico final. Pero de inmediato brotaron comentaristas que derramaban datos y opiniones sobre sectas, milicias, racismo y narcotráfico. Uno de ellos —poco interesante para audiencias masivas— apeló a la "moda Shakespeare" para enfatizar la muerte de los principales protagonistas en el final de la última escena.

No he vuelto a utilizar el grabador desde que regresamos a Buenos Aires.

Ayer la organización HIJOS efectuó un multitudinario escrache frente a la casa de Tomás Oviedo. Sus abogados se esmeran en impedir que prosperen las causas que han empezado a estallar en cadena desde que se hizo pública la identidad que enlutó a cientos de familias. Es probable que el escurridizo Abaddón termine encarcelado, pero debido a las actividades ilegales que realizó junto a Wilson, y no por las torturas y los asesinatos que le dieron fama durante la dictadura. De todos modos, se ha terminado su impunidad. Y aunque la justicia tarde en sancionarlo, ya no puede caminar tranquilo por la calle.

En cierta forma se ha saldado la deuda que tenía con mis padres. Ese criminal organizó los allanamientos de nuestra casa, el secuestro y el tormento de papá; el secuestro, las torturas y la muerte de mamá; el asesinato sin juicio previo de mi hermana; en fin, la inclemente destrucción de mi familia. Me siento aliviado, como si hubiese llegado al final de un viaje turbulento. El verdugo es denunciado no sólo por su saña con la familia Lynch, sino por las numerosas injusticias que cometió en su "patriótica" carrera. Paga una cuenta que va más allá de mi intimidad: es una cuenta con la Historia.

Pero junto a ese alivio siguen otras pesadumbres y no cesan de martillarme viejas y nuevas conjeturas. ¿Quiénes fueron en realidad Bill Hughes y Wilson Castro? ¿Fue tan productiva y lógica su larga alianza? ¿Qué generaba su mutua y ambivalente simpatía? ¿Hay delirio en las páginas de Dorothy, o su confesión fue descarnadamente objetiva? También me pregunto, desde luego, si existe la objetividad en temas como el amor, el sexo, los intereses y el miedo. Aún me suena irreal que Bill haya intentado sacrificar a Mónica con la excusa del precedente bíblico. ¿Hasta dónde llegaba su alienación? ¿No habría querido desplegar un show grandioso, como los que solía hacer en Elephant City? En aquellas ocasiones la multitud festejaba sus milagros. Quizás el hombre extrañaba su antiguo poder, y la captura de la fortaleza por parte de los agentes federales desencadenó un deseo absurdo. Muchos deseos son absurdos.

Recuerdo al provocativo Charles Baudelaire. Creo que dijo algo así: "El delito, de cuyo placer se ha teñido el animal humano en el vientre de su madre, es originariamente natural... La virtud, por el contrario, es artificial, sobrenatural".

Hay un hilo que une las cuentas del poder, la codicia, la represión, las reivindicaciones sangrientas y el fanatismo religioso. Pueden cambiar de aspecto, pero no de esencia. Mónica cumplió el papel de Ariadna, aunque involucrada brutalmente: sin saberlo me condujo al laberinto y allí no descubrí un Minotauro, sino tres. Bill, Wilson y Abaddón conforman una advertencia sobre peligros manifiestos o latentes. Son individuos dispuestos a provocar catástrofes si ello conviene a sus objetivos. Ponen por encima del respeto al semejante su corona de “misión”. No ven, ni les importan las contradicciones entre el mal que desencadenan y el presunto bien que exige su trastorno ególatra. En términos simples podría decirse que tienen sangre de delincuentes. Están en todas partes, caminan a nuestro lado. Y no debemos dejarlos ascender.

Necesito metabolizar tantas preguntas, vivencias, asombro. Debo darme tiempo. He tragado cascotes.

EPÍLOGO

Damián apaga el grabador, lo apoya sobre la mesa rodeada por sillones de mimbre y paladea un vaso de vino. Está en la terraza de la residencia de San Isidro, desde donde ve cómo el sol desciende sobre los espejos rotos del río de la Plata. Pronto se le unirá Mónica, aún turbada por los sucesos.

En pocos días Mónica fue arrastrada a un terremoto emocional cuya sucesión de estampidos abruma. Le amputaron la pertenencia al demostrarle que sus padres no eran sus padres, sino sus tíos. Poco antes su madre adoptiva había entrado en coma. Luego ella estuvo a punto de ser sacrificada por un hombre en estado de aguda alienación. Su padre adoptivo y su padre biológico cayeron en un tiroteo del que no tuvo registro porque estaba bajo anestesia forzada, pero cuando se lo contaron apenas pudo entender. O prefirió no entender. En su espíritu se alzaron las olas que pretendían ayudarla mediante la expulsión de la realidad. Pérdidas y sorpresas de esa magnitud astillan la mente y conducen a eclipses de locura. En medio de tamaño bombardeo recuperó a su madre biológica y además mantuvo el amor intenso de Damián. Sus uñas se prendieron a la cordura dolorosa y entró en el corredor del duelo. Sufría y, poco a poco, tuvo acceso a un espacio que al principio le resultaba improcedente, indigno: su reconciliación con la vida y las desconcertantes aventuras que depara.

Antes de regresar a Buenos Aires conversó con Evelyn durante horas, primero en el hotel de Little Spring y luego en otro más confortable, en los aledaños de Houston. Se aplicaron a desenredar los nudos de sus respectivas existencias. No podrían separarse sin cumplir esa tarea tan penosa. En la boca se instalaba un sabor agridulce al reconocer equívocos, mentiras, pasiones y también ardorosos afectos. Juntas penetraron fosas abismales. A menudo necesitaron tomarse de las manos y hurgar en sus idénticos ojos de verde primaveral. Se abrazaban y se besaban. Y se volvían a abrazar. Evelyn sentía el bello cuerpo de su hija y Mónica palpaba la fragilidad de su sufrida madre. Las emocionaba beber en el manantial de un afecto que les había sido vedado. Así debía de haber sido el reencuentro de hijos arrancados de sus padres por los genocidios de Europa, de la Argentina, de cualquier parte.

Lágrimas incontenibles acompañaron los tramos dedicados a Bill, Wilson, Dorothy y sus cenagosos derroteros. Wilson fue un padre autoritario y devoto; Bill, un líder potente y arriesgado. En cuanto a Dorothy, fue bondadosa, pero tan inmadura como Evelyn en su juventud. Pero ya no querían juzgar: sólo entender. Y tampoco eso, porque hay cosas que no se entienden. Entonces compartir. Sí, compartir.

Mónica rogó a Evelyn que se trasladase con ella a Buenos Aires. Ambas se necesitaban y ambas se sentían quebradas por los derrumbes. Era imprescindible que Evelyn se alejase de Little Spring, de Texas y de todo aquello que evocaba su sometimiento. Tampoco debía regresar a la ciudad de Pueblo, donde sería aplastada por los recuerdos tristes. Al principio Evelyn estuvo de acuerdo, pero luego se retractó. Le daba miedo el cambio y entró en un círculo de dudas. Finalmente resolvió quedarse en los Estados Unidos, dedicada a obras de caridad, pero sin descartar la posibilidad de reunirse con su hija en el futuro.

Otro de los cascotes trabados en la garganta de Damián es Dorothy. Evoluciona lentamente, pero al revés: en lugar de recuperar salud, tiende a la desintegración. Su daño pulmonar y encefálico se potenció y dos veces estuvo a punto de expirar. La rescataron a duras penas; su pronóstico no deja resquicio a la esperanza. Mientras Damián y Mónica permanecían en los Estados Unidos la llevaron a un servicio especializado en Houston. Pero Mónica no se resignó a tenerla lejos y logró su traslado a una clínica de Buenos Aires, donde agoniza en forma interminable; exhibe la impúdica degradación que sufre el cuerpo desprovisto de llama. El único consuelo para Mónica es que su estado de inconsciencia la haya librado del huracán.

Damián se acerca a la balaustrada a cuyas columnas se prenden rosas trepadoras. Hace una hora y media, mientras revisaba su correo electrónico, encontró un mensaje de Victorio, con quien se escribe semanalmente. Zapiola vive en Washington, adonde fue trasladado por sus superiores. Lo ascendieron por sus servicios en Buenos Aires, Galveston y Little Spring. Sin duda no volverá a la Argentina mientras cumpla funciones. Así lo aconsejan las razones de seguridad, pero Victorio está cansado de guerra y ansía jubilarse.

El sol sigue bajando sobre el horizonte del río. Se oyen los pasos de Mónica. En unos segundos se sentará a su lado y juntos contemplarán el mágico paisaje. En esta misma terraza, apoyados sobre la balaustrada, bebieron champán en aquella fiesta que ahora parece de otro mundo. Esa noche, ella le explicó que era el más hermoso puesto de observación de la casa; ahora Damián lo comprueba. Pero aquella noche apenas se adivinaban las ondulaciones del parque y los somnolientos faroles de las naves que surcaban las aguas del Delta. A unos metros lucían ordenados los mismos sillones de mimbre. Mónica le expresó entonces cuánta felicidad le producía verlo en esa caprichosa celebración organizada por Wilson. Se acariciaron los dedos y se dijeron el amor que los ligaba. Luego descubrieron que del cielo estrellado se desprendía un meteorito y, aunque ninguno de los dos era supersticioso, cedieron al ritual de formular un deseo.

El sol ya se ha sumergido casi por completo. Las nubes que lo coronan se tiñen de rojo y añil. Damián bebe otro sorbo y, extrañamente, piensa en las armonías que aún conserva el universo.

¡Ahí llega su amor! Sonríe... ¡ha vuelto a sonreír! Su renaciente alegría lo conmueve.

ÍNDICE